HEREGES

Fotos:

Capa: Levante do Gueto de Varsóvia, 1943.

Segunda capa: Infanta e San Lázaro, Havana, 1952.

Terceira capa: detalhe da casa de Rembrandt (rembrandthuis.nl).

Quarta capa: navio usado durante a Segunda Guerra, c. 1941-1942.

LEONARDO PADURA

HEREGES

TRADUÇÃO
ARI ROITMAN | PAULINA WACHT
Com a colaboração de Bernardo Pericás Neto

Copyright © Leonardo Padura, 2013
Copyright da tradução © Boitempo Editorial, 2015
Traduzido do original em espanhol *Herejes*
First published in Spanish language by Tusquets Editores, Barcelona, 2013

Coordenação editorial	Ivana Jinkings
Edição	Bibiana Leme
Coordenação de produção	Livia Campos
Assistência de produção	Carolina Yassui e Camila Nakazone
Tradução	Ari Roitman e Paulina Wacht (com a colaboração de Bernardo Pericás Neto)
Preparação	Sandra Martha Dolinsky
Revisão	Thaisa Burani
Capa e guardas	Ronaldo Alves
Diagramação	Otávio Coelho

Equipe de apoio: Allan Jones / Ana Yumi Kajiki / Artur Renzo / Elaine Ramos / Francisco dos Santos / Giselle Porto / Isabella Marcatti / Ivam Oliveira / Kim Doria / Magda Rodrigues / Marlene Baptista / Maurício Barbosa / Renato Soares / Thaís Barros

---

CIP-BRASIL. CATALOGAÇÃO NA PUBLICAÇÃO
SINDICATO NACIONAL DOS EDITORES DE LIVROS, RJ

P141h

Padura, Leonardo, 1955-
  Hereges/ Leonardo Padura ; tradução Ari Roitman , Paulina Wacht, com a colaboração de Bernardo Pericás Neto. - 1. ed. - São Paulo : Boitempo, 2015.

Tradução de: Herejes
ISBN 978-85-7559-447-6

  1. Judaísmo - Ficção cubana. 2. Ficção cubana. I. Roitman, Ari. II. Wacht, Paulina. III. Pericás Neto, Bernardo. IV. Título.

15-24329	CDD: 868.992313
	CDU: 821.134.2(729.1)-3

É vedada a reprodução de qualquer parte deste livro sem a expressa autorização da editora.

1ª edição: setembro de 2015; 1ª reimpressão: abril de 2018;
2ª reimpressão: julho de 2019; 3ª reimpressão: dezembro de 2021

BOITEMPO
Jinkings Editores Associados Ltda.
Rua Pereira Leite, 373
05442-000 São Paulo SP
Tel.: (11) 3875-7250 / 3875-7285
editor@boitempoeditorial.com.br
boitempoeditorial.com.br | blogdaboitempo.com.br
facebook.com/boitempo | twitter.com/editoraboitempo
youtube.com/tvboitempo | instagram.com/boitempo

Sumário

Nota do autor 9

Livro de Daniel 17
Livro de Elias 197
Livro de Judith 323
Gênesis 481

Agradecimentos 505

Nota do autor

Muitos dos episódios narrados neste livro se baseiam em uma ampla pesquisa histórica e, inclusive, foram escritos com base em documentos de primeira mão, como é o caso de *Javein Mesoula (Le fond de l'abîme)*, de N. N. Hannover, um impressionante e vívido testemunho dos horrores do massacre de judeus na Polônia entre 1648 e 1653, texto com tal capacidade de comover que, com os necessários cortes e retoques, decidi retomá-lo no romance, cercando-o de personagens fictícios. Desde que o li soube que não seria capaz de descrever melhor a explosão de horror e muito menos de imaginar os níveis de sadismo e perversão a que se chegou na realidade vista pelo cronista e por ele descrita pouco tempo depois.

Mas, como se trata de um romance, alguns dos acontecimentos históricos foram submetidos às exigências do enredo dramático, em benefício de sua utilização, repito, romanceada. Talvez a passagem em que realizo esse exercício com maior insistência seja a que trata dos acontecimentos situados na década de 1640, que, na realidade, são a soma de eventos próprios desse momento com alguns da década seguinte, como a condenação de Baruch Spinoza, a peregrinação do suposto messias Sabbatai Zevi ou a viagem de Menasseh Ben Israel a Londres, com a qual conseguiu, em 1655, que Cromwell e o Parlamento inglês dessem aprovação tácita à presença de judeus na Inglaterra, coisa que logo depois começou a acontecer.

Nas passagens posteriores, sim, foi respeitada a estrita cronologia histórica, com pequenas alterações na biografia de alguns personagens inspirados na realidade. Porque a história, a realidade e o romance funcionam com motores diferentes.

Mais uma vez para Lucía, chefe da tribo

"Há artistas que só se sentem seguros quando gozam de liberdade, mas há outros que só podem respirar livremente quando se sentem seguros."

Arnold Hauser

"Tudo está nas mãos de Deus, exceto o temor a Deus."

O Talmude

"Quem quer que haja refletido sobre estas quatro coisas teria feito melhor não vindo ao mundo: o que existe acima? O que existe abaixo? O que existiu antes? O que existirá depois?"

Máxima rabínica

HEREGE. Do gr. αἱρετικός, *hairetikós*, adjetivo derivado do substantivo αἵρεσις, *haíresis*, "divisão, eleição", proveniente do verbo αἱρεῖσθαι, *haireîsthai*, "**escolher, dividir, preferir**", usado originalmente para definir pessoas que pertencem a outras escolas de pensamento, ou seja, que têm certas "preferências" nesse âmbito. O termo aparece pela primeira vez associado aos cristãos dissidentes da incipiente Igreja no tratado de Irineu de Lyon, *Contra haereses* (fins do século II), especialmente contra os gnósticos. Provavelmente deriva da raiz indo-europeia *ser com o significado de "pegar, segurar". Em hitita existe a palavra *šaru* e em galês, *herw*, ambas com o significado de "butim".
De acordo com o *Diccionario de la Real Academia de la Lengua Española:* HEREGE. (Do provençal *Eretge*). 1. Pessoa que nega algum dos dogmas estabelecidos por uma religião.|| 2. Pessoa que discorda ou se afasta da linha oficial de opinião seguida por uma instituição, uma organização, uma academia etc. [...]. *coloq.* **Cuba. Diz-se de uma situação:** [*Estar herege*] **Estar muito difícil, especialmente no aspecto político ou econômico.**

livro de daniel

1

Havana, 1939

Daniel Kaminsky levaria vários anos para se habituar ao barulho esfuziante de uma cidade que se levantava sob a mais indisfarçada algaravia. Havia descoberto logo que ali tudo se tratava e se resolvia aos gritos, tudo rangia por causa da ferrugem e da umidade, os carros avançavam entre as explosões e o ronco dos motores ou os longos bramidos das buzinas, os cães latiam com ou sem motivo e os galos cantavam até a meia-noite, enquanto cada vendedor anunciava sua presença com um apito, um sino, uma corneta, um assovio, uma matraca, uma flauta de bambu, uma quadrinha bem rimada ou um simples berro. Ele tinha encalhado numa cidade na qual, ainda por cima, toda noite, às nove em ponto, retumbava um canhonaço sem que houvesse guerra declarada nem muralhas para fechar, e onde sempre, sempre, em épocas de bonança e em momentos de aperto, alguém escutava música, e cantava.

Em seus primeiros tempos de Havana, muitas vezes o menino tentaria evocar, tanto quanto lhe permitia sua mente povoada de recordações, os silêncios pastosos do bairro dos judeus burgueses em Cracóvia, onde havia nascido e vivido seus primeiros anos. Por pura intuição de desenraizado, buscava aquele território magenta e frio do passado como uma tábua capaz de salvá-lo do naufrágio em que sua vida tinha se transformado, mas quando suas recordações, vividas ou imaginadas, tocavam na terra firme da realidade, imediatamente reagia e tentava fugir dela, pois na silenciosa e escura Cracóvia de sua infância um vozerio excessivo só podia significar duas coisas: ou era dia de feira livre ou algum perigo rondava. E nos últimos anos que passara na Polônia o perigo chegara a ser mais frequente que as feiras. E o medo, uma companhia constante.

Como era de se esperar, quando Daniel Kaminsky caiu naquela cidade de estridências, durante muito tempo captaria os embates daquele explosivo estado sonoro como uma rajada de alarmes capaz de assustá-lo, até que, com o passar dos anos, conseguiu entender que nesse novo mundo o mais perigoso costumava vir precedido pelo silêncio. Vencida aquela etapa, quando por fim conseguiu viver entre os ruídos sem ouvi-los, feito respirar o ar sem se ter consciência de cada inspiração, o jovem Daniel descobriu que já havia perdido a capacidade de apreciar as qualidades benéficas do silêncio. Mas se orgulharia, sobretudo, de ter conseguido se reconciliar com o estrépito de Havana, pois, ao mesmo tempo, tinha atingido seu obstinado objetivo de sentir que pertencia àquela cidade turbulenta onde, para a sorte dele, havia sido jogado pelo impulso de uma maldição histórica ou divina – e até o final de sua existência teria dúvida sobre qual dessas atribuições seria a mais acertada.

No dia em que Daniel Kaminsky começou a sofrer o pior pesadelo de sua vida e, ao mesmo tempo, a ter os primeiros vislumbres de sua sorte privilegiada, um envolvente cheiro de mar e um silêncio intempestivo, quase sólido, pairavam sobre a madrugada de Havana. Seu tio Joseph o havia acordado muito mais cedo que de costume para mandá-lo ao Colégio Hebreu do Centro Israelita, onde o menino já recebia instrução acadêmica e religiosa, além das indispensáveis lições de espanhol, que permitiriam sua inserção no mundo multiforme e heterogêneo onde viveria só o Santíssimo sabia por quanto tempo. Mas o dia começou a se mostrar diferente quando, depois de dar-lhe a benção do Shabat e uma saudação pelo Shavuot, o tio quebrou sua reserva habitual e depositou um beijo na testa do menino.

O tio Joseph, também Kaminsky e, obviamente, polonês, conhecido naquele tempo como Pepe Carteira – dada a maestria com que desempenhava seu ofício de fabricante de bolsas, carteiras e pastas, entre outros artigos de couro – sempre havia sido, e seria até a morte, um estrito cumpridor dos preceitos da fé judaica. Por isso, antes de lhe permitir provar o desjejum já servido sobre a mesa, recordou ao jovem que não deviam fazer apenas as abluções e orações habituais de uma manhã muito especial, pois a graça do Santíssimo, bendito seja Ele, havia querido que caísse no Shabat a comemoração do Shavuot, a milenar festa maior consagrada a recordar a entrega dos Dez Mandamentos ao patriarca Moisés e a jubilosa aceitação da Torá por parte dos fundadores da nação. Porque nessa madrugada, como lhe recordou o tio em seu discurso, também deviam elevar muitas outras preces a Deus para que Sua divina intercessão os ajudasse a resolver da melhor forma aquilo que, no momento, parecia ter se complicado da pior maneira possível. Embora talvez as complicações não os atingissem, acrescentou e sorriu com malícia.

Após quase uma hora de orações, durante a qual Daniel pensou que ia desmaiar de fome e de sono, Joseph Kaminsky afinal lhe indicou que podia se servir do farto desjejum, no qual se sucederam o leite de cabra morno (que, por ser sábado, a italiana Maria Perupatto, apostólica e romana, e por essa condição escolhida pelo tio como "gói do Shabat", havia deixado sobre os carvões em brasa do fogareiro), as bolachas quadradas chamadas *matzot,* geleias de frutas e até uma boa porção de *baklavá* transbordante de mel, um banquete que faria o menino perguntar-se de onde o tio havia tirado o dinheiro para tais luxos: porque do que Daniel Kaminsky se lembraria daqueles anos, pelo resto de sua longa presença na Terra, para além dos tormentos provocados pelo barulho do ambiente e da semana horrível que viveria a partir daquele instante, seria da fome insaciável e insaciada que sempre o perseguia, como o mais fiel dos cães.

Depois de um café inusitadamente lauto, o menino aproveitou a longa permanência de seu tio constipado nos banheiros coletivos do cortiço onde moravam para subir ao terraço de edifício. A laje ainda estava fresca naquelas horas anteriores ao nascer do sol e, desafiando as proibições, ele se atreveu a ir até a sacada para observar o panorama das ruas Compostela e Acosta, onde havia se instalado o coração da cada vez maior colônia judaica de Havana. O sempre lotado edifício do Ministério do Interior, um antigo convento católico dos tempos coloniais, estava totalmente fechado, como se estivesse morto. Pela arcada contígua, sob a qual corria a rua Acosta, formando o chamado Arco de Belém, não passava ninguém nem coisa nenhuma. O Cine Ideal, a padaria dos alemães, a casa de ferragens dos poloneses, o restaurante Moshé Pipik, que o apetite do menino sempre olhava como a maior tentação da face da Terra, estavam com as cortinas baixadas, as luzes das vitrines apagadas. Embora nos arredores vivessem muitos judeus e, portanto, a maioria daqueles negócios fosse de judeus e em alguns casos permanecessem fechados aos sábados, a quietude imperante não se devia somente à hora ou a que estivessem no Shabat, dia de Shavuot, jornada de sinagoga, mas sim ao fato de que nesse instante, enquanto os cubanos dormiam profundamente no feriado pascal, a maioria dos asquenazes e sefaradis da região escolhia suas melhores roupas e se preparava para sair às ruas com as mesmas intenções que os Kaminskys.

O silêncio da madrugada, o beijo do tio, o inesperado desjejum e até a feliz coincidência de que o Shavuot caísse no sábado, na realidade, só tinham confirmado a expectativa infantil de Daniel Kaminsky quanto à previsível excepcionalidade do dia que se iniciava. Porque o motivo do seu despertar antecipado era que estava anunciada, para algum momento próximo ao amanhecer, a chegada do transatlântico *S.S. Saint Louis* ao porto de Havana. O navio havia zarpado de Hamburgo quinze dias antes, e a bordo viajavam 937 judeus autorizados a emigrar pelo governo nacional-socialista alemão. E entre os passageiros do *Saint Louis* estavam o médico Isaías Kaminsky, sua esposa Esther Kellerstein e a pequena filha de ambos, Judit, ou seja, o pai, a mãe e a irmã do pequeno Daniel Kaminsky.

2

Havana, 2007

Desde o momento em que abriu os olhos – mesmo antes de conseguir reencontrar sua desconjuntada consciência, ainda embebida em rum barato –, tendo passado a noite na casa de Tamara – que era, como já quase não podia deixar de ser, a mulher que dormia ao seu lado –, Mario Conde recebeu como uma estocada sibilina a insidiosa sensação de derrota que o acompanhava havia muito tempo. Para que se levantar? O que podia fazer do seu dia?, voltou a lhe perguntar a persistente sensação. E Conde não soube o que responder. Agoniado por aquela incapacidade de dar alguma resposta, saiu da cama tomando o maior cuidado para não perturbar o plácido sono da mulher, de cuja boca entreaberta escapavam um fio de saliva prateada e um ronco quase musical, talvez agudizado pela própria secreção.

Já sentado à mesa da cozinha, depois de tomar uma xícara de café recém-coado e acender o primeiro dos cigarros do dia, que tanto o ajudavam a recuperar sua duvidosa condição de ente racional, o homem olhou pela porta o pátio onde começavam a se instalar as primeiras luzes daquele que ameaçava ser outro calorento dia de setembro. A ausência de expectativas se tornava tão agressiva que decidiu, nesse instante, encará-la da melhor maneira que conhecia e da única forma que podia: de frente e lutando.

Uma hora e meia mais tarde, com os poros transbordando de suor, aquele mesmo Mario Conde percorria as ruas do Cerro anunciando em altos brados, como um negociante medieval, o seu propósito desesperado:

– Compro livros velhos! Vamos, venham vender seus livros velhos!

Desde que deixara a polícia, quase vinte anos antes, e como tábua de salvação entrara na delicadíssima – mas, à época, ainda lucrativa – atividade de compra e venda de livros de segunda mão, Conde havia praticado todas as modalidades com que se podia fazer o negócio: desde o método primitivo do vociferante anúncio de sua proposta comercial pelas ruas (que em certa época tanto ferira o seu orgulho), até a procura específica de bibliotecas indicadas por algum informante ou ex-cliente, passando por bater nas portas das casas em Vedado e Miramar que, por algum indício imperceptível para outros (um jardim descuidado, algumas janelas com o vidro quebrado), podiam sugerir-lhe a existência de livros e, sobretudo, a necessidade de vendê-los. Para sua sorte, quando conheceu, tempos depois, Yoyi Pombo, um rapaz com incontrolável instinto mercantil, e começou a trabalhar com ele apenas na busca de bibliografias selecionadas para as quais Yoyi sempre tinha os compradores certos, Conde começou a viver uma fase de prosperidade econômica que durou vários anos e que lhe permitiu dedicar-se, até com certo desregramento, às atividades que mais lhe agradavam na vida: ler bons livros e comer, beber, ouvir música e filosofar (falar merda, para ser claro) com seus mais velhos e encarniçados amigos.

Mas sua atividade comercial não era um poço sem fundo. Desde que topara, três ou quatro anos antes, com a fabulosa biblioteca da família Montes de Oca – protegida e trancada durante cinquenta anos pelo zelo dos irmãos Dionisio e Amalia Ferrero –, nunca mais encontrou um filão tão prodigioso; e cada pedido feito pelos exigentes compradores de Yoyi implicava grandes esforços para ser atendido. O terreno, cada vez mais exaurido, enchera-se de rachaduras, como as terras submetidas a longas secas, e Conde começou a viver períodos em que as baixas eram muito mais frequentes que as altas, obrigando-o a retomar com mais frequência a modalidade pobretona e suarenta da compra nas ruas.

Outra hora e meia mais tarde, quando já tinha atravessado parte do Cerro e levado seus gritos até o bairro vizinho de Palatino – sem obter qualquer resultado –, o cansaço, a desídia e o brutal sol de setembro o obrigaram a fechar as portas da loja e subir num ônibus que havia saído ninguém sabe de onde e que milagrosamente parou diante dele e o levou até as imediações da casa de seu sócio.

Yoyi Pombo, ao contrário de Conde, era um empresário com visão e havia diversificado suas atividades. Os livros raros e valiosos eram apenas um de seus hobbies, afirmava, porque seus verdadeiros interesses estavam em coisas mais produtivas: a compra e venda de casas, carros, joias e objetos valiosos. Aquele jovem engenheiro que jamais havia tocado num parafuso nem entrado numa obra tinha descoberto fazia tempo, com uma clarividência sempre capaz de assombrar

Conde, que o país onde viviam ficava muito longe do paraíso pintado pelos jornais e discursos oficiais, e decidiu tirar vantagem da miséria, como sempre fazem os mais capazes. Suas habilidades e sua inteligência lhe permitiram abrir várias frentes – no limite da legalidade, mas não muito longe dele –, negócios em que obtinha a renda que lhe permitia viver como um príncipe: desde comprar roupas de grife e joias de ouro até ir de restaurante em restaurante, sempre acompanhado de belas mulheres e circulando naquele Chevrolet Bel Air conversível 1957, o carro considerado por todos os conhecedores como a máquina mais perfeita, duradoura, elegante e confortável que já saiu de um fábrica norte-americana – e pela qual o rapaz tinha pagado uma fortuna, pelo menos em termos cubanos. Yoyi era, para todos os efeitos, um exemplar de catálogo do Homem Novo, supurado pela realidade do meio ambiente: alheio à política, viciado na fruição ostentatória da vida, portador de uma moral utilitarista.

– Porra, *man*, que cara de merda – disse o rapaz ao vê-lo chegar todo suado, com aquele semblante qualificado com tanta precisão semântica e escatológica.

– Obrigado – limitou-se a dizer o recém-chegado.

E se deixou cair no sofá macio em que Yoyi, recém-saído do chuveiro depois de passar duas horas numa academia de ginástica privada, aproveitava o tempo assistindo em sua tevê de plasma de 52 polegadas um jogo de beisebol das grandes ligas norte-americanas.

Como costumava acontecer, Yoyi o convidou para almoçar. A empregada que cozinhava para o rapaz havia preparado nesse dia um bacalhau à biscainha, arroz *congrí*, *plátanos en tentación* e uma salada de muitas verduras que Conde devorou com fome e perfídia, ajudado por uma garrafa de Pesquera reserva que Yoyi tirou do freezer onde conservava seus vinhos à temperatura exigida pela umidade dos trópicos.

Enquanto tomavam café na varanda, Conde voltou a sentir uma pontada da frustrante aflição que o perseguia.

– Não está dando mais, Yoyi. As pessoas não têm nem jornais velhos...

– Sempre aparece algo, *man*. Você não pode se desesperar – disse o outro enquanto acariciava, como era seu costume, a enorme medalha de ouro com a efígie de Nossa Senhora que, pendurada numa corrente grossa do mesmo metal, caía sobre sua protuberância peitoral, como um tórax de pombo, à qual devia seu apelido.

– E se não me desesperar, que merda vou fazer?

– Farejo no ambiente que vamos receber uma encomenda grande – disse Yoyi, e até cheirou o ar quente de setembro –, e você vai se encher de pesos...

Conde sabia onde iam dar aquelas premonições olfativas de Yoyi e se envergonhava de saber que passava pela casa do rapaz para provocá-las. Mas sobrava tão pouco do seu velho orgulho que, quando estava com a corda muito apertada no pescoço, aterrissava ali com suas lamentações. Aos 54 anos completos, Conde sabia que era um integrante paradigmático daquela que, anos atrás, ele e seus amigos haviam qualificado de geração escondida – aqueles seres cada vez mais envelhecidos e derrotados que, sem poder sair de suas tocas, tinham evoluído (involuído, na realidade) e se transformado na geração mais desencantada e fodida dentro do novo país que se configurava. Sem forças nem idade para se reciclarem como comerciantes de arte ou gerentes de companhias estrangeiras, ou pelo menos como encanadores ou confeiteiros, só lhes restava o recurso de resistir como sobreviventes. Assim, enquanto alguns subsistiam com os dólares enviados pelos filhos que tinham se mudado para qualquer parte do mundo, outros tentavam se virar de alguma forma para não cair na indigência absoluta ou na cadeia: como professores particulares, motoristas que alugavam seus carros desmantelados, veterinários ou massagistas autônomos, o que viesse. Mas a opção de ganhar a vida num estado de permanente tensão e ansiedade não era fácil e provocava aquele cansaço sideral, a sensação de incerteza constante e de derrota irreversível que com frequência torturava o ex-policial e o empurrava, contra a sua vontade e os seus desejos, para bater perna procurando livros velhos com os quais ganharia pelo menos uns pesos para a sobrevivência.

Depois de tomar um café, fumar dois cigarros e falar das coisas da vida, Yoyi deu um bocejo capaz de sacudir toda a sua estrutura e disse a Conde que havia chegado o momento da sesta, única atividade decente à qual podia se dedicar, àquela hora e com aquele calor, um havanês que se desse ao respeito.

– Não se preocupe, estou indo...

– Você não vai a parte alguma, *man* – disse Yoyi, enfatizando seu inseparável bordão. – Pegue a cama desmontável que está na garagem e leve para o quarto. Já mandei ligar o ar-condicionado há algum tempo... A sesta é sagrada... Depois tenho que sair, levo você para casa.

Conde, sem nada melhor para fazer, obedeceu ao Pombo. Embora fosse uns vinte anos mais velho que o rapaz, costumava confiar em sua sabedoria vital. E, na verdade, depois daquele bacalhau e do Pesquera que tinha bebido, a sesta se impunha como um mandato ditado pelo fatalismo geográfico tropical e o melhor da herança ibérica.

Três horas depois, a bordo do reluzente Chevrolet conversível que Yoyi dirigia com orgulho pelas péssimas ruas de Havana, os dois homens tomaram a direção do bairro de Conde. Pouco antes de chegar à sua casa, este pediu que parasse.

– Deixe-me na esquina, quero resolver uma coisa ali...

Yoyi Pombo sorriu e começou a encostar o carro junto ao meio-fio.

– Em frente ao Bar dos Desesperados? – Perguntou Yoyi, conhecedor das fraquezas e necessidades de Conde e de seu espírito.

– Mais ou menos.

– Ainda tem dinheiro?

– Mais ou menos. O capital para comprar livros – Conde repetiu a fórmula e se despediu estendendo a mão ao rapaz, que a apertou com força. – Obrigado pelo almoço, a sesta e o ânimo.

– Escute, *man*, de qualquer maneira pegue isto aqui para ir se aguentando.

Atrás do volante do Chevrolet, o rapaz contou várias notas do maço que havia tirado do bolso e entregou uma parte a Conde.

– Um pequeno adiantamento do bom negócio que estou farejando.

Conde olhou para Yoyi e, sem pensar muito, pegou o dinheiro. Não era a primeira vez que ocorria algo parecido e, desde que o rapaz começara a falar de um bom negócio pressentido, o outro sabia que aquele seria o clímax da despedida. E também sabia que, embora a relação entre os dois tivesse nascido como um vínculo comercial no qual cada um deles entrava com suas habilidades, Yoyi o admirava de forma sincera. Por essa razão seu orgulho não se sentiu mais ferido do que já estava por receber umas notas que poderiam lhe dar um fôlego.

– Sabe de uma coisa, Yoyi? Você é o filho da puta mais boa gente de Cuba.

Yoyi sorriu enquanto acariciava a enorme medalha de ouro na ponta do seu esterno.

– Não vá dizer isso por aí, *man*. Se ficarem sabendo que também sou boa gente, perco prestígio. A gente se vê – e ligou o silencioso Bel Air. O carro avançou como se fosse dono da Calzada. Ou do mundo.

Mario Conde contemplou o desolador panorama que se apresentava à sua frente e percebeu com nitidez que o que via empurrava o seu já lamentável estado de ânimo para um doloroso nível de deterioração. Aquela esquina havia sido parte do umbigo de seu bairro, e agora parecia uma espinha purulenta. Inundado por uma perversa nostalgia, recordou que quando era criança e seu avô Rufino lhe ensinava os segredos da arte de preparar galos de briga, e tentava lhe dar uma educação sentimental adequada para sobreviver num mundo que parecia uma rinha de galos, exatamente do ponto onde estava nessa tarde podia ver o bulício constante do famoso terminal de ônibus do bairro, onde seu pai trabalhara durante anos. Mas, desativada a linha de ônibus, a instalação se decompunha como um estacionamento dilapidado de veículos em fase de agonia. Enquanto isso, a pensão de Conchita, o caldo de cana de Porfirio, as barracas de batata frita de Pancho Mentira e de Albino, as quinquilharias de Nenita, as barbearias de Wildo e de Chilo, o café da parada de ônibus, a casa de aves de Miguel, o armazém de Nardo e Manolo, o café de Izquierdo, o comércio dos chineses, a loja de móveis, a casa de ferragens, os dois postos de gasolina com suas borracharias e lavadoras de carros, o bilhar, a padaria La Ceiba, com seu cheiro de vida... tudo aquilo também havia desaparecido, como que devorado por um tsunami ou algo ainda pior, e sua imagem sobrevivia a duras penas nas memórias obstinadas de figuras como Conde. Agora, flanqueado por ruas esburacadas e calçadas destroçadas, o prédio de um dos postos de gasolina havia começado a funcionar como café que servia uma droga de comida cobrando em CUC, a esquiva divisa cubana. No outro posto não havia nada. E no local onde antes era o armazém de Nardo e Manolo, reformado muitas vezes para reciclar e piorar o original, abria-se para a Calzada um pequeno balcão, protegido de possíveis assaltos de corsários e piratas por uma cerca de vergalhões de aço corrugado, que funcionava como um centro de distribuição de álcool e nicotina, batizado por Conde como o Bar dos Desesperados. Era ali, e não no café que cobrava em CUC, que os bêbados do bairro consumiam seu rum barato a qualquer hora do dia ou da noite, sem a carícia de um cubo de gelo, em pé ou sentados no chão gosmento, disputando espaço com os muitos vira-latas.

Conde se desviou de umas poças de águas turvas e atravessou a Calzada. Aproximou-se da grade carcerária erigida sobre o balcão daquele novo tipo de bar. Sua sede etílica dessa tarde não era das piores, mas necessitava alívio. E o balconista Gandinga, Gandi para os íntimos, estava ali para proporcioná-lo.

Dois bons tragos e duas longas horas mais tarde, recém-saído do banho, até perfumado com a colônia alemã presente de Aymara, a irmã gêmea de Tamara, Conde voltou para a rua. Numa tigela, ao lado da portinhola aberta na porta da cozinha, havia deixado comida para Lixeira II, que, apesar de seus dez anos já feitos, continuava praticando sua herdada propensão a cachorro vira-lata, à qual seu pai, o benemérito e já falecido Lixeira I, nunca havia renunciado. Para si mesmo, contudo, não preparou nada: como acontecia quase todas as noites, Josefina, mãe de seu amigo Carlos, convidara-o para jantar, e nesses casos era melhor manter disponível a maior quantidade de espaço estomacal. Com as duas garrafas de rum que, graças à generosidade de Yoyi, pudera comprar no

Bar dos Desesperados, tomou o ônibus e, apesar do calor, da promiscuidade, da violência auditiva e moral de um *reggaetón* e da sensação de sufoco reinante, a perspectiva de uma noite mais agradável o fez reconhecer que voltava a sentir--se razoavelmente tranquilo, quase fora de um mundo com o qual estava tão descontente e do qual sofria tantas agressões.

Passar a noite com seus velhos amigos na casa do magro Carlos, que havia muito tempo já não era magro, constituía para Mario Conde a melhor forma de encerrar o dia. A segunda melhor forma era quando, de comum acordo, ele e Tamara decidiam passar a noite juntos, assistindo a algum dos filmes preferidos de Conde – algo como *Chinatown, Cinema Paradiso* ou *O falcão maltês*, ou ainda o sempre esquálido e comovente *Nós que nos amávamos tanto*, de Ettore Scola, com uma Stefania Sandrelli capaz de despertar instintos canibalescos –, para fechar o dia com uma sessão de sexo cada vez menos febril, mais lento (por parte dos dois), porém sempre muito satisfatório. Aquelas pequenas realizações resumiam o melhor do que sobrava de uma vida que, com os anos e as porradas acumulados, tinha perdido quase todas as expectativas que não fossem relacionadas com a mais vulgar sobrevivência. E, ao perdê-las, havia abandonado até mesmo o sonho de algum dia escrever um romance em que contaria uma história, obviamente também esquálida e comovente, como as que escrevera aquele filho da puta do Salinger, que qualquer hora dessas ia morrer, certamente sem voltar a publicar nem sequer um mísero continho.

Só nos territórios daqueles mundos conservados por teimosia à margem do tempo real, e em cujas fronteiras Conde e seus amigos tinham levantado as mais altas muralhas para se proteger das invasões bárbaras, existiam uns universos agradáveis e permanentes aos quais nenhum deles, apesar de suas próprias mudanças físicas e mentais, queria nem pretendia renunciar: os mundos com os quais se identificavam e onde se sentiam como estátuas de cera, quase a salvo dos desastres e das perversões do meio ambiente.

O magro Carlos, Coelho e Candito Vermelho já conversavam na varanda da casa. Havia alguns meses que Carlos vinha utilizando uma nova cadeira de rodas, dessas que se moviam graças à eletricidade fornecida por uma bateria. O engenho fora trazido do Além pela sempre fiel e atenta Dulcita, a mais constante ex-namorada do Magro, constantíssima desde que, depois de ficar viúva, um ano antes, duplicou a frequência de suas viagens de Miami e estendeu a duração de suas estadas na ilha, por uma razão óbvia, mas não revelada ao público.

– Sabe que horas são, animal? – Foi o cumprimento do Magro, ao mesmo tempo que punha em movimento sua cadeira motorizada para aproximar-se de

Conde e arrebatar-lhe a sacola onde, bem sabia, vinha a dose de combustível capaz de movimentar a noite.

– Não encha o saco, selvagem, são oito e meia... Tudo certo, Coelho? Como vai, Vermelho? – Disse, estendendo a mão aos outros amigos.

– Fodido, mas contente – respondeu o Coelho.

– Igual a ele – disse Candito, indicando com o queixo o Coelho –, mas sem reclamar. Porque, quando penso em reclamar, rezo um pouco.

Conde sorriu. Desde que Candito abandonara as animadas atividades às quais havia se dedicado por muitos anos – gerente de um bar clandestino, fabricante de sapatos com materiais roubados, administrador de um depósito ilegal de gasolina – e se convertera ao cristianismo protestante (Conde nunca sabia a qual de suas denominações), aquele mulato de cabelo que já fora cor de açafrão e agora estava embranquecido pelas neves do tempo, digamos assim, costumava resolver seus problemas entregando-se às mãos de Deus.

– Qualquer dia vou pedir que você me batize, Vermelho – disse Conde. – O problema é que estou tão fodido que depois vou ter que passar o dia rezando.

Carlos voltou para a varanda com sua cadeira motorizada e uma bandeja sobre as pernas inertes, onde tilintavam três copos cheios de rum e um de limonada. Enquanto distribuía as bebidas – a limonada, obviamente, era a bebida de Candito –, explicou:

– A velha está acabando de fazer a comida.

– E o que Josefina vai nos servir hoje? – Quis saber o Coelho.

– Diz ela que as coisas andam mal e que, ainda por cima, não estava inspirada.

– Segurem-se bem! – Advertiu Conde, imaginando o que estava por vir.

– Como está fazendo calor – começou Carlos –, vamos iniciar por um cozido de grão de bico com chouriço, morcela, uns pedaços de porco e batatas... Como prato principal, está fazendo um pargo assado, mas não muito grande, de mais ou menos meio quilo. E, claro, arroz, mas com legumes, diz que é para a digestão. Já fez a salada de abacate, feijão, rabanete e tomate.

– E de sobremesa?

O Coelho salivava como um cachorro com raiva.

– O de sempre: goiaba em calda com queijo branco... Viu como não estava inspirada?

– Caramba, Magro, essa mulher é mágica? – Perguntou Candito, aparentemente sentindo superada a sua grande capacidade de acreditar, até mesmo no intangível.

– E você não sabia? – Gritou Conde, e tomou meio copo do seu rum. – Não se faça de bobo, Candito, não se faça de bobo...

– Mario Conde?

Mal ouviu a pergunta do mastodonte com rabo de cavalo e Conde começou a fazer os cálculos: havia anos que não botava chifres em ninguém, seus negócios com livros haviam sido tão limpos quanto podem ser os negócios; só devia dinheiro a Yoyi... e fazia tempo demais que deixara de ser policial para que surgisse alguém agora com alguma *vendetta*. Quando somou às suas ponderações o tom mais ingênuo que agressivo da pergunta, e lhe agregou a expressão do homem, ficou um pouco mais seguro de que o desconhecido pelo menos não parecia ter a intenção de matá-lo ou enchê-lo de porrada.

– Sim, pois não.

O homem havia se levantado de uma das poltronas velhas e desbotadas que Conde tinha na varanda de sua casa e que, apesar do estado lamentável, o ex-policial havia acorrentado uma à outra – e ainda a uma coluna – para dificultar qualquer intenção de mudá-las de lugar. Na penumbra, só quebrada pelo poste da iluminação pública – a última lâmpada colocada por Conde na varanda tinha sido levada para outra luminária desconhecida numa noite em que, bêbado demais para pensar em lâmpadas, ele se esqueceu de tirá-la –, pôde traçar um primeiro retrato do desconhecido. Tratava-se de um homem alto, talvez de 1,90 metro, que tinha passado dos 40 anos e também dos quilos que deveriam corresponder à sua estrutura. Seu cabelo, um tanto ralo na zona frontal, estava preso na nuca em forma de um rabo de cavalo compensatório que, além do mais, equilibrava a sua protuberância nasal. Quando Conde chegou mais perto dele e pôde distinguir a palidez rosada da pele e a qualidade da roupa, formalmente casual, presumiu que se tratava de alguém de além-mar. De qualquer um dos sete mares.

– Muito prazer, Elías Kaminsky – disse o forasteiro, sorrindo e estendendo a mão direita para Conde.

Convencido pelo calor e pela suavidade daquela manopla envolvente de que não se tratava de um possível agressor, o ex-policial acionou seu ruidoso computador mental para tentar imaginar a razão pela qual, quase à meia-noite, aquele estrangeiro o esperava na varanda escura de sua casa. Teria razão Yoyi, e à sua frente estava um buscador de livros raros? Parecia, concluiu, e fez cara de desinteressado em qualquer negócio, como lhe havia recomendado a sabedoria mercantil do Pombo.

– Como é mesmo seu nome?

Conde tentou começar a clarear sua mente, por sorte não excessivamente enevoada pelo álcool graças ao choque alimentício propiciado pela velha Josefina.

— Elías, Elías Kaminsky. Olhe, desculpe por esperá-lo aqui... e a esta hora... Sabe...

O homem, que se expressava num espanhol bastante neutro, tentou sorrir, aparentemente envergonhado com a situação, e considerou se não seria mais inteligente pôr logo sua melhor carta na mesa.

— Sou amigo do seu amigo Andrés, o médico, que mora em Miami...

Com essas palavras as tensões remanescentes de Conde cederam como por encanto. Devia ser um buscador de livros velhos enviado por seu amigo. Será que Yoyi sabia de alguma coisa, por isso andava dando uma de vidente?

— Sim, sim, claro, ele comentou alguma coisa — mentiu Conde, que fazia dois ou três meses não tinha contato algum com Andrés.

— Ainda bem. Bom, seu amigo manda lembranças e... — procurou no bolso também casual de sua camisa (da Guess, identificou Conde) — e lhe escreveu esta carta.

Conde pegou o envelope. Havia anos que não recebia uma carta de Andrés e ficou impaciente para lê-la. Só algum motivo extraordinário teria levado o amigo a se sentar e escrever, porque, como tratamento profilático contra as armadilhas ardilosas da nostalgia, desde que se radicara em Miami o médico tinha decidido manter uma relação cautelosa com aquele passado tão arraigado e, portanto, pernicioso para a saúde do presente. Só duas vezes por ano quebrava o silêncio e chafurdava na saudade: nas noites do aniversário de Carlos e de 31 de dezembro, quando telefonava para a casa do Magro, sabendo que os seus amigos estariam reunidos, tomando rum e calculando as perdas, inclusive a sua, concretizada vinte anos antes quando, como dizia o bolero, Andrés *se fue para no volver*. Embora tenha dito adeus.

— Seu amigo Andrés trabalha no lar de idosos onde meus pais passaram vários anos, até morrerem — voltou a falar o homem quando viu que Conde dobrava o envelope e o guardava no bolso. — Teve uma relação especial com eles. Minha mãe, que morreu há alguns meses...

— Meus pêsames.

— Obrigado... Minha mãe era cubana e meu pai, polonês, mas morou vinte anos em Cuba, até que partiram, em 1958 — algo na memória mais afetiva de Elías Kaminsky lhe provocou um ligeiro sorriso. — Embora só tenha vivido em Cuba durante esses vinte anos, ele dizia que era: judeu por sua origem, polonês--alemão por seus pais e seu nascimento; legalmente, cidadão norte-americano;

e, em todo o resto, cubano. Porque, na realidade, era mais cubano que qualquer outra coisa. Do time dos comedores de feijão preto e aipim com molho, dizia sempre...

– Então era dos meus. Vamos nos sentar?

Conde indicou as poltronas, e com uma chave abriu o cadeado que as unia como um casal forçado a conviver; depois, procurou colocá-las em uma posição mais favorável para uma conversa. A curiosidade de saber por que aquele homem viera procurá-lo tinha apagado outra parte do desânimo que o perseguia havia semanas.

– Obrigado – disse Elías Kaminsky enquanto se acomodava –, mas não vou incomodar por muito tempo, olhe que horas são...

– E por que veio me ver?

Kaminsky pegou um maço de Camel e ofereceu um cigarro a Conde, que recusou cortesmente. Só em caso de catástrofe nuclear ou perigo de morte ele fumava uma daquelas merdas perfumadas e adocicadas. Conde, além de sua filiação ao Partido dos Comedores de Feijão Preto, era um patriota nicotínico, o que demonstrou acendendo um de seus devastadores Criollos, pretos, sem filtro.

– Suponho que Andrés deve estar explicando na carta... Eu sou pintor, nasci em Miami e agora moro em Nova York. Meus pais não suportavam o frio, por isso tive que deixá-los na Flórida. Eles tinham um apartamento no lar de idosos onde conheceram Andrés. Apesar da origem dos dois, é a primeira vez que venho a Cuba, e... bem, a história é um pouco longa. Não aceitaria vir tomar o café da manhã no meu hotel para falarmos sobre o assunto? Andrés me disse que o senhor seria a melhor pessoa para me ajudar a saber sobre uma história relacionada com meus pais... Ah, e eu lhe pagaria por seu trabalho, evidentemente.

Enquanto Elías Kaminsky falava, Conde sentiu suas luzes de alarme, até pouco antes amortecidas, acenderem uma a uma. Se Andrés se atrevia a mandar-lhe aquele homem, que aparentemente não estava atrás de livros raros, alguma razão de peso devia existir. Mas antes de tomar café com o desconhecido, e muito antes de dizer-lhe que não tinha tempo nem ânimo para se envolver em sua história, havia coisas que precisava saber. Mas... o sujeito disse que ia lhe pagar, não? Quanto? A penúria econômica que o perseguia nos últimos meses assimilou com gula essa informação. De qualquer maneira, o melhor, como sempre, era começar pelo princípio.

– Você se importa se eu ler a carta?

– De jeito nenhum. Eu estaria louco para ler.

Conde sorriu. Abriu a porta da casa e a primeira coisa que viu foi Lixeira II deitado no sofá, justamente no único espaço livre entre várias pilhas de livros. O cachorro, dormindo com displicência, nem mexeu o rabo quando Conde acendeu a luz e rasgou o envelope.

Miami, 2 de setembro de 2007
Desgraçado:
Falta muito para o telefonema de fim de ano, mas isto não podia esperar. Sei por intermédio de Dulcita, que voltou há poucos dias de Cuba, que todos vocês estão bem, com menos cabelo e até mais gordos. O portador NÃO é meu amigo. QUASE foram os pais dele, dois velhos muito legais, sobretudo ele, o polonês-cubano. Esse homem é um pintor, vende bastante bem e ao que parece herdou algumas coisas ($) dos pais. ACHO que é boa gente. Não como você ou eu, mas mais ou menos. O que ele vai pedir é complicado, acho que nem você poderia resolver, mas tente, porque até eu estou intrigado com essa história. Além disso, é daquelas que você adora, como vai ver.
A propósito, eu disse a ele que você cobra 100 dólares diários pelo seu trabalho, mais as despesas. Aprendi isso num livro do Chandler que você me emprestou há dois malditos anos. Um que tinha um sujeito que falava como os personagens de Hemingway, sabe qual é?
Todos os meus abraços para TODOS. Sei que semana que vem é aniversário do Coelho. Mande meus parabéns. E Elías está levando um presentinho meu para ele, e uns remédios que Jose tem que tomar.
Com amor e esqualidez, seu irmão de SEMPRE,
Andrés.
P. S.: Ah, diga a Elías que não deixe de lhe contar a história da foto de Orestes Miñoso.

Conde não pôde evitar que seus olhos ficassem mareados. Com o cansaço e as frustrações acumuladas, mais aquele calor e a umidade do ambiente, os olhos das pessoas ficam irritados, mentiu sem pudor para si mesmo. Naquela carta em que não dizia quase nada, Andrés dizia tudo, com seus silêncios e ênfases tipograficamente maiúsculas. O fato de ter se lembrado do aniversário do Coelho vários dias antes da data o delatava: se não escrevia, era porque não queria nem podia, ele preferia não correr o risco de desabar. Andrés, apesar da distância física, ainda estava muito próximo e, aparentemente, sempre estaria assim. A tribo à qual pertencia era inalienável havia muitos anos, *PER SAECULA SAECULORUM*, com letra maiúscula.

Deixou a carta em cima do falecido televisor russo que não se decidia a jogar no lixo e, sentindo o peso da nostalgia que se somava ao de suas frustrações mais evidentes e perseverantes, disse a si mesmo que a melhor maneira de resistir àquela inesperada conversa era conduzi-la regada a álcool. Em dois copos, serviu boas doses da garrafa de rum vagabundo que havia guardado como reserva. Só então teve plena consciência de sua situação: aquele homem lhe pagaria 100 dólares por dia para ajudá-lo a saber alguma coisa? Quase desmaiou. No mundo dilapidado e empobrecido em que Conde vivia, 100 dólares eram uma fortuna. E se trabalhasse cinco dias? A sensação de desmaio ficou mais forte e, para controlá-la, bebeu um gole diretamente da boca da garrafa. Com os copos na mão e a mente tomada por uma enxurrada de planos econômicos, voltou para a varanda.

– Tem coragem? – Perguntou a Elías Kaminsky oferecendo-lhe o copo, que o outro aceitou sussurrando um obrigado. – Eu tomo rum barato.

– Nada mau – disse o forasteiro, ao prová-lo com cautela. – É haitiano? – Perguntou com ar de conhecedor e imediatamente pegou outro Camel e acendeu-o.

Conde deu uma talagada e fingiu degustar aquele veneno devastador.

– É, deve ser haitiano... Bem, se quiser podemos conversar amanhã em seu hotel e o senhor me conta os detalhes – começou Conde, tentando esconder sua ansiedade –, mas me diga agora o que acha que posso ajudar a descobrir.

– Já lhe disse, é uma longa história. Tem muito a ver com a vida do meu pai, Daniel Kaminsky... Para começar, digamos que procuro a pista de um quadro; segundo todas as informações, um Rembrandt.

Conde não pôde deixar de sorrir. Um Rembrandt, em Cuba? Anos atrás, quando era policial, a existência de um Matisse o levara a meter-se numa história de paixão e ódio. E o Matisse acabou sendo mais falso que juramento de puta... ou de policial. Mas a menção a um possível quadro do mestre holandês era algo magnético demais para a curiosidade de Conde, cada vez mais aguçada, talvez pela combustão daquele rum tão horroroso que parecia haitiano e da promessa de um pagamento significativo.

– Então, um Rembrandt... Como é essa história, e o que ela tem a ver com seu pai? – Conde incitou o estranho, somando argumentos para convencê-lo. – A esta hora quase não faz calor aqui... E ainda temos o resto da garrafa de rum.

Kaminsky esvaziou seu copo e o estendeu a Conde.

– Coloque o rum nas despesas.

– O que vou é colocar uma lâmpada no lustre. É melhor vermos bem o rosto um do outro, não acha?

Enquanto procurava a lâmpada, uma cadeira onde subir, atarraxava a lâmpada no bocal e por fim a luz se fazia, Conde ficou pensando que, na realidade, não tinha jeito. Por que diabos incitava aquele homem a lhe contar o seu relato filial se o mais provável era que não poderia ajudá-lo a encontrar coisa nenhuma? Só porque se aceitasse ele ia lhe pagar? "Chegamos a esse ponto, Mario Conde?", perguntou-se, e preferiu, naquele momento, não tentar responder.

Quando voltou para sua poltrona, Elías Kaminsky tirou do prodigioso bolso de sua camisa esporte uma fotografia que lhe entregou.

– A chave de tudo pode ser esta fotografia.

Tratava-se de uma cópia recente de uma foto antiga. O sépia original tinha se tornado cinza e viam-se as margens irregulares da cartolina primitiva. Na imagem havia uma mulher, entre os seus vinte, trinta anos, sentada com um vestido escuro numa poltrona de tecido brocado e espaldar alto. Ao lado da mulher, um menino de uns cinco anos, em pé, com a mão no colo da senhora, olhava para a objetiva. Pelas roupas e penteados, Conde supôs que a foto tinha sido tirada entre as décadas de 1920 e 1930. Já advertido sobre o assunto, depois de observar os personagens, Conde se concentrou num pequeno quadro pendurado atrás deles, acima de uma mesinha onde repousava um vaso com flores brancas. O quadro devia ter, talvez, uns 40 por 25 centímetros, a julgar por sua relação com a cabeça da mulher. Conde moveu a foto procurando a melhor iluminação para estudar a figura emoldurada: tratava-se do busto de um homem, com o cabelo repartido ao meio e descendo até os ombros e uma barba rala e descuidada. Aquela imagem transmitia algo indefinível, sobretudo o olhar perdido e melancólico dos olhos do sujeito, e Conde se perguntou se era o retrato de um homem ou uma representação da figura de Cristo, muito parecida com alguma que devia ter visto em um ou mais livros com reproduções de pinturas de Rembrandt. Um Cristo de Rembrandt na casa de judeus?

– Esse retrato é de Rembrandt? – Perguntou, sem deixar de olhar a foto.

– A mulher é minha avó, o menino é meu pai. Estão na casa onde viveram em Cracóvia. E o quadro foi autenticado como um Rembrandt. Dá para ver melhor com uma lupa.

Do bolso da camisa saiu então a lupa, e Conde observou a reprodução com ela, perguntando:

– E o que esse Rembrandt tem a ver com Cuba?

– Esteve em Cuba. Depois saiu daqui. E há quatro meses apareceu numa casa de leilões de Londres para ser vendido. Foi posto no mercado com um lance mínimo de 1,2 milhão de dólares, porque, mais que uma obra acabada, parece ser algo assim como um estudo, dos vários que Rembrandt fez para suas grandes figuras de Cristo quando estava trabalhando numa de suas versões de *Os peregrinos de Emaús*, a de 1648. O senhor sabe algo sobre o assunto?

Conde terminou seu rum e voltou a observar a foto através da lupa, sem poder evitar a pergunta: quantos problemas da vida de Rembrandt – bastante penosa, pelo que havia lido – poderiam ter sido resolvidos com aquele milhão de dólares?

– Sei pouco... – Admitiu. – Vi gravuras desse quadro. Mas, se não estou enganado, nos *Peregrinos* Cristo está olhando para cima, não?

– De fato. O caso é que essa cabeça de Cristo parece ter chegado às mãos da família do meu pai em 1648. Mas meus avós, judeus que vinham fugindo dos nazistas, trouxeram-na para Cuba em 1939. Era o seguro de vida deles. E o quadro ficou em Cuba. Mas eles não. Alguém sumiu com o Rembrandt, e há alguns meses outra pessoa, talvez achando que o momento havia chegado, começou a tentar vendê-lo. Esse vendedor se comunica com a casa de leilão por meio de uma caixa postal de Los Angeles. Tem um certificado de autenticidade expedido em Berlim, em 1928, e outro de compra, certificado por um tabelião, feito aqui em Havana, em 1940... justamente quando meus avós e minha tia já estavam num campo de concentração na Holanda. Mas, graças a esta foto, que meu pai conservou a vida toda, impedi o leilão, pois a questão das obras de arte roubadas dos judeus antes e durante a guerra é muito delicada. Não é mentira se lhe disser que não me interessa recuperar o quadro pelo valor que possa ter, embora não seja pouca coisa. O que quero, e por isso estou hoje aqui, é saber o que houve com esse quadro, que era a relíquia da minha família, e com a pessoa que o tinha aqui em Cuba. Onde esteve enfiado até agora. Não sei se a esta altura será possível saber alguma coisa, mas quero tentar... e, para isso, preciso da sua ajuda.

Conde tinha deixado de olhar a foto e observava o recém-chegado, atraído por suas palavras. Tinha ouvido mal ou ele dizia que não lhe interessava muito o milhão e tanto que valia a obra? Sua mente, já descontrolada, começou a procurar caminhos para se aproximar daquela história aparentemente extraordinária que viera ao seu encontro. Mas, naquele instante, não lhe ocorria ideia nenhuma: só que precisava saber mais.

– E o que seu pai lhe contou sobre a chegada desse quadro a Cuba?

– Sobre isso não me contou muito, pois só sabia era que seus pais o trouxeram no *Saint Louis*.

– O famoso navio que chegou a Havana cheio de judeus?

– Esse mesmo. Sobre o quadro meu pai me falou muito, mas sobre a pessoa que o tinha aqui em Cuba, menos.

Conde sorriu. O cansaço, o rum e seu desânimo o deixavam mais lerdo ou esse era seu estado natural?

– Na verdade, não estou entendendo muito bem... ou melhor, nada – admitiu enquanto devolvia a lupa ao seu interlocutor.

– O que eu quero é que me ajude a procurar a verdade para que eu também possa entender. Olhe, agora estou exausto, e gostaria de ter a mente clara para poder lhe falar dessa história. Mas, para convencê-lo a me ouvir amanhã, se é que podemos nos ver amanhã, só quero lhe contar uma coisa. Meus pais saíram de Cuba em 1958. Não em 1959, nem em 1960, quando quase todos os judeus e as pessoas que tinham dinheiro saíram daqui fugindo do que eles sabiam que seria um governo comunista. Tenho certeza de que essa partida dos meus pais em 1958, que foi bastante precipitada, tem a ver com esse Rembrandt. E, desde que o quadro reapareceu para o leilão, mais do que achar, tenho certeza de que essa relação do meu pai com o quadro e sua saída de Cuba têm uma conexão que pode ter sido muito complicada.

– Por que muito complicada? – Perguntou Conde, já convencido de sua anemia mental.

– Porque, se aconteceu o que estou imaginando, talvez meu pai tenha feito uma coisa muito grave.

Conde se sentia a ponto de explodir. O tal Elías Kaminsky era o pior contador de histórias que já existira, ou então um babaca de marca maior, apesar de seu quadro, seus 100 dólares diários e sua roupa esporte.

– Vai me contar finalmente o que houve e qual é a verdade que o preocupa?

O mastodonte pegou seu copo e bebeu o final do rum servido por Conde. Olhou para ele e afinal disse:

– A questão é que não é fácil dizer que acho que meu pai, que sempre vi assim, como um pai, pode ter sido a mesma pessoa que degolou um homem.

Cracóvia, 1648 – Havana, 1939

Dois anos antes daquela manhã dramaticamente silenciosa em que Daniel Kaminsky e seu tio Joseph se preparavam para ir ao porto de Havana para presenciar a esperada chegada do *Saint Louis*, a cada vez mais tensa situação dos judeus europeus havia começado a se complicar num ritmo acelerado, prenunciando a vinda de novas e grandes desgraças. Foi então que os pais de Daniel decidiram que seria melhor entrar no olho do furacão e aproveitar a força de seus ventos para propulsar-se em direção à salvação. Por isso, valendo-se do fato de Esther Kellerstein ter nascido na Alemanha e seus pais ainda viverem lá, Isaías Kaminsky, sua esposa e os filhos Daniel e Judit, depois de comprarem a anuência de alguns funcionários, conseguiram sair de Cracóvia e ir para Leipzig. Lá o médico esperava encontrar uma saída satisfatória, junto com os outros membros do clã dos Kellersteins, uma das famílias mais preeminentes da cidade, reconhecidos fabricantes de delicados instrumentos musicais de madeira e cordas que haviam dado alma e som a incontáveis sinfonias alemãs desde os tempos de Bach e Handel.

Já estabelecidos em Leipzig, com a ajuda dos contatos e do dinheiro dos Kellersteins, Isaías Kaminsky começou a evacuação dos seus com a complicadíssima compra de uma autorização de saída e um visto de turista para o filho, que acabara de fazer oito anos. O destino inicial do menino seria a remota ilha de Cuba, onde deveria esperar a alteração de seu tipo de visto para viajar para os Estados Unidos e a saída de seus pais e sua irmã, que contavam que ocorreria com certa rapidez, se possível diretamente para a América do Norte. A escolha de Havana como rota para Daniel se deu porque era complicado emigrar para os

Estados Unidos e também devido à situação favorável em que, havia alguns anos, lá vivia Joseph, o irmão mais velho de Isaías – já transformado pela informalidade cubana em Pepe Carteira – e sua disposição de apresentar-se às autoridades da ilha como responsável pelo sustento do menino.

Para os outros três membros da família retidos em Leipzig, as coisas eram mais complicadas: por um lado, as restrições das autoridades alemãs a que os judeus residentes em seu território emigrassem, a menos que tivessem capital e entregassem até o último centavo de seu patrimônio; por outro, a crescente dificuldade que existia para conseguir um visto, especialmente com destino aos Estados Unidos, para onde Isaías tinha os olhos voltados, por considerá-lo o país ideal para um homem com sua profissão, cultura e aspirações; e, por último, a obstinada confiança dos patriarcas da família Kellerstein em que sempre gozariam de certa consideração e respeito graças à sua posição econômica, o que devia facilitar-lhes, ao menos, uma venda satisfatória do seu negócio e um acordo capaz de permitir a abertura de outro, talvez mais modesto, em outra parte do mundo. Aquele somatório de sonhos e desejos, unido ao que Daniel Kaminsky mais tarde julgaria como um profundo espírito de submissão e uma paralisante incapacidade de compreensão do que estava ocorrendo, roubaria deles meses preciosos para tentar um dos caminhos de fuga já seguidos por outros judeus de Leipzig – que, menos românticos e integrados que os Kellersteins, tinham se convencido de que não só seus negócios, casas e relações estavam em jogo, mas, acima de tudo, a própria vida, pelo fato de serem judeus em um país que adoecera do mais agressivo nacionalismo.

A sólida confiança na gentileza e na civilidade alemãs com que tinham convivido e progredido por gerações não salvou os Kellersteins da ruína e da morte. Se àquela altura os judeus alemães já haviam perdido todos os seus direitos e eram párias civis, veio um novo arrocho que transformou sua condição religiosa e racial em delito. Na noite de 9 para 10 de novembro de 1938, seis meses depois da partida de Daniel para Cuba, os Kellersteins perderam praticamente tudo na negra Noite dos Cristais.

Dispostos a conseguir um visto para qualquer lugar do mundo onde ao menos não houvesse os mesmos perigos, os pais e a irmã de Daniel foram parar em Berlim, acolhidos por um médico não judeu, ex-colega de Isaías Kaminsky em seus anos de estudos universitários. Lá, enquanto corria de um consulado a outro, Isaías foi testemunha das grandes marchas nazistas e pôde ter uma noção clara do que se avizinhava na Europa. Numa das cartas que escreveu na época ao seu irmão Joseph, Isaías tentava explicar, ou talvez explicar a si mesmo, o que sentia naquele momento. Essa carta, que anos depois tio Pepe entregaria a Daniel, e mais outros anos depois Daniel deixaria nas mãos de seu filho Elías, constituía uma vívida constatação de como o medo invade um indivíduo quando as forças desencadeadas e manipuladas de uma sociedade o escolhem como inimigo e lhe tiram o recurso da apelação, no caso só por professar certas ideias que os outros – a maioria manipulada por um poder totalitário – consideraram perniciosas para o bem comum. O desejo de fugir de si mesmo, de perder a individualidade na vulgaridade homogênea das massas, aparecia como alternativa contra o medo e as manifestações mais irracionais de um ódio revestido de dever patriótico e assimilado por uma sociedade transtornada por uma crença messiânica em seu destino. Num dos parágrafos finais da carta, Isaías afirmava: "Sonho ficar transparente". Essa frase, resumo da dramática vontade de fuga submissa, seria a inspiração capaz de motivar muitas das atitudes de seu filho, e o impeliria, mais que ao desejo de ser transparente, à busca de tornar-se outro.

No momento mais tenso da crise, sentindo-se à beira da asfixia pela pressão nazista, o doutor Isaías Kaminsky recebeu um cabograma enviado de Havana, no qual Joseph anunciava a abertura de uma brecha inesperada para sua salvação: uma agência do governo cubano ia abrir um escritório na sua embaixada em Berlim para vender vistos aos hebreus que quisessem ir para a ilha na condição de turistas. No mesmo dia em que a agência começou a funcionar, Isaías Kaminsky foi à embaixada e conseguiu comprar os três vistos. Imediatamente, com a ajuda dos Kellersteins e de seu colega médico, pagou a taxa exigida pelo governo alemão para conceder autorização de saída aos judeus e, por fim, comprou as passagens de primeira classe em um transatlântico autorizado pelo Departamento de Imigração a zarpar de Hamburgo com destino a Havana: o *S.S. Saint Louis*, que partiu em 13 de maio de 1939, prevendo chegar a Havana em exatas duas semanas e lá depositar sua carga humana de 937 judeus alvoroçados por sua boa sorte.

Quando Joseph Kaminsky e seu sobrinho Daniel chegaram ao porto na manhã de 27 de maio de 1939, o sol ainda não havia nascido. Mas, graças aos refletores colocados na alameda de Paula e no cais de Caballeria, descobriram com entusiasmo que o luxuoso transatlântico já estava ancorado na baía, havendo chegado várias horas antes do previsto, incitado pela presença de outros navios carregados de passageiros judeus, também em busca de um porto americano disposto a aceitá-los. A primeira coisa que chamou a atenção de Pepe Carteira foi que o navio teve de fundear longe dos pontos onde costumavam atracar os barcos de passageiros: o cais de Casablanca, onde ficava o Departamento de Imigração, ou o da linha Hapag, a Hamburgo-Amerikan Linen, à qual pertencia o *Saint Louis* e onde desembarcavam os turistas de passagem por Havana.

Nas imediações do porto já estavam reunidas centenas de pessoas, na maioria judeus, mas também muitos curiosos, jornalistas e policiais. E por volta das seis e meia da manhã, quando se acenderam as luzes do convés e se ouviu o sinal da sirene, ordenado pelo capitão do barco, para abrir os salões do café da manhã, muitos dos que se reuniam no cais pularam de alegria, provocando uma prolongada algazarra à qual se juntaram os passageiros, pois tanto uns como outros presumiram que era uma indicação de desembarque iminente.

Com o passar dos anos, e graças à informação coletada, Daniel Kaminsky compreendeu que aquela aventura destinada a traçar o destino de sua família havia nascido tortuosamente macabra. Na realidade, enquanto o *Saint Louis* navegava em direção a Havana, já estavam marcados os passos da tragédia em que terminaria aquele episódio, um dos mais vergonhosos e mesquinhos da política em todo o século XX. Porque no destino dos judeus embarcados no *Saint Louis* cruzaram-se, como se quisessem dar forma às espirais de um laço de forca, os interesses políticos e propagandísticos dos nazistas, empenhados em mostrar que permitiam que os judeus emigrassem, e as estritas políticas migratórias exigidas pelas diferentes facções do governo dos Estados Unidos, mais o peso decisivo de suas pressões sobre os governantes cubanos. O lastro dessas realidades e manipulações políticas se somaria, como clímax, ao maior mal que afligiu Cuba durante aqueles anos: a corrupção.

As indispensáveis autorizações de viagem concedidas pela agência cubana estabelecida em Berlim foram uma peça-chave no jogo perverso que envolveria os pais e a irmã de Daniel e muitos outros dos 937 judeus embarcados no transatlântico. Mais tarde se saberia que a venda das autorizações era parte de um negócio montado pelo senador e ex-coronel do Exército Manuel Benítez González, que, graças à proximidade de seu filho com o poderoso general Batista, exercia na época o cargo de diretor de Imigração. Por intermédio de sua agência de viagens, Benítez chegou a vender cerca de 4 mil autorizações de entrada a Cuba, a 150 pesos cada uma, o que produziu um fabuloso ganho de 600 mil pesos da época, dinheiro com o qual deve ter molhado a mão de muita gente, talvez até a do próprio Batista, que controlava todos os fios que moveram o país desde sua Revolta dos Sargentos de 1933 até sua vergonhosa fuga na primeira madrugada de 1959.

Evidentemente, ao tomar conhecimento desses movimentos, o então presidente cubano, Federico Laredo Brú, decidiu que era chegada a hora de entrar no jogo. Movido por pressão de alguns ministros, pretendia mostrar sua força ante o poder de Batista, mas também, como era o costume nacional, dispunha-se a ficar com uma fatia do bolo. O primeiro gesto presidencial foi aprovar um decreto segundo o qual cada refugiado que pretendesse chegar a Cuba deveria contribuir com quinhentos pesos para demonstrar que não seria um ônus público. E, quando as autorizações de Benítez e as passagens do *Saint Louis* já estavam vendidas, editou outra lei que cancelava os vistos de turista já concedidos e exigia dos passageiros o pagamento de quase meio milhão de dólares ao governo cubano para permitir seu ingresso na ilha na condição de refugiados.

Os embarcados no transatlântico, é óbvio, não podiam pagar essas quantias. Ao deixar o território alemão, os supostos turistas só tiveram permissão para levar uma mala de roupa e dez marcos, equivalentes a cerca de quatro dólares. Mas, como parte do jogo, Goebbels, o chefe da propaganda alemã e demiurgo desse episódio, fizera circular o boato de que os refugiados viajavam com dinheiro, diamantes e joias que representavam uma enorme fortuna. E o presidente cubano e seus assessores deram ao alto funcionário nazista muito mais que o benefício da dúvida.

Quando amanheceu, a multidão aglomerada no porto já ultrapassava 5, 6 mil pessoas. O menino Daniel Kaminsky não entendia nada, pois os comentários que circulavam eram contínuos e contraditórios: uns despertavam esperança e outros, desconsolo. As pessoas começaram a fazer apostas: se desembarcariam ou não desembarcariam, apoiando suas opiniões em diferentes argumentos. Para consolo dos passageiros e de seus parentes, alguém informou que os procedimentos administrativos de desembarque só haviam sido adiados por ser fim de semana e a maioria dos funcionários cubanos estar de folga. Mas a maior confiança dos familiares estava depositada na certeza de que em Cuba tudo se podia comprar ou vender, e por esse motivo logo chegariam a Havana enviados do Comitê para a Distribuição dos Refugiados Judeus dispostos a negociar os preços estabelecidos pelo governo cubano.

Na realidade, Joseph Kaminsky e seu sobrinho Daniel tinham uma razão muito forte para estarem mais otimistas do que os outros familiares de viajantes aglomerados no porto de Havana. Tio Pepe Carteira já havia contado ao menino, no maior segredo, que seus pais e sua irmã traziam algo muito mais valioso que vistos: uma chave capaz de escancarar as portas da ilha aos três Kaminskys embarcados no *Saint Louis*. Com eles viajava, subtraída de algum modo ao confisco nazista, a pequena tela com uma pintura antiga que durante anos estivera pendurada em uma parede da casa da família. Aquela obra, assinada por um famoso e bem cotado pintor holandês, era capaz de atingir um valor que, supunha Joseph, superaria de longe as exigências de qualquer funcionário da polícia ou da Secretaria de Imigração cubanas, cujas benesses se costumavam comprar por muito menos dinheiro.

Ao longo de quase três séculos, a pintura, que representava o rosto de um homem classicamente judeu, mas ao mesmo tempo classicamente parecido com a imagem iconográfica do Jesus dos cristãos, havia passado por vários estágios na relação com a família Kaminsky: um segredo, uma relíquia familiar e, por fim, uma joia na qual os últimos Kaminskys a desfrutar de sua posse apostariam as maiores esperanças de salvação.

Na casa de Cracóvia onde Daniel havia nascido, em 1930, os Kaminskys, embora já não tivessem a tranquilidade financeira de algumas décadas antes, viviam com o conforto de uma típica família judia pequeno-burguesa. Algumas fotos resgatadas do desastre provavam isso. Viam-se nessas imagens tingidas de sépia móveis de madeiras nobres, espelhos alemães, velhos vasos de porcelana de Delft. E, sobretudo, exatamente naquela foto de Daniel aos quatro ou cinco anos, acompanhado por sua mãe, Esther, um instantâneo tirado na luminosa sala que servia como sala de jantar. Na imagem se via, bem atrás do menino e acima de uma mesa enfeitada com um vaso cheio de flores, a moldura de ébano lavrado na qual Isaías tinha mandado colocar, como se fosse o brasão do clã, a pintura que representava um homem transcendente, com traços judaicos e olhar perdido no infinito.

Quarenta anos antes, o negociante de peles Benjamim Kaminsky, pai de Joseph, do já falecido Israel e de Isaías, havia conseguido juntar uma considerável fortuna e, decidido a garantir o futuro dos filhos, insistiu em legar-lhes algo que ninguém poderia tomar: a educação. Antes de ter início a guerra de 1914, mandara o primogênito, Joseph, à Boêmia, para ali desenvolver suas notáveis habilidades manuais estudando com os melhores artífices da manufatura de peles, muito respeitados naquela região do mundo. Assim, no dia em que herdasse o negócio da família, teria um preparo capaz de lhe garantir um rápido progresso. Mais tarde, Benjamim encaminhara o malogrado Israel para estudar engenharia em Paris, onde o rapaz decidiu se estabelecer, deslumbrado pela cidade e pela cultura francesa. Para sua desgraça, no processo de afrancesamento Israel acabaria se alistando no Exército francês, terminando seus dias numa trincheira cheia de lama, sangue e merda nas imediações de Verdun. Depois da Grande Guerra, ainda em meio à crise que acabou com tantas fortunas e à instabilidade política em que se vivia, o negociante de peles investiu seus últimos recursos para enviar o caçula, Isaías, para estudar medicina na Universidade de Leipzig. Foi nessa época que o rapaz conheceu Esther Kellerstein, filha de uma abastada e conceituada família da cidade, a bela moça com quem se casou e, em 1928, estabeleceu-se em Cracóvia, a pátria ancestral dos Kaminskys.

Morto Israel na guerra e confessadas as intenções de Joseph de partir para fazer a vida no novo mundo, longe do constante temor de um pogrom, o pai de Isaías deu ao filho mais novo a guarda daquele quadro antigo que por diversas gerações fora entregue ao primogênito da família. Pela primeira vez a futura propriedade da obra, de cujo valor já tinham informações mais confiáveis, seria dividida entre dois irmãos, embora desde o princípio Joseph, sempre frugal, com certa vocação para ermitão e despojado de grandes ambições, tenha preferido deixá-la aos cuidados de seu irmão "intelectual", como costumava chamar o médico, porque, além do mais, por sua tendência à ortodoxia religiosa, nunca simpatizara com aquele retrato – muito pelo contrário. Graças a todas essas condições, anos mais tarde, quando Joseph soube das dificuldades que Isaías enfrentava para conseguir uma rota de fuga da Alemanha para si próprio e sua família, foi fácil tomar uma decisão. Aquele homem que costumava contar os centavos e mantinha o sobrinho Daniel – e a si mesmo – à beira da inanição para não fazer gastos excessivos com coisas que, dizia, no fim se transformariam em merda (devido à sua constipação crônica, viveu até a morte obcecado por merda e preocupado com o ato traumático de sua evacuação), escreveu ao irmão confirmando-lhe que poderia dispor do quadro com toda a liberdade se chegasse o momento em que sua venda pudesse garantir-lhe a sobrevivência. Talvez fosse esse o destino manifesto daquela controversa e herética joia obtida rocambolescamente pela família quase trezentos anos antes.

Ninguém sabia com certeza como a pintura, uma tela relativamente pequena, havia chegado às mãos de remotos Kaminskys, segundo tudo indicava, em meados do século XVII, pouco depois de ter sido pintada. Aquela época havia sido justamente a mais terrível vivida pela comunidade judaica da Polônia, embora logo fosse ser superada em crueldade e em quantidade de vítimas. Apesar do longo tempo transcorrido, para todos os judeus do mundo é bem conhecida a história da perseguição, do martírio e da morte de vários milhares de hebreus pelas hordas de cossacos e tártaros embriagadas de sadismo e ódio, uma carnificina levada além de todos os extremos entre 1648 e 1653.

A crônica familiar em torno da pintura que os Kaminskys possuíam desde esses tempos turbulentos tinha sido construída com base em uma fabulosa, romântica, e para muitos deles falsa, história de um rabino que, fugindo do avanço das tropas cossacas, escapara quase por milagre do cerco à cidade de Nemirov, primeiro, e de Zamość, depois. O lendário rabino, diziam, conseguira chegar a Cracóvia, onde, para seu azar, fora vítima de outro inimigo tão implacável quanto os cossacos: a epidemia de peste, que em um verão acabou com a vida de 20 mil judeus só naquela cidade. De geração em geração, os membros do clã contariam uns aos outros que o médico Moshé Kaminsky atendera ao rabino em seus últimos momentos e que aquele sábio (cuja família havia sido massacrada pelos cossacos do célebre Chmiel, o Perseguidor, um assassino para os judeus e um herói justiceiro para os ucranianos), ao perceber qual seria seu desenlace, entregara algumas cartas e três pequenas telas ao médico. As pinturas eram aquela cabeça de homem, claramente judeu, que de forma muito naturalista pretendia ser uma representação do Jesus cristão, porém com a evidente intenção de ser mais humano e terreno que a figura estabelecida pela iconografia católica da época; uma pequena paisagem da campina holandesa; e o retrato de uma jovem, vestida à moda holandesa daqueles tempos. As cartas não se soube o que diziam, pois estavam escritas num idioma incompreensível para os judeus do leste e para os poloneses e, em algum momento, tomaram rumo desconhecido, pelo menos para os descendentes do médico que conservaram e transmitiram a história do rabino e as pinturas. Segundo a lenda familiar, o rabino contou ao doutor Moshé Kaminsky que recebera as telas e as cartas das mãos de um sefaradi que se dizia pintor. O sefaradi lhe afirmara que o retrato da jovem era obra sua, que a paisagem tinha sido pintada por um amigo seu, enquanto a cabeça de Jesus, ou de um jovem judeu parecido com o Jesus dos cristãos, era na verdade um retrato dele mesmo, o jovem sefaradi, e saíra das mãos de seu mestre, o maior pintor de retratos de todo o mundo conhecido... Um holandês chamado Rembrandt van Rijn, cujas iniciais se podiam ler na margem inferior da tela, junto do ano de sua realização: 1647.

Desde então, a família Kaminsky, que também por absoluto milagre escapara das matanças e doenças daqueles anos tenebrosos, conservou as telas e o relato bastante inverossímil que, segundo sabiam, o doutor tinha ouvido dos lábios do delirante rabino que sobrevivera a vários ataques cossacos. Qual integrante da comunidade judaica polonesa da metade do século XVII, dessangrada e horrorizada pela violência genocida que a dizimava, acreditaria naquela história de um judeu sefaradi, e ainda por cima pintor, perdido por aquelas bandas? Qual dentre aqueles filhos de Israel, na época fanatizados até o desespero com as andanças pela Palestina de um tal Sabbatai Zevi, que se havia proclamado o verdadeiro

Messias capaz de redimi-los; qual desses judeus acreditaria que pelos campos da Pequena Rússia pudesse andar um sefaradi de Amsterdã que, para o cúmulo do despropósito, admitia ser pintor? Onde já se vira um judeu pintor? E como esse inacreditável judeu pintor poderia e se atreveria a andar naquela região com três óleos, entre os quais um retrato seu muito parecido com o de Cristo? Não era mais provável que em algum dos ataques de cossacos e tártaros o suposto rabino tivesse se apropriado daquelas pinturas, sabe Deus com que artifícios? Ou que o ladrão fosse o próprio doutor Moshé Kaminsky, criador da tosca fábula do pintor sefaradi e do rabino morto para esconder atrás desses personagens alguma ação escusa realizada durante os anos da peste e da matança? Fosse ou não verdadeira a história, o certo é que o médico tomara posse das obras e as guardara até o fim da vida sem mostrá-las a ninguém, por medo de ser considerado um adorador de imagens idólatras. Infelizmente – diziam seus descendentes que durante séculos transmitiram a crônica e a herança –, a pequena paisagem da campina holandesa chegara muito deteriorada às mãos de Moshé Kaminsky, e com o passar dos anos a pintura que reproduzia o rosto da moça judia, talvez pela má qualidade da tinta ou da tela, fora se desvanecendo e rachando, até desaparecer, escama por escama. Mas o retrato do jovem judeu, não. Como era de esperar, várias gerações de Kaminskys mantiveram aquela peça, talvez até valiosa, oculta das vistas públicas, muito especialmente dos olhos de outros judeus poloneses, cada vez mais ortodoxos e radicais, pois exibi-la poderia ser considerado uma enorme violação da Lei sagrada, já que se tratava não só de uma imagem humana, mas da figura de um judeu que encarnava o suposto messias.

Foi o pai de Benjamim e bisavô de Daniel Kaminsky o primeiro do clã que se atreveu a colocar a pintura num lugar visível de sua casa. Ele era meio ateu, como bom socialista, e chegou até a ser um líder operário mais ou menos importante na Cracóvia da metade do século XIX. Desde então, a crônica familiar sobre o quadro adquiriu novos contornos dramáticos, pois um daqueles socialistas judeus, companheiro de lutas do bisavô de Daniel Kaminsky, tornou-se um sindicalista francês e, segundo ele próprio, amigo íntimo de Camille Pissarro, esse sim judeu e pintor, e muito se orgulhava de seus conhecimentos de pintura europeia. Desde o primeiro dia em que o francês viu na casa o retrato da cabeça do jovem judeu, disse ao seu camarada Kaminsky que ele tinha na parede nada mais nada menos que uma obra do holandês Rembrandt, um dos artistas mais admirados pelos pintores parisienses da época, incluindo seu amigo Pissarro.

Mas foi Benjamim Kaminsky, o avô de Daniel, que não era socialista, mas um homem interessado em ganhar dinheiro por qualquer meio, que um dia pegou o quadro e o levou ao melhor especialista de Varsóvia. O perito lhe certificou que se tratava, de fato, de uma pintura holandesa do século XVII, mas não pôde garantir que era uma obra de Rembrandt, embora tivesse muitos elementos de seu estilo. O principal problema para sua autenticação se devia ao fato de que haviam sido pintadas várias cabeças como aquela no estúdio de Rembrandt, mais ou menos acabadas, e existia uma grande confusão entre os catalogadores sobre quais obras eram do mestre e quais de seus alunos, a quem muitas vezes ele fazia pintar peças junto consigo ou baseadas nas suas. Em alguns casos, se o resultado lhe agradasse, o mestre até as assinava e vendia como próprias. Por isso, o perito polonês, atendo-se a certas soluções bastante fáceis, como a de obra inacabada, inclinava-se a pensar que se tratava de uma obra pintada por um discípulo de Rembrandt, no estúdio de Rembrandt, e mencionou vários possíveis autores. Não obstante, disse, sem dúvida tratava-se de um quadro importante (embora não muito valioso em termos financeiros, por não ser obra de Rembrandt), mas alertou que seu parecer não devia ser tomado como definitivo. Talvez os especialistas holandeses, ou os minuciosos catalogadores alemães...

Por estar um pouco decepcionado com o fato mais que possível de a autoria do quadro ser de um aluno e não do cada vez mais valorizado mestre holandês, Benjamim Kaminsky não deu outro destino à pintura além de uma modesta moldura pendurada na sala da casa da família. Porque, se estivesse convicto do seu valor, o mais certo é que tivesse transformado a relíquia em dinheiro, que também, o mais certo, teria virado pó durante qualquer uma das crises daqueles anos terríveis, anteriores e posteriores à Guerra Mundial.

Foi o próprio doutor Isaías Kaminsky quem, afinal, decidiu submeter o quadro a um exame rigoroso. Sendo um homem mais curioso e espiritual que seu pai, quis acabar com as dúvidas e levou a pintura consigo a Berlim, quando foi à Alemanha para se casar com a bela Esther Kellerstein, em 1928. Então, reuniu-se com dois peritos da cidade, profundos conhecedores da pintura holandesa do período clássico, e lhes mostrou o retrato do jovem judeu semelhante ao Jesus da iconografia cristã. E ambos certificaram que, embora parecesse mais um estudo que uma obra acabada, sem dúvida se tratava de uma tela da série dos *tronies* (como os holandeses chamavam os retratos de bustos) pintados na década de 1640 no estúdio de Rembrandt, com a imagem de um Cristo muito humano. Mas, acrescentaram, aquela especificamente, com quase toda certeza, tinha sido pintada... por Rembrandt!

Quando teve certeza da origem e do valor da obra, Isaías Kaminsky encomendou sua limpeza e restauração, enquanto escrevia uma longa carta ao seu irmão

Joseph, já estabelecido em Havana e em processo de virar Pepe Carteira, narrando os detalhes da fabulosa confirmação. Graças ao parecer dos especialistas, Isaías pensava agora que devia haver muito de verdade no que, *supostamente*, teria dito aquele lendário judeu sefaradi holandês, *supostamente* pintor, quando *supostamente* entregou a tela ao rabino – Por quê? Por que dá-la a alguém se já naquela época devia ser muito valiosa? –, que depois de escapar tantas vezes das espadas e dos cavalos dos cossacos acabou acometido pela peste negra que assolava a cidade de Cracóvia e foi agonizar nos braços do doutor Moshé Kaminsky. O generoso rabino que, antes de morrer, *supostamente* presenteara o médico com três pinturas a óleo, um punhado de cartas e aquele extraordinário relato sobre a existência de um sefaradi holandês apaixonado por pintura, perdido nas imensas planícies da Pequena Rússia. Uma história na qual, depois de comprovada a origem do quadro, os Kaminskys tinham agora mais motivos para acreditar.

A zona portuária logo se transformaria numa espécie de carnaval grotesco. Desde a própria manhã do sábado, 27 de maio, data da chegada do *Saint Louis*, os milhares de judeus residentes em Havana, tivessem ou não parentes no barco, haviam acampado no cais, rodeados por uma infinidade de curiosos, jornalistas, as prostitutas e os marinheiros de sempre e uns policiais desejosos de agir como policiais e reprimir alguém. Nas calçadas, nos saguões e nas lojas havia bancas de comida e refrigerante, sombrinhas e binóculos, chapéus e cadeiras dobráveis, orações católicas e objetos de culto afro-cubanos, leques e sandálias, remédios para insolação e jornais com as penúltimas notícias sobre as transações que determinariam se os passageiros ficariam lá ou iriam cantar em outra freguesia, como disse um dos jornaleiros. O negócio mais lucrativo era, sem dúvida, o aluguel de botes, a bordo dos quais as pessoas que tinham parentes no transatlântico se aproximavam do barco o máximo que lhes permitia o cordão formado pelas lanchas da polícia e da marinha, para dali ver seus parentes e, se as vozes alcançassem, transmitir-lhes algumas palavras de alento.

Durante aqueles dias, Daniel Kaminsky notou que seus sentidos se embotavam com tamanho acúmulo de experiências e descobertas alucinantes. Se os meses já vividos ali o deixaram admirado com a vitalidade e a descontração da cidade, o fato de ter passado boa parte do tempo entre judeus como ele – e sua incapacidade de entender o linguajar rápido falado pelos cubanos – não lhe permitiu conhecer bem sequer a superfície do país. Mas aquele turbilhão humano desencadeado pelo navio cheio de refugiados que as pessoas insistiam em chamar de "polacos" era uma tormenta de paixões e interesses que de alguma forma envolvia desde um pobre imigrante como ele até o presidente da República. Para Daniel, aquele dramático episódio funcionaria como um empurrão para as entranhas de um mundo efervescente que já lhe parecia magnético: aquela capacidade cubana de viver cada situação como se fosse uma festa representava, pela perspectiva de seu desespero e de sua ignorância, uma forma muito mais agradável de passar pela Terra e obter dessa passagem efêmera o melhor que ela pudesse oferecer. Ali todo mundo ria, fumava, bebia cerveja, mesmo nos velórios; as mulheres, casadas, solteiras ou viúvas, brancas e negras, andavam com uma cadência perversa e paravam em plena rua para conversar com conhecidos ou desconhecidos; os negros gesticulavam como se estivessem dançando e os brancos se vestiam como proxenetas. As pessoas, homens e mulheres, olhavam-se nos olhos. E, apesar de se moverem com frenesi, na realidade ninguém parecia ter pressa para nada. Com o passar dos anos e o aumento de sua capacidade de compreensão, Daniel chegou a entender que nem todas as suas impressões daqueles tempos eram fundamentadas, pois os cubanos também enfrentavam seus próprios dramas, suas misérias e suas dores; mas, por outro lado, veio a descobrir que o faziam com uma leveza e um pragmatismo pelos quais ele se apaixonaria pelo resto da vida, com a mesma intensidade com que manteria seu amor pelos pratos de feijão preto.

A tensa semana que o barco passou fundeado em Havana foi um tempo enlouquecido durante o qual, dia a dia, e inclusive em um mesmo dia e às vezes com um intervalo de minutos, viveram-se momentos de euforia seguidos por outros de desencanto e frustração, aliviados pela chegada de uma esperança que logo se evaporava e aumentava a cota de sofrimento acumulado pelos parentes dos refugiados.

As ilusões dos primeiros instantes sempre se basearam na possibilidade de alguma negociação econômica com o governo cubano e, sobretudo, nas pressões que os judeus estabelecidos na América do Norte faziam ou tentavam fazer sobre o presidente Roosevelt para que, de forma excepcional, alterasse a cota de refugiados admissíveis nos Estados Unidos. Mas o transcorrer dos dias sem que se concretizassem acordos em Havana nem mudanças na política de Washington se encarregou de ir fazendo murchar os sonhos.

O que mais afetou Daniel foi presenciar como, naquela mesma Cuba leve e festiva, a propaganda antissemita havia disparado a níveis imprevisíveis num país em geral tão aberto. Estimulada pelos falangistas espanhóis, pelos editoriais anti-imigrantes e antissemitas do *Diario de la Marina*, pelos vociferantes membros do Partido Nazista Cubano, pelo dinheiro e pelas pressões dos agentes alemães estabelecidos na ilha, aquela expressão de ódio invadiu demasiadas consciências.

O menino Daniel Kaminsky, que tivera a oportunidade de assistir a uma marcha com ressonâncias berlinenses que reuniu 40 mil pessoas gritando impropérios contra os judeus e contra os estrangeiros em geral, chegou a sentir naquele momento que, de tanto imaginar uma volta ao seu mundo perdido, aquele mundo tinha ido buscá-lo na distante, musical e colorida capital da ilha de Cuba.

A campanha contra o possível desembarque dos refugiados foi uma explosão de oportunismos e mesquinharias. Os poucos mas vociferantes nazistas cubanos se opunham a qualquer imigração que não fosse branca e católica, e exigiam não só que se impedisse a entrada dos peregrinos do momento, como também a expulsão dos judeus já radicados na ilha – e, no embalo, dos trabalhadores agrícolas jamaicanos e haitianos, pois era necessário branquear a nação. Os comunistas, por sua vez, viram-se de mãos atadas, devido à sua luta para não dar emprego aos estrangeiros, e admitir os recém-chegados poderia contrariar essa política. Ao mesmo tempo, vários líderes da comunidade dos mais ricos comerciantes espanhóis, quase todos de tendência falangista, despejaram nos judeus seu repúdio aos compatriotas republicanos em debandada, muitos dos quais também pretendiam instalar-se em Cuba. O mais doloroso, contudo, foi ver como a gente comum, sempre tão aberta, muitas vezes repetia o que lhe inculcavam: os judeus são sujos, criminosos, trapaceiros, avarentos, comunistas, diziam. O que Daniel Kaminsky, abatido por tantas descobertas, não chegaria a entender completamente era como isso tinha ocorrido num país onde, antes e depois, os judeus se integraram com toda a tranquilidade, sem sofrer discriminações especiais nem qualquer violência. Era evidente, como depois chegaria a entender, que a propaganda e o dinheiro nazistas haviam atingido o seu objetivo, com a colaboração – por eles prevista – do governo dos Estados Unidos e sua política de cotas de imigrantes. E, ao mesmo tempo, que o jogo político cubano havia tomado os refugiados como reféns, ou que a quantia disponível nas organizações judaicas para comprar o desembarque dos peregrinos não era suficiente para as desenfreadas ambições dos políticos. Também aprendeu, para sempre, que o processo de manipular as massas e trazer à baila os seus piores instintos é mais fácil de explorar do que se costuma pensar. Mesmo entre os cultos e gentis alemães. Mesmo entre os alegres e abertos cubanos.

Muito em breve se saberia na ilha que o presidente Brú, pressionado pelo Departamento de Estado norte-americano, não parecia disposto a se arriscar a sofrer a ira do poderoso vizinho pelos 250 mil dólares a que, em suas negociações com os enviados do Comitê para a Distribuição dos Refugiados, conseguira elevar o montante que se pretendia pagar pelo desembarque dos passageiros do

Saint Louis. Brú, esperançoso de sair daquele impasse ao menos com os bolsos recheados, insistiu em fixar em meio milhão a quantia exigida. Mas, ao não conseguir esse valor, e vencido pela pressão norte-americana, acabaria escolhendo a opção menos conveniente para ele e para os passageiros: encerrar as conversações com os advogados do Comitê com a ordem de que em 1º de junho, seis dias depois da chegada do *Saint Louis* a Havana, deveria ocorrer sua saída das águas jurisdicionais cubanas.

Fora exatamente um dia antes que Pepe Carteira, vencido pelas muitas súplicas de seu sobrinho e impelido pelos muitos comentários em circulação, concordara em pagar os 2 pesos a que havia subido a tarifa do passeio de bote até o transatlântico – dos 25 centavos do primeiro dia. Em frente ao chamado cais de Caballeria, Joseph e Daniel entraram na pequena lancha e, quando chegaram à menor distância permitida, o tio começou a gritar em ídiche, até que minutos depois Isaías, Esther e Judit, aos empurrões, conseguiram chegar à balaustrada do convés inferior. Daniel recordaria para sempre, sem nunca se perdoar, que nesse instante foi incapaz de dizer qualquer coisa a seus pais e sua irmã: um pranto asfixiante o deixou sem voz. Mas, no essencial, a viagem tinha valido para eles muito mais que o exorbitante preço pago, pois tio Joseph pôde receber a críptica, porém crucial, mensagem do irmão: "Só a colher sabe o que há dentro da panela". Em outras palavras, já estava acertada a venda da herança do sefaradi.

Ao longo daqueles cinco dias, enquanto se negociava o destino dos passageiros, só umas duas dúzias de judeus, cujos vistos de turista haviam sido trocados por documentos de refugiados antes de sair de Hamburgo, puderam descer do navio. A seguir, uns poucos mais, que por alguma razão conseguiram permuta semelhante, tinham criado uma onda de esperança. As más línguas cubanas comentaram que um velho casal favorecido com uma autorização de residência eram os pais de uma dona de bordel especializada em aliviar os potentados locais, que, como parecia evidente, comiam na sua mão... Por isso, a notícia confirmada de que Isaías utilizaria o quadro para trocar o *status* de turista pelo de refugiado derramou-se como um bálsamo, que durante as 48 horas seguintes aliviaria a tensão de Joseph e Daniel Kaminsky.

De regresso à terra, tio e sobrinho foram andando até a sinagoga Adath Israel, na rua Jesús María, pois a mais próxima do cais, a Chevet Ahim, na rua do Inquisidor, era território sefaradi e Pepe Carteira não transigia em certas coisas da fé nem em casos de extrema urgência. Uma vez no templo, em frente ao rolo da Torá e da menorá que desde o sábado anterior permanecia com todas as suas velas acesas, fizeram o que de melhor podiam fazer: pedir a Deus pela salvação dos seus e até rogar Sua divina intervenção para atiçar a ambição de um funcionário cubano, pondo em suas preces toda a fé de seu coração e inteligência.

   Ao sair da sinagoga, tio Pepe Carteira quase esbarrou em seu patrão daquela época e de muitos anos depois, o riquíssimo judeu norte-americano Jacob Brandon, dono, entre outros negócios, da peleteria onde o polonês trabalhava e, além disso, presidente em Cuba do Comitê para a Distribuição dos Refugiados. Naquele momento Joseph Kaminsky pôs em prática a essência da sabedoria hebraica e, ainda, deu uma importante lição ao sobrinho: quando alguém sofre uma desgraça, deve orar como se a ajuda só pudesse vir da Providência; mas, ao mesmo tempo, deve agir como se só ele próprio pudesse ter a solução para a desgraça. Por isso o tio, tratando seu patrão com o maior respeito, explicou-lhe que entre os passageiros do *Saint Louis* havia três parentes seus, e qualquer manifestação de interesse do senhor Brandon seria bem recebida. Jacob Brandon, que já havia colocado o quipá na cabeça para entrar na sinagoga, tirou uma pequena caderneta do bolso de seu fino paletó de linho e, sem dizer uma palavra, fez algumas anotações e se despediu de Joseph, tocando-lhe o ombro, e do jovem Daniel, revirando-lhe os cabelos crespos.

   Com o ânimo renovado, os Kaminskys voltaram para o cais. A missão de ambos foi, a partir desse instante, observar cada um dos funcionários de imigração e policiais que, com frequência, embarcavam em alguma das lanchas oficiais e subiam a bordo do transatlântico. Qual deles levaria as autorizações de residência de Isaías, Esther e Judit? Tio Joseph apostava em todos, embora preferisse os que usavam trajes civis e chapéu de palha. Aqueles funcionários, agentes diretos do governo, tinham sido escolhidos entre os mais distantes do agora em desgraça diretor de Imigração, Manuel Benítez, que estava proibido até de se aproximar do píer. Mas também deviam ter seu preço, como todos os outros, e se algum dos mais de novecentos passageiros do *Saint Louis* podia pagá-lo sem problema, só podia ser Isaías Kaminsky, graças à herança deixada pelo suposto pintor sefaradi surgido, sabia Deus por que motivo, nas planícies da Pequena Rússia com um retrato do Jesus cristão em seu alforje.

   Foi justamente nessa noite de 31 de maio para 1º de junho que se tornou pública a decisão presidencial de que não haveria negociação com o Comitê para a Distribuição dos Refugiados e que o transatlântico deveria deixar as águas cubanas nas próximas 24 horas. A informação devia vir de fonte muito confiável, pois foi transmitida aos familiares dos passageiros pelo próprio Louis Clasing, representante em Havana da linha Hapag, proprietária do *S.S. Saint Louis*, e, segundo os boatos, sócio de Manuel Benítez na venda dos vistos anulados e bom amigo do general Batista.

Não obstante, Daniel e Joseph Kaminsky, ainda apoiados na esperança que representava o poder de convencimento do velho quadro holandês e a possível influência do senhor Brandon, decidiram permanecer nas imediações do porto. Sua ansiedade havia chegado ao máximo e, a cada vez que uma embarcação atravessava o cordão de lanchas policiais, corriam para o cais e abriam caminho às cotoveladas entre as pessoas que, com a mesma intenção, se aglomeravam para ver quem vinha para a terra salvadora, embora nunca por ninguém prometida. A mente de Daniel jamais pôde se livrar da lembrança de um espetáculo tenso e deprimente: as lanchas policiais que cercavam o transatlântico haviam sido equipadas com refletores destinados a impedir fugas desesperadas de passageiros ou tentativas de suicídio, e seu halo de advertência criava uma escuridão ainda mais tétrica no resto da baía; por isso, até chegarem à margem, era impossível saber quem desembarcaria, o que aumentava a inquietação das pessoas já transtornadas pela longa espera e pela iminência da partida determinada pelo governo.

Numa daquelas lanchas viera do *Saint Louis* um jornalista portador de duas notícias horripilantes: a primeira, que a polícia tivera de intervir num motim de mulheres que, ao tomar conhecimento da decisão presidencial, anunciaram sua disposição de se jogar no mar se não se desse uma solução satisfatória a seu pedido de asilo; a segunda novidade era que um médico havia tentado o suicídio, junto com a família, tomando umas pílulas. Ao ouvir essa última informação, tio Pepe Carteira teve uma tontura que quase o derrubou no chão. Por sorte Daniel não chegou a entender o jornalista, pois ainda não era capaz de acompanhar o discurso de um cubano vociferante e apressado. Mas quando, a pedido dos que estavam mais próximos, o jornalista pegou suas anotações e leu o nome do suicida, Joseph Kaminsky sentiu sua alma voltar ao corpo, e essa foi outra das raras ocasiões na sua vida em que teve um gesto explícito de afeto em relação ao sobrinho: puxou-o para junto de si e o abraçou com tal força que Daniel sentiu no rosto o ritmo acelerado do coração de seu parente.

Apesar do calor que durante todos aqueles dias assediara os que se reuniam no porto, tio Joseph foi ao cais sempre com o paletó que usava para as grandes festividades e, nessa noite, quando decidiu permanecer em vigília, utilizou-o para que o sobrinho se acomodasse na entrada de uma loja situada no outro lado da alameda de Paula. Mal se aconchegou, o cansaço venceu o menino. Nessa noite, que acabaria sendo muito breve, Daniel sonhou com a única coisa que sua mente queria sonhar: viu seus pais e sua irmã descerem de uma lancha no cais da Hapag. Quando acordou, alarmado com o vozerio e ainda em plena madrugada, demorou alguns instantes para se dar conta da situação, e nesse momento foi seu coração que disparou: estava deitado no chão, e a seu lado um homem roncava ou agonizava.

Sem noção de onde estava, sem ideia de onde poderia estar o tio e de quem era aquele personagem que fedia a vômito e a álcool, o menino sentiu vontade de gritar e de chorar. Justamente nesse momento, um lapso mínimo do que seria o tempo de sua vida, Daniel Kaminsky aprendeu em toda sua dimensão o significado da palavra medo. Suas experiências anteriores haviam sido muito vagas, mais provocadas pelos temores sentidos e contados por outros do que por um sofrido na própria carne, nascido em suas próprias e conscientes entranhas. Por sorte, aquela pontada de terror foi paralisante e, por isso, ficou encolhido contra um degrau do pórtico, coberto com o paletó do tio e uns jornais da véspera, observando as formigas que transportavam os restos de vômito grudados na boca do homem caído. Alguns minutos depois, respirou aliviado ao ver seu tutor, que voltava com uma notícia animadora: seis judeus tinham acabado de descer à terra graças a vistos concedidos pelo consulado cubano em Nova York. Como sempre, o dinheiro continuava sendo capaz de resolver muitas coisas, mesmo as que pareciam mais difíceis. Abraçado ao tio, perdido o controle, Daniel começou a chorar: de medo e de alegria.

Ao meio-dia de 1º de junho, começaram a correr as últimas dezoito horas de prorrogação da estadia do *Saint Louis* no porto, um prazo que o presidente Brú, a pedido do capitão do transatlântico, havia concedido para que se pudesse reabastecer o navio de acordo com o necessário para uma viagem à Europa. Para todos os judeus confinados no barco, e para os entrincheirados em terra, ficou óbvio que não haveria mais adiamentos. Como reafirmação da terrível evidência, puderam observar a chegada de novas lanchas militares provenientes dos portos de Matanzas, Mariel e Bahía Honda, dispostas a evitar tentativas de fuga dos passageiros e a forçar a partida do barco se o capitão não cumprisse as ordens. Nessa mesma tarde, Louis Clasing, o homem da Hapag, havia emitido um novo comunicado informando que, diante da negativa de Cuba e dos Estados Unidos de receber os refugiados, a embarcação regressaria a Hamburgo. E ao cair da tarde chegou a bomba: os representantes do Comitê para a Distribuição dos Refugiados estavam partindo da ilha com o rabo entre as pernas.

As macabras manifestações de júbilo dos muitos partidários da expulsão dos aspirantes a refugiados abafaram, repetidas vezes, os gritos de protesto, os choros, alaridos e orações dos milhares de judeus que, com ou sem parentes a bordo da embarcação, estavam esperando um final feliz para aquela trama tenebrosa, quase inacreditável por sua dose de crueldade. Nem os que se consideravam vencedores nem os que se sentiam vencidos deixavam de perceber o que, na realidade aquela meia-volta podia significar para os passageiros do *Saint Louis*. Daniel Kaminsky, embora jovem demais para entender a gravidade do problema em toda a sua dimensão, nesse momento sentiu um desejo incontrolável de pular no mar e nadar até o barco onde se encontravam seus entes queridos, abordar a nave para juntar-se a eles e compartilhar do mesmo destino. Mas, nesse instante, também se perguntou por que seus pais e outras centenas de judeus não faziam o contrário e se lançavam ao mar, tentando uma última cartada com essa ação? Medo de morrer? Não, não era medo da morte, pois todos diziam que a morte os aguardava em Hamburgo, de braços abertos, quase com toda a certeza. O que os detinha, então? Que improvável esperança? O menino só teria uma resposta satisfatória muitos anos depois, mas foi, na certa, exatamente nesse dia, com apenas nove anos de idade, que Daniel Kaminsky deixou de ser criança: ainda lhe faltava muito para ser um homem, para adquirir a capacidade de discernimento e decisão que vem com os anos, mas nesse dia lhe roubaram a ingenuidade e a disposição de acreditar, sem a qual o ser humano perde a inocência da infância. E, no seu caso, também a candura da fé.

Às onze da manhã de 2 de junho as máquinas puseram em movimento a massa flutuante do transatlântico. Silencioso, derrotado, o navio avançou lentamente em direção à estreita desembocadura da baía, sempre vigiado pelas velhas fortalezas coloniais e cercado por todas aquelas lanchas do Exército e da polícia. Da amurada, os passageiros gritavam, agitavam lenços, davam um adeus patético. Atrás das lanchas oficiais, vários botes com familiares seguiam o rastro do navio, para estar o mais perto possível dos seus até o último momento, como se fosse o último momento. No cais e ao longo de toda a avenida do porto ficaram os familiares, os amigos, os curiosos e os partidários da expulsão. Mais de 50 mil pessoas. O quadro tinha proporções dramáticas tão gigantescas que até aqueles que haviam exigido a recusa do navio e de sua carga se afastaram e fizeram um silêncio embaraçoso.

Daniel e seu tio, macerados pela fadiga de uma semana de vigília, incerteza e desassossego, nem sequer se lançaram junto com outros judeus na corrida dos impotentes pela avenida do porto. Sentados em um dos bancos da alameda de Paula – o velho passeio de Havana onde Daniel Kaminsky nunca mais voltaria a pisar durante os anos em que viveria em Cuba –, deixaram que a derrota esmagasse até a última célula de seu corpo. O menino chorava em silêncio e o homem coçava a barba crescida naqueles dias, como se quisesse arrancar a pele do rosto. Quando o *Saint Louis* cruzou a entrada da baía, virou em direção ao norte e sumiu atrás das pedras e muralhas do castelo de El Morro, Daniel e Joseph Kaminsky se levantaram e, de mãos dadas, foram buscar o começo da rua Acosta, para voltar ao cortiço onde moravam. No caminho passaram bem perto da sinagoga, mas nem sobrinho nem tio demonstraram intenção de entrar.

Nenhum dos dois Kaminskys retidos em Cuba, a salvo, talvez, das ameaças dos nazistas, tinha ainda alguma ilusão de possíveis soluções futuras. Os dias seguintes lhes dariam razão. Em 4 de julho os Estados Unidos lançaram seu ultimato: não aceitariam os refugiados que imploravam uma autorização de desembarque em frente à costa de Miami. No dia seguinte, o Canadá, a última esperança, também anunciava sua negativa. E então o *Saint Louis* dirigiria sua proa para a Europa, de onde havia partido, cheio de judeus e de confiança, exatamente três semanas antes.

Quando souberam dessas notícias, que chegavam como a ratificação de uma condenação à morte já anunciada, Daniel Kaminsky, chafurdando nas brumas de sua dor, tomou a drástica decisão de, por vontade própria e do fundo do seu coração, a partir desse instante renegar sua condição de judeu.

4

Havana, 2007

Uma opressão física no peito e um estranho desconforto na alma marcavam presença. De modo mecânico, Conde tateou o maço de cigarros para comprovar que já havia fumado todos. Com um gesto indicou o maço de Camel que estava na mesinha entre ele e Elías Kaminsky, e este lhe fez um sinal de aprovação. Precisava tanto daquele cigarro que era capaz de renunciar a um dos princípios mais sagrados de sua fé nicotínica. Aquela história do navio carregado de judeus, da qual se preocupara em conhecer apenas os traços mais gerais, mas que agora via por dentro, comovera-o até a última fibra e espantara qualquer vestígio de sono. Sentia-se devastado, mas por obra de um cansaço mais nocivo que o esgotamento físico e até mental: tratava-se de um desvanecimento vergonhoso, visceral, nascido no mais recôndito de seu ser. Como a decisão de Daniel Kaminsky de se afastar de sua tribo. Porque naquele instante Mario Conde se envergonhava de sua condição de cubano. E mesmo não tendo, nem havendo tido, nada a ver com o ocorrido naqueles dias tenebrosos, o fato de que compatriotas seus, por interesses políticos ou econômicos, tivessem se prestado a facilitar de alguma forma aos nazistas a perpetração de uma parte de seus crimes – mínima, mas uma parte, enfim – dava-lhe uma sensação de nojo, cansaço e um acentuado gosto de merda na boca, uma sensação que o Camel, com suas fibras amareladas, só reforçou.

– Eu avisei que era uma história longa – disse Elías Kaminsky, esfregando as mãos com força, como se quisesse se livrar de uma substância abrasiva. – Longa e terrível.

— Lamento — Conde se desculpou, pois lamentava de fato. Não sabia se o forasteiro poderia inferir a razão do seu mal-estar.

— E isso é só o começo. Digamos, o prólogo... Olhe, já é muito tarde, para a gente tomar o café da manhã daqui a pouco. Preciso dormir algumas horas, os preparativos, a viagem... toda essa história. Estou esgotado. Mas podemos almoçar. Eu o espero à uma no meu hotel e procuramos um lugar para comer, pode ser?

Conde observou que, nesse instante, o cachorro saía pela porta da casa. Lixeira II, com seu andar de malandro suburbano, caminhava e aproveitava cada passo para se alongar e se espreguiçar, disposto, talvez, a empreender sua ronda noturna de vira-lata empedernido. Conde lembrou que havia trazido uma sacola de restos de comida da casa do magro Carlos, mas que ainda não tinha dado nada ao animal, e se sentiu culpado.

— Não vá — disse a Lixeira II, e afagou-lhe o lombo.

A seguir, voltou a dedicar-se ao visitante:

— Está bem, nos encontramos à uma. Eu tinha umas coisas para fazer, mas...

— Não queria incomodar o senhor.

— Será que dá para parar de me tratar de senhor?

— Claro.

— Assim é melhor para os dois. E como vai voltar a esta hora? São quase três da madrugada.

— O carro que aluguei está estacionado na esquina. Ao menos assim espero...

— E eu tenho mil perguntas a lhe fazer. Na verdade, não sei se vou conseguir dormir — disse Conde, e se levantou. — Mas, antes que vá embora, tenho que lhe dizer uma coisa. O que alguns cubanos fizeram com essas novecentas pessoas me dá vergonha, e...

— Meu pai entendeu o que havia ocorrido e soube fazer algo que o ajudou a viver: não se encheu de ressentimento. Ao contrário, como já lhe disse. Ele preferiu ser cubano e esquecer essas mesquinharias que podem acontecer em qualquer lugar. Houve muitas pressões políticas, dos norte-americanos, de Batista. Eu mesmo acho que talvez até tenham pesado mais que a questão do dinheiro, da corrupção, não sei...

— Fico feliz por ele — disse Conde, pois era o que sentia. — Mas, há outra coisa que...

Elías Kaminsky sorriu.

— Quer saber o que aconteceu com o Rembrandt?

— Isso mesmo — admitiu Conde. — Estou desesperado para saber como chegou a essa casa de leilões em Londres — acrescentou, e se preparou para ouvir qualquer história, por mais disparatada ou lamentável que fosse.

— Pois não sei. Estou aqui também por isso. Dessa história ainda falta muito a saber. Mas, se o meu pai fez o que acho que fez, não posso entender por que não levou consigo o quadro. Até aparecer em Londres, eu não sabia onde tinha ido parar. Do que tenho certeza é que nunca voltou às mãos do meu pai.

— Um minuto, não estou entendendo nada. Quer dizer que seu pai tentou recuperá-lo?

— Vamos esperar um pouco? Se não lhe contar a história toda, você não vai poder me ajudar. À uma da tarde?

— À uma — concordou Conde, ao ver que não tinha alternativa, e apertou a manzorra estendida de Elías Kaminsky.

De sua perspectiva, Lixeira II olhava-os como se entendesse o que significava para ele aquela despedida.

Quase todos os traços de reminiscências fabricadas com palavras tinham se pervertido para mostrar suas entranhas mais vis. Para acentuar as perdas e ausências, algo parecia ter recebido a missão de salvar-se, dando um pulo de lado para dar passagem ao desastre. Mas a maioria das referências havia desaparecido, algumas sem deixar o menor indício capaz de evocá-las, como se a velha judiaria e a região onde eles tinham se estabelecido houvessem sido trituradas sem dó nem piedade no moinho acionado por um tempo universal, catalisado pela história e pela desídia nacionais. Felizmente continuava ali, desafiador, como uma salvação das más recordações, o inaudito Arco de Belém, perfurado nas fundações muito reais do convento ao longo da rua Acosta, que se arrastava suja e agonizante sob a velha arcada; estavam as ruínas irreconhecíveis do que fora a confeitaria La Flor de Berlín e os resíduos da loja de ferragens dos poloneses Weiss. Mas, sobretudo, ali também permanecia ancorada aquela algazarra que tanto havia perturbado Daniel Kaminsky. Reconhecível, intacto, provocador, exultante, havanês, o barulho corria pelas ruas como se estivesse esperando desde sempre a imprevisível chegada de um tal Elías Kaminsky para lhe entregar imediatamente a chave capaz de abrir as comportas do tempo em direção à adolescência e à juventude de seu pai e, com ela, a possibilidade de encontrar o caminho para a compreensão que o forasteiro buscava.

Como um cego que precisa medir cada passo com exatidão e cautela, o suarento mastodonte de rabo de cavalo começou a subir a escadaria sórdida do casarão do século XIX na rua Compostela, antiga propriedade de uns condes apócrifos, onde o recém-chegado Joseph Kaminsky instalara cama, mesa, máquina de costura e facas e onde viveu, por quase catorze anos, seu sobrinho Daniel. O palacete, abandonado no início do século XX pelos descendentes dos proprietários originais e depois reciclado como casa de cômodos com cozinha e banheiros coletivos, mostrava as marcas da crescente desídia e os efeitos do uso excessivo e por um período muito dilatado. No segundo andar, onde morava a mulata Caridad Sotolongo, a doce mulher que, com o tempo, se tornaria a eterna e última amante de Joseph Kaminsky, a vida parecia ter se detido na perseverante e dolorosa pobreza de uma multidão amontoada sem esperanças. Por outro lado, o terceiro andar, na época o mais nobre do edifício, onde ficavam os aposentos dos primeiros moradores e depois os quartos dos poloneses e de mais seis famílias de brancos e negros cubanos, além dos outros de uns catalães republicanos, havia perdido o teto e parte das sacadas, prenunciando o destino irreversível que aguardava o resto do imóvel. Fazendo o mais supremo dos esforços, o forasteiro tentou imaginar o menino judeu subindo aqueles lances de escada que ele acabava de vencer, forçou-se a vê-lo surgindo da já inexistente mureta do teto do terceiro andar para presenciar dali, no pátio interior daquela colmeia, em frente à cozinha coletiva, mais um *round* da lendária luta entre a negra Petronila Pinilla e a siciliana Maria Perupatto, durante a qual sempre havia a gulosa expectativa de poder ver uma, duas e até quatro mamas nos dias de enfrentamentos mais encarniçados; e, depois, fez um esforço para vê-lo subir ao terraço com os gêmeos Pedro e Pablo, negros como tições, e a machona Eloína, loura sardenta, para empinar papagaios ou simples raias feitas de folhas de jornal velho. Ou para outras atividades. Mas não conseguiu.

Elías Kaminsky, acompanhado por Conde, perguntou a vários vizinhos se não se lembravam do polonês Pepe Carteira, da mulata Caridad e de seu filho Ricardito, que tinha o dom de improvisar versos; mas a memória da prolongada permanência daqueles inquilinos no edifício também parecia ter desaparecido, como o andar superior do imóvel.

Desceram à calçada para constatar que o cinema que funcionara do outro lado da rua, onde Daniel Kaminsky tinha adquirido sua incurável paixão por *westerns* e histórias de gângsteres, já não era cinema nem nada. E o festejado Moshé Pipik, o mais esplêndido e frequentado restaurante *kosher* da cidade, parecia qualquer coisa menos um palácio de sabores e aromas ancestrais: tinha se degradado em um monte de tijolos escurecidos de mofo, urina e merda, onde quatro homens jovens, com uma expressão patibular e o olfato sem dúvida atrofiado, jogavam dominó sem entusiasmo, enquanto bebiam de suas garrafas de rum, talvez esperando que o inevitável desmoronamento desse fim a tudo, inclusive à interminável partida em andamento. Ali, naquele lugar, animado e bem iluminado nas recordações, foi onde, após um jantar para ela extravagante e para ele sonhado desde sua chegada à ilha, Marta Arnáez e Daniel Kaminsky, os futuros pais de Elías, começaram um namoro que, literalmente, só terminaria na tarde de abril de 2006, quando ela, com a mão trêmula e enrugada, fechou os olhos de Daniel.

– Os dois se conheceram no Instituto de Educação Secundária de Havana, quando meu pai tinha dezessete anos e minha mãe, filha de galegos, mas cubana, acabava de completar dezesseis. Para ele não foi fácil tomar a decisão de enfrentar as reticências do tio, que naturalmente esperava que se cassasse com alguma jovem judia para preservar o sangue e a tradição. E muito menos de desafiar a oposição dos meus avós galegos, que estavam bastante bem de vida e, claro, não achavam a menor graça em ver sua filha interessada em um judeu polonês morto de fome. Mas, quando ela se apaixonou por ele, não houve remédio. Marta Arnáez era a doçura em pessoa, mas também podia ser capaz de resistir a qualquer coisa quando se colocava uma meta, tinha um desejo ou guardava um segredo. Quase galega afinal de contas, não é?

Havana, 1940-1953

A partir do instante em que o *Saint Louis* zarpou de Havana, Daniel Kaminsky levaria dezenove anos para voltar a ter notícias daquele retrato de um jovem judeu realizado pelo maior mestre holandês, a obra na qual seus pais haviam depositado suas esperanças de salvação. A essa altura, já mal se lembrava da existência do quadro e, especialmente, da suposta existência de um deus.

Cada vez que Daniel pensava no quadro aparentemente valioso, mas que, afinal, não trouxera qualquer lucro à família Kaminsky, sentia-se invadido por um sentimento de frustração e tentava imaginar em que momento ele podia ter trocado de mãos – ou melhor, dizia, tinha sido destruído por seus pais, uma drástica e terrível solução capaz de parecer mais justa para sua dolorida memória.

Como foi sabendo aos poucos, o *Saint Louis*, rejeitado pelos governos de Cuba, Estados Unidos e Canadá, havia recebido autorização para fundear em Antuérpia, Bélgica. Vários governos europeus, menos mesquinhos, decidiram dividir entre si os refugiados: uns iriam para a França, outros para a Inglaterra, outros ainda permaneceriam na Bélgica; e o resto, cerca de 190, foi enviado para a Holanda. Anos mais tarde, Daniel Kaminsky ficaria sabendo que sua família estava nesse último grupo. A maioria deles foi confinada no campo de refugiados de Westerbrock, um pântano cercado de arame farpado e vigiado por cães de guarda, onde foram surpreendidos pela rápida ocupação alemã dos Países Baixos. Os invasores começaram imediatamente a limpar o território de judeus, e a solução foi enviá-los para os campos de trabalho e extermínio dos países do Leste. Aparentemente os Kaminskys, depois de quase dois anos num campo da Tchecoslováquia (teria a menina Judit sobrevivido à fome, às doenças, ao horror?), em 1941 ou 1942, foram despachados para Auschwitz, nos arredores da cidade de Cracóvia, justamente de onde haviam partido alguns anos antes na tentativa de se salvar do terror que se aproximava. Era um salto para o início de tudo, o laço macabro da viagem através do inferno de uma família e do retrato de um judeu sem nome, a volta completa que levaria alguns dos Kaminskys aos crematórios onde virariam cinzas espalhadas pelo vento. E Daniel se perguntaria muitas vezes se aquele retrato de um judeu muito parecido com a mais popular imagem de Cristo difundida no Ocidente católico tinha terminado nas mãos de um *Standartenführer* ou de algum outro alto oficial das SS; ou se seus pais, diante daquele possível destino, haviam-no destruído, como tela inútil em que se transformara.

Essa história desafortunada, que teve seu momento mais dramático no porto de Havana três meses antes da invasão fascista da Polônia, somada às sucessivas notícias dos fatos relativos à comunidade judaica europeia que a partir de então chegariam da Alemanha e dos países ocupados por suas tropas, impeliram o adolescente Daniel a percorrer o caminho que o transformaria num cético descrente. Se desde criança achava exageradas certas histórias da relação de Deus com seu povo eleito (especialmente a do sacrifício do filho Isaac exigido por Jeová ao seu favorito Abraão), a partir desse momento também ousou perguntar-se, de maneira obsessiva, por que o fato de acreditar em um Deus e seguir seus mandamentos de não matar, não roubar, não invejar podia fazer da história dos judeus uma sucessão de martírios. O auge dessa condenação foi, sem dúvida, o sofrimento do mais horripilante dos holocaustos, no qual, embora ainda sem a certeza alcançada mais tarde, estava seguro de que seus pais e sua doce irmã Judit, dos quais não voltara a ter notícias, haviam morrido.

Por esse caminho o jovem Daniel, desnorteado, começou a questionar até a própria identidade e o peso avassalador que ela representava. O que tinha a ver ele, Daniel Kaminsky, com tudo que se dizia sobre os que nasceram hebreus? Será que por ter o prepúcio cortado, comer certas comidas e não outras, orar a Deus em uma língua ancestral, mereciam *também ele*, também sua irmã Judit, aquele destino? Como era possível que algum pensador judeu tivesse chegado a dizer que todo aquele sofrimento constituía mais uma prova imposta ao povo de Deus por sua condição e missão terrena enquanto rebanho escolhido pelo Santíssimo? Como as respostas lhe escapavam, mas as perguntas não desapareciam, Daniel Kaminsky decidiu (muito antes que seu tio Joseph o levasse à sinagoga para realizar a cerimônia de iniciação do Bar Mitzvá e tornar-se um ser adulto e responsável) que, por dezenas de lições históricas e razões práticas, e mesmo que para os outros continuasse sendo judeu, ele não queria viver como tal. Acima de tudo, não queria assumir esse pertencimento cultural, porque havia perdido a fé no Deus que o avalizava. Em todos os deuses. Acima dos homens só flutuavam nuvens, ar, astros, concluiu o jovem: porque em nenhum plano cósmico e divino podia aparecer escrita ou determinada a persistência de tanta agonia e dor como pagamento pela necessária passagem por uma vida terrena, além de tudo cheia de proibições; uma vida de sofrimentos cuja reparação não ocorreria até a chegada do Messias. Não, não podia ser. Ele não podia acreditar na existência de um deus capaz de permitir tais abusos. E, se alguma vez existira, era evidente que se tratava de um deus muito cruel. Ou melhor, que esse Deus não existia ou tinha morrido... E o jovem se perguntou muitas vezes: sem a opressão desse Deus e sem sua tirania, o que significava ser judeu?

Foram anos duros, mas também cheios de revelações para Daniel Kaminsky. A fome que estava sempre batendo à sua porta e os barulhos urbanos obstinados em assediá-lo se somaram a uma ubíqua e pungente sensação de insegurança. Quando o *Saint Louis* voltou à Europa e se soube que os refugiados seriam acolhidos pela Grã-Bretanha, França, Holanda e Bélgica, a esperança renasceu em seu coração e no de seu tio Joseph. Mas, com o início da guerra, começaram a viver naquela aflição decidida em amargurar a vida de todos os judeus que tinham família na Europa e também dos que não tinham, pois ninguém podia saber onde ia parar aquela avalanche de ódio que se movia e crescia como uma tenebrosa bola de neve que ninguém parecia capaz de deter.

Andavam o tempo todo à caça de notícias, sempre confusas, cada vez mais terríveis; liam todo e qualquer informe que caía em suas mãos temendo encontrar o sobrenome Kaminsky em alguma lista de presos, transferidos ou vítimas, com a lacerante ansiedade de não saber, ainda mais perversa que a certeza de saber. O primeiro golpe demolidor chegou com a notícia da fácil ocupação nazista da Holanda e do confinamento e deportação dos judeus lá radicados. Depois, quando vieram as primeiras notícias dos fuzilamentos coletivos de povos e comunidades inteiras na Polônia, na Ucrânia, na Turquia e nos Bálcãs – os detalhes, para muitos inacreditáveis, do horror dos campos de extermínio, com a inverossímil inclusão daqueles trens carregados de homens, mulheres e crianças famintos e dos caminhões fabricados para utilizar seu próprio escapamento como gás para asfixiar os prisioneiros –, ocorreu naquela pequena família um fenômeno curioso e inexplicável: enquanto Joseph Kaminsky se fanatizava, ia com mais frequência à sinagoga, dedicava mais tempo às orações e clamava pela chegada do Messias e pelo fim dos tempos, Daniel, cada vez em melhores condições de analisar e entender o que estava acontecendo e o que fora e poderia ser sua vida, ficava mais cético, descrente, irreverente e rebelde frente a um plano divino tão transbordante de crueldade. E, ao mesmo tempo, fazia-se mais cubano e menos judeu.

Daniel sabia que para proclamar sua libertação e atingir qualquer objetivo precisava de tempo e apoio; e a única pessoa do mundo capaz de lhe proporcionar as duas coisas era seu tio Joseph. Por isso, aos dez, doze anos, o menino aprendeu a arte de viver com duas caras, que tão útil lhe seria ao longo da vida. O rosto utilizado em casa e em tudo que se relacionava com o tio era uma caricatura desenhada com os traços necessários para satisfazer (ou pelo menos não irritar) Pepe Carteira. Em contrapartida, a face que começou a apresentar nas ruas de Havana era pragmática, mundana, essencialmente rueira e cubana. Escudando-se nas dificuldades econômicas que enfrentavam, conseguiu convencer o tio a matriculá-lo em um colégio público cubano, deixando o aprendizado religioso para as aulas do serviço de ensino gratuito da Torá Vahdat da sinagoga Adath Israel. A opção o livrou da escola do Centro Israelita e permitiu que se relacionasse de maneira mais estreita com os cubanos e começasse a fazer amizade com os meninos da sua idade, como os gêmeos Pedro e Pablo e a machona Eloína, e até com alguns outros que não moravam no cortiço. Os dois que se tornariam seus melhores amigos desses tempos eram colegas de sala na escola pública: um mulato "lavado", como se dizia das pessoas que pareciam brancas sem o serem, chamado Antonio Rico, dono de uns olhos maravilhosos pelos quais todas as meninas se apaixonavam, e um ruivo hiperativo, o mais indisciplinado e inteligente da sala, chamado José Manuel Bermúdez, apelidado de "Calandraca", como a minhoca, por sua cor avermelhada e sua intranquilidade permanente.

Com os gêmeos Pedro e Pablo ele aprendeu, aos onze anos, o prazer de esfregar o pinto. O lugar da iniciação e das mais numerosas masturbações foi um pombal construído pelos gêmeos no terraço do cortiço. Daquela altura, quase se derretendo sob o sol, era possível contemplar por uma janela aberta as nádegas rosadas, as mamas prodigiosas e a lisa pelagem púbica da russa Katerina, que, sempre agoniada pelo calor, passeava pelo quarto onde morava, do outro lado da rua Acosta, impávida, na nudez rotunda de seus 35 anos. Pouco depois, Pedro, Pablo e Daniel subiriam um degrau em suas descobertas sexuais quando a machona Eloína, que quase de um dia para o outro ganhou uns peitos pontudos e excitantes, mostrou a eles que, embora fosse melhor que muitos meninos jogando bola, tinha suas inclinações sexuais femininas muito bem definidas. Graças a isso, como se fosse simplesmente mais uma expedição para soltar pipas, no melhor espírito de camaradagem, a ex-machona os iniciou (e se iniciou ela própria) no sexo compartilhado, mas sob a condição de que as penetrações fossem só pela retaguarda, pois seu Diamante Vermelho (assim chamava ela sua xoxotinha sardenta, com cachos cor de açafrão) tinha de chegar sem nenhuma fissura ao casamento a que aspirava, porque, dizia de si mesma, era "pobre, mas honrada".

Graças a esses meninos soltos na rua, Daniel também aprendeu a falar no linguajar de Havana (chamava os amigos de *negüe*, os ônibus de *guaguas*, a comida de *jama* e o ato sexual de *singar*), a cuspir pelo canto da boca, a dançar *danzón* e depois mambo e chá-chá-chá, a passar cantadas nas moças e, como uma libertação curtida com profundidade e perfídia, a comer torresmo, pão com fritas e o que quer que aplacasse sua fome, sem olhar se era *kosher* ou *trefa*, desde que fosse gostoso, farto e barato.

Antonio e Calandraca, por sua vez, forneceram-lhe as maiores e definitivas revelações de Havana, aquelas que permaneceriam para sempre em sua memória como descobertas transcendentais, capazes de marcá-lo pelo resto de seus dias. Com eles, ambos membros do time do colégio, aprendeu os infinitos segredos do incrível esporte chamado de *pelota* pelos cubanos, e adquiriu o vírus incurável da paixão por esse jogo quando se tornou torcedor fanático do clube Marianao, da liga profissional cubana, talvez motivado pelo fato de que aquele clube era um eterno perdedor. Com esses amigos aprendeu a pescar e a nadar nas águas mornas da baía. Com eles cruzou, muitas noites, a imaginária fronteira sul do bairro, marcada pelas ruas do Ejido e Monserrate – caminho por onde havia passado a muralha que envolvera a cidade velha –, para chegar aos amplos portais cheios de luzes, anúncios, música e transeuntes do Paseo del Prado, onde a cidade explodia e se derramava, tornava-se rica e prepotente e onde era possível apreciar em qualquer esquina as atuações das orquestras femininas encarregadas de animar os cafés e restaurantes da avenida central, lugares que nunca fechavam as portas, se é que estas existiam. (Sempre em voz mais baixa, Daniel confessaria a seu filho, mais tarde, que foi nesses espetáculos musicais protagonizados por mulheres que adquiriu para sempre a magnética atração que sentia ao ver uma fêmea soprando uma flauta ou um saxofone, tocando contrabaixo ou tímpanos. Atração febril no caso de ser uma mulata.) E com esses amigos se refugiou centenas de vezes no Cine Ideal, construído com as colunas próprias do palácio de sonhos que na verdade era, para consumir seus filmes prediletos, quase sempre graças à generosidade congênita de Calandraca, cujo pai, motorista da linha 4, ganhava um salário fixo. Calandraca costumava pagar a entrada de Daniel e Antonio, a cinco centavos por cabeça, para um banquete de dois filmes, um documentário, um desenho animado e um noticiário.

Enquanto abria as portas de uma cidade agitada onde não existiam as tétricas escuridões físicas e mentais que recordava de Cracóvia e de Berlim, Daniel Kaminsky sentia como se saísse de si mesmo e habitasse outro Daniel Kaminsky, que vivia sem pensar em rezas, proibições, normas milenares e, especialmente, sem sentir o medo pernicioso que tinha aprendido dos seus pais (embora nunca tenha deixado de sentir um terror muito concreto do mulato Lazarito, o clássico valentão de bairro, dono de um lendário canivete de mola com o qual, diziam, havia cortado a bunda de muita gente). O menino aproveitava seu momento de vida, era capaz de soltar palavrões no campo de beisebol, nadar como um golfinho entre os recifes do Malecón, simpatizar com os heróis de Hollywood e viver apaixonado pelas nádegas de uma mulata flautista de lábios promissores enquanto se masturbava observando os pelos lisos do púbis da russa: combinação perfeita.

Se aquela tivesse sido a sua vida, se esse fosse o Daniel Kaminsky completo, talvez pudesse dizer, anos mais tarde, que, em meio à pobreza, à má alimentação e à falta dos pais que viveu naqueles anos, tivera uma infância feliz, quase perfeita. Mas sua outra metade, onde estavam a agonia pela guerra e a ansiedade de saber algo sobre seus pais e sua irmã, transcorria dentro de uma mentira que quase o sufocava. Seu objetivo, naquele momento, era atingir uma idade suficiente para proclamar sua independência, mas sabia que deveria fazê-lo de maneira a não ferir a sensibilidade do tio Joseph, a quem tanto devia e a quem, mesmo sem expressar física ou verbalmente, amava como um pai. Compraria sua liberdade com tempo e dinheiro.

Daniel, o Polaco, como o chamavam seus companheiros de estudos e vagabundagens pela cidade, pôde se matricular no Instituto de Ensino Secundário de Havana com apenas um ano de atraso em relação aos alunos mais jovens, como sua futura noiva Marta Arnáez e seu companheiro de andanças José Manuel "Calandraca". Nessa época já havia passado pela cerimônia do Bar Mitzvá e, terminada a guerra, pelo doloroso e libertador transe de ler, em uma das listas de vítimas do Holocausto elaboradas pelo Centro Israelita de Cuba, os nomes de seu pai e sua mãe entre os judeus que, ao longo daqueles anos infames, tinham sido mandados para campos e crematórios, cujos horrores por fim haviam sido plenamente conhecidos e escassamente condenados no julgamento de Nuremberg. O nome de sua irmã Judit, por outro lado, nunca apareceu, como se a menina jamais tivesse existido, e Daniel abrigou durante muitos anos a tímida mas persistente esperança de que ela, por algum milagre, houvesse conservado a vida. Talvez adotada por um oficial soviético, talvez resgatada por membros da Resistência, quem sabe escondida num bosque e acolhida por camponeses... Mas viva. Em sua imaginação, Daniel chegou a identificar a irmã com a heroína a quem ela devia seu nome e que, segundo um dos livros considerados apócrifos por todos os compiladores bíblicos, havia cortado o pescoço do general Holofernes, mandado pelo poderoso Nabucodonosor para subjugar os rebeldes israelitas. Graças à lembrança de um dos muitos livros que existiam na casa de seus avós Kellersteins, Daniel podia ver sua irmã Judit transformada naquela bela e rebelde mulher, pintada por Artemisia Gentileschi, de adaga na mão, no ato de decapitar um general babilônio, que em sua mente aparecia como um oficial das terríveis SS hitleristas de cujas garras escapava...

Se o fim da infância de Daniel foi marcado pela manhã em que vira zarpar o *Saint Louis* do porto de Havana, o início de sua plena maturidade ocorreu em outubro de 1945, aos quinze anos, quando sentiu cair sobre seus ombros a sensação de solidão sideral provocada pela confirmação de que seus pais tinham sido massacrados pelo ódio mais racional e intelectualizado. E sua primeira decisão de adulto viria alguns dias depois, quando se negou a fazer a vontade de seu bom tio Pepe Carteira e continuar os estudos de nível médio no Instituto Yavne, conhecido por sua tendência ortodoxa.

Daniel Kaminsky sempre recordaria essa conjuntura como uma das mais complicadas de sua existência, tão plena de complicações, passadas e vindouras. Ao longo daqueles tétricos seis anos de guerra, tio Joseph lhe havia demonstrado sobejamente a sua infinita bondade ao recebê-lo, protegê-lo, alimentá-lo (mais ou menos) e sustentá-lo como estudante, algo que era um luxo para a maioria dos jovens cubanos, muitos dos quais mal terminavam os estudos primários, como tinha ocorrido com seu amigo Antonio Rico. Embora na vida cotidiana dos Kaminskys as coisas não tivessem mudado muito, as finanças de Pepe Carteira deviam estar (suporia Daniel, e o comprovaria com gratidão alguns anos depois) muito mais folgadas desde que fora promovido a cortador principal e se transformara na alma da cada vez mais próspera confecção de artigos de pele do magnata Jacob Brandon. Os negócios desse judeu norte-americano haviam crescido enormemente nos anos de guerra e escassez, graças às melhorias que introduziu em todos eles, inclusive na talabartaria, com o reinvestimento dos ganhos obtidos no altamente lucrativo contrabando de manteiga. A decisão do tio de mandá-lo ao colégio judaico, contudo, era vista como um investimento e constituía prática comum até mesmo entre os hebreus mais pobres da comunidade, cientes de que só com um alto nível de instrução era possível abrir as muitas portas de um país no qual, desde a entrada dos Estados Unidos na guerra como inimigo da Alemanha, a relação com os judeus havia recuperado a cordialidade.

Reconhecendo sua evidente incapacidade de se sustentar por si mesmo, o jovem procurou ser o mais delicado possível quando comunicou ao tutor sua decisão de continuar estudando como um cubano qualquer e limitar ao mínimo possível suas relações com a religião familiar, pois não podia viver mais tempo fingindo o que não sentia, muito menos em se tratando de uma questão tão séria para os judeus.

A reação de Joseph Kaminsky foi violenta e visceral, previsível: recorrendo ao ídiche para poder expressar sua decepção, qualificou-o de herege, ingrato, insensível e exigiu que deixasse a casa. Com uma pequena mochila onde cabiam todos os seus pertences – umas poucas roupas, dois ou três livros e as fotos de seus pais, que o acompanhavam desde sua saída de Cracóvia –, Daniel saiu na rua Compostela, seguiu pela Acosta e atravessou o Arco de Belén que, sem querer, se apresentou em sua mente como uma porta de saída de um barulhento paraíso judaico situado na parte mais vetusta de Havana. Mas, ainda assim, paraíso.

Desfeitos os sonhos de continuar os estudos com normalidade, Daniel teve a sorte de seu amigo Calandraca obter autorização dos pais para que ele pudesse, por alguns dias, dormir em cobertores colocados no chão da pequena sala do apartamento da rua Ejido onde a família morava. Um enorme ponto de interrogação se abria diante do jovem, sem eira nem beira, pois sabia que, mesmo que conseguisse um emprego qualquer, jamais ganharia o suficiente para encontrar moradia e pagar a alimentação diária.

Uma semana depois surgiu um paliativo, ao menos para seu sustento alimentar e em parte físico, quando o judeu Sozna, dono da confeitaria e padaria La Flor de Berlín, ofereceu-lhe, a título provisório, a possibilidade de cumprir o árduo turno de limpeza da noite. O judeu alemão o responsabilizou pela faxina dos salões de trabalho e de venda, pelo polimento de bandejas e utensílios e até pelo transporte de tonéis de margarina e sacos de farinha e açúcar, para deixar tudo absolutamente limpo, na ordem precisa que o mestre padeiro e seus ajudantes deviam encontrá-los ao iniciar o primeiro turno de trabalho, à uma da madrugada. Graças àquele trabalho escravo que realizava com todo esmero (em certas ocasiões, com a ajuda de Calandraca, Antonio Rico e do gêmeo Pedro, já que Pablo, condenado por vários furtos, estava recluso em Torrens, um famoso e tétrico reformatório de menores), não só recebia 25 centavos diariamente, mas também podia comer todas as sobras e porções danificadas que não tivessem sido levadas pelos funcionários (e até pelo próprio dono, judeu não por opção), raspar o fundo das panelas de geleia e, alheio aos ruídos próprios da padaria, dormir algumas horas sobre as montanhas de sacos de farinha de Castela. Embora toda manhã se esforçasse para vencer o cansaço e assistir às aulas no Instituto de Ensino Secundário de Havana, o pior de tudo era a escuridão absoluta em que seu futuro havia caído, porque, apesar de não saber que rumo ia tomar, nunca havia se imaginado como ajudante de confeiteiros.

Na manhã em que, saindo de La Flor de Berlín, deparou com tio Joseph sentado na beira da calçada em frente, junto a uma caixa de papelão, soube de imediato que a luz voltava. Não, o tio não podia trazer más notícias, porque a cota desse gênero havia se esgotado até a última molécula. E não se enganou... Pepe Carteira fora buscá-lo para que voltasse a morar com ele no quarto do cortiço da rua Compostela e pudesse frequentar como um estudante normal o colégio escolhido por Daniel. O homem tinha pensado muito e tomado a decisão de readmitir o sobrinho, pois julgava entender as razões de sua decisão: ele mesmo, confessou então com os olhos úmidos de medo transcendente e dor pelas perdas que sofrera, mais de uma vez havia sentido, como o rapaz, um desejo incontrolável de mandar tudo à merda, cansado de carregar um estigma ancestral por cuja permanência ele nada havia feito, em nenhum sentido. O preço pago por aquela família já era grande demais para que fosse aumentado por divisões e castigos, disse, e Daniel tinha idade suficiente para pôr em prática o arbítrio que o Sagrado lhe dera com a existência. Além disso, acrescentou o tio, a verdade era que sentia falta dele e estava muito só. Tão só que havia cometido um excesso, disse o homem, indicando a caixa de papelão, e em seguida pediu a Daniel que a abrisse. Então, o jovem quase caiu fulminado de espanto em plena rua: o tio havia enlouquecido e comprado um rádio!

A providencial reconsideração do tutor e a liberação do peso de uma vida dupla transformaram o jovem Daniel Kaminsky, aos dezesseis anos, em um homem pleno, que passou a desfrutar, então, dos melhores anos de sua vida, potencializados pelo prazer de ouvir os programas musicais, as narrações dos jogos de beisebol e as aventuras do detetive chinês Chan Li Po, com que agora podia se deleitar à vontade naquele reluzente aparelho de rádio. A paz e a concórdia em que se vivia em Cuba, onde ser ou deixar de ser judeu não parecia importar a ninguém, onde confluíam poloneses, alemães, chineses, italianos, galegos, libaneses, catalães, haitianos, gente de todos os confins, fizeram-no sentir uma plenitude que judeu algum havia imaginado nem em sonhos desde os tempos remotos em que os sefaradis foram admitidos em Amsterdã. Entre os judeus de Cuba, além disso, havia religiosos e céticos, comunistas e sionistas, ricos e pobres, asquenazes e sefaradis, às vezes em guerra entre si, outras vezes em harmonia, mas quase todos dispostos, quase o tempo todo, a realizar duas ansiadas aspirações naquela terra propícia: tranquilidade e dinheiro. O que mais enervava Daniel nas ambições daquela comunidade à qual pertencia cada vez menos, de cujas ortodoxias se afastava cada vez mais, era a pretensão de se isolar e fechar exatamente onde era acolhida e onde lhe abriam portas. O espírito de gueto calara fundo na alma deles por séculos de experiência e os perseguia até na liberdade. Para Daniel era absurda a permanente intenção de viver e progredir num ambiente endogâmico, de negócios entre judeus, casamentos entre judeus, cerimônias entre judeus, comidas para judeus (embora sempre diferenciando sefaradis de asquenazes, ricos de pobres), algo que seu espírito liberal e aberto repudiava, apesar de saber que essa atitude era considerada integracionista pelos rabinos e por qualquer crente no destino transcendental escolhido pelo plano divino como missão dos filhos de Israel. Por sorte, para Daniel, e para sua alegria, apesar daquela obstinação, eram cada vez mais numerosos os judeus residentes em Cuba que pensavam como ele – e mais ainda: que viviam de acordo com suas vontades.

   O certo era que a prosperidade do país e sua democracia republicana, que permitiam o progresso dos hebreus, tinham de conviver durante aqueles anos com o surto de uma das piores pragas sociais: a corrupção. Era tão visceral o desejo de enriquecer no menor prazo possível que dominava políticos, comerciantes, investidores, chefes militares e policiais e figuras mais ou menos públicas que até ocorriam com certa frequência guerras de facções, como as protagonizadas pelos chamados "gângsteres" cubanos. Mas, tratando-se de um estudante morto de fome como Daniel, essas práticas quase não o afetavam, ao menos era o que pensava, em sua inocência de então, enquanto desfrutava da agradável sensação de viver sem medo desde que Lazarito fora confinado na prisão de Castillo del Príncipe por uso excessivo do canivete de mola. Com os anos e as experiências acumuladas em sua vida cubana – e como cubano –, o jovem judeu iria rever muitas de suas impressões iniciais sobre o caráter, a jovialidade e a leveza de Cuba. Aprenderia que, como parte da condição humana, naquela ilha abençoada pelo sol, com todos os benefícios físicos para gerar riqueza, onde se misturavam culturas e raças e todo mundo cantava ou dançava, também podiam germinar o ódio e a crueldade, até a mais sádica; brotar o arrivismo e as sempre sórdidas diferenças sociais e raciais; e, especialmente, manifestar-se um mal que parecia ter entrado no coração de muita gente no país: a inveja. Será que a inveja permanente e mesquinha era uma característica herdada ou, pelo contrário, um resultado original e próprio, como todas aquelas misturas que configuravam o cubano? Muitos anos depois um amigo lhe daria uma resposta plausível...

Não obstante a melhora de sua situação, Daniel Kaminsky decidiu continuar seus estudos no instituto em paralelo com seu trabalho de limpeza em La Flor de Berlín, a fim de dispor de algum dinheiro para satisfazer suas crescentes necessidades de roupa, materiais escolares, o luxo de um lanche ou a possibilidade de passar uma tarde no Gran Stadium de Havana quando seu time favorito jogasse – os Tigres de Marianao. Durante o segundo ano do curso, e depois de várias semanas de economia, o salário foi suficiente até para um dia convidar para almoçar a galeguinha Marta Arnáez – por quem estava perdidamente apaixonado – no Moshé Pipik. No restaurante dos seus sonhos, além de impressionar a jovem, que não se decidia a aceitá-lo mas sempre escutava suas declarações de amor, Daniel queria matar o velho e persistente desejo de sentar-se em frente a uma das mesas cobertas com toalhas de pano, quadriculadas de branco e vermelho, em cujo centro reinava um sifão azul com água de Seltz, e degustar aquelas comidas que, se não estivesse tão fascinado olhando a sua quase namorada (assim pensava), talvez o tivessem transportado para sua infância polonesa pelos transitados caminhos que vão das papilas à memória afetiva. Especialmente se essas veredas são percorridas depois de um prato de *kneidlach*, no qual as bolas de ovos e farinha flutuam no caldo de galinha e, ao ser levadas à boca, desfazem-se com uma delicada suavidade, inundando tudo com seu sabor de glória.

Daniel Kaminsky levou um ano de perseguição, iniciada com olhares, sorrisos e inclinações de cabeça e prolongada com declarações de amor, verbais e por escrito, para obter o sim de Marta Arnáez. E não porque a jovem não gostasse, desde o início, daquele polonês de cabelos crespos rebeldes, olhos mais atônitos que grandes, magro como um varapau, mas com todos os músculos bem definidos. Como contou muitas vezes a seu filho Elías, sentada sob os galhos de uma buganvília no pátio da casa de Miami Beach, ou já num banco pintado de branco à sombra das frondosas acácias da exclusiva residência de anciãos de Coral Gables, desde o início ela sentira simpatia, e depois uma clara atração, por Daniel. Mas julgava-se obrigada a responder a suas declarações de amor com uma frase que não o rejeitasse, mas também não o aceitasse: "Tenho que pensar", repetiria durante meses para seu obstinado pretendente. "Era a época", explicaria anos mais tarde, e sempre sorrindo, ao seu filho Elías Kaminsky.

Começaram a namorar no final da primavera de 1947, quando terminavam o curso secundário, e desde então passaram a andar pela cidade de mãos dadas, pelo menos até chegar às imediações da casa da moça, na esquina da Virtudes com a San Nicolás, bem perto da populosa Galiano. Então, separavam-se sem sequer se beijar no rosto e ela seguia para casa sem olhar para trás, enquanto ele voltava feliz para Havana Velha, com a esperança de que a russa Katerina, ajudada pela vodca, o rum ou a genebra, tivesse um dos seus dias mais acalorados e, como vinha ocorrendo havia um ano, fizesse-lhe um sinal com o dedo, que significava um convite para subir até o seu apartamento, onde ofereceria ao rapaz outra aula de seu curso prático e gratuito de desenfreio eslavo.

Umas semanas depois chegaram as férias de verão, e Marta, com seus pais, foi passá-las no remoto e – diziam – florescente povoado de Antilla, no nordeste da ilha, onde residia e trabalhava um irmão de sua mãe. Mas o galego Arnáez voltou uma semana depois para cuidar de seu armazém de produtos ultramarinos, especializado em víveres e bebidas alcoólicas, e a mãe e a moça permaneceram a barbaridade de oito semanas por aquelas bandas: as oito semanas mais longas da vida de Daniel Kaminsky, que quase enlouqueceu enquanto contava os dias e, às vezes, até as horas que o separavam do reencontro, imaginando que ia até Antilla e raptava sua amada para levá-la a qualquer outro lugar remoto da ilha. Tamanho era o seu desespero que nem sequer voltou a buscar a russa e, por pura falta de alternativa, até voltou à sinagoga para aturdir-se com as rezas e a leitura de passagens da Torá. Dedicou também mais horas ao trabalho na padaria do alemão Sozna, com o objetivo de juntar a quantia necessária para comprar um terno com o qual, em algum momento, deveria comparecer perante os futuros sogros para formalizar a relação amorosa com o pedido da mão da namorada.

Embora nenhum dos jovens soubesse, a prolongada permanência das mulheres no oeste da ilha fazia parte de uma estratégia destinada a provocar a separação e promover o esquecimento, pois nem para Manolo Arnáez nem para Adela Martínez a descoberta de que a filha namorava um judeu polonês malvestido fora uma notícia agradável. Mas ambos os pais, já conhecedores do caráter da jovem, preferiram utilizar tramas sutis em vez de um confronto direto, do qual, pressentiam, sairiam derrotados. Porque Martica era teimosa como uma mula, segundo seu próprio pai, perito produtor de grosserias no melhor estilo galego.

O remédio encontrado pelos pais produziu efeito contrário ao esperado. Ao voltar para Havana e para as aulas, Marta Arnáez, já com dezessete anos completos, decidiu permitir que seu namorado avançasse um passo a mais em sua abordagem e finalmente se beijaram pela primeira vez. Embora para ambos a paixão saísse pelos poros, a partir de então tiveram comedimento suficiente para manter no nível dos beijos e das carícias leves aqueles desejos que lhes enchiam a cabeça com os piores pensamentos. "Claro, era a época", diria uma vez Marta a seu filho. "E, para desafogar, o sacana do seu pai tinha Katerina, grátis e putona, mas eu... nada além de beijinhos".

A contragosto, os pais dela aceitaram a formalização do namoro quando os jovens terminavam o terceiro ano de estudos no instituto. Daniel se apresentou com o terno barato de falsa musselina quadriculada comprado dos libaneses da rua Monte e a gravata de listras azuis, presente do dono de La Flor de Berlín. Sentado pela primeira vez na sala da casa da rua Virtudes, depois de manifestar aos hipotéticos sogros suas intenções muito sérias, Manolo e Adela lhe pediram que voltasse no dia seguinte para ouvir o veredicto. Já a sós com Marta, os pais perguntaram à moça o que pensava daquele pedido: e ela respondeu com a frase que marcaria sua vida, e em tal tom que ficou evidente para os pais que o melhor era deixar o caminho livre: "Daniel é o homem da minha vida", foi a sentença da moça, e a cumpriu até o fim.

Justamente quando pretendia – e por fim conseguia – formalizar seu namoro, Daniel Kaminsky teve uma profunda crise de identidade, capaz de abalar todas as convicções que considerava sólidas. No final daquele ano de 1947, nas terras da Palestina, havia nascido o novo Estado de Israel, cujo parto foi caótico e doloroso, mas cheio de esperanças. Como quase todos os hebreus dispersos pelo mundo, os judeus de Havana saudaram o evento com alegria; mas, como costumava acontecer em cada caso transcendente ou desimportante, cada um o recebera com a perspectiva das diferentes facções, que iam do sionismo militante a um expresso desinteresse por aquela história já tão distante da vida atual. Mas, entre um extremo e outro, havia inúmeras posições, alentadas por comunistas, sionistas, socialistas, ortodoxos, reformistas, moderados liberais, militaristas, pacifistas, sefaradis, asquenazes, ateus ou crentes com ímpetos messiânicos, e quantas mesclas de posições ou sutilezas identificatórias fosse possível imaginar.

Daniel, que se achava alheio a esses debates, sentiu então o incontrolável chamado da tradição, mais profundo e dramático do que poderia ter imaginado. Depois de vários anos de um buscado e benéfico distanciamento do judaísmo, agora o destino de Eretz Israel e seus eternos problemas terrenos e celestiais tinham voltado para abalá-lo. O tão ansiado quanto necessário nascimento do Estado hebreu chegava com a convicção de que, só tendo seu próprio país, exatamente nas terras que seu Deus lhes havia prometido, os israelitas poderiam evitar o horror de outro holocausto como o que acabavam de sofrer e sobre cujas dimensões a cada dia surgiam novas e ainda mais terríveis revelações. Para obter aquele refúgio os judeus utilizaram todas as suas paixões, artimanhas pacíficas e violentas e capacidade de pressão econômica e moral. Chegaram a contar com o apoio dos próprios norte-americanos, que nove anos antes impediram o desembarque do *Saint Louis*, e até da poderosa União Soviética, interessada em uma amizade estratégica com o Estado hebreu. Embora o reconhecimento de Israel tenha sido repudiado pelo governo cubano, todo aquele processo que atraiu o interesse internacional tocou Daniel Kaminsky de maneira sibilina, como para lhe recordar que algo além de um prepúcio cortado o identificava com aquela gente. Também estava ligado a eles pelo sangue e, mais ainda, pela morte. Essa sensação de proximidade tanto o assediou que, uns meses depois, quando a sorte do Estado recém-nascido foi ameaçada pela resposta militar de vários exércitos árabes, chegou a pensar se – como outros jovens da comunidade, na maioria filhos de sefaradis turcos, aguerridos e proletários – não devia ele também voluntariar-se para ir defender o ressuscitado país dos israelitas, perdido tantos séculos antes.

Na manhã de sábado, quando, depois de uma longa ausência, compareceu com o tio Joseph à sinagoga Adath Israel para atualizar-se sobre os graves acontecimentos que ocorriam do outro lado do mundo, as palavras do rabino tocaram em fibras remotas de sua consciência, que Daniel Kaminsky achava que haviam desaparecido. "Deus deu a cada nação um lugar, e deu aos judeus a Palestina", disse o oficiante, em pé junto aos rolos da Torá. "O *Galut*, o exílio em que temos vivido por tantos séculos, significava que nós, judeus, havíamos perdido nosso lugar natural. E tudo que deixa seu lugar natural perde o equilíbrio até que regressa. E nós bem sabemos disso. Já que nós, judeus, demonstramos, desde os remotos tempos dos patriarcas, uma unidade nacional num sentido até mesmo mais elevado que outras nacionalidades, pois foi a vontade do Santíssimo, bendito seja Ele, é necessário que voltemos a nosso estado de unidade real, que só podemos alcançar em contato com a terra sagrada de Eretz Israel, onde tudo começou, uma terra cuja propriedade está confirmada pelo livro sagrado e pela palavra divina".

Talvez tenha sido a perspectiva vital proporcionada pela formalização de suas relações amorosas o que mais influiu em sua decisão final de esquecer a tentação que o rondava e na qual haviam caído alguns de seus vizinhos e ex-condiscípulos do Centro Israelita, além de muitos dos jovens matriculados no Instituto Yavne. Ou pelo menos foi isso que disse ao seu tio Joseph quando falaram do assunto. Porque, na realidade, depois do primeiro abalo de seus instintos ancestrais,

Daniel Kaminsky sentiu que estava longe demais daquele mundo de judeus em busca de uma pátria para arriscar a vida numa contenda militar de proporções imprevisíveis. Mais que egoísmo, diria, o que funcionou em seu caso foi uma absoluta falta de fé, de compromisso com uma causa revestida de messianismo e de rebeldia contra velhos e restritivos preceitos religiosos resgatados pelo país recém-nascido. Tudo isso apoiado numa obstinação muito racional: seu propósito dramático e quase infantil, de início, de deixar de ser judeu e sua decisão, agora mais firme, de compartilhar a vida com uma cubana que – Daniel ficou horrorizado ao saber – nunca poderia ser sua esposa num país que antes de nascer já havia proclamado a exclusão dos gentios e, em nome das leis de Deus, proibido os casamentos chamados mistos. Sem que ele se desse conta da profundidade do processo, aquele sentimento defensivo de distanciamento cultural e definitivamente insubmisso havia crescido mais do que ele mesmo acreditava e deixado um espaço amplo para sua decisão de não ser outra coisa além de cubano, viver e pensar como cubano; um desejo transformado em obsessão capaz de dominá-lo consciente e até inconscientemente, tanto que não parecia ter deixado margem suficiente para que os entusiasmos hebraicos adquirissem maiores proporções.

Muitos anos mais tarde, numa carta enviada a seu filho Elías, já estabelecido em Nova York, onde tentava começar sua carreira de pintor, Daniel Kaminsky retomaria o dilema daquela decisão que determinara o que seria sua vida. Foi no final da década de 1980, alguns meses depois de Daniel ter sido operado com sucesso de um câncer de próstata. Estimulado por essa advertência mortal, assim que se sentiu recuperado surpreendeu a família com a decisão de voltar à cidade de Cracóvia, aonde nunca havia querido regressar. Além disso, Daniel Kaminsky optou por fazer essa viagem às raízes, como diziam os judeus asquenazes de todo o mundo, sozinho, sem a mulher nem o filho. Ao voltar da Polônia, onde passou vinte dias, o homem, em geral loquaz, só comentou algumas generalidades desse périplo ao seu local de nascimento: a beleza da praça medieval da cidade e a impactante memória viva do horror, sintetizada em Auschwitz-Birkenau, a visita ao gueto onde os judeus tinham sido confinados e a impossibilidade de encontrar aquela que poderia ter sido sua casa no bairro de Kasimir; a visita à Nova Sinagoga, com seus candelabros sem velas, tétrica na solidão de um país ainda despovoado de judeus e enfermo de antissemitismo. Mas a comoção do reencontro com aquele umbigo de seu passado que por anos tinha tentado manter isolado – e do qual parecia até que conseguira se libertar havia muito tempo – tocara os recantos mais obscuros da consciência de Daniel Kaminsky. E vários meses depois, por fim, ele fez aquela imprevista confissão.

Na carta, dizia ao filho que desde o seu regresso não pudera deixar de pensar na certeza de que, em toda a história judaica, o ponto mais lamentável – com o qual jamais poderia concordar – estava relacionado com o que ele considerava um profundo sentido de obediência, que muitas vezes derivou em aceitação da submissão como estratégia de sobrevivência. Falava, claro, da sua sempre polêmica relação com o Deus de Abraão, mas, especialmente, daqueles episódios ocorridos durante o Holocausto, nos quais tantos judeus assumiram como inapelável sua sorte, por considerá-la uma maldição divina ou uma decisão celestial. Não podia conceber que, já decretado seu destino, muitos deles tenham até colaborado com seus verdugos ou se preparado quase com tranquilidade para receber o castigo; que tenham caminhado com os próprios pés, sem tentar o menor gesto de rebeldia, até os fossos onde seriam executados; que tenham entrado nos trens onde morreriam de fome e de disenteria; e se organizado para viver nos campos onde seriam mortos com gás. E falava de como a esperança de sobreviver contribuía para a submissão. A combinação dos poderes totalitários de um Deus e de um Estado havia esmagado a vontade de milhares de pessoas, potencializado sua submissão e apagado até mesmo a ânsia de liberdade, que para ele era condição essencial do ser humano. Muitas pessoas, milhões, tinham aceitado sua sorte como um mandato divino até que, finalmente, houvesse entre alguns poucos milhares deles explosões de rebeldia, *partisans* em guerrilhas antifascistas e rebeliões de guetos, como o de Varsóvia. "Mas", dizia a certa altura da carta, "também se deve levar em conta que muitos desses homens e mulheres submissos chegaram a considerar a morte quase como uma alegria, em comparação com a vida de dor e medo em que subsistiam. Se você se colocar nesse plano, talvez possa ver as atitudes de muitos deles sob outra perspectiva. E inclusive – estou cagando e andando para Deus – possa justificar a submissão. E eu me recuso a justificá-la... Ou por acaso é mentira o que nos repetiam nas aulas do Centro Israelita, o que proclamavam os rabinos, os sionistas, os independentistas quando nos diziam que os judeus de hoje eram os descendentes de Josué, o Conquistador e seus indomáveis camponeses hebreus, do rei Davi, general vitorioso, dos aguerridos príncipes asmoneus? Como foi possível que, no final, fôssemos dominados pela submissão?" Talvez essa convicção, que em 1948 era apenas uma sombra sem forma definida em sua consciência, tenha sido o que, com seu peso sombrio, o afastou da ideia de entrar num barco e ir para Israel com alguns amigos a fim de participar da guerra de independência, confessava ao seu filho. A marca dessa conduta resignada, da qual participaram seus avós e tios Kellersteins e talvez até seus pais, lacerava-o tanto que ele tinha perdido não só a fé na política e em Deus, mas também no espírito dos homens, e por isso preferiu manter-se à margem daquela rebelião tardia, dentro de sua cada vez mais confortável pele de cubano. Vivendo por escolha própria e completamente à vontade à margem da tribo, naquele recanto onde encontrara a liberdade.

Como era de se esperar, naquela época os amigos mais íntimos do polonês Daniel eram todos cubanos, católicos à moda heterodoxa praticada na ilha. Seu velho companheiro José Manuel Bermúdez, que não era chamado de Calandraca por mais ninguém, e sim de Pepe Manuel, continuava muito próximo a ele. O rapaz tinha crescido e se fortalecido, e da cor de açafrão de seu cabelo só restavam alguns reflexos, pois até as sardas haviam desaparecido. Sua inteligência natural, cada vez mais bem encaminhada, transformara-o em um dos mais destacados estudantes do Instituto de Ensino Secundário e, por seu temperamento extrovertido e seu permanente desprendimento, num dos líderes estudantis. Outro dos seus amigos se chamava Roberto Fariñas e era a ovelha negra de uma família burguesa de Havana, coproprietária de uma pequena fábrica de rum e de apartamentos em bairros da periferia. Roberto se recusara a estudar em um colégio privado, e muito menos de padres, os quais detestava, e por isso se matriculara no colégio público que frequentavam os menos favorecidos. Graças a seus fartos recursos, Roberto era o amigo que com mais frequência o convidava para tomar sorvete, vitaminas, comer sanduíches e batata frita nos cafés da área, especialmente em um muito sofisticado e recém-aberto no térreo do novo edifício do Cine Payret. A namorada de Pepe Manuel – Rita María Alcántara – e a de Roberto – Isabel Kindelán – também tinham ficado amigas de Marta Arnáez, e os seis jovens formavam uma espécie de confraria, apesar da disparidade de suas origens, situações econômicas e relações familiares. Porque coisas mais importantes os uniam: a paixão pela dança, o gosto pelo beisebol, o amor pelo mar e a comodidade de não guardar muitos segredos, essa água clara em que flutua a verdadeira amizade. E, mais adiante, os interesses ou, ao menos (no caso de Daniel), as simpatias políticas.

Quando Roberto Fariñas fez dezoito anos e pôde finalmente tirar carteira de habilitação, um de seus irmãos mais velhos colocou à sua disposição um Studebaker 1944, que se tornou o carro de batalha dos amigos. Com a anuência da família das moças, puderam começar a frequentar a praia de Guanabo, e inclusive foram pela primeira vez a Varadero para conhecer as finíssimas areias daquele lugar praticamente desabitado. Dos três casais, só Roberto e Isabel haviam cruzado a complicada fronteira de manter relações sexuais pré-matrimoniais. Pepe Manuel, tão revolucionário em tudo, mostrou-se um conservador nesse território específico, enquanto Daniel, embora morresse de vontade de ir para a cama (aumentada pela decisão de Katerina de se mudar para o remoto bairro de La Lisa, como concubina de um caminhoneiro negro), não se atreveu a pedir isso a Marta que, anos depois, confessou que teria aceitado se ele houvesse proposto, pois morria de inveja do que Roberto e Isabel faziam. "Cinco anos de namoro sem sexo, que absurdo", diria Marta um dia a seu filho Elías.

Vivendo nesse universo ameno de namoradas, amigos, estudos, passeios, trabalho para ganhar algum dinheiro, Daniel Kaminsky continuou navegando pela vida, afastando-se de seus ancestrais e de suas preocupações, até que se distanciou tanto da costa da qual havia partido que um dia chegou a pensar que esquecera aquela referência. Foi então que a cabeça de um jovem judeu pintada por Rembrandt cruzou seu caminho, disposta a complicar sua vida e recordar-lhe que certas renúncias são impossíveis.

O que tinha acontecido com seus pais a bordo do *Saint Louis* durante os seis dias em que o transatlântico esteve fundeado na baia de Havana? Quanto teriam sonhado em desembarcar graças às negociações baseadas naqueles poucos centímetros de tela manchada de tinta a óleo trezentos anos atrás? Como e a quem teriam entregado o quadro? A partir do momento em que voltou a ter a inesperada e inquietante certeza de que a relíquia familiar ficara na ilha naquela amarga semana de maio de 1939, essa e outras perguntas golpearam sua mente tanto e com tanta força que Daniel Kaminsky se sentiu à beira da loucura.

Quando Daniel terminou seus estudos no Instituto de Ensino Secundário de Havana, suas opções para o futuro já estavam traçadas. Como seus sogros concordavam em dar apoio a Marta em seu projeto de cursar o magistério na Escola Normal de Havana, ele procuraria um emprego mais apropriado e bem remunerado que o de faxineiro de uma confeitaria e, ao mesmo tempo, se matricularia nos cursos da Escola do Comércio para se formar em contabilidade. O plano incluía o casamento, marcado para um ano mais tarde, com a aceitação do galego Arnáez de hospedá-los em sua casa até que Daniel se formasse e o casal estivesse em condições de proclamar sua independência. Todo esse plano se forjava num país onde, mais uma vez, vivia-se entre agudas tensões desde que, em março daquele ano de 1952, o general Fulgencio Batista pusera as tropas na rua e tomara o poder para impedir a realização de eleições nas quais, com toda a certeza e apesar da morte de seu líder Eddy Chibás, teriam triunfado os cada vez mais numerosos militantes e simpatizantes do Partido Ortodoxo do Povo de Cuba, sob o lema "Vergonha contra dinheiro".

O golpe militar tinha polarizado a sociedade cubana, e a maioria dos jovens estudantes, inclusive Pepe Manuel Bermúdez e Roberto Fariñas, era militante ortodoxa havia vários anos; o próprio Daniel, simpatizante do partido por influência dos amigos e pela carismática atração do seu criador, o já falecido Eduardo Chibás, acalentava a ilusão de uma renovação política no país. Os três amigos, como muitos cubanos, encararam a ação de Batista como uma agressão contra uma democracia cheia de falhas, mas democracia no fim das contas, que os ortodoxos poderiam aperfeiçoar com importantes mudanças sociais, e a luta frontal contra a corrupção que o infeliz Chibás havia liderado, com seu promissor programa de limpeza cívica e política.

Enquanto Pepe Manuel e Roberto se envolviam cada vez mais no movimento de oposição ao general, Daniel, como era sua tendência vital, concentrava-se em seu projeto individual. Durante o primeiro dos dois anos de estudos de contabilidade, exatamente o prazo estabelecido para a realização de seu casamento, sua vida começou uma nova etapa. Graças à amizade do tio Pepe Carteira com o cada vez mais poderoso Jacob Brandon, agora sócio dos nascentes e revolucionários supermercados batizados de Minimax, o rapaz conseguira um emprego de meio período como vendedor no moderno estabelecimento inaugurado em El Vedado, onde também cuidava da contabilidade diária e se encarregava de fazer as encomendas aos fornecedores. Daniel já ganhava trinta pesos por semana, um valor mais do que digno num país onde meio quilo de carne custava apenas dez centavos.

Aquela intervenção salvadora do tio Joseph Kaminsky para obter favores de um dos judeus mais ricos de Cuba não deixava de ser um mistério para Daniel. O rapaz só entenderia as minúcias da relação entre o artesão de couro e o magnata alguns anos mais tarde, quando, numa situação muito delicada, o tio voltaria a salvá-lo com um presente inesperado. Pepe Carteira, que até sua intervenção revolucionária em 1960 trabalhara como cortador e mestre principal da oficina de couros de Brandon, havia se tornado, ainda, fabricante dos sapatos especiais que os enormes joanetes do comerciante exigiam, artífice dos cinturões que, como barrigueiras de cavalos, rodeavam seu ventre e costureiro de suas finíssimas carteiras, malas, estojos para charutos e até luvas para viagens a Nova York e Paris, sempre trabalhados com os melhores e mais adequados couros para cada destino e a mais perfeita arte de corte e costura, aprendida por Joseph anos atrás com os artífices da Boêmia.

Sem dúvida, Joseph Kaminsky devia ganhar um salário com o qual qualquer outro homem teria saído do cada vez mais tétrico cortiço da esquina da Compostela com a Acosta e se mudado para um apartamento, ou mesmo uma casinha independente em algum bairro de Havana, pensava e dizia seu sobrinho. Mas Pepe Carteira continuava cercado de judeus, entrincheirado no promíscuo falanstério e vivendo com a austeridade econômica de sempre. Daniel julgou detectar uma razão maior para a insistência do tio em permanecer no casarão quando descobriu, com imensa alegria, que aquele polonês cinquentão e conservador encontrara um desafogo para sua solidão graças à mulata Caridad Sotolongo, que tempos atrás havia se tornado inquilina do edifício em ruínas. Trintona, concubina viúva, muito benfeita de corpo, Caridad também era mãe de Ricardo, um mulatinho malandro por quem tio Joseph sempre manifestara uma queda especial, talvez nascida da inata capacidade do menino para improvisar versos e recitá-los como uma metralhadora.

A história de Caridad logo se tornara conhecida por todos os vizinhos. Seu amante, um homem branco, pai nunca legalmente reconhecido de Ricardito, fora um dos revolucionários da década de 1930 que, frustrado e decepcionado pelo pouco ganho político e econômico obtido de suas lutas, muitas vezes violentas, derivara com outros companheiros para os bandos de gângsteres, que buscavam à ponta de pistola, cada vez com menos verniz político, a recompensa política e econômica que diziam merecer. Aquele homem havia morrido em 1947, durante um confronto entre um bando de gângsteres e policiais não menos gângsteres, e de imediato a vida relativamente confortável de Caridad acabara, pois nunca tinha sido mais do que amante do pistoleiro. Ela, com 36 anos, quase analfabeta mas ainda muito bonita, e Ricardo, com 7 anos à época, tiveram de deixar a casinha em Palatino, cujo aluguel não podiam pagar, e foram parar no casarão da Compostela com a Acosta, onde ela se dedicava ao trabalho mal pago de lavar e passar para fora.

Ao contrário da maioria dos que se amontoavam no cortiço, Caridad era discreta e silenciosa, por isso logo a classificaram de mulata convencida, orgulhosa e, depois, de *capirra* – como os havaneses chamam os negros e mulatos que preferem se casar com brancos. Em dado momento, graças a alguma troca de favores, criou-se certa amizade entre a mulher e Joseph Kaminsky, recém-entrado nos cinquenta. No dia em que Caridad lhes levou uma panela de barro com feijão preto, grosso, "dormido", como se diz em Cuba, cheirando a cominho e a louro – aqueles grãos que em sua vida polonesa Joseph Kaminsky nunca tinha visto, mas que em sua estada cubana haviam se tornado seu prato favorito e a perdição de seu sobrinho –, Daniel teve um lampejo de intuição sobre o que estava acontecendo por baixo dos panos. Os olhares trocados naquele instante entre o polonês e a mulata foram mais reveladores que um milhão de palavras. Palavras que tio Pepe só diria a seu sobrinho anos mais tarde. Palavras provocadas pela existência de Caridad e pelos sentimentos que a mulher havia despertado no artesão e que muito influíram no destino de Daniel Kaminsky.

Graças a seu salário no mercado de Brandon e companhia, Daniel se dedicou aos preparativos do casamento, que se celebrou no verão de 1953 e afinal foi muito mais fastuoso do que o que rapaz poderia bancar – e até do que teria desejado, dada sua discrição natural. Mas os pais de Marta, primeiro reconciliados e depois afeiçoados ao jovem polonês em ascensão social e econômica, e satisfeitos com a felicidade exultante de sua única e queridíssima filha, não mediram gastos. A parte mais difícil para Daniel foi o momento de discutir o tipo de cerimônia a realizar. Para os pais de sua noiva, era quase uma questão de honra que, depois de formalizar-se ante o juiz de paz, o enlace se conduzisse perante Deus e fosse santificado num templo católico. Daniel gastou semanas discutindo com Marta as opções, partindo de uma posição que lhe parecia justa e clara: como ele mesmo seria incapaz de pedir a ela que se casassem diante de um rabino, ela não deveria exigir dele que o fizessem perante um padre. E seu raciocínio era simples: ele não acreditava nem no rabino de seus ancestrais nem no pároco dos católicos. Convencer Marta não foi tão difícil, pois a moça podia prescindir da cerimônia religiosa, embora não negasse que sua pompa lhe parecia atraente, e contava entre seus argumentos com o fato de que até mesmo Pepe Manuel, cada vez mais esquerdista, segundo todos comentavam, concordara em se casar com Rita María na falsamente gótica igreja da rua Reina, ao ritmo da marcha nupcial composta por um judeu alemão. Ela entendia as razões do noivo. Quem não ia entender seriam Manolo Arnáez e Adela Martínez, sem cujo apoio o casamento não poderia se realizar, ou se realizaria de outra maneira, disse ela.

Daniel Kaminsky pensou muito nas possibilidades. A mais fácil, e também mais complicada, seria pegar Marta, casar-se perante um juiz e esquecer os Arnáez. Para alguém que tinha vivido tantos anos em um cortiço de Havana Velha, sem poder saciar direito a própria fome e com duas camisas baratas no armário, aquela parafernália de vestidos longos e festas cheias de convidados parecia tão supérflua quanto desnecessária. Mas achava cruel em relação à moça, e mesmo aos seus pais, a privação de uma ilusão com a qual atingiam o clímax do sucesso social em sua vida. A mais difícil, embora menos turbulenta, das possibilidades era aceitar a formalidade do batismo católico exigido e o casamento oficiado por um padre, pois nenhum dos dois atos tinha para ele qualquer significado. Muitos judeus crentes e praticantes, ao longo dos séculos, tiveram de aceitar os sacramentos católicos em diversas circunstâncias da vida, mesmo sabendo que nunca se salvariam depois de tal falta, pois o que ordenava seu Deus era morrer venerando Seu nome. Por que era sempre tão complicado ser judeu?, perguntara--se muitas vezes antes de se sentar com seu tio Pepe Carteira para conversar sobre aquele conflito dilacerante. Naqueles dias, como se fosse uma antecipação do que viria a ocorrer pouco depois, em várias ocasiões Daniel pensou no retrato do jovem judeu parecido com a imagem católica de Cristo, sob cujo olhar vivera seus primeiros anos sem que significasse – para ele ou para seus pais – nada mais do que isto: um belo retrato de um jovem judeu com o olhar perdido num ângulo do quadro.

Como recordaria para sempre, Daniel adiou por semanas o momento de manter aquele diálogo que, imaginava, seria o mais espinhoso de sua vida, pois não só implicava romper com suas origens e a religião de seus ancestrais, mas também conseguir a compreensão ou provocar o mais lancinante desgosto no bom homem que, sem expressar seu carinho com um gesto ou uma palavra, lhe havia permitido ter uma vida digna na pobreza, um apoio estável graças ao qual Daniel logo obteria os benefícios da ascensão econômica e até da respeitabilidade social. Havia vários anos que, sempre que podia, tio Pepe costumava lhe falar, como quem não quer nada, das moças judias do bairro, tentando despertar – com toda a intenção, embora com a maior discrição – o interesse do rapaz por uma mulher de sua origem, para perpetuar, com uma união desse tipo, aquilo que eles eram e seus filhos deveriam ser, por muitos séculos mais.

"O senhor sabe que sou ateu, tio Joseph", começou a conversa. Daniel tinha preferido manter o diálogo em espanhol, pois já não confiava na profundidade de seu polonês nem de seu ídiche para assuntos de maior sutileza. Como a tarde primaveril era fresca, graças a um compacto teto de nuvens, optara por falar com o tio na paz do terraço do desconjuntado palacete onde vivia desde o dia de 1938 em que se vira em Havana e se sentira alarmado com uma algaravia na qual havia tempo não reparava. "Não entendo como alguém pode ser ateu, mas se você diz... Deus é maior que sua desconfiança." "Pois há muito tempo que deixei de acreditar. O senhor sabe por quê. O fato é que sou incapaz de crer." "Você não é o primeiro que pensa assim. Vai passar." "Talvez, tio. Mas eu acho que não."

Daniel fez uma pausa depois dessa afirmação, com a qual sabia que agredia alguns dos princípios a que tio Joseph tinha se aferrado em sua solidão de imigrante, homem pobre e sem outra família carnal em todo o mundo além do próprio sobrinho. "É preciso tomar uma decisão que não é importante para mim, mas é para outras pessoas. Uma decisão muito relacionada com sua fé. Com a sua e com a deles", acrescentou Daniel, para ser mais explícito.

Pepe Carteira, olhando o sobrinho nos olhos, se permitiu um levíssimo sorriso. Mais triste que feliz, na realidade. O artesão polonês, que tinha atravessado tantos momentos difíceis e conhecido o horror mais incomensurável, dificilmente poderia sentir-se surpreendido ou vencido por qualquer coisa. Ou pelo menos era o que pensava, como costumava dizer ao sobrinho. "Imagino aonde você quer chegar... E vou facilitar. Só direi que cada homem deve resolver ele mesmo suas questões com Deus. Para os problemas mundanos, uma ajuda é sempre bem-vinda. Os da alma não são transferíveis. Comigo você não tem qualquer compromisso nesse sentido. Eu lhe dei o que podia dar. Você sabe por que Sozna lhe deu trabalho e abrigo em La Flor de Berlín? Eu não podia deixar que você morresse de fome por aí. Cuidar de você era minha obrigação moral, inclusive uma obrigação com minha fé e minha tradição. E o resultado não foi tão mau: você é um homem honesto e tem um bom trabalho, estudos que podem ajudá-lo muito, uma vida boa que vai ficar melhor. Talvez, até, um dia você seja um homem rico... É evidente que lamento seu distanciamento de Deus e dos nossos costumes, mas sou capaz de entender. Você não será o primeiro judeu a renunciar à sua fé... Filho meu, faça o que tem de fazer e não se preocupe comigo nem com ninguém. No fim, todos somos livres por vontade divina, livres até para não acreditar nessa vontade."

Enquanto escutava, Daniel ia se sentindo invadido por uma sensação indefinida que misturava a gratidão pela compreensão do tio, concedida como uma verdadeira liberação, e uma lancinante sensação da própria fraqueza, capaz de levá-lo a uma conveniente aceitação de algo repudiado por seu espírito. Como nunca antes, nesse momento se sentiu miserável e mesquinho, despojado de alma, identidade, de vontade de lutar. Se o tio Joseph tivesse vociferado e pedido sua condenação, como no dia em que o menino se recusara a matricular-se na escola judaica, talvez tudo houvesse sido menos humilhante, pois ele também poderia ter bradado argumentos, teimado e optado por mostrar-se até rebelde e ofendido. Mas ao revelar que mesmo em sua rebeldia ele o tinha protegido, excluindo a possibilidade de um confronto, Joseph o surpreendeu, deixando-o a sós com sua alma, com aquele vazio que a vida e seu próprio empenho haviam criado no lugar onde outros homens, como seu tio ou seu futuro sogro, alojam o consolo de se sentirem acompanhados por um Deus, o seu Deus, qualquer Deus. O mesmo Deus?, perguntaria algum dia ao filho nascido daquele doloroso conflito.

"Agradeço sua compreensão, tio. Para mim é o mais importante", foi tudo que Daniel pôde dizer. Joseph tirou os óculos de aro redondo que usava havia alguns anos e limpou-os com a falda da camisa. "Agradeça a Cuba. Aqui trabalhei, passei penúrias, sofri decepções, mas conheci outra vida, e de muitas maneiras isso muda a pessoa... Já não sou o mesmo polonês assustadiço e fanático que aqui chegou há mais de vinte anos. Tenho vivido sem medo do próximo *pogrom*, o que já é bastante, e ninguém se importa muito com o idioma em que faço minhas orações. Por mais que você tenha ouvido, não pode fazer ideia do que isso significa, porque não o vivenciou. Querer ser invisível, como chegou a pensar seu pai." "Então não está aborrecido comigo?" Pepe Carteira olhou-o nos olhos, sem responder, como se sua mente estivesse em outro lugar. "A propósito", disse afinal, "você sabe por que não me casei com Caridad?" Daniel se surpreendeu com a súbita entrada num assunto até então nunca mencionado pelo tio, pelo menos com ele, e ao qual, por respeito, jamais tinha se referido. "Porque ela tem umas crenças e eu tenho outras. E não sou capaz de pedir que ela renuncie às dela. Não tenho esse direito, não seria justo, porque essa fé é uma das poucas coisas que pertencem de verdade a ela, e das que mais a ajudaram a viver. E eu não vou renunciar às minhas. Ela é inculta, mas é uma mulher boa e inteligente, e me compreende. Para nós dois, o mais importante agora é que nos sentimos bem quando estamos juntos, e isso nos ajuda a viver. Acima de tudo, não nos sentimos mais sós. E isso é um presente de Deus. Não sei se do dela ou do meu, mas uma graça divina... Enfim, faça o que quiser. Tem a minha bênção. Bem, é uma maneira de dizer, você não acredita em bênçãos..."

O céu, assaltado por nuvens tétricas vindas do mar do sul, abriu-se, então, numa torrente de água, cortado pelos clarões de descargas elétricas que, segundo o polonês Pepe Carteira, nunca eram tão retumbantes em seu distante país. Quando os homens voltaram para o quarto do casarão, Joseph Kaminsky foi apanhar um pequeno cofre de madeira que o acompanhava desde que saíra de Cracóvia e onde guardava seu já obsoleto passaporte, umas poucas fotos e o *talit* que havia ganhado do pai em seu Bar Mitzvá, celebrado na grande sinagoga da cidade. Abriu-o com a chave que sempre levava pendurada no pescoço e de dentro tirou um envelope, que entregou ao sobrinho. "O que é isto, tio?" "Meu presente de casamento". "Não precisava..." "Precisava sim. A dignidade é muito necessária. Se seus sogros vão ajudá-los, você tem que contribuir. Essa contribuição o fará mais livre." Daniel, sem entender muito bem quais eram as intenções do outro, abriu o envelope e encontrou o cheque. Leu. Não acreditou. Voltou a ler. Seu tio o fazia dono de 4 mil pesos. "Mas, tio..." "São quase todas as minhas economias desses anos. Você agora precisa muito mais do que eu. Antes de tudo, é para isto que o dinheiro serve: para comprar liberdade". Daniel dizia que não, balançando a cabeça. "Mas com isto você pode se mudar daqui, morar com Caridad, ajudar Ricardito na escola..." "A partir deste momento, você já não depende economicamente de mim, e espero que de ninguém. Com o que ganho, creio que Caridad e eu vamos poder nos mudar em breve. E já separei uma parte para as necessidades de Ricardito. Você sabe, com um prato de arroz, feijão preto e umas almôndegas *kosher*, eu tenho mais do que necessito. E agora sou melhor artesão que nunca, portanto não se preocupe, trabalho não vai me faltar, graças ao Sagrado."

Daniel Kaminsky não podia desgrudar os olhos do papel que valia muito mais que a fortuna de 4 mil pesos. Aquele dinheiro era o fruto de infinitas renúncias, privações e pobrezas em meio às quais o tio e ele mesmo tinham vivido durante anos. Representava também o passaporte válido com o qual Pepe Carteira poderia alegrar sua vida. E, Daniel sabia, ele havia economizado para homenagear o sobrinho no dia em que, na sinagoga e perante o rabino, selasse seu casamento segundo a lei judaica.

Invadido pelo refluxo invasivo de sua heresia, Daniel Kaminsky começou a chorar: enquanto tio Joseph lhe dava compreensão e dinheiro, ele lhe roubava a ilusão de vê-lo quebrar com os pés as taças de cristal para recordar com aquele ato a destruição do templo, o início da interminável diáspora dos israelitas e a necessidade de se manterem unidos na tradição e na Lei escritas no Livro, única forma de sobrevivência de uma nação sem terra. Sem poder conter o pranto, nessa tarde, pela primeira vez em muitos anos, Daniel abraçou o tio e beijou várias vezes seu rosto sempre necessitado de uma escanhoada mais radical.

Talvez devido à libertadora atitude de Joseph Kaminsky, dois meses depois, quando Daniel compareceu à pequena igreja do Espírito Santo para receber o batismo e a ata que certificava sua conversão e lhe permitia pronunciar os votos matrimoniais perante um padre, o rapaz não pôde deixar de sentir que fazia uma renúncia indecorosa, para a qual, apesar de todas as suas convicções e repúdios, não estava preparado. Acompanhado de sua noiva, de seus futuros sogros e de seus padrinhos para a ocasião – Antonio Rico e Eloína, a Sardenta –, ele, ainda judeu, entrou pela primeira vez na vida num templo católico com a intenção de fazer algo mais que satisfazer uma curiosidade. Embora já soubesse o que encontraria ali – imagens pueris de mártires e supostos santos, cruzes de diversos tamanhos, incluindo a imprescindível com o Cristo sangrando cravado na madeira, toda aquela iconografia exultante –, não pôde evitar a comoção e o desejo visceral, mais que racional, de sair correndo. Aquele não era seu mundo. Mas essa fuga, caso se realizasse, seria uma fuga do paraíso terrestre no qual queria entrar, merecia entrar. Mais tarde, pensaria que o que mais o ajudara a conter seus impulsos fora a inesperada descoberta da figura de Caridad Sotolongo, sentada com humildade em um dos últimos bancos da pequena igreja, com um vestido branco, sem dúvida o melhor de seu guarda-roupa, e um lenço cobrindo-lhe a cabeça.

Já diante do padre encarregado de oficiar a cerimônia destinada a trocar sua fé, Daniel Kaminsky conseguiu fugir de sua lamentável realidade concentrando-se na recordação da fábula que muitas vezes, quando era criança, seu pai lhe contara nos dias ainda aprazíveis de Cracóvia, e depois, nos dias tensos de Leipzig e desesperados de Berlim. O rapaz lembrou que na noite imediatamente anterior à sua partida para Havana, enquanto o cobria pela última vez na cama antes de dormir, seu pai tinha voltado a lhe contar aquela história lendária do tal Judá Abravanel, ilustre descendente do ramo predestinado da casa do rei Davi, a estirpe responsável por gerar o verdadeiro e ainda esperado Messias. Segundo contava seu pai – e depois Daniel contaria a seu filho Elías nas noites enevoadas de Miami Beach –, o personagem, real ou fictício, de Judá Abravanel, já expulso da Espanha como todos os sefaradis que não aceitaram o batismo católico, foi se refugiar em Portugal, onde, pouco depois, voltou a se ver na situação de ter de escolher entre o batismo e a morte de seus filhos, sua mulher, seus companheiros de fé e destino, e a sua própria. Naquela catedral de Lisboa onde um rei malvado confinara os judeus e os colocara diante da escolha entre Cristo e a fogueira, o sábio sefaradi, médico, filósofo, poeta, gênio das finanças, decidira dar o exemplo e aceitar a conversão, condenadora de sua alma, mas preservadora não só de sua vida, mas da vida de muitos dos seus, especialmente dos frutos de sua estirpe predestinada a trazer a salvação do seu povo. Talvez Judá Abravanel – costumava dizer Isaías Kaminsky –, no instante em que sentiu a água-benta cair sobre sua cabeça, tenha imaginado que mergulhava no rio Jordão para purificar seu corpo antes de se dirigir ao reconstruído Templo de Salomão e prostrar-se diante da Arca da Aliança. Agora, enquanto a água derramada por um padre caía em sua cabeça, Daniel Kaminsky se refugiou na lembrança do seu pai. Nesse desvario protetor, foi surpreendido de novo pela visão da imagem familiar de um jovem judeu, muito parecido com Jesus Cristo – e, percebia pela primeira vez, também com o Judá Abravanel de sua imaginação. O abraço e o beijo de Marta, transbordando de felicidade pelo presente que o homem de sua vida acabava de lhe dar, tirou o herege do seu labirinto interior e o devolveu à realidade do templo católico, que nem mesmo depois de concretizada a conversão deixou de parecer-lhe um cenário para crianças fanáticas.

Daniel, ainda zonzo, mas sentindo-se liberto, aceitou sem dificuldade o convite do sogro para ir almoçar ali perto, no restaurante Puerto de Sagua, onde, dizia-se, serviam o melhor e mais fresco peixe que se comia em Havana. Só quando se dirigiu à saída da igreja Daniel percebeu que Caridad Sotolongo tinha desaparecido. Estivera ali ou fora sua imaginação?, perguntou-se. Como havia influído aquela mulher, devota de deuses negros e bagunceiros, para que o ato recém-concluído não houvesse se transformado em um drama capaz de afastá-lo para sempre do seu tio Joseph, o amável e econômico artesão que, bem ou mal, fizera dele o homem que era? Daniel nunca se atreveria a perguntar, mas, antecipando-se à resposta pressentida, dedicou à mulher uma gratidão que se manteve inalterada através dos anos e das distâncias. Até a morte.

6

Havana, 2007

Como do saudoso Moshé Pipik só sobreviviam umas ruínas malcheirosas incapazes de lembrar que ali havia brilhado o restaurante *kosher* dedicado, durante anos, a *cuquear** a fome de Daniel Kaminsky, Elías propôs a Conde tentar o Puerto de Sagua, onde, pelo que dizia seu pai, o peixe era sempre excelente.

– Era; neste caso, pode ser que estritamente *era* – advertiu Conde. – Tempo passado, imperfeito, mas passado. Como a época do Moshé Pipik e outras coisas que você quis ver... Você disse *cuquear*?

– Disse – afirmou Elías Kaminsky com o cenho franzido. – Está errado?

– Não, que eu saiba, não...

– Quem usava essa palavra era a minha mãe. Há anos eu vivo falando inglês, mas, quando falo em espanhol, sem pensar sai da maneira como ela falava. São como joias antigas. Basta limpar um pouquinho e voltam a ter brilho. E o que me diz da palavra *zarrapastroso***? Meu pai era um judeu magro e *zarrapastroso*... Provavelmente ninguém mais fala assim.

– Era o que se chama agora de *habitante****, um *habitantón* – enfatizou Conde. Elías sorriu.

– Porra! Faz mil anos que eu não escuto isso. Meu pai também falava assim com os cubanos de lá. "Não seja *habitante*, Papito!", dizia ele a um cubano com quem fez amizade em Miami.

---

*   Enganar. (N. T.)
** Andrajoso. (N. T.)
*** Matuto. (N. T.)

Enquanto percorriam os lugares da vida, da memória e das palavras extraviadas do polonês Daniel Kaminsky e de sua mulher, Mario Conde teve a agradável sensação de estar se debruçando sobre um mundo próximo, mas também distante, desaparecido desde que ele se entendia por gente. A vida daqueles judeus em Havana era um episódio passado, do qual mal restavam rastros e muito pouca intenção de recordá-los. A debandada maciça dos hebreus, tanto asquenazes quanto sefaradis (pelo menos uma vez de acordo), havia acontecido primeiro com a suspeita, e a confirmação pouco depois, de que a revolução dos rebeldes optaria pelo sistema socialista. A mudança empurrou oitenta por cento da comunidade para um novo êxodo, no qual muitos se veriam obrigados a partir como chegaram: só com uma mala de roupa. Pelo que aqueles homens sabiam do destino dos judeus nos incomensuráveis territórios soviéticos, poucos de seus costumes, crenças e negócios sairiam incólumes do choque, e, apesar da experiência arraigada vivida na ilha, os judeus partiram com suas malas, orações, comidas e músicas. E para a maioria deles, inclusive o convertido Daniel Kaminsky e sua mulher Marta Arnáez, adiantados alguns meses nessa opção, foi Miami Beach, onde já viviam outros judeus assentados nos Estados Unidos, o lugar em que construíram uma nova vida e, com a experiência milenar acumulada, estabeleceram uma comunidade mais uma vez próxima da indelével cultura do gueto. A inquietante diferença de datas que alimentava as dúvidas do pintor provinha do fato de que, enquanto o grosso da comunidade deixara a ilha entre 1959 e 1961, Daniel Kaminsky e sua mulher partiram em abril de 1958, com uma antecipação e uma pressa que delatavam outras urgências.

Encontraram o amplo salão do restaurante quase vazio. Quando Conde leu os preços do cardápio, confirmou os motivos daquela desolação. Um prato de lagosta custava o que um cubano comum ganhava em um mês. Aquele lugar era outro gueto: para estrangeiros como Elías Kaminsky, para tigres *criollos* como Yoyi, o Pombo, e, por aqueles dias, para um sortudo como ele, contratado e com as despesas pagas, aparentemente só para escutar a novela da vida de um judeu obstinado em deixar de ser judeu e que, em algum momento, até onde Conde sabia, parecia ter matado um homem.

A atmosfera refrigerada do restaurante cheirava a cerveja e a mar. As luzes atenuadas foram um alívio para as pupilas dos recém-chegados, afetadas pelo sol de setembro. Os garçons, um verdadeiro esquadrão, aproveitavam o sossego do salão para conversar encostados no longo balcão de madeira polida do bar, talvez o mesmo onde, 55 anos antes, tinham se apoiado Daniel, sua noiva, amigos e parentes, para brindar pelo recém-realizado casamento católico.

Elías optou pelo *enchilado* de lagosta. Conde escolheu uma caldeirada de bodião. Para beber, pediram as cervejas mais geladas disponíveis.

– Meu pai nunca poderia ter sido um lobo solitário. Ele precisava ser parte de alguma coisa. Por isso os amigos foram tão importantes em sua vida. Quando perdeu os mais próximos, foi como se tivesse ficado sem bússola. Também por isso voltou a ser judeu. Mesmo sem acreditar em Deus.

Elías sorriu.

– Já que falou nisso, há uma coisa que não lhe perguntei.

Diante do espanto do pintor, Conde acendeu um cigarro, cagando olímpica e cubanamente para a suposta proibição anunciada num cartaz com o círculo vermelho:

– Você pratica o judaísmo?

Elías Kaminsky deu de ombros e imitou Conde, acendendo seu Camel depois de beber de um só gole mais da metade de sua tulipa de cerveja Bucanero.

– Na verdade, a condição de judeu é transmitida pela mãe, e a minha não era judia de sangue. Mas, desde que meus pais chegaram a Miami, as coisas tomaram outro rumo; como parte disso minha mãe acabou se convertendo, e assim, automaticamente, me tornei judeu. Embora eu seja desses que só vão à sinagoga no dia de Yom Kipur, porque é uma festa bonita, e coma costeletas de porco na brasa. Mas digamos que sim, sou.

– E o que isso significa para você?

– É bastante complicado. Meu pai tinha razão quando dizia que ser judeu é uma coisa escabrosa. Por exemplo, a condição de judeu foi um problema até para os alemães que mataram 6 milhões de nós, incluindo meus avós e minha tia. Há pouco tempo li um livro que explica a questão de uma maneira que me impressionou muito. O escritor falava de como a decisão de aniquilar judeus era, acima de tudo, uma forma de autoaniquilação necessária dos próprios alemães, ou pelo menos de uma parte da própria imagem, da qual queriam se libertar para ser a raça superior. Embora não reconhecessem isso, e de fato nunca reconheceram, o que os alemães pretendiam com a eliminação das atitudes dos judeus que eles chamaram de avareza, covardia e ambição foi apagar algumas características deles mesmos, os alemães. O foda dessa história é que, quando os judeus as praticavam à moda alemã, era porque sonhavam em se parecer com os alemães, porque muitos queriam ser mais alemães do que os próprios alemães, pois consideravam esses homens entre os quais viviam a imagem perfeita de tudo que há de belo e de bom no mundo da burguesia ilustrada, da cultura, a urbanidade a que muitos deles aspiravam a pertencer para deixar de ser diferentes e para ser melhores. Algo assim já havia acontecido na Grécia, quando muitos judeus se helenizaram, e depois na Holanda do século XVII. Ou também é possível que os judeus quisessem se parecer com os alemães para deixar para trás a imagem do comerciante barrigudo, pão-duro, mesquinho, que conta cada moeda, e, dessa forma, ser aceitos pelos alemães. Não foi por acaso que muitos judeus alemães se assimilaram totalmente, ou quase, e alguns até abominaram o judaísmo – como Marx, um judeu que chegava a odiar os judeus. O terrível, diz esse homem com opiniões tão inquietantes, é que, em contraposição, o sonho dos alemães era exatamente o inverso: parecer-se com a essência dos judeus, ou seja, ser puros de sangue e espírito como os judeus diziam ser, sentir-se superiores, como os judeus, por sua condição de povo de Deus, ser fiéis a uma Lei milenar, ser um povo – um *Volk*, como diziam os nacional-socialistas – e, graças a todas essas possessões maravilhosas, ser indestrutíveis, como os judeus, que, mesmo não tendo pátria e sendo ameaçados de destruição mil vezes, sempre haviam sobrevivido. Em poucas palavras: ser diferentes, únicos, especiais, graças ao amparo de Deus.

– Não entendo muito bem – admitiu Conde –, mas parece lógico. Uma lógica perversa, por tudo o que ocorreu na Alemanha e na Europa.

– E mais, o que levou ao desastre e ao Holocausto foi que todos erraram: os judeus querendo ser alemães sem deixar de ser judeus, e os alemães aspirando a seguir o exemplo de predestinação e singularidade dos judeus. E algo parecido, embora felizmente não tenha acabado em tragédia, havia ocorrido em Amsterdã quando os holandeses calvinistas e puritanos encontraram no livro judaico o fundamento para mistificar sua singularidade nacional, para explicar a história de sua mística nacional de povo eleito e próspero. Encontraram nos judeus um paralelo glorioso para seus êxodos e a fundação de uma pátria. E até a justificativa para enriquecer sem preconceitos morais nem religiosos. Por isso aceitaram os sefaradis expulsos da Espanha e de Portugal e até lhes permitiram praticar sua religião e construir algo majestoso e impressionante como a Sinagoga Portuguesa, que é uma visão futurista do Templo de Salomão encaixada no centro de Amsterdã. Ou por que você acha que Rembrandt e os outros pintores dessa época preferiam as cenas do Velho Testamento para encontrar a si mesmos? Olhe, se o fato de ser judeu significa alguma coisa, é justamente ser outro, uma forma de ser outro que, apesar de muitas vezes não ter funcionado bem para os judeus, sobreviveu a três milênios de ataques. E era isso o que mais queriam os nacional-socialistas alemães: ser outros e eternos, ter um sentimento de pertinência tão forte quanto o dos judeus. E, para isso, tinham de fazê-los desaparecer da face da Terra.

– A coisa está ficando sinistra.

— Pode ser. De fato é – admitiu Elías Kaminsky. – Tudo que eu lhe disse parece se encaixar bastante bem, se pararmos um pouco para pensar, não? Olhe, minha vantagem é que sou um judeu da periferia, em todos os sentidos, e, embora pertença, não pertenço; embora conheça a Lei, não a pratico, e isso me dá uma distância e uma perspectiva adequadas para ver certas coisas. O que os alemães fizeram com 6 milhões de judeus, incluindo os que devem ter sido meus avós, meus bisavós, minha tia, não tem perdão. Mas, por sua vez, precisa de uma explicação, e o ódio de raças e a morte de Jesus na cruz não podem abarcar tudo num processo que foi tão profundo e radical e que envolveu todo um continente. Por isso gosto dessa explicação, quase me convence.

A chegada dos pratos abriu uma pausa na conversa, que havia derivado para caminhos excessivamente tortuosos para o cansaço mental de Mario Conde. Segundo Elías, o *enchilado* estava excelente; para Conde, a sopa de bodião era um arremedo medíocre da que uma vez provara em uma modesta pensão de Caibarién, ou da sopa que Josefina preparava com a total simplicidade implícita em uma improvisada, mas fabulosa, combinação de ingredientes básicos ao alcance de pobres pescadores que põem uma panela com água ao fogo enquanto limpam as escamas de um bodião. Para melhorá-la, o ex-policial regou o prato com um jorro de molho de pimenta que o fez suar, apesar do ambiente gelado do restaurante.

— Quando eu falei do *Saint Louis* – Elías serviu uma nova cerveja em seu copo –, você me disse que tinha vergonha de ouvir essa história... Bem, há alguns anos os Estados Unidos pediram desculpas aos judeus, mas Cuba não.

— É normal – disse Conde, e pensou um instante no resto de seu comentário. – Somos orgulhosos demais para pedir desculpas. Além disso, o passado é coisa do passado, agora ninguém pensaria em se desculpar por algo feito por outros, ainda que também fossem cubanos. Essa história me envergonha porque tenho diploma de babaquice.

Elías Kaminsky sorriu, quebrando o dramatismo da situação.

— Aliás, uma coisa que não posso deixar de fazer é visitar o cemitério onde está enterrado tio Joseph – disse Elías.

— Deve ser um dos cemitérios de Guanabacoa. Porque há dois: um para os asquenazes e outro para os sefaradis. Nunca os visitei – admitiu Conde.

— ¿*Te embulla?** – perguntou Elías Kaminsky, recorrendo mais uma vez ao léxico da mãe.

---

* Topas? (N. T.)

– Eu topo – disse Conde –, mas depois da sobremesa e do café. Também entram na conta das despesas de trabalho – disse, e levantou o braço para tentar a difícil possibilidade de que algum dos displicentes garçons se dignasse a olhar para eles.

Mal informados por um transeunte que achava que todos os judeus e todos os mortos eram a mesma coisa, Conde e Elías Kaminsky foram parar primeiro no cemitério dos sefaradis. O que encontraram não era nada animador. Lajes poeirentas, algumas quebradas, mato por toda parte, um muro caído, sepulcros saqueados por buscadores de ossos de judeus, para complementar os atributos dos caldeirões rituais dos feiticeiros cubanos. Porque isso Conde sabia muito bem, desde seus tempos de policial: o osso de um chinês ou de um judeu potencializava o poder da "prenda" religiosa dos feiticeiros, especialmente se era para fazer o mal. Mas não comentou isso com Elías Kaminsky.

Por sorte o cemitério asquenaze ficava a poucas quadras dali e, como preferiram fazer o trajeto a pé, Conde aproveitou a caminhada para continuar satisfazendo a sua curiosidade.

– Seus pais foram embora, mas o tio Pepe ficou. Como foi isso?

– Depois do casamento, meu pai se mudou para o lar dos meus avós, até comprarem a casinha da Santos Suárez. Mas o tio ficou no cortiço mais três anos. Até que se casou perante o juiz de paz e foi viver com Caridad e Ricardito num bairro que se chama... agora não me lembro. Quando meu pai se estabeleceu em Miami, perguntou ao tio Joseph se ele, Caridad e o filho dela queriam ir morar com eles. Mas o tio disse que na sua idade já não havia forças para começar de novo. Ele não queria ir para lugar nenhum, muito menos para um país onde uma negra não podia viver como uma pessoa normal. Ia ficar em Luyanó. Será que é Luyanó?

– Ah, claro, Luyanó.

– Pois ele alugou uma casinha de dois quartos, um para ele e Caridad e o outro para Ricardito. Em um barracão que havia no fundo da casa instalou sua máquina de costura e suas ferramentas, mas a essa altura ele quase só trabalhava na oficina de Brandon; até que veio o comunismo, e desapareceram a oficina, Brandon e quase todos os judeus. O tio morreu aqui, em 1965, sem chegar aos setenta anos. No final, ganhava a vida consertando sapatos.

– E Caridad?

– Meus pais mantiveram correspondência com ela até que morreu, por volta de 1980 mais ou menos. Sempre que podia, meu pai lhe mandava um pacote com roupa, remédios e alguma comida. Naquele tempo, era muito complicado.

– E Ricardito?

– Pelo que sei, formou-se em medicina. Conseguiu terminar o secundário antes de 1959, graças ao tio Joseph. Depois, tudo foi mais fácil para ele e entrou na universidade. Mas, desde que saiu daqui, meu pai nunca teve contato direto com Ricardito, só sabiam dele por intermédio de Caridad. Ela explicou ao meu pai que, para Ricardito, ainda mais sendo médico, não era conveniente manter contato com gente que morava em Miami.

– Conheço bem essa história – disse Conde, confirmando o que dizia o outro.

– Eu também. Seu amigo Andrés me falou disso. Ficou anos sem saber do pai porque um morava em Cuba e o outro nos Estados Unidos. Isso os tornava quase inimigos! Que absurdo!

– O Homem Novo só podia se relacionar fraternalmente com pessoas da mesma ideologia. Um pai nos Estados Unidos era uma contaminação infecciosa. Era preciso matar a lembrança do pai, da mãe e do irmão, se não estivessem em Cuba. Foi muito mais que absurdo... E o que você sabe de Ricardito?

– Nada. Imagino que deve continuar aqui, não é?

Ao chegarem ao cemitério dos asquenazes, o porteiro-coveiro se preparava para fechar as grades, mas uma nota de cinco dólares abriu o portão e assegurou o serviço de guia; e, se tivessem pedido e o homem pudesse, conseguiriam até umas orações fúnebres em hebraico clássico ou em aramaico. Assim que cruzaram o umbral – Deixai toda esperança, vós que entrais –, Conde constatou que entre um cemitério e o outro havia uma distância imposta não por diferenças doutrinárias, mas por abismos econômicos. Embora o estado de abandono fosse similar ao imperante no cemitério sefaradi, os túmulos, mármores e atributos mortuários que sobreviviam mostravam que esses mortos asquenazes, quando vivos, tinham chegado aos últimos passos com muito mais dinheiro que seus correligionários sefaradis. Da mesma forma que na outra necrópole, alguns túmulos estavam coroados de pequenas pedras deixadas por algum parente ou amigo. Mas os efeitos do tempo e do abandono haviam corroído quase tudo. Aquelas últimas moradas expressavam, melhor do que qualquer outro testemunho, o destino final de uma comunidade que, em seu tempo, tinha sido ativa e pujante. Até seus sepulcros estavam mortos.

Conde observou as diferenças de sobrenomes entre um e outro cemitério, marcas dos caminhos paralelos que haviam seguido aqueles judeus, uns na

Espanha, a próspera Sefarad, outros no êxodo e na dispersão pelas vastas regiões da Europa oriental, territórios onde cada um dos ramos do povo eleito tinha chegado até a forjar suas próprias línguas e adotar sobrenomes capazes de anunciar sua associação às duas culturas unidas pelo Livro. Mas a prosperidade dos asquenazes que vieram da Polônia, Áustria e Alemanha contrastava com a modéstia dos sefaradis turcos, mesmo depois da morte.

O guia-coveiro levou-os ao túmulo de Joseph Kaminsky, coberto com uma laje de granito barato sobre a qual com dificuldade se lia: CRACÓVIA 1898-HAVANA 1965, e umas intrincadas letras em hebraico que – era mais do que possível – o próprio tio mandara gravar como mensagem à posteridade, para que, se alguém ainda se interessasse, soubesse quem havia sido na vida. Com um lenço molhado de suor, o eficiente coveiro esfregou a placa de granito até que Elías conseguiu ler: JOSEPH KAMINSKY. ACREDITOU NO SAGRADO. VIOLOU A LEI. MORREU SEM TER REMORSOS.

7

Havana, 1953-1957

Foi na temporada de inverno de beisebol de 1953-1954 que o grande Orestes Miñoso, o "Cometa Cubano", alma do time Marianao da liga profissional da ilha (e na época também dos White Sox de Chicago nas Grandes Ligas norte-americanas), deu a rebatida mais longa que até então se vira no Gran Stadium de Havana, construído alguns anos antes. O *pitcher* contrário era o ianque Glenn Elliot, naquela temporada a serviço do poderoso clube Almendares. Miñoso mandou um descomunal arremesso direto que passou muito acima das cercas do jardim central, uma porrada sobre-humana na qual aquele negro de quase um metro e oitenta de músculos compactos descarregou toda sua força e seu incrível talento para acertar a bola, com a beleza e perfeição de seus *swings* aterradores. Quando os comissários da Liga tentaram medir as dimensões da jogada, cansaram-se de contar quando passaram dos 150 metros de distância da base. Como recordação daquela façanha, no lugar sobre o qual a bola tinha voado, colocaram um cartaz com a advertência: Miñoso passou por aqui. A partir da temporada seguinte, quando a estrela do Marianao se aproximava de sua posição de jogo, pelo sistema de alto-falantes do maior santuário do beisebol cubano se escutavam os acordes do chá-chá-chá gravado em sua homenagem pela Orquestra América, cujo estribilho mais popular dizia: "Quando Miñoso rebate de verdade, a bola dança chá-chá-chá".

Naquele dia histórico, do qual os torcedores de beisebol falariam por anos e anos, o polonês Daniel Kaminsky e seus amigos Pepe Manuel e Roberto eram três dos 18.236 torcedores que ocupavam as arquibancadas do Gran Stadium para assistir ao jogo entre os demolidores Alacranes de Almendares e os modestos mas aguerridos Tigres de Marianao. E, como quase todos aqueles fanáticos sortudos, Daniel e seus amigos recordariam pelo resto da vida – muitos dias para alguns; poucos, na verdade, para outro – a rebatida daquele anjo negro de Matanzas, descendente de escravos trazidos do Calabar nigeriano.

Daniel tinha adquirido por contágio, nas ruas, o vírus incurável da paixão pelo beisebol que dominava os cubanos. E por essa lógica absurda que os amores às vezes têm, desde o início definiu sua preferência pelo modesto Marianao, um time que em cinquenta anos de história só ganhara quatro vezes a coroa de campeão da Liga de Inverno. Dois anos antes de Daniel chegar a Cuba, os Tigres haviam alcançado a glória pela segunda vez. E só repetiriam o feito nas maravilhosas temporadas de 1956-1957 e de 1957-1958, quando, guiados pelo bastão implacável de Miñoso e pela alegria com que aquele homem entrava no campo, venceriam de forma esmagadora. Daniel Kaminsky sempre pensaria que sua opção de amor por um time perdedor fazia parte de um complicado plano de compensações, porque, depois de um longo período de frustrações, foi justamente nos dois últimos anos em que ele viveu em Cuba, já envolvido nas tensões definitivas destinadas a mudar sua vida, que o Marianao ganhou aqueles campeonatos e Orestes Miñoso, o herói mais querido de sua vida, atingiu um dos cumes de sua glória, demonstrando como nunca que "Quando Miñoso rebate de verdade, a bola dança chá-chá-chá".

Apesar de o Marianao ter perdido uma temporada atrás da outra durante quase toda a vida de Daniel Kaminsky em Cuba, o jovem que naquela tarde de 1953 foi ao Stadium de Havana tinha muitas outras razões para se considerar um homem feliz. "O que é a felicidade?", perguntou certa vez ao seu filho Elías, muitos anos depois, quando já era hóspede do exclusivo lar de anciãos de Coral Gables e em sua mesa de cabeceira o lugar mais visível era ocupado por uma enorme foto na qual o judeu polonês e o negro jogador de beisebol cubano apertavam as mãos, sorridentes, embora já careca o judeu e pontilhado de fios brancos o cubano. O pintor pensou nas respostas possíveis, reuniu evidências, mas preferiu ficar em silêncio: na realidade, estava mais interessado na concepção do seu pai que na própria. "Diga você." "A felicidade é um estado frágil, às vezes instantâneo, uma faísca", Daniel começou a dizer para o seu rebento, enquanto voltava o olhar para a foto onde aparecia ao lado do grande Miñoso e, a seguir, para o rosto de Marta Arnáez, coberto de rugas e já muito distante da beleza que exibira durante anos. "Mas, se você tiver sorte, pode ser duradouro. Eu tive essa sorte. Na época em que se faziam amigos para toda a vida, eu os encontrei. E, desde que conheci sua mãe, nas principais questões da vida fui um homem feliz. Mas, quando me lembro de coisas como o privilégio de ter sido um dos 18 mil habitantes da Terra que nessa tarde estavam no estádio e puderam desfrutar do *home run* de Miñoso, sei que por alguns momentos fui muito feliz... Durante anos, consegui até enterrar minhas dores do passado e viver olhando para a frente, só para a frente. A merda é que, quando menos se espera, até essas dores que você pensava ter superado saem um dia de sua cova e batem no seu ombro. Então tudo pode ir por água abaixo, inclusive a felicidade, e depois recuperá-la não é nada fácil."

A casa da rua Santos Suárez, que o jovem casal conseguira comprar em 1954 com a soma de suas economias e das generosas contribuições dos sogros galegos e do tio judeu, era modesta e confortável. Tinha dois quartos, sala de estar e de jantar, cozinha e, obviamente, banheiro próprio completo, um recinto brilhante revestido de azulejos pretos onde se podia cagar com privacidade quanto e quando se quisesse. Além disso, a casa tinha um pequeno pátio e o luxo de uma varanda onde corria a brisa, mesmo nos dias mais quentes do verão. Tinha sido construída na década de 1940 pelos donos da ostentosa, moderna e ampla casa vizinha, cujo dono tivera uma rápida ascensão econômica desde que seu amigo Fulgencio Batista chegara ao poder e fizera dele um dos chefes da polícia de Havana. E, graças aos muitos subornos que recebera devido ao seu cargo policial, pôde se permitir a imediata construção daquela mansão que fazia a casa dos Kaminskys parecer minúscula.

Uma vez formado e já contador do luxuoso Minimax de Brandon e Hyman, o salário de Daniel havia subido a duzentos pesos por mês, que rendiam mais devido aos descontos que tinha para comprar os magníficos produtos do mercado. Marta, por sua vez, embora eles não precisassem disto para viver, insistira em exercer sua profissão e, sempre graças ao estímulo de Brandon, conseguira um emprego no recém-inaugurado Instituto Edison, no vizinho bairro de La Víbora. Em 1955, o casal pôde se dar ao luxo de comprar um Chevrolet do ano e, no Natal, passar as férias na Cidade do México, onde viram uma apresentação da orquestra de Dámaso Perez Prado e Maria Antonieta Pons dançando, bem na época do furor mundial do mambo e das rumbeiras cubanas. A vida lhes sorria e eles sorriam para ela. Para coroar a perfeição sonhada, só faltava a natureza premiá-los com a chegada do filho ou da filha que ambos desejavam e para cuja gestação trabalhavam com afinco, frequência e amor.

Tio Pepe Carteira também introduziu mudanças capazes de melhorar seu cotidiano. Sem deixar de ser o mesmo de sempre, optou por mudar-se para uma casinha muito modesta na rua Zapotes, em Luyanó, um lugar independente, com banheiro e cozinha próprios, onde o esperava, como presente pela mudança, o luxo branco e brilhante de uma geladeira Frigidaire comprada por Daniel e Marta. Desde muito antes do casamento e da mudança, o artesão de couro tinha permitido que se tornasse público seu relacionamento com a mulata Caridad Sotolongo, mas, por questões de espaço, cada um continuara ocupando seu quarto no cortiço da Acosta com a Compostela. O polonês cinquentão suportou com galhardia o peso dos profundos preconceitos raciais existentes em Cuba e, por isso, desde que assumiu publicamente sua relação com Caridad, nunca se deixou rebaixar pelos olhares indiscretos e até desdenhosos que os colocavam sob o prisma do desprezo quando, de braços dados, o judeu cor de oliva e a mulata carnuda iam ao cinema, ao teatro Martí ou, para surpresa de todos que conheciam o polonês e sua relação com o dinheiro, aos restaurantes *kosher* do antigo bairro de Pepe Carteira.

A maior preocupação que rondava a existência de Daniel Kaminsky estava vinculada a seus amigos Pepe Manuel Bermúdez e Roberto Fariñas. Pepe Manuel tinha se matriculado na Universidade de Havana, onde cursava direito – que outra coisa poderia ter estudado?, sempre perguntava Daniel – e continuava com sua vocação de líder estudantil. Já em 1955, nas fileiras do Diretório Universitário, participava ativamente da oposição a Batista que crescia dia a dia no país. Roberto, por sua vez, que tinha decidido voltar ao rebanho e trabalhava nos negócios da família, militava num grupo clandestino de partidários ortodoxos, radicalizados após os eventos do quartel Moncada e dispostos a derrubar, inclusive pelas armas, o general e sua quadrilha de cupinchas desenfreados. Mas a militância de Pepe Manuel e Roberto nunca se chocara com o apolitismo pragmático e permanente de Daniel, e a cumplicidade entre os amigos e suas companheiras (Pepe Manuel surpreendera os outros com a notícia de que estava se separando de Rita María, enquanto procurava incorporar à confraria sua nova namorada, Olguita Salgado, que chegara ao grupo com fama de ser comunista) continuou tão compacta quanto nos tempos do instituto, e cada um deles desfrutava da companhia dos outros, das viagens à praia, das festas nos clubes sociais com as muitas e excelentes orquestras da época e das jornadas vespertinas ou noturnas ao Gran Stadium de Havana.

Pelo que conversava com seus amigos e pelo que podia ouvir nas ruas, Daniel conseguia sentir a sombra abjeta do medo, cada dia mais tangível e nefasta, perturbando com uma rapidez macabra aquele estado de graça que tanto apreciava. A olhos vistos, a vida política do país ia ficando mais tensa, e eram cada vez mais numerosas as forças que, por uma via ou outra, com respostas pacíficas ou belicosas, se opunham ao governo *de facto* do general Batista. Mas aquele homem, que nos dias sombrios de 1933 pulara de sargento para general e comandara das tribunas públicas ou das sombras (e até a distância) os destinos de Cuba, pretendia conservar aquela suculenta posição a qualquer preço. Ainda que para isso precisasse recorrer a métodos extremos de repressão e violência: como todos os homens afeitos ao poder e em suas muitas vantagens, financeiras ou espirituais. Batista, naturalmente, havia acumulado uma fortuna prodigiosa e ao mesmo tempo criado uma rede de compromissos econômicos à qual se juntara um grupo de chefes mafiosos norte-americanos, incluindo o judeu polonês Meyer Lansky, presença habitual em Havana, se bem que, como dizia tio Joseph, felizmente aquela vergonha para os judeus passava o tempo em cassinos, cabarés e conciliábulos com Batista e seus amanuenses, e não na sinagoga.

Pela primeira vez desde que chegara a Cuba, Daniel Kaminsky sentia silêncios demais. E não só porque havia se mudado da proletária e buliçosa Havana Velha para o mais residencial e burguês bairro de Santos Suárez. Era talvez uma capacidade inata, como explicaria um dia a seu filho, uma disposição genética, uma experiência histórica acumulada durante séculos pelos de sua estirpe para sentir o cheiro do perigo e do terror graças aos mais insólitos e imperceptíveis sinais. No caso, o silêncio. Por isso, embora sua vida transcorresse da melhor maneira e ele se mantivesse distanciado da política tanto quanto era possível ficar à margem de algo tão ubíquo, teve a percepção de que a atmosfera ia ficando carregada de uma forma muito perigosa. E os fatos, primeiro isolados, cotidianos depois, iriam lhe dar razão. Esse rompante de medo ocorreria justamente na época em que, graças a Miñoso, os Tigres de Marianao tiveram seu maior momento de glória. De modo não totalmente imprevisível, sua onda expansiva chegou até a vida de Daniel, levada pelas ações e necessidades do seu amigo Pepe Manuel e pela mão do seu também amigo Roberto Fariñas. A armadilha perfeita do acaso foi que aqueles complicados e perigosos jogos políticos seriam os responsáveis por colocar Daniel Kaminsky outra vez diante do retrato do jovem judeu muito parecido com a imagem de Jesus da iconografia cristã, o mesmo retrato estampado na cativante foto de família que cruzara o Atlântico com ele, quase vinte anos antes.

8

Havana, 1958-2007

Depois de tomar um banho para arrancar da pele a desagradável sensação de proximidade da morte que os cemitérios lhe causavam, Conde decidiu que com os últimos pesos que sobravam em seu bolso devia comprar pelo menos meia garrafa de rum no Bar dos Desesperados, para passar pela casa do magro Carlos antes de ir à de Tamara. Mas nem sequer a perspectiva de tomar uns tragos sossegadamente, conversar com o amigo e depois se encontrar com a mulher que o aguentava havia tantos anos conseguiu fazer desaparecer a aflição anímica que começara a tomar conta do ex-policial, depois dos últimos avanços da história relatada com tanto esmero em detalhes e dosagem de informação pelo filho de Daniel Kaminsky. Naquela tarde, ao sair do cemitério asquenaze, quando Conde sentiu que o relato começava a tomar o rumo de algo compreensível, no qual finalmente apareceria a conjuntura oculta no tempo para cuja pretensa revelação o haviam contratado, o pintor decidiu voltar para o hotel, com o pretexto de que talvez a lagosta do almoço não tivesse lhe caído bem. Conde teve certeza, então, de que a visita ao cemitério provocara no forasteiro um efeito muito mais profundo que a mera repulsa à morte e a seus ritos que ele próprio sentia. E a sensação de angústia o invadiu.

Como era seu hábito desde os tempos pré-históricos de policial, quando chegou à casa de Carlos, servidas as primeiras doses de uma birita tão áspera que parecia haitiana, Conde contou ao amigo inválido os detalhes conhecidos da história em que, a cem dólares por dia, Andrés o envolvera. Toda a exasperação que se sentia incapaz de expressar a Elías Kaminsky por sua demora em entrar no assunto veio à tona nesse diálogo, com o qual buscava um necessário desabafo.

– Não sei que porra foi, mas alguma coisa aconteceu quando o homem leu a lápide do tio do pai.

– O que você disse que estava escrito, mesmo?– Perguntou Carlos, já entrando firme na história.

– "Joseph Kaminsky. Acreditou no Sagrado. Violou a Lei. Morreu sem ter remorsos." É, era isso...

– Que lei violou? A dos judeus ou a dos tribunais?

Conde pensou uns segundos antes de responder.

– Os judeus são tão complicados que fizeram um rolo com isso, e muitas vezes essas duas leis coincidem. Lembre-se: não matarás, não roubarás... A religião como ética e como lei, sabe? Mas juro por Jeová que não sei que porra esse homem pode ter feito, nem que lei violou. Foi porque deixou o sobrinho se converter e casar com uma não judia? Também não sei muito bem o que fez o pai de Elías, se afinal degolou mesmo um sujeito, se é só uma suspeita ou então o quê... E sei menos ainda para que diabos Elías precisa de mim. Para escutar sua história?

O outro pensou por uns instantes.

– É, a coisa está difícil. Mas leve com filosofia, amigo. Ponha-se no lugar do judeu e faça as contas: se o pintor gosta de se fazer de interessante e ir contando a história pouco a pouco enquanto vai lhe pagando cem paus, negócio fechado. Do jeito que as coisas estão... Mas certamente ele quer algo mais. Ninguém anda por aí distribuindo dinheiro, muito menos um judeu. Para mim, o que ele está investigando tem a ver com algo que vai lhe servir para recuperar o tal quadro que vale uns dois milhões! Caralho! – O Magro pressionou as têmporas. Nem imagino o que pode ser um milhão, nem meio, nem um quarto... Dois, então!

Conde concordou: sim, por trás de tudo estavam o quadro, seu destino em Cuba e, óbvio, sua recuperação; sendo assim, como lhe propunha Carlos, devia assumir tudo aquilo com "filosofia". Com qual? Marxista? Dava no mesmo. No fim das contas, não tinha nada melhor para fazer, pois não dispunha de forças nem vontade de voltar a andar pela cidade procurando livros velhos para ganhar, na melhor das hipóteses, duzentos ou trezentos pesos cubanos. E com aquele calor de setembro não era rentável gastar horas e sapatos em buscas malogradas. Definitivamente, tinha de começar a considerar uma mudança de atividade. Mas como, porra, um inútil como ele podia ganhar a vida de uma forma mais ou menos decente? Além do mais, inepto para buscar um trabalho ao qual tivesse de dedicar oito horas por dia para ganhar, no fim do mês, quatrocentos ou quinhentos pesos, insuficientes para se manter? O panorama individual de Conde era tão sombrio quanto o do conjunto do país, e ele se sentia cada vez mais preocupado. O estranho mandado por Andrés, com sua oferta de emprego bem remunerado, chegara quando estava quase raspando o fundo do tacho. Que nada, ia encarar tudo aquilo com a mais materialista das filosofias. Quer dizer, então, que Marx, o judeu, tinha bronca dos judeus?

– O problema vai começar quando ele me contar tudo e exigir que eu encontre uma resposta para uma coisa que o deixa obcecado há anos. Uma coisa relacionada com o quadro, com seu pai, ou com os dois. E agora estou achando que também com o tio que violou a lei e, mesmo assim, morreu mais tranquilo que se tivesse dormido. Na verdade, não tenho certeza de que o que o pintor quer descobrir tem a ver com recuperar o quadro de 2 milhões. Acho que é outra coisa.

– Você sempre foi um cara religioso... e meio babaca. São 2 milhões!

– Há alguma coisa além do dinheiro. Tenho certeza.

– Então tudo bem. Você continua escutando e, quando ele chegar aonde tiver de chegar, que chegue e dane-se... Tome um trago e vá em frente.

Conde balançou a cabeça. Havia descoberto que nem sequer tinha um desejo verdadeiro de se anestesiar bebendo. Sentia-se tão estranho... Diante da indiferença etílica de Conde, Carlos se apropriou do resto do rum, serviu-o em seu copo e tomou tudo num gole só.

– Conde, você está insuportável. Ouça, leve o judeu aonde ele quiser ir, diga coisas que ele queira ouvir e pegue o dinheiro. Afinal, parece que ele tem de sobra, e você...

– Porra, Magro, pare com essa cantilena. As coisas não são assim, sua besta. Esse homem precisa saber algo que está deixando ele maluco. Olhe, é melhor eu me mandar. Ontem não fui à casa de Tamara, e ela sim deve estar uma fera.

Para relaxar, Conde decidiu não pensar mais nos Kaminskys enquanto percorria a pé o trajeto de oito quadras até a casa de Tamara. Quando chegou, a mulher estava na sala de televisão, com um ar tranquilo, concentrada assistindo a um dos episódios de *House*, sempre abomináveis e repulsivos para Conde. Em sua opinião, o tal doutor era o sujeito mais babaca, petulante, imbecil e filho de uma grandessíssima puta que poderia ter saído da cabeça de um roteirista, e só de ouvir a voz dele seu ânimo voltou a se alterar.

Ao vê-lo chegar, a mulher parou o vídeo e, depois de receber o beijo mais carinhoso que Conde guardava em seu repertório de beijos culpados, ficou em silêncio, olhando para ele.

– Não me encha, Tamara – protestou Conde. – Você arranca dentes, eu compro e vendo livros ou procuro histórias perdidas. Agora estou com uma aí... Bem, não importa, você sabe que eu estava trabalhando.

– Tudo bem, tudo bem, não fique assim, eu não falei nada – disse ela, como que se desculpando.

Mas Conde sentiu que de suas palavras escorria a mais pastosa das ironias.

– Mas o detetive cubano com gosto de rum na boca não podia sequer dar um telefonema?

– Ontem o detetive cubano voltou para casa um bagaço e soltando fumaça pela cabeça. Hoje, antes de vir para cá, passei para ver o Magro. E você sabe como eu sou...

– Às vezes sim, às vezes não. Vejamos, hoje vai dormir aqui?

Descarada e rapidamente, Conde respondeu:

– Claro que sim.

O rosto da mulher relaxou. Ela pegou o controle remoto e desligou o vídeo e a TV. Conde começou a se sentir melhor quando o rosto de House desapareceu da tela.

– Você já comeu?

– Almocei tarde, e Josefina me deu uns carás ao alho e óleo que tinha guardado para mim. Estou bem alimentado – disse ele tocando na barriga. – Só falta escovar os dentes para começar a comer alguma outra coisa. Mas que seja gostosa e não faça subir o colesterol.

Meia hora depois, Conde e Tamara executavam seu banquete sexual. Com esse remédio, exatamente o que mais necessitava, dormiu como um bebê. Antes do amanhecer, como um caçador furtivo, saiu da cama. Fez café e deixou a casa, não sem antes escrever um bilhete de despedida. Tinha uma caça programada para aquela manhã.

Apesar de seu professado ateísmo de então e (embora às vezes disfarçado) do resto de sua vida, a soma de acontecimentos imprevisíveis que levaram Daniel Kaminsky a reencontrar a tela pintada pelo mestre holandês sempre lhe pareceu a verdadeira manifestação de um plano cósmico.

Talvez todo aquele caminho tenha começado a ser traçado exatamente no dia 13 de março de 1957, um mês depois da grandiosa vitória do time de Marianao. Era o dia marcado por um grupo de companheiros de militância política de Pepe Manuel, reunidos no Diretório Universitário, para tomar de assalto o Palácio Presidencial e resolver os problemas políticos cubanos executando revolucionariamente, como eles mesmos proclamaram, o ditador Fulgencio Batista. O fracasso da operação, quase por pura falta de sorte (ou por sorte do tirano), desencadeou uma verdadeira caçada, que se transformou em massacre. Pepe Manuel, convalescendo de uma cirurgia de apendicite realizada com urgência devido a um estrangulamento da tripa inútil, não participou diretamente da ação. Mas o rapaz conhecia o plano e seus gestores. Depois Daniel e Roberto saberiam que, se não fosse por sua condição física, Pepe Manuel teria participado ativamente do assalto ao Palácio e à emissora Rádio Relógio, onde os estudantes leram sua proclamação ao povo. E, pensaram, era bastante provável que também acabasse massacrado pela polícia, como muitos dos membros do Diretório Estudantil envolvidos na tentativa de tiranicídio.

A perseguição a todas as figuras conhecidas do grupo político universitário que se desencadeou a partir desse momento foi sistemática, brutal, encarniçada. Por sorte, Pepe Manuel conseguiu fugir de sua casa e se esconder num lugar ignorado inclusive pelos mais chegados e confiáveis: um pequeno sítio na região de Las Guásimas, nos arredores de Havana, onde foi acolhido por seu padrinho, um canarino criador de galos de briga chamado Pedro Pérez. A única opção, nos primeiros meses, foi Pepe Manuel permanecer escondido e, durante esse tempo, ninguém, nem sequer sua namorada Olguita Salgado e seus dois melhores amigos, Daniel e Roberto, conhecer seu paradeiro. Essa ignorância era, e eles sabiam, a garantia de que Pepe Manuel não seria descoberto. Mas representava, por outro lado, o maior perigo para Olguita, Daniel e, sobretudo, Roberto, pois sua proximidade política com o fugitivo era pública e, se a polícia decidisse interrogá-los, seriam eles com toda a certeza que sofreriam as piores consequências, ainda mais por não terem sequer a terrível possibilidade da delação. Por isso, a partir daquele dia Daniel Kaminsky passou a viver com medo: seu próprio e tangível medo, adormecido durante anos, e que agora ficava insuportável durante certas noites em que, contorcendo-se em suas insônias, ouvia o som do silêncio e seu coração pulava quando julgava escutar passos no portão da casinha de Santos Suárez, e ficava molhado de suor enquanto esperava ouvir as batidas e a ordem fatídica: "Polícia! Abram a porta!".

Nove meses depois do fracassado assalto ao Palácio, quando o tempo transcorrido sem que a polícia o procurasse tinha ajudado Daniel a domesticar seu medo, Roberto Fariñas o convidou para ver um jogo de beisebol da temporada que havia acabado de começar e passou pela casa de Santos Suárez para buscá-lo. Como de hábito, na esquina onde agora se erguia a luxuosa mansão dos antigos donos da casa de Daniel, uma patrulha de guardas uniformizados montava guarda permanentemente, para proteção do chefe de polícia. Ao passar pela patrulha, Roberto, como sempre, fez uma saudação e indicou a casa vizinha, onde parou o carro para buscar o amigo. Mas, em vez de se dirigir para o Stadium, os homens tomaram o rumo do Vedado e se sentaram à mesa do café e restaurante Potin, lugar frequentado pelos jovens das famílias burguesas. Para Roberto e Daniel, aquele era o lugar mais seguro e livre de suspeitas para falar sobre um assunto delicado sem a participação de suas mulheres.

Roberto explicou ao Polaco a situação de Pepe Manuel e inclusive lhe revelou seu paradeiro. Depois do massacre dos participantes no assalto ao Palácio Presidencial surpreendidos no apartamento da rua Humboldt, para o amigo fugitivo só havia duas possibilidades naquele instante: ou ir para as montanhas e se juntar a alguma das guerrilhas em atividade ou, levando em conta sua capacidade militar nula, sair do país rumo a Estados Unidos, México ou Venezuela, onde tinham se refugiado outros opositores perseguidos, dedicados a arrecadar apoio moral e econômico para os combatentes ou à espera de um desembarque em Cuba, do qual muitos falavam. Então Daniel perguntou por que lhe contava tudo aquilo, e Roberto respondeu: "Porque acho que é melhor Pepe sair de Cuba, e para isso é preciso dinheiro".

Um amigo do irmão mais velho de Roberto era filho de um tal de Román Mejías, alto funcionário da Imigração que, havia muitos anos, tinha forte antipatia por Batista. E, com dinheiro suficiente, certamente esse funcionário poderia arrumar uma documentação o mais parecida possível com a legal, que, sem dúvida, permitiria a Pepe Manuel tomar o *ferry* para Miami com tranquilidade. O preço? Como andavam as coisas, segundo o irmão de Roberto, nunca menos que a barbaridade de 10 mil pesos. Entravam com cinco cada um?, perguntou então Roberto, e sem pensar nem um minuto Daniel disse que sim. Afinal de contas, diria a si mesmo mais tarde, embora aquela sangria fosse deixá-lo na indigência, ele devia a Pepe Manuel todas as entradas que, ao preço de cinco centavos, este lhe havia comprado nos tempos remotos em que iam juntos ao palácio dos sonhos do Cine Ideal e se banqueteavam com filmes, documentários, noticiários e até dois desenhos animados.

Conde não queria, mas teve de sorrir. Mais uma vez comprovava que a história e a vida eram um emaranhado de fios que nunca se sabia onde se cruzavam ou mesmo se amarravam para dar forma ao destino das pessoas e até à história dos países. Quando Elías Kaminsky mencionou o nome de Pedro Pérez, o galista canarino de Las Guásimas, a imagem do homem que todos conheciam como

Perico Pérez tomou forma em sua memória. Aquele personagem, agora surgido como figura de uma história tão distante para ele, era um dos melhores amigos do seu avô Rufino, graças ao gosto que partilhavam por galos de briga. Conde recordava com clareza o sítio de Perico Pérez, ao final de uma viela sem pavimentação na entrada do povoado. O acesso à propriedade se dava por uma simples porteira de arame, e o caminho até a casa era ladeado pelos troncos muito escuros e rugosos dos tamarindos mais doces que Conde havia provado na vida. Mais adiante da casa de tijolos e teto de telhas coloniais, ficavam os estábulos das vacas, a modesta cavalariça e um longo galpão em forma de corredor, coberto de folhas de palmeira, sob o qual ficavam as fileiras de gaiolas com os magníficos animais pelos quais o galista cobrava pequenas fortunas aos criadores e fanáticos por brigas de galo, entre os quais, como bem sabia Conde, o próprio Ernest Hemingway. No fundo da propriedade, depois do poço com sua bomba d'água mecânica, ficava a rinha onde o canarino treinava seus galos, e à direita, antes das plantações de cará, mandioca e milho, uma choça, resistente construção de troncos cravados na terra em um ângulo de 45 graus, amarrados entre si na parte superior e cobertos com folhas de palmeira, que tinham ao mesmo tempo a função de paredes e de teto: a choça, da qual Conde se lembrava muito bem, onde José Manuel Bermúdez ficara escondido durante onze meses até que seus amigos Daniel Kaminsky e Roberto Fariñas lhe arranjaram um passaporte com o objetivo de tirá-lo de Cuba e, assim, salvar-lhe a vida.

Quando Conde contou a Elías Kaminsky essa extraordinária coincidência, o outro a tomou como um presságio favorável.

– Se você já descobriu onde Pepe Manuel ficou escondido, vai descobrir o que aconteceu com meu pai e com o quadro de Rembrandt.

– Você é supersticioso?

– Não, é uma premonição – disse Elías.

– O cara das premonições aqui sou eu – protestou Conde. – E ainda não tive nenhuma das boas, daquelas que doem aqui – e tocou no mamilo esquerdo.

Conde havia esperado Elías Kaminsky na varanda da casa com a cafeteira a postos no fogão. Sentados nas poltronas de ferro, beberam o café feito na hora enquanto curtiam o frescor da manhã de setembro, que em breve seria apenas uma lembrança.

– O que eu tenho é um monte de perguntas.

– Imagino – disse o pintor, e Conde descobriu que Elías, sempre que buscava uma evasiva ou se sentia agoniado, fazia o gesto de puxar levemente, mas com persistência, seu rabo de cavalo amarrado acima do pescoço. – Mas prefiro que você me deixe terminar toda a história, para eu mesmo tentar entendê-la melhor, e para que você a tenha o mais completa possível.

– Estamos nisso há três dias! Por ora, responda a uma única pergunta.

– Primeiro pergunte, depois eu decido – disse o pintor, obstinado em sua estratégia.

– Por que ficou tão abalado ao ler a lápide de Joseph Kaminsky? A que lei aquele epitáfio se refere? De que remorsos está falando?

Elías sorriu.

– Você parece uma metralhadora. Deve estar desesperado.

– Estou, sim.

– Vou tentar responder... Vamos ver, começando pelo mais fácil. Sendo Pepe Carteira como era, o mais provável é que estivesse falando da Lei judaica. O remorso não sei o que quer dizer, ao menos por enquanto, embora desconfie de algo. E me afetou porque de repente senti a solidão em que deve ter vivido aquele homem que, até onde sei, foi uma pessoa boa e decente. Felizmente Caridad ficou com ele até o fim. Mas de modo geral estava só, e eu sei muito bem o que é o desamparo do exílio. Eu mesmo às vezes sinto que não pertenço a lugar algum, ou pertenço a vários, sou como um quebra-cabeça que sempre pode se desmanchar. Suponho que sou um norte-americano filho de um judeu polonês que aqui resolveu ser cubano, entre muitas coisas para não sofrer com a falta de raízes e outras dores, e de uma cubana católica, filha de galegos, que em um momento decisivo assumiu o pragmatismo do marido quando ele decidiu que o melhor era voltar a ser judeu e também se converteu. Nasci em Miami quando aquele lugar não era nada: no máximo, mais parecia uma réplica malfeita de uma Cuba que havia deixado de existir. Mas eu não me criei entre esses cubanos-cubanos, e sim entre judeus cubanos e de outras mil partes do mundo, uma comunidade na qual todos éramos judeus, mas não iguais – e esfregou o polegar com o indicador –, e nem nos sentíamos iguais. Pelo menos meus pais sempre se sentiram cubanos. De modo que sei muito bem do que estou falando. Tio Joseph, ao contrário do meu pai, quis continuar sendo o que tinha sido sempre, mas tudo ao seu redor havia mudado: o país onde vivia, a família que tivera, a maneira de praticar sua religião... No fim, não restava um só rabino em Cuba, quase não restaram judeus. Bem, faltou até feijão preto... E ele deve ter se sentido como um náufrago. Não como o navegante que meu pai imaginava quando em seus sonhos voltava a Cracóvia, mas como um verdadeiro náufrago, sem bússola nem esperança de chegar a alguma terra, porque essa terra havia evaporado; na verdade, havia evaporado muitos séculos antes, como bem sabem todos os judeus. Você pode imaginar o que é viver assim, para sempre, até o fim? Meu pai não apenas não pôde estar com ele quando morreu, mas só ficou sabendo da sua morte um mês depois de ter sido enterrado. Bem, felizmente ele tinha Caridad...

– Imagino essa sensação de que você fala, quase a entendo – disse Conde, com certo refluxo de remorso por ter obrigado Elías Kaminsky a soltar aquele discurso. – E, ainda assim, quer ver a casa onde seu pai em algum momento sentiu que era feliz?

O pintor acendeu outro Camel e se perdeu em um longo silêncio.

– Tenho que ver – disse por fim. – Vim a Cuba para entender algo, assim como meu pai voltou uma vez a Cracóvia para se encontrar e, no final, descobrir o pior de si mesmo. E, ainda que seja o pior, eu também preciso saber, tenho que saber.

Seguindo as instruções de Conde, o carro conduzido por Elías deixou a sempre hostil Calzada del 10 de Octubre para penetrar as entranhas de Santos Suárez pela mais agradável avenida de Santa Catalina. Enquanto avançavam pela via flanqueada por velhos *flamboyants* ainda em flor, Conde explicava ao forasteiro que aquela área era um dos territórios de sua vida e suas nostalgias. Moraram perto dali vários de seus velhos e melhores amigos (também amigos de Andrés: Elías precisava conhecê-los antes de ir embora, disse) e a mulher que há quase vinte anos era uma espécie de namorada sua.

Ao chegar à rua Mayía Rodríguez, Conde indicou a Elías que virasse à direita e, duas quadras depois, pegasse à esquerda e parasse diante da casa que, segundo o endereço anotado, devia ser onde Daniel e Marta Kaminsky moraram até abril de 1958. Conde, que havia relaxado falando de amigos e amores, naquele momento sentiu algo recôndito começar a ranger naquela busca.

– Esta era a casa dos meus pais? – Perguntou Elías Kaminsky, entre atônito e constrangido.

Mas Conde respondeu com uma pergunta:

– Quem você disse que morava na casa grande da esquina?

– Um chefe da polícia de Batista.

– Mas quem?

– Não lembro o nome – disse o pintor, quase se desculpando, sem entender o interesse de Conde pelo detalhe.

– É que... pare o carro aí e me empreste o telefone! – Disse Conde.

Depois de encostar o carro no meio-fio, sob o manto refrescante de um guanandi de tronco maltratado, o pintor entregou seu celular a Conde. Sem mais explicações, o ex-policial apertou várias teclas até formar um número e oprimiu o botão verde, confiante de que era esse o procedimento necessário para fazer funcionar aquele aparelho com o qual não tinha nem pretendia ter a menor intimidade.

– Coelho? – Perguntou, e foi em frente. – Sim, sou eu... Está bem, mas agora cale-se e me diga uma coisa. De quem era aquela casa bonita na esquina da Mayía com a Buenavista de que você gosta tanto? O dono anterior – Conde ouviu por alguns segundos. – Certo, Tomás Sanabria. E era o quê? – Voltou a escutar – Certo, certo.... E antes? – Fez outra pausa e quase gritou: – Eu sabia, claro que sabia! Nada, logo mais eu ligo para explicar – disse, desligou como pôde e devolveu o telefone a Elías, que estava atrás do volante com os olhos esbugalhados, tentando entender o ininteligível.

– Mas o que aconteceu?

– Quem morava aí ao lado era Tomás Sanabria, o subchefe da polícia de Havana. Era esse o vizinho de seus pais que sempre tinha uma patrulha na rua para protegê-lo.

Elías Kaminsky escutava tentando assimilar a informação. Mas parecia incapaz de seguir o raciocínio de Conde.

– Esse homem, Tomás Sanabria, era um filho da puta assassino e sádico. Você sabe se ele teve algo a ver com seu pai ou com o quadro do seu pai?

O pintor acendeu um cigarro. Ficou pensando:

– Não que eu saiba. Ele falou do policial que morava ao lado deles, mas acho que nem sequer me disse o nome.

– Esse Sanabria era íntimo do filho de Manuel Benítez, que tinha o mesmo nome do pai, Manuel Benítez, e era, segundo alguns, o melhor amigo de Batista. Você sabe, o velho Benítez foi quem vendeu os vistos falsos aos passageiros do *Saint Louis*.

O assombro de Elías Kaminsky era patente, categórico.

– Pode ser tudo uma coincidência? – Perguntou Conde em voz alta, mas falando consigo mesmo. – Um chefe da polícia amigo do filho de Benítez morando ao lado do filho dos judeus que Benítez ludibriou com vistos falsos? Toda essa gente, ou pelo menos alguns deles, não estaria relacionada com esse quadro de Rembrandt?

– Eu não sei – disse Elías, e parecia sincero, além de aturdido.

Nem essa resposta impediu o crescimento acelerado da premonição que ia tomando conta de toda a anatomia e consciência de Mario Conde. Mais de um caminho podia estar cruzado no fundo daquela história.

O palacete que Tomás Sanabria construíra, e que agora estava nas mãos de alguém com poder político ou econômico suficiente para ocupá-lo, havia atravessado triunfalmente e bem maquiado a passagem das décadas. Em contrapartida, a muito mais modesta edificação vizinha, onde Daniel Kaminsky e Marta Arnáez passaram quatro anos de sua vida, não tivera igual sorte. Isso não se devia, à primeira vista, a problemas com a qualidade da construção, pois colunas, traves e tetos pareciam ainda sólidos, apesar dos anos. Eram os efeitos da praga: porque as portas e janelas tinham sofrido múltiplos abusos, as paredes pareciam ter sido mordidas por formigas gigantes e pintadas pela última vez quando o clube Marianao ainda existia como time da socialistamente fumigada liga profissional cubana, vários azulejos da varanda tinham sido quebrados, e o muro baixo que separava a casa da rua havia perdido toda a pintura, parte das grades e até alguns tijolos. O que fora um jardim, por sua vez, involuíra para um estado de simples matagal com sérias aspirações a virar lixão. Até o tronco do guanandi no canteiro parecia carcomido com ódio e premeditação.

– Tem certeza de que esta era a casa de meus pais? – Elías Kaminsky teve de perguntar, encostado no carro para não cair para trás ao contrastar a amarga realidade do presente com a imagem mental de algumas fotos e das evocações paternas de um passado feliz, subitamente toldado.

– Só pode ser esta.

Conde não teve remédio senão lamentar o choque.

– Eu queria entrar... – Começou a dizer Elías Kaminsky, e Conde aproveitou a pausa.

– Melhor nem tentar. O que você procura não está aí. Essa ruína não é mais a casa dos seus pais.

– Ainda bem que eles nunca voltaram – consolou-se o homem.

– Seria como voltar a Cracóvia depois da guerra mundial, imagino. Não, não pode ser coincidência que Tomás Sanabria morasse aí ao lado.

O pintor não parecia muito interessado no proprietário original da casa vizinha, abalado com aquela que se relacionava ao seu passado; na realidade, ao passado de seus pais.

– O que aconteceu quando eles partiram, em 1958? – Conde tratou de recolocar a conversa no caminho que lhe interessava.

– Meus avós galegos conseguiram vender esta casa pouco depois. Meu pai, que estava em dificuldades depois de dar os 5 mil pesos para comprar o passaporte de Pepe Manuel, usou esse dinheiro para dar entrada na casinha que comprou em Miami Beach e deixar um pouco para o tio Joseph. A universidade tinha fechado, mas tio Pepe estava economizando para os estudos de seu enteado, filho de Caridad. Ele era assim. Como guardava o dinheiro debaixo do colchão, perdeu quase tudo quando decretaram a mudança da moeda e não aceitaram trocar mais que duzentos pesos por pessoa.

Conde assentiu, conhecia a história. Um marco no processo de pobreza generalizada.

– Pelo que você me diz, seus pais não tiveram tempo nem de vender a casa. Devo entender que, com o problema de José Manuel Bermúdez, eles também tiveram que sair fugidos?

– Não, não foi por causa do problema de Pepe Manuel. Mas teve muito a ver com essa história. Como eu lhe disse, tentando facilitar a saída do amigo meu pai voltou a topar com o quadro de Rembrandt.

– Como foi isso?

– O quadro estava na casa desse funcionário da Imigração, o tal do Mejías, com quem Roberto e meu pai foram falar para comprar o passaporte de Pepe Manuel.

– E Mejías não tinha nada a ver com Sanabria?

– Não que eu saiba. Ou até onde meu pai me contou...

Conde sentiu nesse momento o entrecruzar de mundos até então paralelos, ao menos desconhecidos um para o outro, habitados por galistas que eram um só, chefes de polícia e revolucionários perseguidos por esses policiais, somados a judeus, renegados ou não, formando um ciclone que colidia em sua mente para produzir uma centelha. A mesma, ou ao menos muito parecida, que em seus tempos de investigador de polícia tanto o ajudara a sair de atoleiros.

– Diga-me uma coisa, antes de continuar essa história interminável, para que eu possa entender um pouco melhor... – Começou falando a Elías com toda a gentileza, mas não pôde evitar um salto para a mais firme exigência. – O que você quer descobrir vai servir para recuperar o quadro de Rembrandt?

Elías puxou de leve o rabo de cavalo. Estava pensando.

– Talvez, mas não especialmente. Acho eu.

– Estamos falando de mais de 1 milhão de dólares... Então que porra é essa que você quer que eu ajude a descobrir? É o que estou imaginando?

Elías Kaminsky não tinha perdido a calma. E, sem pensar, respondeu com evidente conhecimento prévio da resposta.

– Sim, acho que você pode imaginar. Por mais que seja duro saber, quero ter certeza de que foi meu pai quem matou Román Mejías. O homem apareceu morto em março de 1958, assassinado de uma forma horrível, e meus pais foram embora apenas um mês depois. Mas, acima de tudo, quero saber por que meu pai não recuperou o quadro que lhe pertencia, ainda mais se fez o que parece ter feito. E onde diabos esse quadro esteve metido todos esses anos.

Havana, 1958

Daniel Kaminsky sentiu o mundo parar de girar, numa espetacular freada planetária capaz de tirar tudo do lugar e fazer cada coisa rodar, voar pelos ares, saindo do canto onde tinha se acomodado ou refugiado. Mas, vencida a inércia, o globo havia começado a se mover, embora o rapaz tivesse a vertiginosa sensação de que em sentido contrário, desfazendo seu movimento dos últimos dezenove anos, como se buscasse aquela precisa semana do passado, esquecida para muitos, dolorosamente vivida por ele, lá pelos últimos dias de maio de 1939, quando o obrigaram a adquirir a firme convicção de que tinha deixado de ser criança. O destino desse retorno era o momento genésico em que aquele quadro, onde se via o rosto de um jovem judeu muito parecido com a imagem da iconografia cristã de Jesus, a mesma tela que durante três séculos havia acompanhado a família Kaminsky, saiu da guarda de seus pais para tentar, com esse gesto desesperado, propiciar o ato supremo de dar a vida a três refugiados judeus: os mesmos três judeus que, recusados pelos governos cubano e norte-americano, pouco depois seriam devorados pelo Holocausto, mas sempre, sempre, sempre depois de a pintura ter sido retirada de seu esconderijo seguro e passado para mãos que, de alguma forma, a levaram para o lugar onde agora estava pendurada, com a maior impunidade e orgulho.

Roberto Fariñas não pôde deixar de notar que algo mais profundo que o ressentimento e até o medo com que tinham chegado àquele lugar estava abalando seu amigo. Em voz baixa, perguntou-lhe se havia algum problema, mas Daniel Kaminsky apenas moveu a cabeça, negando, incapaz de falar, de pensar, de saber.

A empregada da casa, uma luxuosa construção na Séptima Avenida, no bairro de Miramar, os fizera sentar nos macios sofás, forrados de veludo azul, combinando harmoniosamente com a fastuosa decoração do salão que alcançava seu ponto mais refinado graças aos quadros pendurados nas paredes, reproduções de obras famosas da época de ouro da arte holandesa. Entre estes, colocado no melhor lugar da sala como para ressaltar o protagonismo que lhe davam sua segura autenticidade e sua beleza avassaladora, aquela cabeça de um jovem judeu assinada com as iniciais de Rembrandt van Rijn bradava sua presença a um atônito Daniel Kaminsky. A obsessiva contemplação da peça a que o rapaz havia se entregado chamou a atenção de Roberto. "Há algo estranho nesse quadro, não é? É o retrato de um homem ou uma imagem de Jesus Cristo?" Daniel não respondeu.

Román Mejías apareceu minutos depois. Era um homem de uns sessenta anos e vestia um reluzente terno de dril, como se fosse sair de casa. Daniel fez os cálculos: aquele homem devia ter uns quarenta anos por ocasião do episódio do *Saint Louis* e, portanto, bem poderia ter sido um dos que subiam e desciam do barco, por sua condição de funcionário da Imigração.

O Polaco quase não escutou o diálogo entre Mejías e Roberto. Tentava olhar a pequena tela pintada, sem que seu interesse parecesse evidente, e só voltou à realidade quando o amigo lhe pediu o envelope com o dinheiro que trazia no bolso interno do paletó. Entregou o envelope a Mejías como parte inicial do trato: 5 mil pesos para começar, outros tantos ao receber o passaporte. Mejías guardou o envelope sem contar o dinheiro enquanto explicava que, a partir do instante da entrega do documento falso, o beneficiário devia sair de Cuba em uma semana, no máximo. Ele se comprometia a consegui-lo em dez dias. Roberto lhe entregou as fotos de Pepe Manuel, agora de bigode e óculos de grau, e Mejías perguntou se tinham preferência por algum nome. Roberto olhou para Daniel e de algum canto da memória do Polaco saiu o nome: "Antonio Rico Mangual", disse, pois alguns meses antes recebera a notícia de que seu velho camarada Antonio, o mulato "lavado" e de olhos bonitos que o acompanhara em suas aventuras de iniciação em Havana Velha, tinha morrido de tuberculose em um sanatório nos arredores da cidade. Mas uma luz em sua mente o fez acrescentar, para assombro de Roberto: "É o meu nome. Eu não tenho passaporte, e não pretendo viajar, de forma que pode usá-lo sem problema". "Tudo bem. Eu me encarrego de obter a certidão de nascimento", disse o homem, e concluiu: "Negócio fechado".

Mejías estendeu a mão aos visitantes. Roberto a apertou, mas Daniel se fez de desentendido para evitar o contato. "Voltem daqui a dez dias", acrescentou o homem. "E a vida do seu amigo, a dos senhores e a minha depende da discrição. Batista jurou matar todos esses rapazes. E não vai parar até conseguir." Quando Daniel e Roberto já se dispunham a sair, uma força superior a todas as suas precauções moveu o ex-judeu. "Senhor Mejías, esse quadro aí", indicou a cabeça pintada na tela, "é de um pintor conhecido?" Mejías se voltou para contemplar a peça como um pai orgulhoso da beleza de sua filha. "Os outros, claro, são reproduções. Mas este, acreditem", disse, "é uma pintura autêntica de Rembrandt, um pintor famoso, mais que conhecido."

A vida de Daniel Kaminsky, já afetada pelo medo que se respirava no ambiente e por suas próprias tensões, a partir daquele instante caiu num labirinto escuro. Sem falar com Marta ou com seu tio Joseph sobre a terrível descoberta, dedicou vários dias a pensar quais eram suas alternativas. Em sua mente, contudo, havia uma convicção: aquele homem, ou alguém relacionado a ele, tinha enganado seus pais. Mejías, ou quem quer que lhe tivesse dado ou vendido o quadro, tinha muita responsabilidade na morte de sua família. E ele, de qualquer maneira, tinha a obrigação de recuperar a pintura, propriedade dos Kaminskys desde os dias remotos em que o rabino moribundo a entregara ao médico Moshé Kaminsky em uma distante Cracóvia assolada pela violência e pela peste.

Com toda a discrição exigida pelo caso, Daniel começou a investigar a vida de Román Mejías. Todas as precauções seriam poucas, pensou, como contaria a seu filho Elías: embora não se tratasse de um homem próximo ao círculo de protegidos e amigos de Batista, era um funcionário do governo e, portanto, um homem do regime; como toda aquela gente, Mejías vivia em permanente estado de alerta. Além disso, o homem estava envolvido na confecção do passaporte de Pepe Manuel, e essa era a prioridade do momento.

Utilizando argumentos triviais para fazer perguntas, lendo jornais velhos, Daniel pôde ir construindo a vida do personagem. O ponto essencial era que Mejías tinha sido, de fato, um dos funcionários escolhidos pelo secretário do Interior do presidente Laredo Brú para substituir os acólitos do coronel Manuel Benítez no Departamento de Imigração, após a contenda pelos vistos vendidos em Berlim. A eventualidade de que fosse um dos encarregados do caso do *Saint Louis* era muito mais que possível, como demonstrava um exemplar do *El País* de 31 de maio de 1939, que publicara uma foto em que Mejías aparecia vinte anos mais jovem. Na imagem, ele estava acompanhado por outros funcionários no momento em que, recém-desembarcados do transatlântico, se negavam a informar à imprensa sobre os comentários de que o governo pedia o dobro do valor oferecido pelo Comitê para a Distribuição dos Refugiados Judeus. Mas não poderia ter sido algum colega dele que tivesse pegado o quadro e, por um motivo qualquer, depois o houvesse passado para as mãos de Mejías? Embora remota, existia essa possibilidade, que talvez até inocentasse Mejías.

A primeira pessoa a quem Daniel teve de dar uma explicação foi Roberto Fariñas. Quatro dias depois de fazer o trato com Mejías, quando voltaram a se encontrar, Roberto lhe perguntou que história era aquela de que se chamava Antonio Rico Mangual, o que fora a estranha atitude mantida durante todo o tempo que durara a negociação com o personagem e de onde vinha seu interesse por aquele quadro que ele não acreditava de jeito nenhum que fosse realmente uma obra de Rembrandt, assim como as outras penduradas naquela sala tampouco eram de Vermeer ou Ruysdael. Pelo que conhecia de pintura – não muito, mas alguma coisa, reforçou Roberto –, faltava àquele quadro um pouco da maestria que todos os Rembrandts transmitiam, os maiores, os menores e até os dispensáveis, concluiu. Então Daniel Kaminsky, que já se sentia asfixiado pelo peso da revelação e pela suspeita que carregava, optou por soltar o lastro e contar ao amigo a história e sua decisão de recuperar o que lhe pertencia. Porque aquela pintura, apesar da opinião de Roberto, apesar de ser apenas um estudo, era um verdadeiro Rembrandt, em todos os detalhes: ele sabia muito bem, disse, e mostrou ao outro a foto da sala da família em Cracóvia. Enquanto escutava, Roberto quase não acreditava no relato, e teve inclusive a ideia pueril de que, tão logo obtivessem o passaporte, alguém, talvez o próprio tio Joseph Kaminsky, com a ajuda do poderoso Brandon, denunciasse o funcionário corrupto. O rapaz compreendeu de imediato o improvável sucesso de sua ideia, pois, na prática, sujeitos como Mejías sempre conseguem escapar da justiça num país transformado num gigantesco conluio de interesses. Mas, como era de se esperar, colocou-se à disposição do amigo para o que fosse necessário – o que fosse, enfatizou. Assim era Roberto Fariñas e assim seria sempre, diria Daniel Kaminsky a seu filho Elías. Assim foi, inclusive, nos tempos em que a política se encarregou de abrir todas as distâncias imagináveis entre antigos companheiros e encher de ressentimentos todas as diferenças. Naquele momento Daniel só pediu a Roberto a maior discrição, ao menos até que conseguissem tirar Pepe Manuel de Cuba. Depois, veriam.

Uma ideia luminosa veio então em seu socorro. Na véspera do dia combinado para a entrega do passaporte, Daniel saiu do mercado à tarde, entrou em seu Chevrolet e foi para seu antigo bairro, reduto judeu de Havana. Na rua Bernaza, entre a Obispo e a Obrapía, funcionava desde a década de 1920 um dos estúdios fotográficos mais renomados da cidade, o Foto Rembrandt. Seu proprietário original, já idoso, mas ainda lúcido, era o judeu Aladar Hadjú, cujo fanatismo pela obra do mestre holandês era tão notório que seus conhecidos e clientes o chamavam de "Rembrandt". Não era absolutamente casual que houvesse escolhido o nome do artista na hora de batizar seu próspero negócio, no qual não só se expunham fotos de clientes famosos, mas também algumas obras de pintores cubanos e várias reproduções de Rembrandt, encabeçadas pela de *O festim de Baltazar*, colocada de tal forma que o personagem bíblico, com o dramático gesto que o distinguiria em toda a volumosa história da arte, apontava para a sala interna onde ficava o *set* para as fotos de estúdio.

Daniel perguntou por Hadjú e se apresentou. O velho, por sorte, conhecia Pepe Carteira e até sabia de sua estreita relação com o potentado Brandon. Não foi difícil para Daniel fazer o velho judeu, em cujos lábios sempre havia um cigarro fumegante, aceitar o seu convite para tomar uma cerveja no bar da esquina, pois precisava falar com ele. Já sentados a uma mesa, cercados por todos os sons possíveis que se geravam naquele centro nevrálgico e avassalador da cidade, Daniel pediu que a conversa que iam ter se mantivesse em segredo, por motivos que talvez um dia pudesse lhe explicar. Hadjú, entre curioso e alarmado, não podia prometer nada até se inteirar do assunto, disse. "Preciso saber uma coisa, talvez muito fácil para alguém como o senhor", começou Daniel, arriscando tudo. "Alguém em Cuba tem um quadro de Rembrandt?" Hadjú sorriu e expeliu fumaça, como se estivesse queimando por dentro. "Por que você quer saber?" "Isso sou eu que não posso dizer. Só posso lhe assegurar que vi um." O velho judeu mordeu a isca. "Román Mejías. Há anos esse homem veio me ver para saber se uma cabeça de Cristo que ele tinha era um Rembrandt autêntico. E, até onde eu posso saber, achei que sim, era. Uma das várias cabeças de Cristo que Rembrandt pintou." "E quando ele lhe fez essa consulta?" "Nossa, há uns vinte anos", disse Hadjú enquanto acendia outro cigarro, e acrescentou: "Ele me disse que era uma herança de família. Então me mostrou uns certificados de autenticidade da obra, só que estavam escritos em alemão, e eu não sei alemão. Mas lembro que estavam datados de Berlim, 1928". Aquela era a confirmação buscada por Daniel: eram os documentos obtidos por seu pai, e o quadro que Mejías tinha era o de sua família. "E agora, pode manter esta conversa em segredo?" Hadjú olhou para Daniel com uma intensidade que parecia capaz de despi-lo. "Sim, mas com uma advertência, que lhe dou de graça, rapaz: Román Mejías é um sujeito perigoso. Tenha cuidado, seja o que for que você está tramando. Aliás, eu não conheço você e nunca nos falamos. Obrigado pela cerveja", disse, expeliu fumaça e levantou-se para voltar ao seu estúdio fotográfico.

Naquela mesma tarde o rapaz dirigiu até o bairro de Luyanó, pois havia chegado o momento de conversar com tio Joseph, a quem aquela história também pertencia. Caridad o recebeu com a amabilidade de sempre, convidou-o para sentar e disse que o tio estava no banheiro havia uma meia hora. "Você sabe fazendo o quê. Já deve estar saindo." Daniel resistiu como pôde à conversa, para ele supérflua, da mulher, muito preocupada com o futuro do filho diante do fechamento indefinido da universidade na qual pretendia ingressar. Quando o tio saiu do banheiro, com a cara de desgosto com que sempre terminava suas difíceis evacuações, Caridad foi fazer café e Daniel pediu a Joseph que saíssem um instante da casa. Foram até o vizinho parque da rua Reyes, e no trajeto o sobrinho começou a lhe contar a dramática descoberta feita dias antes. Já sentados num banco, beneficiados pela luz do poste recém-ligado, Daniel concluiu a história. Durante toda a exposição, tio Joseph se manteve em silêncio, sem fazer uma única pergunta, mas foi como se acordasse de um sonho quando o rapaz lhe revelou a indubitável relação de Mejías com o quadro desde os dias da chegada do *Saint Louis*, confirmada pela informação de Hadjú sobre os certificados emitidos em Berlim.

"O que você vai fazer?", foi a primeira pergunta de Pepe Carteira. "Por enquanto, tirar Pepe Manuel de Cuba. Depois, não sei." "Esse sujeito é um filho da puta", disse o homem, e acrescentou com uma determinação capaz de convencer Daniel de tudo o que aquela dolorosa descoberta havia despertado no tio: "e, como filho da puta que é, tem que pagar pelo que fez."

Na manhã do décimo dia, ao fim do prazo pedido por Román Mejías, Daniel foi até o atracadouro dos *ferrys* que faziam a rota Miami-Havana-Miami e comprou uma passagem para aquele que zarparia dois dias depois, pela manhã. Como o cais ficava perto de onde havia sido o atracadouro da Hapag pelo qual deviam ter desembarcado os passageiros do *Saint Louis*, pela primeira vez em dezoito anos Daniel Kaminsky se atreveu a voltar ao lugar onde, junto com seu tio Joseph, se insinuara entre a multidão para ver quem vinha a bordo das lanchas que voltavam do transatlântico. Lembrou como o tio havia apostado que um funcionário de chapéu seria o escolhido pelo destino para fazer o trato com seu irmão Isaías. A salvadora herança sefaradi, *a colher que conhecia os segredos ocultos na panela...* Daniel tentou recuperar a intensidade daqueles momentos, resgatar do fundo de sua memória infantil o rosto dos homens que, em meio àquele desassossego, identificava como a parte visível dos poderes capazes de decretar a salvação de sua família. Mas o rosto atual de Román Mejías insistia em ocupar o espaço das figuras evocadas ou criadas por sua imaginação.

À noite, Daniel e Roberto foram à casa de Mejías para concluir o negócio. Dessa vez o funcionário os esperava na sala, onde também estava uma mulher de uns cinquenta anos, sentada em uma cadeira de rodas, que saiu discretamente quando chegaram os visitantes. "Minha irmã, é de confiança", esclareceu Mejías quando trocaram cumprimentos. Foi até um pequeno aparador, de onde tirou o passaporte, e o entregou a Roberto. O rapaz o examinou e lhe pareceu autêntico. "É autêntico", confirmou Mejías, "bem, tanto quanto vocês necessitam." Daniel permanecia em silêncio, tentando se concentrar em estudar o lugar, as entradas e as saídas possíveis, o que se via pelas janelas. Quando Roberto o cutucou com o cotovelo, Daniel pegou o envelope e o entregou ao homem, que o recebeu com um sorriso. Quando foi colocar o dinheiro no bolso interno do paletó, Daniel pôde ver, no cinto, a arma que portava. "No pacote anterior faltavam vinte pesos", disse Mejías, "mas não se preocupem." Daniel, sem falar, meteu a mão no bolso, tirou duas notas de vinte e as estendeu ao homem. "Pelo que faltava na primeira entrega e para o caso de termos nos enganado de novo", disse. Mejías sorriu e pegou as notas. Nesse instante, Daniel Kaminsky teve absoluta certeza de que havia sido aquele miserável, e não outro, o funcionário que enganara seus pais e os pusera no caminho da morte mais horrível. Román Mejías merecia um castigo.

Os preparativos para a saída de Pepe Manuel foram rápidos e concretos. Na manhã seguinte, Roberto e Daniel foram com Olguita até Las Guásimas. O reencontro, depois de quase um ano, foi tão alegre e cheio de esperanças como, entre aqueles seres perturbados e na situação do momento, era de se esperar. Mas também foi breve. Roberto e Daniel ficaram de voltar no dia seguinte às seis da manhã, pois Pepe Manuel ia pegar o *ferry* das nove, e deixaram Olguita com uma mala de roupas para o viajante. O casal tinha o tempo de um dia e o espaço de uma rústica cabana para a despedida.

Na manhã seguinte, enquanto se dirigiam ao centro da cidade no Chevrolet de Daniel, a luz do amanhecer chegou a Havana. No trajeto, Pepe Manuel exigiu que, para evitar maiores riscos, o deixassem nas imediações do Parque Central, onde pegaria um táxi até o cais do *ferry*. Mais de uma vez Roberto e Daniel repetiram ao amigo que tomasse todas as precauções, mesmo sabendo que Pepe Manuel, desde que deixara de ser o Calandraca inquieto dos velhos tempos, era um homem com profundo senso de responsabilidade. Daniel dirigia com a tensão presa em seus ombros, pela situação compartilhada, mas, especialmente, pela excitação do pedido que precisava fazer ao amigo antes da despedida. Daniel agradeceria a Pepe Manuel por procurar aliviar um pouco o peso da ansiedade quando felicitou o Polaco pela nova vitória recém-conquistada pelos Tigres de Marianao, campeões da Liga Profissional cubana, pelo segundo ano consecutivo. "E olhe que Miñoso não estava a todo vapor", sempre recordaria ter dito ao amigo, as mesmas palavras que, exatos trinta anos depois, diria ao seu filho Elías quando assistiram à festa em homenagem ao Cometa Cubano ocorrida em Miami, e o judeu finalmente pôde realizar um dos sonhos de sua vida: apertar a mão daquele negro lendário, responsável por algumas de suas melhores lembranças, e levar consigo uma bola assinada pelo incomensurável Miñoso, se bem que dedicada "Ao amigo Jose Manuel Bermudez", assim, sem os acentos.

Pouco antes de chegar ao destino previsto, Daniel, ao volante, olhou para seu velho e querido amigo pelo retrovisor. "Pepe Manuel", disse por fim, vencendo todos os seus temores, "preciso do seu revólver." As palavras do rapaz retumbaram no interior do automóvel e roubaram a atenção dos outros três, esquecidos por um instante do resto das preocupações. Daniel insistiu: "Está com você?" "Claro que não, Polaco, nem se eu fosse louco." "Com quem você deixou?" Pepe Manuel olhou para Roberto, e Daniel não precisou de resposta.

Daniel parou o carro na Prado com a Neptuno, a esquina mais movimentada de Havana, onde todos supunham que um homem sumiria com facilidade na multidão. Dentro do carro, Pepe Manuel abraçou seus amigos por cima do banco e agradeceu de novo por sua fidelidade. A seguir, voltou-se para beijar os lábios de Olguita, talvez com excessivo pudor pela presença dos outros. Depois, colocou os óculos translúcidos de armação de tartaruga, apertou o ombro de Daniel e lhe disse: "Não faça loucuras, Polaco".

Usando um terno cinza claro, levando na mão uma pequena mala, o homem de bigode e óculos em que o afogueado Calandraca havia se transformado desceu do carro e, sem olhar para trás, atravessou a rua Prado em direção ao ponto de táxi do Parque Central. Do Chevrolet, Olguita, Roberto e Daniel o viram entrar num daqueles carros preto e laranja, que imediatamente arrancou, descendo a Prado a caminho do mar. Embora os três soubessem como era incerta aquela aventura, confiavam na qualidade do passaporte e no sangue-frio de Pepe Manuel como pilares do êxito na empreitada. Por isso, apesar dos riscos existentes, nenhum deles foi capaz de imaginar naquele instante que via Pepe Manuel Bermúdez pela última vez, o melhor dos homens que o crente Roberto Fariñas e o descrente Daniel Kaminsky conheceram e conheceriam em sua longa existência.

A partir daquele dia do mês de fevereiro de 1958 em que se despediu de José Manuel Bermúdez, Daniel Kaminsky começou a viver outra das etapas de sua vida que gostaria de apagar de sua persistente memória. Mas essa também não era das lembranças que desaparecem com facilidade. Para atenuá-la, não conhecia nem conheceria outro remédio a não ser aquele proporcionado pela passagem do tempo e pela chegada de novas preocupações, que por momentos diminuíam a proeminência da recordação e permitiam sua atenuação, nunca sua cura definitiva. Se em outro tempo a drástica e complicada decisão de arrancar da sua alma a condição de judeu lhe oferecera um estratagema para se distanciar de uma história dilacerante e, ao mesmo tempo, permitira-lhe sentir que alcançava uma estranha mas clara sensação de liberdade que lhe tornava mais fácil o ato de respirar e de olhar para o céu e ver nuvens e estrelas, certo de que para além só havia o infinito, a partir do momento em que se despediu do amigo, Daniel Kaminsky se vinculou com algo que jamais imaginara possuir e que acabaria sendo como uma mancha indelével. A nova determinação não provinha das ações de outro, ou de muitos outros, mas de sua própria vontade soberana. Porque naquele instante confirmou para si mesmo a decisão de matar o homem que o havia despojado do que tinha de mais profundo em sua vida. Tinha de matar; não, na verdade, *queria* matar aquele homem.

Aos 27 anos, aquele rapaz nascido polonês e judeu, convertido ao catolicismo, essencial e legalmente cubano, já tinha uma ligação traumática com a morte. Mas os rostos específicos que se relacionavam com essa ferida eram apenas os mais amorosos: os de seus pais e de sua irmã, dos avós e tios Kellersteins, o de *monsieur* Sarusky, seu primeiro professor de piano, lá em Cracóvia, e o da belíssima esposa do mestre, *madame* Ruth, por quem Daniel se apaixonara a ponto de sentir que seu coração de menino lhe saía pela boca. Todos devorados pelo Holocausto. Os algozes, por outro lado, eram sombras difusas, espectros diabólicos, aos quais nem valia a pena tentar dar o rosto de um dos funcionários nazistas, responsáveis em primeira instância por suas perdas. Porque nas imagens transmitidas por seu consciente, e até por seu inconsciente, para Daniel era impossível conectar as feições conhecidas dos grandes responsáveis pelo massacre com o rosto do homem real dedicado a ameaçar, surrar, cuspir, sujar os judeus, gozando de seu enorme poder para provocar pavor: o homem sem feições precisas que muitas vezes em suas recordações apertava o gatilho de uma pistola encostada na nuca. Mas agora, para alimentar sua abominação e suas dores, tinha encontrado um rosto real, um olhar vivo, o sorriso abjeto de um indivíduo que aceitava duas notas de vinte pesos depois de embolsar 10 mil. Também tinha, além disso e acima de tudo, a imagem do próprio rosto disparando duas, três balas no peito e na cabeça desse homem. Não diziam os gângsteres dos filmes que o chumbo provocava uma morte mais lenta e dolorosa no estômago? Aquilo representava um novo e inesperado nexo com a violência, a vingança justiceira e a morte para a qual nunca havia se preparado – para a qual acreditava que não nascera. Constituía uma drástica aplicação da lei de Talião ditada por aquele mesmo Deus impiedoso que nos tempos do Êxodo exigira de Abraão o atroz sacrifício de seu filho. "Pagará vida por vida, olho por olho, dente por dente, mão por mão, queimadura por queimadura, ferida por ferida, golpe por golpe", decretara a voz do céu. "Vida por vida", repetia Daniel.

Naquela noite, quando foi à casa de Roberto Fariñas, o amigo tentou fazê-lo pôr os pés no chão. Roberto conhecia havia anos alguns fragmentos da história da herança sefaradi e, tendo testemunhado a descoberta do quadro de Rembrandt na casa de Mejías, foi fácil para ele fazer mentalmente as conexões que lhe permitiam imaginar a intenção de Daniel Kaminsky. Para começar, argumentou Fariñas, o simples fato de andar pelas ruas de Havana carregando uma pistola podia garantir ao Polaco uma viagem às masmorras de uma delegacia de polícia. E, se isso acontecesse, o fato de ser vizinho de Tomás Sanabria chamaria a atenção: se pensassem – e pensariam – que estava armado porque ia tentar algo contra aquele funcionário da ditadura, e se o vinculassem a José Manuel Bermúdez – e o vinculariam –, não sairia vivo do episódio. Mas, mesmo que não fizessem qualquer dessas correlações, levando em conta os tempos que corriam, certamente sofreria as violentas e mesmo covardes reações de uma polícia que se tornava cada vez mais sanguinária, talvez porque pressentisse a proximidade do fim de seu reinado de terror e a possível revanche que se seguiria. Para resumir, Roberto não conhecia ninguém mais despreparado que Daniel Kaminsky para enfrentar um tubarão como Román Mejías e, além do mais, cobrar-lhe o que lhe devia (Roberto preferiu usar um eufemismo). Mas o Polaco estava decidido. Era um mandato mais forte que sua própria capacidade de raciocínio, disse, um chamado profundo da justiça primária que fora procurá-lo e o encontrara quando ele menos esperava, para colocá-lo diante da evidência de que algum dia os culpados, com ou sem rosto, tinham de pagar, disse naquela noite, conforme contou a Elías anos depois. Porque, pensava Daniel, e também diria isso ao filho, naquele momento só era capaz de sentir que se moviam em sua alma profunda os mecanismos de uma soterrada origem primitiva, de um judeu irredimido que se rebelava ante a submissão, o nômade do deserto, vingativo, alheio à moderação e mais ainda ao mandamento absurdo de oferecer a outra face, um princípio que os de sua estirpe milenar não conheciam. Não, por uma coisa assim não: Daniel se sentia mais próximo da judia Judit, de adaga na mão, cortando sem piedade a garganta de Holofernes. E Román Mejías tinha se transformado em seu Holofernes.

Daniel Kaminsky teve uma ideia exata do desafio que enfrentava quando, naquela mesma noite, voltou para casa em Santos Suárez com o *Smith Wesson* calibre 45 de Pepe Manuel escondido embaixo do banco do motorista de seu Chevrolet. Ao se aproximar da esquina em que devia virar em direção à própria casa, Daniel viu duas patrulhas, em vez do solitário mas habitual carro oficial estacionado em frente à mansão do chefe de polícia, e quase perdeu o controle do veículo. O medo enrijeceu seus músculos, e só foi salvo de uma rajada de metralhadora porque o sargento que comandava o grupo de guardas nesse dia reconheceu seu automóvel, identificado-o como o vizinho de Tomás Sanabria, e impediu a intenção do soldado. "Cuidado com o Bacardi", gritou o sargento, e do volante Daniel lhe fez um gesto que tentava parecer de desculpas.

O medo que o invadiu foi uma coisa tão abjeta e visceral que, assim que entrou em casa, Daniel teve de correr para o banheiro e soltar uma prolongada diarreia. Enquanto se recuperava e secava o suor que o banhava, pensou qual seria o melhor momento de contar à mulher a decisão que tomara, e não encontrou nenhum que lhe parecesse propício. Aquele problema era seu e tinha de resolvê--lo sozinho. E as consequências? Seus atos não poderiam resultar numa tragédia que chegasse até Marta? Considerou que não tinha o direito de colocar a mulher diante dessa possibilidade sem lhe dar sequer o mais ínfimo argumento e, por fim, achou que havia encontrado a solução.

Enquanto bebia o café com leite da manhã, no qual ia molhando pedaços de pão crocante untado com manteiga, ele se animou a dizer à sua mulher o que pensou que devia dizer-lhe. Marta Arnáez conhecia a história do quadro e o que aquela pintura significara como sonho de salvação dos pais e da irmã de seu marido durante a estadia do *Saint Louis* em Havana. Por isso, para Daniel foi mais fácil lhe contar apenas que havia descoberto que o quadro não tinha voltado para a Europa com seus pais, que estava desde então em Havana. E agora sabia quem o tinha nas mãos. Na verdade, achava que ia ser complicado, disse, mas decidira fazer o possível para recuperá-lo, pois pertencia à sua família, massacrada pelo ódio mais perverso. Marta, espantada com a notícia, fez as perguntas que não podia deixar de fazer, mas ele só respondeu dizendo-lhe que não se preocupasse. Por mais que fosse complicado, como já havia lhe dito, não seria nada perigoso, mentiu. Tomou todo o cuidado, obviamente, de não mencionar onde vira o quadro, e menos ainda o nome da pessoa que o tinha. Não obstante, a mulher insistiu, movida por um pressentimento e pelo conhecimento do ambiente cubano: "Daniel, tenha cuidado, pelo amor de Deus. Nós vivemos bem, vamos viver cada vez melhor... Não precisamos desse quadro para sermos felizes. Por que você não esquece essa bendita pintura?" "Não é pelo dinheiro que o quadro possa nos render, Marta. Se eu o tivesse, jamais poderia vendê-lo porque, mais que a mim, pertence ao tio Joseph. É por justiça, só por justiça", disse, e a mulher não precisou ouvir mais: a partir daquele instante soube o que o marido pretendia fazer. E rezou ao seu Deus para que com Seu poder o dissuadisse. Ou, ao menos, que o protegesse.

Daniel tentou preparar um plano. É o normal, não?, perguntaria várias vezes ao filho ao lhe contar do furacão prestes a lhes transformar a vida.

Desde que seu pai lhe contara essa história, Elías Kaminsky se perguntaria muitas vezes se o destino deles teria sido muito diferente caso aquela pintura com o rosto do jovem sefaradi holandês não tivesse ido ao encontro de seu pai. Porque o fato específico de que Marta e Daniel tivessem partido para os Estados Unidos em abril de 1958 talvez tenha sido apenas uma antecipação do que ia acontecer de qualquer forma. Por uma ou outra via era esse o caminho marcado para sua família: porque como oito de cada dez judeus que viviam em Cuba teriam deixado a ilha em 1959, ou então, como seu sogro galego e muitos integrantes da classe média, teriam partido em 1961, quando se convenceram de que seus interesses e modo de vida já estavam não mais em perigo, mas condenados à morte. Ou será que Daniel, o descrente, teria ficado em Havana como seu tio Joseph, ao mesmo tempo crente em seu Deus e simpatizante dos conceitos dos socialistas judeus? Ou, como seu amigo Roberto, teria se empenhado no trabalho revolucionário com o intuito de construir uma nova sociedade com que sonhavam desde os dias em que ouviam as arengas radiofônicas e públicas do avassalador Eddy Chibás? Considerando a aspiração de seu pai ao sucesso econômico, essas possibilidades pareciam a Elías as menos viáveis.

Depois da canhestra, assustada e breve vigilância a que submeteu Román Mejías, Daniel Kaminsky decidiu que a melhor ocasião para o seu intento era esperá-lo de manhã bem cedo em frente à sua casa e aproximar-se dele no momento em que saísse do imóvel para pegar seu carro, sempre guardado no *carport*, pois na garagem fechada costumava dormir o Aston Martin de sua mulher, talvez adquirido na base de passaportes falsos. Na casa viviam, além de Mejías e a mulher, suas duas filhas, ainda solteiras, e a empregada. A irmã, que tinha ficado inválida num acidente de trânsito em que seu marido morrera, morava no Vedado com os três filhos – duas mulheres e um homem – e, embora o visitasse com frequência, nunca pernoitava na casa de Mejías.

O rapaz se sentiu pronto para agir quando conseguiu ver suas ações como se estivesse diante de uma tela de cinema. Mejías, com sua cara de cínico consumado, a maleta em uma das mãos e as chaves do carro na outra, abria a porta. As luzes dos postes da rua teriam acabado de se apagar, mas o sol de março ainda estaria ausente. Exceto a empregada e o próprio Mejías, o resto dos moradores da casa continuaria dormindo. Daniel, depois de parar seu carro na quadra do fundo, estaria esperando a oportunidade atrás de um *flamboyant* plantado no canteiro da calçada em frente. Então atravessaria a avenida, protegido pelo lusco-fusco, exatamente quando visse pelo vidro fosco da porta a figura do homem, vestindo seu terno escuro, já pronto para sair. Segundos mais tarde Mejías estaria fora da casa, com a porta ainda por fechar, e Daniel abriria o portão, a seis, sete metros do homem. Sem falar, ele se aproximaria de Mejías, que ao vê-lo e com toda a certeza reconhecê-lo o esperaria junto à porta, pensando que voltava a procurá-lo para algum novo negócio. Daniel avançaria em sua direção e, quando estivessem separados por poucos metros, sacaria o revólver e, talvez, diria a ele o motivo de sua visita. Nesse momento atiraria (ainda tinha dúvidas sobre onde atirar; queria fazê-lo sofrer, mas, ao mesmo tempo, ser eficiente em seu propósito, sem dar qualquer chance ao verme) e, colocando sobre o rosto o lenço que trazia amarrado no pescoço, entraria na casa passando sobre o cadáver, pegaria o quadro e sairia correndo, sem o risco de ser reconhecido pela empregada se ela entrasse na sala, assustada com as detonações. Tão cedo, a essa hora da manhã – 6h45 – não haveria ninguém nas ruas naquele bairro residencial e pouco habitado. De qualquer maneira, para evitar um possível reconhecimento, ao sair da casa tiraria o lenço, mas puxaria um boné de beisebol do Marianao até as sobrancelhas. Se fosse preciso correr, correria, pegaria o carro e fugiria de imediato. Para o caso de que as coisas se complicassem, levaria consigo o passaporte, pois sempre poderia tirar a tela da moldura e ocultá-la em algum lugar. Compraria uma passagem de avião e partiria no primeiro voo para qualquer destino: Miami, Caracas, México, Madri, Panamá... O previsível final daquele filme montado às pressas e com pouca perícia o fazia ver-se na poltrona do avião, no instante em que, já voando, deixava a ilha de Cuba e começava a flutuar sobre o mar em direção à liberdade e à paz de sua alma.

Oito dias depois de receber o revólver de seu amigo Pepe Manuel, Daniel Kaminsky saiu da cama às quatro horas e seis minutos da madrugada e desligou o alarme do relógio, programado para tocar uma hora mais tarde. Era o dia 16 de março de 1958. Como já tinha imaginado, mal conseguira dormir, pressionado pela tensão, pela ansiedade e pelo medo. Levantou-se procurando não acordar Marta e foi à cozinha preparar um café. A madrugada estava fresca, mas não fria, e saiu para tomar a bebida no pequeno pátio da casa e esperar.

Quarenta minutos depois, antecipando-se à hora prevista, começou a se vestir, procurando não esquecer nenhum detalhe. Tinha comprado um macacão de brim azul, com peitilho e suspensórios, e uma camisa do mesmo tecido e cor. Atrás do peitilho colocou a pistola e testou outra vez se podia sacá-la com facilidade. Vestido assim pretendia parecer um pintor ou um mecânico, só que de roupa nova. Fez outro café e voltou para o pátio, onde fechou os olhos para ver pela enésima vez o filme montado em sua mente, e não sentiu que devesse fazer qualquer correção, só mudar o final. Não podia fugir de avião, salvar sua vida e deixar Marta para trás, exposta a alguma represália. Tinha de enfrentar, com todas as suas consequências, o ato que realizaria e, se necessário e possível, fugir, mas levando consigo a mulher.

Às seis em ponto, tal como tinha planejado, entrou no quarto e observou por alguns minutos a jovem que ainda estava dormindo. Apesar dos seus propósitos, não pensou nem por um instante que talvez a estivesse vendo pela última vez. Também não pensou no que poderia ser sua vida a partir da execução do infame Mejías. Apanhou a sacola de papel onde guardava um terno, uma gravata e uma camisa branca, sua roupa de trabalho no Minimax, e foi buscar o Chevrolet na rua.

Dirigiu com cuidado, respeitando todos os sinais e placas. Às 6h32, fechou o carro, que havia estacionado na quase deserta Quinta D, a uns 150 metros da casa de Mejías. Tinha oito minutos para chegar à Séptima Avenida e ocupar sua posição atrás do *flamboyant*. A seguir, tudo devia ocorrer em apenas dez minutos. Naquele instante, deixando de lado a parte mais complicada de suas ações, não pensava em outra coisa senão voltar para o carro com o quadro. A partir daí o roteiro tinha diversas variantes, que em muitos casos não dependiam dele. Mas sempre chegava ao Chevrolet com a pintura de Rembrandt nas mãos depois de ter justiçado o filho da puta que ludibriara sua família e a condenara a voltar para a Europa e morrer, de qualquer uma das maneiras terríveis como deve ter morrido: com fome, com medo, a cabeça cheia de piolhos, os olhos nublados de tanta remela e com merda escorrendo pelas pernas. "Pagará vida por vida", repetiu para si mesmo, reforçando os argumentos e pela primeira vez em muitos anos invocou o Sagrado: "Não me tire a força, ó Senhor", disse em voz baixa.

A ideia de que era melhor não deixar o carro trancado o fez voltar. Acionou a fechadura e respirou várias vezes para liberar a tensão. Verificou outra vez que estava com o boné preto no bolso e que podia levantar com facilidade o lenço amarrado no pescoço e cobrir o rosto. Por fim, avançou pela calçada a passos rápidos e, quando virou a esquina para se dirigir à casa de Román Mejías, o reflexo de luzes vermelhas e azuis provenientes da Séptima Avenida o deixou congelado. Aqueles clarões circulares não podiam vir de outra coisa que não fosse um carro de patrulha. Daniel Kaminsky sentiu, então, o medo mais profundo e doloroso que o abraçaria na vida: um medo paralisante, abjeto, total. Não soube nem pôde fazer outra coisa a não ser voltar para o Chevrolet e, após esconder o revólver debaixo do banco, arrancar e avançar aos trancos, até conseguir estabilizar a marcha e seguir pela rua Quinta D, para entrar na avenida 70 e se afastar dali.

O misto de medo e frustração embaçou sua vista. Desde a tarde de 31 de maio de 1939, quando, a bordo de uma lancha, vira pela última vez seus pais e sua irmã Judit no parapeito do *Saint Louis*, Daniel Kaminsky não tinha voltado a chorar. Naquele dia terrível era ainda uma criança, e o pranto o impedira de dizer algo aos pais, à irmãzinha, mas desde então carregava essa incapacidade verbal como uma culpa. Agora chorava porque seu medo era, na verdade, mais forte do que todos os seus desejos de justiça, e porque se sentia aliviado, pois nesse dia havia ocorrido algum fato que o impedira de matar o homem com rosto que havia propiciado a morte de seus entes queridos. Afastar-se do perigo e chorar era a única coisa que Daniel Kaminsky podia fazer nesse momento.

10

Havana, 2007

Elías Kaminsky também chorou. Duas grandes lágrimas irreprimíveis correram por sua face antes que o mastodonte de rabo de cavalo tivesse tempo de barrar-lhes o caminho e evitar que outras as seguissem. Para ajudar nesse propósito, submeteu-se a uma inspiração profunda de fumaça carregada de nicotina.

Mario Conde soube conter a ansiedade e guardou um conveniente silêncio. Aquele Parque de Santos Suárez, no meio do caminho entre a casa de Tamara e a que Marta Arnáez e Daniel Kaminsky ocuparam durante alguns anos, estava milagrosamente bem iluminado em se tratando da cidade dos parques tenebrosos e das ruas em trevas. Conde escolhera esse parque como lugar propício para a conversa porque, em frente a um de seus ângulos, ficava o edifício do colégio onde Marta Arnáez fizera suas práticas pedagógicas enquanto estudava para obter o título de professora normalista. Mas também porque gostava do lugar, que lhe evocava muitas historias agradáveis do passado, um tempo remoto no qual, tantas vezes sentado nesse mesmo banco desse mesmo parque, atravessara anos marcados por amores e desamores, festas e jogos de beisebol, ilusões de escrever e desenganos traumáticos, sempre acompanhado por seus velhos colegas, incluindo o ausente Andrés, que do além geográfico lhe enviara o homem que tentava não chorar enquanto recordava os momentos mais escabrosos da vida cubana de seu pai, o ex-judeu polonês Daniel Kaminsky, compelido a matar um homem.

Quando Elías pareceu recuperar a compostura, Conde não esperou mais e partiu para o ataque:

– Você há de imaginar que não entendi porra nenhuma... Afinal, ele matou ou não matou?

Agora Elías tentou até sorrir.

– Desculpe, é que sou muito chorão... E essa história de merda... Bom, é por isso que estou aqui.

– Não há por que se desculpar.

O pintor tentou recuperar o fôlego. Quando sentiu que era possível, falou:

– Ele me disse que não, que não o matou. Quando fugiu dali, ainda sem saber o que havia acontecido, estava com tanto medo que jogou a pistola de Pepe Manuel num rio. Claro, o Almendares, como o time de beisebol. Ele já sabia que nunca poderia matar aquele sujeito, disse. Odiava a si mesmo por se sentir um covarde.

– Mas o que aconteceu com Mejías?

Elías olhou diretamente para Conde, mas se manteve em silêncio por longos segundos.

– Foi morto naquela manhã – disse por fim. – As luzes que meu pai viu eram realmente de uma patrulha, porque uma hora antes a empregada encontrara o cadáver de Román Mejías na sala da casa.

Conde balançou a cabeça, negando algo recôndito mas evidente que sentiu necessidade de referendar com palavras.

– Não, não pode ser...

– Eu também penso assim. Pensava – corrigiu Elías. – E Roberto Fariñas pensava o mesmo. E a minha mãe... Quem vai acreditar que no dia em que ele tinha decidido liquidar esse filho da puta viesse alguém, uma hora antes, matasse Mejías e roubasse o quadro de Rembrandt? Difícil de engolir, não?

– É, difícil...

– Tem alguma coisa que não se encaixa e sempre me faz duvidar – começou Elías. – A história da pistola de Pepe Manuel é verdade. Minha mãe a viu. Estava com ele. Se você tem uma pistola ou um revólver, não é mais fácil matar um sujeito com dois tiros do que se atracar com ele, imobilizá-lo e depois cortar-lhe a garganta com uma faca? Um sujeito que, além do mais, poderia estar armado?

As perguntas mexeram com Conde, que havia se acomodado à lógica da história depois de ter visto ele mesmo o filme projetado na mente de Daniel Kaminsky por intermédio das palavras de seu filho.

– Ele foi degolado?

– Foi assim que o mataram. Degolado de uma forma que quase lhe arrancaram a cabeça. Havia sangue por todo lado.

— Como Judit fez com Holofernes?

Elías olhou para o lado antes de responder.

— Sim, como meu pai imaginava a rebeldia hebreia de Judit, e como na imaginação via sua irmã, também Judit, se salvar...

Conde objetou com veemência:

— Agora é que não entendo mais porra nenhuma – acrescentou Conde, para completar sua incapacidade de discernimento. Entendia, obviamente, que um filho levantasse as barreiras mais ilógicas para não se permitir acreditar que seu pai houvesse assassinado um homem, mesmo pelos motivos mais justificados. O que não se encaixava de nenhum modo era que esse mesmo filho viesse do fim do mundo, por vontade própria, remexer na merda diante de um desconhecido só para buscar um apoio que, claramente, não necessitava, pois acreditava ou queria acreditar no pai. E que até pagasse por esse apoio desnecessário. Não, alguma coisa não encaixava naquele jogo no qual, para maior fervor, surgiam no teatro da realidade cenas dos mitos bíblicos e da pintura barroca, além do suposto desinteresse por 2 milhões de dólares que poderia implicar a recuperação do quadro da discórdia. – Espere aí, explique bem o que aconteceu. Meu cérebro deve estar endurecendo.

— Amarraram as mãos de Mejías nas costas, enfiaram um lenço em sua boca e o despiram. Depois o mataram com um talho imenso no pescoço. Mas antes o cortaram em vários lugares, nos braços, na barriga, mais embaixo... Parece que foi uma coisa horrível, com muita fúria. No início se falou que haviam sido revolucionários, porque Mejías era funcionário do governo. Mas aquele jeito de matar parecia mais de um ladrão que tivesse sido surpreendido na casa e que primeiro o amarrou e torturou para descobrir alguma coisa, onde guardava o dinheiro, por exemplo, e no fim o matou para poder fugir, ou por medo de que Mejías o reconhecesse. Muitos ladrões não têm a intenção de matar ninguém, só matam quando não têm alternativa. Mas com Mejías foi demais... até o pênis... Claro, para o governo e a polícia era mais conveniente que parecesse uma vingança política; isso demonstrava o que aqueles revolucionários podiam fazer em seu desespero e sua falta de escrúpulos. E como, por algum motivo, quase não se falou do quadro roubado, foi essa a teoria que mais se difundiu.

— Tenho que perguntar ao Coelho se ele conhecia essa história. Eu nunca tinha ouvido.

— Se não foi meu pai quem matou Mejías – continuou Elías –, ao menos ele, sim, sabia que aquilo não devia ter relação com os combatentes clandestinos que estavam na cidade. Se iam matar alguém, tinham muitos outros para matar antes de Mejías, que até tinha sido útil a eles em casos como o de Pepe Manuel. A menos que ele tivesse enganado alguém, não é? O fato é que não encontraram impressões digitais nem outras pistas e nunca se soube quem matou Mejías. Meu pai me disse que, para ele, o assassino foi um ladrão surpreendido.

– Sim, está tudo muito bem, mas por enquanto eu não acredito, mesmo.

– Parece que Roberto Fariñas jamais acreditou também. Eu já disse, ele também sabia que não tinham sido os revolucionários. Porque era um deles, certo? Dois meses depois entraria em uma célula de combatentes clandestinos, dessas que faziam "ações e sabotagem", como eles diziam.

– Sim, eu sei. E sua mãe?

– O que ela podia dizer? Dizia que com certeza tinham sido ladrões. Tinha que parecer convicta, mas no fundo não estava.

– E você, o que acha? Por favor, diga a verdade... – Conde precisava tomar pé, procurar um ponto de apoio para depois continuar nadando.

– Eu não tenho a clareza necessária para entender esse assunto. Só conheço essa história, a que ele me contou. Desde que era criança comecei a desconfiar que havia algo obscuro no passado do meu pai aqui em Cuba, mas não tinha ideia do que podia ser. Até que um dia, há uns vinte anos, ele finalmente me contou essa história. E contou porque quis. Ou porque se assustou com o câncer de próstata. Na verdade, sempre senti que havia algo estranho em todo esse episódio da saída dos meus pais de Cuba em 1958, mas nunca teria me passado pela cabeça vir aqui e perguntar a Roberto Fariñas se ele sabia alguma coisa do passado de meu pai que... Durante anos pensei que ele tinha saído de Cuba por algo relacionado com Pepe Manuel.

– E o que aconteceu com Pepe Manuel?

O pintor olhou para Conde como se quisesse prepará-lo para a resposta:

– No mesmo dia em que mataram Mejías, Pepe Manuel se matou em Miami.

Conde sentiu que sua mente dava dois passos para trás a fim de assimilar a pancada.

– Ele se matou? Suicídio?

– Não, não, foi um acidente carregando um revólver. Ou é o que se supõe. Um tiro no pescoço.

– No mesmo dia?

– No mesmo dia – confirmou Elías Kaminsky. – Ao amanhecer, quase na mesma hora.

Conde, que tinha se esquecido até de fumar, acendeu um cigarro. O acúmulo de coincidências, de incongruências, de soluções fortuitas ou forçadas daquele relato era demais para ele. Quase podia sentir o caldo de suas elucubrações escorrendo pelas beiradas do seu pobre cérebro aguado e envelhecido.

– E o bendito quadro?– Perguntou Conde com seus últimos lampejos de lucidez.

– Não sei, e esse é o maior mistério em toda essa confusão. Vejamos: se meu pai tivesse matado Mejías e levado o quadro, onde diabos estaria enfiado até agora? Como é que outras pessoas o levaram a Londres para vendê-lo? Como é que essa gente tinha os certificados que meu avô conseguiu em Berlim em 1928 e que devem ter vindo com ele no *Saint Louis*?

– Você disse que não se falou do roubo do quadro? Para que parecesse uma vingança política?

– Meu pai me disse que quase não se falou do roubo. Talvez para alimentar a teoria da vingança política. Eu verifiquei os jornais de 1958 que noticiaram o assassinato de Mejías, e é verdade: no primeiro dia se fala de um quadro perdido, mas não se diz que era um Rembrandt. E um Rembrandt roubado sempre foi algo muito grave.

– Então, não se sabe se quem o matou roubou ou não o quadro?

– Eu diria que não... Que não roubou o Rembrandt.

Conde sorriu, vencido pelo tumulto de contradições.

– Elías, acho que é hora de entrarmos no seu carro, de você me deixar em casa e ir embora, para que eu possa pensar. Você percebe como é complicada essa história do seu pai? Que do jeito que você a conta não tem pé nem cabeça?

– Não se esqueça de que, bem ou mal, sou judeu. Não vou lhe dar cem dólares por dia de presente para você escutar minhas bobagens. Por ser uma história complicada é que preciso de sua ajuda.

– Certo... Mas volto a perguntar: o que exatamente você quer saber? E desculpe se insisto: o que quer saber vai ajudá-lo a recuperar esse quadro que agora vale mais de 1,2 milhão de dólares?

Elías Kaminsky olhou para os confins do parque através dos troncos rugosos dos chorões e das folhagens dos falsos loureiros. Mesmo naquele lugar, sentia-se o calor de setembro como um vapor envolvente, e Conde notou que a testa do pintor estava molhada de suor.

– Quero saber se meu pai me enganou dizendo que não matou esse homem, mas na verdade matou; o que eu entenderia. Sei que não é fácil confessar ter matado alguém, mesmo que seja um filho da puta como esse tal de Mejías. Mas sei que minha mãe morreu achando que sim, que ele tinha matado esse homem. No fim ela mesma me disse, no enterro do meu pai. E, pelo que sei, seu amigo

Roberto Fariñas pensava o mesmo. Mas eu quero duvidar. Não, melhor, quero acreditar nele. Especialmente depois que o quadro de Rembrandt apareceu em Londres. Porque, se meu pai matou aquele homem, com todos os motivos que tinha para isso, ele devia ter levado a pintura. Não podia deixar de levar. Era a memória da família, certo? Era fazer justiça. Mas outra pessoa ficou com o quadro, e agora não acredito que o assassino de Mejías, seja quem for, tenha levado o original de Rembrandt nesse dia. Mas, depois de muito pensar, estou quase acreditando que a pintura que estava na sala foi, sim, levada.

– Levaram ou não levaram? – Gritou Conde, e de imediato se arrependeu do rompante.

– Quero dizer que acho que sim, levaram, mas não era o original, como suspeitava Roberto. Todas as pinturas que estavam na sala de Mejías eram cópias muito benfeitas, e quem levou a cabeça do judeu pensou que era um original. Mas a autêntica deve ter ficado na casa de Mejías, escondida. Entende agora? Se foi isso que aconteceu, para a família de Mejías era melhor nem falar do roubo, não mencionar o Rembrandt e deixar que a polícia insistisse em assassinato político. Além do mais, isso explicaria o que deve ter acontecido com o Rembrandt autêntico: uma das filhas de Mejías, ou sei lá quem próximo da família, levou-o de Cuba em algum momento, com os documentos de autenticação de meu avô. Depois, a pessoa que tirou o quadro de Cuba o vendeu a alguém, talvez o próprio vendedor que agora pretendia leiloá-lo em Londres. Não é muita coincidência que vá a leilão depois dos meus pais morrerem? Há dois meses, quando fui a Londres, vi as cópias do certificado. Não há dúvida de que é o mesmo que meu avô Isaías obteve em Berlim em 1928, o mesmo papel que Mejías mostrou ao judeu Hadjú, o da Foto Rembrandt. Enfim, Conde, o que quero saber é a verdade sobre meu pai, seja qual for essa verdade. Quero saber quem ficou com o quadro que poderia ter salvado minha família e se beneficiou, ou pretende se beneficiar, com ele. E, se for possível, também quero fazer justiça e recuperar essa pintura que pertenceu aos Kaminskys durante trezentos anos. E não tenho a menor dúvida de que é aqui em Cuba que estão as chaves dessa história. Eu só conto com você para me ajudar a conseguir tudo isso. Como você vê, o que eu quero saber não vai me ajudar a recuperar o Rembrandt. Mas pode me ajudar a recuperar a memória do meu pai, talvez a fazer justiça.

Conde esmagou a guimba do cigarro na laje de cimento. Respirou fundo e dirigiu o olhar para os confins do parque, onde reinava a escuridão mais impenetrável. Nesse instante, teve a sensação de que, na realidade, estava olhando para dentro de sua mente e via apenas um caos de fragmentos desconexos dançando nas trevas.

– Por que não veio a Cuba antes, já que você é um pouco cubano?

Elías sorriu pela primeira vez depois de muito tempo.

– Exatamente por isso. Sou um pouco de coisas demais para alimentar todas elas. Como viajar para Cuba sempre foi complicado, era mais fácil adiar – disse. Já sem sorrir, acrescentou: – E também porque até agora tinha preferido não mexer na história que meu pai me contou. Mas o assunto do leilão...

– Isso eu já entendi – disse Conde. – Agora me ajude a entender outras coisas. Admitamos que seu pai não matou Mejías, está bem? Bem, então, por que fugiu de Cuba um mês depois?

– Medo. O mesmo medo que o fez jogar fora o revólver. Ele me disse que quando soube da morte de Mejías ficou meio enlouquecido. De medo. Ele se sentiu um covarde. Então começou a pensar nas coisas que não havia pensado. Por exemplo, na hipótese de que o velho Hadjú dissesse algo sobre suas perguntas a respeito do quadro. Ou que seu amigo Roberto, sabendo o que sabia, o delatasse. Eram coisas tão absurdas que minha mãe chegou a pensar que tinham fugido porque, na verdade, ele havia matado esse homem.

– Eu teria pensado o mesmo.

– E por que não levou o quadro?

Conde viu uma brecha e se jogou nela.

– E se ele matou Mejías, levou o quadro falso e depois o jogou fora quando percebeu o engano?

– Também tenho pensado muito nessa possibilidade. Mas por que não teria usado o revólver, por que o mataria com uma faca?

– Olho por olho, não é? Para fazê-lo sofrer. Para fazer o que fez Judit.

Conde explorava as possibilidades.

– E para que iria me contar uma história que não tinha que contar, só para me dizer uma mentira? Não, ele não era obrigado a me contar coisa nenhuma.

Mesmo estando nas cordas, Elías Kaminsky não se dava por vencido. Conde optou por tocar o gongo.

– Elías, você quer que alguém fuce um pouco e lhe diga, para sua tranquilidade espiritual, que seu pai não mutilou e matou um homem?

O pintor negou enfaticamente com a cabeça.

– Não, Conde, você está enganado. Eu acredito, tenho certeza de que ele não matou Mejías. Mas gostaria de ter uma certeza definitiva, e também saber o que aconteceu com o quadro de Rembrandt. Não posso ficar de braços cruzados enquanto alguém vira milionário com uma coisa que custou a vida de três parentes meus. E se buscando essa verdade descobrir que meu pai cometeu um crime, isso também serve para a minha tranquilidade de espírito, como você diz. Porque eu entenderia o que ele fez. E, pelo que pode ter feito, sempre vou perdoá-lo, apesar do quão terrível foi. O que não perdoaria era que tivesse enganado à minha mãe e a mim.

Conde suspirou.

– Você mesmo me disse que há coisas que é melhor não balançar.

– Ou que devemos balançar. Se elas não caírem, ótimo. Mas, se caírem, dane-se. O que eu quero, necessito, é a verdade. Por tudo o que lhe disse.

– A verdade? Pois a verdade é que neste momento não sei como ajudá-lo. Mas, se chegarmos a saber de alguma coisa e com isso você puder recuperar o Rembrandt, o que vai fazer com o quadro?

Elías Kaminsky olhou para seu interlocutor.

– Se eu recuperar a pintura, acho que vou doá-la para algum museu, não sei qual, talvez um que existe em Berlim sobre o Holocausto. Pela memória dos meus avós e da minha tia. Ou para a Casa de Rembrandt, ou melhor, o museu judaico de Amsterdã, em memória do sefaradi que levou a pintura para a Polônia e que ninguém sabe quem foi nem que diabos fazia no meio daquelas matanças de judeus. Ainda não sei o que faria porque é bastante improvável que o recupere. Mas é isso o que eu faria. Não quero esse quadro para mim, por mais que seja um Rembrandt, e muito menos o dinheiro que poderia conseguir com ele, por mais tentador que seja.

– Soa bem – disse Conde, tão dado a soluções românticas e inúteis, depois de avaliar por uns instantes os sonhos do pintor e calibrar os possíveis destinos propostos para aquele retrato de um jovem judeu muito parecido com a imagem cristã do Messias. – Vamos ver o que se pode fazer.

– Então, vai me ajudar?

– Quer saber a verdade?

– Sobre meu pai?

– Sim, evidente, há a questão da verdade sobre o seu pai. Mas eu estava falando da minha verdade.

– Se você quer me dizer qual é...

– Pois metade da minha verdade – começou Conde – é que eu não tenho nada melhor com que perder meu tempo, e tentar encontrar as razões de histórias como essa é uma atividade que me agrada. A outra metade é que você vai me pagar muito bem para fazer isso, e do jeito que está este país, e eu também, sabe,

não se pode desprezar tanto dinheiro. E a terceira metade da verdade é que gostei de você. Com todas essas metades dá para montar uma verdade bem grande e boa. E que até melhora com o pressentimento de que vamos chegar a alguma coisa. Mas antes temos que andar muito, não é? Aliás, já que vamos continuar nessa, você poderia adiantar uma parte do pagamento? É que estou na *fuácata*.
— *Fuácata*?
— Miséria, pobreza, pindaíba... É, na *fuácata*. Como Rembrandt, quando tomaram a casa dele com tudo que tinha dentro.

Na manhã de 14 de junho de 1642, Amsterdã desfrutou de um dos dias mais maravilhosos de seus breves e mal temperados verões. Aquela luz de prata, sempre perseguida por seus pintores, matizada pelos reflexos do sol no mar e nos canais que atravessam e envolvem a cidade, regozijava-se em seu encontro com os jardins, canteiros e vasos onde se espalhavam orgulhosas, alentadas pelo calor e pela luminosidade, as muito valorizadas tulipas que, desde sua chegada à cidade mais rica do mundo, competiam para alcançar os mais insólitos tons da escala cromática.

Mas naquele dia Rembrandt van Rijn, natural de Leiden, pintor e membro reconhecido da Guilda de São Lucas de Amsterdã desde 1634, não teve olhos para apreciar aquele espetáculo prodigioso de luz e cor. Trajando uma roupa negra, com botas altas e um chapéu também escuro, fez o trajeto de sua casa, no número 4 da Jodenbreestraat, a Rua Larga dos Judeus, até a gótica Oude Kerk, depois da pracinha e do mercado De Waag. Rembrandt seguia o andamento fúnebre da modesta carroça em que viajavam os restos daquela que havia sido sua esposa e musa mais solicitada, Saskia van Uylenburgh. Ao lado do pintor, como se essas companhias revelassem a essência do seu caráter heterodoxo, abriam o desfile três de seus melhores amigos: um era Cornelius Anslo, pregador calvinista da seita dos menonitas; outro, Menasseh Ben Israel, ex-rabino judeu e perito em cabala; e o terceiro, o católico Philips Vingboons, o mais procurado e bem-sucedido arquiteto da cidade.

Após as orações fúnebres, enquanto os coveiros depositavam o cadáver de Saskia van Uylenburgh no ossário da Oude Kerk, Rembrandt van Rijn chorou com toda a sua tristeza. A doença da jovem tinha sido longa, devastadora, e, embora Rembrandt soubesse que o estado de sua tuberculose fosse irreversível, por muitos meses contara com algo semelhante a um milagre: talvez Deus e a juventude de Saskia, juntos, pudessem conseguir a inesperada recuperação.

Mas dois dias antes tudo terminara, inclusive os sonhos e a fé nos milagres, e o homem não podia fazer outra coisa além de chorar.

Naquela mesma tarde, observando na solidão do seu estúdio o gigantesco e insólito retrato de grupo *A companhia do capitão Cocq*, que só aguardava os últimos retoques para rumar aos luxuosos salões do Kloveniersdoelen, sede da exclusiva sociedade dos arcabuzeiros, o pintor jurou que nunca mais choraria. Por motivo algum. Porque só havia uma coisa capaz de voltar a provocar-lhe o pranto: a morte de Titus, o único de seus quatro filhos com Saskia que sobrevivera. E Titus não morreria, pelo menos não antes dele, como exigia a lei da vida. E, se a vida o obrigasse a ver a morte de Titus, em vez de chorar amaldiçoaria Deus.

Aquele homem tocado pela genialidade, premiado com o espírito do inconformismo perene, buscador incansável da liberdade humana e artística, embora assolado por mais fracassos e frustrações do que merecia a sua passagem pelo mundo, pôde manter sua promessa durante anos, até que a vida voltou a abalá-lo com uma força miseravelmente empenhada em derrubá-lo. Então, Rembrandt van Rijn, tão esgotado, não teve força para cumprir o juramento que fizera a si próprio. Antes de morrer, ele teria de chorar mais quatro vezes.

Porque Rembrandt chorou na tarde de 1656 quando, vencido pelas pressões dos credores, teve de declarar falência e abandonar a sua querida casa no número 4 da Jodenbreestraat, enquanto os membros do Tribunal de Insolvências Patrimoniais faziam o inventário de todos os seus pertences, obras, lembranças, objetos, acumulados durante anos, para serem liquidados em leilão público em benefício de seus credores.

Voltaria a chorar na noite de 1661, quando os altos dignitários da prefeitura de Amsterdã, sem pagar um centavo pelo trabalho solicitado, recusaram, por considerá-la imprópria, rude e até mesmo inacabada, sua peça *A conspiração de Claudius Civilis*, uma obra-prima dedicada a celebrar o lendário nascimento do país nos tempos do Império Romano e capaz, por si só, de revolucionar a pintura do século XVII e fazê-la avançar duzentos anos. Tamanho era o jejum de encomendas a que estava condenado, por ser considerado um artista fora de moda e tosco em suas realizações, que, nos últimos cinco anos, só lhe haviam pedido dois trabalhos: *A lição de anatomia do doutor Deyman* (um arremedo daquela dedicada ao doutor Tulp) e *Os síndicos da Guilda dos Drapers*. Por isso, impelido a obter algum dinheiro pela obra recusada, o pintor tomou a terrível decisão de cortar a tela maravilhosa e tentar vender pelo menos o fragmento em que aparecem, atrás de uma taça de vidro, três personagens fantasmagóricos, de órbitas escuras, como se estivessem vazias: a única parte da peça que sobreviveria e que bastaria para imortalizar o pintor. Qualquer pintor.

O homem voltaria a chorar em 24 de julho de 1663, quando deixou em um túmulo da Westerkerk o cadáver de Hendrickje Stoffels, a mulher que o acompanhara durante quase vinte anos, que lhe dera amor, uma filha, o modelo para alguns de seus quadros mais famosos e ousados e, acima de tudo, conseguira o milagre de fazê-lo voltar a rir, e por tantas vezes como ele nunca pensara que fosse possível.

E, quando já não lhe restavam forças sequer para amaldiçoar a Deus, teria de chorar outra vez em 7 de setembro de 1667, quando, *contra natura*, viu morrer seu filho Titus, quinze dias antes de completar 27 anos de idade. Tanto chorou essa morte que apenas um ano depois ele também morreria, lamentando o macabro atraso do Criador. Pois, se existia justiça divina, devia tê-lo levado alguns anos antes, para evitar-lhe, ao menos, os dois últimos motivos de suas lágrimas.

Se os eventos mais devastadores que lhe provocariam o pranto depois daquela promessa feita a si mesmo em 1642 foram a morte da querida Hendrickje e a de seu amado Titus, o mais dramático deve ter sido a mutilação daquela que parece ter sido a mais explosiva e atrevida de suas criações, mais, muito mais até, do que *A companhia do capitão Cocq*, e que se tornaria uma das obras mais célebres da história mundial da arte, com o nome impróprio de *A ronda noturna*. Porque nesse dia Rembrandt também chorou a morte da liberdade.

O mais vulgar, miserável, agressivo e lamentável de seus motivos de pranto, contudo, foi o da sua expulsão da própria casa por falta de pagamento e a amputação de sua memória pela perda dos pequenos e múltiplos tesouros de que ele se fazia acompanhar ao longo da vida: objetos exóticos vindos de todos os cantos do mundo conhecido, pedras, caracóis, mapas e lembranças das quais só ele sabia a razão pela qual haviam chegado a sua casa e ali permanecido. Também teve de vender em leilão a coleção de gravuras e águas-fortes de Andrea Mantegna, os Carraccis, Guido Reni e José de Ribera, gravuras e xilografias de Martin Schongauer, Lucas Cranach "O Velho", Albrecht Dürer, Lucas van Leyden, Hendrick Goltzius, Maerten van Heemskerck e flamengos e coevos como Rubens, Anton van Dyck e Jacob Jordaens; perdeu as xilografias realizadas com base em Ticiano e três livros impressos de Rafael, bem como diversos álbuns estampados pelos mais conhecidos gravadores nórdicos. Rembrandt teve de entregar aos abutres do Tribunal de Insolvências até os próprios *tafelet*, aqueles cadernos de esboços pictóricos que haviam se tornado tão populares e consultados entre os artistas do país.

— Dizem os biógrafos que Rembrandt, usando um capuz para não ser reconhecido, assistiu ao primeiro leilão público de seus bens. Afirmam que num canto do salão principal do hotel Keizerskroon, na Kalverstraat, observando a desanimada luta pelos objetos que faziam parte de sua vida, embora tivesse motivos de sobra para chorar, dessa vez Rembrandt conseguiu se conter. O pobre homem estava na miséria, na *fuácata*. O foda é que só com o que vale hoje o seu *tafelet* ele poderia ter comprado cinco casas como a que perdeu. — Elías Kaminsky deu dois puxões em seu rabo de cavalo e afinal ligou o carro, que avançou pelas ruas escuras de Havana, a cidade onde seu pai havia sido mais feliz e mais infeliz.

Na última vez em que se sentaram para beber uísque no antigo escritório do doutor Valdemira, haviam chegado, entre outros, ao fundo da garrafa de um Ballantine's reserva que, ainda sem saber, o já falecido Rafael Morín — até esse momento supostamente vivo e, por isso, ainda marido oficial de Tamara — havia lhes deixado de herança. Aqueles tragos com aroma de madeira e um dourado intenso os ajudaram a derrubar as últimas inibições dela e prevenções policiais dele, a impulsionar suas encistadas ansiedades humanas e seus desejos mais animais. Com o gosto do Ballantine's na boca foram para a cama, para que ele realizasse seu mais velho e persistente sonho erótico e ela, a liquidação de uma pesada dependência marital que quase a asfixiava. Ambos sentiram que o ato de acoplamento, muito nervoso apesar do álcool, implicava bem mais que uma resolução física. Acarretava — acarretou — toda uma libertação espiritual que a revelação da morte do marido terminou de selar.

A partir de então a vida dos dois começou a mudar, em muitos sentidos: uma libertação foi levando a outra e, enquanto ela por fim encontrava a si mesma e se transformava num ser individual, com capacidade de exercer seu arbítrio sem a perseguição da sombra opressiva de Rafael Morín, ele começou a se afastar do que havia sido durante muitos anos, e exatamente nove meses depois renasceria, ao abandonar a polícia e tudo que esse vínculo implicava.

Desde aquela época o país onde viviam também mudara, e muito. A ilusão de estabilidade e de futuro ruiu depois da queda de muros e até de Estados amigos e irmãos, e logo depois vieram aqueles anos escuros e sórdidos do início da década de 1990, quando as aspirações se reduziram à mais vulgar subsistência. A pobreza coletiva, a *fuácata* nacional... Com a acidentada recuperação posterior, o país não pôde voltar a ser o que havia pretendido. Do mesmo modo que eles também não poderiam mais sê-lo. O país ficou mais real e mais duro, e eles, mais desencantados e cínicos. E também ficaram mais velhos, sentiram-se mais cansados. Mas, acima de tudo, alteraram-se duas percepções: a que o país tinha deles e a que eles tinham do país. Aprenderam de muitas maneiras que o céu protetor em que os fizeram acreditar, pelo qual trabalharam e sofreram carências e proibições em prol de um futuro melhor, estava tão desbaratado que nem sequer podia protegê-los como fora prometido, e então olharam com distanciamento para um território despedaçado e impróprio e se dedicaram a cuidar (é um jeito de dizer) da própria vida e sorte, e da vida e sorte de seus entes mais próximos. Esse processo, à primeira vista traumático e doloroso, foi, na verdade e em essência, libertador, de um lado e de outro. Do lado deles, introduziu a certeza de saber que afinal estavam muito mais sozinhos, mas também o benefício de sentir que, ao mesmo tempo, eram mais livres e donos de si mesmos. E de suas pindaíbas. E de sua falta de expectativas em relação a um futuro que, para deixar tudo mais sombrio, sabiam que seria pior.

A luta pela sobrevivência em que se empenharam ao longo desses anos, quase vinte, havia sido tão visceral que muitas vezes só aspiravam a deslizar da melhor maneira possível sobre a turva espuma dos dias. E chegar ao dia seguinte. E começar de novo, sempre do zero. Nessa guerra de vida ou morte se endureceram e tiveram de esquecer códigos, gentilezas, rituais. Não houve tempo, espaço nem possibilidades para as sofisticações da nostalgia, só para enfrentar a Crise, que Conde sempre evocava assim, com inicial maiúscula. Mas, quando o esquecimento se julgava vitorioso, muitas vezes a memória, com sua inconcebível capacidade de resistência, saía à tona agitando seu lenço branco.

Antes de chegar à casa de Tamara, Conde fizera uma importante escala, já com a intenção muito acalentada de festejar a capacidade de resistência da memória e repetir um rito fundamental. Com o dinheiro que ganhara comprou uma garrafa de uísque, quadrada, de rótulo sóbrio e preto. Com essa garrafa em uma mão, a bandeja com os melhores copos e o gelo na outra, Conde seguiu rumo ao antigo escritório do pai de Tamara, onde o ar-condicionado já estava ligado ao máximo, com seu ronronar aprazível, satisfeito pela vitória sobre o calor da noite de setembro.

Sentados nas envolventes poltronas de couro já gastas pelo uso, ao lado de uma lareira que jamais vira arder o fogo, Mario Conde e Tamara Valdemira tomaram seus drinques como se não houvessem transcorrido vinte anos desde a última vez em que o fizeram naquele lugar, e com uísque, mas cientes de que havia se passado esse tempo dilatadíssimo desde aquela noite libertadora. E se reconheceram felizes, pois, apesar de todos os pesares, os dois continuavam ali, juntos.

Lá fora começou a cair uma chuva cortada por relâmpagos. Eles, a salvo de qualquer inclemência externa, beberam em silêncio, como se não tivessem nada para dizer, mas, na verdade, não precisavam falar porque já haviam dito tudo. Os anos e as pancadas da vida lhes ensinaram a aproveitar plenamente os instantes em que o prazer era possível, para depois, avaros, jogarem essa efêmera sensação de vida desfrutada no mealheiro dos ganhos indeléveis, um recipiente translúcido como a memória e que sempre podia se quebrar caso viessem tempos piores, quando haveria até mais razões para chorar. E eles também sabiam que essa era uma possibilidade permanentemente à espreita. Mas estavam ali, tenazes, bebendo, trancados por vontade própria entre as muralhas erguidas para proteger o melhor de sua vida, seus únicos pertences inalienáveis.

Bebido o segundo trago, os dois se fitaram nos olhos com intensidade, como se quisessem ver algo escondido além das pupilas do outro, em alguma prega remota da consciência. Como se tudo que representavam um para o outro estivesse nos olhos. Deixando de lado as montanhas de frustrações, os mares de desenganos, os desertos de abandonos, Conde encontrou atrás daqueles olhos o oásis gentil e protetor de um amor que lhe era ofertado sem exigência de compromissos. Tamara deparou, talvez, com a gratidão do homem, com seu assombro invencível ante a certeza de que algo inestimável lhe pertencia e completava.

De mãos dadas, como dezenove anos antes, subiram as escadas, entraram no quarto, e com menos pressa e mais pausas que antes, refugiaram-se na segurança do amor.

Lá fora o mundo se desmanchava na chuva e nas descargas elétricas, no caos e na incerteza que sempre prenuncia a chegada do Apocalipse. Ou talvez de um messias.

11

Miami, 1958-1989

Daniel Kaminsky teve de esperar até o mês de abril de 1988 para transformar em realidade, imortalizada numa foto, o sonho mais permanente e acalentado de sua vida.

Na verdade, Daniel nunca fora o tipo de homem que pudesse ser considerado um sonhador. Seu próprio filho, Elías, sempre o vira como o contrário: um pragmático essencial, disposto a tomar as decisões concretas que cada momento exigia, dono de uma proverbial capacidade de adaptação ao meio, uma habilidade que lhe servira para viver em Cuba como um cubano comum e depois recuperar em Miami sua condição de judeu, sem nunca renunciar à de cubano, salvando do naufrágio do isolamento, assim, as duas metades de sua alma, sempre em litígio, mas a partir de então imersa num insuperável lamento pelo mundo buliçoso que havia perdido.

No entanto, esse mesmo homem capaz de se programar com doses iguais de frieza e paixão vivera durante quase quarenta anos com aquele sonho romântico alojado na mente, e o mantivera palpitante durante todo esse tempo, dando-lhe matizes, cores, palavras, totalmente convencido, ainda, de que o sonho se materializaria antes de receber o chamado da morte, ou da *pelona*, como dizia quando falava em cubano com seu filho Elías e contava, antes e depois de tirar a foto, e sempre como se fosse a primeira vez, as vicissitudes de uma velha ilusão conservada no melhor recanto de seu baú de esperanças. Por isso, na tarde de abril de 1988, quando por fim ia poder comemorar a concretização do desejo, Daniel Kaminsky se preparou com o esmero que lhe proporcionava a experiência de já ter feito isso infinitas vezes em sua imaginação. Pôs na cabeça o velho gorro preto, já bastante desbotado, com o M amarelo desfiado – o mesmo que comprara em 1949 numa loja do então recém-inaugurado Gran Stadium de Havana. No bolso de cima da *guayabera* branca pôs o cartão-postal, conservado num saco plástico. E, por fim, depois de acariciar por uns instantes a bola com o couro manchado pela erosão do tempo, colocou-a no bolso direito da calça larga de musselina listrada, de onde tinha a habilidade de tirá-la com a mesma rapidez e destreza com que os caubóis puxavam a *Colt* 45 nas pradarias poeirentas do Velho Oeste nos filmes que via no palácio das ilusões que para ele havia sido o cinema Ideal, na Havana Velha.

Era tamanha sua empolgação que apressou várias vezes o filho, Elías, e a mulher, Marta. Vinte minutos antes da hora prevista para saírem ele já estava pronto, e até sentado no lugar do passageiro do Ford 1986 que dois anos antes dera de presente ao filho, quando este concluíra seus estudos de design gráfico na Florida International University. De sua posição no carro estacionado ao lado do jardim, observou a casa de dois andares: um pórtico com arcos espanhóis e sanefas *art déco* sempre destacadas em branco sobre um fundo mais escuro; uma construção que tinha certa semelhança com as edificações do bairro havanês de Santos Suárez, onde havia vivido aqueles que sempre considerara os melhores anos de sua vida. Daniel Kaminsky havia morado nessa mesma casa da esquina da 14th Street com a West Avenue desde que saíra de Cuba, em maio de 1958, e decidira se estabelecer em Miami Beach, levado por seu olfato premonitório e por sua sensibilidade a seguir os rastros dos velhos judeus provenientes, sobretudo, dos estados do norte da União em busca do sol da Flórida e de preços mais baixos para alugar e comprar. Aquela era a casa onde seu filho nascera, em 1963, e o lugar onde sofrera todos os desassossegos que o acompanharam no processo de reconstrução de sua vida, intempestivamente tirada da órbita. Daquela casa havia saído muitas vezes para caminhar à beira-mar, na vizinha – e, na época, quase despovoada – West Avenue, arrastando a certeza de sua solidão e sentindo-se desamparado como nunca, para pensar nos modos possíveis de se encontrar numa cidade que parecia um acampamento transitório e onde seu espírito gregário não teria, durante meses, o consolo de contar com um amigo sequer. E nunca mais com o calor e a cumplicidade de companheiros como os que tivera em Cuba. Também fora dentro daquela casa, sentado em frente a Marta Arnáez, que avaliara suas poucas possibilidades e tomara a terceira decisão mais importante de sua vida: a de voltar ao rebanho e viver de novo como judeu, procurando, ao retomar esse pertencimento ao qual renunciara vinte anos antes, encontrar uma solução não mais para os conflitos de sua alma, mas para as prementes exigências de seu corpo. Daniel Kaminsky precisava garantir, para ele e sua família, um teto onde se abrigar, uma cama onde repousar e duas refeições por dia para poder seguir em frente. E a aproximação com sua tribo surgiu como a mais ardilosa mas natural e melhor das alternativas.

Evidentemente, também havia sido nessa casa, construída em 1950 com muitos dos atributos do estilo dos quais a arquitetura de praia de Miami se apropriara, o lugar onde mais vezes alimentara o invencível sonho, nascido em Cuba mais de trinta anos antes e que naquela tarde por fim se transformaria em realidade: apertar a mão do grande Orestes "Minnie" Miñoso e pedir-lhe que assinasse um cartão-postal com sua foto, impressa pelo Chicago White Sox para aquela que seria a fabulosa temporada de 1957 do Cometa Cubano (21 *homeruns*, 88 corridas impulsionadas), e a bola que, quando era jovem e tinha a pele lisa e brilhante, fora lançada para fora dos limites do Gran Stadium de Havana por um dos arremessos do jogador numa partida do clube Marianao contra os Leones de Havana, no inverno de 1958: a bola que naquele mesmo dia Daniel tivera a sorte de comprar por dois pesos do rapaz que a perseguira com mais empenho e conseguira pegá-la.

O jovem Elías Kaminsky, que já havia decidido tentar a sorte como aluno numa academia de arte em Nova York, onde concluiria sua formação técnica e intelectual, sentiu-se recompensado pelas voltas do destino que lhe permitiriam ser testemunha desse acontecimento memorável. Desde que tivera notícias da homenagem que prestariam na cidade a Orestes Miñoso, que anunciava o fim de sua extensa carreira esportiva, iniciada com todo o brilho em Cuba, continuada nos Estados Unidos e concluída a uma idade mais que exagerada em terrenos mexicanos, o jovem decidira que aquela seria a melhor oportunidade para que seu pai realizasse o sonho de que lhe falara tantas vezes. Elías imediatamente comprou os três lugares que garantiam a presença no banquete de homenagem e correu para dar a notícia ao pai.

Quando os Kaminskys chegaram ao salão-restaurante do clube Big Five, lugar preferido dos cada vez mais endinheirados cubanos de Miami para seus eventos sociais, o lendário Miñoso ainda não havia aparecido. "Melhor", sussurrou Daniel, e se postou ao lado da porta, depois de verificar pela enésima vez se o boné preto do Marianao estava no lugar, o cartão no bolso da *guayabera* e a valiosa bola na calça.

Para contribuir com o ansiado, embora manifesto, ambiente de nostalgia, ouvia-se pelos alto-falantes do salão uma prodigiosa seleção de chá-chá-chás, mambos, *sones*, boleros e *danzones* famosos na Cuba da década de 1950. Periodicamente o espaço era ocupado pelo chá-chá-chá de Miñoso ("Quando Miñoso rebate de verdade, a bola dança chá-chá-chá"), eternamente interpretado pela Orquestra América, mas cada nova peça que se ouvia era imediatamente identificada pela agressiva nostalgia de Daniel Kaminsky, que sussurrava ao filho o nome do executante: Benny Moré e sua banda, Pérez Prado, Arcaño y sus Maravillas, o Conjunto de Arsenio, Barbarito Díez e a orquestra Aragón, La Sonora Matancera de antigamente, a de verdade, com Daniel Santos ou Celia Cruz ao microfone...

Quinze minutos depois da hora anunciada para o início do evento, o interminável Impala preto 1959 onde viajava o jogador parou diante do lugar lotado de velhos cubanos e transbordante de reminiscências amorosas e ferozes de uma vida perdida que (apesar do sucesso econômico de muitos dos emigrados) todos achavam melhor e nunca deixara de atiçar suas saudades nem de alimentar seu rancor. Sem pensar duas vezes, Daniel Kaminsky ajeitou mais uma vez o boné preto, pegou o cartão com uma das mãos, a bola com a outra e, como lhe pareceu depois, com uma terceira mão puxou a caneta Paper Mate de prata e avançou rumo à realização de seu sonho...

Dias depois, tão logo impressa numa cartolina de 20 x 35 centímetros, a foto tirada pela Minolta de Elías Kaminsky estava emoldurada. A imagem escolhida captava o instante em que Orestes Miñoso, mostrando num sorriso seus dentes branquíssimos herdados dos ancestrais africanos, apertava a mão do judeu polonês – quase careca, bastante barrigudo e com um nariz em forma de bico de corvo – enquanto este jurava que era seu admirador mais antigo e fervoroso. Assim como o cartão autografado e a bola que Daniel pedira que dedicasse "Ao amigo José Manuel Bermúdez", guardados ambos em pequenas urnas de vidro fabricadas especialmente para esse fim, a partir de então a foto ficaria na mesinha de cabeceira de Daniel Kaminsky. Primeiro ao lado da cama em sua casa de Miami Beach, depois na do apartamento da residência geriátrica de Coral Gables, sempre lhe fazendo companhia, tornando mais suportáveis suas nostalgias e culpas, seu medo da morte, até o dia primaveril de 2006 em que o ancião se fora deste mundo sem escalas rumo ao inferno. Porque, como ele bem sabia e diria várias vezes ao filho: embora não tivesse concretizado a execução do homem que estivera disposto a matar, para sua alma de herege não haveria sequer o consolo de passar uma temporada no *sheol*, aonde, diziam, iam os espíritos dos judeus piedosos, observadores da Lei.

Não poderia ter sido diferente: ao chegar a Miami, depois de se instalarem num modesto hotelzinho da praia, a primeira visita que Daniel Kaminsky e Marta, ainda Arnáez, fariam seria ao cemitério católico da Flagler com a 53th Street, onde um mês antes havia sido enterrado o cadáver do amigo José Manuel Bermúdez.

No trajeto para o North West, Marta pedira ao taxista venezuelano que os levava que fizesse uma escala em uma floricultura, onde comprara um grande buquê de rosas vermelhas. No cemitério, os recém-chegados descobriram que atrás de seus muros só havia lápides de mármore e granito colocadas diretamente sobre as valas cavadas na terra e identificadas com um nome, algumas vezes com uma cruz. Quando acharam o local onde descansava o amigo, ficou evidente que os parcos recursos dos companheiros de luta de Pepe Manuel, encarregados de pagar o terreno onde o jovem fora enterrado, só deviam ter conseguido comprar o espaço e uma pequena, quase vulgar, laje de granito fundido, com o nome, as datas de nascimento e morte e uma cruz cristã gravados com tinta preta. O túmulo de um esquecido, enterrado em terra estranha. Marta, sem conseguir conter o choro, deixou as rosas vermelhas sobre a lápide e se afastou alguns metros, como se quisesse fugir do absurdo perverso daquela morte inconcebível. Daniel Kaminsky, sozinho diante da terra arenosa que ainda conservava as marcas de seu movimento recente, teve então a mais avassaladora sensação de desamparo que já sofrera em sua complicada existência. O vazio provocado pela morte daquele homem bom caiu sobre o estado de desorientação e a pesada tristeza que já o acompanhavam e lhe revelou a medida exata de todas as perdas que acumulava naquele instante e naquele lugar, e também do esforço que lhe exigiria redesenhar sua vida. Com José Manuel Bermúdez, ou Pepe Manuel, ou Calandraca, o polonês reexilado havia perdido não só um amigo: aquela morte prematura funcionava como uma lobotomia da melhor parte de sua memória, pois desaparecia a testemunha e o comentarista de milhares de lembranças compartilhadas, fiapos de reminiscências comuns que se desvaneceriam. Ou, na melhor das hipóteses, nunca mais seriam as mesmas se, ao evocá-las, não pudesse perguntar a Pepe Manuel se não se lembrava de outro detalhe para, com a resposta sempre afirmativa, entrar mais uma vez na gentil morada da cumplicidade e de vidas compartilhadas. Por isso, sem saber como nem quando poderia fazê-lo, prometeu naquele momento à imagem revivida do amigo morto que lhe compraria uma lápide decente, sob a qual pudesse esperar a ressurreição dos justos que, sem dúvida, aquele homem íntegro merecia.

Nos primeiros dias que passaram no hotelzinho de Miami Beach onde haviam alugado um quarto, Marta e Daniel analisaram muitas vezes suas perspectivas. O dinheiro com que contavam, quase todo dado pelo galego Arnáez, seria suficiente para pagar alguns meses de aluguel e sustentar-se enquanto não arranjassem emprego, ou até que vendessem a casinha de Santos Suárez e o Chevrolet. O maior problema, porém, estava nas maneiras possíveis de se orientar naquele mundo desconhecido, e por isso começaram a tatear pelos mais próximos pontos de apoio visíveis em seu horizonte: os cubanos e, por uma predisposição genética de Daniel, os numerosos judeus estabelecidos em Miami.

Logo descobririam, para sua decepção, que nenhum desses caminhos oferecia expectativas muito animadoras. A pequena colônia de cubanos que aportara na jovem e esparramada cidade era composta, em sua maioria, por gente que preferira ou se vira forçada a sair da ilha devido à repressão policial comandada por Batista e seus testas de ferro. Muitos daqueles párias viviam numa precária transitoriedade, só esperando a ansiada e apoiada queda do regime. A comunidade judaica, por sua vez, era uma espécie de asilo de velhos aposentados numa excursão à praia. Provenientes dos estados do norte, atraídos pelo calor e pelos baixos preços dos imóveis naquela cidade remota, fantasiavam-se com camisas tropicais coloridas e chapéus de fibra vegetal, pois só aspiravam a passar em paz, sem frio e sem muita despesa, seus últimos anos de vida. Não obstante, para observar melhor o ambiente, Daniel e Marta começaram a frequentar os ambientes sociais onde se reuniam cubanos e judeus, apesar das poucas esperanças que aquelas pessoas lhes proporcionavam, com suas preocupações regidas exclusivamente pela política ou pelo estado das contas bancárias.

Impedindo uma rápida e satisfatória reinserção estava, além da precariedade econômica e da falta de contatos úteis, o conhecimento limitado que ambos tinham do idioma inglês, sem o qual era impossível arranjar um emprego em suas respectivas profissões de contador e professora. Mas Daniel Kaminsky era um lutador teimoso e conhecia todas as estratégias de sobrevivência. E a primeira delas consistia na capacidade e na disposição de adaptar-se ao meio, conhecê-lo e depois penetrá-lo. Por isso, após as semanas de estupor inicial, decidiu que ambos se matriculariam num curso para aprofundar e aperfeiçoar seu domínio do inglês. Ao mesmo tempo, recebido o dinheiro da venda do Chevrolet, deixaram o hotel e alugaram a casa na 14th Street com a West Avenue, propriedade de um judeu nova-iorquino que, pelo que havia dito, estava disposto até a vender o imóvel se lhe dessem de entrada cinquenta por cento do preço estabelecido.

Foi durante um ato em memória das vítimas do Holocausto, e graças à oportuna invocação do sobrenome Brandon mencionado ao velho judeu ucraniano Bronstein, dono da maior *grocery store* da praia, que Daniel conseguiria os primeiros empregos que ambos teriam na cidade: Marta como empacotadora das mercadorias vendidas na loja e ele como auxiliar do dono. Se aquele trabalho, quase o mesmo que ele fizera vinte anos antes na doceria havanesa de Sozna, significava um retrocesso dramático para Daniel, para Marta Arnáez, nascida em berço de prata graças ao trabalho quase escravo de seu pai galego, aquela opção constituía uma dolorosa degradação que ela enfrentou com a firme decisão de resistir, mas com a dignidade ofendida. O pior não era se verem obrigados a recorrer a empregos simples e mal remunerados para ganhar a vida; tinham certeza de que esse primeiro degrau seria transitório e em algum momento o superariam, principalmente naquele país em expansão e cheio de possibilidades. O drama, principalmente para Marta, foi aceitar que se transformara, de um dia para o outro, em cidadã de segunda ou terceira categoria, por sua patente e nunca antes imaginada condição de imigrante, latina, proletária pobre e católica, e por ser obrigada a se sentir servidora, mandada, condenada a passar muitas de suas horas a serviço de judeus burgueses que gostavam de deixar explícitas as inferioridades sociais e econômicas da bela cubana. Para Daniel, em contrapartida, a principal dificuldade foi tentar encontrar a si mesmo num território agreste, onde parecia impossível harmonizar seu espírito gregário, formado e alimentado pelo ambiente havanês. Naquela cidade as pessoas viviam trancadas em casa, todo mundo andava de automóvel, só se pensava no trabalho ou na grama do jardim e não havia um estádio como o de Havana aonde ir para se divertir e gritar, não existia uma rua cheia de luzes, gente, música e luxúria como o Paseo del Prado nem sequer passavam ônibus pelas ruas. E, o mais doloroso, lá ele não tinha nenhum amigo. Era também uma cidade onde imperava um silêncio vazio de conotações e onde o medo provinha da circunstância terrível de não ter dinheiro para pagar as *bills*.

Essa profunda alteração na vida deles provocaria em Daniel um pungente sentimento de culpa. O simples fato de ver Marta voltar para casa pouco antes da meia-noite, exausta após um dia de trabalho e várias horas dedicadas ao estudo do inglês, obrigava-o a lembrar os imprevisíveis encontros e decisões que os haviam levado a essa penosa circunstância. Então, como seu filho Elías pensaria mais tarde, com toda certeza Daniel Kaminsky deve ter sentido que seu drama era muito mais lamentável por causa do absurdo que o sustentava: ele estava fugindo do que pretendera fazer, não do que havia feito.

Nas longas jornadas de trabalho na mercearia, enquanto carregava sacos que o faziam recordar os de farinha que havia empilhado em La Flor de Berlín, Daniel Kaminsky dedicou dias e semanas a pensar nos caminhos pelos quais poderia chegar à construção de uma nova vida. Custou muito a se acostumar com a ideia de ter de viver numa cidade e num país que se revelavam muito mais distantes e alheios do que sempre fora a cálida Havana de seus dramáticos anos de recém-

-chegado, quando sentiu cair em suas costas a solidão sideral em que o deixara a ausência, talvez permanente, de sua família. Se os golpes recebidos e o ambiente propício de Havana o haviam levado, naquele momento, a tomar a decisão de deixar de ser judeu e livrar-se do peso de sua condição e suas leis, agora, enquanto pesava e equilibrava suas árduas possibilidades de ascensão e pertencimento, começava a pensar com muita seriedade na antes inimaginável eventualidade de voltar ao rebanho – como em sua época fizera o mítico Judá Abravanel, que, depois de se batizar para salvar sua vida e a dos seus, reassumiu a Lei mosaica quando julgou seguro e conveniente. Afinal, ele, Daniel Kaminsky, havia renunciado à sua religião por vontade própria: agora, outra vez graças a essa vontade, optaria pelo regresso. Era para isso que servia o livre-arbítrio do homem.

Em janeiro de 1959, derrotado e posto para correr o general Batista pelos revolucionários que o combatiam nas montanhas e nas cidades da ilha, a pequena comunidade cubana de Miami sofreu uma drástica transformação que complicou ainda mais a adaptação dos Kaminskys. Enquanto os exilados políticos lá assentados retornavam ao país, chegavam à cidade do sul da Flórida os personagens mais nefastos da cúpula batistiana, quase todos ligados a atos de corrupção, repressão, tortura e morte. Daniel e Marta, que antes haviam tido uma relação cordial, embora não muito estreita, com os exilados cubanos, não fizeram a menor tentativa de se aproximar dos novos refugiados. Pelo contrário, decidiram ficar longe deles, confiantes de que o governo do país expulsaria alguns daqueles assassinos que, segundo diziam, estavam em Miami por uma temporada, porque antes do fim do ano tirariam os rebeldes do poder e voltariam para a ilha.

O empurrão que faltava a Daniel Kaminsky para acelerar sua aproximação com os judeus da cidade foi dado pela conjuntura que mudou de maneira radical o caráter do exílio cubano. Em julho de 1959, diante do rabino que chegara de Tampa para oficiar num salão de Miami Beach improvisado como sinagoga, Daniel Kaminsky recuperou seu quipá, seu *talit* e, ao menos formal e publicamente, os princípios de sua religião. E também, como ele mesmo fizera no momento decisivo de sua vida em que aceitara o batismo cristão, convenceu a católica Marta Arnáez, agora Kaminsky, a se converter ao judaísmo. Na tarde de novembro de 1960 em que Daniel e Marta quebraram juntos, ao pisá-las, as taças de vidro diante de um rolo da Torá, o reconvertido pensou que tio Joseph Kaminsky teria gostado de assistir àquela cerimônia. Teria se importado muito pelo fato de Marta ser gentia, e não uma das jovens judias de sangue puro com a qual, se a tomasse por esposa, Daniel conservaria íntegra, de corpo e alma, a condição de seus possíveis rebentos? Ou daria no mesmo para o velho e querido

Pepe Carteira, unido por vínculo legal com uma negra cubana e pai também legal de um mulatinho havanês improvisador de versos? Seriam todos eles hereges irrecuperáveis?

Para Daniel, e mesmo para Marta Kaminsky, foi um sopro de esperança a tumultuosa chegada a Miami Beach de dezenas, centenas e em pouco tempo milhares de judeus saídos de Cuba, empurrados pelo medo do regime comunista que o olfato treinado daqueles homens percebeu com nitidez no ar de Havana. Se na segunda metade de 1959 haviam começado a aparecer alguns dos membros mais ricos da comunidade judaica havanesa (Brandon, que era rico, transferiu-se diretamente para Nova York, onde já tinha negócios), entre 1960 e 1961 chegaram todos os outros, a maioria deles pobre ou subitamente empobrecida pelas perdas sofridas ao sair da ilha. Embora judeus, mais ou menos praticantes, quase nenhum muito ortodoxo, os recém-chegados eram sobretudo cubanos, felizmente de uma espécie diferente daqueles personagens próximos a Batista dos primeiros tempos, sujeitos obscuros que, para alívio dos Kaminskys, haviam se estabelecido em South West e Coral Gables.

Embora a ideia de retornar a Cuba começasse a ser acalentada pelo casal, os crescentes temores do galego Arnáez em relação a um futuro ainda não muito claro e o silêncio de Roberto Fariñas – mais de uma vez, naqueles primeiros tempos, ele justificou seu distanciamento por conta dos infinitos trabalhos e responsabilidades assumidas no processo de reconstrução das estruturas do país – fizeram com que optassem pela cautela. Afinal, para voltar sempre haveria tempo, pensavam.

Já no fim de 1958 os Kaminskys começaram a pagar a compra da casinha da esquina da 14th Street com a West Avenue com o dinheiro obtido no leilão de sua propriedade de Santos Suárez e um novo empréstimo do galego Arnáez. Ao mesmo tempo, Daniel foi encarregado de negociar com os fornecedores da *grocery*, passando logo a ser o contador do estabelecimento e homem de confiança de Bronstein. E foi quando a sorte veio em sua ajuda. Em meados de 1959, o velho ucraniano morreu de um ataque cardíaco, e seu único filho, que trabalhava para o Partido Democrata em Washington e já pensava na possibilidade de vender o negócio, concordou com Daniel em fazer uma experiência com a qual o herdeiro poderia ter apenas lucros sem fazer o menor esforço: com a vinda contínua de judeus do norte e a chegada maciça de judeus cubanos que multiplicavam a população de Miami Beach, aquele parecia o melhor momento para transformar a modesta *grocery store* da Washington Avenue num mercado ao estilo dos Minimax de Havana, cujo funcionamento o antigo contador conhecia tão bem. Para ganhar mais espaço, alugaram a loja vizinha, na melhor e mais visível esquina da Lincoln Road e, como variante em relação ao original havanês, destinariam um espaço notável do mercado aos produtos *kosher* demandados pelos judeus. Graças ao dinheiro que sobrara da venda da casa de Santos Suárez, Daniel entraria no negócio com vinte por cento do capital (que seriam empregados na modernização do local) e Bronstein Jr. poria o resto só investindo o que havia herdado de seu pai. Ao mesmo tempo, o judeu cubano cuidaria da administração do estabelecimento, pelo que receberia quinze por cento a mais dos lucros.

Marta, por sua vez, que fizera grandes progressos aperfeiçoando seu inglês, foi contratada como professora de espanhol e inglês na recém-fundada academia judaico-cubana da praia, da qual chegaria a vice-diretora e acionista apenas dois anos depois.

Enquanto as portas do bem-estar econômico iam se abrindo, a política cubana ia se radicalizando e a hostilidade norte-americana em relação à ilha se tornava patente, a ideia do retorno foi se desvanecendo, embora nem Marta nem Daniel houvessem recuperado – nem jamais recuperariam – a sensação de perda de seu passado havanês. Então, a chegada do galego Arnáez e de sua mulher foi um alívio para o isolamento dos dois, ao mesmo tempo que a recusa de tio Joseph Kaminsky de ir para qualquer outro lugar foi assumida como uma reação natural daquele teimoso que de qualquer jeito continuava e continuaria vivendo em Cuba os melhores tempos de sua vida – que, para seu azar, foram muito breves.

Em seu recuperado papel de judeu, Daniel decidiu, então, dar vários passos à frente em busca da solidez de suas posições e, como diria muitas vezes ao filho, de um pertencimento que lhe permitisse sossegar sua errância espiritual. Por isso, pressentindo que assim escorava muito melhor seu negócio cada vez mais próspero, localizado bem no ponto que estava se tornando o coração da localidade, ele se vinculou a um grupo de judeus provenientes de Cuba que estavam empenhados na materialização de um sonho: criar uma comunidade ou sociedade cubano-judaica em Miami, com a qual enfrentar o futuro e preservar a identidade alcançada no passado. Na verdade, essa aspiração daqueles que se faziam chamar de judeus cubanos – muitos deles nascidos na Polônia, Alemanha, Áustria ou Turquia, mas cubanizados até os ossos – era uma resposta ao muro invisível mas bastante impenetrável levantado pelos judeus norte-americanos – originários, muitos deles, ou seus pais, dos mesmos lugares de onde provinham os hebreus cubanos –, mais ricos, com propriedades e pretensos direitos de antiguidade e uma atitude às vezes próxima do desprezo em relação aos arrivistas recém-chegados com duas malas, que não falavam inglês e que, em suas festas no Flamingo Park, em plena Miami

Beach, dançavam ao ritmo da música interpretada por orquestras cubanas, com uma surpreendente capacidade de pôr cadências africanas em suas cinturas e seus ombros, como qualquer mulato havanês.

Daniel foi um dos treze judeus que, em 22 de setembro de 1961, deram origem à Associação Cubano-Hebraica de Miami, num salão do hotel Lucerne. Sob as bandeiras de Israel, Estados Unidos e Cuba, esses pioneiros discutiram um primeiro projeto de regulamento para a sociedade nascente. Daniel Kaminsky, que preferiu se manter em silencio diante da verborreia dos outros fundadores, quase todos especialistas na criação de confrarias e mais familiarizados com os modos de pensar e com as exigências religiosas de seus congêneres, pensou então como os caminhos da vida podem levar os homens a circunstâncias jamais imaginadas, mesmo nos piores desvarios. Mas, pensou, e depois diria ao filho, se o preço do sucesso econômico e a necessidade de sentir-se parte de alguma coisa passavam por aquele salão de hotel, lá estava ele para pagar um e satisfazer a outra. Mas seu coração continuava sendo o daquele mesmo renegado que 23 anos antes rejeitara um Deus cruel demais em seus desígnios. O verdadeiramente sagrado era a vida, e ali estava ele lutando por ela, para torná-la melhor. Porque, aos trinta anos, Daniel Kaminsky podia se considerar um especialista em perdas: havia perdido não um, mas dois países, o de nascimento e o de adoção; uma família; a língua polonesa e o ídiche; um Deus e, com ele, uma fé e a militância numa tradição sustentada sobre essa fé e sua Lei; havia perdido uma vida de que gostava e uma cultura adquirida; perdera seus melhores e até seus piores amigos, alguns na Terra, outros, como Pepe Manuel e Antonio Rico, já estabelecidos no Céu; fracassara até na possibilidade de fazer sua própria justiça, embora pagasse o mesmo preço que se a houvesse feito, sem obter em troca sequer o alívio do desabafo ou a satisfação de ter executado o castigo merecido. Daniel Kaminsky estava cansado de perdas e, pelo único caminho ao seu alcance, dispunha-se agora a ter lucros. Desde que sua consciência continuasse sendo livre.

Daniel Kaminsky conservaria por muitos anos o costume de vagar sozinho à beira-mar pela West Avenue, menos favorecida e concorrida que a Ocean Drive, a costa onde ficava a praia. Graças a essas caminhadas pela chamada *intercosta*, que em certas temporadas, devido às muitas obrigações de seu trabalho, só podia fazer aos sábados, depois de terminados os serviços na sinagoga, Daniel foi testemunha, ao longo dos anos, das transformações daquele setor de Miami Beach e das ilhotas localizadas no outro lado do canal, como a chamada Star Island, onde foram sendo construídas mansões que, na década de 1980, quando as drogas inundaram a cidade, ficaram mais numerosas, faustosas, quase irreais em sua concorrência pelo luxo e o brilho a que conduz o dinheiro fácil. Daniel, que estava prestes a se tornar um homem rico, e que chegaria a sê-lo, achava grotesco todo aquele esbanjamento, pois continuava morando na mesma casinha *art déco* de dois andares com dois quartos onde se estabelecera desde o início, e nem as línguas maledicentes que o acusavam de ser muito judeu o fariam mudar de opinião só para satisfazer as expectativas alheias mediante a ostentação.

Daniel gostava de se sentar no pequeno cais da 16th Street, de onde se divisavam as velhas pontes que ligavam a praia com a terra firme, a ilhota com o obelisco construído em memória de Joseph Flagler e, na distância, o porto de Miami em frente ao qual – ele não podia deixar de lembrar – o *Saint Louis* havia esperado durante 48 horas pela última recusa. Quando se sentia desanimado, ia caminhar sozinho pela *intercosta* para sentir que buscava a si mesmo e não se perder totalmente, pois começava a presumir que estava se afastando demais do que havia sido. Depois de decidir voltar ao rebanho do judaísmo, aquele homem sempre sentiria que estava levando uma vida apócrifa, com sua alma e sua consciência submetidas a um estado de clandestinidade. Nos primeiros anos em Havana, quando optara por se afastar das crenças e tradições ancestrais, o adolescente Daniel vira-se obrigado a andar pelo mundo com duas caras: uma para agradar ao tio e outra para satisfazer a si mesmo e confundir-se na multidão. Tivera de assumir essa dolorosa dicotomia, forçada por sua dependência econômica e emocional de Joseph Kaminsky, como o único caminho para a opção libertadora que escolhera.

Mas via sua reconversão, que tornava a transfigurá-lo em mascarado, como uma perda de muitos dos ganhos daquela liberdade que tanto havia desfrutado em sua vida cubana. Embora a comunidade na qual se inserira fosse muito menos restritiva que a de seu país de origem ou que a facção dos ortodoxos nova-iorquinos, onde a Lei e a palavra do rabino eram opressivas e poderosas, uma notória compulsão social obrigava os hebreus de Miami a ser respeitosos aos preceitos mais sociais se quisessem ser aceitos. Ao contrário da religiosidade descontraída em que viviam muitos judeus em Cuba, em Miami a necessidade de reafirmação social caía como um peso extra em sua vida cotidiana. Daniel sabia que nessa comunidade havia muitos que, como ele, quase não conservavam mais vestígios de fé religiosa. No entanto, quase todos acatavam em público as regulações para manter o pertencimento e não parecer diferentes demais, pois o maior risco era a exclusão, a marginalização. Ou até ser considerado algo assim como um revolucionário, palavrão com que se resumia o *status* anterior ao de herege.

Quando vagava sozinho, respirando a brisa gentil do canal, o homem soltava as amarras de sua nostalgia pelo mundo perdido. Olhava para seu passado e via um Daniel pleno e satisfeito, livre como só pode ser um homem que age, vive e pensa de acordo com sua consciência. A hipócrita submissão agora acatada lhe parecia então mais mesquinha e covarde, embora bem soubesse que necessária para obter o respeito e até a impunidade que o poder dá. E, no seu caso, poder era dinheiro.

O que faria com aquele dinheiro com o qual não pretendia comprar um palacete, nem um carro ostentoso, nem joias – que jamais havia usado –, nem mesmo uma lancha de passeio, porque, ainda por cima, ficava enjoado com o balanço do mar? Daniel Kaminsky sorria, satisfeito com suas alternativas: compraria liberdade. Primeiro, a mais valiosa: a liberdade de seu filho Elías; depois, se ainda tivesse forças e desejo, a própria.

Com essas perspectivas na cabeça Daniel educava o filho com uma moderação às vezes até exagerada, segundo os critérios de mãe cubana de sua mulher e de avô galego amolecido pelos anos do velho Arnáez. Mas ele tinha convicção de que o rapaz devia aprender que na vida tudo tem um preço e que, quando a pessoa o paga sozinho e com seu próprio esforço, valoriza muito mais o que obtém. Contudo, ao contrário do que havia acontecido com ele, seu filho jogaria com vantagens no desafio da vida, pois poderia estudar e se apropriar da riqueza dos conhecimentos, que são intransferíveis e constituem um tesouro patente, como diria seu avô polonês. E, de posse dessas vantagens, Elías poderia escolher. Daniel lhe garantiria a suprema liberdade de escolha e, para isso, preparava-o com contenção.

Daniel, que na sua estadia norte-americana havia descoberto a literatura tradicional judaica e se aproximara dos pensadores mais racionalistas, tentava dotar seu filho dos instrumentos que lhe permitiriam realizar as melhores escolhas. De suas leituras havia extraído para os conselhos paternos a noção de que as decisões humanas são resultado do equilíbrio (ou da falta de equilíbrio) entre a consciência e a arrogância, uma relação na qual a primeira devia conduzir aos melhores resultados e determinações. E acompanhava essa noção com as extraordinárias afirmações daquele erudito sefaradi que tanto o deslumbrara, Menasseh Ben Israel, um heterodoxo sonhador, autor de muitos livros, mas sobretudo de um opúsculo intitulado *De termino vitae*, um texto curioso no qual o sábio judeu holandês, embora nascido em Portugal (aliás, todos afirmavam que era amigo de Rembrandt), refletia sobre algo transcendente como a importância de saber viver a vida e aprender a assumir a morte. O pintor Elías Kaminsky, que anos depois também leria Ben Israel e, por seu intermédio, Maimônides e até o árduo Spinoza, sempre se lembraria do pai citando o filósofo sefaradi em suas concepções sobre a morte como um processo de perda das expectativas e dos desejos sofrido pelos homens ao longo da vida. A morte, costumava dizer seu pai, é apenas o esgotamento em vida dos nossos anseios, esperanças, aspirações, desejos de liberdade. E da outra morte, a física, só se pode voltar quando se chega a ela com uma vida bem vivida, cumprida por inteiro, com a plenitude, a consciência e a dignidade que tivermos dado à nossa vida, aparentemente tão pequena, mas na verdade tão elevada e única como... como um prato de feijão preto, dizia o homem.

Dois meses depois do glorioso encontro com Orestes Miñoso ocorrido na primavera de 1988, foi detectado um câncer de próstata em Daniel Kaminsky. Ele tinha 58 anos, era um homem sólido, talvez um pouco acima do peso, sócio principal de três mercados localizados em Miami Beach, no South West e em Hialeah, pai de um filho com carreira universitária e aspirações artísticas já definidas e, apesar de suas heterodoxias públicas, considerado um dos pilares da comunidade judaico-cubana do sul da Flórida. Um vencedor agora espreitado pela pior derrota, aquela irreversível, mas contra a qual lutaria, como sempre na vida.

A revelação da doença, a cirurgia a que foi submetido, os tratamentos anticancerígenos posteriores e a aceitação de um dispositivo nuclear na zona afetada (ao qual sempre se referiu como uma ogiva atômica enfiada no cu) induziram-no a ver a vida de outra maneira. Durante todos os seus anos de residência nos Estados Unidos o judeu polonês-cubano havia carregado, em silêncio e com pesar, o fardo de uma culpa alheia do qual não conseguira se livrar. Diante da perspectiva mais que provável da morte, porém, decidiu afinal partilhá-la com seu filho.

Como contaria a Elías, Daniel Kaminsky tinha certeza de que seu bom tio Joseph, morto mais de vinte anos antes em sua casinha havanesa no bairro de Luyanó, fora embora deste mundo certo de que o sobrinho havia matado o homem que extorquira seus pais e os devolvera ao inferno europeu de 1939. Sabia que seu velho amigo Roberto Fariñas se afastara dele, mais do que por inexistentes diferenças políticas ou pela distância sideral que a geopolítica abrira sobre o estreito da Flórida, pela convicção de que Daniel era um assassino impiedoso. Até sua querida Marta, por mais que houvesse decidido, aceitado, querido acreditar nele, no fundo do coração nunca acreditara. E por isso, diante do diagnóstico dos oncologistas, ele decidiu se confessar ao filho, para se aliviar desse peso e, de quebra, tirar do jovem a possibilidade, improvável mas não descartável, de ter de receber aquele fardo, algum dia, por uma via menos propícia.

– No hospital, enquanto se recuperava da cirurgia, ele me contou toda essa história... Minha mãe passava o dia todo com ele. Eu, as noites. Como não podia sentar, ele ficava de lado, com o rosto bem perto de mim, que me sentava numa poltrona. Ele falou durante cinco, seis noites, não me lembro bem. Falava até se render. Começou desde o princípio, desfrutando aquele desabafo, e lembro como fui construindo na cabeça uma imagem da vida do meu pai que até aquele momento eu não tinha. Como um quadro que vai ganhando cores, e os contornos vão se perfilando até tomar formas... Antes dessas conversas, às vezes por falta de tempo, outras vezes pelo meu desinteresse ou pelos medos dele, ou então por anos de falta de comunicação entre nós, na verdade eu não conhecia os detalhes de sua vida e não tinha muito interesse em saber nada de Cuba. Suponho que como a maioria dos filhos, não é? Ele começou me contando como havia sido a vida da família em Cracóvia e em Berlim, antes da guerra, na época dos *pogroms* e do medo no sangue... Sua obsessão com a questão da obediência e da submissão, as opções do arbítrio. Depois, desembocou na descoberta de Havana e em sua vida miserável no cortiço da rua Acosta com a Compostela, os amigos que foi fazendo, a fé que foi perdendo. Tudo isso, para mim, era uma mancha escura, às vezes páginas de algum livro de história, e de repente se transformou numa vida muito próxima à minha. A história do *Saint Louis* e os primeiros anos do meu pai em Cuba, que foram da tragédia e da dor à alegria e às descobertas. As razões de sua renúncia ao judaísmo e até à condição de judeu... Sua descoberta do sexo e a obsessão erótica pelas mulatas saxofonistas dos cafés de El Prado... Tudo isso ele foi me entregando. E, por fim, me contou a história do plano e do que aconteceu no dia em que ia matar Román Mejías. Tudo que lhe contei esses dias – disse Elías Kaminsky, sem parar de puxar suave mas repetidamente o rabo de cavalo, como sempre que entrava em assuntos delicados. O pintor largou o cabelo por um momento e acendeu um dos seus Camels, dos quais parecia ter trazido uma farta provisão, e acrescentou: – Você tem o direito de não acreditar. Tem até razões, como teve Roberto Fariñas, como teve minha mãe, como deve ter tido tio Joseph. Mas eu tenho uma razão maior para aceitar o que ele me disse: se era possível que o câncer fosse matá-lo e se havia me contado por vontade própria o lado bom e o lado ruim de sua vida, seus medos e suas decisões de negar tudo o que havia sido e libertar sua alma de algo que o oprimia, e a decisão bastante hipócrita de voltar ao rebanho sem entregar sua consciência... por que diabos iria mentir na questão de Mejías se, pelo que esse filho da puta fez com a sua família e sabe Deus com quantas outras, merecia que o matassem mil vezes?

12

Havana, 2007

Daquela altura vertiginosa, a vista se apropriava de uma porção exagerada de mar tentador, atravessado por faixas incrivelmente precisas de cores e matizes falseados pelo açoite impiedoso do sol de verão. A serpente cinza do Malecón, estendida sob os pés das vigias improvisadas, em um dramático contraste marcava um arco preciso, opressivo, como se cumprisse com júbilo a missão de servir de barda entre o circunscrito e o aberto, entre o conhecido e o possível, entre o abarrotado e o deserto. Em toda aquela generosa porção de oceano oferecida pelo amontoado de aço e cimento, não se via uma única embarcação, o que potencializava a desoladora sensação de estar debruçado em uma paragem proibida ou hostil. Do lado do mar viu uns recifes submersos, com toda certeza trabalhados pelo homem, porque formavam cruzes escuras, definitivamente tétricas; da parte da cidade divisou terraços, antenas, pombais desmantelados, veículos capengas presos entre nuvens de escapamentos mortais, árvores carcomidas pelo salitre e pessoas lentas, diminuídas em virtude de uma distância capaz de apagar até as alegrias e tragédias que as impulsionavam. Vidas esmagadas pela perspectiva e talvez por outras razões mais dolorosas e permanentes que Conde não se atrevia sequer a coligir. Gente como ele, pensou.

Quem os recebera fora uma mulher de uns trinta anos, dona de carnes precisas e em seu melhor estado de esplendor, olhos rasgados com perversão asiática e cheirando a Chanel n. 5 borrifado com generosidade. Depois de dizer a eles que Papi – assim o chamou – estava tomando um banhinho, mas viria voando, deixou Conde e Elías Kaminsky com seu perfume, os ecos de sua indigência lexical e o magnetismo de seu espectro na sala aberta para a varanda em frente ao mar, onde se debruçaram. O ex-policial, acostumado por seus anos de mau ofício a desconfiar sempre, se perguntaria que tipo de Papi daquela mulher comestível seria Roberto Fariñas: o pai biológico ou o *papi* afortunado de possessões mais recônditas e penetráveis?

Embora absorto para assimilar todas as comoções, diante da paisagem exultante oferecida pela varanda e da sobrevivência da imagem da mulher, Mario Conde percebeu que sua aspiração era vaidosa demais: uma visão fugaz do desejo e a percepção do insondável que os aguardava no apartamento de Roberto Fariñas o haviam abalado a tal ponto que sentiu superada sua pretensa capacidade de desvelar verdades, enquanto via transbordar seu inventário de assombros.

Conde se preparara psicologicamente porque sabia que, com toda a certeza, assistiria à provocação de um salto mortal ao passado, talvez adornado com piruetas imprevisíveis. E supunha que, com os efeitos da queda, poderiam vir à tona as mais inesperadas revelações, imbricadas com várias vidas, revelações capazes de encher os parênteses escuros de uma ou mais existências. Espaços que, às vezes, era melhor deixar vazios.

A cobertura espetacular onde morava Roberto Fariñas ficava no décimo andar de um prédio da rua Línea, a menos de oitenta metros do Malecón. Em sua preparação para aquele encontro que Conde havia combinado sem maiores contratempos e do qual Elías Kaminsky insistira que participasse, o ex-policial conseguiu descobrir, com a indispensável ajuda do Coelho, que a propriedade do apartamento remontava ao ano de 1958, quando o edifício fora construído e o pai de Fariñas o dera a seu rebelde e revoltoso rebento como anzol de ouro para tirá-lo do mar turbulento das conspirações políticas. Mas, enquanto recebia com uma das mãos as chaves da cobertura futurista, com a outra o jovem continuava apertando o gatilho em ações de combatente clandestino. Fariñas havia participado dos atentados daqueles tempos? Essa era outra lacuna histórica trancada a sete chaves.

Depois da vitória revolucionária, enquanto toda a família ia para o exílio, Roberto Fariñas se entregou à fidelidade política e começou a trabalhar em diferentes áreas, redesenhando o país que logo se encaminharia para outro sistema social. Seus méritos nos anos duros da luta o mantiveram perto das esferas de decisão, sobretudo nos setores econômicos e produtivos, mas depois da derrota da safra de 1970, na qual o país inteiro se empenhou com a pretensão de obter uma colheita de 10 milhões de toneladas de açúcar (toneladas capazes, por si sós, de promover o grande salto econômico da ilha), a estrela do homem, talvez por alguma colisão cósmica relacionada àquele fiasco e mantida em segredo até para as investigações do Coelho e seus contatos especializados em fofocologia histórica, começou a declinar, até se extinguir em obsolescência atrás da escrivaninha de um ministério qualquer, onde se aposentara vários anos antes. A partir de então Roberto Fariñas era convidado, vez por outra, a algum evento comemorativo de heroicos martirológios, e nada mais.

Enquanto observavam da varanda a enganosa placidez do mar, Conde soltou uma pergunta adiada por vários dias:

— Fariñas foi o amigo que falou com seu pai da inveja como traço característico dos cubanos?

Elías sorriu, acendendo um Camel.

— Não, não. Foi um personagem que conheceu em Miami Beach. Talvez o único amigo que tenha feito lá, mas nunca foi igual aos daqui. Em Miami não foi igual nem com Olguita, a que namorava Pepe Manuel.

— A comunista?

— Era o que meu pai perguntava toda vez que a via. Escute, Olguita... você não era comunista? Bem, esse personagem era um cubano mais conhecido como Papito. Leopoldo Rosado Arruebarruena. Um cubano clássico, que usou corrente de ouro e sapatos de duas cores até morrer de velho, há uns três anos. Papito saiu daqui em 1961, dizia que devido à lei que fechara os bordéis em Havana. Um país sem putas era como um cachorro sem pulgas: o mais chato do mundo, dizia. Um sujeito simpático, transbordante de palavras, vivia do que aparecia e não ligava para política. Meu pai adorava conversar com ele e muitas vezes o convidava, a ele e à mulher com quem estivesse no momento, para comer arroz com frango lá em casa. Foi Papito quem lhe falou da inveja como marca nacional cubana.

— O que ele disse?

— Papito achava que os cubanos resistem a qualquer coisa, até à fome, mas não ao sucesso de outro cubano. Que, como todos se acham os melhores do mundo (e só estou dizendo o que ele dizia), os mais maravilhosos, inteligentes, os mais preparados e melhores dançarinos, cada cubano tem dentro de si um vitorioso, um ser superior. Mas, como nem todos triunfam, a compensação que têm é a inveja. Segundo Papito, se quem faz sucesso é um norte-americano, um francês ou um alemão, sem problemas, os cubanos morrem de admiração. Se for alguém como eles, um latino-americano, um chinês, um espanhol, acham que o sujeito é um babaca com sorte e não lhe dão muita bola. Agora, se for outro cubano, ficam com uma obsessão (sim, obsessão, dizia Papito), uma coceira irresistível no cu, e a inveja sai até pelas orelhas, e começam a jogar merda em quem triunfou. Não sei se é verdade, mas...

– É verdade – ratificou Conde, que em sua vida presenciara muitas explosões de inveja cubana em relação a outros cubanos.

– Eu imaginava... Papito dizia isso com uma graça que...

– Isso é culpa de viver na maldita circunstância de ter água por todo lado – interrompeu uma voz citando o poeta e obrigando os homens, enlevados com a paisagem e perdidos na reflexão sobre o ser nacional, a se voltarem em direção ao recém-chegado anfitrião, que sorriu ao ver Elías. – Cacete, rapaz, você é o retrato de seu avô galego.

Com mais rapidez do que Elías podia assimilar, o homem o apertou num abraço. Aos 78 anos, Roberto Fariñas exibia uma aparência juvenil em excesso, mas muito bem cuidada. Os músculos de seus braços pareciam compactos e trabalhados, seu peito era sólido e seu rosto, barbeado com esmero, tão desprovido de rugas que Conde se atreveu a cogitar em dois possíveis tratos: com o diabo ou com o bisturi.

O anfitrião deu um forte aperto de mão em Conde, como se quisesse demonstrar sua potência física (talvez para deixar clara sua capacidade de ser o *papi* da moça de Chanel), e com um sorriso apreciou a reação de surpresa e dor provocada no visitante. De volta à sala com amplos painéis de vidro resistente aos furacões, encontraram a mesa servida com xícaras de café, copos de água, um balde de gelo e uma garrafa de um Jameson irlandês ultraenvelhecido.

– Vocês têm que experimentar este uísque. É o melhor do melhor. Sabem quanto custou esta garrafa? Não, fico com dó de dizer...

Apesar da propaganda, Elías Kaminsky optou somente pelo café. Conde, fazendo um esforço supremo, também aceitou o café e recusou o uísque, sobretudo ante a perspectiva de que só lhe ofereceriam uma vez e, se era só para ficar na vontade, melhor nem começar.

– Não sabem o que estão perdendo – advertiu o anfitrião. – Que prazer em conhecê-lo. Você é seu avô escarrado.

Roberto Fariñas se concentrou em Elías Kaminsky e durante vários minutos ignorou por completo Conde, que aceitou quase com agrado seu papel de convidado de pedra naquele encontro entre dois desconhecidos que, no entanto, se conheciam desde muito antes de um deles chegar ao mundo. Por isso, sem deixar de ouvir, pôde observar a concentração de objetos valiosos dispostos na sala: um televisor de tela plana de 48 polegadas (calculou) com todo o sistema de *home theatre*, jogo de sofás forrado de couro natural, um bar com mais garrafas de rótulos brilhantes, além de candelabros, vasos e outros objetos de origem refinada. De onde o aposentado Fariñas tirava dinheiro para manter tudo aquilo?

— Não sei por quê, mas sempre tive certeza de que um dia isto ia acontecer — começou Fariñas, dirigindo-se a Elías. — Assim como soube, a partir de certo momento, que nunca mais veria seu pai, também sabia que tornaria a ver você um dia. E sabia até por quê...

Nesse instante uma luz se acendeu no cérebro de Conde. De repente, entendia a razão pela qual Elías Kaminsky havia contratado seus serviços e exigido sua presença naquele encontro: por medo. O pintor, pensou Conde, na verdade não precisaria dele para chegar até aquele pináculo havanês onde com toda certeza estavam algumas das respostas às suas perguntas; talvez as respostas mais definitivas. Uma ligação telefônica bastaria para fazê-lo chegar ali, em frente ao homem que havia garantido a seu pai que podia contar com ele para o que desse e viesse, com plena consciência do que aquele oferecimento podia significar. Mas o medo de Elías de escutar a revelação que não desejava escutar, mas ao mesmo tempo precisava conhecer, obrigara-o a procurar uma ajuda neutra, uma presença na qual se apoiar se tudo desse errado. O preço de várias centenas de dólares que, para Conde, representavam uma fortuna, para Elías, herdeiro de três supermercados oportunamente vendidos a grandes cadeias norte-americanas, pintor de certo sucesso e suposto herdeiro de um Rembrandt, seria apenas um investimento mínimo dedicado a obter o que ele considerava um ganho enorme: não enfrentar sozinho a verdade, qualquer que fosse.

— Meu pai falava muito do senhor e de Pepe Manuel. Nunca mais teve amigos como vocês. Como é possível que em mais de quarenta anos não voltassem a ter contato, não se escrevessem nem uma carta?

— É que a vida é uma barca, como bem disse Calderón de la Mierda — soltou o velho jovem, e riu da própria piada, tão arcaica quanto ele, porém mais desgastada pelo uso. Pelo visto, ele era dado a demolir citações literárias. — Mas eu estava a par da vida de vocês. Sempre estive.

— Como, se vocês não se falavam?

— Com seu pai, não. Mas, com a Marta, sim. Quando nos disseram que ter relação, qualquer contato, com quem estava fora do país era quase um delito de traição à pátria, nós descobrimos um sistema para nos comunicar. Minha madrinha, que ficou em Cuba e não ligava para o que falassem dela, escrevia as cartas que eu ditava e as enviava a Marta em seu próprio nome. E sua mãe as respondia. Foi assim que fiquei sabendo que você tinha nascido, por exemplo. Foi assim que vi a foto da lápide de mármore com incrustações de bronze que seu pai comprou para Pepe Manuel naquele cemitério horroroso de Miami. Também soube do câncer, da cirurgia e da ogiva atômica que enfiaram no cu do Polaco. E ela sabia das minhas coisas. Que enviuvei em 1974. Marta e Isabel, minha mulher, gostavam muito uma da outra. Bem, foi uma relação íntima à revelia de seu pai e dos talibás políticos daqui.

Elías tentou sorrir e olhou para Conde. As revelações começavam a sair, com sua carga de surpresas. Onde sua mãe havia enfiado essas cartas? Como as recebia para evitar que seu pai soubesse daquela sustentada e gentil infidelidade? Ou Daniel estava a par desse contato e o escondeu dele?

– A última carta que ela me escreveu foi quando o Polaco morreu. Pelo silêncio que veio a seguir, pude adivinhar o que havia acontecido com ela, até que um amigo me confirmou. As outras cartas não, mas essa última quero lhe dar de presente. É uma das melhores cartas de amor já escritas. Quando a li, entendi que a vida de Marta havia acabado. Porque a vida dela era Daniel Kaminsky. A você mesmo, e me desculpe por dizer isto, ela amava mais por ser consequência de seu amor pelo Polaco do que por tê-lo parido.

Dessa vez o pintor não sorriu. Enquanto puxava o rabo de cavalo, potenciais lágrimas umedeciam suas pupilas. As palavras de Roberto não lhe revelavam nada: ele sabia o que aquele relacionamento havia significado para seus pais, as lutas que travaram para concretizá-lo, os sacrifícios e renúncias a que se submeteram para santificá-lo e preservá-lo, os silêncios que mantiveram para não manchá-lo. Mas, apresentado pela testemunha sobrevivente dos tempos em que tudo havia começado como um amor juvenil, ganhava as conotações demolidoras trazidas por sessenta anos de persistência, um tempo que havia mudado tantas coisas, mas não a decisão que mais incidira na vida do polonês maltrapilho Daniel Kaminsky e da galeguinha quase rica Marta Arnáez. E na sua.

Da mochila que lhe fazia companhia, Elías puxou uma pequena caixa de madeira. Abriu-a e de dentro dela tirou, como um mágico da cartola, um cubo de vidro em cujo interior havia uma bola de beisebol, amarelada pela idade, atravessada por letras azuis.

– Mesmo sem saber se ia vê-lo ou não – disse Elías –, eu trouxe isto, porque é mais seu do que meu. Viu? Dedicada a Pepe Manuel, assinada pelo Miñoso.

O forasteiro entregou o cubo de vidro a Roberto Fariñas, que o pegou com delicadeza, como se tivesse medo de quebrá-lo.

— Porra, rapaz — murmurou Roberto, comovido. — Que tempos, cacete! Como vivíamos, a que velocidade, as coisas que fazíamos, e como aproveitávamos... E de repente tudo mudou. Seu pai lá fora, Pepe Manuel morto da maneira mais absurda, eu de dirigente socialista sem nunca ter querido ser socialista nem comunista... Nunca mais foi igual... Li há algum tempo um romance de um galego, que aliás não escreve mal, no qual um personagem cita Stendhal com umas palavras que são uma verdade cristalina. Diz o galego que Stendhal escreveu: "Ninguém que não tenha vivido antes da revolução pode dizer que viveu". Ouviu isso? Pois pode assinar embaixo. Digo eu, que sou um sobrevivente — disse isso e se concentrou em suas lembranças, talvez as mais felizes, observando a bola colocada na urna de cristal. — Eu estava com Daniel no dia em que Miñoso lançou esta bola.

— Essa história eu já sei. Há outras que não...

— Às vezes não é preciso saber tudo.

— Mas é que meu pai viveu com uma mágoa até o fim — começou Elías, mas Roberto, colocando o cubo de cristal na mesa de centro, imediatamente o deteve com um sinal da mão.

— Quer mesmo que eu fale de seu pai? Que lhe diga as coisas que queria ter dito a ele há cinquenta anos?

Elías chegou a pensar; mas não tinha alternativas. Conde notou que o pintor desejava olhá-lo, mas não se atrevia.

— Quero sim, como se eu fosse ele.

— Então, preciso começar do começo. Seu pai viveu com essa mágoa que você diz porque era um grande babaca. Um polonês cabeça-dura que teve sorte de não voltar a se encontrar comigo, porque ia levar tanto pontapé na bunda... Não pelo que fez ou deixou de fazer, isso não me interessa, mas por não ter confiado em mim. Isso eu nunca perdoei.

Com estoicismo, Elías recebeu essa saraivada de impropérios sem parar de puxar o rabo de cavalo, tanto que Conde teve medo de que em algum momento ele se desprendesse de seu cocuruto. Do banco das testemunhas, Conde percebeu que os insultos e ameaças de Roberto Fariñas estavam envolvidos num manto de carinho que resistia a todas as intempéries, aos anos pré e pós-revolucionários, às incompreensões e às distâncias obrigatórias e buscadas. Aquilo soava a fala aprendida, talvez até ensaiada.

— Um dos problemas dele era que eu poderia pensar que ele tinha matado o filho da puta que enganou... sim, seus avós e sua tia. Mas, assim que eu soube como haviam matado Mejías, percebi que seu pai não tinha feito aquilo. E era fácil saber por que não tinha sido ele: Daniel nunca teria matado um homem assim. Nem aquele grandessíssimo filho da puta... O que complicou tudo foi que, quando souberam que Pepe Manuel tinha fugido, fiquei preso por quase três semanas, e me interrogavam duas vezes por dia, e me davam bofetões, apesar do meu sobrenome e dos contatos do meu pai. E, como eu estava preso, não pude mais falar com o Polaco. Quando me soltaram, ele já tinha ido embora. Sorte dele, porque podia ser o próximo a ser preso.

Roberto Fariñas, tão exultante no começo, foi perdendo veemência em seu discurso. Conde conhecia esses processos e se preparou para a verdadeira revelação.

– O outro problema – continuou depois de uma pausa durante a qual acariciou com ansiedade o elegantíssimo relógio de ouro preso em seu pulso –, o verdadeiro problema, é que ele pensava que enquanto eu estava preso podia delatá-lo como possível assassino de Mejías. Foi por isso que se mandou de Cuba, não por medo da história de Pepe Manuel. E também foi por isso que nunca me escreveu depois. A vergonha não deixava. Ele pensou de mim o que não tinha direito de pensar. Foi essa a verdadeira carga que esse babaca arrastou até o fim e, como não poderia se libertar dela nunca, levou-a para o túmulo.

Elías se manteve em silêncio, dominado pela vergonha que lhe chegava por via genética, mas ao mesmo tempo aliviado pela convicção de Roberto Fariñas de que seu pai não havia matado Mejías. Conde, em seu papel de testemunha silenciosa, mexeu-se, incomodado, instigado pelas perguntas que o martirizavam e que, em sua condição de ouvinte, devia manter sob controle. Cada vez mais, tinha a sensação de que algo não se encaixava no relato de Fariñas.

– Eu entendo que Daniel tenha pensado assim – continuou Roberto com seu monólogo. – Naquela época, muita gente que se achava capaz de aguentar tudo capitulou. O medo e a tortura sobreviveram séculos porque demonstraram sua eficácia. E ele tinha o direito de ter medo, inclusive da minha capacidade de resistência... Porque às vezes, quando a única coisa que se quer é parar de sentir dor, ter alguma esperança de sobreviver, a pessoa é capaz de falar algo para acabar com o sofrimento. Mas se eu tive um orgulho na vida foi que dessa vez resisti. Senti medo, muito. Felizmente não me torturaram pra valer... Levei umas porradas, mas logo me dei conta de que estavam pegando leve. Os filhos da puta tentavam não me deixar marcas. E cheguei à conclusão de que se só me deixassem em pé ou sentado durante horas, sem poder dormir, eu ia ficar um caco fisicamente, mas poderia resistir psicologicamente. E não disse uma palavra: nem de como Daniel e eu tiramos Pepe Manuel do país e muito menos, claro, do que seu pai pensou em fazer e eu sabia que não tinha feito.

– Sinto muito, de verdade – por fim Elías conseguiu expressar seu pedido de desculpas e tentou desviar o rumo da conversa. – E, se não foi meu pai, quem teria matado Mejías?

– Qualquer um – concluiu Roberto Fariñas. – Mejías passou vinte anos fodendo e extorquindo as pessoas. Pode até ter sido morto por alguém de Batista, que ficou sabendo o que ele estava fazendo com os passaportes e os revolucionários.

– Mas você não tem alguma ideia?

– Tenho; por enquanto, é só uma suspeita. Mas tenho certeza de que seu pai não foi.

Conde sentiu que suas engrenagens mentais ganhavam velocidade e supôs que devia estar ocorrendo o mesmo no cérebro de Elías Kaminsky. Uma "suspeita", como qualificou Fariñas, por lógica, teria um nome. O nome de uma pessoa que, quase com toda a certeza, já devia estar morta, como a maioria dos envolvidos naquela trama. Por que Fariñas não dava esse alívio a Elías?

No fundo das cavernas de sua intuição policial, empoeirada mas ainda viva, Conde sentiu outra luz se acender, com mais intensidade. O que não fazia sentido no discurso de Fariñas, pensou, tinha de ser a mentira sobre a qual ele exibira as verdades: o homem dizia que suspeitava, mas, ao mesmo tempo, não queria falar, o que era mesquinho, ou então mentira.

– O senhor sabe que o quadro de Rembrandt que estava na casa de Mejías foi a leilão em Londres? – Perguntou Elías.

Roberto Fariñas reagiu com um espanto autêntico.

– O quadro da discórdia... – Murmurou, num tom decepcionado. – Não, não sabia...

– E, pelo que sei, meu pai não o tirou de Cuba. Nunca o recuperou porque ele não matou Mejías, como você mesmo diz, e, naturalmente, nunca tornou a entrar na casa desse homem. Quase toda a família de Mejías saiu de Cuba em 1959... Foram eles que o tiraram daqui?

– Quando mataram Mejías, um quadro foi roubado. Pensei desde o início que o quadro que vimos na casa de Mejías podia ser falso, e me convenci de que era quando vi que não se falou muito do roubo. O pessoal de Mejías, a mulher e duas ou três filhas, creio, foram embora bem no começo da Revolução e, portanto, podem ter levado o quadro autêntico, aquele que seus avós trouxeram. – Fariñas tentava encontrar variantes, e Conde, em sua mudez obrigatória, convenceu-se de que alguma peça rangia cada vez mais forte. Mas não conseguia vislumbrar qual engaste da trama provocava aquela fricção, até que a implosão de sua mente começou a ficar mais forte do que sua pactuada política de não intervenção. A chave era podar as verdades do tronco de uma mentira. Justificaria seu salário.

— Para essa gente não teria sido fácil tirar o quadro de Cuba — interveio Conde de repente, tentando conter sua veemência. — O senhor sabe, eles eram revistados da cabeça aos pés. Não o teriam deixado com alguém? Ou será que foi confiscado e depois roubado por alguém daqui?

Roberto Fariñas ouvia Conde, mas olhava para Elías.

— O que ele está fazendo aqui? — Perguntou a Kaminsky, apontando para o ex-policial como se fosse um inseto repulsivo.

— Está me ajudando...

— Aqui em Cuba, para ganhar alguns dólares, o pessoal vende até os pregos da cruz e dois quadros de Rembrandt... Ajudando com quê, rapaz?

Mesmo sabendo que violava seus limites, Conde decidiu responder ao ataque, por pressentir que podia levá-lo a um caminho rumo à verdade e por se sentir ofendido em sua dignidade. Pensou um segundo: sabia que Fariñas seria difícil de dobrar, mas ia conseguir.

— O senhor era um dos que sabiam que esse quadro, o de verdade, valia muito dinheiro, não é?

— Sim, claro... Mas que porra está insinuando?

— Não estou insinuando nada. Estou afirmando. O senhor sabia. E quem mais?

— Sei lá! Mejías era muito linguarudo, qualquer pessoa podia saber. Ele se gabava de que tinha um Rembrandt autêntico e o quadro ficava no meio da sala dele, à vista de todo mundo...

— Não, pelo que podemos supor. O que estava lá devia ser uma cópia, como o senhor mesmo diz. Como as outras pinturas. Porque é verdade que Mejías era um linguarudo, mas não um imbecil. E o mistério de que não tenha se falado do quadro roubado se explica porque não era o autêntico, e a família não estava interessada em que se falasse dessa obra, nem da falsa nem da verdadeira, porque eles tinham a boa...

Fariñas refletiu um instante.

— Tudo bem, e daí?

— Como e daí? — Conde voltou a pensar: teria o direito de seguir em frente? E concluiu que sim: o direito outorgado pela necessidade de saber a verdade. — E daí que o senhor está aposentado há vinte anos. Que o tiraram do poder há muito tempo. Mas manter esta casa, comprar toda essa merda que o senhor tem, ser o *papi* dessa mulher que poderia ser sua neta... Com que dinheiro, Fariñas? E, além disso, que conexões sua família tinha para que o senhor saísse vivinho e saltitante de onde outros revolucionários saíam sem olhos, sem unhas ou mortos? Mejías era mesmo amigo de um irmão seu? Ou não seria seu cupincha em atividades como venda de passaportes e outras coisas assim? E agora, hoje em dia, como faz para comprar todas essas coisas?

O dono do espetacular apartamento e beneficiário dos favores da contundente garota Chanel parecia ter perdido a fala diante da metralhada impia. Conde aproveitou o mutismo do outro para dar início à mesquinha demolição. Elías Kaminsky, por sua vez, parecia uma versão contemporânea da maldita mulher de Lot.

– Daniel tinha motivos para ter medo do senhor. Sabia que podia delatá-lo. Por isso foi embora e nunca mais lhe escreveu. Por isso não voltou mais a Cuba, nem quando Batista e sua turma foram embora. Se ele nunca contou suas suspeitas a Elías, foi porque preferiu culpar a si mesmo antes de revelar as dúvidas que tinha em relação ao senhor e à sua amizade. Por isso, não me surpreenderia se o original desse quadro e o senhor tivessem alguma relação.

Roberto Fariñas conseguiu respirar fundo, só para protestar.

– Que merda é essa que esse palhaço está falando? – Disse, referindo-se a Conde, mas dirigindo-se a Elías.

Conde olhou os bíceps de 78 anos de Fariñas, vários centímetros mais musculosos que os seus, e decidiu correr o risco.

– Estou falando que o senhor tem alguma relação com o quadro de Rembrandt, talvez com o fato de que esse quadro apareceu em Londres num leilão exatamente depois que Daniel e Marta morreram, e também que, talvez, tenha alguma relação com a morte de Mejías. Porque nem Marta sabia em que dia Daniel ia matá-lo, e ela sempre desconfiou que tenha feito isso. Mas o senhor sabia tudo, tanto que tem certeza de que não foi Daniel quem matou Mejías. E, ao mesmo tempo, deixou Marta viver até o fim com a dúvida. E a data da morte de José Manuel? Ele realmente morreu de acidente no mesmo dia em que mataram Mejías ou a data foi uma montagem de todos vocês? Não foi José Manuel quem se adiantou e matou Mejías e depois pegou a balsa? Ou foi o senhor, que andava por aí com um revólver e estava interessado no quadro de Rembrandt, e sim, tinha colhões para cortar o pescoço e o pau de um sujeito, ou dar dois tiros, como quase certamente fez mais de uma vez em 1958? Além do mais, o senhor mesmo não disse a Daniel que estava disposto a fazer o que fosse preciso?

Fariñas foi ficando vermelho enquanto sua pressão arterial aumentava. Conde, batendo em todas as direções, conseguira levá-lo para o canto do ringue, onde precisava que ficasse. Se restava alguma coisa a Roberto Fariñas era o amor por sua própria imagem, física e moral. E não podia fazer outra coisa além de defendê-la diante do homem que era filho de um de seus melhores amigos, a testemunha, por transferência, de seu passado.

– Agora chega, cacete! – Esperneou. – Eu não sei porra nenhuma desse quadro de merda! Tudo o que tenho aqui, inclusive a mulher que está lá dentro, tenho e mantenho com as joias que minha família deixou e que estou vendendo há anos. Eu não fui um dos babacas que entregaram suas joias ao governo porque diziam que era revolucionário fazer isso. Eu já tinha dado o suficiente. Arrisquei a pele, sim, com uma arma na mão, e matei alguns torturadores filhos da puta e soltei bombas no nariz dos policiais. E estou vendendo essas joias porque antes de morrer vou gastar tudo comendo bem e fodendo bem, até que o Viagra me faça explodir como um rojão. Toda essa merda que você está falando de Pepe Manuel é só isso, merda, merda, merda! – O disco de Fariñas parecia atolado na merda, e para sair dali ele olhou para Elías, deixando Conde fora de seu interesse, mais ou menos na merda. – Rapaz, eu nunca delataria o seu pai. E ele sabia disso. Ele saiu de Cuba porque ficou com medo, foi por isso. Mas não ficou com medo por ele, ficou com medo de si mesmo... – Roberto Fariñas fez uma pausa e abriu o diapasão de seu olhar para beneficiar Conde, que se preparou para ouvir, por fim, a verdade escondida durante cinquenta anos e que poderia dar o alívio final a Elías Kaminsky. – O medo dele era de que o relacionassem de algum jeito com Mejías, e então o prendessem e o obrigassem a confessar. Porque ele sabia quem tinha matado esse homem. E, naturalmente, sabia que não tinha sido Pepe Manuel, como disse esse imbecil, porque ele próprio o ajudara a fugir uns dias antes e até ficou com sua pistola. Eu mesmo a entreguei a ele. E também sabia que não tinha sido eu, porque quando saiu da casa de Mejías foi me procurar e me encontrou ainda dormindo.

Dessa vez foi o rosto roliço de Elías Kaminsky que ficou vermelho. Deixara o rabo de cavalo em paz. A clareza de uma sempre adiada suspeita havia começado a ganhar forma, temperatura. O mastodonte precisou limpar a garganta para perguntar a Fariñas:

– Meu pai mentiu para mim?

– Não sei... mas com certeza não disse toda a verdade.

– Ele disse que sabia quem tinha matado Mejías?
– Ele me disse isso – confirmou Fariñas. – Uns dias antes de eu ser preso ele falou comigo. Estava muito mal, se sentia culpado por não ter liquidado o filho da puta. E tinha medo de que, se o relacionassem com esse homem e o prendessem, não conseguiria resistir. Era uma época terrível, e seu pai era muito medroso. Então, eu mesmo lhe dei uma ideia: se acontecesse algo assim, íamos jogar a culpa em Pepe Manuel, que já tinha escapado... para sempre.

Conde escutava e ia reafirmando uma simples convicção: às vezes não é bom exumar velhas verdades enterradas. O epitáfio que lera três dias antes afinal ganhava sentido em sua mente: "Joseph Kaminsky. Acreditou no Sagrado. Violou a Lei. Morreu sem ter remorsos".

– A única vez que escrevi ao seu pai – Roberto Fariñas voltou a se concentrar em Elías Kaminsky – foi para lhe dizer que o velho Pepe Carteira tinha morrido. E ele me pediu o favor de mandar fazer uma lápide. Disse-me o que devia colocar. Escreveu em hebraico. Posso lhe mostrar a carta.

– E por que meu pai me contou toda essa história e não me disse que sabia que tio Joseph tinha matado Mejías? Por que nunca disse à minha mãe?

– Isso eu não sei, Elías. Imagino que para resguardar o nome do seu tio, embora prejudicasse o próprio. Ou porque achava que era ele quem devia ter matado Mejías. Não sei, seu pai sempre foi um sujeito complicado. Como todos os judeus, não é?

Elías Kaminsky confessou que não sabia se estava se sentindo melhor ou pior, aliviado ou com a consciência pesada pelo que havia chegado a pensar do pai e pelos segredos e medos que ele nunca lhe confessara para proteger outros e proteger-se de si mesmo e de seu sentimento de culpa. O que certamente sabia, disse ele a Conde, era que queria acabar com aquele mergulho no passado, inclusive esquecer o quadro, que, pelo menos para Daniel Kaminsky, não rendera uma única satisfação e só servira para perturbar sua vida, mais de uma vez. E foda-se se outros enriqueceriam com ele.

– Então você não liga se os herdeiros da culpa pelo que aconteceu com seus avós ficarem com o quadro ou com o dinheiro do quadro? Seu pai se importava com isso. Seu tio se importou.

– Pois eu não ligo – disse, como se içasse uma bandeira branca.

– E também não tem interesse em ver seu quase primo Ricardo Kaminsky?

Quando saíram da casa de Roberto Fariñas, Conde havia convidado Elías a tomar umas cervejas no bar rústico de onde se via o Malecón. O pintor precisava de uma pausa para digerir as revelações, e sua primeira reação foi aquela rejeição total. Mas Conde, sentindo-se envolvido na história, ansioso para conhecer as últimas verdades, levava-o para o canto do ringue, deixava-o respirar e logo o empurrava para continuar. Ao ouvir essa pergunta, Elías reagiu.

– O que esse rapaz pode saber, Conde?

– Não sei, mas tenho certeza de que sabe alguma coisa. Desde que ouvi Fariñas, estou sentindo aqui, aqui mesmo – tocou debaixo do mamilo direito –, a dor de uma premonição: ele sabe algum detalhe importante de toda essa história.

– O quê?

– Não sei. Mas podemos ir vê-lo agora à tarde... E ele não é um rapaz. Não esqueça que é mais velho que você.

Na noite anterior, depois de combinar o encontro com Roberto Fariñas, Conde havia conseguido localizar o telefone de Ricardo Kaminsky da forma mais elementar: procurando na lista. Só havia uma pessoa com esse nome: morava na rua Zapotes, em Luyanó, e, naturalmente, não podia deixar de ser o rebento da mulata Caridad, que, de enteado de Joseph Kaminsky, havia passado a ser legalmente seu filho, com sobrenome de judeu polonês e tudo. Ligara para ele da casa do magro Carlos explicando que o filho do sobrinho de seu pai adotivo, sim, o filho de Daniel Kaminsky, Elías, estava em Cuba e queria vê-lo. O doutor Ricardo Kaminsky, vencida a surpresa, havia aceitado o encontro, para ele tão inesperado.

– Você marcou um encontro? – O mastodonte parecia alarmado e incomodado. Conde atribuiu o fato à conversa com Fariñas.

– Sim, claro. É para isso que está me pagando, não é?

– E por que achou que eu queria falar com ele?

– Primeiro, porque ele conheceu seu pai aqui em Cuba e deve ter sido uma das últimas pessoas a ver seu tio Joseph vivo. Agora, porque tenho certeza de que ele pode dizer coisas interessantes. A menos que você queira mesmo mandar tudo às favas e pegar o primeiro avião para longe daqui sem saber tudo que pretendia saber.

Elías bebeu um longo gole de cerveja e pegou o lenço para enxugar os lábios e, de quebra, o suor da testa. Mesmo naquele alpendre aberto, a cem metros do mar, o calor desidratava os corpos. Elías balançava a cabeça, negando alguma coisa cujo caráter só ele conhecia. Por enquanto.

– Eu já lhe disse que tenho dois filhos?

– Não. Ficou o tempo todo olhando para trás...

Elías assentiu.

– Um menino de catorze e uma menina de onze. Agora não os vejo tanto quanto gostaria. Eu me divorciei há três anos da mãe deles, e foram morar em Oregon. Ela arranjou um emprego na Universidade de Eugene. Não se surpreenda: minha ex é especialista em pintura barroca do Norte europeu. Incluindo Rembrandt. Mas o que eu queria dizer é: no começo do ano passado, quando meu pai começou a piorar, levei meus filhos a Miami. Moramos três meses lá, até que o velho morreu. O curioso é que não foram meses de luto. Foram mais de conhecimento, de simpatia. Meu pai teve consciência até o fim. Nos últimos dias se negou inclusive a tomar os remédios, não se queixava, pedia que lhe servissem feijão preto. Seu amigo Andrés o ajudou muito. O caso é que meus filhos só conheciam os avós por causa das férias de verão que passávamos em Miami. Meu filho tinha treze anos, e era um menino de Nova York, o que quer dizer muito e não quer dizer nada. Ninguém é de Nova York, ou todo mundo pode ser de Nova York, sei lá. Meu pai lhe contava, toda vez que podia, muitas coisas de sua vida. Visitou com ele a Cracóvia dos judeus de antes da guerra mundial, a Berlim dos nazistas, a perseguição do medo, a história de seus bisavós e o *Saint Louis*. Para ele, algumas dessas coisas eram argumentos de filmes, coisas de Indiana Jones, e graças ao meu pai pôde entender como é macabra a realidade. Mas meu pai falava sobretudo de sua vida em Cuba, de como e por que havia decidido aqui abandonar o judaísmo e pretendido até deixar de ser judeu. E falava muito da liberdade. Do direito que o homem tem de escolher com independência. Se quer acreditar ou não em Deus; ser judeu ou qualquer outra coisa; ser honesto ou safado. Repetiu a história de Judá Abravanel, que para mim é uma lorota judaica. Acho que ele falava das coisas que somos e não podemos deixar de ser, e de como nunca podemos nos livrar delas. Mas sabe do que mais ele falou?

Conde pensou. Arriscou:

– Do quadro de Rembrandt?

– Não... Bem, falou do quadro porque sem essa pintura não seria possível entender algumas coisas importantes da vida de todos nós. Mas do que mais ele falou foi de sua relação com o tio Joseph. Contou ao meu filho como foi importante para ele esse homem, que parecia tão miserável e arisco e que nos momentos mais difíceis de sua vida esteve ao seu lado e lhe garantiu essa possibilidade de escolher suas opções com liberdade. E também disse a Sammy... bem, meu filho se chama Samuel... disse uma coisa que jamais tinha me dito: que ele nunca poderia pagar a dívida de gratidão que tinha com o tio Joseph, não porque o acolhera ou pelo dinheiro que lhe dera, mas porque o tio havia sido capaz de sacrificar até a paz de sua alma para salvá-lo, ao seu sobrinho. Quando eu o ouvi dizer isso a Sammy pensei que o velho se referia a coisas da religião, coisas de judeus complicados, como diz Roberto. Mas agora sei que estava falando de problemas mais importantes. Falava da condenação e da salvação. Da vida e da morte. Meu pai se referia à própria vida e à morte de um homem.

Ricardo Kaminsky podia se apresentar como o mais imprevisível e ao mesmo tempo fiel herdeiro de uma tradição que remontava ao doutor Moshé Kaminsky, judeu de Cracóvia. Como o remoto asquenaze polonês cujo sangue não tinha mas cujo sobrenome lhe foi entregue, o mulato havanês exerce a medicina e possuía os títulos de especialista em nefrologia e professor titular de sua especialidade. Mas, para espanto insolúvel de Elías Kaminsky, aquele outro Kaminsky, cubano, de 66 anos e cabelo branco, apesar de seus méritos científicos e docentes, ainda vivia na modestíssima casinha do bairro de Luyanó, construída na década de 1930, que herdara de seus pais, a mulata Caridad e o polonês Pepe Carteira.

A bordo do carro alugado, enquanto se aproximavam do endereço pelo trajeto que Conde ia indicando a Elías Kaminsky, a eterna sordidez e a deterioração permanente daquele velho bairro havanês foi ficando evidente; mais ainda, insultante. As casas, a maioria sem o benefício de um pórtico, tinham portas sujas sobre as calçadas encardidas. As ruas, cheias de furnas de históricas origens, onde se empoçavam todas as águas possíveis, pareciam ter saído de um minucioso bombardeio. As construções, muitas delas de material pouco nobre, haviam cumprido com folga o ciclo vital para o qual haviam sido programadas e exalavam sem graça seus últimos suspiros. Enquanto isso, os imóveis que haviam pretendido impor uma distância de categoria e tamanho com seus vizinhos mais pobres, em muitos casos tinham sofrido o destino da fragmentação: muitas décadas antes haviam sido transformados em cortiços, onde famílias se apertavam em pequenos espaços e, ainda hoje, em pleno século XXI, tinham aqueles banheiros coletivos que na época martirizaram Pepe Carteira. Nas ruas, nas calçadas, nas esquinas, uma humanidade sem expectativas e à margem do tempo, ou pior, arrancada dele, via passar aquele Audi brilhante com olhares que iam da indiferença à indignação: indiferença por uma vida possível que nunca, nem em sonhos (pois já não sonhavam), seria a deles, e indignação (o último recurso) por refluxo visceral diante do que lhes foi negado durante gerações, apesar de muitíssimas promessas e discursos. Eram seres para os quais, a despeito de obediências e sacrifícios, a existência havia sido uma passagem entre um nada e um vazio, entre o esquecimento e a frustração.

– Veja – disse Conde –, esse é o Parque de Reyes. Ali que seu pai e seu tio conversaram quando Daniel descobriu o quadro de Rembrandt na casa de Mejías.

O que Conde chamava de "parque" era um território indefinível. Vários contêineres transbordando de lixo; acúmulo de escombros jovens, adultos e velhos; restos do que, com muita imaginação, alguém poderia supor que um dia haviam sido bancos e brinquedos infantis; árvores machucadas, com evidente desejo de morrer. Um compêndio do desastre.

– Tio Joseph saiu do cortiço da Compostela para vir morar aqui? – Elías Kaminsky não entendia.

– Era um bairro de proletários. Mas tire cinquenta anos de descuido e maus-tratos e 10 milhões de toneladas de merda... Pelo menos era uma casinha independente e tinha banheiro próprio que lhe dava tempo para sua constipação, não é?

– Dava uma fortuna a meu pai e ele mesmo continuava vivendo na merda – foi a dolorosa e admirada conclusão do forasteiro espantado.

Conde deu as indicações finais para que Elías chegasse à rua Zapotes. Seguiram a numeração descendente até encontrar o número 61. Para alívio de ambos, a placa numerada, em vez de pendurada sobre a calçada, estava presa na parede da única casa com pórtico da quadra. Um pórtico pequeno, mas melhor que nada. Em frente à casa estava estacionado um carro agonizante, o automóvel soviético que, como logo saberiam os recém-chegados, permitiram que o médico Ricardo Kaminsky comprasse, graças à sua profissão, quase 25 anos antes.

Ainda no carro viram o doutor. Estava esperando no pórtico, vestido para uma ocasião especial: calça bege e camisa com as marcas do ferro bem visíveis. A expectativa daquele que um dia fora Ricardito, o mulatinho desbotado capaz de improvisar versos que, por intermédio da mãe, roubara o coração de Joseph Kaminsky, era evidente. Quando os recém-chegados desceram do automóvel reluzente que ressaltava maliciosamente a decrepitude do carro do especialista e professor de nefrologia, os olhos do homem descartaram imediatamente a figura de Conde, tão secundária em sua pesquisa, e se concentraram no mastodonte de rabo de cavalo. Aquele rosto lhe falava de seu próprio passado. E fazia isso aos berros, como logo depois veriam Conde e Elías.

Depois dos cumprimentos e das primeiras apresentações, o médico, um pouco nervoso, insistiu em apresentar sua família ao filho de Daniel Kaminsky, aquele pintor que havia saído sem avisar das brumas e do passado. A esposa, as duas filhas, os respectivos maridos e os três netos – dois meninos, uma menina – surgiram de dentro da casa, onde aqueles seres das mais diversas cores de pele pareciam estar escondidos à espera de ser convocados. A última figura a aparecer provocou a curiosidade de Mario Conde, mas não a de Elías, certamente acostumado a esse tipo de imagem: era a neta mais velha do médico, uma jovem recém-saída da adolescência e mais branca que o resto da família. Usava uma roupa extravagante, cheia de rebites e peças metálicas, tinha os lábios, as unhas e os olhos pintados de preto, uma espécie de tubo de pano listrado cobria um dos seus braços, enquanto um anel prateado reluzia no nariz e uma coleção deles na única orelha visível por causa da mecha de cabelo que, estendida como um manto escuro, lhe cobria a metade do rosto. A moça destoava naquele ambiente como um cachorro no meio de um bando de gatos.

A apresentação foi um ato que Ricardo Kaminsky assumiu com uma formalidade *démodé*, como se colocasse os integrantes do clã diante de um xamã ou alguém com nível similar de transcendência. As mulheres, incluindo a jovem gótica, beijaram Elías na bochecha, e os homens apertaram sua mão, repetindo todos a mesma frase: "É um prazer conhecê-lo". Por isso, depois de ditos os nomes e parentescos de cada um dos seus familiares e expressado o prazer, Ricardo dirigiu-se a eles, apontando para Elías.

– Como já sabem, este senhor é o sobrinho-neto de Pipo Pepe. Filho do meu primo Daniel. Este senhor, se ele me permitir, é da minha família, meu primo, o único que tenho e, pelo que sei, sou o único primo Kaminsky que ele tem, pois sua família paterna foi assassinada pelos nazistas. Mas o mais importante vocês todos sabem: se vovó Caridad foi uma mulher feliz e se eu sou o homem que sou e vocês as pessoas que são, é por causa daquele polonês, o tio-avô deste senhor, meu pai, que deu à minha mãe e a mim as três coisas mais importantes que um ser humano pode receber: amor, respeito e dignidade.

Joseph Kaminsky era Pipo Pepe? Daniel Kaminsky, primo Daniel? Kaminskys cubanos, brancos, negros, mulatos, orgulhosos daquele sobrenome extravagante que os tirara da merda? Elías Kaminsky foi atacado outra vez de surpresa, e pelas costas. Perdeu a voz, e as lágrimas então rolaram bochechas abaixo, irrefreáveis. Viera atrás de uma verdade e, como recompensa, chouviam-lhe descobertas capazes de abrir as torneiras de seus canais lacrimais.

– Se tiverem a gentileza de aceitar – prosseguiu o doutor Kaminsky, dirigindo-se agora aos visitantes –, gostaríamos de convidá-los para comer aqui em casa. Não é nada do outro mundo, lembrem que sou apenas um médico, mas será uma honra para nós, quer dizer, uma alegria imensa, que aceitem o convite. Como não sei se você pratica o judaísmo – continuou, dirigindo-se a Elías –, preparamos só pratos *kosher*, nada é *trefa*... Eu mesmo cozinhei, como minha mãe para Pipo Pepe...

As pauladas de afeto não deixavam Elías Kaminsky falar; ele se limitou a assentir.

– Que ótimo! Mas sentem-se, por favor. Aqui no pórtico é mais fresco. Mirtica – Ricardo se dirigiu a uma das filhas –, a limonada, por favor.

A família do médico pediu licença para se retirar e voltou ao seu refúgio secreto. Elías e Conde se ajeitaram nas poltronas, e Ricardo finalmente ocupou a sua. Um minuto depois, a moça gótica (Yadine, Yamile, Yadira? Conde tentava lembrar o nome que começava com "Ya") e sua tia, de pele mais clara que a irmã, mas dona de uma anca africana que Conde não pôde deixar de admirar, serviam-lhes de uma jarra embaçada pelo líquido gelado, em copos compridos de vidro muito fino.

– Sabem de uma coisa? Estes copos o senhor Brandon deu a Pipo Pepe e à minha mãe quando eles se casaram. Só os usamos em ocasiões muito especiais.

Por longos minutos os dois Kaminskys falaram de si mesmos, para se situar melhor. Elías falou de sua profissão, sua família, o destino final de seus pais. Ricardo, de seu trabalho como nefrologista num hospital, da alegria que lhe proporcionava aquele encontro inesperado e também de sua família, que morava com ele.

– Moram todos juntos? – Perguntou o visitante, possivelmente considerando a informação prévia de que a casa de Luyanó só dispunha de dois quartos.

– É, todos juntos, que remédio... E ainda bem que herdamos esta casa. Agora minha filha Mirtica, que é professora, mora com o marido e os dois filhos no primeiro quarto. Minha filha Adelaida, que estudou economia, com seu marido e a filha Yadine, no segundo. Minha mulher e eu montamos uma cama na sala à noite. O problema é a fila do banheiro. Principalmente quando Yadine entra para se fantasiar – disse, e sorriu.

– E não podem fazer alguma coisa? – O pintor continuava sem entender.

– Não. A casa que você tem é a que sua família deixou, a que conseguiu construir se tinha muito dinheiro ou a que, por uma ou outra via, o governo lhe deu. Eu me dediquei a fazer meu trabalho e só tive meu salário; não me deram nada. – Ricardo Kaminsky pensou por um instante se devia continuar ou não, e decidiu que sim. – O problema é que sou católico. Isso mesmo: nem judeu nem *santero*. Católico. E quando iam distribuir alguma coisa no hospital, sempre me deixavam de lado, porque sou religioso e isso era muito malvisto. Por milagre me venderam esse Moskovich. É engraçado: agora que não dão nada, não importa em que você acredita. Quando davam, sim. Mas o que eu não podia fazer era ocultar minhas crenças. E paguei o preço, sem remorsos. Afinal, adoro ficar perto da minha família.

Enquanto ouvia a história para ele bem conhecida, por ser comum, da promiscuidade residencial do nefrologista Ricardo Kaminsky, Conde pensou na incomensurável distância entre o mundo do médico e o de Roberto Fariñas. A mesma, talvez mais insultante, que Daniel Kaminsky encontrara entre suas pobrezas e as possibilidades dos judeus ricos de Havana em 1940 e de Miami em 1958. E calculou que nem com cinco anos de estudos universitários o pintor Elías Kaminsky entenderia os meandros daquele panorama que precisava ter sido vivido para ser entendido – mais ou menos. A vida daqueles dois homens, primos legais, transcorreu por caminhos tão diversos que eles pareciam habitantes de duas galáxias diferentes. Mas, com uma fatalidade matemática, Conde verificaria que, num canto remoto do infinito, as linhas mais paralelas também encontram o ponto em que se cruzam.

– Nunca vou esquecer, não posso esquecer, que seu pai foi a pessoa que me levou pela primeira vez para ver um jogo de beisebol no estádio do Cerro. Eu devia ter oito, nove anos, era totalmente fanático pelo Almendares e passava a vida jogando beisebol em qualquer pracinha de Havana Velha. Daniel ainda não havia se casado nem mudado, mas já era noivo de Martica, e um sábado de manhã, quando eu estava descendo as escadas do cortiço para ir jogar beisebol, ele me chamou e me perguntou se já tinha visto o Almendares jogar. Respondi que não, claro. E ele me disse que naquela tarde ia ver. Disse para eu ir tomar um banho e dizer à minha mãe que me arrumasse para ir ao estádio às duas. Embora o Marianao de Daniel tenha ganhado do Almendares, acho que foi a tarde mais feliz de toda a minha infância. E a devo a um Kaminsky. Você não imagina como vim orgulhoso do estádio com aquele boné azul do Almendares que Daniel comprou para mim. Minha mãe e eu tivemos muita sorte de encontrar seu tio e seu pai no cortiço. Principalmente, claro, seu tio, que começou uma relação com minha mãe e lhe deu uma coisa que ela nunca conhecera: respeito. E me ofereceu algo que, segundo ele, me deixaria rico: a possibilidade de estudar. Com o tempo, minha mãe e Joseph se casaram, e eu deixei de me chamar Ricardo Sotolongo, de ser o que nessa época se chamava filho natural, para ter dois sobrenomes, como devia ser: Kaminsky Sotolongo. Mas antes de ele se tornar meu pai legal eu já o chamava de Pipo Pepe. E seu pai, quando me via, sempre me tratava de primo. Eles me fizeram sentir parte de uma família, coisa que eu nunca tinha tido. Quando Daniel saiu de Cuba, Pipo Pepe se negou a ir por nossa causa. Também não quis em 1960, quando Brandon lhe ofereceu abrir uma oficina em sociedade em Nova York. Ele sabia como podia ser difícil a vida para um negro nos Estados Unidos e, por isso, ficou aqui conosco. Mas também ficou porque não tinha forças para começar de novo. Quando adoeceu e morreu, em 1965, minha mãe e eu sentimos que tínhamos perdido a pessoa mais importante na vida. Então seu pai, Daniel, disse a minha mãe que, se nós quiséssemos, ele podia pedir nossa saída daqui como viúva e filho de um judeu polonês e nos levar para viver com ele e com Martica. Mas eu estava terminando a universidade; as coisas estavam difíceis, mas ainda se vivia com muita esperança de que tudo ia melhorar, e nem ela nem eu queríamos ir para lugar nenhum. De qualquer forma, agradecemos a Daniel por se lembrar de nós como se fôssemos da família. Por isso sempre me culpei tanto por não ter tido mais contato com seu pai e Martica, por ter feito a estupidez de aceitar o que nos diziam, que aqueles que foram embora eram inimigos com quem não devíamos manter contato. Enfim, coisas que obrigam a gente a fazer. E a gente aceita... até que esperneia e resolve não aceitar mais, correndo até o risco de ser afastado da tribo. Alguns anos depois foi minha mãe que adoeceu. Ela, que nunca tomou uma cerveja, teve uma cirrose hepática fulminante. Uma noite, já quase no fim (ela pressentia o fim), veio me dizer que precisava me contar uma história que, ressaltou, eu tinha de saber. E, pelo que você me disse, agora acho que você também merece saber. Porque é uma história que revela o tipo de pessoa que foi Joseph Kaminsky e o que seu sobrinho Daniel significou para ele.

O médico respirou fundo enquanto esfregava a palma das mãos nas pernas da calça bege, como se precisasse limpá-las. Conde notou que estava com os olhos mais úmidos e brilhantes, como se padecesse de uma grande dor. Elías Kaminsky, por sua vez, mexia a boca, ansioso e dolorido.

— Foi Pipo Pepe que matou esse homem, Román Mejías. Fez isso para que seu pai, o sobrinho dele, não o fizesse, não tivesse de fazer. E o matou com a faca de cortar couro. Correu o risco de ser fuzilado, de apodrecer na prisão, de que Mejías o matasse, de que os homens de Batista o arrebentassem. Mas o matou sobretudo para salvar Daniel de todos esses perigos. O velho sabia muito bem o que estava fazendo, disse minha mãe, porque não só estava provocando a justiça e a fúria dos homens, mas também estava perdendo o perdão do seu Deus, que, apesar de ter divinizado a vingança, colocou acima de tudo um mandamento inviolável: não matarás. Eu, que o conheci, e conheci sua bondade, não imagino como ele conseguiu entrar na casa desse homem, dar-lhe várias navalhadas por todo o corpo e depois cortar-lhe o pescoço, quase degolá-lo. Mas posso entender suas razões. Mais do que o ódio que possa ter sentido desse homem que enganou sua família e a mandou de volta para a Europa, para o suplício e a morte, o que o impulsionou foi o amor por seu sobrinho. Só um homem muito, mas muito íntegro seria capaz de fazer esse sacrifício e perder o mais sagrado de sua vida espiritual, quando essa vida lhe importava, e muito. Por isso, acho que, apesar de tudo, ele viveu em paz até o fim. Sabia que sua alma não teria salvação, mas morreu satisfeito por ter cumprido a palavra que dera um dia ao irmão, o pai de Daniel: cuidar de seu filho em todas as circunstâncias, como se fosse dele próprio. E assim fez.

Elías Kaminsky escutava o médico com o olhar fixo nas lajotas do pórtico, carcomidas pela chuva e pelo sol. A confirmação definitiva da inocência de seu pai vinha acompanhada pelo clamor daquela epifania que revelava a capacidade de sacrifício de um homem que, por amor e dever, se transformava num assassino desumano e se autocondenava com total consciência e por vontade própria. Mario Conde, observando a atitude daqueles dois seres de origens diferentes, aparentados por intermédio da bondade corretamente chamada de infinita de Pepe Carteira, decidiu se arriscar à impertinência de tentar chegar ao último capítulo de uma história exemplar.

– Doutor – disse, fez uma pausa e se atirou –, sua mãe, Caridad, falou alguma coisa do quadro que Mejías tinha surrupiado do irmão de Joseph?

Ricardo Kaminsky fez que sim, mas ficou em silêncio por alguns segundos.

– Pipo Pepe o levou da casa de Mejías. Estava numa moldura, e com a mesma navalha com que tinha matado o homem, cortou a tela e a guardou dentro da camisa. Como nesse momento era ele o proprietário da obra, e como essa obra era a única coisa que podia relacionar os Kaminskys com Mejías, decidiu que ele não a queria e a queimou no tanque do pátio. Não se importou que aquela pintura pudesse valer muito dinheiro. Ele não queria mais um dinheiro que, quando pôde, não serviu para salvar sua família. Minha mãe não teve coragem de lhe dizer que era uma loucura queimar algo tão valioso, e não disse, porque se tratava de propriedade dele e decisão dele, ela achou que devia respeitar. Sabia que com aquele ato Pipo Pepe dava um pouco de paz à sua alma.

Enquanto Ricardo Kaminsky explicava as razões e ações extremas de seu pai adotivo, Elías foi levantando a cabeça e, puxando compulsivamente o rabo de cavalo, virou o olhar para Conde. O ex-policial, por sua vez, sentiu o coração se agitar com aquela revelação do médico.

– Então ele queimou a pintura de Rembrandt?

– Sim, isso foi o que disse minha mãe.

– Sabendo que era de Rembrandt e que valia muito?

– Era de Rembrandt e valia muito – confirmou o médico, sem conseguir entender as entrelinhas dessas perguntas ou pensando que seu presente interrogador sofria de um endurecimento do córtex cerebral provocado por alguma grave infecção urinária.

– Como ele sabia? – Insistiu Conde.

– Sabia porque sabia, ora! Era o retrato de um judeu que se parecia com Cristo. Ele o tinha visto muitas vezes em sua casa, em Cracóvia.

– E, naturalmente, antes de queimá-lo não o mostrou a nenhum especialista?

Ricardo Kaminsky sentiu os efeitos do alarme que dominava Conde.

– Claro que não, sei lá... Como ia... Mas o que é que está acontecendo?

Conde olhou para Elías Kaminsky, e o pintor entendeu que as explicações cabiam a ele.

– É que o original desse quadro de Rembrandt está agora em Londres, à venda. Periciado e autenticado, claro. Tio Joseph pensou que tinha levado e queimado o original, mas era uma cópia.

Ricardo negava com a cabeça, superada sua capacidade de entendimento e espanto.

– O mais terrível – continuou Elías – é que o tio achou que estava destruindo um original, um quadro que valia muito dinheiro, e não se importou em perdê-lo. Só queria proteger sua família.

As cervejas e o vinho levados por Elías Kaminsky contribuíram muito para atenuar a formalidade de seus parentes cubanos, apertados na mesa que ocupava a sala inteira da casinha de Luyanó. Para surpresa do pintor, os pratos servidos eram recriações cubanizadas de velhas receitas judaicas e polonesas, mas incluindo o imprescindível feijão preto que todos os Kaminskys ali reunidos, de sangue ou de sobrenome, consideravam seu prato preferido.

Num canto da sala, sólida embora já opaca, ainda ronronava a velha Frigidaire que em 1955 Daniel e Marta deram de presente a Joseph Kaminsky quando ele alugara a casa. Ao lado da geladeira estava a cristaleira onde se guardavam os pratos e copos de fino cristal da Boêmia ofertados pelo potentado Brandon. Em cima do móvel, Elías se deparou com um crucifixo de madeira e a *chanukiá*, o candelabro de oito braços trazido de Cracóvia por Joseph Kaminsky e com o qual, segundo seu pai, todo ano o tio celebrava a festividade de Chanuca, acendendo uma vela por dia em memória do grande feito dos macabeus para reconquistar o Templo. A propósito desse candelabro e do crucifixo, Conde ficou sabendo que, como resultado das conversas que teve com o avô Daniel, o filho de Elías, Samuel, dissera ao pai que queria se tornar judeu com a cerimônia da circuncisão ritual e a celebração de seu Bar Mitzvá numa sinagoga nova-iorquina. Um retorno ao rebanho realizado por decisão própria pelo neto de um homem que, convencido na marra, nunca mais voltara a acreditar na existência de Deus. De nenhum deus.

– E o que é preciso fazer para virar judeu? – Quis saber Yadine (chamava-se Yadine), aparentemente chegada a esquicitices.

– É muito complicado, deixe para lá – interveio o avô.

– E para ser detetive particular em Cuba? – Continuou perguntando a jovem gótica, com os olhos em Conde.

– Isso é mais difícil que virar judeu – respondeu o aludido, e os outros, com exceção de Yadine, riram com a resposta, de modo que Conde se sentiu na obrigação de esclarecer: – Eu não sou detetive. Fui da polícia, e agora não sou nada.

A despedida, já perto de meia-noite, depois de todas aquelas horas de uma companhia cada vez mais desinibida, foi alegre e emotiva, com juras de manter o contato e até com a promessa de Elías de voltar à ilha com seus filhos, Samuel e Esther, para conhecerem seus parentes cubanos e irem todos juntos assistir a um jogo no estádio de Havana onde muitos anos atrás brilhara Orestes Miñoso.

No carro alugado pelo pintor, enquanto iam para a casa de Tamara, Elías Kaminsky comunicou a Conde sua decisão de voltar para os Estados Unidos no dia seguinte.

– Vou contratar alguns advogados para que façam o que for necessário e recuperem o quadro de Rembrandt. Agora sim estou decidido: não posso deixar que outras pessoas fiquem ricas com essa pintura. Pessoas que foderam a vida de minha família.

— E, se recuperar, vai doar para o museu judeu ou para algum dos outros que me disse?

— Claro. Agora mais do que nunca — disse Elías, enfático, aparentemente um pouquinho alto por causa da bebida.

— Acho muito bonito... até glorioso, e digno de sua estirpe. Mas posso lhe dizer uma coisa?

Elías tirou com uma das mãos um Camel do maço que estava no bolso de sua camisa Guess casual. Quantos maços de cigarros cabiam na porra daquele bolso? Será que era a mesma camisa do primeiro dia ou ele tinha várias iguais? Depois, procurou o isqueiro e o acendeu. A fumaça saiu pela janela aberta rumo ao vapor da noite.

— Muito bem, diga — disse por fim.

— Quem era que dizia que, quando alguém sofre uma desgraça, deve rezar como se a ajuda só pudesse vir da providência, mas ao mesmo tempo deve agir como se só ele mesmo pudesse achar a solução para a desgraça?

— O tio Joseph dizia isso ao meu pai.

— Tio Joseph, o mais judeu de todos vocês, era um sacana pragmático! Vejamos, Elías, você não acha que esse ato glorioso e tão simbólico de doar o quadro é o que chamamos em Cuba de uma tremenda babaquice? Nesse museu ficaria muito bem, recordaria a memória dos mortos, de uma família judia massacrada no Holocausto. Mas, porra, e os vivos? Você imagina como pode ser a vida dessas pessoas que acabamos de ver com uma partezinha desse dinheiro? Sim, sei que imagina. Mas... posso continuar?

— Continue, continue — disse o outro, dirigindo com a vista fixa no asfalto.

— Esse quadro pertence a Ricardo Kaminsky tanto quanto a você. Legalmente, ele é filho de Joseph Kaminsky. Aliás, acho que pertence mais a ele que a você, mas Ricardo jamais pensaria em lhe pedir nada, porque é um homem decente e porque a gratidão que sente por vocês não permitiria. Mas você acha que, só por ser um Kaminsky de sangue, pode decidir sozinho? Depois do que ouviu hoje, teria colhões para ser tão egoísta?

Elías jogou na rua o cigarro fumado pela metade. Balançou a cabeça, negando.

— Todo mundo neste país tem que cair de pau em cima de mim?

— Quem sabe esse era seu destino... Voltar e sair espancado, mas mais completo.

— Sim... E o destino de Ricardito é ser mais babaca, como você diz, que tio Joseph. Você acha que ele vai aceitar dinheiro do quadro se não quis nem os duzentos dólares que lhe ofereci?

— É que entre a caridade e o direito há uma boa distância. Tudo que Ricardo Kaminsky tem é sua dignidade e seu orgulho.

— Você acha, então...

— Já falei o que eu acho. O resto, o que realmente importa, é o que você acha.

Na varanda do hotel pediram o café e o rum envelhecido da despedida. Mario Conde, havia tantos dias enfiado naquelas histórias complicadas, cheias de culpas e expiações de uma família judia, já sentia que procurar a verdade só lhe servia para ter seiscentos dólares no bolso e uma sensação de vazio na alma.

— Trouxe esta carta — disse para Elías Kaminsky, e estendeu-lhe o envelope. — É para Andrés.

— Vocês não se falam por e-mail?

— Que negócio é esse? — Perguntou Conde. Elías sorriu da suposta piada que, na verdade, não era. Definitivamente, Elías Kaminsky continuava sendo um forasteiro.

— Eu a entrego a ele assim que chegar. Também tenho que agradecer pela ajuda dele e pela sua.

— Eu não fiz nada. No máximo, ouvi você e clareei sua mente. Aliás, sei quase tudo a seu respeito, mas não o mais importante.

— O mais importante?

— É. Você não me falou da sua pintura. Que diabos você pinta? Não me diga que é como Rembrandt...

Elías Kaminsky sorriu.

— Não... Pinto paisagens urbanas. Edifícios, ruas, paredes, escadas, cantos... Sempre sem figuras humanas. São como cidades depois de um holocausto total.

— Não pinta pessoas porque é proibido para os judeus?

— Não, não, isso já não é muito importante para ninguém. É porque eu quero representar a solidão do mundo contemporâneo. Na verdade, nessas paisagens há pessoas, mas são invisíveis, ficaram invisíveis. A própria cidade as engoliu, tirou-lhes sua individualidade e até sua corporeidade. A cidade é a prisão do indivíduo moderno, não é?

Conde assentia provando seu rum.

— E onde os invisíveis encontram a liberdade?

— Dentro de si mesmos. Um lugar que não se vê, mas existe. Na alma de cada um.

— Interessante... — Disse Conde, intrigado, mas não muito convencido. Arrastada por aquela conversa, uma preocupação adiada surgiu em sua mente: — E o judeu sefaradi que circulava na Polônia dizendo que era pintor? Você sabe o que pintava? Que porra foi fazer na Polônia quando estavam matando judeus lá?

— Não faço ideia... nem se sabe o nome dele. Mas... você lê francês?

— Lia muito quando estava em Paris. Tomava sempre o café da manhã no Café de Flore, comprava *Le Figaro*, tomava banho no Sena e andava para cima e para baixo com Sartre e Camus, um debaixo de cada braço...

— Vá à merda — disse Elías, quando se deu conta dos disparates que o outro dizia. — Bem, há um livro escrito em hebraico, mas já traduzido para o francês, que se chama *Le fond de l'abîme*. São as memórias de um rabino, um tal de Hannover, que foi testemunha dos massacres de judeus na Polônia entre 1648 e 1653... É de cagar de rir. Se você ler, vai poder calcular como terminou esse judeu sefaradi perdido na Polônia. Vou lhe mandar o livro.

— E o que o sefaradi pintava?

— Se ele realmente estudou com Rembrandt e deixou a Moshé Kaminsky o retrato de uma moça judia, eu posso imaginar o que ele pintava e como o pintava.

— Diga lá...

— Rembrandt era magnético — começou Elías. — E meio tirano com seus discípulos. Sempre os obrigava a pintar segundo as ideias dele, que às vezes parecem bastante claras, mas outras vezes são como tentativas, pelo que se vê em seu trabalho. Rembrandt era um buscador, passou a vida buscando, até o fim, quando estava na *fuácata* e se atreveu a pintar os homens sem olhos de *A conspiração dos batavos*. Tinha muita clareza sobre a relação entre o ser humano e sua representação num quadro. Via isso como um diálogo entre o artista, a figura que representava e o modelo. E também como captação de um instante que fugia para o passado e exigia uma fixação no presente. Todo o poder de seus retratos está nos olhos, nos olhares. Mas às vezes ia além... e chegou até a pintar retratos sem olhos, o que deu mais força ao quadro. Mas o olhar é o que torna notável esse estudo de retrato de um jovem judeu, que talvez tenha sido seu discípulo. Esse pedacinho de tela é uma obra-prima. Mais que os olhos, nesse retrato, tanto como no de seu amigo Jan Six e em alguns autorretratos, Rembrandt procurava a alma do homem, o permanente, e encontrou... Talvez tenha sido isso que esse judeu herege aprendeu com seu mestre e tentou fazer com sua pintura... Imagino.

— Era um herege porque pintava? — Quis saber Conde.

— Sim, esse homem violou uma lei muito rígida na época. Mas, talvez, como meu tio, tenha morrido sem sentir remorsos. Não se pode obrigar alguém a pintar. Se ele o fez, está claro que foi exercendo seu livre-arbítrio. E o fez nada mais e nada menos que ao lado de Rembrandt. Ao menos, é o que imagino...

Conde assentiu, bebeu o café e acendeu um cigarro.

— Aquele judeu podia ter sido condenado por pintar pessoas. E você, que quase não é judeu e está cagando para a condenação, não se interessa em pintar pessoas. Complicado isso...

— A pessoa não sabe por que é pintor ou por que não é. Nem sabe por que acaba pintando de um jeito e não de outro, por mais explicações que dê. Minha mãe gostava da minha pintura. Meu pai, não. Para ele, as pessoas sempre eram o mais importante.

— Seu pai continua sendo dos meus. Gente, barulho, amigos, bola, feijão preto, mulheres com uma flauta ou um saxofone...

— Certeza que você não é judeu? — Elías sorriu.

— Quem sabe... E, com meu espírito judeu, pergunto: afinal, o que você vai fazer se recuperar o quadro?

Elías Kaminsky olhou nos olhos do vendedor de livros velhos. Levantou o copo e o esvaziou num gole só.

— Para isso, ainda falta muito. Mas prometo: faça eu o que fizer, você vai ser o primeiro a saber.

— Ótimo — disse Conde. — Espero que não faça nenhuma idiotice.

A ideia andara vários dias rondando o magro Carlos, que só esperava a ocasião propícia para colocá-la em prática. Ao saber que Conde havia terminado sua tarefa judia, querendo saber as últimas peripécias da investigação, pôs em prática seus dotes de organizador e, às cinco da tarde, os amigos chegavam à praia de Santa María del Mar a bordo do espaçoso Chevrolet Bel Air de Yoyi, o Pombo, e do carro alugado por Dulcita, a antiquíssima ex-namorada do Magro, recém-chegada de Miami.

Para Carlos, gastar as últimas horas da tarde em frente ao mar daquela praia, de onde se podia assistir ao espetacular mergulho do sol no horizonte marinho, significava muito mais que um capricho ou um desejo: representava uma maneira de se comunicar com o jovem que ele já fora, o homem com duas pernas úteis, como a maioria dos homens, capaz de jogar *squash* nas quadras próximas, de correr pela areia, de nadar no mar. Por isso todos os amigos aceitaram a proposta e se entregaram à tarde de praia, depois de fazer a imprescindível provisão dos "bebestíveis" necessários.

O sol de setembro ainda batia forte quando chegaram. Conde, Coelho, Candito e Yoyi carregaram o Magro, que agora pesava muito, e o levaram em seu trono obrigatório até a beira do mar, chegando desfalecidos e suados. Tamara e Dulcita se encarregaram de transportar as bebidas colocadas numa geladeira de plástico e depois estenderam lonas na areia.

Enquanto Conde relatava as peripécias de sua investigação, o sol começava a fase final de sua descida diária e as poucas pessoas que ainda estavam na praia bateram em retirada, deixando-lhes o usufruto exclusivo do território. Na solidão da paragem, capturados por uma história de morte e amor, a sensação de tempo detido, até mesmo invertido, foi dominando outra vez o espírito da tribo. Aqueles concílios de praticantes fundamentalistas da amizade, da nostalgia e das cumplicidades tinham o efeito benéfico de apagar as dores, as perdas, as frustrações do presente e jogá-las no território inexpugnável de suas memórias mais afetivas, as mais amadas.

O álcool cumpria a missão de catalisar o processo. Para sua frustração, nem Dulcita, com sua consciência de motorista norte-americano; nem Yoyi, por saber-se possuidor de uma joia rodante; nem Candito, por seus entendimentos com o Além; nem Tamara, que não estava disposta a enfrentar aqueles runs quase haitianos, deixaram-se arrastar pela tentação etílica, à qual Conde, Magro e Coelho se entregaram com desenfreio, até atingir o estado perfeito: o de se divertir falando merda. Como não podia deixar de acontecer naquela tarde, o assunto caiu nas possibilidades que a posse e venda de um quadro de Rembrandt poderia abrir-lhes. Quanto? Dois milhões?

– Se vender por cinco está bom, mas sete seria melhor – disse Carlos.

– Sete? Para que tanto dinheiro? – Perguntou o Coelho.

– Nunca é tanto, *man*, nunca – interveio Yoyi, o economista do grupo.

– Sete, porque assim fica 1 milhão para cada um de nós, certo?

– Sete, ok, 7 milhões – concedeu Conde. – Mas nem um quilo a mais, porra. Esses ricos são insaciáveis.

– Conde – quis saber Candito – você disse mesmo ao pintor que a ideia de doar o quadro ao museu do Holocausto judaico era uma idiotice?

– Claro que disse, Vermelho. Como não ia dizer, porra! Depois de tudo que a família dele passou por causa desse quadro, e continua passando, alguém deve ganhar alguma coisa com ele, não é?

— Eu acho certo que ele dê um bom dinheiro ao médico e à família — interveio Tamara, com espírito gremial.

— Milionários cubanos! Com metade desse dinheiro eles compram Luyanó inteiro — disse Yoyi, mas retificou-se. — Não, é melhor não comprarem merda...

— O que não consigo entender — comentou Dulcita — é onde esse quadro andou durante todos esses anos.

— Com algum dos Mejías — imaginou Conde.

— Seria bom saber — opinou Tamara.

— Tudo isso é muito interessante, mas, voltando ao dinheiro... se fosse eu, não dividiria nada — disse o Coelho sacudindo a areia das mãos. — Ficaria com tudo, para comprar uma ilha, fazer um castelo, comprar um iate e... levar todos vocês para lá... e a família do médico. Com o doutor Kaminsky e com Tamara haveria saúde pública gratuita; com a filha professora, uma universidade popular, e Conde seria o bibliotecário; com a Kaminsky economista, planejamento centralizado, e colocamos Yoyi como administrador. O Magro seria o príncipe da ilha, Dulcita a princesa, Candito o bispo e eu o rei. E quem se comportasse mal levava um pé na bunda de mim.

— Em qualquer lugar nasce um tirano — sentenciou Dulcita. — Mas gostei do meu trabalho na ilha do tesouro.

— E você, Conde? O que faria com 7 milhões? — Quis saber Tamara.

Conde olhou-a com intensidade. A seguir, levantou-se e cambaleou. O mais teatralmente que pôde, passeou a vista pelo público cativo.

— Como diabos vocês querem que eu saiba? Olhem só — enfiou a mão no bolso e tirou os seiscentos dólares recebidos pela tarefa —, eu nem sei o que vou fazer com isto aqui.

E foi entregando uma nota de cem a cada um dos amigos.

— Um presentinho de fim de ano — disse.

— Em setembro? — Dulcita tentou dar lógica àquele absurdo.

— Bem, pelo aniversário do Coelho, que vai ser daqui a alguns dias...

— Esqueça, garota, esse aí está doido de pedra — disse Yoyi.

— Não, o caso é que ele é mais idiota que o pintor — retificou Carlos, que, em meio à sua bruma etílica, com uma nota de cem dólares na mão, teve um brilho de lucidez. — Porra, olhem lá, o sol está sumindo.

No horizonte, o sol estava a ponto de tocar a superfície brilhante do mar.

— Escute aqui, seu veado — gritou Conde para o sol. — A gente vem especialmente para te ver e você vai embora sem avisar?

Utilizando um pé e depois o outro, Conde conseguiu se descalçar e, num equilíbrio mais que precário, apoiando as nádegas no corpo de Carlos, tirou as meias. Depois, desabotoou a camisa e jogou-a na areia. Os outros olhavam para ele, intrigados. A sabedoria de Candito, porém, advertiu-os das intenções de Conde.

– Olhe, Conde, você já está um pouco velho para essas... – Começou Candito, mas o outro, que estava abaixando a calça e exibia a cueca, continuou, sem dar atenção a Candito; livrou-se do relógio, que caiu ao lado da camisa. Deu uns passos em direção à costa e começou a abaixar a cueca, mostrando ao público as nádegas magras, um pouco mais claras que o resto do corpo.

– Que bunda mais feia! – Disse o Coelho.

– Espere aí! – Gritou Conde em direção ao sol, e, depois de soltar a última peça de roupa, retomou a marcha rumo ao rastro dourado que na última curvatura visível do planeta se estendia sobre o oceano, para morrer na beira da praia dos sonhos, das lembranças e das nostalgias. Do vórtice da tempestade etílica que assolava sua mente saíram, bem nesse instante e por caminhos mentais imprevisíveis, as palavras de um moribundo do futuro: "Eu vi coisas que vocês homens nunca acreditariam. Naves de guerra em chamas na constelação de Orion. Vi raios-C resplandecentes no escuro perto do Portal de Tannhaüser. Todos esses momentos se perderão no tempo, como lágrimas na chuva".

O homem nu entrou no mar, sem deixar de olhar para o sol, disposto a deter sua descida, o fim do dia, a chegada das trevas. Decidido a parar o tempo e impedir que todas as perdas os assolassem.

livro de elias

Nova Jerusalém, ano 5403 da criação do mundo, 1643 da era comum

Elias Ambrosius Montalbo de Ávila resistia às navalhas de ar úmido que, rumo ao mar do Norte, corriam desenfreadas sobre o Zwanenburgwal e lhe cortavam a pele da face e dos lábios, as únicas partes de sua anatomia expostas à agressiva intempérie da cidade. Com a neve chegando a seus tornozelos, sofrendo com a cãibra que lhe transia os dedos, o jovem mantinha pela quinta manhã consecutiva sua obstinada vigília, enquanto procurava algum alívio rememorando a dramática história e os ensinamentos recebidos de seu avô Benjamim e as lições aprendidas com seu turbulento professor, o *chacham* Ben Israel. Porque, agora como nunca, Elias Ambrosius precisava desses apoios para se atrever a dar o salto que o obcecava e, com ele, empreender a luta pela vida que desejava viver, disposto a assumir as consequências de um imperioso exercício de seu arbítrio. Um exercício que, se realizado, com toda a certeza mudaria sua vida, e, talvez, até mesmo sua morte.

O rapaz já ouvira tantas vezes o relato da fuga do avô Benjamim e do júbilo de sua chegada a Amsterdã que se sentia capaz de imaginar cada detalhe da aventura vivida ao lado da avó Sara (que se disfarçara de homem, apesar de estar grávida de seis meses daquela que seria sua tia Ana) e de seu pai, Abraão, então com sete anos (que precisou ser embrulhado como se fosse uma mercadoria). A fuga havia acontecido quarenta anos antes, nos porões sujos de um navio inglês ("Fedia a breu e peixe salgado, a suor, merda e dor dos africanos transformados em escravos"), infiltrado no estuário de Lisboa, de passagem para uma Nova Jerusalém onde os fugitivos pretendiam recuperar a fé milenar de seus ancestrais.

Aquele episódio, ocorrido num tempo em que o velho Benjamim Montalbo nem sonhava ainda em ser avô de ninguém, constituía o marco da criação do destino de uma família que, no mundo de cá, sabia obter aquilo a que se propunha, sobrepondo-se às adversidades, entendendo que Deus ajuda com mais regozijo o lutador do que o inerte.

Mas o jovem devia a Benjamim Montalbo de Ávila, sobretudo, aquilo que considerava o princípio mais valioso da vida. O velho, pessoa douta apesar de sua existência errante, homem propenso a pronunciar sentenças, dissera-lhe muitas vezes que o ser humano pode ser a ferramenta mais bem forjada e resistente da Criação se tiver fé suficiente no Santíssimo, mas, principalmente, uma forte confiança em si mesmo e a ambição necessária para atingir os objetivos mais árduos ou elevados. Porque, costumava arrematar o avô nos longos monólogos a que gostava de se entregar nas noites de sexta-feira, na familiar e jubilosa espera de sua majestade o Shabat – "Shabat Shalom!" –, pouco pode o homem sem seu Deus e nada pode o Criador, em questões terrenas, sem a vontade e o raciocínio de sua criatura mais indômita. Graças a essa convicção, afirmava o curtido Benjamim, três gerações da estirpe dos Montalbo de Ávila conseguiram resistir às humilhações perpetradas pelos mais avassaladores poderes terrenos, empenhados em despojá-las de sua fé e até do próprio ser ("Mas, primeiro, de nossas riquezas, não se esqueça, meu filho, e depois, só depois, de nossas crenças"). Foi exclusivamente pelo impulso da própria perseverança, ressaltava, que ele, nascido e batizado cristão como João Monte, e levava a mão ao peito para evitar ambiguidades, havia conseguido superar as altíssimas barreiras levantadas pela intolerância e sair um dia em busca da liberdade; e, com ela, do seu Deus e da existência que, em comunhão com o Santíssimo, desejava viver. Então, aos 33 anos, renascera como o Benjamim Montalbo de Ávila que sempre deveria ter sido.

Em contrapartida, graças a seu preceptor, o *chacham* Menasseh Ben Israel, o mais sábio dos muitos judeus então assentados em Amsterdã, Elias Ambrosius adquirira a noção de que cada ato da vida de um indivíduo tem conotações cósmicas. "Comer um pão, *chacham*?", ousou perguntar uma vez, sendo ainda muito pequeno, ao ouvi-lo falar sobre o assunto em suas aulas. "Sim, comer um pão também... Pense na infinidade de causas e consequências que há antes e depois desse ato: para você e para o pão", respondera o erudito. Mas o *chacham* também havia adquirido a doce convicção de que os dias da vida eram como um presente extraordinário, que se deve desfrutar gota a gota, pois a morte da substância física, como ele costumava afirmar de seu púlpito, significa apenas a extinção das expectativas que já morreram em vida. "A morte não equivale ao fim", dizia o professor. "O que leva à morte é o esgotamento dos nossos desejos e desassossegos. E essa morte, sim, é definitiva, pois quem morre dessa maneira não pode aspirar ao retorno no dia do Juízo Final. A vida posterior se constrói no mundo de cá. Entre um estado e o outro só existe uma conexão: a plenitude, a consciência e a dignidade com que vivemos nossa vida, aparentemente tão pequena, mas na verdade tão transcendente e única como... como um pão."

Mas não fora apenas para esquecer o frio ou para se animar que Elias Ambrosius se entregara, naqueles dias, a pensar repetidas vezes nas convicções de seu avô paterno e nos ensinamentos de seu sempre heterodoxo professor: na verdade o fazia porque, apesar de ter certeza, Elias Ambrosius sentia medo.

Procurando a proteção dos beirais e das paredes da guarita do guarda da eclusa, suportando a fetidez arrancada pela brisa das águas escuras do canal, o jovem, empenhado no exercício de acumular argumentos que o sustentassem, não tirava os olhos nem por um instante da casa que se erguia do outro lado da rua, concentrado na porta de madeira pintada de verde e nos movimentos pouco visíveis atrás dos vitrais, embaçados pela diferença térmica. Elias observava e calculava que, se o Mestre não saíra da morada nos últimos cinco dias, então deveria sair naquela manhã, ou na seguinte. Ou na seguinte. Se fosse verdade que estava trabalhando outra vez ("Está preparando umas encomendas e também pintando outro retrato de sua falecida esposa"), como lhe dissera o *chacham* Ben Israel, as provisões de óleo e pigmentos que usava em grandes quantidades se esgotariam e, como era de costume, procuraria seus fornecedores na vizinha Meijerplein e nas imediações do mercado De Waag em busca de material. Em algum desses lugares, se a situação lhe parecesse propícia, Elias Ambrosius finalmente o abordaria e, com um discurso já decorado, exporia desejos e sonhos que, sem alternativas, passavam pelas mãos do Mestre.

Já eram vários os meses que o jovem dedicava a treinar essas perseguições secretas a que submetia o dono da casa de porta verde. A princípio era uma espécie de brincadeira de um menino deslumbrado que satisfaz a curiosidade de espreitar um ídolo ou um mistério magnético. Mas, com as semanas e os meses, a espreita chegou a se tornar uma prática frequente e, nos últimos tempos, cotidiana, pois incluía até as horas livres do sábado, o dia sagrado. Essa crescente obsessão foi mais que premiada com a feliz coincidência de haver testemunhado a saída da enorme tela (protegida por uns trapos manchados, operação dirigida pelo próprio Mestre, com gritos e insultos aos discípulos escolhidos como entregadores), aquela obra destinada a abalar o jovem, como um terremoto, na tarde em que, finalmente, conseguiu contemplá-la na sala principal da sociedade de arcabuzeiros, besteiros e arqueiros da Kloveniersburgwal. Mas as vigílias também lhe retribuíram com a funesta conjuntura de tornar-se espectador (dessa vez, entre um grupo de curiosos atraídos pelo espetáculo da morte) da partida do cortejo que levou a Oude Kerk os restos da ainda jovem esposa do Mestre. Da pracinha que a Sint Antoniesbreestraat formava ao atravessar a ponte com eclusa onde o canal se ramificava em direção ao mar, bem no ponto onde a rua havia mudado de nome desde que começara a ser chamada por todos de Jodenbreestraat, a Rua Larga dos Judeus, Elias seguira os passos da carroça que levava o cadáver, coberto apenas por um simples sudário, como ditava o preceito de humildade de Calvino. Atrás da falecida vira passar seu *chacham*, o ex-rabino Ben Israel, o pregador Cornelius Anslo, o famoso arquiteto Vingboons, o rico Isaac Pinto e, naturalmente, o Mestre, vestido de luto fechado para a ocasião. E descobrira – ou ao menos julgara descobrir – uma umidade de choro nas pupilas daquele homem, tão amado pelo sucesso e pela fortuna como frequentado pela morte, que já lhe havia arrancado três filhos.

Também graças a essas vigias, em certos dias de sorte transformados em caminhadas, o jovem recebera o que em sua indigência intelectual considerava lições valiosas, pois conhecera a obstinação do Mestre em não delegar aos discípulos a compra das telas montadas. Conhecera sua preferência por telas já tratadas com uma primeira imprimadura de cor morta, capaz de dar-lhes um tom de marrom fosco preciso e maleável sobre o qual se continuaria o trabalho de preparação ou, até, aplicaria diretamente a tinta. Já sabia, além do mais, que o Mestre costumava comprar para suas gravuras e águas-fortes os delicados papéis importados do remoto país dos japoneses e, também, que não confiava a ninguém a minuciosa seleção (com regateio de preços e tudo o mais) dos pós, pedras e emulsões necessários para obter as misturas capazes de atingir as cores e os tons que sua imaginação exigia a cada instante. Ouvindo de maneira furtiva suas conversas com o senhor Daniel Rulandts, dono da mais procurada loja de artigos para pintura da cidade; com o tedesco que havia chegado uns meses antes e trabalhava com importação de potentes pigmentos minerais provenientes das minas alemãs, saxás e magiares, e com o frísio ruivo, vendedor dos mais diversos tesouros do Oriente (entre os quais o cobiçado óleo negro conhecido como betume da Judeia, o papel do Japão e as apreciadas mechas de pelo de camelo que os discípulos transformariam em pincéis de diferentes espessuras), Elias começara inclusive a adentrar os interstícios da prática daquela arte, proibida pelo segundo mandamento da Lei sagrada aos de sua raça e religião, aquele universo de imagens, cores, texturas e sentidos pelo qual o jovem sofria a galopante e irresistível atração do predestinado. A razão pela qual nesse momento estava ali transido, de medo e de frio, no Zwanenburgwal.

Desde seus dias de estudante, enquanto fazia os cursos no porão da sinagoga aberta pelos membros da nação, anexa à casa onde os Montalbo de Ávila moravam na época, Elias sentira aquela empatia, primeiro difusa, depois cada vez mais peremptória e, finalmente, avassaladora. Talvez a atração tenha nascido do manuseio dos livros ilustrados e iluminados que, como único pertence material, viajaram com o avô Benjamim, sua mulher grávida e o mais velho de seus rebentos das terras da idolatria para a terra da liberdade. Ou talvez a sedução tivesse sido forjada pelas histórias bastante gráficas de peregrinações e viagens a mundos distantes empreendidas por seus mais remotos antepassados, os relatos que o loquaz *chacham* Ben Israel costumava contar aos alunos, peripécias capazes de fazer fervilhar a imaginação e alimentar o espírito. Muitas tardes, durante muitos anos, em vez de ir com seus colegas de estudo e seu irmão Amós brincar nos descampados ou entre os postes de madeira sobre os quais se erigiriam as prodigiosas edificações que estavam sendo construídas em um ritmo frenético nas margens dos novos canais, Elias passava o tempo percorrendo os muitos mercados de uma urbe infestada deles – a Dam Platz, o Mercado das Flores, a pracinha Spui, a esplanada De Waag e o Mercado Novo, o Botermarkt –, onde, entre bancas, básculas e fardos de mercadorias recém-desembarcados, aromas de especiarias orientais e tabaco das Índias, fedores de arenque, bacalhau nórdico e barris de óleo de baleia, entre caríssimas peles da Moscóvia, delicadas peças de cerâmica da vizinha Delft ou da remota China e aquelas cebolas peludas, crisálidas de futuras tulipas de cores imprevisíveis, sempre havia um espaço para a venda de obras dos inúmeros pintores assentados na cidade e reunidos no grêmio de São Lucas. A noite costumava surpreendê-lo em alguma dessas esplanadas com o vozerio de leilões de águas-fortes e desenhos, o recolhimento das telas e o desmonte de cavaletes de exibição, depois de passar horas perdido na contemplação de paisagens sempre adornadas por um moinho ou uma corrente de água, de naturezas-mortas que emprestavam suas representações e abundâncias umas às outras, de cenas típicas de ruas e casas, de escuras recriações bíblicas aparentadas pelo morno alento italiano em voga em todo o mundo, imagens desenhadas ou estampadas sobre telas, madeiras e cartolinas por homens dotados da maravilhosa capacidade de captar um pedaço da vida real ou imaginada sobre um espaço em branco. E de detê-los para sempre por meio do ato consciente de criar beleza.

Às escondidas, com carvões e papel tirado das sobras da gráfica onde seu pai trabalhava e o próprio Elias se adestrava no ofício desde os dez anos, o jovem se entregava à prática de sua inclinação proibida. Desenhava (como supunha que faziam os pintores que vendiam suas obras no mercado) seus gatos e seus cães, ou a vela acesa cuja luz delineava caprichosamente os contornos da maçã que depois ele comeria, ou o avô, observado pela fresta mínima de uma porta, cada dia mais desgastado, meditabundo e bíblico. Tentava reproduzir a delicadeza das tulipas de uma varanda vizinha, o panorama do canal com e sem barcaças, a rua vista através dos vidros da água-furtada da casa da família na Bethanienstraat. Chegara a dar figura, rosto e cenário a imaginações forjadas pelas histórias de seu professor e pelas crônicas sobre conquistas de mundos fabulosos, que afirmavam a existência do Éden e de El Dorado, incluídas nos livros que o avô mandara trazer da Espanha nos últimos anos. Naturalmente, também fora estimulado pelas leituras da Torá, o livro sagrado que, de maneira precisa e inconfundível, anatematizava exatamente essa prática de representar homens, animais e objetos do céu, do mar ou da terra, porque o Máximo Criador de Todas as Formas, segundo a mensagem transmitida por Moisés às tribos reunidas no deserto, a considerara imprópria de seu povo eleito, por ser fonte propícia de idolatrias. Devido a essa bíblica razão, Elias Ambrosius Montalbo, neto de Benjamim Montalbo de Ávila, o criptojudeu que havia chegado às terras da liberdade em 1606 clamando ser circuncidado e devolvido à fé de seus ancestrais, era obrigado a exercer sua paixão às escondidas, até de seu irmão Amós, e, antes de se deitar no catre, proceder à minuciosa e angustiante destruição das folhas marcadas com seu carvão.

Talvez até pelo próprio peso desses impedimentos, a inclinação de Elias pelas cores e pelas formas fora ficando cada vez mais fervorosa: era a fonte de onde emanava a energia que lhe permitiria resistir, como um condenado, e por todo o tempo que podia subtrair de suas obrigações, às vigilâncias montadas na pracinha em frente ao canal da Sint Antoniesbreestraat. A terrível escolha, violadora de uma *mitzvah*, que podia custar-lhe uma *nidui* se fosse conhecida, e até a condenação maior de uma *cherem* do cada vez mais férreo conselho rabínico (um castigo capaz de excluí-lo da família, da comunidade e de seus benefícios mediante uma excomunhão), passara a ser decisão irrevogável de uma maneira brutal, embora previsível, em uma tarde do outono anterior quando, após as celebrações de Sucot e reiniciados os trabalhos na gráfica, seu pai, padecendo de dores na cintura que o obrigavam a andar como se tivesse defecado nas calças, transferira-lhe a responsabilidade de entregar umas resmas de folhetos, ainda cheirando a tinta, no Kloveniersdoelen, a nova e imponente sede da sociedade das tropas da cidade.

Ao ouvir o caráter da encomenda, desfrutando uma explosão de júbilo contida a duras penas, Elias Ambrosius pensara como costumam ser inescrutáveis os caminhos da vida esboçados pelo Criador: aqueles folhetos seriam o salvo-conduto para que ele, o mais pobre dos judeus da cidade, entrasse no edifício mais exclusivo e elegante de Amsterdã e, de algum modo, pudesse observar a obra do Mestre destinada a adornar o grande salão de reuniões, a peça gigantesca que meses antes vira sair da casa da Rua Larga dos Judeus, coberta com uns panos sujos, e da qual falavam (bem ou mal, mas falavam) todos aqueles que, na cidade do mundo onde mais pintores residiam e onde mais quadros se pintavam e se vendiam, tinham alguma relação, interesse, gosto ou vocação por aquela arte.

Carregando o pesado embrulho, o jovem voara sobre as ruas que o levavam à sede da companhia de arcabuzeiros. Não tinha olhos nem ouvidos para registrar o que havia à sua volta, só imaginando como seria de fato a pintura que tanta conversa e tanto debate provocava, a ponto de falar-se dela em igrejas, tavernas e praças, quase tanto como de negócios, dinheiro, mercadorias. O vigilante do edifício, avisado da entrega dos folhetos, indicara-lhe o acesso ao andar superior, depois de gritar com o ordenança encarregado de receber os impressos e de levar o rapaz até o tesoureiro responsável por pagá-los. Elias Ambrosius devorara os degraus de mármore de Carrara da imponente escada e encontrara abertas à sua frente as portas do *groote sael*, o grande salão onde se realizavam as reuniões e os festejos mais importantes da urbe. Então, favorecido pela luz das altas janelas debruçadas sobre os diques do rio Amstel, vira a tela, brilhante devido ao verniz, ainda encostada na parede onde seria pendurada em algum momento. Elias Ambrosius, já capaz de identificar com um único olhar as obras dos mais importantes artistas da cidade, mas sobretudo as peças saídas do pincel do Mestre (se bem que mais de uma vez, devia reconhecer, se confundira com o trabalho de algum discípulo avançado, como o já famoso Ferdinand Bol), não precisara perguntar para saber que aquela tela descomunal, de mais de quatro metros de comprimento e quase dois de altura, era a obra que deixava a cidade em comoção.

Em frente ao jovem, mais de vinte figuras, encabeçadas pelo conhecidíssimo e mais que opulento Frans Banninck Cocq, senhor de Purmerland e capitão da companhia de arcabuzeiros da cidade, e seu alferes, o senhor de Vlaardingen, saíam marchando para a ronda matinal rumo a uma imortalidade que começaria no exato instante em que o senhor Cocq concluísse aquele passo e pousasse o pé esquerdo em cima das lajotas quadriculadas do *groote sael* sobre as quais ainda descansava o quadro e, sem muita contemplação, pedisse a Elias Ambrosius que saísse do caminho. Arrancado do transe imobilizador pela voz do ordenança, o jovem fizera a entrega dos folhetos e recebera das mãos do tesoureiro os dois florins e dez placas combinados pelo trabalho. Sem se preocupar em contar o dinheiro diante do pagador, como seu pai lhe dissera, pedira autorização ao tesoureiro para voltar a olhar o quadro, sem entender no momento a reação de desdém que esse pedido provocara no homem.

De novo em frente ao enorme retrato coletivo, ainda fragrante a linhaça e verniz, enquanto sentia as tremendas proporções da emoção que o embargava, Elias Ambrosius se deleitara observando os detalhes. Empenhara-se na busca das imprecisas mas fulgurantes fontes de luz e seguira a vertiginosa sensação de movimento que emanava da pintura graças a gestos como o do capitão Cocq, em primeiríssimo plano, cujos braço meio levantado e boca ligeiramente aberta indicavam que sua ordem de marcha era a centelha destinada a dinamizar a ação. O aviso do capitão parecia surpreender o porta-estandarte no ato de pegar a haste e alertava outras figuras, várias delas em plena conversa. Um dos retratados (aquele não era o senhor Van der Velt, empreiteiro de obras e também cliente da gráfica?) levantava o braço na direção indicada pelo capitão e, com o gesto, cobria mais da metade do rosto de um personagem que Elias conseguira identificar como o tesoureiro com o qual havia acabado de fechar o negócio, e com facilidade pudera entender a reação do homem quando ele solicitara permissão para ver a obra. À esquerda, para onde o senhor Frans Banninck Cocq propunha a marcha da tropa, a ação se acelerava com a corrida de um rapaz (ou seria um daqueles bufões anões?) carregando um cone de pólvora e coberto com uma celada grande demais para sua estatura; mas, andando em sentido oposto, como uma explosão de luz, uma menina reluzente (o que fazia ali, com uma galinha amarrada no cós da saia?) dispunha de um espaço privilegiado e, com uma inconfundível hipocrisia de adulta, observava a cena, ou talvez o espectador, como se estivesse zombando com sua atrevida presença, da pantomima montada ao seu redor. Enquanto isso, no centro do espaço, atrás da pluma branca do chapéu do alferes a quem ia dirigida a ordem do capitão, saía de um arcabuz um lampejo luminoso, instantâneo, mais que atrevido. O alferes, porém, sobre cujo uniforme, de um resplandecente amarelo de Nápoles, projetava-se a sombra da mão erguida do capitão, ainda não havia transmitido ao resto dos homens a ordem do senhor Banninck Cocq. Elias entendera, então, que toda aquela representação constituía o princípio de algo, vivo e retumbante como o lampejo do arcabuz, um mistério para um futuro que estava além da ponte de pedra sobre a qual os comandantes já se dispunham a partir, uma mobilidade caótica preparada para romper inércias. Algo que explodia em várias direções, mas sempre apontando para o futuro.

Alarmado pela potência viva dessa imagem de forças desatadas, obstinadas em desafiar todas as lógicas e os mais elementares preceitos já aprendidos (como era possível que o capitão Cocq, vestido de preto mas com o peito cruzado por uma exultante faixa vermelho-alaranjada, desse a impressão de se sobressair ao espectador, à frente do alferes trajado de amarelo brilhante, quando todos sabem que as cores claras avançam e as escuras dão impressão de profundidade?), Elias Ambrosius não tivera olhos para ver os outros seis quadros que adornavam o *groote sael*, todos já colocados em seus espaços. As outras peças eram retratos de grupo (o quadro do Mestre também?), respeitosas das leis estabelecidas, perfeitas à sua maneira. Mas, diante daquele turbilhão espetacular, cheio de efeitos ópticos inverossímeis que, no entanto, davam uma patente sensação de realidade e vida, o jovem sentira que as outras obras pareciam cartas de um baralho: figuras que, em sua pretensa e perfeita uniformidade, a pintura do Mestre fazia parecer rígidas, elementares, vazias de alento...

A voz do ordenança, lembrando-lhe a necessidade de fechar o salão, quase não o tirara do feitiço em que havia caído, a tormenta de desassossegos dentro da qual viveria a partir daquele dia em que se tornou irreversível sua decisão de ser pintor e, com sua soberana ou inevitável escolha (só Deus saberia qual era o adjetivo preciso), colocou seu destino no olho do furacão do qual derivariam os maiores prazeres e as definitivas desgraças que marcariam sua vida.

Não foi naquela manhã. Tampouco nas duas seguintes. Só quando o jovem já começava a pensar em adiar por um tempo sua transida vigília, à espera de temperaturas menos rudes, suas expectativas foram recompensadas com o som do ferrolho da porta verde que se abriu para dar passagem ao encapotado Mestre. Quando o viu, Elias Ambrosius sentiu-se abraçado por uma onda de satisfação capaz de fazê-lo esquecer o frio, os medos e até as tenazes da fome.

Uma hora antes, um pouco mais cedo que o habitual, Elias vira entrar no edifício o jovem Samuel van Hoogstraten e, pouco depois, seu vizinho da Bethanienstraat, o dinamarquês Bernhard Keil, acompanhado pelos irmãos Fabritius, todos afortunados discípulos do Mestre, e se congratulara, pois tivera a esperança de que naquela manhã chegavam antes porque com certeza iriam fazer compras, e ele, por fim, romperia a gélida monotonia de sua espera.

Por intermédio do próprio dinamarquês Keil, alojado numa água-furtada próxima à sua casa e dono de uma exacerbada loquacidade que se multiplicava diante de um copo de cerveja, Elias Ambrosius ficara sabendo (além das rotinas da casa e do ateliê) das desalentadoras exigências do Mestre para aceitar novos discípulos e ajudantes. Embora os aprendizes lhe proporcionassem uma notável fonte de renda (só a matrícula chegava a uma centena de florins, sem contar os outros benefícios práticos e mercantis que lhe traziam), o Mestre exigia dos candidatos que chegassem a seu ateliê com uma preparação prévia e algo mais que entusiasmo ou conhecimentos elementares da arte da pintura. Sua função, repetia, não era ensiná-los a pintar, mas obrigá-los a pintar bem. ("Meu ateliê não é uma academia, é uma oficina", dizia o dinamarquês, imitando o Mestre, e até tentava roubar a expressão carrancuda que o pintor devia fazer ao falar do assunto.) Essa exigência, por si só, fechava para Elias a porta verde que dava acesso a suas pretensões: primeiro, devido à própria condição de judeu que, em consequência disso, não havia podido comunicar suas aspirações aos pais nem estes teriam sequer considerado a possibilidade de romper com as convenções implícitas no fato de mandá-lo treinar com algum professor daquela arte. E, em segundo lugar, mas não menos importante, porque naquele momento, devido a suas tão parcas economias, seria quase impossível encontrar outro instrutor, que além do mais fosse discreto, barato e hábil, capaz de ajudá-lo a dar rudimentos a suas pretensões para depois aspirar a uma vaga no ateliê de seus sonhos. Mas a propícia afinidade do Mestre com seus vizinhos da judiaria e o conhecimento de seus métodos tão pessoais (há meses Elias conhecia de cor todas as peças do Mestre expostas em alguns lugares públicos e até em vários lugares privados da cidade) eram um polo magnético para o qual se orientavam todas as expectativas do jovem, multiplicadas e gravadas a fogo na tarde em que contemplara a marcha da companhia do capitão Cocq. Se arriscava tanto por sua inclinação, se vivia e deveria viver parte de sua vida numa espécie de clandestinidade, faria isso do melhor modo possível. E para Elias Ambrosius o caminho para aquela obsessão tinha um único nome e uma única forma de entender a arte da figuração: os do Mestre. Ou então não teria nenhum. O que, bem sabia o jovem, seria na verdade o mais provável...

Por todas essas insuperáveis razões, à espera de uma solução para suas aspirações o jovem teve de se conformar ouvindo as explanações do avô Benjamim sobre a importância de uma relação direta entre o homem e seu Criador e sonhando com obras saídas de suas mãos, enquanto, à noite, desenhava em seus modestos papéis. Mas também procurou desfrutar da discreta proximidade física com o

Mestre obtida nas perseguições por ruas e mercados, enquanto tentava captar no ar algumas de suas palavras, fazendo uma aprendizagem – útil em algum momento, pensava – das preferências do pintor em termos de pigmentos, óleos, cartolinas e tecidos, de seu prazer obsessivo na compra de objetos ordinários ou extraordinários (de um búzio até lanças africanas) e das extáticas contemplações de prédios, ruas, homens e mulheres vulgares ou singulares da matizada cidade aonde confluíram todas as raças e culturas do mundo, às quais o homem se entregava algumas vezes.

Elias estranhou vê-lo sair sozinho, ajeitando as luvas de pelica, mas surpreendeu-se ainda mais quando atravessou a rua, como se se dirigisse exatamente para onde ele próprio estava situado. Seu coração deu um pulo, e Elias começou a imaginar possíveis respostas a qualquer interpelação do homem por sua presença insistente diante da residência e, no mesmo instante, decidiu-se por uma: a verdade. O Mestre, porém, contornou um monte de neve e uma poça de lama, procurando não manchar seu traje, e, sem prestar a menor atenção no imberbe, dirigiu-se à casa de Isaías Montalto, o enriquecido sefaradi que, como todos os que tinham motivos para essa espécie de orgulho, tanto gostava de apregoar a linhagem fidalga e espanhola de sua família, coroada por seu pai, o doutor Josué Montalto, médico da corte de Maria de Médici, rainha-mãe da França. Aquele Isaías Montalto, que adquirira a primeira e uma das mais luxuosas casas da chamada, por pessoas como ele, Rua Larga dos Judeus, fizera uma fortuna tão considerável desde sua chegada a Amsterdá que já havia mandado construir uma morada mais ampla na zona dos novos canais, onde a jarda de terra roubada aos pântanos atingia preços vertiginosos. Como todos sabiam, o judeu mantinha, havia vários anos, uma relação estreita com o homem que, após tocar a campainha, entrou na residência e saiu cinco minutos mais tarde, levando no pescoço uma das bolsinhas de cheiro repleta de ervas aromáticas feitas de linho verde, especialmente desenhadas para Isaías Montalto, e nas mãos um saco de papel marrom, que embrulhava o último capricho que se espalhava na cidade: as folhas de tabaco chegadas do Novo Mundo, fornecidas a Montalto pelo convertido Federico Ginebra, que as mandava trazer das várzeas de Cibao, na remota ilha de La Hispaniola.

Em vez de ir com seus discípulos para a Meijerplein, onde costumava dar início a suas rodadas de compras, o Mestre pegou o sentido contrário, passou quase em frente a Elias (cujo olfato sentiu um fugaz eflúvio de lavanda e zimbro emanado da bolsinha de cheiro), atravessou a ponte da eclusa e, depois de cuspir uma bala de açúcar por sobre a balaustrada, avançou pela Sint Antoniesbreestraat como se fosse para o centro da cidade. Deixou para trás a luxuosa casa de seu amigo Isaac Pinto e o armazém onde morava e mantinha seu comércio de arte o mercador Hendrick Uylenburgh, parente da falecida esposa do Mestre, o lugar onde este havia residido quando se estabelecera na cidade. Mas, chegando ao arco decorado com duas caveiras que dava para a esplanada da Zuiderkerk, o homem se deteve e tirou o chapéu, apesar do frio. Elias sabia que no átrio da velha igreja descansavam os restos dos três primeiros filhos dele, todos mortos poucas semanas após o nascimento, e só nesse instante se perguntou por que o homem havia decidido enterrar a mãe dos meninos na Oude Kerk e não naquele lugar, já marcado por sua dor.

O Mestre retomou a caminhada e, depois de passar em frente à casa onde seu instrutor, o já falecido Pieter Lastman (o melhor professor de Amsterdã em sua época, aquele que o transformara em Mestre), vivera por anos, entrou no Mercado Novo, aberto na sempre ruidosa esplanada De Waag, onde um século e meio antes ficava a Sint-Anthonispoort, a porta que delimitava pelo lado oeste a já esparramada metrópole. A frenética atividade dos comerciantes e importadores que certificavam ali o peso de suas mercadorias na báscula municipal, os gritos dos leiloeiros e compradores de produtos existentes e por existir, remetidos de todos os limites do universo, uniam-se naquele instante ao som metálico das pás com que a equipe de miseráveis contratados pela prefeitura juntava a neve e a colocava sobre as carroças que a levariam para ser vertida no canal mais próximo. A limpeza se devia, talvez, ao fato de que antes do meio-dia poderia estar programada na praça uma das tantas execuções ali realizadas com frequência, sentença que, como era usual, se cumpriria com a maior rapidez possível para não perder preciosos minutos de comércio. Ao passar pelo canto onde se exibiam algumas pinturas à venda, feitas sob medida para o gosto mais comum, o Mestre mal olhou para elas, e Elias pensou que assim as desqualificava. E quase todas bem que mereciam, pensou o jovem, assumindo os supostos critérios do outro.

Pela Monnikenstraat o Mestre cruzou o canal Archerburg, e Elias se perguntou se seus passos não estariam dirigidos à já próxima Oude Kerk, o templo erguido pelos cristãos, reformado algumas décadas antes pelos calvinistas. Mas, ao atingir o Oudezijds Voorburgwal, virou à esquerda, afastando-se do edifício de torres góticas onde alguns meses antes enterrara a esposa, e entrou na primeira taverna das várias que havia naquela margem do canal. O jovem, embora soubesse da predileção do Mestre por bebida fermentada, estranhou que a procurasse tão cedo.

Aumentando as precauções, Elias se aproximou do local, com certeza cheio de soldados mercenários provenientes da Inglaterra, da França e até dos reinados do

Oriente para lutar contra a Espanha pelos bons salários que a República pagava. Na porta, como era moda nos últimos tempos, haviam posto um enorme vidro translúcido, através do qual o jovem olhou para dentro. Não precisou procurar muito, mas teve de afastar o rosto a toda pressa: o Mestre, de costas para a rua, já estava se acomodando na mesa que, no lado oposto, era ocupada pelo antigo professor de Elias Ambrosius, o *chacham* Menasseh Ben Israel. Naquele momento o ex-rabino, sempre guloso de prazeres terrestres, enfiava o nariz no saco de papel marrom cheio daquela aromática folha americana para respirar seu perfume morno de terras longínquas.

Durante meses rondou pela cabeça de Elias Ambrosius a ideia temerária de procurar seu velho professor e lhe confessar suas pretensões. Só naquele dia, enquanto o via beber, fumar e bater várias vezes no ombro do Mestre, tomou a decisão. Avaliando suas possibilidades, concluiu que aquele homem era a pior e a melhor opção para seus propósitos, mas, claramente, a única ao seu alcance.

O *chacham* Ben Israel morava numa casa de madeira, mais desmantelada que modesta, em Nieuwe Houtmarkt, na chamada ilha Vlooienburg, às margens do Binnen Amstel, bem perto de onde poucos anos antes haviam morado o Mestre e sua agora falecida esposa. Com mais frequência do que se fosse motivado pela simples nostalgia de seus dias escolares, Elias visitava a morada de seu instrutor de religião, retórica e língua hebraica, talvez porque lá se respirasse a atmosfera mais genuína da judiaria de Amsterdã: uma mistura de messianismo com realidade, de predestinação divina com comportamentos mundanos, de cultura aberta ao mundo e às ideias renovadoras com o milenar pragmatismo hebraico. E também porque naquela casa podia entrar em contato com o espírito do Mestre.

As condições físicas da morada do *chacham* contrastavam de maneira evidente com o fato de sua esposa, mãe de seus três filhos, ser membro da família Abravanel, outrora rica e poderosa na Espanha e em Portugal, e agora rica e poderosa outra vez em Veneza, Alexandria, e já também em Amsterdã. Os Abravanéis haviam chegado à cidade depois do avô de Elias, Montalbo, mas, ao contrário deste, como passageiros de um navio mercante, carregando bolsas de moedas de ouro, pequenas urnas cheias de diamantes e contatos políticos, sociais, familiares e mercantis que valiam muitos milhares de florins. Estirpe de conselheiros, banqueiros e funcionários reais das coroas ibéricas antes do infausto ano de 1492, sementeiro de comerciantes, médicos e até poetas de reconhecida fama em todo o Ocidente, os Abravanéis pareciam nascer predestinados para a riqueza, o poder e a inteligência. Mas a casa do *chacham* nada tinha a ver com as duas primeiras dessas virtudes; pelo contrário, revelava que a capacidade mercantil não era o forte do morador (fundador de várias empresas, entre elas a primeira tipografia judaica da cidade, rapidamente derrotada pela concorrência e vendida a outro sefaradi), mas, sobretudo, a precariedade do prédio de madeiras roídas deixava evidente que suas relações com os abastados Abravanéis não deviam ser muito cordiais. No entanto, talvez a melhor prova da distância entre o sábio e seus parentes tenha sido aquela que truncara o destino de Ben Israel como rabino, pois se contasse com o apoio do poderoso clã não teria sido derrotado na disputa por essa cobiçada condição.

Essa ácida disputa havia ocorrido alguns anos antes, quando os sefaradis, cada vez mais numerosos e prósperos, decidiram dar vida ao Talmude-Torá, a assembleia religiosa e comunitária em que se fundiram as três congregações existentes na cidade. E, como parte da fusão, decidiu-se prescindir de alguns rabinos, cujos salários eram pagos pela comunidade. Entre os descartados estava o incômodo Menasseh Ben Israel. Apesar de sua fama como escritor, cabalista e difusor do pensamento judaico, a partir de então o erudito tivera de se conformar com a não muito bem remunerada condição de *chacham*, professor de retórica e religião, mas lhe permitiram conservar uma cadeira no conselho rabínico da cidade. Apesar desse fiasco, o estudioso se orgulhava em público de seu laço sanguíneo com a famosa estirpe, pois, como vários membros da família e também ele mesmo se encarregaram de apregoar, havia provas convincentes de que os Abravanéis descendiam em linha direta da casa do rei Davi, e, em consequência, o Messias vindouro (cuja chegada, conforme os versados cabalistas do Ocidente e os místicos do Oriente, parecia cada vez mais próxima) seria portador desse sobrenome. De maneira que o Esperado bem poderia ser um dos filhos do ex--rabino, engendrados num ventre Abravanel.

Apesar de ter de viver contando os centavos esparsos em seus bolsos, da escandalosa degradação rabínica e de sua portuguesa e sustentada afeição ao vinho, Menasseh Ben Israel continuava sendo um dos homens mais influentes da comunidade e – não por gosto – fazia três anos que ocupava a direção da Nossa Academia, a escola fundada pelos também poderosos Abraão e Moshé Pereira. Em sua juventude, para poder estampar e fazer circular seus escritos, fundara aquela primeira tipografia judaica de Amsterdã, que, se como negócio fora um fracasso, como plataforma para suas ideias e para o conhecimento de muitos clássicos da literatura hebraica fora uma decisão iluminada. Seus livros, escritos em espanhol, hebraico, latim, português e inglês (ele também podia se expressar em mais cinco línguas, incluindo, evidentemente, o holandês), circularam em meio mundo e tiveram leitores não só entre os judeus do Ocidente e do Oriente (seu *Nishmat Hayim* já era considerado um dos mais fecundos comentários cabalísticos), mas também entre católicos e cristãos. Estes últimos haviam encontrado em obras suas, como *O conciliador*, um curioso olhar judaico sobre as Sagradas Escrituras, uma perspectiva inclusiva que evidenciava as coincidências entre a leitura católica e cristã do texto e aquela que os filhos de Israel fizeram por 3 mil anos. Mas, de todas as suas obras – *todas* lidas por Elias Ambrosius, induzido por seu avô –, seu ex-discípulo continuava preferindo a cartilha *De Termino Vitae* (cujo original, logo transformado num sucesso retumbante, coube-lhe compor na tipografia), pois transmitia ao jovem a noção da vida e suas exigências, da morte e suas antecipações, que tanto lhe agradava como concepção da existência humana, aqui e agora.

Talvez por ser um heterodoxo tão peculiar, encaixado em uma comunidade recém-nascida e turbulenta que, para se fortalecer, precisava recorrer à ortodoxia mais férrea, a carreira de Ben Israel sempre fora adornada com sucessos e tropeços. Mas, sem dúvida, por ser um iconoclasta capaz de divulgar as ideias mais aventuradas (por inovadoras ou por conservadoras) e viver uma vida pública no limite do aceito pelos preceitos judaicos, seus vínculos com o resto da sociedade protestante de Amsterdã chegaram a ser mais fluidos e estreitos. E, se fosse necessária alguma amostra visível de até onde chegara essa comunicação, na pequena sala de sua modestíssima residência encontrava-se o testemunho: ali, desafiador, estava pendurado o retrato que alguns anos antes o Mestre lhe fizera, quando já era o Mestre e o mais conhecido e solicitado pintor da cidade. Esse desenho, no qual o então rabino exibia um chapéu de aba larga, barba aparada e bigode, ao estilo dos burgueses da vila, destilava vida graças a um impressionante trabalho com os olhos, dos quais brotava o olhar de abutre inteligente que caracterizava o modelo e muito bem soubera refletir o Mestre. Essa obra funcionava como um ímã que, em cada visita que fazia à casa, Elias Ambrosius Montalbo de Ávila contemplava até se cansar e fora outro dos motivos que gerara no jovem o crescente desejo de se aproximar do Mestre e imitá-lo.

A relação de amizade e confidências entre um pintor crítico do calvinismo dogmático, afiliado à seita menonita de seu amigo Cornelius Anslo, e um polêmico erudito hebreu talvez tenha se fortalecido porque nenhum dos dois professava a exclusão dos outros e muito menos se conformava com as possibilidades intelectuais oferecidas por seu tempo. Derrotados ambos em suas aspirações de ascensão social, acabaram se revelando incapazes de aceitar muito do que se consideravam bons modos (para um bem-sucedido pintor holandês e para um judeu preeminente), aqueles cânones e preferências estabelecidos às vezes por tradições ancestrais ou então sustentadas pelas conveniências dos donos do dinheiro e do poder, esses homens de cujos capitais, mesmo a contragosto, precisavam viver o pintor e o estudioso dos textos sagrados.

Por seu antigo preceptor, Elias conhecia as longas conversas travadas no ateliê do artista, na casa do *chacham* ou nas cervejarias de Amsterdá onde os dois homens gostavam de se encontrar e entregar-se a libações, diálogos nos quais aqueles espíritos contraditórios e em comunicação costumavam comentar suas inconformidades e os próprios conceitos. Seus modos muitas vezes insolentes de se comportar em público também haviam contribuído para granjear-lhes a atenção de uma comunidade buliçosa para a qual o desfrute da liberdade de ideias e credos se estabelecera como o bem mais prezado a que tinham direito todos os que ali moravam, incluídos os filhos de Israel: não era por acaso que os judeus não só a consideravam uma Nova Jerusalém, como também a chamavam de *Makom*, "o bom lugar", onde encontraram aceitação de seus costumes e fé e, com ela, paz para viver sua vida, perdida em quase todos os outros lugares do mundo conhecido.

Naquela manhã, quando Raquel Abravanel, mal-encarada e ainda mais mal penteada (como sempre) recebeu Elias, declarou imediatamente que seu marido ainda estava dormindo por causa dos excessos etílicos da noite anterior e fechou-lhe a porta na cara. Sentado na escadinha de acesso à morada, com uma nádega sobre a *mezuzá*, o cilindro com fragmentos da Torá dedicado a recordar a quem entrava ou saía da casa que Deus está em toda parte, o jovem decidiu esperar a recuperação do professor, pois estava determinado a ter o difícil diálogo com o homem mais capaz de ajudá-lo ou de destruí-lo. Uma hora depois, muito pouco agasalhado para o frio da manhã, vestido com as calças sujas e o capote puído com que costumava passear pela cidade para deixar mais claro o seu inexistente interesse pelos bens materiais e as opiniões dos vizinhos, o anfitrião se acomodou no mesmo degrau do jovem e lhe ofereceu uma caneca de um vinho aguado e morno, adoçado com mel e temperado com canela, similar ao que ele mesmo bebia.

Elias lhe perguntou como se sentia. "Vivo", foi a resposta do *chacham*, que, coisa estranha, não parecia ter vontade de divagar. Para que queria vê-lo? Por que tanta pressa? Não estava com frio? E que fim levara o ingrato Amós? O jovem decidiu começar por onde lhe parecia mais fácil, embora, na verdade, não fosse, porque seu irmão Amós, também ex-aluno de Ben Israel, tivera uma crise mística e se tornara seguidor do rabino polonês Breslau, o mais recalcitrante defensor local da pureza religiosa do judaísmo e, como era de se esperar, inimigo público de Ben Israel e de seus modos de pensar. Por isso, deu a resposta mais política e ao mesmo tempo explícita que lhe ocorreu: "Amós deve estar lendo a Torá na sinagoga alemã", disse, deu um gole do vinho já frio e, sem pensar mais, lançou-se na direção que na verdade lhe interessava: "Meu amado *chacham*, quero que seu amigo o Mestre me aceite em seu ateliê. Quero aprender a pintar. Mas quero aprender com ele". O professor continuou bebendo da caneca, como se aquelas palavras de seu ex-aluno fossem um comentário insignificante sobre o estado do tempo ou o preço do trigo. Elias sabia, porém, que a mente do erudito devia estar digerindo aquelas palavras carregadas de complicações e colocando-as na balança equilibrada com os contrapesos do lógico, do possível, do plausível e do intolerável.

Poucos homens em Amsterdã sabiam mais que Menasseh como era viver guardando um segredo e representando um personagem: em sua infância lusitana, quando ainda se chamava Manoel Dias Soeiros, ele havia sido arrancado de seu lar e trancado num mosteiro onde os frades franciscanos, não muito misericordiosos, o educaram por vários anos como cristão, ensinando-lhe (de palmatória em mãos) as razões pelas quais devia desprezar e reprimir os praticantes da religião de seus ancestrais, responsáveis diretos pela morte de Cristo, autores de sacrifícios rituais de crianças, sempre fedendo a enxofre e avaros por natureza, entre outros muitos pecados e estigmas. Seu estômago, obrigado a digerir carne de porco, chouriços de sangue e todo e qualquer alimento *terefá* que os padres lhes servissem, fora se enfraquecendo até causar-lhe uma doença crônica que ainda o perseguia e provocava dolorosos vômitos. Mas ele também aprendera a sobreviver num meio adverso, a guardar silêncio e a se esconder na massa para não ser ouvido nem visto; e, acima de tudo, a extrair desse meio hostil os ensinamentos que lhe podiam ser úteis nas mais diversas circunstâncias. Entendera, graças a seus repressores teológicos, que o ser humano é uma criatura complexa demais para que alguém ("Afora Deus, é claro", dizia aos alunos, como sempre lembrava Elias) pudesse considerar-se capaz de conhecê-lo e julgá-lo, ao passo que a liberdade de escolha devia ser o primeiro direito do homem, pois lhe havia sido concedida pelo Criador: desde a origem do mundo, para sua salvação ou perdição, mas sempre para seu uso.

Quando falava desse assunto com seus discípulos, Ben Israel costumava repetir seu versículo predileto do Deuteronômio, "os céus e a terra tomo hoje por testemunhas contra vós, de que te tenho proposto a vida e a morte, a bênção e a maldição; *escolhe*, pois, a vida", frisando a possibilidade de escolha mais que a escolha final em si mesma, e muitas vezes, como expediente, costumava contar-lhes a extraordinária história de um de seus parentes por afinidade, dom Judá Abravanel, o homem que, pela salvação de sua vida e de sua estirpe, optara pela entrega pública de sua fé e por renegar todas as suas convicções. Segundo o relato (que Elias sempre considerara uma ficção do *chacham*, para reforçar ainda mais o destino messiânico da família), esse homem era filho do poderoso Isaac Abravanel, que tanto apoiara e tanto dinheiro investira para que o genovês Colombo pudesse zarpar com seus navios e dar poder e glória à Coroa da Espanha. Não obstante, ele também tivera de fugir do país onde viveram e prosperaram por muitos séculos seus ancestrais para buscar refúgio em Lisboa, como outros muitos judeus perseguidos pelos bispos daquela mesma Coroa espanhola (que, antes de expulsá-los, havia confiscado seus consideráveis bens, como sempre recordava o avô Benjamim ao falar dessas e de outras perseguições). Mas, segundo o relato do professor, fora no ano de 1497 que Judá Abravanel vivera o momento mais terrível de sua existência: ele, sua mulher e seus filhos, junto com outras dezenas de famílias sefaradis, acabaram confinados numa catedral de Lisboa e, por decreto real, colocados diante da terrível escolha a que os cristãos reduziam as opções dos praticantes da Lei mosaica. Ou aceitavam o batismo católico ou eram levados à tortura e à morte na fogueira. (Nesse ponto, bem recordava Elias, o *chacham* Ben Israel costumava fazer uma pausa dramática, para alimentar o sobressalto de seus tutelados; mas reservava o melhor silêncio para mais adiante.) Muitos dos hebreus presos na catedral, centenas deles, decididos a morrer por sua fé santificando o nome de Deus e para não ser humilhados com o ato do batismo, optaram pelo sacrifício, como ordenavam as Escrituras, e começaram a matar seus filhos e mulheres, para depois matar a si mesmos: se tinham armas os degolavam, cortavam-lhes as veias, feriam-nos no coração, se não estavam armados estrangulavam-nos com seus cintos e até com as próprias mãos, para depois se imolarem eles mesmos batendo a cabeça contra as colunas do templo, das quais, dizia-se, ainda pingava muito do sangue absorvido por suas pedras. Mas Judá Abravanel não, dizia o *chacham* nesse ponto do relato. Aquela negação caía como um manto de alívio sobre os adolescentes, aterrorizados com essa história do sofrimento a que haviam sido submetidos outros judeus; um episódio que eles, afortunados habitantes de Amsterdã, a Nova Jerusalém, onde haviam sido abertas as portas para os filhos de Israel, não imaginavam que nenhum ser humano pudesse ter de passar.

Judá Abravanel, cuja estirpe – como bem se sabia – remontava à própria casa do rei Davi, era médico de profissão e seria o poeta que com o nome de Leão Hebreu escreveria os famosos *Dialoghi d'amore*, várias vezes lidos por Ben Israel para seus discípulos. Homem culto, piedoso e rico, ele se vira na mais dolorosa circunstância e fizera sua escolha: dom Judá pegara sua mulher e seus filhos pela mão e, chapinhando no sangue judeu derramado no templo cristão, avançara para o altar clamando pelo batismo (e aqui o *chacham* fazia seu silêncio mais prolongado). Optando pela vida. Mesmo com o coração chorando, ciente de que sua decisão quebrava um dos preceitos invioláveis ("Sabem quais são esses preceitos?"), dom Judá Abravanel caminhara disposto a jogar tudo no fogo, a perder a salvação da alma, mas ciente do que sua vida e a de seus filhos significavam ou podiam significar para a história do mundo, segundo as proporções cósmicas de um rigoroso plano divino: uma trilha aberta no caminho do Messias. Além do mais, com o exemplo dado, aquele homem, considerado um esteio da comunidade, salvara a vida de muitos dos judeus trancados naquela igreja, que, conhecedores de seu prestígio, influenciados por sua ascendência, decidiram imitá-lo.

Graças a esse ato, aliás, costumava dizer o *chacham*, já mais relaxado, talvez até com um laivo de ironia, Judá Abravanel tivera vida suficiente para fugir de Portugal com os seus, estabelecer-se na Itália e, numa conjuntura mais favorável, voltar a enriquecer e retornar à fé na qual havia nascido e à qual devia tudo. De qualquer maneira, dom Judá, talvez até perdoado pela infinita compreensão do Santíssimo, bendito seja Ele, legara um ensinamento comovente (e aqui costumava vir o último silêncio do astuto narrador): a todo momento o homem sábio deve agir do melhor modo que sua inteligência lhe exigir, pois por alguma razão o Criador deu essa capacidade ao ser humano. O Santíssimo ensinou aos seus que nenhum poder, nenhuma humilhação, nem a mais inflamada repressão ou confraria de dor e medo podem apagar a chama do desejo de liberdade que arde no coração de um homem disposto a lutar por ela, disposto até a humilhar-se para chegar a essa liberdade e, depois de cumprida a vida, confiar-se ao Juízo Final. Porque o desejo de liberdade é indissociável da condição singular do homem, essa intrincada criação divina.

Tão dramático como aqueles silêncios de seus relatos foi o silêncio que o *chacham* fez naquela manhã depois de ouvir a confissão de Elias Ambrosius. E foi tão longo que o jovem pensou que ia morrer de desespero e frio. Ben Israel, muito absorto, pegou o biscoito de cevada escondido no bolso do casaco para umedecê-lo no resto do vinho e mastigar sem pressa antes de, finalmente, decidir-se a falar. "Não vou perguntar se entende o que está me pedindo, pois assumo que deve entender. Também assumo que sabe qual supostamente é meu dever neste momento." "Sim, senhor, tentar me convencer de que é uma loucura. Ou me denunciar ao Mahamad. Não tente o primeiro: estou decidido. O segundo é decisão sua, como membro desse conselho." Ben Israel deixou a caneca vazia junto à *mezuzá*, limpou a boca e esfregou as mãos para tirar as últimas migalhas e aproveitar para aquecer os dedos. "Moro aqui há trinta anos e ainda tenho saudades do sol de Portugal. Não me surpreende que haja judeus que se neguem a sair de lá e outros aqui desesperados para voltar."

Sem explicações, o professor entrou na casa e saiu com uma manta sobre os ombros. Voltou ao seu lugar, aspirou sonoramente o muco e olhou para o jovem: "Por que me pede ajuda em uma coisa tão grave? Por que vem a mim?". "Porque o senhor, *chacham*, é a única pessoa que pode me ajudar... E porque sei também que seria capaz de fazê-lo." O homem sorriu, talvez orgulhoso da opinião de Elias. "Você está me pedindo apoio para violar uma *mitzvah*, nada menos que o segundo mandamento escrito nas tábuas." "Uma *mitzvah* que os judeus estão violando há 2 mil anos. Ou será que não foram os judeus, como aprendi em suas aulas, que pintaram os painéis com cenas bíblicas numa sinagoga à beira do Eufrates? E os mosaicos com imagens humanas e animais da sinagoga de Tiberíades, no lago Galileia, o senhor disse que não caíram do céu. E as Sagradas Escrituras ilustradas? E os túmulos funerários no cemitério de Beth Haim, aqui mesmo, em Amsterdã, por acaso não têm imagens de animais? E os anjos da Arca da Aliança? E a fonte do rei Salomão, elevada sobre quatro elefantes esculpidos? Desculpe, *chacham*, mas o que vou dizer é pertinente: e não é uma violação da Lei ter imagens nas paredes da casa?" "Sim, há maus precedentes e outros...", o sábio sorriu de novo, ferido pela estocada de seu antigo pupilo que lhe recordava o retrato que vários anos antes Ben Israel exibira como um desafio, ali mesmo, em sua casa, "... há outros que confundem. Os querubins que adornaram a Arca foram um pedido do próprio Criador, é verdade. Mas ele jamais induziu a que os adorassem. Os túmulos do cemitério foram encomendados a artesãos gentios... E eu não sou o único judeu pintado pelo senhor Van Rijn. O notável doutor Bueno também tem um excelente retrato dele. O que quero dizer é que nada disso o exime da obediência e muito menos do perigo do castigo."

Então, Elias Ambrosius jogou a carta com que pensava garantir sua vitória: "A Torá nos proíbe de adorar falsos ídolos; este, aliás, é um dos três preceitos invioláveis, e por isso condena o ato de representar imagens de homens e animais, ou de adorá-las nos templos ou nas casas. Mas não fala de aprender a fazê-lo: e eu só quero que o senhor me ajude a aprender com o Mestre. O que vou fazer depois é minha responsabilidade consciente. Vai me ajudar ou me delatar?". Ben Israel afinal riu abertamente. "Cada vez que precisava lutar com sua gente, Moisés se perguntava por que o Santíssimo, bendito seja Ele, havia eleito os hebreus para cumprir seus mandamentos na Terra e propiciar a chegada de um messias. Somos a raça mais rebelde da Criação. E isso nos custou um preço, você sabe... O pior não é que questionamos tudo, mas que racionalizamos esses questionamentos. Você tem razão, nada o impede de estudar. Mas sabe de uma coisa? Eu me sinto culpado por você ter aprendido a pensar assim. Além do mais, a Lei é clara quanto à representação de figuras que possam ser idolatradas. A proibição se refere sobretudo à construção de falsos ídolos ou pretensas imagens do Santíssimo, mas, digo eu, também dá espaço para o ato de criar se esse empenho não conduzir à idolatria. E cada nova geração, você bem sabe, tem obrigação de respeitar a Torá e suas Leis, mas também tem obrigação de estudá-la, porque os textos devem ser interpretados no espírito dos tempos, que são mutáveis. Agora, independentemente de como interpretemos a Lei, eu lhe pergunto: você será capaz de parar no limite da linha? Estudar e só aprender, como disse, pelo gosto de fazê-lo?" Fez uma de suas pausas, tão longa de novo que Elias chegou a se indagar se teria terminado seu discurso, quando, por fim, o professor se levantou e acrescentou: "Venha, quero lhe mostrar uma coisa".

O *chacham* apanhou sua caneca e subiu os dois degraus que davam acesso à casa. O jovem o imitou, intrigado pelo que poderia lhe mostrar. Atravessaram a sala desarrumada, deserta nesse momento, e penetraram o cubículo onde o erudito costumava ler e escrever. Montanhas de livros e papéis, dispostos aparentemente de qualquer maneira, rodeavam a pequena mesa onde se viam várias folhas escritas em hebraico, as penas de ganso e o frasco de tinta. E também a garrafa de vinho, o luxo ao qual o professor não podia renunciar. Ben Israel virou-se e olhou nos olhos do ex-discípulo: "A discrição é uma virtude. Confio em você como você confia em mim". E, sem esperar comentários do outro, inclinou-se sobre a mesa e tirou de uma gaveta uma cartolina enrolada que entregou ao jovem. "Abra."

Ao sentir a textura do papel, Elias Ambrosius percebeu que se tratava de uma cartolina para gravuras daquelas vendidas pelo senhor Daniel Rulandts e, com todo o cuidado, começou a desenrolá-la até abri-la diante de seus olhos. De fato, na superfície estava gravada uma água-forte, e a imagem representada era o busto do próprio Ben Israel, vestido com requintada elegância, barba e bigodes bem aparados, a cabeça coberta com seu quipá judaico. A primeira coisa que ocorreu ao jovem dizer se transformou em palavras em seus lábios: "Mas isto não é obra do Mestre". "Vejo que o conhece muito bem", admitiu o *chacham*, "é isso o mais interessante desta gravura..." "Então, quem é? Salom Italia?", leu na borda inferior, onde também estava gravada a data de execução em números romanos:

MDCXLII, 1642. "Quem é Salom Italia? Não vá me dizer que é um judeu." Ben Israel deixou um pequeno sorriso aflorar nos lábios. "Elias, conforme-se com isto, que já é muito: sim, é um judeu, como você, como eu." "Um judeu? E o senhor sabia que ele fazia isto? Seja quem for esse Salom Italia, não é um aprendiz... é um artista." "Você está no caminho certo." Ben Israel jogou uns livros no chão e se sentou em sua cadeira. "Ele não é um aprendiz, embora quase não tenha recebido lições de nenhum professor. Mas tem um dom. E não pôde deixar de desenvolvê-lo. Ah, claro, Salom Italia não é seu verdadeiro nome." "E o que o senhor vai fazer, *chacham*? Vai denunciá-lo?" "Depois de posar para ele?" Elias Ambrosius percebeu que estava diante de algo muito grave, definitivo, capaz de impulsioná-lo em suas pretensões, mas ao mesmo tempo de enchê-lo de temores. "O que vai fazer, então?" "Com esta gravura, guardá-la. Com o segredo de Salom Italia e sua água-forte, o mesmo. Com você, ajudá-lo. Afinal de contas, é sua opção, você já conhece os riscos; como também conhecia Salom Italia. Além do mais, nesta cidade os segredos se multiplicam: há vários deles ocultos para cada judeu visível. Sim, tenho uma ideia, e espero que o Santíssimo, bendito seja Ele, me entenda e me perdoe com sua infinita graça."

Menasseh Ben Israel se levantou e voltou a esfregar as mãos: "Precisamos outra vez de lenha, e estou na ruína. Viu que não tenho nem para comprar leite? Quando vai acabar este maldito inverno? Vá agora, eu tenho que orar; mas já é um pouco tarde, não é? Você fez as orações da manhã? E depois vou pensar. Em você e em mim".

Quando afinal se viu na frente da porta verde do número 4 da Jodenbreestraat, Elias Ambrosius teve vontade de sair correndo. Tomar uma decisão não é a mesma coisa que executar um ato; e se ultrapassasse aquela soleira que vigiara durante meses, sempre sonhando com aquele instante, estaria dando um passo irreversível. Sem querer, sem pensar, tornou a verificar sua vestimenta, a mais apresentável ao seu alcance, mas sentiu-se reconfortado ao notar o aspecto descuidado de seu guia: o erudito Ben Israel parecia quase um daqueles judeus grosseiros e fedorentos que haviam migrado nos últimos anos do Leste para a Nova Jerusalém e viviam da caridade ou dos parcos salários municipais recebidos por serviços como tirar lixo e cadáveres de animais dos canais, abrir passagem na neve no inverno e varrer a poeira das ruas no resto do ano.

A senhora Geertje Dircx abriu a porta e, com o mutismo que (Elias já sabia) lhe era próprio, levou-os ao vestíbulo. Aquela viúva de um militar, quase militar ela mesma, era responsável por cuidar de Titus, o pequeno filho do Mestre, antes mesmo da morte de sua mãe, tendo se tornado uma espécie de governanta com plenos poderes depois do falecimento da dona da casa. Aguardaram alguns minutos e, da escada que levava para a cozinha, saiu o Mestre, ainda mastigando o último bocado e vestindo um blusão que lhe cobria até os tornozelos, manchado de todas as cores existentes, amarrado na cintura com um cânhamo mais apropriado para amarrar barcaças que para a função atual.

"Bom dia, meu amigo", saudou-o o *chacham*. O Mestre correspondeu com as mesmas palavras e um aperto de mãos. Elias, a quem o anfitrião nem olhara, sentia todo seu corpo tremer, sacudido pela presença próxima daquele homem de nariz de batata e olhar aquilino, com um aspecto tão vulgar que, mesmo sabendo quem era, resultava difícil aceitar que fosse, e ninguém duvidava, o mestre mais importante de uma cidade onde pululavam pintores. Ben Israel mencionou o motivo de sua visita e só então o homem pareceu lembrar e olhou de relance para Elias. "Ah, seu jovem discípulo... Vamos para o ateliê", disse, e depois de ordenar à senhora Dircx que lhes levasse uma garrafa de vinho e duas taças começou a ascensão pela sinuosa escada em espiral.

Enquanto subiam, o jovem, sem perder a angústia, tentava encaixar tudo que ia vendo nas imagens daquele lugar que havia fabricado com descrições do *chacham*, do dinamarquês Keil e do comerciante Salvador Rodrigues, vizinho do pintor e amigo do pai de Elias. Quase sem se atrever a passar os olhos pelas obras penduradas na sala, entre as quais reconheceu uma paisagem de Adriaen Brouwer e uma cabeça de Virgem, sem dúvida proveniente da Itália, além de dois trabalhos do anfitrião, seguiu-os até o andar onde o Mestre tinha seu ateliê e, pela porta entreaberta do anexo da antessala, conseguiu ver a prensa onde o pintor imprimia as cópias de suas cobiçadas águas-fortes. Ao chegar ao descanso do terceiro andar vislumbrou no quarto do fundo, à direita, o depósito dos objetos exóticos que o Mestre tanto gostava de adquirir nos leilões e mercados da cidade; e, à esquerda, a porta que já se abria e dava acesso ao ateliê. Foi nesse instante, enquanto dava passagem ao rabino, que o Mestre dirigiu a palavra pela primeira vez a Elias Ambrosius. "Espere aqui. Se quiser, pode ver minha coleção. Mas não roube nada", e, sem mais palavras, fechou a porta do ateliê atrás de si.

Elias, obediente, entrou no cubículo onde, numa ordem que mais parecia um caos, se acumulavam as mais inconcebíveis estranhezas. Embora seu estado de ânimo não estivesse propício para se concentrar na observação, passeou a vista por aquele mostruário de maravilhas onde conviviam os *artificialia* com os *naturalia*, numa variedade e disposição alucinante ou alucinada. Situado num ângulo do qual podia observar a porta do ateliê, o jovem percorreu com o olhar a série de bustos de mármore e gesso (Augusto? Marco Aurélio? Homero?), as caixas de búzios, as lanças asiáticas e africanas aglomeradas num canto, os livros (todos em holandês) colocados numa estante, os animais exóticos dissecados, os elmos militares de ferro, a coleção de minerais e de moedas, as vasilhas importadas do Extremo Oriente, dois globos terrestres, vários instrumentos musicais de cuja existência e sonoridade o judeu não tinha ideia. Sobre uma mesa havia três enormes pastas que, já sabia o jovem, continham gravuras, águas-fortes e desenhos de Michelangelo, Rafael, Ticiano, Rubens, Holbein, Lucas van Leyden, Mantegna!, Cranach, o Velho!, Dürer! Concentrado na observação dos álbuns, tocando com as pontas dos dedos as rugosidades das impressões, perdida a noção do tempo e afastado sem querer de suas ansiedades, o gemido da porta que se abria o surpreendeu. "Venha, filho", chamou o *chacham*, e os tremores voltaram ao corpo do jovem.

O ateliê do Mestre ocupava toda a parte frontal do andar. Nas duas janelas, tantas vezes observadas da pracinha da Sint Antoniesbreestraat, à beira da eclusa do Zwanenburgwal, as cortinas de pano colocadas para atenuar a luz estavam abaixadas, mas o jovem pôde ver, no cavalete preparado às costas do Mestre, bem perto de uma estufa de ferro lavrado, uma tábua de formato médio com a metade superior escurecida numa profundidade quase cavernosa, onde, contudo, era possível descobrir uma enorme coluna, algo semelhante a um altar cheio de filigranas de ouro, e uma cortina que descia das trevas pela esquerda da superfície. Na metade inferior da tábua, onde a luz se concentrava em volta de uma mulher ajoelhada, vestida de branco, agrupavam-se várias figuras mais, ainda esboçadas em um fundo cinza.

O *chacham* ocupou a outra banqueta livre e deixou Elias em pé, no centro do aposento, numa posição constrangedora, pois podia ver seu reflexo de frente e de perfil nos dois grandes espelhos encostados nas paredes frontal e lateral do ateliê. O jovem não sabia o que fazer com as mãos nem aonde dirigir o olhar, ávido de captar cada detalhe do *sancta sanctorum*, mas incapaz de transformar em pensamentos as imagens assimiladas.

"Que idade você tem, rapaz?" Elias foi surpreendido pela pergunta. "Dezessete, senhor. Acabei de fazer." "Parece mais jovem." Elias assentiu. "É que ainda não tenho barba." O Mestre quase sorriu e continuou. "Meu amigo Menasseh me falou de suas pretensões. E, como eu admiro a ousadia, vou fazer algo por você." Elias sentiu-se capaz de flutuar de alegria, mas limitou-se a assentir, com a vista fixa nas mãos do Mestre, que enfatizavam suas palavras. "Como devemos ser discretos, pela saúde do meu amigo e pela sua, e como estou informado de que você é um morto de fome ambicioso e teimoso, minha única proposta possível, para todos, é que venha trabalhar no ateliê como moço da limpeza, por isso vou reduzir sua matrícula a cinquenta florins. Naturalmente, por esse preço, e para que os outros pensem que você limpa, vai limpar de verdade, é claro. Primeiro vai aprender olhando o que os outros discípulos fazem e o que faço eu. Pode perguntar, mas não muito, e nunca me dirija a palavra quando eu estiver trabalhando. Nunca. Quando já souber tudo que se deve saber sobre como dispor e misturar as cores, moer as pedras com o pilão, preparar as telas e as tábuas, fabricar pincéis, e quando tiver uma ideia de como se pinta um quadro e por que se pinta de uma forma e não de outra, então voltarei a perguntar sua disposição. E, se ainda insistir, eu lhe darei um pincel. Se vai pegar nas mãos esse pincel, e se esse ato virá a ser mais ou menos público, isso só depende de você, que assumirá as consequências. Tenho muitos amigos judeus que não estão tão loucos como este nosso amigo", apontou com o queixo para Ben Israel, "para turvar minha relação com eles por causa de um sonhador que pretende pintar e talvez não sirva sequer para passar cal nas paredes. Está bom para você?"

Elias, arrasado com o discurso, afinal olhou no rosto do Mestre, que estava à expectativa de uma resposta, e depois no de seu antigo preceptor, que com uma belíssima taça semicheia de vinho na mão parecia meio embriagado e divertido com a situação. "Sim, aceito, senhor. Mas só posso lhe pagar trinta florins." O Mestre o encarou como se não entendesse bem e, com os olhos interrogou Ben Israel. "Por favor, senhor, trinta florins é mais do que tenho", continuou o jovem, sentindo o mundo desmoronar sob seus pés ao ver o Mestre negar várias vezes com a cabeça. Elias, como todos que conheciam algo da vida daquele homem, sabia que a fama não lhe bastava para enfrentar as pressões econômicas a que suas excentricidades o conduziam. Além do mais, suas finanças deviam ter piorado muito desde o ano anterior, quando vários dos membros da sociedade de arcabuzeiros difundiram o comentário de que a obra encomendada havia sido uma fraude, um quadro impertinente e de mau gosto, pois não se parecia em nada com os retratos de grupo então em voga. Alguns até comentaram que o pintor era volúvel, voluntarioso e teimoso ("Seria melhor se tivéssemos encomendado a Frans Hals", disseram alguns dos retratados, cada um dos quais havia pagado a considerável quantia de cem florins), e, quase como se fosse por decreto municipal, o Mestre deixara de receber aquele tipo de encomendas, as mais rentáveis no mercado de pinturas de Amsterdã. Por isso, a resposta do pintor surpreendeu os dois judeus: "Pode não ter barba, mas tem coragem. Pois ali está a vassoura. Comece a varrer a escada. Quero vê-la brilhando. Quando terminar, pergunte à senhora Dircx que outras coisas deve fazer. Acho que estamos precisando de turfa para as estufas. Agora saia, quero falar mais com meu amigo. E vista-se como o que é, um serviçal. Vamos, saia e feche a porta".

Ele se sabia um privilegiado, vislumbrava que assistiria a acontecimentos maravilhosos e queria ter a alternativa de lembrá-los pelo resto de seus dias e, talvez, num futuro imprevisível, transmiti-los a outros. Por isso, poucas semanas depois de começar a frequentar a casa e o ateliê do Mestre, Elias Ambrosius decidiu fazer uma espécie de livro de impressões no qual iria escrevendo suas comoções, descobertas, indagações e aquisições à sombra e à luz do Mestre. E também medos e dúvidas. Refletiu muito sobre onde esconder o caderno, pois, se caísse nas mãos de alguém – e pensou, antes de tudo, em seu irmão Amós, cada dia mais intransigente em questões religiosas, até falando no terrível jargão dos rústicos judeus do Leste –, tornaria desnecessárias todas as precauções e encobrimentos, e impossível qualquer tentativa de defesa. Afinal, decidiu-se por um alçapão que havia no piso de tábuas da água-furtada, protegido das vistas por um velho cofre de madeira e couro.

Na primeira página do caderno, montado e encadernado por ele mesmo na gráfica segundo o modelo dos *tafelet* onde os pintores costumavam fazer seus esboços, escreveu em ladino, com letras grandes, caprichando na beleza da caligrafia gótica: "Nova Jerusalém, ano 5403 da criação do mundo, 1643 da era comum". E, para começar, pôs-se a relatar o que significava para ele a possibilidade de partilhar o mundo do Mestre; depois, em várias entradas cheias de adjetivos e admirações, tentou expressar a sensação de epifania que lhe provocara ser testemunha do ato milagroso pelo qual aquele homem tocado pelo gênio tirava as figuras da base de cor morta imprimida no tabuleiro de carvalho, como as vestia, dava rostos e expressões com retoques de pincel. Tentou entender como ele conseguia iluminá-las com um fabuloso, quase mágico, jogo de cores ocres, enquanto as situava num semicírculo em volta da mulher ajoelhada e vestida de branco, para dar forma definitiva ao drama cristão de Jesus perdoando a mulher adúltera, condenada a morrer apedrejada. O trabalho foi um processo de pura criação *ex nihilo*, no qual o jovem pôde contemplar diariamente uma convocatória de traços e cores que apareciam e ganhavam corpo para serem devorados muitas vezes por outros traços, outras cores capazes de perfilar melhor as silhuetas, os ornamentos, os cenários, as formas e as luzes (como conseguia aquela controvérsia de escuridões e luzes?, perguntava-se Elias muitas vezes) até atingir, depois de muitas horas de esforço, a mais retumbante das perfeições.

Como haviam combinado no dia da primeira visita, Elias, uma vez concluído seu trabalho cotidiano na gráfica, trabalhava na casa do Mestre todas as tardes e noites, de segunda a quinta-feira, e até duas ou três horas antes do pôr do sol na tarde de sexta-feira. ("Quando termina a sexta-feira, você deve cumprir com seus compromissos como judeu. No domingo eu às vezes vou à minha igreja e, se puder evitar, prefiro não ter ninguém em casa", dissera o Mestre.) De vassoura e pano de chão nas mãos, seguindo as instruções da senhora Dircx, o jovem começava a percorrer o prédio onde, em outras épocas, a alegria, a festa e as conversas encheram os dias e as noites, mas onde agora se respirava a atmosfera lúgubre forjada pela presença da morte, que tanto havia rondado por ali. Só traziam sinais de vida e normalidade ao ambiente as corridas, risadas e choros do pequeno Titus, o filho sobrevivente, e a presença dos discípulos, alguns até mais jovens que Elias, que muitas vezes não podiam reprimir a explosão de uma risada capaz de alterar por instantes a atmosfera lúgubre encerrada entre aquelas paredes.

Elias sempre fazia suas tarefas depressa, mas com dedicação, desejando subir o quanto antes ao ático onde os alunos trabalhavam em seus cubículos. Tentava até, se possível, entrar no ateliê do Mestre antes do cair da tarde, pois, apesar de sua preferência por cenas noturnas, Elias descobriria que pouquíssimas vezes o homem continuava seu trabalho num quadro utilizando luz de velas ou de uma fogueira preparada pelos ajudantes numa grande caldeira de cobre projetada para aquele fim. Mas, quando chegou a primavera e se atrasou o pôr do sol, Elias pôde dispor de mais tempo para vagar, sempre em silêncio, de vassoura e balde na mão, pelo ateliê do pintor; e quando este não trabalhava, ou quando o fazia com a porta trancada, muitas vezes permanecia nos salões do primeiro andar, contemplando as obras recentes do Mestre (um delicadíssimo retrato de sua falecida esposa, adornada como uma rainha e mostrando seu último sorriso; uma magnífica imagem de Davi e Jônatas transbordando ternura, na qual o Mestre havia utilizado seu próprio rosto para criar o segundo personagem); as pinturas de seus amigos e discípulos mais avançados (Jan Lievens, Gerrit Dou, Ferdinand Bol, Govaert Flinck) e peças que havia adquirido, algumas para conservar, outras para vender com algum lucro. Entre essas joias Elias encontrou uma *Samaritana* de Giorgione, uma recriação de *Hero e Leonardo* do exuberante flamengo Rubens e aquela cabeça da Virgem, vista no dia de sua primeira visita à casa, que era obra do grande Rafael. Na maioria das vezes, claro, ele se dirigia aos cubículos da água-furtada, delimitados por painéis móveis, onde trabalhavam os aprendizes, em algumas ocasiões guiados pelo Mestre, outras vezes dedicando-se às próprias obras, conforme as capacidades já adquiridas. Com o dinamarquês

Keil, com Samuel van Hoogstraten, o infantilizado Aert de Gelder e, sobretudo, com o talentoso Carel Fabritius (convocado com frequência pelo Mestre, não por gosto, para ajudar a adiantar alguns de seus trabalhos), começou sua verdadeira aprendizagem dos mistérios das composições, das luzes e das formas, mas com todos eles procurou não revelar suas verdadeiras intenções, mesmo sabendo que nenhum dos discípulos ou aprendizes teria dificuldade para adivinhá-las, mas sabendo também que aqueles rebentos de ricos comerciantes e burocratas poderiam se interessar muito pouco pelas possíveis pretensões de um insignificante serviçal judeu.

Durante as primeiras semanas, o Mestre quase não lhe dirigiu a palavra, exceto quando ordenava que limpasse determinado lugar ou lhe levasse determinado objeto. Esse tratamento, muito próximo ao desdém, talvez motivado pela pouca rentabilidade de sua presença, feria o orgulho do jovem, mas não o vencia: afinal de contas, estava onde queria estar e aprendia o que tanto desejara aprender. E ser invisível era seu melhor escudo, tanto dentro quanto fora daquela casa.

Elias costumava ficar particularmente atento aos trabalhos ordenados aos discípulos, pois bem sabia que eram as regras básicas do ofício. Algum dia, com sorte, ele também faria esses serviços. Acompanhou com especial atenção o processo encomendado aos aprendizes de dar segundas e terceiras camadas de imprimação às telas, sobre as quais muitas vezes aplicavam uma mistura grossa, quase rugosa, de quartzo cinza colorido com um pouco de marrom ocre, mais ou menos rebaixado com branco, tudo diluído em óleo secante, para obter a máxima rugosidade da textura e a cor morta exigida pelo Mestre; observou com atenção a arte de preparar as cores, depois de passar pela moenda e pulverizar no morteiro as pedras de pigmentos, para depois misturá-las com quantidades precisas de óleo de linhaça, para que o produto aglutinasse o suficiente, sem ficar muito pastoso; estudou a forma de dispor a paleta do Mestre (assombrosamente limitada em cores) segundo a fase em que a obra estivesse ou a parte em que trabalharia em dado momento. Todos esses trabalhos se desenvolviam com ordens precisas e só em raras ocasiões desembocavam em uma explicação mais ou menos didática das intenções do artista. Elias descobriu, ainda, que o pintor, como confiava apenas em sua própria habilidade para obter o tom preciso exigido por sua mente, era quem geralmente preparava os amarelos, ouros, cobres, terras e marrons, que utilizava em profusão. Entretanto, foi conversando com o gentil Aert de Gelder, o discípulo que reproduzia com maior facilidade as obras do Mestre, como se o tivesse dentro de si, que Elias Ambrosius teve as primeiras noções de como deviam ser combinadas as cores para obter aqueles impressionantes efeitos de luz e como aplicá-las para atingir as mais tenebrosas sombras que tanto dramatismo interno davam às peças saídas do ateliê.

Em uma tarde do mês de abril – logo depois do Pessach, a Páscoa judaica, que, pelos rituais estipulados, espaçara as idas de Elias à casa –, o jovem teve duas grandes satisfações. A primeira foi quando, ao entrar no ateliê, viu o Mestre sentado diante de uma tela que havia mandado Carel Fabritius preparar uns dias antes. Durante os dias em que o discípulo trabalhara na tela de seis *cuartos* de altura por um *ell* de largura, Elias assistira à origem mais remota de uma obra que naquele momento estava apenas na mente do Mestre, pulsando como um desejo. Enquanto Fabritius preparava a tela, o Mestre desenhava numa tabuleta e observava de esguelha o trabalho de imprimação. Em duas ocasiões pediu "mais", e Fabritius teve de adicionar pó de terra do Kasel à massa escura, para dar um tom ainda mais profundo à superfície. Afinal, sobre aquele plano quase negro, matizado com um brilho marrom, o Mestre marcou uns traços de branco chumbo, resplandecentes, que Elias identificou como a forma de uma cabeça, talvez coberta com um boné... como o que o pintor usava naquele instante. A disposição dos espelhos, colocados à frente do cavalete de tal modo que o artista pudesse se ver de frente e de três quartos e num ângulo em que a luz do sol, filtrada pelas janelas, destacasse uma das faces do modelo, o Mestre lhe revelou o tema da obra.

Quando Fabritius saiu do ateliê, Elias Ambrosius, movendo-se com a maior discrição, colocou dentro do balde uns dez ou doze pincéis sujos apanhados no chão e pegou sua companheira vassoura para sair do recinto: a primeira lei que aprendera ao entrar no ateliê fora que, quando o Mestre trabalhava num autorretrato, devia ficar sempre sozinho, a menos que solicitasse a presença de alguém – para usar como modelo para a roupa ou como retocador de certas áreas do trabalho. Por isso, espantou-se ao escutar a voz do Mestre falando com a imagem de Elias refletida no espelho: "Fique".

Elias encostou a vassoura e abaixou o balde, mas não se moveu. O Mestre voltou ao seu mutismo e fixou o olhar no próprio rosto, visto no cristal reflexivo. Esse rosto era, sem dúvida, o mais frequente objeto de representação sobre o qual o Mestre havia trabalhado. Várias dezenas de autorretratos, pintados, desenhados, gravados, haviam saído de suas mãos e até encontrado compradores no mercado, além de espaço nas paredes das casas burguesas de Amsterdã, aonde chegaram quase sempre não por serem belas representações, mas apenas por terem sido consideradas por alguns compradores ousados como um valor seguro: como o ouro ou os diamantes, igual a tudo que saía das mãos daquele homem antes que seu prestígio fosse abalado pela pintura do grande salão de Kloveniers. A busca de expressões, sentimentos, estados de ânimo fingidos ou reais talvez houvesse feito o Mestre se tornar o modelo ideal e, claro, sempre disponível. Talvez a busca de soluções visuais úteis para aplicar nos outros muitos retratos que fizera (com reconhecida habilidade) fosse outra causa dessa insistência. Mas, sobretudo, pensava Elias, depois de ouvir comentários a respeito dos discípulos e aprendizes e de conversar sobre aquela obsessão com seu professor Ben Israel, aparentemente o Mestre encontrava em seus traços, não muito nobres, aliás (seu nariz achatado, os cachos rebeldes e livres – *cadenettes*, como diziam os holandeses, utilizando o vocábulo dos franceses –, a boca expressiva mas dura, com os dentes cada vez mais escurecidos pelas cáries, e a profundidade sempre alerta do olhar), um reflexo de uma vida bem conhecida, de cujos ganhos e perdas, felicidades e desastres queria ou pretendia deixar um testemunho vivo, com a certeza (como diria uma vez, tempos depois, a Elias Ambrosius) de que *um homem é um momento no tempo*; e a vida de um ser humano, consequência de muitos momentos ao longo do tempo, mais ou menos extenso, que lhe cabe viver. Um rosto não como representação, mas como resultado: o homem que *é* como emanação do homem que *foi*.

Era conhecida por todos essa habilidade tão singular do Mestre, sua capacidade de ler consciências e refleti-las na densidade de um olhar, que depois cercava com uns poucos atributos significativos. Contava-se na cidade que vários anos antes, recém-chegado à metrópole depois de deixar sua terra natal, a conservadora cidade de Leiden, as aptidões do jovem enfrentaram uma prova escandalosamente definidora: o rico comerciante Nicolaes Ruts, rei do negócio de peles, vendedor quase exclusivo de zibelinas – mais caras que ouro, mais caras até que os bulbos das tulipas de cinco cores –, queria um retrato feito por aquele "rapaz" de quem tanto se falava e que até já se considerava uma nova promessa da pintura do Norte. Essa estreia no círculo dos poderosos, que Deus e o já visível talento do jovem pintor puseram em seu caminho, havia sido tão espetacular que deixara boquiabertos os comerciantes de arte e entendidos da cidade. Porque o retrato de Ruts constituía, apesar dos poucos meios utilizados, a melhor representação possível do homem de negócios, poderoso, seguro de si, mas alheio por ideologia e por fé aos cantos da ostentação. Se o Nicolaes Ruts retratado estava coberto por uma zibelina desenhada pelo a pelo, como nunca antes fora desenhada uma zibelina, numa apropriação capaz de realizar o ato mágico de transmitir pela contemplação a suavidade e o calor que o casaco ofereceria ao tato, era porque não havia ninguém melhor que Nicolaes Ruts para usar uma daquelas peças.

Daí o olhar seguro e tranquilo com que o comerciante, agasalhado na cobiçada pele, olhava para os espectadores que tiveram a sorte de ver a tela. E quem a vira foram os outros ricos de Amsterdã, que conviviam com Ruts usando seus valiosos capotes, os opulentos que se encarregariam de fazer do retrato uma lenda, a obra capaz de propiciar que durante dez anos esses mesmos ricos de Amsterdã solicitassem a arte do jovem Mestre para se imortalizar do modo que se estabelecera na cidade como o melhor possível.

Minutos depois de receber a ordem de ficar no ateliê, Elias Ambrosius teve o privilégio de observar o Mestre, após uma prolongada contemplação, pegar um pincel fino e, sem deixar de se olhar num dos espelhos, começar a trabalhar no que seriam os olhos. "Se for capaz de pintar a si mesmo e pôr em seus olhos a expressão que deseja, será um pintor", disse afinal, sem parar de movimentar o pincel, sem desviar a vista do trabalho. "O resto é teatro, manchas de cores, uma ao lado da outra. Mas a pintura é muito mais, rapaz. Ou deve ser. A mais reveladora de todas as histórias humanas é a que está descrita no rosto de um homem. Diga-me, o que estou vendo?", perguntou e, diante do mutismo do pretendente a aprendiz, respondeu a si mesmo. "Um homem que está envelhecendo, que sofreu muitas perdas e aspira a uma liberdade que seguidamente lhe escapa das mãos, mas não vai se render sem luta." Só então o Mestre se moveu, para ajeitar melhor as nádegas. "Olhe bem. É aqui, junto ao rosto, para o lado do espectador, que você deve colocar o ponto luminoso. Assim evita um contorno muito nítido da outra face. Dessa forma consegue quebrar a percepção do rosto como unidade. O que importam são as feições, especialmente os olhos, onde você deve encontrar o espírito e o caráter. A partir de..."

O Mestre interrompeu o monólogo, como se houvesse esquecido o que estava falando, porque agora trabalhava com cinza e marrom buscando a forma da pálpebra, um tanto grossa, talvez um pouco caída. Caída demais, pareceu ter decidido, e voltou a tentar, depois de passar um dedo na tela. "Os olhos são definidos pela sombra, não pela luz", voltou ao discurso, e pela primeira vez se virou para olhar o jovem judeu. "O retrato é um acontecimento temporário, uma lembrança do presente que visualizamos e eternizamos. Eu quero saber amanhã como sou, ou como era hoje, por isso estou me retratando. Quando se retrata outra pessoa é mais complicado. Já não é um diálogo entre dois, mas entre três: o pintor, o cliente e a imagem de si que este pretende, carregada com todas as convenções sociais que o retratado deseja satisfazer. Mas, quando se pinta a si mesmo, ninguém além de você fala com o espectador. É como despir-se em público: isso que está à sua frente é o que você tem..."

O Mestre havia dado as costas a Elias Ambrosius de novo para se olhar no espelho que o refletia de perfil. "E você, o que busca na pintura?", perguntou, e apoiou sobre a coxa a mão com o pincel, enquanto desviava o olhar para procurar no espelho o reflexo do jovem judeu, como se dessa vez exigisse uma resposta. "Não sei", confessou Elias, disposto a dizer a verdade, e por isso acrescentou: "Só sei que gosto". "Disso eu já sei: um homem que está disposto a ser humilhado, maltratado e até marginalizado para conseguir algo; que paga trinta florins para varrer uma casa, fazer pequenos serviços e jogar a merda no canal porque espera aprender alguma coisa; que se arrisca a sofrer a fúria doutrinária de outros homens, que é, aliás, a pior fúria do mundo, só pode fazer tudo isso por algo de que gosta muito. Mas essa questão do gosto funciona bem para um amante, um comerciante, até mesmo para um político. Não para um ministro de uma Igreja, como meu amigo Anslo, nem para um fanático do messianismo, como meu também amigo Menasseh. Também não serve para um pintor, ah não. O que mais? Glória? Fama? Dinheiro?" Elias Ambrosius pensou que todas essas coisas eram apetecíveis e, claro, ele as desejava – mas também sabia que não lhe cabiam e nunca as obteria com um pincel na mão. Se um mestre como Steen precisava ter uma taverna onde vendia cerveja, se Jan van Goyen quase mendigava, se Pieter Lastman morrera esquecido por todos, o que ele podia esperar? "Quero ser um bom judeu", disse afinal, "não tenho a intenção de provocar os meus nem dar motivos para que se enfureçam ou para que me condenem. Acho que quero pintar só porque gosto muito. Não sei se tenho um dom, mas, se por acaso Deus me deu um, foi por algum motivo. O resto é minha vontade, que também é um dom de Deus, o Santíssimo, que me entregou uma Lei, mas também uma inteligência e a opção de escolher." "Pense menos em Deus e mais em você e nessa vontade", disse o Mestre, parecendo interessar-se pelo tema. Deixou o pincel sobre a paleta e virou-se para olhar o jovem: "Aqui em Amsterdã todos falam de Deus, mas muito poucos contam com Ele para fazer sua vida. E acho que é o melhor que pode nos acontecer. Os homens devem resolver sozinhos seus problemas de homens. Calvino, que leu muito a Bíblia de vocês, judeus, também achava que fazer o que eu faço é um pecado. Mas, se peco ou não, isso é problema meu, não de outros calvinistas. Pois, no fim, terei de resolver isso a sós com Deus, e nem os pregadores, nem os padres, nem os rabinos vão me ajudar. Para um artista, todos os compromissos são um peso: com sua Igreja, com um grupo político, até com seu país. Eles reduzem seu espaço de liberdade, e sem liberdade não há arte". Elias escutava e, embora tivesse seus pontos de vista sobre essa opinião, preferiu permanecer em silêncio: ele estava ali para ouvir, para ver, eventualmente para perguntar e responder, só se lhe exigissem. "Sirva-me uma taça de vinho", pediu o Mestre, tomando um gole sonoro ao recebê-lo. "Sua gente sofre muito há muito tempo, e tudo por culpa de um mesmo Deus que alguns homens veem de uma forma e outros de outra. Se aqui em Amsterdã se admite que cada um acredite em seu Deus e interprete de formas diferentes as mesmas palavras sagradas, você deve aproveitar essa oportunidade, que é única na história do homem; e, aliás, não acredito que dure muito ou que se repita por um longo tempo, porque não é o normal: sempre haverá iluminados dispostos a se apropriar da verdade e tratar de impô-la aos outros. Não o obrigo a fazer nada, só a pensar: a liberdade é o maior bem do homem, e não praticá-la quando se revela possível praticá-la é algo que Deus não pode nos pedir. Renunciar à liberdade constitui um terrível pecado, quase uma ofensa a Deus. Mas você já deve saber que tudo tem seu preço. E o da liberdade costuma ser bem alto. Por aspirar a ela, mesmo onde há liberdade (ou onde se diz haver liberdade, o que é o mais comum), o homem pode sofrer muito, porque sempre há outros homens que, tal como acontece com as ideias sobre Deus, entendem a liberdade de outros modos e chegam ao extremo de pensar que seu modo é o único correto e com o seu poder decidem que os outros têm de praticá-la daquela maneira... E esse é o fim da liberdade: porque ninguém pode nos dizer como se deve desfrutá-la..." "Os rabinos dizem que somos afortunados porque estamos na terra da liberdade." "E têm razão. Mas acho que a palavra liberdade está muito desacreditada. Esses rabinos obrigam as pessoas a cumprir as leis de Deus, mas também as leis que eles mesmos ditaram, assumindo que são os intérpretes da vontade divina. São eles que, enquanto esmiúçam a liberdade, o castigariam sem piedade se soubessem por que está aqui. Ainda que seja só porque gosta de pintar, e não porque pretenda ser um idólatra." Deixou a taça sobre a mesa auxiliar, onde colocava os vidros de tinta. "Pense, rapaz, tem de haver algo mais que um desejo para se atrever a fazer o que você está pretendendo. Ouça bem: se não houver esse fim supremo, é melhor poupar os trinta florins... ou os gaste com uma dessas putas indonésias que, não em vão, são tão bem cotadas." O Mestre olhou para o lado e, quase com surpresa, reparou na própria figura no espelho. "Na sua idade, é o mais recomendável. Agora vá embora", apanhou o pincel, virou-se e estudou os traços gravados na tela, "quero continuar com os olhos. Lembre o que eu disse: tudo está nos olhos." "Obrigado, Mestre", sussurrou o jovem, e saiu do ateliê.

Tudo está nos olhos, pensou, e observou-os na superfície do espelho que havia comprado e levado para a água-furtada. No cavalete improvisado onde prendera a folha de papel, a superfície branca se mantinha impoluta. Por que ia tentar? O Mestre tinha razão: precisava haver um motivo, um fundamento profundo e elusivo, tão difícil de fixar como um olhar convincente em uma superfície virgem. Mas a razão estava bem perto dali, daquela caça ao inapreensível para a maioria dos homens, naquilo que só era possível para os eleitos. Elias Ambrosius, olhando seus olhos através da superfície polida do espelho barato, fazia-se perguntas porque sabia que, naquele exato instante, estava se colocando no limite da linha e, se a atravessasse, teria de fazê-lo com uma resposta na consciência. Até aquele momento seus exercícios com carvão em sobras de papel eram parte de uma brincadeira juvenil, manifestação de um capricho inocente, o leito do regato aprazível de uma inclinação sem consequências. Agora, não: pulsava em sua mão uma possibilidade pensada, intencionada, que, afinal de contas, não interessava muito se seria pública ou não. Na realidade, só importava caso se concretizasse diante dos olhos Daquele que tudo vê. Só transcenderia se exercesse aquele ato que implicava seu arbítrio e, com ele, o destino de sua alma imortal: a opção entre a obediência e o desacato, entre a submissão à letra antiga de uma lei ou a escolha de uma liberdade de opção de que esse mesmo Criador o havia dotado. A submissão podia ser confortável e segura, embora amarga, e seu povo bem o sabia; a liberdade, arriscada e dolorosa, mas doce; a paz de sua alma, uma bênção, mas também um cárcere. Por que queria fazer isso, sabendo tudo que colocaria na balança? Teria aquele tal de Salom Italia, que havia gravado a imagem do *chacham* Ben Israel sobre uma prancha de metal, tido as mesmas dúvidas? E que respostas dera a si mesmo para se atrever a penetrar a virgindade da prancha e fazê-la suporte da imagem de um torso, um rosto, uns olhos humanos? Teria sentido, como ele, as armadilhas do medo e tantas, tantas dúvidas?

Elias sempre se maravilhava pensando na concatenação de acontecimentos e decisões que o levaram àquela água-furtada numa cidade considerada pelos expulsos do Sefarad como a Nova Jerusalém, onde os de sua raça desfrutavam de uma tolerância inusitada que lhes permitia orar em paz todo sábado, reunir-se sob a luz múltipla da menorá, ler os rolos da Torá em suas festividades ancestrais e praticar sem maiores temores o rito da Brit Milá, a circuncisão, ou o Bar Mitzvá, de introdução na maioridade; e, ao mesmo tempo, enriquecer o bolso e a mente e ser respeitados por essas riquezas de ouro e de ideias, porque as ideias e o ouro, ao mesmo tempo, davam brilho à cidade acolhedora. O bom lugar, *Makom*. Amsterdã, uma urbe que crescia hora a hora, onde sempre se ouvia a fricção de um serrote, o golpe de um martelo, o arrastar de uma pá, a mesma cidade que apenas dois séculos antes não passava de um pântano povoado de juncos e mosquitos e agora se vangloriava de ser a capital mundial do dinheiro e do comércio na qual, por isso mesmo, fazer dinheiro era uma virtude, nunca um pecado. Para que isso acontecesse e Elias pudesse fazer suas perguntas lacerantes, foi preciso ocorrer uma guerra ainda em andamento entre católicos e cristãos divorciados do pontífice de Roma, entre monárquicos e republicanos, entre espanhóis e cidadãos das Províncias Unidas, antes que se abrisse em Amsterdã aquela inesperada porta para a tolerância e para os judeus que, em nome de Deus, certos monarcas haviam expulsado daquela que já consideravam sua terra. Também foi preciso eclodirem o sofrimento e a humilhação, e correr sangue de muitos filhos de Israel. Foi preciso haver rejeição à própria fé de outros muitos judeus, a negação dos próprios costumes, a perda de sua cultura com a conversão à adoração de Jesus ou de Alá para salvar a pele (e os bens) para que um homem como ele estivesse ali naquele lugar, desfrutando da liberdade de se perguntar se devia realizar ou não o ato de cruzar uma linha a que só seu espírito, sua vontade e aquela razão esquiva, ainda imprecisa, o conduziam. Foi preciso existir seu avô, Benjamim Montalbo de Ávila, capaz de devolver a família à sua fé, e foi preciso existir a experiência dilacerante daquele homem piedoso, de passar muitos anos como cristão sem sê-lo, espicaçado por um segredo que toda sexta-feira, ao brilhar o primeiro luzeiro da noite, seu pai lhe sussurrava no ouvido "Shabat Shalom!", de viver mascarado num meio hostil... Tudo para que Elias Ambrosius chegasse, quase por via sanguínea, à convicção de que mais essencial que as demonstrações sociais de um pertencimento, a presença numa sinagoga ou a obediência aos preceitos dos rabinos, era a identificação interior do homem com seu Deus: ou seja, consigo mesmo e com suas ideias.

Mas, sobretudo, para que ele estivesse ali, teve de existir o medo. Um medo permanente, opressivo, infinito, também recebido por herança, um medo que até Elias, nascido em Amsterdã, conhecia muito bem. Era aquele temor invencível de que a situação propícia acabasse a qualquer momento, de que chegasse de novo a repressão externa ou interna. Ou de que viesse a expulsão e, em uma manhã qualquer, o garrote funcionasse outra vez, ou crepitasse a fogueira, como tantas vezes acontecera através dos séculos. Foi preciso existir esse medo mesquinho e muito real para que ele também tivesse medo dos extremos a que podiam chegar os homens que, no poder, se autoproclamam puros e pastores dos destinos coletivos, ali, em Amsterdã, onde todos se vangloriavam da existência de tanta liberdade.

Elias Ambrosius continuou se olhando no espelho, observando seus olhos (luz e sombra, vida e mistério), e pensou que não podia ser vencido pelo medo. Se estava ali, se realmente era livre, se dispunha de todas as forças de seus dezessete anos, devia aproveitar aquele extraordinário privilégio que era ter nascido e ainda morar numa cidade onde um judeu respirava com uma liberdade inimaginável durante séculos para os de sua estirpe, e que em seu caso incluía a graça da proximidade com um homem rebelde, pintor já destinado a ser um dos grandes mestres, gigante no altar de Apeles. Ele sabia que, se chegasse a conhecer suas intenções, o avô Benjamim não aplaudiria, mas tampouco o condenaria: o ancião havia padecido na própria carne todos os sofrimentos imagináveis por acreditar em algo e, apesar de ser um judeu devoto, também era um decidido defensor da liberdade e do respeito às opções dos outros que ela exigia. Também pressentia que seu pai, Abraão Montalbo, sofreria, lamentaria, mas não o repudiaria, pois seu olhar aberto, graças aos livros que lia (com muita discrição, ele e o avô mandavam trazer da Espanha e de Portugal a literatura que mais apreciavam), aos livros que imprimia e distribuía em meio mundo, permitia-lhe ter uma relação tolerante com os outros, pois ele mesmo era tolerado e conhecia bem a intolerância. Ao mesmo tempo, tinha certeza de que seu irmão Amós, salvo pelas decisões e riscos dos mais velhos de sofrer repressões ou desprezos violentos e que, talvez por isso, tenha se contagiado com as ideias mais ortodoxas, podia ser a fonte de seus infortúnios. Como aqueles papagaios que traziam do Suriname, Amós costumava repetir as palavras dos homens que defendem que só o cumprimento estrito da Lei sagrada e a obediência plena aos iluminados preceitos talmúdicos podiam salvar os filhos de Israel em um mundo ainda dominado pelos gentios: as palavras daqueles mesmos homens capazes de condenar um filho com uma *nidui* porque mantinha contato com um pai que morava em Portugal ou na Espanha – novamente as temidas terras da idolatria com as quais, apesar de tudo, tantos judeus ainda sonhavam, com as quais muitos desses mesmos supostos ortodoxos, capazes de acusar os outros, comerciavam e enriqueciam. Elias sabia: seu próprio irmão poderia denunciá-lo perante o conselho do Mahamad, tornar-se seu perseguidor, talvez até seu acusador, certo de que com essa ação cumpria uma responsabilidade como bom representante de seu povo.

Na mente de toda a comunidade judaica de Amsterdã – e, diariamente, retumbando como um tambor, na de Elias Ambrosius – ainda pairavam os ecos do processo de expulsão de Uriel da Costa, condenado pelo conselho rabínico (incluindo o *chacham* Ben Israel!) a uma *cherem* perpétua que implicava interromper a comunicação com todos os membros da comunidade, uma verdadeira morte civil. Da Costa fora sentenciado pelo pecado de proclamar em público que os preceitos dos rabinos reunidos no Talmude e na Mishná, como considerações de homens, não eram as verdades supremas que eles proclamavam, pois aquele privilégio só pertencia a Deus. Da Costa pedira uma separação entre os mandamentos religiosos e os civis e jurídicos, e se atrevera até a propor uma relação individual entre o crente e seu Deus (a mesma defendida no seio da família de Elias pelo avô Benjamim), uma comunicação na qual as autoridades religiosas tivessem apenas um papel de facilitadoras, e não de reguladoras. E por isso fora acusado de desqualificar a Halachá, a antiga lei religiosa, como código dedicado a regular não só a conduta religiosa, mas também a privada e cidadã.

Então, esse homem tão ousado chegara ao extremo de sua ingenuidade ao proclamar, durante o sumário de excomunhão que se seguira, sua esperança de que seus irmãos, os mesmos rabinos cujo poder ancestral ele atacava, tivessem "um coração compreensivo" e fossem capazes de "decidir sabiamente com conceitos firmes", como seres pensantes, filhos de um tempo muito diferente da época dos primitivos patriarcas e profetas, criaturas que brotaram da escuridão das origens da civilização, nômades adoradores de ídolos vagando pelos desertos. O dramático processo pelo qual Da Costa fora acusado de ser um agente do poder do Vaticano, durante o qual um tribunal rabínico o humilhara e desprezara, havia terminado com o pronunciamento daquela *cherem* perpétua, lida pelo rabino Montera, que entre outros horrores declarava: "Com o juízo dos anjos e a sentença dos santos, anatematizamos, execramos, amaldiçoamos e expulsamos Uriel da Costa, pronunciando contra ele o anátema com que Josué condenou Jericó, a maldição de Elias e todas as maldições escritas no livro da Lei. Seja maldito de dia e maldito de noite; maldito ao deitar-se, ao levantar-se, ao sair e ao entrar. Que o Senhor jamais o perdoe ou reconheça! Que a cólera e o desgosto do Senhor ardam contra este homem daqui por diante e descarreguem sobre ele todas as maldições escritas no livro da Lei e apaguem seu nome debaixo do céu. Portanto, adverte-se a todos que ninguém deve dirigir-lhe a palavra ou comunicar-se com ele por escrito, ninguém deve prestar-lhe nenhum serviço, morar sob o mesmo teto que ele nem se aproximar a menos de quatro côvados de distância...".

Elias lembrava bem como, quando o rabino Montera lera a excomunhão inquisitorial, a sinagoga onde se aglomeravam os membros da nação fora inundada pelo gemido prolongado de um grande chofar, que se deixava ouvir de vez em quando, cada vez mais surdo e apagado. Com aqueles olhos que agora se olhavam no espelho, o adolescente Elias Ambrosius, segurando a mão de seu avô e tremendo de medo, vira as luzes dos candelabros rituais, intensas no começo da cerimônia, irem se extinguindo à medida que a leitura da *cherem* avançava, até se apagar a última quando o chofar emudecera: com o silêncio e a agonia da luz também se extinguia a vida espiritual do herege condenado.

O retumbante processo dirigido contra Uriel da Costa – e, de muitas maneiras, contra todos os rebeldes e heterodoxos de Amsterdã – pretendia plantar uma nova semente de medo em quem tivesse a ousadia de pensar de um modo que não fosse o decretado pelos poderosos líderes da comunidade, proclamados pela tradição como proprietários das únicas interpretações admitidas da Lei. Naturalmente, era o medo pernicioso e ubíquo de sofrer uma sorte similar que naquele instante palpitava na mão do jovem Elias Ambrosius, armada de carvão, observando os próprios olhos num espelho e mirando o desafiador papel em branco estendido num cavalete rústico. Assumiria aquele risco só porque gostava de pintar? O Mestre sabia, e já Elias Ambrosius também: sim, devia existir algo mais, *tinha de existir* algo mais. Será que o *chacham* Ben Israel sabia o que era? Será que Salom Italia, que atravessara o espelho, teria descoberto o que era esse algo mais? Elias Ambrosius teve um vislumbre do mistério quando sua mão, obedecendo a uma ordem que parecia provir de uma fonte muito além de sua consciência e de seus medos, marcou na superfície impoluta o primeiro traço do que seria o olho. Porque tudo está nos olhos. Os olhos de um homem chorando.

O mistério – soube nesse instante – chamava-se poder: o poder da Criação, o impulso da transcendência, a força da beleza que nenhuma potestade pode vencer.

2

Nova Jerusalém, ano 5405 da criação do mundo, 1645 da era comum

O tempo corria e, ao contrário do imaginado ou previsto, Elias Ambrosius estava bem longe de se sentir feliz. Às vezes, a sensação de desgraça o tocava de maneira sibilina, como uma lufada de remorso, e o jovem voltava a se perguntar: vale a pena? Em outras, vinha com rancor, obrigando-o a fazer contas em termos práticos: dinheiro, tempo, resultados, satisfações, riscos, medos acumulados; contava com os dedos, mas muitas vezes tentava excluir o dinheiro, para que ninguém, nem ele mesmo, pudesse acusá-lo de estar reagindo sob uma perspectiva muito judaica, embora estivesse comprovado que em Amsterdã não eram só os judeus que viviam obcecados pelo dinheiro. Muito bem dissera um escritor francês acolhido na cidade, um tal de René Descartes, também considerado herege pelos de sua fé, a quem se atribuía a afirmação de que, exceto ele, todos naquela urbe se dedicavam exclusivamente a fazer dinheiro.

Em certos dias calamitosos, plenos dessa tristeza, enquanto somava suas dúvidas e convicções, o jovem chegava até a decidir: por mais Mestre que fosse o Mestre, por mais requisitado que houvesse sido alguns anos antes, e embora ele, Elias Ambrosius, o considerasse o maior pintor da cidade e do mundo conhecido, dois anos encerando pisos, recolhendo merda e carregando turfa, recebendo mais ordens e repreensões da mal-encarada senhora Dircx que conselhos do Mestre (com o nada desprezível desembolso de trinta florins, pois aí sim era pertinente incluir o dinheiro, cobrado com firmeza quando ele atrasava um pagamento), em troca de umas poucas conversas que, quando estava com ânimo, o pintor podia dar de graça a qualquer visitante ou comprador, tudo isso era mais que suficiente para considerar a possibilidade de acabar com aquela aventura perigosa.

Elias Ambrosius não podia negar que a proximidade com o Mestre e seu ambiente, aquele mundo onde tudo se pensava e se expressava, com uma recorrência quase doentia, em termos de pintura (técnica, física, filosófica e até economicamente), já havia feito dele outro homem e, mesmo que fosse para viver chafurdando no infortúnio, nunca mais voltaria a ser aquele que havia sido: conhecia a grandeza, recebera a luz e o calor de um gênio e, acima de tudo, havia aprendido que grandeza e genialidade, quando se misturam com a propensão ao desafio e à vontade de exercer a liberdade de critérios, podem (ou costumam?, duvidava) levar ao desastre e à frustração.

Mas de que adiantava tal conhecimento? O jovem judeu refletia sobre sua situação e avaliava sua drástica providência com mais determinação nas noites em que, diante de um pedaço de tela ou papel manchado sem habilidade, convencia-se de que, por mais esforços que fizesse para absorver o que via ou ouvia, e apesar de seu entusiasmo e firmeza, entre seu cérebro e aquela superfície desafiadora faltava algo de indubitável emanação da graça divina que ele, parecia evidente, jamais possuiria: um verdadeiro talento. E, se fosse para ser medíocre a vida inteira, não valiam a pena as despesas, as humilhações e o peso de um segredo que não podia confiar nem a seus melhores amigos. Para um pintor medíocre, pensava, já eram suficientes os desplantes e medos por ele acumulados.

Na tarde fria em que sua vida sofreria uma imprevisível e animadora sacudida, a ideia recorrente de desistir o acompanhara como um cão pertinaz enquanto ele, afundando os pés na neve recém-caída, se dirigia à casa do Mestre. Mas uma excitação imprecisa, intangível como uma premonição, impedia-o de dar o passo que, como outros que dera em sua curta vida, sabia que teria um caráter definitivo.

Quem abriu a porta foi a nova criada da casa, a jovem Emely Kerk, e Elias Ambrosius se aproximou da estufa do salão contíguo para amenizar o frio acumulado durante a caminhada. De forma quase automática pensou, vendo o crepitar do fogo e o depósito metálico da turfa quase vazio, que naquela tarde iam mandá-lo ao Nieuwmarkt para pedir ao fornecedor que passasse no número 4 da Jodenbreestraat. Elias Ambrosius já se dispunha a descer à cozinha para trocar a roupa de frio pela velha camisa de trabalho e pegar suas armas de todos os dias, o balde e a vassoura, quando o Mestre saiu do quarto e, depois de acomodar de um lado da boca um daqueles bastões de açúcar fundido que tantas dores de dentes lhe haviam causado e ainda causariam (bastõezinhos que, como afirmava, não podia dispensar), olhou para ele e disse: "Não troque de roupa, hoje *você* vem comigo". E, nesse instante, sem poder inferir ainda o que o esperava, Elias Ambrosius teve a certeza de que – fosse pela contingência que fosse – aquelas palavras mágicas punham subitamente sua relação com o Mestre em outro nível de proximidade. E imediatamente esqueceu a decisão que cogitara, como se nunca houvesse existido.

Era conhecida por todos a preferência do Mestre pelas manhãs para sair e fazer suas compras. Sempre por volta das dez, escolhia um ou dois discípulos, conforme as intenções predeterminadas, e percorria as lojas que melhor costumavam satisfazer suas muito peculiares exigências. A aventura terminava em torno de meio-dia e meia, geralmente na barraca de comida que um casal indonésio cheio de filhos possuía no porto, onde, ao lado de estivadores negros, marinheiros ingleses e noruegueses, mercenários magiares e alemães e outros personagens extravagantes (índios do Suriname vendedores de papagaios ou judeus escuros da Etiópia ataviados com roupagens pré-cristãs), observava rostos, vestimentas e gestos, enquanto devorava com fruição os pratos de carnes com verduras da temporada, cheios de sabores e aromas evocativos de misteriosos mundos remotos, manjares preparados por aqueles dois seres de pele cinzenta e corpos flexíveis como juncos do pântano. Dependendo de como estivesse o humor do Mestre, os discípulos que o acompanhavam – desde que o favorito Carel Fabritius deixara o ateliê para tentar sua sorte artística, quase sempre escolhia seu irmão Barent, ruim para pintar, bom para carregar, e algumas vezes também levava o dinamarquês Keil, outras Samuel van Hoogstraten ou o recém-chegado Constantijn van Renesse – seguiam com ele até as mesas de madeira rústica dos indonésios ou então ele os mandava de volta com os materiais adquiridos. De qualquer maneira, participar dessas excursões era considerado um privilégio entre os aprendizes, que, na volta, mostravam aos outros os novos sortimentos e narravam – se houvessem existido – as conversas do Mestre com seus fornecedores ou com a ralé portuária.

Sem deixar de considerar a diferença de sua situação com a dos outros discípulos admitidos como tais (os mais antigos, vencidos certos preconceitos, já o tinham *quase* como um igual), Elias Ambrosius, imerso em dúvidas e medos, havia clamado a seu Deus durante quase dois anos para um dia (só um dia!) ouvir aquela ordem que o individualizava, ao menos como ser humano. A razão de o pintor não ter saído de manhã, era fácil deduzir, devia-se ao fato de que do amanhecer até o meio-dia havia caído uma neve insistente. Se bem que, também sabia o jovem, ao mesmo tempo que o Mestre recuperara o sorriso, havia espaçado suas saídas matinais desde o dia em que, uns meses antes, começara a revoar pela casa a jovem figura de Emely Kerk, contratada por meio expediente como babá-preceptora de Titus, uma responsabilidade impossível para a senhora Dircx devido a suas parcas relações com as letras. Porém, o importante não era o motivo, e sim a escolha, pois com toda certeza nos cubículos da água-furtada ainda estavam trabalhando alguns dos discípulos que pagavam os cem florins requeridos: como acontecera outras vezes, a ordem do Mestre poderia ter sido que o próprio Elias subisse ao andar de cima e avisasse a algum ou alguns dos aprendizes que ele já estava pronto, quase saindo. Mas nessa tarde o Mestre escolheu a *ele*.

Quando seu ânimo mudava (e às vezes acontecia com facilidade, graças a uma conversa que o Mestre lhe concedia, ou pela descoberta de uma nova capacidade de pintar algo que até então lhe parecia esquivo, ou pela perspectiva de um encontro com Mariam Roca, a garota que havia alguns meses o atraía quase tanto quanto a pintura), o jovem colocava na balança o fato de que ao longo daqueles dois anos – cheios, é verdade, de sobressaltos, temores e desenganos – também conhecera, por um preço mais que módico, as alegrias da aprendizagem no mais prestigioso ateliê de Amsterdã e da República. Elias Ambrosius reconhecia nesse momento que havia percorrido o trecho pedregoso que ia do desconhecimento sideral ao conhecimento do quanto precisava aprender se quisesse transformar suas obsessões em obras e verificar, com os instrumentos necessários, as qualidades de seu possível talento (de súbito crescia sua autoestima quando se davam essas conjunturas, em virtude das ondas de euforia impulsionadas por seu espírito mais que por uma obra específica). Conversas do Mestre com os discípulos que ele testemunhara, a discreta curiosidade com que Elias se aproximava destes para interrogá-los, sem parecer que o fazia, e a aberta voracidade com que deglutia as ocasiões em que o pintor lhe dirigia a palavra, assim como o fato de ter sido testemunha do nascimento, crescimento e conclusão de várias obras daquele gênio (ficara fascinado com o retrato de Emely Kerk, que o Mestre fizera posar como se estivesse debruçada numa janela; e em duas oportunidades Elias até chegara a preparar a paleta para o quadro que ele estava pintando havia meses, uma representação mundana e doméstica da Sagrada Família cristã no instante de ser visitada por anjos), cada conjuntura propícia lhe fora permitindo penetrar os vestíbulos de um mundo muito mais fabuloso do que havia imaginado e, para ele, definitivamente magnético, apesar de todos os pesares. Por isso, do papel com carvão de antes já passara a experimentar em cartolinas com aguadas, desenhando com os grandes e simples traços característicos do Mestre e, havia alguns meses, com tinta sobre telas, as mais baratas, às vezes compradas como retalhos, às quais se dedicava num galpãozinho abandonado e descoberto depois do Prinsengracht, o distante canal do Príncipe, pois temia que o inconfundível eflúvio do óleo de linhaça o delatasse se com ele trabalhasse na água-furtada.

Várias vezes tivera de mentir quando um amigo ou alguém de casa lhe perguntava por seu trabalho no ateliê do Mestre: o pretexto de que trabalhava na limpeza a pedido de seu antigo *chacham* Ben Israel, grande amigo do pintor, havia sido suficiente para informar ao avô (tudo que provinha de Ben Israel lhe parecia correto), tranquilizar o pai (embora não entendesse por que seu filho, com duas ocupações, andava sempre sem dinheiro) e, por ora, enganar Amós e seus próprios amigos ou, ao menos, para tentar fazê-lo.

Naquela tarde jubilosa, quando saíram, a Jodenbreestraat lhe pareceu um manto branco estendido para recebê-los. Os limpadores de neve ainda não haviam começado sua tarefa e o caminho mal se via, marcado apenas pelos rastros de algum transeunte. Ao descer para a rua o Mestre virou à direita, para subir a Meijerplein e, imediatamente, Elias percebeu que algo havia acontecido, um evento capaz de manter o pintor animado: só assim se explicava a loquacidade com que o homem o surpreendeu nas primeiras jardas do caminho. Enquanto avançavam, afundando as botas até o tornozelo na neve ainda fofa, o Mestre contou a Elias como havia conhecido cada um de seus vizinhos judeus – Salvador Rodrigues, os irmãos Pereira, Benito Osorio, Isaac Pinto e, claro, Isaías Montalto, todos favorecidos pela opulência –, de quem admirava a capacidade de sustentar sua fé em meio às maiores adversidades e, naturalmente, de multiplicar florins. Sem qualquer transição passou a contar-lhe sua teoria, muitas vezes discutida com Ben Israel e alguns desses vizinhos sefaradis, sobre por que os cidadãos de Amsterdã mantinham aquela relação de proximidade, mais que de tolerância, com os membros da nação sefaradi: "Não é porque vocês e nós sejamos inimigos da Espanha, nem porque nos ajudem a ficar mais ricos. Inimigos a Espanha tem de sobra, e não nos faltam sócios comerciais. Tampouco porque sejamos mais compreensivos e tolerantes, nada disso: é porque nós, holandeses, somos tão pragmáticos quanto vocês e nos identificamos com a história dos hebreus para melhorar e enfeitar a nossa, para dar-lhe uma dimensão mística, como bem diz nosso amigo Ben Israel. Em duas palavras: pragmatismo protestante".

Elias Ambrosius sabia que o Mestre tinha uma relação difícil com os criadores de mitos sobre a história das Províncias Unidas e com os pregadores calvinistas mais ativos e radicais. O fiasco em que terminara, alguns anos antes, a encomenda de um quadro dedicado a celebrar a união da República (ainda envolvida em sua infinita guerra contra a Espanha) havia prejudicado a relação do pintor com as autoridades do país. A obra, que deveria ser exibida no palácio real de Haia, nunca fora terminada, pois os promotores da encomenda, advertidos pelos esboços, consideraram que a interpretação do Mestre não condizia com suas exigências nem com a realidade histórica tal como eles a entendiam e, muito menos, com o espírito patriótico que devia exaltar. Por outro lado, também era pública sua amizade com o polêmico pregador Cornelius Anslo, assim como sua militância na seita dos menonitas, adeptos de um retorno às formas simplificadoras e naturais avalizadas pelas Escrituras. Era muito conhecida sua nova e caprichosa simpatia pelos dissidentes arminianistas, defensores de uma adesão ao espírito original da Reforma Protestante e muito mais liberais que os calvinistas puros. Como se não bastasse essa caterva de atitudes heterodoxas ou ortodoxas, o Mestre se orgulhava de sua proximidade vital e espiritual com os judeus e até com os católicos: era amigo do pintor Steen, que professava essa fé; e também do arquiteto Philips Vingboons, o mais requisitado da cidade, aliás visitante frequente na casa da Jodenbreestraat. Todos esses desafios o haviam tornado um homem no limite do tolerável para os reitores ideológicos de sua sociedade, que viam com apreensão um artista sempre em conflito com o estabelecido, transgressor contumaz das normas aceitas.

Ao chegar à Meijerplein, Elias Ambrosius já sabia onde seria a primeira parada do trajeto e, logo depois, a razão da euforia do Mestre. Em uma esquina da praça, em frente ao terreno adquirido pelos judeus espanhóis e portugueses para realizar o sonho de erguer uma sinagoga, afinal concebida como tal e projetada como uma desafiadora versão moderna do Templo de Salomão, ficava a loja de Herman Doomer, um alemão especializado na fabricação de duras molduras de ébano, que também oferecia suportes de outras madeiras menos nobres e até de barbas de baleia enegrecidas, um substituto mais econômico. A relação entre o comerciante e o pintor era muito estreita desde que, alguns anos antes, Doomer fora retratado pelo Mestre, enquanto seu filho, Lambert, passava uma temporada como aprendiz no ateliê – aparentemente, sem muito sucesso. Por tal proximidade, o alemão sempre lhe oferecia os melhores preços e as mais belas madeiras de seu estoque.

A acolhida a um amigo e cliente tão dileto teve o calor que se podia esperar de um alemão luterano até os ossos e incluiu não o habitual convite para tomar uma cerveja ou vinho, mas sim um copo da infusão que estava começando a entrar em voga nas Províncias Unidas: o café proveniente da Etiópia, um luxo que poucos ainda podiam desfrutar. Em pé, a uma distância prudente, saboreando seu copo de líquido negro adoçado com melaço, Elias Ambrosius acompanhou o diálogo dos dois homens e finalmente entendeu as razões da euforia do Mestre: o estatuder Frederik Hendrik de Nassau, magistrado supremo da República, havia encomendado duas novas obras ao pintor e, naturalmente, para tal encomenda as molduras deviam ser da melhor qualidade (sem importar o preço, que, afinal de contas, repassaria ao poderoso cliente).

Como todos os informados sobre os meandros do mundo da pintura no país, o jovem judeu conhecia os boatos que pretendiam explicar o fim, aparentemente turbulento, da relação comercial e de simpatia entre o senhor de Haia e o Mestre de Amsterdã. Seis anos antes, logo após concluir uma *Ressurreição*, o terceiro dos quadros encomendados pelo estatuder representando a Paixão de Cristo (já havia entregado uma *Ascensão* e, quase junto com o último, um *Enterro*), o Mestre havia escrito ao príncipe sugerindo-lhe com humildade, mas em termos bem claros, que, em vez dos seiscentos florins combinados, pagasse mil por cada uma das duas últimas pinturas – tendo em conta, conforme pensava o Mestre, que seus preços no mercado haviam subido nos últimos dois, três anos, além da complexidade e qualidade das obras. A resposta do estatuder havia sido uma letra de câmbio no valor combinado e uma repreensão pelo tempo, a seu ver excessivo, que havia sido obrigado a esperar pelas obras, seguida por um silêncio pernicioso como única refutação às novas cartas enviadas pelo Mestre. Com esse *affaire* e com a posterior rejeição de seu projeto do quadro sobre a união da República, o artista vira desmoronarem seus sonhos de chegar a ser, como aquele Rubens que tanto invejava, amava e odiava, um celebrado pintor da corte, dono de propriedades e coleções de arte.

Desde a morte da esposa, que tanto afetara seu ânimo, e da confusão e do alarme que criara entre os potenciais clientes a obra do Mestre para o *groote sael* de Kloveniersburgwal, mas principalmente desde a escandalosa disputa judicial a que o submetera o tão rico quanto ignorante Andries de Graeff, por considerar que o retrato encomendado ao pintor, pelo qual pagara a exorbitância de quinhentos florins, estava longe de parecer terminado e até mesmo de oferecer uma semelhança aceitável com sua pessoa, a demanda por trabalhos do Mestre havia decaído de forma visível. Os potentados de Amsterdã já não faziam fila para ser imortalizados por aquele pintor sempre problemático e voluntarioso, e as encomendas se dirigiram às mãos de artistas mais dóceis, com uma pintura mais polida e luminosa, dos quais havia dezenas na cidade para escolher. Depois desses contratempos, o ímpeto do Mestre esmorecera muito e, para qualquer conhecedor, era evidente que seus trabalhos mais recentes (para os quais havia recorrido mais que o normal à ajuda de Carel Fabritius e do jovem Aert de Gelder) eram elegantes, bem resolvidos, mas pouco individualizados ou dignos de sua genialidade. Mas também era verdade, como Elias Ambrosius podia testemunhar, que sua obra, menos comprometida com o gosto em voga, menos entregue a agradar, fora ficando mais profunda, livre e pessoal. E lá estava outro retrato para demonstrar: o de Emely Kerk, jovem, simples e terrena, debruçada numa janela de onde oferecia uma evidente sensação de *verdade*. Com a frustração do sonho de chegar à corte, o Mestre se livrara finalmente do fardo mais difícil que arrastava havia vários anos: o exemplo mundano, a teatralidade pictórica desenfreada e o imaginário avassalador, mas sempre complacente com o gosto de seus empregadores pelo flamengo Rubens. Tornara-se mais livre.

Elias Ambrosius tremeu ao ouvir o preço das molduras de ébano, de quase seis *cuartos* de altura por um *ell* de largura, mas, quando escutou que as obras seriam vendidas por 1.200 florins cada, teve a exata dimensão de que o dinheiro para pagar as molduras mais luxuosas não seria problema para aquele nobre cliente, e o Mestre, sempre capaz de dilapidar em seus desejos mais do que ganhava com seu trabalho, daria um alívio às suas turbulentas finanças, que causavam tanta discussão sobre despesas com a senhora Dircx.

Quando voltaram à rua, a penumbra apressada do inverno havia caído sobre a pracinha branca, mas o entusiasmo do Mestre estava inalterado, ou talvez potencializado pelas duas xícaras da escura e vivificante infusão oferecidas pelo senhor Doomer. O homem olhou para os dois lados, como se só nesse instante pensasse nos próximos passos, e pareceu tomar uma decisão: "Vamos tomar um copo de cerveja ali na esquina. Depois, visitaremos Isaac Pinto. Mas antes quero acabar de explicar o que estava lhe dizendo".

Atrás do Mestre, Elias, quase se pavoneando, adentrou a taverna da Meijerplein, para seu desgosto muito menos frequentada que as sempre fervilhantes de De Waag, do Dam ou da região do porto: "Não estão me vendo, senhores? Eu bebo cerveja escura com o grande Mestre", pensou, observando os fregueses, a maioria deles ébria demais àquela altura do dia para reparar nos recém-chegados. Com a cerveja servida em jarras de latão martelado, devorando uma tira de arenque salgado, o Mestre recuperou o fio de seu discurso anterior sobre a construção de um destino místico do país e explicou a seu quase discípulo:

"Como estava dizendo...", engoliu o arenque, bebeu meia jarra de cerveja e foi ao ponto, "é verdade que temos atrás de nós um século de êxodos do sul católico para o norte calvinista e de guerras com a maior potência imperial que já existiu. E também a relação com uma terra pobre que fizemos florescer e, por ser um país pequeno mas ambicioso, um sentimento muito forte de predestinação. Não é estranho, então, que nós nos consideremos um povo eleito, talvez por Deus ou pela história, talvez por nós mesmos, mas por alguém. Senão, como se explica que esta Nova Jerusalém, como vocês a chamam, tenha podido se transformar na cidade mais rica, mais cosmopolita, mais poderosa do mundo?" Bebeu num único gole o resto da cerveja e levantou a jarra para pedir outra. "Desde que rompemos com Roma, nossa mentalidade calvinista preferiu entender a predestinação messiânica de nossa história pela crônica de vocês, judeus, uma nação por meio da qual o Todo-Poderoso trabalhou sua vontade na Terra e na história, segundo o livro escrito por vocês. Transformamos nosso êxodo no mesmo que foi para os judeus bíblicos: a legitimação de uma grande ruptura histórica, um corte com o passado que tornou possível a construção retrospectiva de uma nação. Uma verdadeira lição de pragmatismo. Mas, na verdade, na verdade", insistiu o Mestre, "esta República é o resultado de uma combinação da incompetência e da brutalidade da Coroa espanhola para com o pragmatismo calvinista, mas sobretudo obra de bons negócios. E, uma vez construída a República que tanto apreciamos e tanto nos enriquece, essas condições, as verdadeiras, nós as encerramos sob a mitologia patriótica segundo a qual se cumpria, com a existência dessas províncias, uma vontade divina, tal como se cumprirá em Jerusalém.

Com mais calma atacou o segundo copo, enquanto Elias bebia o seu em goles pequenos. "Sabe por que estou falando de toda essa história de equívocos bem manipulados? Para contar qual é o tema dos quadros que o estatuder me encomendou. Como você há de imaginar, são duas cenas muito relacionadas com vocês e também conosco, que nos identificam e relacionam: uma adoração do Messias pelos pastores que, vista sob a perspectiva histórica, só pode ser imaginada como uma imagem judaica, e uma circuncisão de Cristo, que, afinal de contas, era tão judeu e tão circuncidado quanto você, não é mesmo?"

O Mestre procurou no bolso e pôs sobre a mesa as três moedas com que pagava a bebida, e olhou para seu acompanhante: "Agora, vamos à casa do meu amigo Isaac Pinto. Depois do que eu disse, o que vai ver lá pode ajudá-lo muito". "Ajudar-me? A quê, Mestre?", quis saber o jovem, e se deparou com o sorriso do outro, irônico e manchado de tabaco e cáries. "A se encontrar, talvez. Ou a entender por que o povo judeu sobreviveu mais de 3 mil anos. Vamos andando."

Em seus dezenove anos de vida nunca havia pisado, e não tornaria a pisar nos poucos que lhe restavam por viver, em uma casa com tanto brilho, tanto luxo, tamanha ostentação de prata e madeira reluzente multiplicada em espelhos polidos com tal perfeição que só podiam ter sido fabricados em Veneza ou Nuremberg, com pisos brilhantes como só podem ficar os mármores brancos provenientes de Carrara, os amarelos extraídos de Nápoles e os negros filetados de verde da vizinha Flandres. Tudo refulgia entre aquelas cortinas aconchegantes, sem dúvida nascidas de mãos e lã persas, como se a residência vivesse um incêndio de prosperidade e fortuna. Não fossem os quadros próprios e alheios pendurados nas paredes que lhe davam seu próprio brilho, a casa do Mestre, em comparação com a de Isaac Pinto, pareceria um acampamento militar (se bem que tinha bastante disso).

Aquele judeu que chegara a Amsterdã mais ou menos com a mesma idade que tinha seu pai Abraão Montalbo quando desembarcou na cidade, e mais ou menos com a mesma pobreza, era a constatação viva do sucesso da genialidade mercantil sefaradi que havia propiciado uma Nova Jerusalém. Apesar das limitações impostas pelas autoridades da cidade para que os israelitas se dedicassem às atividades tradicionais da região e ingressassem em seus grêmios mais bem cotados, a criatividade hebraica encontrara espaços inexplorados e, quase com fúria, explorara itens como a produção de chocolate, a lapidação de diamantes e lentes, a próspera indústria do refino dos méis americanos. Em pouco tempo alguns deles, graças à sua milenar sabedoria comercial e sua íntima e eficiente relação com o dinheiro, começaram a fazer fortuna. A de Isaac Pinto, porém, tinha uma origem mais previsível: o comércio com o passado. Com contatos e negociantes em quatro continentes – Europa, África, Ásia e o Novo Mundo –, na verdade seu grande centro de operações eram principalmente as terras de idolatria – Espanha e Portugal –, onde não só negociava com parentes e amigos de sua família convertidos ao cristianismo e muito bem situados nas escalas sociais desses territórios, mas também com ultracatólicos agentes das coroas ibéricas, sem que os outros dirigentes da comunidade de Amsterdã, muitos deles também sócios ou beneficiários de empresas similares, se atrevessem a anatematizá-lo ou sequer criticá-lo. Como exigência de seu *status* social, Isaac Pinto se vestia, calçava, cortava o cabelo e o bigode como os patrícios de Amsterdã com quem se relacionava de igual para igual. E, tal como eles, também ornava sua casa com as imprescindíveis pinturas de artistas holandeses, entre as quais Elias Ambrosius distinguiu uma paisagem com vacas de Albert Cuyp, um moinho que gritava pertencer a Ruysdael, uma natureza-morta com faisões de Gerrit Dou, ex-discípulo do Mestre, e um delicado desenho do próprio Mestre, de algo que mais parecia uma paisagem de sonhos que uma campina da pantanosa Holanda real. Afinal, o sucesso de Isaac Pinto – como o dos Pereira ou o de Isaías Montalto – era o melhor exemplo do que o pragmatismo hebreu era capaz de obter em condições medianamente favoráveis. Ou o pior; mas isso ninguém, nem o rabino Montera, nem o recalcitrante polonês Breslau, teria se atrevido a dizer, tratando-se do poderoso Isaac Pinto.

Abalado por aquele panorama de fausto e atraído pela sorridente aparência do dono de tanta riqueza, que, enquanto lhe dava boas-vindas em ladino, se atrevera até a abraçar o pintor famoso, em geral tão distante, Elias Ambrosius Montalbo de Ávila entendeu melhor o discurso que pouco antes lhe oferecera o Mestre e, ao mesmo tempo, soube por que Isaac Pinto já se sentia apertado na chamada Rua Larga dos Judeus. Como comentavam em suas rodinhas todos os membros da nação, o comerciante estava construindo um palácio burguês, desenhado por ninguém mais, ninguém menos que o solicitadíssimo Philips Vingboons, na região dos novos e aristocráticos canais para onde estavam emigrando, sem se importar com suas particulares relações com o divino, os protestantes e judeus donos das rotas comerciais do mundo.

Quando o Mestre apresentou seu jovem acompanhante, Isaac Pinto sorriu e passou a falar holandês. "Como está o senhor Benjamim? Faz séculos que não o vejo", disse, e apertou a mão de Elias, que começava a agradecer o interesse por seu avô quando Pinto se voltou para o Mestre e perguntou: "Não é ele, é?". "Sim, é ele", disse o pintor.

Elias Ambrosius notou a reação de desconforto de Pinto ao saber que *ele* era *ele*. Assombro, contrariedade? Por que *ele*, o poderoso Isaac Pinto, hesitava? Com a descoberta dessa atitude foi o jovem quem teve uma sensação de temor, mas pensou que o Mestre não seria capaz de colocá-lo numa situação de perigo depois de protegê-lo por quase dois anos. Não ficou totalmente tranquilo nem sequer ao saber que aquele homem e seus muitos agentes comerciais na Espanha eram os que se dedicavam, à revelia dos rabinos, a fornecer literatura suspeita, impressa nas terras da idolatria, a gente como seu próprio avô Benjamim Montalbo.

"Dou-lhe minha garantia pessoal, Isaac", disse então o Mestre e, sem que uma leve expressão de contrariedade desaparecesse do rosto do potentado, este admitiu: "Se é o que diz, assim será", e fez um gesto, convidando-os para se sentar nas poltronas estofadas com uma brilhante seda chinesa.

Elias Ambrosius sabia que seu papel era ficar em silêncio e esperar, e tentou cumpri-lo à risca, apesar do estado de ansiedade que o dominava. Naquele instante entrou na deslumbrante sala uma criada – judia alemã, claramente – com uma bandeja também deslumbrante por sua prata de lei, sobre a qual equilibrava uma garrafa de vidro verde e três taças transparentes. Ela deixou a bandeja sobre a mesa de tampo de mármore escuro e pés de ébano, e se retirou. "Você tem que provar isto", disse Isaac Pinto ao Mestre. "Espanhol?" "Não, de Bordeaux.

Uma safra excepcional", explicou o judeu, e serviu a valorizadíssima bebida nas três taças. Quando o anfitrião foi lhe entregar a sua, Elias Ambrosius limpou as palmas das mãos nas pernas das calças, como se não estivessem aptas para receber aquela taça veneziana. "Saúde", disse o Mestre, e os dois homens beberam um pouco enquanto o jovem se dedicava a aspirar o delicadíssimo perfume, frutado mas firme, daquela bebida que fez o Mestre exclamar: "Não sou bom degustador de vinhos, mas este é o melhor que bebi nos últimos anos". "Pois tenho uma garrafa reservada para você."

Esvaziadas as taças, Isaac Pinto levantou-se e olhou para Elias Ambrosius, que se sentiu diminuído na profundidade macia de sua poltrona. "Meu filho, eu sei seu segredo...", Pinto apontou para o Mestre. "Meu querido amigo me contou para me convencer a fazer o que vamos fazer agora. Mas, escute bem, filho. Nesta Amsterdã tão livre, todos nós vivemos guardando um ou vários segredos. O seu não é nada em comparação com o que vou lhe mostrar. Portanto, seu silêncio é uma condição que não pode ser violada. Se comentar alguma coisa, isso talvez possa me obrigar a dar algumas explicações, mas para você seria o fim de tudo. E, quando digo tudo, é tudo mesmo. Vamos. O Bendito está conosco."

Elias Ambrosius sentiu seus temores aumentarem verticalmente diante dessa suposta prova de confiança que chegava adornada com uma clara ameaça. Levantou-se e seguiu Pinto e o Mestre até a escada. Subiram ao segundo andar, onde um portão escuro de madeira adornava a parede da sala. Pinto procurou nos bolsos a chave capaz de franquear a entrada de um aposento que, Elias imaginou, era seu gabinete, o lugar de onde dirigia seus incontáveis e prodigiosos negócios. O jovem não estava enganado: uma mesa com gavetas, estantes com alguns livros, armários para guardar papéis, tudo obra dos melhores marceneiros e lustradores da cidade, ocupavam o espaço onde haviam entrado. Desde o início o olhar de Elias descobriu sobre a mesa uma arca de madeira lavrada com todo esmero, bastante similar a um dos *Aron Kodesh*, as gavetas para guardar o rolo da Torá, só que mais luxuosa que a mais luxuosa da sinagoga. O Mestre olhou para Elias e disse: "Isso que você vai ver o fará se sentir melhor... ou pior, não tenho certeza, mas desde que o vi pensei que você também deveria vê-lo". Enquanto o Mestre falava, Isaac Pinto, com outra chave, ia abrindo aquela espécie de arca ritual que havia chamado a atenção do jovem. Para sua primeira surpresa, Elias viu que continha, como esperava, um rolo de pergaminho acondicionado do mesmo modo que se guardava a Torá, mas menos volumoso. A mente de Elias Ambrosius era um torvelinho de especulações: se todo aquele mistério estava relacionado a um rolo com transcrições de passagens bíblicas, sem dúvida era porque seu texto continha alguma revelação talvez devastadora; mas o pergaminho, como tudo naquela mansão, parecia de primeira qualidade, brilhante, o que eliminava uma possível antiguidade carregada de segredos perturbadores. Emocionado com as expectativas, o jovem observou Isaac Pinto pegar o rolo com muito cuidado e o deixar na mesa. "Venha, abra você mesmo", disse a Elias. De forma quase mecânica, o rapaz obedeceu. Quando tocou o pergaminho comprovou a alta qualidade do material. Segurou o cabo de madeira no qual o Livro estava enrolado e, assim que viu uma parte de sua superfície, soube por fim que estava diante de algo mais assombroso e retumbante do que poderia ter especulado: sobre a imagem de uma paisagem típica holandesa, desenhada à maneira holandesa, pôde ler, em hebraico, que se tratava do livro da rainha Ester. Um episódio bíblico, no formato dos rolos da Torá, mas ilustrado como uma Bíblia católica? Continuou movendo o cabo e revelando o pergaminho, sobre o qual havia desenhos de animais, flores, frutos, paisagens, anjos, numa profusão e com uma qualidade nas linhas, nas perspectivas, nas semelhanças, que o deixou sem ar. Por fim levantou os olhos em direção aos dois homens. O Mestre sorriu e comentou: "Uma maravilha, não acha?" Isaac Pinto, com uma seriedade orgulhosa, disse, por sua vez: "Vê por que exigi sua discrição? Não é mais do que você poderia imaginar? Não é mais do que nossos rabinos gostariam de admitir? Uma maravilhosa heresia".

Assentindo em silêncio, Elias Ambrosius estudou várias das imagens que ilustravam a passagem bíblica e de repente sentiu algo forte, como uma nova revelação. "Posso saber quem desenhou isto?" "Não", foi a resposta de Isaac Pinto. "Não assinou?" "Não", repetiu o anfitrião. "Porque é um judeu, certo?" "Talvez. Ou melhor, digamos que sim", admitiu Pinto. Elias escutou a gargalhada do Mestre, que por fim interveio: "Como vocês são complicados, merda!". Elias concordou: tinha razão o Mestre. E então o jovem disse: "Eu sei como se apresenta esse homem", e tocou o pergaminho para dizer: "Salom Italia".

Em frente ao mar, respirando o fedor das águas escuras trazidas pelo esgoto e os cheiros noruegueses das madeiras trabalhadas no estaleiro (abetos de aromas penetrantes para os mastros, carvalhos e faias de delicados perfumes para os cascos), Elias Ambrosius Montalbo de Ávila parecia estudar o voo das gaivotas, empenhadas em tirar algum alimento das manchas de cascas de camarões e lagostins e das cabeças dos arenques devorados pela cidade e arrastados pelas correntes dos canais até aquele banco de podridão. Mas a mente do jovem, na verdade, dedicava-se a um exame obstinado das estratégias possíveis (e até impossíveis) para descobrir a verdadeira identidade daquele Salom Italia, empenhado em perturbar sua existência.

Mesmo sabendo que violava a promessa feita, o primeiro passo o levara, várias semanas antes, à casa do *chacham* Ben Israel, com a frágil esperança de arrancar dele alguma informação capaz de colocá-lo no caminho da revelação daquele ubíquo e esquivo personagem que assinava suas obras como Salom Italia. Para surpresa de Elias, a primeira reação do professor fora se ofender ao saber que o pintor se relacionava com os membros mais abastados da comunidade sefaradi sem se dignar sequer a oferecer-lhe a oportunidade de comprar a peça descrita com tanto assombro e admiração por seu antigo aluno: na certa, dissera, o ingrato Italia o considerava incapaz de pagar seus preços. No entanto, não parecera se preocupar nem por um instante com o fato de que aquele judeu havia desenhado um rolo e, para mais ardor, como ilustração de um livro tão querido da história sagrada; só o preocupava a operação mercantil realizada à sua revelia, como se o objeto da discórdia fosse uma obra de algum dos tantos pintores de Amsterdã. Mas, ainda assim, mantivera seu mutismo e repetira o que já havia dito a Elias: Salom Italia era um *nom de plume* (ou de pincel, no caso) de um judeu de quem, aliás, não queria mais saber, nunca mais. E dera o diálogo por encerrado.

Sustentado por uma tênue esperança, Elias abrira outra frente e passara muitos dias percorrendo os mercados da cidade onde se vendiam obras de arte, à procura de alguma peça que se encaixasse nos modos de representar do pintor judeu. Várias tardes fizera essas peregrinações em companhia da jovem Mariam Roca, com quem avançava lentamente em suas aspirações amorosas, mas, pensava ele, com movimentos necessários e seguros. Como não se atrevia a confessar à belíssima jovem suas verdadeiras intenções, naqueles percursos Elias fingia que sua insistência em visitar os mercados de arte se devia a que, em vez de simples passeios de enamorados, as caminhadas por esses lugares também serviam para desfrutar da maior exposição de pinturas, desenhos e gravuras do mundo. Mas, depois de estudar muitas paisagens e retratos (deslumbrara Mariam com seus conhecimentos, fruto de uma inclinação herdada de seu reconvertido avô por belas representações e pela literatura dos gentios, dissera), não era capaz de afirmar se algum dos que apresentavam assinaturas desconhecidas poderia ser, ou não, obra do tal Salom Italia. E se ele vendia seus trabalhos com outro nome, ou sob o nome de algum mestre a quem estivesse vinculado, como era comum nos ateliês do país? Tratando-se de uma pessoa que se comportava com tanta ousadia, qualquer alternativa parecia possível, inclusive a comuníssima de viver com dois nomes: um para os judeus (Luis Mercado, Miguel de los Ríos) e outro para a sociedade holandesa onde se inserira (Louis van der Markt, Michel van der Riveren).

Olhando o mar de prata escura, Elias Ambrosius pensava que, apesar dos fracassos sofridos, na verdade havia avançado um trecho considerável na espreita do esquivo personagem. À sua condição certa de judeu podia somar o fato incontestável de que se tratava de um sefaradi, nunca de um asquenaze alemão ou polonês, tão fanáticos e retrógrados; era muito mais possível que alguém de origem espanhola ou portuguesa tivesse acesso ao conhecimento cultural e ao treinamento técnico revelados por aquele artista, sem dúvida alguma refinado. Devia ser, naturalmente, um homem de cultura e finanças saudáveis, com vínculos muito sólidos para conseguir circular em esferas tão complicadas e ao mesmo tempo tão distantes (religiosa, social e economicamente) como as representadas por Isaac Pinto e Menasseh Ben Israel. Mas aquele sefaradi refinado, talvez rico e sem dúvida bem relacionado, deixava com seu trabalho e seu nome outros rastros visíveis, embora ao mesmo tempo confusos: antes de tudo, a quase absoluta certeza de que não podia ser um dos muitos judeus pobres – a maioria da comunidade, vários deles instalados nos arredores do Nieuwe Houtmarkt, na ilha de Vlooienburg, onde morava o *chacham* –, pois seus dotes, era fácil perceber, tinham sido adestrados por um mestre e alimentados pelo consumo da arte italiana e pelo conhecimento das escolas holandesas. Tal condição reduzia o número de possíveis candidatos. Seguindo essa lógica, o pintor ou era um sefaradi italiano ou havia feito sua aprendizagem na Itália, pois não era em vão que escolhera aquele peculiar pseudônimo (ou a escolha seria parte do ocultamento?) tão apropriado para um artista de seu estilo, e morava ou havia morado durante anos em Amsterdã ou em alguma cidade vizinha. Se bem que, pensando melhor, também podia tratar-se de um marrano, adestrado na pintura durante sua vida passada como suposto converso na Espanha ou em Portugal. Ou até podia se tratar de um verdadeiro convertido, dos muitos que, chegando a Amsterdã em busca de um ambiente menos perigoso, se reconheciam judeus, já sem necessidade de ocultar sua origem hebraica, mas optavam por se manter à margem do judaísmo e de suas pesadas restrições sociais e privadas, amarras às que não desejavam retornar. Devia ser, além disso, um homem de grande coragem pessoal e uma enorme convicção em seus raciocínios para ser capaz não só de realizar aquelas obras repletas de heresia, mas de fazê-lo com visível mestria e de um modo quase público, para depois dedicar-se a dá-las e vendê-las nas casas mais ricas da Amsterdã judia e calvinista. Quantos homens como esse podia haver na cidade? Elias Ambrosius percebeu que, com um pouco de esforço e inteligência, talvez pudesse conhecê-lo, porque, era óbvio, não podia haver muitos homens como esse fantasma na cidade, ou mesmo no mundo.

Já a caminho da casa do Mestre, onde a vassoura e o balde o esperavam, Elias Ambrosius atravessou a Dam Platz, onde os vendedores de peixe disputavam espaço com os blocos de pedra, as montanhas de areia e as madeiras destinadas a dar forma aos andaimes que seriam usados para conferir àquele lugar o brilho que, diziam e admitiam todos, merecia o coração da cidade mais rica do mundo. Após o incêndio da Nieuwe Kerk, poucos meses antes, os calvinistas haviam decidido reconstruir o templo, passando a dar-lhe proporções avassaladoras, e o projeto incluía fazer o campanário mais alto da cidade, que se elevaria acima da ostentosa cúpula do Stadhuis, pois o poder religioso devia se impor ao civil, ao menos em termos de proporções arquitetônicas. Elias Ambrosius, sempre curioso sobre os acontecimentos citadinos, dessa vez quase não prestou atenção ao movimento dos mestres construtores de catedrais provenientes da Lutécia, zelosos proprietários dos segredos de sua profissão (mais segredos para aquela cidade), pois sua mente continuava obstinada em descobrir possíveis caminhos para aquele indivíduo em forma de enigma. Porque a grande pergunta, concluiu, não era a identidade do homem, e sim sua individualidade, uma preocupação que de uma forma ou de outra obcecava a todos os judeus. A que acordos chegara com a própria alma o tal Salom Italia para decidir seguir aquele caminho? Pensava, como o próprio Elias, que sua liberdade de escolha era sagrada por ser, acima de tudo, um dom concedido pelo Santíssimo? Apesar disso, frequentaria, como frequentava Elias, a sinagoga, faria as orações correspondentes e respeitaria o sábado, como ele, e acataria todas as leis, exceto uma, como ele? Aquele indivíduo já devia ter se questionado, em relação à lei e a sua obediência, da mesma maneira que o jovem Elias, e era óbvio que havia achado as próprias respostas. Porque, embora se escondesse atrás de um pseudônimo e trabalhasse na clandestinidade, a decisão de mostrar seu trabalho era um desafio aberto a preceitos milenares e uma opção explícita por sua liberdade de pensamento e de ação.

Na tarde em que Isaac Pinto lhe mostrara os maravilhosos rolos ilustrados do livro da rainha Ester, aquele homem, cuja fortuna e contribuições à comunidade lhe davam o privilégio de mostrar-se tão liberal, lembrara ao jovem Elias que a origem das decisões do homem estava na relação entre sua consciência e sua arrogância, essências inalienáveis do indivíduo: "Quanto mais seguir sua consciência", dissera Pinto, "melhores resultados vai obter. Mas, se você se deixar guiar pela arrogância, os resultados não serão bons. Seguir só a arrogância", exemplificou então, "é como o perigo latente de cair num buraco quando se caminha na escuridão, pois falta a luz da consciência, aquela que ilumina o caminho". Não eram essas palavras uma variação da relação entre a plenitude, a consciência e a dignidade em que devemos viver nossa vida, a respeito das quais escrevera o *chacham* Ben Israel, referindo-se à morte e ao intangível além? Estariam aqueles homens, tão hábeis para fazer dinheiro ou especular com as ideias, impulsionando Elias em suas pretensões como criador de imagens?

As palavras de Isaac Pinto, sem dúvida relativas à prática artística de Salom Italia e do próprio Elias Ambrosius Montalbo de Ávila, deviam apontar para uma concepção do arbítrio que havia se tornado foco de discussão entre os sábios judeus da cidade. No ambiente permissivo de Amsterdã, o fato de que cada vez mais hebreus começassem a distinguir, ou a pretender distinguir, os terrenos da religião e os da vida privada implicava – segundo os ortodoxos – um pecado gigantesco, tingido com as cores da heresia: sim, o judaísmo era uma religião, mas também uma moral e uma regra, portanto devia reger cada ato do homem, por menor que fosse e mais afastado dos preceitos religiosos que aparentemente estivesse, pois todos esses atos, de um modo ou de outro, eram regulados pela Lei. E, dissesse o que dissesse um herege confesso como Uriel da Costa e outros de sua laia, os atos humanos, de um modo ou de outro, tinham uma significação cósmica, pois se integravam no universo do criado, davam forma à história e portavam o peso de servir para antecipar ou retardar a chegada salvadora do Messias, há tanto tempo aguardada pelo povo de Israel.

Elias Ambrosius costumava se perguntar, então, se de fato era possível que um ser insignificante como ele, ao violar de maneira individual e privada a interpretação mais férrea de uma lei que, em seu passado remoto, respondia à necessidade de disciplinar tribos perdidas no deserto, sem pátria nem mandamentos, estaria desequilibrando o universo com sua decisão e até mesmo atrasando o advento do Ungido. O jovem pensava que não era justo obrigá-lo a carregar esse peso: já era mais que suficiente a responsabilidade de estar arriscando o destino da própria alma, não precisava ter de pensar também na sorte de todos os judeus, e mesmo na sorte do universo criado. Por que associavam sua liberdade de decidir os rumos da própria vida individual e suas preferências pessoais com o destino coletivo de toda uma raça, de uma nação? O que teria respondido Salom Italia diante dessas questões? Elias Ambrosius não sabia; possivelmente nunca saberia. Mas conhecia um fato: Salom Italia, fosse quem fosse, continuara pintando. Na clandestinidade, mascarado, mas pintando. Por que não fazer ele o mesmo? O que movia Elias em direção à sua decisão: a consciência ou a arrogância? Ou a opção bíblica de escolher a vida? Por que, oh, Senhor, por que tudo tinha de ser tão difícil para um membro do povo por ti eleito?

A notícia caiu como um raio no coração da Amsterdã judia: Antonio Montesinos, assim que desembarcou do bergantim que o trouxera do Novo Mundo, apresentou-se na sinagoga e, depois de pedir que convocassem todos os membros da comunidade, fez o anúncio demolidor. Ele, Antonio Montesinos, disse aos congregados em assembleia, tinha provas convincentes, irrefutáveis, comprovadas com os próprios olhos, de que os indígenas das terras americanas eram os descendentes, finalmente achados, das dez tribos perdidas. O comerciante narrou, então, suas peripécias pelas terras do Brasil, do Suriname e da Nova Amsterdã do norte, mostrou esboços feitos por ele, palavras transcritas, e – afirmou – pudera verificar que os mal chamados *índios*, devido à confusão provocada por Colombo, tinham de ser os irmãos extraviados desde os remotos dias do Exílio na Babilônia. O fato de haverem cruzado o Mar Oceana por uma rota desconhecida durante séculos (mas vislumbrada pelos gregos, que muito antes disso haviam falado de uma terra de atlantes para além das Colunas de Hércules) explicava seu desaparecimento. Seu físico, elegante e robusto, confirmava a origem semita. Sua linguagem, dizia e lia de suas anotações umas palavras isoladas, incompreensíveis para todos, era uma corrupção do aramaico antigo. Que outra prova ainda faltava? O mais importante, clamava o autor daquele colossal achado, era que a presença desses irmãos nos limites da Terra indicava a mais importante condição necessária para a esperada chegada do Messias: a existência de hebreus assentados em todos os pontos do universo, como predisseram os profetas, que consideraram sua dispersão planetária uma das exigências inalienáveis para o Advento.

Os dias sagrados da Páscoa daquele ano foram dedicados a discutir esse achado, qualificado por alguns de revelação, quase tão maravilhosa como a que Moisés recebera no Sinai. Sempre dividida em muitas facções, dessa vez a comunidade se polarizou em dois lados: os messiânicos, na verdade menos numerosos, que aderiram à convicção de Montesinos, e os céticos, capitaneados pelo *chacham* Ben Israel, que consideravam a suposta descoberta do viajante uma lamentável e até perigosa falácia. O conselho rabínico, reunido várias vezes depois do anúncio, debateu os argumentos de Montesinos, mas não chegou a uma definição.

Para Elias Ambrosius, a comoção e a guerra de facções, tão própria do caráter judaico, foi, sobretudo, a revelação de uma delicada realidade: os extremos a que havia chegado o fanatismo religioso de seu irmão Amós, que imediatamente aderira ao grupo dos messiânicos mais apocalípticos, presidido por seu guia espiritual, o rabino polonês Breslau.

Para surpresa do avô Benjamim e do pai de Elias, Abraão Montalbo, que, mais que céticos, se divertiam com o que consideravam um desvario do tal Montesinos, o jovem Amós um dia apareceu em casa anunciando seu alistamento na expedição que, diziam, iria ao encontro dos irmãos extraviados para ajudá-los a voltar à fé, aos costumes e à obediência à Lei. Elias, que ouviu comovido a decisão do irmão, não se surpreendeu quando os mais velhos tentaram dissuadir Amós, mas ficou alarmado, e muito, ao escutar a resposta do irmão, negando-se a discutir a decisão tomada e lamentando que seu pai e seu avô sustentassem aquela atitude herética diante de um acontecimento tão grande, prelúdio da revelação do Messias.

Elias, percebendo mais uma vez que morava sob o mesmo teto que um homem fanatizado ao extremo de se atrever a ameaçar seus antepassados com condenações divinas, convenceu-se das razões pelas quais, mesmo numa terra de liberdade, muitos judeus preferiam viver mascarados entre segredos, em vez de límpidos entre verdades expostas. Entendeu, naturalmente, a atitude de um homem como Salom Italia e a decisão de manter à sombra suas inclinações. E, mais, teve a evidência de por que razão ele mesmo devia esconder seu segredo da forma mais hermética possível, se não quisesse correr um risco gravíssimo.

Naquela mesma noite, aproveitando a ausência do irmão, Elias Ambrosius, como se cometesse um roubo, tirou de sua casa, com o maior sigilo, a caderneta de anotações, a pasta de desenhos e as pequenas telas manchadas com suas hesitações e buscas de aprendiz de pintor. Entre os lugares possíveis para mantê-los a salvo, escolheu a água-furtada do dinamarquês Keil, em quem, como acreditava, podia confiar. E embora lhe parecesse doloroso, teve de aceitar que se sentia mais protegido por um homem de outra fé do que por muitos da sua. Mais acolhido por um estranho tolerante do que por um irmão de sangue, contaminado de fanatismo, de intransigência e, não podia qualificar de outro modo, tomado de ódio.

A primavera se entregava como um presente do Criador à cidade de Amsterdã. Tudo revivia, livrando-se da modorra de gelo e dos agressivos ventos invernais que havia meses assolavam a urbe e oprimiam seus habitantes, seus animais, suas flores. Enquanto as temperaturas subiam sem muita pressa e a chuva caía com frequência, as cores se espreguiçavam, despojando do protagonismo quase absoluto o branco da neve nos telhados e a cor parda dos lamaçais em que se transformaram as ruas por onde ainda não haviam passado as legiões de limpadores municipais. Com os tons recuperados, também renasciam os sons e se avivavam os cheiros. Voltavam aos mercados os vendedores de cães, com suas matilhas de lebréus, pastores e galgos vociferantes; saíam ao ar livre os buliçosos negociantes de especiarias e ervas aromáticas (orégano, murta, canela, cravo, noz-moscada), tão delicadas ao tato e ao olfato quanto incapazes de resistir às temperaturas invernais sem perder o perfumado calor de sua alma; as tavernas abriam as portas, oferecendo o odor fermentado da cerveja de malte e as risadas dos clientes; e retornavam à cidade os fornecedores de bulbos de tulipas, com a promessa de uma floração de cores anunciada aos gritos para depois dizerem em voz baixa os preços desenfreados, como se tivessem vergonha – apenas como se tivessem vergonha – de explorar a moda e pedir quantias exageradas por uma cebola peluda que mal e mal encerrava a promessa de sua futura beleza. As vozes dos mercadores, carroceiros, pilotos de barcaças e bêbados amontoados em qualquer esquina (incontáveis numa cidade onde quase não se bebia água, dizem que para evitar uma disenteria certa), somados aos ruídos penetrantes das oficinas de fabricantes de armas ou de tambores e à monótona canção das serrarias, formavam uma gritaria compacta que muitas vezes por dia era amortecida pelo repique atropelado dos infinitos sinos da cidade, que, desentorpecidos, pareciam tocar com mais veemência em sua missão de anunciar qualquer acontecimento. Sinos solitários, campanários de múltiplos bronzes e carrilhões musicais provenientes de Berna advertiam de horas, meias e quartos, de aberturas e fechamentos de negócios, de chegadas ou saídas de navios e celebrações de missas ou enterros, de batismos e casamentos adiados pelo inverno e de alguma execução por enforcamento, tão a gosto dos holandeses, e sempre como se o tangido daquela metálica notificação transformasse em realidade o fato que a provocava. Na Sint Antoniesbreestraat, a caminho da casa do Mestre, em frente ao edifício onde morava Isaac Pinto, Elias Ambrosius Montalbo de Ávila parou nesse meio-dia e compartilhou seu ânimo primaveril com o som (este, sim, harmônico) dos 35 sinos, em fileira como pássaros numa cerca, pendurados do alto da torre de Hendrick de Keyser, sobre a cruz da Zuiderkerk.

O bom humor do jovem tinha muito a ver com a estação e com o viés promissor de seus encontros com Mariam Roca, que haviam evoluído de passeios sem rumo preciso por ruas e mercados, ou conversas cada vez mais carregadas de terceiras intenções, a toques de mãos e sussurros nos ouvidos capazes de lhe provocar uma fogosidade tal que costumava exigir o alívio da automanipulação e o consequente pedido de compreensão e perdão ao Santíssimo. Contudo, mais que à primavera e às palpitações do amor e do sexo, o estado de entusiasmo em que vivia Elias Ambrosius estava ligado à função tremendamente especial que desempenhava no ateliê do Mestre havia uma semana: servir de modelo para o mais que judeu *mohel* no momento em que se dispunha a realizar a circuncisão ritual do menino Jesus, a Brit Milá ordenada por Jeová para distinguir todos os homens do povo eleito.

Desde a tarde em que o levara à casa de Isaac Pinto, as relações entre o pintor e o aprendiz haviam adquirido certo calor – quase todo o calor capaz de gerar o caráter áspero do Mestre com os que não eram seus amigos mais íntimos –, e Elias Ambrosius, sem se libertar do balde e da vassoura, não só foi promovido nas funções práticas do ateliê, triturando com o pesado pilão as pedras de pigmentos e preparando cores com as proporções precisas do óleo de linhaça, como também o Mestre lhe dedicava várias conversas, ou melhor, monólogos, nos quais, segundo seu humor, às vezes se enredava como se perdesse a noção do tempo. Alguns dias só falava de questões artísticas, como (segundo as anotações de Elias Ambrosius, sempre empenhado em registrar as lições para depois relê-las e assimilá-las) suas ideias sobre a necessidade de romper a relação estabelecida entre a beleza clássica e o nu feminino, que, a seu ver, não tinha de ser perfeito para ser feminino e belo, pois o Mestre gostava de criar peles com dobras, pés gretados, coxas flácidas, em busca de um claro senso de verossimilhança do qual outros artistas da cidade não se aproximavam. Noutros dias procurava fundamentar seu peculiar entendimento da harmonia e da elegância como qualidades em função da obra, e não como valores em si mesmos, que era como entendiam os cultores da pintura clássica, incluindo o flamengo Rubens. Não, não: esse senso mais profundo da harmonia perseguido por ele era o grande ensinamento que, segundo o Mestre, o pintor Caravaggio deixara para o mundo; não o domínio das escuridões cavernosas em que se empenharam seus seguidores, afirmava, incapazes de ver além das aparências, mas a revelação de que a verdade e a sinceridade devem estar acima da beleza canonizada, da simetria pretendida ou da idealização do mundo. "Cristo, com os pés sujos, ulcerados pela areia do deserto, pregou entre pobres, famintos e tristes. A pobreza, a fome, as lágrimas não são belas, mas são humanas", concluía: "não há por que fugir da feiura", e ilustrava essas reflexões com o estudo de uma *Pregação de Cristo* desenhada em papel na qual o orador, coisa curiosa, não tinha um rosto definido.

Houve dias, em contrapartida, em que o Mestre preferiu percorrer a rota dos assuntos mundanos, como seu desinteresse pela coisa pública e, sobretudo, pela política, que considerava uma tentação perigosa para o artista desejoso de se mostrar participativo. E dias em que se enredava numa de suas obsessões de homem sempre urgido de dinheiro, falando da importância e ao mesmo tempo da carga que significara para os pintores das Províncias Unidas o fato de serem os primeiros artistas na história que não trabalhavam para a corte nem para a Igreja, e sim para um tipo de cliente completamente diferente em suas exigências, gostos e necessidades: os homens ricos nascidos dos benefícios do comércio, da especulação, da manufatura em grande escala. Então, dizia que aqueles indivíduos, muitas vezes de origem plebeia, sempre pragmáticos e visionários, estavam cada vez menos interessados na história ou na mística. Suas ânsias se expressavam no desejo de ver quadros em que fossem representadas suas próprias criações materiais: seu país, suas riquezas, seus costumes, eles próprios, com suas joias e roupas, satisfeitos com uma fortuna da qual se sentiam a cada dia mais orgulhosos. Esse reflexo devia se materializar em telas de dimensões razoáveis, concebidas para *adornar* a parede de uma aconchegante morada familiar, e não de uma igreja esmagadora ou um palácio real. E para *adornar* exigiam o que eles achavam belo, o que consideravam próprio.

"Criamos uma relação diferente para a arte", havia dito numa daquelas tardes em que, depois de mandá-lo adiar a limpeza do ateliê, fora mais loquaz com Elias Ambrosius, que o escutava quase hipnotizado pela facilidade com que o Mestre perfilava os traços, os volumes, as localizações espaciais, as zonas de sombras daquilo que seria a cena da adoração do menino Jesus pelos pastores pedida pelo estatuder Frederik Hendrik de Nassau. "Na cidade onde todos comercializam, nós estamos inventando algo: o comércio da pintura. Trabalhamos para vender a clientes novos com gostos novos. Sabe quem é o melhor comprador dos quadros de Vermeer de Delft? Um padeiro enriquecido. Um mecenas que vende bolos, não um bispo nem um conde! E, atrás do dinheiro desses que se fazem chamar de burgueses, sejam padeiros, banqueiros, armadores ou comerciantes de tulipas, a pintura teve de se mover e agradar o gosto de homens que jamais puseram os pés numa universidade. Por isso apareceu a especialização: quem pinta cenas campestres e as vende bem, pois que pinte cenas campestres; como os que pintam batalhas, marinhas, naturezas-mortas ou retratos... Inventamos a estampa comercial: cada um deve ter a sua e cultivá-la para colher seus frutos no mercado, como qualquer comerciante. Meu problema, como você deve saber, é que eu não tenho esse tipo de marca, nem me importa que minha pintura seja brilhante e harmoniosa, como querem agora... O que me interessa é interpretar a natureza, inclusive a do homem, inclusive a de Deus, e não os cânones; quero pintar o que sinto e como sinto. Sempre que posso... Porque também tenho de viver." E indicou com o cabo do pincel a tela onde já se perfilavam a Sagrada

Família e os pastores pedidos pelo senhor de Haia. "Sei que não estou mais na moda, que os ricos não me pedem mais para retratá-los, porque são eles que criam a moda, e esses ricos de hoje não têm os mesmos conceitos que seus pais calvinistas: eles agora querem exibir a riqueza, a beleza, o poder... foi para isso que ganharam essas riquezas. Fazem palácios nos novos canais e nos pagam por nossas obras, já que, felizmente, consideram que nós somos um meio de investir essa riqueza e, ao mesmo tempo, um bom jeito de adornar esses palácios e mostrar como são refinados."

Mas o Mestre não fora absolutamente comunicativo na tarde em que, sem lhe revelar ainda sua intenção de utilizá-lo como modelo, mandara Elias Ambrosius deixar de lado os apetrechos de limpeza e subir para o ateliê, local onde nas duas últimas semanas havia se estabelecido a ordem de que só podiam entrar o Mestre, seu discípulo Aert de Gelder e a jovem Emely Kerk. Ao adentrar a sala de trabalho, Elias Ambrosius tivera uma surpresa que lhe explicara a razão do isolamento: na parede do fundo havia dois quadros estranhamente iguais, mas essencialmente diferentes, da conhecida cena cristã da adoração dos pastores, aquela representação em que o pintor trabalhava havia tanto tempo. Sem lhe dar oportunidade de se deter na observação das duas telas enigmáticas por sua semelhança, o Mestre lhe pedira que vestisse uma pesada camisola marrom escuro e o postara diante de um fragmento de coluna grega que chegava à altura de seu peito. Após observá-lo de vários ângulos, pedira que adotasse diferentes posições, enquanto, com traços muito soltos, ia reproduzindo as posturas com um carvão nas folhas rugosas de seu *tafelet*. Algo muito recôndito e visceral devia ocupar a mente do Mestre no processo de observar e desenhar o jovem judeu, em um mutismo só quebrado pelas indicações destinadas a modificar sua posição. O Mestre, pensara Elias, parecia empenhado numa caçada, mais que numa obra. E tivera certeza de estar presenciando uma lição inestimável.

Algumas semanas antes, quando começara a trabalhar numa das versões de *A adoração dos pastores*, o pintor tomara a previsível decisão de utilizar novamente a jovem Emely Kerk, preceptora de seu filho Titus, como modelo para a figura da Virgem Maria, como já fizera na cena que intitulara *A Sagrada Família com anjos*. A obra, terminada e entregue no início daquele ano, e a cujo processo de criação Elias Ambrosius tivera o privilégio de assistir, provocara no jovem aprendiz uma atração quase magnética. Ele dedicara longas horas à sua contemplação, tentando descobrir, porque já se julgava capaz disso, os efeitos com que aquela cena familiar e mágica conseguia transmitir uma emoção que Elias, apesar de sua educação e crenças judaicas, não podia deixar de sentir: e um belo dia descobriu que a chave do quadro não era sua representação de um acontecimento místico, e sim, ao contrário, a manifestação de sua serenidade terrena. O Mestre parecia cada vez mais longe da expressão de sentimentos evidentes de medo, dor, surpresa, pesar, ira, a que se entregara anos atrás em seus quadros sobre a história de Sansão, em seus trabalhos sobre o sacrifício de Abraão ou no chamado *O festim de Baltazar*, todos tão teatrais e cheios de movimento. Dessa vez, em contrapartida, optara pela interioridade dos sentimentos e, naquela cena, fora capaz de concentrar toda a emoção das circunstâncias no gesto cuidadoso de uma mão. A mão da jovem e bela Emely Kerk, transmutada em Mãe de Deus, resumia, como última emanação de seu caráter, a perfeição que começava no contorno oval de seu rosto, na suavidade de seu semblante, e continuava no aprazível arco de seus ombros, descendo até a delicadeza daquela extremidade que se aproximava do menino para verificar se estava dormindo: era apenas um gesto, cotidiano e leve, quase vulgarmente maternal e terreno, mas conferia à figura da Virgem uma doçura capaz de proclamar, em sua ternura ao mesmo tempo humana e cósmica, que aquela não era uma mãe normal: era a Mãe de um Deus. O Mestre havia gerado uma explosão de magia da beleza, conseguindo transformar seu próprio desejo carnal pela modelo numa lição de amor universal e transcendente. E Elias Ambrosius entendera que só os mestres mais dotados eram capazes de obter tanto com tão pouco. Poderia ele, alguma vez, chegar aos pés dessa grandeza?

Na peça da adoração dos pastores em que o pintor trabalhava com empenho nos últimos dois meses aparecia a mesma Virgem, mas como parte de um grupo de personagens. Com o menino Jesus deitado num moisés, ou melhor, numa cesta comum que estava em seu colo, a Virgem mostrava o filho recém-nascido de Deus aos pastores forasteiros. A mãe e o filho, desde que haviam sido esboçados, apareciam beneficiados pela única luz do quadro, cuja fonte parecia brotar das próprias pessoas divinas. No entanto, algo naquele trabalho destinado ao palácio do estatuder parecia não ter agradado ao Mestre, e sua conclusão se prolongara por várias semanas, ao longo das quais o homem, sem molhar o pincel, ficara observando o estampado ou vagabundeando pela cidade, como se houvesse esquecido completamente a obra. Movido por essa insatisfação com o trabalho, como todos no ateliê logo saberiam, o Mestre tomara uma estranha decisão: pedira a Aert de Gelder, o mais dotado de seus jovens discípulos, que utilizasse uma tela de dimensões similares à escolhida por ele e reproduzisse o corpo central daquele quadro. De Gelder devia copiar a cena com fidelidade, mas com a liberdade de introduzir as variações que o jovem julgasse necessárias. Aert de Gelder, que era a mais assombrosa mimese pictórica do Mestre que já existira, aceitara o desafio e, com alegria, empenhara-se no trabalho, sabendo que não se tratava de um simples exercício de cópia, e sim de uma experiência mais intrincada, cujos fins últimos desconhecia. Durante os dias em que germinara aquele processo, a entrada ao ateliê fora vedada a todos os moradores e trabalhadores da casa. Por isso, só naquela tarde, depois de receber do Mestre a ordem de mover-se e ficar de frente para ele, Elias Ambrosius teve afinal a oportunidade de estudar as duas obras, ainda necessitadas de retoques e tratamentos conclusivos. Ficou surpreso ao observar como as pinturas multiplicavam a sensação de simetria, porque pareciam olhar uma para a outra num espelho, e o jovem judeu deduziu que, com toda a certeza, De Gelder decidira atender ao pedido de reproduzir algo já existente valendo-se de instrumentos ópticos que projetassem a imagem estampada pelo Mestre na tela onde o discípulo a havia copiado. Por isso, as figuras da reprodução ficavam invertidas em relação às do original, com os personagens um tanto mais concentrados na fonte de luz, mas transmitindo o mesmo sentimento de respeitosa introversão. Contudo, para quem não tivesse as informações prévias que possuíam Elias e outros discípulos, a pergunta que imediatamente surgiria ao ver aquelas obras gêmeas sem dúvida seria: qual é o original e qual é a cópia?

"Quer saber por que estou fazendo isto?", perguntou afinal o Mestre, sem precisar conferir aonde se dirigia o olhar hipnotizado de Elias Ambrosius. "Com todo o respeito", disse o jovem, e então o pintor se voltou e ficou de frente para as obras, dando as costas para o aprendiz. "É o preço do dinheiro", disse, e ficou alguns instantes em silêncio, como costumava fazer o *chacham* Ben Israel quando fazia seus discursos. "Desta vez não posso falhar. Eu dependo do dinheiro do estatuder para pagar as prestações atrasadas desta casa. Não me fazem mais encomendas como esta, alguns comentam que meus quadros parecem abandonados, mais que acabados, enfim... Há poucos anos, esse mesmo estatuder foi minha esperança de poder me tornar um homem rico, famoso, e viver num palácio de Haia..." "Como o flamengo Rubens?", atreveu-se a perguntar Elias. O Mestre confirmou: "Como o maldito flamengo Rubens... Mas eu não sou e nunca poderia ser como ele, por mais que me esforçasse para isso, por mais que lhe roubasse os temas, as composições, até as cores. Minha salvação foi aquilo que em determinado momento pareceu minha desgraça: o estatuder não me transformou no pintor da corte e me tratou apenas como o que sou: um homem comum disposto a vender seu trabalho. Nesse momento fiquei arrasado, tive de desistir de querer viver como Rubens, de pintar como Rubens. Mas também me tornei um homem um pouco mais livre. Não, muito mais livre... Se bem que, preste atenção, a liberdade sempre tem um preço. E costuma ser bem alto. Quando me senti livre e quis pintar como um artista livre, rompi com tudo que era considerado elegante e harmonioso, matei Rubens e soltei meus demônios para pintar *A companhia do capitão Cocq* para as paredes de Kloveniers. E recebi o castigo merecido pela minha heresia: nunca mais me encomendaram retratos coletivos, pois o que eu fazia era como um grito, um arroto, uma cusparada... Era um caos e uma provocação, disseram. Mas eu sei, sei perfeitamente, que cheguei à insólita combinação de desejos e realizações que dá ensejo a uma obra-prima. E, se estou errado e a pintura não tem nada de obra-prima, o importante é que é a obra que eu quis fazer. Na verdade, a única que poderia fazer tendo diante dos olhos a evidência de para onde a vida nos conduz: ao nada. Minha mulher estava se apagando, cuspia os pulmões, morria um pouco mais a cada dia, e eu pintando uma verdadeira explosão, um carnaval de homens ricos fantasiados, brincando de soldados, e fazia aquilo como bem entendia. A alternativa era muito simples: eu fazia a vontade deles ou a minha, continuava escravo ou proclamava a independência". O pintor interrompeu sua diatribe, como se de repente houvesse perdido o entusiasmo; mas logo em seguida voltou ao curso de sua reflexão: "Mas a amarga verdade é que, enquanto depender do dinheiro dos outros, não serei totalmente livre. Não importa se quem paga é o estatuder e o tesouro da República, a Igreja, um rei ou um padeiro enriquecido de Delft... No fim, dá no mesmo. Posso pintar Emely Kerk como quero pintá-la, ou uma Sagrada Família que pareça uma família judia de seu bairro recebendo a visita de anjos como se fosse a coisa mais normal do mundo. E me sentar para esperar que apareça algum comprador generoso... ou que não apareça. Mas isso que está vendo aí", indicou sem necessidade seu quadro, o de maiores dimensões, "isso não me pertence: é obra do estatuder. Ele me descreveu todos os detalhes do que queria ver e me paga para cumprir esse desejo... Eu já aprendi a lição. Sei perfeitamente que o estatuder não quer exibir em seu palácio pés sujos nem pastores andrajosos recém-saídos do deserto, como deve ter sido na realidade. Não quer vida: só uma imitação que seja bela. Foi por isso que pedi a Aert que fizesse sua versão, para depois eu retocar a minha com as soluções que ele encontrasse. Escolhi Aert porque é um dos melhores pintores que conheço, mas nunca será um artista. E aí está a prova: parece obra minha, não é mesmo? Olhe esses traços, olhe a profundidade do claro-escuro, deleite-se com sua técnica de trabalhar a luz. Observe e aprenda. Mas também aprenda uma coisa mais importante: nessa imagem de Aert falta algo... Falta a alma, não há o mistério da verdadeira arte. É só uma encomenda. E eu estou copiando Aert porque é assim que se deve pintar quando se quer cumprir o desejo de um poder e ganhar os florins de que tanto se necessita". Parou, concentrado nos dois quadros, e negou algo com a cabeça antes de dizer: "A arte é outra coisa... E já é suficiente por hoje. Agora limpe bem este ateliê, está parecendo um chiqueiro. A partir de amanhã, preciso de você aqui comigo. Diga à senhora Dircx que não a ajudará por um tempo. Você vai me servir de modelo para o *mohel* do quadro da circuncisão de Jesus. E, quando terminarmos essa encomenda, eu lhe darei um pincel. Tenho curiosidade de saber se, além de coragem, vocação, obstinação e talvez até talento, você tem alma de artista".

Emely Kerk era de novo a Virgem que, em primeiro plano, observava com devoção seu marido, José, segurando nas mãos o menino agasalhado com panos brancos, enquanto Elias Ambrosius, transfigurado num *mohel* vestido como um personagem de contos persas, com a cabeça coberta ao estilo dos primitivos judeus orientais que se viam cada vez mais em Amsterdã, dispunha-se, quase de costas para o espectador, a fazer a cirurgia ritual do descendente da casa de David que havia chegado à Terra para mudar o destino da religião dos hebreus e até a própria história do povo de Israel, que não reconheceu sua missão messiânica. Atrás desses personagens, sobre os quais se concentrava a luz, uma escuridão cavernosa onde se podiam entrever outras figuras, todas vestindo túnicas de um vermelhão escuro e, ao fundo, uma cortina com reflexos dourados e as colunas do Templo de Zorobabel e Herodes, o Grande, o último vestígio relevante da glória da Judeia, que pouco depois os legionários romanos derrubariam.

Várias vezes, enquanto o Mestre trabalhava naquela *Circuncisão de Cristo*, o *chacham* Ben Israel fora ao ateliê para ajudá-lo na interpretação de uma cena bíblica só relatada por Lucas e na representação veraz da milenar cerimônia. Como profundo conhecedor não só da Torá e dos livros dos profetas, mas também do chamado Novo Testamento escrito pelos discípulos do homem que os cristãos consideravam o Messias, Ben Israel dominava a fundo a cristologia. Tomando o vinho do pintor, desfrutava outra vez daquela tarefa de consultor que já havia realizado em várias ocasiões, pois, embora o Mestre conhecesse muito bem as Escrituras – quase não lia outros livros –, sempre lhe podiam escapar seus significados históricos mais profundos e suas conexões com o complicado imaginário hebreu, risco que não queria correr naquela obra encomendada. Vários anos antes, numa missão similar, fora o *chacham* quem, num jogo de sentidos cabalísticos cujos meandros o Mestre não dominava, escrevera a mensagem que, numa nuvem divina, atravessa a parede do palácio de Baltazar e anuncia ao imperador babilônio o fim de seu reinado corrupto. As letras hebraico-aramaicas, dispostas em colunas verticais, em vez de aparecerem na horizontal e da direita para a esquerda, encerravam na advertência criptografada um sentido esotérico que só os conhecedores dos mistérios da cabala e suas projeções cósmicas, como era o caso de Ben Israel, podiam entender.

Nessas conversas, quase sempre regadas com mais vinho do que o necessário para aplacar a sede, das quais várias vezes Elias Ambrosius fora testemunha em seu estrado de modelo, o Mestre e o *chacham* falaram muitas vezes do messianismo, que, pelos preceitos de suas respectivas religiões, entendiam de modos diferentes. Elias descobrira que seu antigo professor discordava das conclusões das escolas de sábios cabalistas residentes no Oriente do Mediterrâneo – Salônica, Constantinopla, a própria Jerusalém, lugares aonde aqueles mestres ou seus antepassados imediatos haviam chegado depois de sair de Sefarad –, que divulgaram a teoria, extraída de suas esotéricas interpretações das Escrituras, de que o iminente ano de 1648, ou seja, o ano 5408 da criação do mundo, estava marcado no Livro como o do advento do Messias. As grandes desgraças sofridas pelos judeus nos últimos séculos, o novo Êxodo que fora a expulsão de Sefarad, a hostilidade que os espreitava em toda parte ("Esta Nova Jerusalém é uma ilha", dizia Ben Israel, com palavras que bem podia ter roubado do avô Benjamim), a perda da fé de tantos israelitas, convertidos ao cristianismo, ao islã ou, pior, entregues à descrença (o excomungado Uriel da Costa não era o único herege que brotara entre eles, e mencionara as polêmicas, quase perigosas, ideias de um jovem demasiadamente inteligente e rebelde chamado Baruch Spinoza, de quem Elias ouvia falar pela primeira vez) constituíam, segundo aqueles cabalistas, as primeiras das grandes catástrofes. Eram apenas um prólogo previsível das enormes desgraças que se aproximavam, anunciadas para anteceder a verdadeira chegada do Ungido e celebrar, finalmente, o juízo dos justos e começar a era do reconhecimento universal do Deus de Abraão e Moisés. Mas, entre outras coisas, o *chacham* discrepava das elucubrações dos sábios orientais por uma razão precisa: os profetas Daniel e Zacarias, dizia, afirmam com clareza que só se produziria a chegada do Messias quando os judeus vivessem em todos os cantos da Terra. Nunca antes.

Justamente no dia em que Ben Israel chegara a esse ponto nevrálgico de suas análises messiânicas, o Mestre fizera uma pergunta capaz de tirar o erudito do sério: "E o que anda dizendo o tal Antonio Montesinos nos botequins e sinagogas, que descobriu os descendentes das dez tribos perdidas no Novo Mundo?". "Balelas! Uma fraude! Um engano que agrada muito ao rabino Montera porque lhe serve para controlar as pessoas, mas nem ele mesmo acredita nisso", gritara o professor. "Como esse Antonio Montesinos pode dizer que uns indígenas mal-encarados e incultos são os herdeiros das dez tribos perdidas? Quem vai acreditar que falam uma derivação do aramaico se os índios de uma tribo não se entendem com seus vizinhos?" "Mas, se for verdade, isso significaria que os judeus vivem no mundo todo", o Mestre. "Nem o rabino Breslau acredita mais na fábula de Montesinos. Porque o problema não é o Novo Mundo, onde já se assentaram sefaradis e até alguns daqueles asquenazes burros, até nos territórios do rei da Espanha, aliás. O problema está na Inglaterra, de onde fomos expulsos há três séculos e meio. A Inglaterra é a chave para a chegada do Messias, e, acredite, vou empenhar todas as minhas forças tentando abrir as portas de Albion: se conseguir, terei dado o grande passo para que o reinado do Santíssimo, bendito seja Ele, se estenda por toda a Terra e o mundo esteja pronto para a chegada do verdadeiro Messias e a volta a Jerusalém."

Uma tarde, o Mestre liberara Elias Ambrosius no momento em que Ben Israel se despedia, e o jovem aproveitou para acompanhar o *chacham* em seu trajeto até a casa de Nieuwe Houtmarkt. Já havia escurecido, mas a temperatura se mantinha agradável, e decidiram andar pela margem esquerda do Zwanenburgwal, até que o fedor móvel das barcaças cheias de esterco os obrigou a procurar um beco que os levasse a Binnen Amstel. Toda noite aquela carga de detritos humanos e animais subia pelos canais até as docas de Amstel, em direção ao Ij, para depois navegar rumo aos campos de morangos de Astsmeer e de cenouras de Beverwijk, que oportunamente seriam oferecidos com suas resplandecentes cores nos mercados da cidade.

Sentados no babélico gabinete do *chacham*, com as janelas fechadas para impedir a entrada do mau cheiro, o sábio preparou o cachimbo onde gostava de fumar as folhas de tabaco que ganhava de seus amigos enquanto se entregava à reflexão ou à leitura. Elias Ambrosius, abaixando a voz, contou-lhe, então, da decisão do Mestre de levá-lo para pintar no ateliê. Essa maravilhosa oportunidade de crescer em seu aprendizado significava, porém, que sua verdadeira relação com o pintor se tornaria pública, ao menos para os outros discípulos do ateliê e os criados da casa. E essa revelação não deixava de provocar no jovem um justificado temor. Embora não fosse só o *chacham* que pudesse se mostrar compreensivo com a escolha de um judeu, de resto observante das leis e mandamentos de sua religião, Elias Ambrosius tinha medo das reações radicais, daquelas que se davam na cidade cada vez com mais frequência. Não era muito consolador saber que homens como Isaac Pinto, e certamente outros de seu círculo, se dedicavam não apenas a comprar pinturas, mas pinturas feitas por um judeu que vivia entre eles.

Porque também era evidente para todos os membros da nação que o conselho rabínico, diante do medo de perder o controle da comunidade, ficava cada dia mais intransigente em relação a certas atitudes consideradas heterodoxas. Cada vez que surgia um caso de desobediência ou lassidão para ser analisado ou julgado, os rabinos repetiam a arenga de que a prosperidade e a tolerância do ambiente tornavam o rebanho cada dia mais libertino. Não era por acaso que nos últimos tempos chovessem *cherem* condenatórias: por manter relações com convertidos residentes em terras de idolatria e até por visitar essas terras; por se afastar da sinagoga, não cumprir os jejuns ou violar as proibições do Shabat enquanto satisfaziam necessidades ou exigências mundanas; no pior dos casos, por manifestar ideias ou realizar atos considerados heréticos. O que ele podia esperar que acontecesse se fosse descoberto aquilo que para a maioria dos judeus constituía uma flagrante violação da Lei? Por acaso Salom Italia não ocultava sua identidade para evitar o castigo dos rabinos? Até quando poderia continuar vivendo entre pintores, trabalhando às escondidas, sem que suas verdadeiras intenções fossem descobertas por seu irmão Amós, que, fanatizado como estava, o denunciaria ao Mahamad?

O *chacham* parecia mais divertido que preocupado com os temores de seu antigo aluno. Um sorriso quase imperceptível, embora permanente, inclinava o cachimbo para a comissura esquerda de sua boca. "Mas quem você teme na verdade, Elias, a Deus ou a seus vizinhos?", perguntou, por fim, na língua dos sefaradis castelhanos, após deixar o cachimbo na mesa. Elias se surpreendeu com sua dificuldade para responder àquela simples questão. "De Deus sei o que se pode esperar... E dos meus vizinhos também", foi o que lhe ocorreu dizer, no mesmo idioma utilizado pelo *chacham* Este simplesmente assentiu, já sem qualquer sombra de sorriso no rosto. "Para você, o que é o sagrado?, prosseguiu. "Deus, a Lei, o Livro...", enumerou o jovem, e imediatamente viu que havia errado, por isso acrescentou: "Se bem que a Lei e o Livro têm um componente humano". "Sim, têm... E o ser humano, feito por Ele à sua imagem e semelhança, não é sagrado? E o amor? O amor não é sagrado?" "Que amor?" "Qualquer amor, todos os amores." Elias pensou por um instante. O professor não se referia ao amor a Deus, ou não apenas. Mas respondeu: "Sim, acho que sim". "Estamos de acordo", disse Ben Israel após uma pausa, e acrescentou: "Talvez você recorde essa história, pois na escola eu falei dela. Como se sabe, no dia 6 de agosto do ano 70 da era comum, os exércitos do imperador romano Tito tomaram Jerusalém e destruíram o Segundo Templo. Curiosamente, no mesmo dia do ano 586 antes da era comum, havia sido destruído o Primeiro Templo...". "*Tishá b'Av*, o dia mais triste do ano para Israel", interrompeu-o Elias, enquanto se perguntava por que o *chacham* repetia aquela história que até os judeus mais incultos conheciam. "Se não quiser me ouvir, pode ir embora." "Desculpe, *chacham*. Continue." "O que quero é relembrar-lhe que, depois da destruição do Segundo Templo e das perseguições do imperador Adriano a qualquer prática do judaísmo, a história de Israel, como nação, continuou durante 1.700 anos. Mas não em uma terra cujos últimos vestígios perdemos naquela época, e sim em livros escritos muitos séculos antes pelos membros de um povo que nunca teve grandes artesãos, pintores nem arquitetos, mas sim grandes narradores que fizeram da escrita uma espécie de obsessão nacional. Nossa raça foi a primeira capaz de achar palavras não só para definir toda a complexidade de uma relação entre o homem e o Mistério, mas também para exprimir os mais profundos sentimentos humanos, incluindo, naturalmente, o amor. Pouco depois da destruição do Templo, em meio às perseguições de Adriano, foi realizada uma grande assembleia de rabinos e doutores e se estabeleceram as duas regras fundamentais para a sobrevivência da fé dos hebreus, duas regras válidas até hoje. A primeira é que o estudo é mais importante que a observância das proibições e das leis, pois o conhecimento da Torá leva à obediência de suas sábias prescrições, enquanto a observância pura, sem a compreensão racional da origem das leis, não garante uma fé verdadeira, nascida da razão. A segunda regra, você vai lembrar pela história de Judá Abravanel que tantas vezes contei, tem a ver com a vida e a morte. Quando é preciso morrer antes de ceder?, perguntaram esses sábios há mais de 1.500 anos, e responderam para todos nós que somente em três situações: se o judeu for obrigado a adorar falsos ídolos, a cometer adultério ou a derramar sangue inocente. Mas todas as outras leis podem ser transgredidas em caso de perigo de morte, pois a vida é o mais sagrado", disse o professor, e esticou o braço como se fosse pegar de volta o cachimbo, mas desistiu. "Com isso quero dizer apenas duas coisas, Elias Ambrosius Montalbo de Ávila: uma, que as leis devem ser pensadas pelo homem, pois é para isso que ele tem inteligência, e a fé deve ser raciocínio antes de aceitação. A segunda é que, se você não violar nenhuma das grandes leis, não estará ofendendo a Deus de forma irreversível. E, se não ofender o Bendito, pode esquecer seus vizinhos. Claro, se estiver decidido a assumir os riscos de enfrentar a ira dos homens, que às vezes pode ser mais terrível que a dos deuses."

Então a vida e o amor são sagrados? O que é exatamente *o sagrado*? Somente o divino e suas obras ou também o mais reverenciado para o ser humano? E a vida e o amor não eram um presente de Deus a suas criaturas e, portanto, sagrados?

Elias Ambrosius não podia deixar de se fazer aquelas perguntas enquanto observava o rosto ruborizado de Mariam Roca, ouvia a respiração profunda da jovem e sentia uma palpitação jubilosa na virilha, mais urgente do que nunca.

Não precisou insistir muito para que, em vez de andar pela cidade, fossem passear naquele dia pelos campos aprazíveis para além dos novos canais. Era uma manhã luminosa de domingo, com os céus abertos como uma flor pelo calor do verão, e se entretiveram observando os palacetes do canal do Príncipe, os mais novos e luxuosos de Amsterdã. "E se morássemos num assim?", perguntou à jovem ao passar em frente ao edifício quase terminado onde Isaac Pinto moraria em breve, e ela corou com as conotações daquela interrogação. Depois, tomaram o atalho que levava à solidão do velho galpão abandonado onde Elias costumava deixar seu cavalete e suas telas para pintar a óleo. Enquanto andavam entre alfarrobeiras e salgueiros crescidos à beira dos pântanos, o jovem se perguntava até onde poderia chegar naquele dia em sua relação com Mariam e pensava em todas as possibilidades que sua mente inexperiente era capaz de oferecer. Mas, quando se sentou ao seu lado, ambos encostados nas tábuas carcomidas da parede do galpão que recebia a sombra, e quase por instinto começou um avanço sobre novos territórios – que ela não rejeitou (carícias no pescoço com o dorso da mão, toque ligeiro nos lábios com um dedo) –, Elias soltou suas amarras. Pegou o rosto da garota entre as mãos e pousou seus lábios sobre os dela, para abrir aquela porta de sua vida e provocar certas reações vigorosas que não conseguiram vencer as perguntas que se amontoaram em sua mente diante da certeza de que a magia daquele instante, a beleza de Mariam e suas palpitações, o endurecimento de seu membro e a sensação de potência que o entusiasmava também eram o sagrado. Tinham de ser, porque conduziam à própria essência da vida, à comunicação mais sublime com o melhor que Deus havia entregado a suas criaturas.

Desde que a vira pela primeira vez na casa do *chacham* Ben Israel, quase um ano antes, Elias Ambrosius tivera o pressentimento de que aquela garota de apenas dezesseis anos estava predestinada a entrar em sua vida. Os pais e os avós de Mariam, ex-convertidos portugueses, por vários anos preferiram se estabelecer em Leiden, onde o pai dela, médico de profissão graduado no Porto, conseguira um discreto cargo de auxiliar na cadeira de Medicina da famosa universidade da cidade. Depois, quando o pai fora chamado para trabalhar com o famoso doutor Efraín Bueno, chegaram por fim a Amsterdã. O vínculo com esse médico pôs o pai de Mariam em contato com o sábio Ben Israel (amigo de todo médico que houvesse na cidade, que consultava de modo compulsivo sobre suas doenças reais e imaginárias), e a proximidade entre os mais velhos ensejou a dos dois jovens.

Os passeios de Elias e Mariam, iniciados com o pretexto de o jovem mostrar à recém-chegada a cidade onde então morava, deixara Elias na privilegiada conjuntura de ter tempo e espaço para alimentar uma relação afetiva cujo progresso a família da garota parecia aceitar de bom grado, embora o clã dos Montalbo de Ávila não figurasse nem de longe entre os economicamente mais afortunados de Amsterdã, mas sim entre os mais respeitados por sua cultura e laboriosidade.

Naquela manhã inesquecível, quando Elias se preparava para beijar Mariam Roca pela segunda vez, deteve o olhar durante alguns segundos nos olhos da jovem: eram olhos limpos, cor de mel, através dos quais pôde contemplar as fontes do desejo e do medo, das decisões e das dúvidas de sua dona. E também, sem conseguir evitar, pensou que um dia tinha de pintar aqueles olhos – pois tudo está nos olhos. E, se seus pincéis ou carvões conseguissem captar a vida que palpitava naquele olhar, então teria sido capaz de exercer o poder de capturar um vislumbre tangível do sagrado. Como um deus. Como o Mestre.

Os dias, que transcorriam apressados em busca do outono, passavam lentamente pelas poucas obras em que o Mestre se empenhava na época. Naqueles meses, dois de seus mais antigos discípulos se despediram do ateliê; primeiro Barent Fabritius e depois o bom dinamarquês Keil, que, antes de voltar a sua terra gelada, presenteara o judeu que tanta cerveja lhe pagara com uma pequena tela onde havia pintado uma marina, obra que, junto com as pastas e cadernos de Elias, tiveram de voltar para o esconderijo da água-furtada de sua casa. Pouco depois, para ocupar as vagas, foram incorporados outros aprendizes, como o tal Christoph Paudiss, que viera de Hamburgo com a petulância expressa de se tornar o maior pintor de seu país. Também, de semana a semana, o rosto da senhora Dircx foi ficando emburrado de maneira cada vez mais visível devido à presença juvenil e ao crescente protagonismo doméstico de Emely Kerk. Tudo se movia, girava, subia ou descia, mas passavam-se as semanas e o anunciado pincel não chegava às mãos de Elias Ambrosius, atormentado por tal ansiedade que nem mesmo seus namoricos bem correspondidos conseguiam acalmar. Uma ansiedade que cresceu quando, da forma mais inesperada, teve a certeza de que havia descoberto a verdadeira identidade de Salom Italia.

Durante vários meses, em cada oportunidade que tinha, arrastado por sua obsessão, Elias Ambrosius dedicara horas a visitar novamente os vendedores de pinturas de todos os mercados da cidade, passando da contemplação das obras à indagação sobre um possível conhecimento de um tal Salom Italia, gravurista e desenhista, quase com toda certeza estabelecido em Amsterdã. Os mercadores da rua, tão informados de tudo que se movia (e até do que não se movia) no mercado de pintura da cidade, sempre negavam ter ouvido alguma vez esse nome, que, claramente, devia ser de um judeu. E perguntavam: um pintor judeu?, acentuando a desconfiança diante do nunca concebido.

Todo sábado, na sinagoga, o jovem se empenhava em observar os presentes: um dia se concentrava nos filhos de comerciantes enriquecidos; outro, nos artistas especializados em talhar diamantes; outro, ainda, nos homens que haviam chegado nos últimos anos, como se a observação de seu físico pudesse abrir-lhe a porta do segredo tão bem escondido por algum dos judeus ali reunidos. Tinha certeza, além do mais, de que Isaac Pinto e o *chacham* Ben Israel haviam feito negócios com aquele fantasma que se atrevia até mesmo a decorar os rolos da rainha Ester. Se o homem se dedicava a fazer gravuras, devia haver várias cópias de cada obra, e por certo alguém as comprara ou, ao menos, recebera. O esforço realizado num rolo das Escrituras não devia ter sido, pensava, um esforço único, e ninguém melhor que outro judeu para apreciar uma obra como aquela entesourada por Isaac Pinto.

Foi no último sábado de agosto que Elias Ambrosius encontrou, afinal, exatamente num momento em que não a buscava, a pista capaz de levá-lo, como entendeu na hora, à identidade de Salom Italia. Foi justamente na sinagoga, durante uma das últimas orações da manhã (o *mussaf* com o qual se recorda aos judeus os sacrifícios que se realizavam no Templo), quando, mergulhado na prece, baixou a vista, e o que viu o fez perder o fio das palavras. Do outro lado do corredor central, na mesma fila onde ele orava, havia uma bota sobre a qual refulgia um ponto amarelo que só podia ser um pingo de tinta. Lentamente, sem parar de mover os lábios vazios de palavras, começou a subir pelo físico do homem calçado com aquela bota e, por fim, encontrou um rosto desconhecido. O homem, alguns anos mais velho que ele, usava barba e bigode recortados à moda atual e, sob o *talit* das orações, uma camisa de malha muito fina, sem dúvida bem cara. Aquele homem podia ser qualquer coisa menos um pobre pintor de paredes dono de um único par de botas. Aquela mancha tinha de ser um respingo de pigmento diluído em óleo.

A conclusão da cerimônia matinal o surpreendeu em pleno estado de excitação com o que já pressentia ser uma descoberta incontestável, capaz de levá-lo à resolução de suas dúvidas e temores. Sem esperar seus pais e o avô (Amós frequentava, havia alguns meses, o culto que reunia os enfadonhos e formais alemães numa pequena sala transformada em sinagoga) e sem olhar para o balcão ocupado pelas mulheres onde estava sua amada Mariam, o jovem saiu do templo despojando-se do quipá e do *talit* e, com a habilidade já adquirida, postou-se atrás de uma banca de vendedores de verduras e frutas da estação para ali esperar a saída do homem da bota manchada. Quem era aquele personagem? Por que nunca o vira?

Antes que a maioria dos fiéis deixasse a sinagoga, o desconhecido, depois de trocar o quipá ritual por um elegante chapéu de feltro bege, chegou à rua e, com uma pressa evidente, começou a atravessar a Visserplein em direção à pracinha Meijer. A uma distância que considerava prudente para não ser descoberto, mas segura para não perder sua presa, Elias Ambrosius o seguiu e atravessou atrás dele a nova e larga ponte de Blauwbrug sobre o Amstel e, depois de cruzar o Botermarkt, quase não se surpreendeu quando viu seu perseguido procurando algo nos bolsos até extrair uma chave com que abriu a porta de uma das casas localizadas na Reguliersdwarsstraat, bem perto da margem norte do Herengracht, o canal dos Senhores.

Dois dias depois, Elias Ambrosius já dispunha de toda a informação necessária para confirmar como uma furtiva gota de tinta fora suficiente para coroar seus esforços de vários meses e revelar-lhe um dos segredos mais bem guardados da cidade dos segredos. O morador da casa nas imediações do Herengracht dizia chamar-se Davide da Mantova, e era (conforme aqueles que o conheciam) tataraneto de sefaradis espanhóis, embora natural daquela cidade do norte da Itália, aonde viajava com frequência e por longas temporadas. Em Mantova o homem mantinha contatos comerciais com a comunidade judaica veneziana, graças à qual importava para Amsterdã espelhos, vidros, vasos e miçangas de alta qualidade, que saíam das famosas fábricas da lagoa de Veneza, com os fartos lucros que era possível inferir e, mais, constatar pela roupa que usava e o porte da mansão onde habitava. Por sua posição econômica e pelas particularidades de seu negócio, Davide da Mantova – como já imaginava o jovem Elias –, quando estava em Amsterdã, circulava entre os sefaradis abastados e os poderosos burgueses locais, cujas portas sempre estavam abertas para aquele fornecedor de maravilhas exclusivas.

Elias Ambrosius não tinha mais nenhuma dúvida: aquele homem só podia ser Salom Italia, e se até então não tinha conseguido encontrá-lo era porque sua presença na cidade costumava ser esporádica, pois passava a maior parte do tempo na Itália. Mas a identificação só resolvia parte do problema, pois ficava pendente o essencial: como iria abordar o homem, revelar-lhe que conhecia seu segredo e, sobretudo, como fazê-lo falar de sua vocação oculta? Os possíveis caminhos que ele conhecia para uma aproximação com Davide da Mantova já se haviam mostrado intransitáveis: nem o *chacham* Ben Israel, nem Isaac Pinto, nem o Mestre trairiam a confiança do homem e, para ser justo, seria mesquinho pedir-lhes tal infidelidade quando devia àquelas pessoas a preservação de seu próprio segredo, tão similar ao de Salom Italia.

Sentir que estava diante de um arcano inacessível mas tão necessário de penetrar para acalmar seus próprios desassossegos fez Elias Ambrosius sentir todo o peso de sua vida dupla, cheia de silêncios, ocultamentos e até mentiras, uma máscara que vinha arrastando desde que tomara a decisão de dar vazão à sua vocação proibida. Várias vezes, enquanto seguia pela cidade o suposto pintor judeu, movendo-se como uma sombra de outro mundo, tentara imaginar como aquele Davide da Mantova levaria sua existência, sempre preocupado em não abrir o manto de sua intimidade mais do que o recomendável, mostrando aos outros apenas a metade iluminada de seu rosto, limitando suas satisfações artísticas a um círculo de cúmplices comprometidos com o silêncio – talvez a pior condenação para o artista. Perguntava-se se os pais dele, lá na Itália, ou a mulher, ali em Amsterdã, participavam do esquema ou estariam, como o avô Benjamim, seus próprios pais e sua amada Mariam, perguntando-se pelo destino e pela origem das estranhas atitudes de um ser ao mesmo tempo próximo e desconhecido, um neto, filho, namorado de quem nem sequer sabiam que passava cada minuto de sua existência assediado pelo temor aos homens e pela dúvida mais transcendente.

Foi quando Elias Ambrosius chegou a se perguntar se valia a pena viver nessas condições: se aquilo era o melhor para seus entes queridos e para ele, se a duplicidade permanente representava a única opção que seu tempo, sua raça e sua vocação lhe permitiam ou se haveria alguma saída que não levasse ao desastre. Talvez o mais recomendável, chegara a pensar, seria esquecer aqueles devaneios que, afinal, ainda não o conduziram a nada e, enquanto tinha tempo de evitar maiores desgraças, fabricar uma vida comum, mas sem sobressaltos, em que pudesse se abrir de corpo e sobretudo de alma para os outros. Assim atravessaria uma existência sem medos (sempre o maldito medo), embora sem ambições nem sonhos, e deslizaria sobre o fragor de dias cada vez mais iguais, sem voltar a sentir o desejo excitante, nascido do fundo mais insondável de seu ser, de pegar um carvão ou um pincel e enfrentar o desafio supremo de pretender eternizar o olhar de felicidade de uma jovem amante, a paz de uma paisagem gentil, a força de Sansão ou a fé de Tobit, tal como as mostrava sua imaginação desenfreada, tal como o Mestre as havia plasmado. Uma vida comum de homem comum que poderia até ser melhor.

Uma noite, quando a ansiedade doentia de penetrar o mundo de seu perseguido o manteve observando as janelas da casa da Reguliersdwarsstraat até se apagar a última vela da casa, o jovem, enquanto avaliava suas lacerantes alternativas, descobriu que o problema não era saber como pensava e vivia Salom Italia ou Davide da Mantova: o problema era descobrir como queria ou podia fazê-lo Elias Ambrosius Montalbo de Ávila.

"Solte essa vassoura de merda. Pegue a paleta quadrada... pegue esses pincéis... Ande, vamos trabalhar!"

Elias Ambrosius sentiu suas pernas fraquejarem, a voz abandoná-lo, o fôlego lhe escapar da alma até deixá-lo inerte. Mas também descobriu que uma força sobre-humana e desconhecida vinha em seu auxílio para permitir-lhe obedecer à ordem que esperava havia quase três anos: o Mestre o convocava para pintar! Aonde foram parar, naquele instante, as dúvidas e até a certeza de deixar de lado seu devaneio juvenil que o haviam perseguido nas últimas semanas, dedicadas a seguir os rastros do enigma de Salom Italia? Não conseguiu sequer formular a pergunta, porque a única resposta que podia dar naquele instante, a única que realmente desejava dar, foi a que afinal saiu de seus lábios: "Estou pronto, Mestre".

O pintor, com o boné branco que usava para prender seus cachos quando trabalhava, sentou-se numa banqueta diante da qual havia duas pequenas telas imprimadas. De lá observou o jovem, de paleta e pincel na mão, e sorriu. Deixou seu próprio pincel e sua paleta em cima da banqueta para ir buscar o avental que estava pendurado num prego. "Venha", disse, e Elias abaixou a cabeça para que o outro lhe pusesse o pano protetor, manchado de mil cores, com um gesto que parecia o de quem colocava uma condecoração militar.

"Ponha ocre, amarelo, vermelho, branco e marrom na sua paleta. Com essas cores Apeles pôde pintar Alexandre pegando um raio com a mão diante do templo de Ártemis. Com essas cores se pode pintar tudo", disse o Mestre e, depois de lhe mostrar os potes de porcelana com os pigmentos já diluídos, virou-se para a tela e a observou, interrogando. Elias, em silêncio, esperou alguma nova ordem, e só então teve lucidez suficiente para vencer o estupor e se perguntar o que iam pintar. Olhou em volta e percebeu a intenção do Mestre: pela localização dos espelhos, a disposição dos cavaletes e o ângulo no qual o pintor se colocara em relação à luz que provinha das janelas, o objeto a trabalhar não podia ser outro senão o próprio Mestre.

"Não tenho nenhuma encomenda a entregar", quase sussurrou o pintor, sem parar de olhar para a tela. "E hoje perdi minha melhor modelo... tive que mandar embora Emely Kerk porque a peguei fornicando com um dos alunos... você deve saber quem. E como não posso prescindir dos florins que o pai desse aprendiz me paga... Aquela puta."

Por fim Elias Ambrosius teve uma explicação para a insólita amabilidade com que, minutos antes, fora recebido pela senhora Dircx, que estava brincando com o pequeno Titus na cozinha. De algum modo, a velha leoa dera um jeito de tirar do jogo a jovem pretendente.

"Está pronto de verdade?", perguntou-lhe o Mestre, indicando a outra banqueta com o cabo do pincel, em frente à segunda tela. Dessa vez, Elias não demorou a responder: "Acho que estive esperando este momento por toda minha vida, Mestre". "E já sabe por que está disposto a arriscar tudo e se provar como pintor?" "Sim, já sei... Porque..." O outro levantou o pincel, pedindo que parasse. "Isso só é importante para você. E não se preocupe se a resposta lhe parecer muito simples. A minha é simplíssima. Se eu tivesse continuado a estudar medicina na universidade, talvez agora fosse rico e vivesse tranquilo. Hoje estou cheio de problemas, mas não me arrependo de minha resposta." Elias Ambrosius assentiu. Poderia haver algo mais elementar do que querer pintar porque se tem necessidade, uma necessidade incorruptível, capaz de fazê-lo enfrentar todas as dificuldades e riscos? "Há poucas semanas descobri quem é o homem que pintou o rolo da rainha Ester", disse então Elias, também porque necessitava. "Sei como se chama o tal Salom Italia, onde mora, o que faz..." "E não terá cometido a tolice de querer falar com ele, não é?" "Não, não soube como... Mas, por que tolice?" O Mestre suspirou e observou a tela desafiadora que o esperava. "Porque você não tem o direito de violar a intimidade dele, como outros não têm o de violar a sua. Além do mais, o que ele lhe dissesse teria sido a resposta dele, não a sua." "O senhor tem razão. Depois de seguir esse homem durante vários dias, pensei em não voltar mais ao ateliê, esquecer tudo isto", fez um gesto com o pincel para indicar o entorno: um gesto copiado do Mestre. "Mas sei que isso é impossível... ao menos agora. Muito menos agora."

O Mestre assentiu, ainda olhando para a tela imprimada em cor de terra à sua frente. "Você não sabe como me dói o que aconteceu com Emely. Mas melhor para você: graças a ela, hoje você vai pintar comigo." "Que alegria, Mestre", disse Elias, e imediatamente teve vontade de morder sua maldita língua. Mas o outro não pareceu ter ouvido, talvez absorto em seus pensamentos. "Antes de molhar o pincel, você precisa ter uma ideia de aonde quer chegar, mesmo sem saber como vai fazê-lo. Eu hoje gostaria de chegar à tristeza que há na alma de um homem de quarenta anos. Queria descobri-la, porque é uma tristeza nova. A dor e a tristeza não são iguais, sabia? Tenho muita experiência com a dor, assim como com a ira, o desengano, a frustração... e também com o gozo do sucesso, mesmo que os outros não o tenham entendido e estejam me deixando à margem. O que não é estranho... Mas a tristeza é um sentimento profundo, muito pessoal. A alegria e a dor, a surpresa e a ira são exultantes, mudam o rosto, o olhar... mas a tristeza nos marca por dentro. Onde você acha que se pode encontrar a tristeza?" Elias Ambrosius imediatamente respondeu, satisfeito com sua sagacidade: "Nos olhos. Tudo está nos olhos". O Mestre negou com a cabeça. "Você ainda acha que sabe algo? Não, a tristeza não. A tristeza está além dos olhos. É preciso chegar ao pensamento, à alma do homem, para vê-la, e falar com essas profundezas e tentar refleti-la..." O Mestre molhou o pincel no pigmento amarelo e passou a marcar as linhas do que logo depois começou a ser uma cabeça. "Por isso pouquíssimos homens conseguiram retratar a tristeza. Um homem triste nunca olharia para o espectador. Procuraria algo que está além de quem o observa, um vestígio remoto, perdido na distância e ao mesmo tempo dentro de si mesmo. Nunca olharia para cima, buscando uma esperança; tampouco para baixo, como alguém envergonhado ou temeroso. Deve ter um olhar fixo no insondável. Com o rosto ligeiramente inclinado para dentro, uma luz não muito brilhante na face voltada para o espectador, as pálpebras bem visíveis. Para que o rosto sobressaia e você possa concentrar a força nele, o melhor sempre foi um fundo marrom escuro, mas nunca preto: a profundidade da atmosfera corresponderia à profundidade dos sentimentos, os reiteraria e acabaria com seu mistério. Diga-me, rapaz, você se sente capaz de pintar minha tristeza?" "Vou tentar, com sua licença..."

E Elias molhou o pincel no mesmo amarelo mate utilizado pelo Mestre e encostou o pelo úmido na tela para fazê-lo correr para baixo, com suavidade, marcando o primeiro corte de um rosto. Então, olhou para o espelho colocado à sua frente, onde se refletiam, ligeiramente de lado, a cabeça e o torso do Mestre. Observou a forma tão conhecida do rosto, seus traços distintivos – o nariz de batata, a boca quase carnuda, os ângulos fugazes do queixo um pouco inclinado –, avaliou o peso do boné branco e dos cachos avermelhados caídos sobre as orelhas e parou nos olhos, naquele olhar de um homem que tantas vezes havia tocado o céu, cuja fama corria pelas capitais da Europa, a quem o estatuder de Haia, depois de tê-lo ofendido, voltara atrás e aceitara pagar uma fortuna por duas obras que só aquele homem era capaz de fazer com a mestria sonhada, o mesmo homem que, naquele instante, decidia se autorretratar e se oferecer a um pupilo para, juntos, tentarem caçar sua tristeza por ter perdido algo tão mundano e, para alguém de sua posição, tão fácil de substituir como uma amante jovem e bela.

Com aqueles olhos Elias Ambrosius Montalbo de Ávila estava abrindo caminho para seu paraíso ou seu inferno, mas com certeza o lugar luminoso aonde, com toda sua alma e consciência, queria chegar.

"Sim, isto é o sagrado", pensou quando sentiu, depois de uma breve resistência no hímen, seu corpo deslizar para dentro das entranhas de Mariam Roca. Ela, depois da ruptura, que provocou o incômodo de uma dor sobre a qual já estava alertada, abriu os olhos, respirou fundo, enquanto devorava para suas entranhas o pênis circuncidado que ocupava com ambição seu espaço propício de mulher, dando à vida seu maior sentido. O movimento imprevisível mas visceral dos quadris dos amantes inexperientes ganhou ritmo e fez com que o ajuste fosse completo, e depois, impulsionado por um moinho descontrolado, vertiginoso, devorador, e mais vertiginoso ainda, e depois lento, lento, lento... Até que, adestrado pelas leituras bíblicas, Elias Ambrosius teve a lucidez suficiente para executar a estratégia de Onan e se desconectar, ejaculando suas sementes fora do poço da jovem. Sabia que antes de entregar-se ao gozo pleno seria preciso quebrar as taças para recordar as cerimônias matrimoniais celebradas por seus antepassados no demolido Templo de Jerusalém. Por enquanto, tinha de se conformar desfrutando aquela revelação do sagrado sem pretender eternizá-la com o milagre da procriação.

3

Nova Jerusalém, ano 5407 da criação do mundo, 1647 da era comum

Está escrito: a imortalidade é um privilégio supremo do qual só alguns escolhidos gozarão. Armadas com a paciência do tempo incomensurável, as almas desses afortunados devem esperar no *sheol*, um território intangível, estendido como um veio d'água sob o mundo habitado pelos vivos. Ali repousarão até o advento do Messias e o dia do Juízo, quando se dará a provável, somente provável, ressurreição de seus corpos e almas, decidida, por fim, pelo arbítrio divino. Dos muitos seres que já passaram pela face da Terra, os habitantes do *sheol* serão os únicos escolhidos a participar desse último momento. Entre eles estarão os homens e mulheres que foram piedosos em vida, as crianças mortas na inocência, os caídos em combate defendendo os direitos e a Lei do Santíssimo e de seu povo eleito. Elias Ambrosius guardava uma imagem muito pessoal da apoteose que viria depois da passagem das almas pelo *sheol*. Ele a recebera de seu avô, Benjamim Montalbo de Ávila, no dia de sua iniciação na vida adulta e na responsabilidade, celebrada na sinagoga e oficiada pelo ainda rabino Menasseh Ben Israel. "Estou muito feliz por você", dissera o velho depois de ajeitar a posição do quipá em seu crânio e de beijá-lo nas duas faces. "Você é afortunado por ter nascido no tempo e no lugar mais apropriado com que um judeu pôde sonhar desde que deixamos nossa terra e fomos para o exílio. Vai descobrir por si mesmo que viver nesta cidade é um privilégio, que Amsterdã é *Makom*, o bom lugar. Mas nunca esqueça: existe um lugar onde se está muito melhor. Só o Messias pode nos levar para lá, quando convocar os vivos e os mortos e abrir as portas de Jerusalém. Por isso, devemos propiciar a chegada do Ungido com nossos pensamentos e atos, para poder desfrutar desse mundo maravilhoso onde sempre há luz, nunca faz frio, jamais se sente fome nem dor, e muito menos medo, porque afinal não haverá nada a temer. Temos de lutar por esse lugar onde se está tão bem, o Éden que Adão conheceu antes da queda, enquanto permanecemos neste outro que, em se tratando de *Makom*, temos de reconhecer, meu filho, não é nada ruim."

As palavras do avô Benjamim e as doces imagens que evocaram na imaginação de Elias Ambrosius ficaram em sua mente para tornar menos doloroso o momento de ter de assistir ao corpo do ancião, envolto no primeiro *talit* que usara ao chegar a Amsterdã e se iniciar na fé de seus antepassados, perdendo-se nas profundezas da cova em direção aos domínios do *sheol*, para onde devia ir, com toda justiça, aquele homem piedoso e lutador. Enquanto o *chacham* Ben Israel recitava as orações rituais que convocavam à ressurreição, Elias Ambrosius tampouco podia deixar de se indagar, preocupado com a sorte do avô, se as notícias que provinham dos limites orientais do Mediterrâneo (às quais seu ceticismo até então não lhe permitira dar muita atenção) sobre as aventuras por aquelas paragens de um autoproclamado Messias fazedor de milagres e que tanta expectativa estava despertando entre os judeus do mundo inteiro, teriam algum fundamento e permitiriam, quem sabe, o melhor dos reencontros, no melhor dos lugares, com aquele homem de coração compreensivo, a pessoa que mais havia amado na vida até sua virilidade ser conquistada por Mariam Roca.

A morte do avô Benjamim surpreendeu a todos, embora já fosse esperada. Com 78 anos, o ancião vivera muito mais que a maioria de seus contemporâneos ("Quase tanto quanto um patriarca bíblico", dizia ele mesmo, sorridente, quando falava de sua idade exagerada), mas, nos últimos tempos, sua figura fora se consumindo num ritmo visível, embora sem dores nem perda da inteligência. Na tarde da sexta-feira em que os deixaria pedira até que o ajudassem a se assear e o sentassem na sala da casa para assistir à cerimônia das velas do Shabat e, como verdadeiro patriarca do lar, dar as boas-vindas àquele dia feliz, dedicado ao Senhor e à celebração da liberdade dos homens. Mas, quando a mesa estava servida, as velas acesas e as sombras da noite permitiram ver o brilho dos primeiros luzeiros no firmamento que anunciavam a vitoriosa chegada do dia esperado, a saudação que Benjamim Montalbo de Ávila ("Shabat Shalom!") devia pronunciar não foi ouvida por seus filhos e netos. Exatamente como uma estrela da órbita celeste, assim se apagou a vida do avô.

Na pequena mesa onde o velho, nos tempos em que ainda estava muito longe de ser velho, costumava escrever, estudar os textos sagrados e ler os livros que tanto o entusiasmavam, seu filho Abraão Montalbo encontrou o papel timbrado onde o homem, previdente, escrevera semanas antes sua última vontade. Ninguém na casa se surpreendeu ao ver que determinava ali cada detalhe de seu funeral, escrevia algum conselho muito bem pensado para cada membro da família e legava os únicos bens materiais de valor acumulados ao longo da vida ao neto Elias Ambrosius: porque seriam dele aquela escrivaninha e seus livros. Só quando recebeu a notícia da herança o jovem finalmente pôde chorar as lágrimas que pareciam haver secado. Mais tarde, sentado atrás da bela escrivaninha, acariciando as lombadas e capas de couro dos prodigiosos volumes que já lhe pertenciam, Elias descobriu que vários deles pareciam mais gastos pelo intenso manuseio ao qual o dono devia tê-los submetido. Entre os mais surrados estavam, naturalmente, duas obras de Maimônides, o pensador favorito de Benjamim Montalbo, e os *Diálogos de amor* de Leão Hebreu, mas também vários autores modernos, nada relacionados com a fé ou a religião, como o tal de Miguel de Cervantes, autor de um volumoso romance intitulado *O engenhoso fidalgo dom Quixote de la Mancha*, e um outro chamado Inca Garcilaso de la Vega (a propósito, tradutor dos *Diálogos* ao castelhano), autor de *La Florida del inca*, crônica das tentativas frustradas de conquista daquele território do Novo Mundo onde, diziam, estava localizada a Fonte da Eterna Juventude. O contato físico com aqueles livros, destinados a manter o avô em contato com as terras da idolatria de onde fugira para recuperar sua fé, mas cujas língua e cultura amava como próprias, fez Elias entender a dimensão real do conflito em que havia vivido aquele ser humano insondável: o litígio travado em seu espírito entre o pertencimento a uma fé, uma cultura e tradições milenares a que se sentia ligado por via sanguínea; e a afinidade com uma paisagem, uma língua, uma literatura nas quais viveram várias gerações dos seus antepassados, chegados à península junto com os berberes do deserto num tempo remoto, nas quais ele passara os primeiros 33 de vida e a cujos eflúvios nunca pôde nem quis renunciar (como não havia renunciado ao grão-de-bico, ao arroz e, sempre que podia, ao luxo de molhar o pão em azeite de oliva). Não, nunca pôde nem quis renunciar a esse pertencimento, mesmo tendo vivido no *Makom* e conhecido os preceitos dos rabinos destinados a liquidar todas aquelas perigosas afinidades com o passado e o que eles consideravam ciladas da idolatria.

Ao longo dos sete dias de observância da *shivá*, confinado em casa com seus pais e o irmão, como estipulava o ritual, Elias Ambrosius chegou à conclusão de que havia cometido uma terrível mesquinharia por não ter compartilhado com o avô seus desassossegos e decisões. Mais do que ninguém no mundo, Benjamim Montalbo teria condições de compreendê-lo: porque era seu avô e o amava, porque entendia muito de segredos e porque havia vivido tantos anos com a alma dividida. Talvez o ancião se maravilhasse com os progressos do jovem e até lhe pedisse uma das telas que, enroladas ou dobradas, ele escondia agora num baú na casa do Mestre. Talvez o avô a abrisse ali, em frente à mesa onde se deleitava escrevendo com sua pena, um canto onde viajava com seus livros e onde, ao sentir o chamado da morte, deixara seu testamento.

Nos últimos dois anos, vividos por Elias numa vertigem de sensações avassaladoras, de aprendizados e realizações cada vez menos rudimentares, o jovem pensara muitas vezes na possibilidade de abrir o baú físico e mental de seus segredos para o velho. Naturalmente, ele era o único da família com quem falara da beleza que o Mestre era capaz de criar e da reação obtusa dos compradores de quadros, que o consideravam um violador de preceitos, e não um desbravador de caminhos inexplorados. Também fora o primeiro a quem comunicara sua decisão de assumir um compromisso formal com Mariam Roca, e então obtivera a resposta mais lógica e sincera por parte do ancião: "Morro de inveja, meu filho". Mas, em compensação, nunca tivera coragem de atravessar a fronteira de seus medos e lhe contar de suas aspirações de aprendiz de pintor e dos momentos de júbilo vividos com o pincel que o Mestre lhe entregara: momentos como os que dedicara a pintar o busto do querido velho em uma tela.

Porque naqueles dois anos Elias Ambrosius tivera outras oportunidades de praticar suas supostas habilidades seguindo as orientações e ordens do Mestre, dadas especificamente a ele ou obtidas como benefício coletivo durante algum trabalho em conjunto com o resto dos discípulos. Além de receber a responsabilidade de imprimar telas para se familiarizar com a criação dos fundos terrosos que o artista tanto utilizava, Elias passara pelo aprendizado de pintar alguns dos objetos e obras coletados pelo homem – uma concha marinha com suas espirais, um busto de imperador romano, uma mão esculpida em mármore, além de copiar desenhos de outros autores e temáticas –, que, como vários modelos vivos, inclusive nus, serviram como exercícios didáticos com os quais os conselhos do Mestre foram perfilando e assentando as inegáveis habilidades do jovem. Enquanto isso, na água-furtada da casa e no galpão campestre, Elias Ambrosius tentara pôr esses conhecimentos em prática e fizera vários autorretratos, esboçara paisagens, copiara objetos (sempre ouvindo em sua mente as palavras do pintor) e, num rompante de ousadia, tomara a decisão de contar a Mariam Roca seu segredo incandescente, pois desejava, mais que qualquer outra coisa no mundo, fazer um retrato ao natural de sua noiva e amante.

A surpresa da moça ao ouvir a confissão de Elias fora tão evidente como deveria e teria de ser. Passaram vários dias falando sobre o assunto, e o jovem teve de esgrimir os numerosos argumentos que acumulara naqueles anos para justificar um ato que muitos poderiam considerar herético. Quando se travava a discussão e ele perdia as esperanças de convencer Mariam de que fazer o que fazia era um direito seu como indivíduo, chegando até a temer que a jovem pudesse delatá-lo, Elias se consolava pensando que mais cedo ou mais tarde teria de fazer aquela confissão – e correr os riscos implícitos – à pessoa com quem pretendia partilhar todos os dias de sua vida. Por isso, quando Mariam, aparentemente mais tolerante com a ideia, aceitara servir de modelo, com a condição de que sua decisão também fosse secreta, Elias entendeu que obtivera uma importante vitória e preferiu não perguntar à jovem se essa aceitação se limitava à sua função de modelo ou também incluía o exercício da pintura por seu pretendente.

O primeiro retrato de Mariam, encostada na janela do galpão e inclinada em direção ao espectador, na verdade fora um doloroso exercício de cópia do maravilhoso retrato que o Mestre fizera alguns anos antes, com uma composição similar, da bela Emely Kerk. As dificuldades apresentadas pela luz, pela anatomia ou pela proporção foram superadas com certa facilidade pelo jovem, que já aprendera muito sobre esses elementos. O uso das cores para criar a carne e o cabelo, recortados contra um fundo escuro, fora quase fácil depois de ter visto serem pintados tanta carne e tanto fundo, e depois de tê-los pintado a duas mãos com seus companheiros e até com o Mestre. Mais complicado fora conseguir uma semelhança razoável, fixar a beleza da mulher, mas, em determinado momento, com muito esforço, julgara ter conseguido, e Mariam, olhando-se num espelho, confirmara. Mas o que mais buscava e, no entanto, permanecia esquivo e intangível para suas capacidades de retratista era a alma da jovem. Se física e amorosamente pudera tomar posse de cada sentimento e pensamento da moça, ao tentar colocar seu espírito numa pequena tela descobrira sua imperícia e sua limitação para refletir a expressão daquele rosto no qual Elias podia ver a vitalidade e o desassossego, a dúvida e o amor, o prazer do risco e o temor que isso lhe provocava. Mas não conseguia captá-los. Movido pelo fracasso, Elias refizera seus propósitos. Começara a trabalhar num segundo retrato, então, uma obra sua em todos os sentidos. Colocara Mariam num complicado perfil no qual seu rosto se voltava, formando uma delicada diagonal para baixo com a linha do pescoço, enquanto os olhos, visíveis, dirigiam-se a um ponto impreciso situado na borda inferior da tela. Nesse instante percebeu que – como o Mestre dissera um dia, e como não podia deixar de ser – toda a humanidade daquela transposição estava no desafio dos olhos. Pensou que fracassara antes devido ao empenho de representar a jovem com o olhar dirigido para a frente, numa expressão direta, explícita, protagonista. E o que a melhor representação de Mariam na verdade exigia era um mistério. Então, pedira à garota que, sem olhar para ele, falasse com os olhos, como se sussurrasse algo em seu ouvido. Com esmero, em várias sessões de trabalho, fora delineando as sobrancelhas, as pálpebras, as pupilas e a íris daquele olhar, esquivando-se do evidente e procurando o insondável. E quando julgou ter refletido o olhar, deixou que o pincel estabelecesse seu próprio diálogo com o resto dos detalhes do rosto, para tornar verossímil o milagre do entendimento de uma sugestão... A tarde de domingo em que fez essa descoberta e se concentrou no combate de realizá-la foi um dos momentos mais plenos da vida de Elias Ambrosius Montalbo de Ávila, pois teve a sensação de estar descobrindo outra vez o que era o sagrado. Porque ali estava, palpitando, em um pequeno pedaço de tela manchado com pigmentos, uma mulher que, em sua quietude forçada, oferecia uma ilusão de vida.

Como havia sido possível que seus temores o houvessem impedido de mostrar ao avô Benjamim Montalbo aquele pequeno retrato no qual conseguira capturar o evanescente e abrir as poderosas portas da criação? O velho – só agora que estava morto Elias tinha essa convicção – não apenas o compreenderia, mas o incentivaria: porque aquele homem não era sensível a nada mais que ao desejo e à vontade humana de conquistar um objetivo, apesar de todos os pesares. E naquela tela estavam a ambição de um homem e a vontade de atingir seus objetivos, das quais o Criador o dotara.

Elias acabaria se consolando com a ideia de que, se fosse mesmo verdade que pelas terras dos turcos, dos persas e dos egípcios o Messias andava anunciando seu advento (parecia vagar ao mesmo tempo por todas aquelas regiões, a julgar pelos múltiplos ecos de sua peregrinação, e até de seus milagres, que chegavam a Amsterdã), talvez dentro de pouco tempo ele, Elias Ambrosius Montalbo de Ávila, pudesse encontrar o avô e, em meio à apoteose do Juízo Final, pedir-lhe perdão por essa falta de confiança. Porque esse era o verdadeiro pecado do qual devia se arrepender perante os olhos de Deus e a memória e o espírito de um homem piedoso. E esperava obter o perdão dos dois.

Amsterdã fervilhava, e também o coração de Elias Ambrosius. Algumas semanas depois do enterro do avô Benjamim, a notícia do falecimento, em Haia, do estatuder Frederik Hendrik de Nassau, que seria sucedido em sua dignidade por seu filho Guilherme, aumentou a expectativa em que já viviam os habitantes da cidade pela, diziam todos, até então iminente assinatura de um tratado de paz entre o falecido estatuder e a Coroa da Espanha. Essa paz, que poderia acabar com um século de guerras e deveria consolidar a independência da República das Províncias Unidas do Norte, adviria como um merecido prêmio a uma ardorosa resistência dos habitantes do país, mas, principalmente, como resultado de seu êxito econômico, tão contrastante com o estado crítico das finanças do Império espanhol, já incapaz, como todos sabiam, de manter por mais tempo seus exércitos numa luta perdida no mar e insustentável nos pântanos e nos invernos daquele território inóspito. Mas o júbilo que esse esperado desenlace político e militar provocava começou a se dissipar, arrastado pelo perigo maior da ascensão ao poder de Guilherme de Nassau, cujas aspirações monárquicas eram amplamente conhecidas e, com elas, sua oposição ao sistema republicano e federativo ao qual os cidadãos atribuíam todo seu sucesso mercantil, político, social e até militar. Graças à bonança econômica, a República conseguira financiar os exércitos de terra, compostos em sua imensa maioria não por burgueses de Amsterdã, nobres de Haia ou sábios de Leiden, mas, sobretudo, por mercenários e senhores da guerra provenientes de toda a Europa, para lutar em troca de uma boa quantidade de saudáveis florins. Só o regime republicano, também pensavam e diziam, havia permitido no país a ascensão econômica de uma grande massa de mercadores, geradores de riquezas, estimulados em seus empenhos pelo fato de haverem se libertado do peso de uma corte, uma nobreza e uma burocracia parasitas como as que sangravam a Espanha. E agora, quando pareciam estar tão perto da vitória militar e política, Guilherme de Nassau podia destruir esse equilíbrio social graças ao qual muitos cidadãos conquistaram uma vida melhor, com os amáveis benefícios da liberdade – que em breve, como colofão, também seria política, caso o novo estatuder assinasse a paz com os espanhóis.

Se Elias Ambrosius estava bem informado sobre os meandros da coisa pública de seu país, isso não se devia à sua sagacidade, mas à privilegiada localização de seus ouvidos e sua mente, que, pelas responsabilidades e faculdades que agora desfrutava no ateliê e na casa do Mestre, lhe permitiam ser testemunha (muda, no caso) de algumas das apaixonadas conversas entre o pintor e muitos de seus amigos, mas especialmente o jovem burguês Jan Six.

Desde o ano anterior, quando fora à casa do Mestre para negociar a confecção de um retrato, Jan Six começara a estabelecer uma relação com o pintor que muito brevemente ultrapassara os fugazes e pragmáticos limites de uma encomenda pictórica. Uma corrente de mútua simpatia, que no caso de Six corria pelos atalhos de suas aspirações artísticas, pois se apresentava como poeta e dramaturgo, e no do Mestre pelos de sua vocação mercantil e por sua eterna necessidade de dinheiro, atraíra aqueles dois homens, separados por mais de dez anos de idade e pela fortuna de um e as eternas urgências econômicas do outro. Além do mais, a corrente de afinidade teve como sedimento a inclinação comum pelo colecionismo, que faria de Six, comprador compulsivo de arte, um deslumbrado admirador dos quadros, livros de gravuras e muitíssimos e insólitos objetos entesourados pelo Mestre.

Apesar da pouca idade, Jan Six já detinha o cargo de burgomestre auxiliar e atuava como um dos magistrados da cidade, graças à circunstância de pertencer a uma das mais abastadas famílias de Amsterdã. Os Six eram donos de uma residência na exclusiva Kloveniersburgwal, a chamada Casa da Águia Azul, contígua à famosa Casa de Cristal, propriedade do riquíssimo fabricante de espelhos e lentes Floris Soop, e a metros do luxuoso edifício das milícias cidadãs onde estava exposta a grande obra do Mestre, que, assim como em Elias Ambrosius, também havia provocado no jovem Six uma profunda comoção e gerado uma compacta admiração por seu criador.

Desde os primeiros ensaios e estudos do possível retrato de Jan Six, o jovem judeu, por diversas razões, ficara perto do Mestre o suficiente para acompanhar um estranho processo criativo que, dois anos depois, ainda não havia produzido o grande retrato que a princípio Six pretendia ter como alimento do próprio ego e de sua coleção, e que o Mestre desejava realizar, por óbvias razões monetárias e de revalorização de seu trabalho no mundo dos grandes burgueses da cidade. Às vezes como um dentre os discípulos, outras vezes como ajudante do pintor, Elias assistira à elaboração de dois maravilhosos desenhos, feitos como esboços, com os quais o Mestre pretendia definir os gostos do cliente, a fim de satisfazê-los plenamente e evitar desagradáveis episódios como o de Andries de Graeff, que, caso se repetisse, seria devastador para seu já questionado prestígio como retratista.

O burgomestre recebera com absoluto entusiasmo um dos esboços. Não o que ressaltava sua condição de político e homem de ação, mas aquele em que aparecia como um jovem e belo escritor, armado de um manuscrito no qual concentrava sua atenção, com o corpo reclinado numa janela por onde entrava a luz destinada a iluminar o rosto, o manuscrito e parte do aposento, até cair sobre a poltrona onde repousavam outros livros. Aquele desenho dava a Jan Six a imagem de si mesmo que mais desejava mostrar aos outros. Ficara tão satisfeito que pedira ao Mestre uma coisa incomum: que em vez de pintá-lo a óleo fizesse uma água-forte com aquela imagem, para dispor, assim, de várias cópias às quais daria destinos diversos. E pagaria a água-forte pelo preço que se costumava dar a uma pintura a óleo.

Desse modo, primeiro como generoso cliente, depois como admirador bem recebido e logo como amigo, Jan Six se tornara uma presença habitual na casa e no ateliê do Mestre numa época em que o pintor vivia um momento de êxtase, pois meses antes conseguira contratar como preceptora de seu filho Titus a jovem Hendrickje Stoffels, menos bela, embora claramente mais inteligente, que Emely Kerk, e de família humilde como sua antecessora, que em pouco tempo levaria para o leito. E desfrutara tanto desse despertar de sua paixão de homem amadurecido que fizera para ela uma formosa e provocativa pintura sobre madeira, que intitulara exatamente assim, *Hendrickje Stoffels no leito*, na qual a jovem, seminua, sem outro adorno além de uma fita dourada no cabelo, levantava o cortinado do móvel com a mão esquerda e surgia para o observador, com o seio coberto pelo lençol e encostada num almofadão macio... no leito do Mestre.

A presença benéfica de Jan Six e de Hendrickje Stoffels haviam melhorado muito o ânimo do artista, que voltava a ser – pensou Elias – o homem que anos atrás, antes da morte da esposa, devia ter sido. Talvez até mais animado, porque, como proclamara, agora se sentia livre de condicionamentos artísticos e inclusive sociais, como demonstrava aquele quadro de Hendrickje em que ventilava publicamente e com orgulho sua relação amorosa com uma criada. O sentimento de autossatisfação se irradiava a todos que o cercavam – com exceção, naturalmente, da senhora Dircx, com quem vivia em guerra –, inclusive seus discípulos. A relação com Elias Ambrosius chegara ao ponto de ser calorosa e, graças a isso, o jovem pôde presenciar os diálogos com Jan Six, nos quais tanto aprendeu sobre a situação política da República. E, de modo paralelo, foi a condição que o levou a se tornar (favorecido pelo fato de que afinal lhe havia crescido a barba, um pouco rala, mas barba, afinal de contas) seu principal modelo para a grande obra a que o Mestre na época se entregaria com toda sua capacidade e rebeldia em punho: uma imagem da ceia de Cristo ressuscitado depois de seu encontro com seus discípulos no caminho para Emaús.

Suas cada vez mais visíveis e importantes responsabilidades no ateliê do Mestre (como em outros tempos ocorria com Carel Fabritius, agora era Elias quem sempre o acompanhava em suas expedições de compra e funcionava também como o mais frequente imprimador de telas), seus próprios progressos como pintor, o anúncio público de seu compromisso matrimonial com Mariam Roca e a promoção à categoria de operário na gráfica dirigida por seu pai enchiam de luzes brilhantes cada segundo da vida do jovem, mas, ao mesmo tempo, favoreciam a perigosa circunstância de que seu segredo estivesse mais exposto e pudesse ser revelado por pessoas capazes de complicar, e muito, sua existência.

Para a sorte dele, a atenção pública se concentrava nos grandes conflitos políticos em curso, que podiam trazer consequências imprevisíveis para os membros da nação; e em acontecimentos mais atraentes, como a publicação de um escandaloso opúsculo sobre a relação entre o Homem e o Divino, escrito e distribuído pelo jovem Baruch, filho de Miguel de Espinoza; ou os problemas materiais de alojamento provocados pela chegada cada vez mais numerosa de judeus paupérrimos do Oriente, verdadeira praga; ou os comentários (carregados de esperanças comerciais e familiares para muitos) sobre uma possível abertura dos portos espanhóis e portugueses ao comércio com Amsterdã. Mas, acima de tudo, a parte mais ativa e militante da comunidade judaica estava encantada com as notícias cada vez mais inquietantes geradas pelos atos do autoproclamado Messias, que agora parecia andar pela Palestina, nada mais, nada menos que a caminho de Jerusalém, anunciando a chegada do Juízo Final no próximo ano, 1648. Assim, era difícil que em Amsterdã alguém tivesse algum interesse especial na relação entre um pintor e um judeu, e Elias Ambrosius podia gozar do benefício das sombras entre as quais seu coração desfrutava de um espaço de paz.

O jovem Elias vivia num verdadeiro estado de êxtase desde que o Mestre o escolhera para trabalhar com ele naquela peça que, antes da primeira pincelada, já tinha o único título que podia ter, o mesmo que o pintor, tão vulnerável a suas obsessões, tão complacente para com elas, havia usado em outras ocasiões: *Os peregrinos de Emaús*. "Não me interessa o lado místico do relato, mas sim sua condição humana, que é inesgotável. Por isso volto sempre a essa passagem, até conseguir domesticá-la, senti-la como definitivamente minha", explicara-lhe o pintor na tarde em que, logo depois de o aprendiz chegar, comunicara-lhe sua decisão. "Há quase vinte anos essa cena me deixa obcecado. Na primeira vez que a pintei fiz de Cristo um espectro misterioso e do discípulo que o reconhece, um homem assombrado. Agora, quero pintar sujeitos comuns que têm o privilégio de ver o filho de Deus ressuscitado enquanto este executa a mais comum e a mais simbólica das ações: partir o pão, *um simples pão*, não o símbolo cósmico de que fala seu *chacham* Ben Israel", sublinhara. "Homens comuns, tomados de medo pelas perseguições que estão sofrendo, no instante em que sua fé é superada pelo maior dos milagres: a volta do mundo dos mortos. Mas, sobretudo, quero pintar um Jesus de carne e osso, um Jesus que voltou do além e caminhou como ser vivo com esses discípulos até Emaús, e tem de parecer tão humano e próximo como ninguém ainda o pintou. Mais vivo que o do grande Caravaggio, mas, ao mesmo tempo, dono de um poder. E esse Jesus que vou reproduzir como homem vivo vai ter seu rosto e sua figura."

Então o Mestre, para começar a cercar seu objetivo, havia proposto ao comovido Elias fazer uma experiência: pintaria a óleo um *tronie* do jovem judeu – aqueles bustos haviam sido a primeira especialidade do Mestre, nos remotos dias hesitantes em sua Leiden natal –, porque o que mais lhe interessava era obter uma expressão patente de humanidade no rosto divino. Mas – e aí deu o giro inesperado – eles o fariam a duas mãos. Enquanto ele pintava o retrato de Elias, Elias faria seu autorretrato, e juntos buscariam as profundezas carnais do homem marcado pela condição transcendente de ter retornado dos domínios da morte e estar numa breve passagem terrena, humana, antes de ir ocupar seu lugar ao lado do Pai.

O maior inconveniente que Elias imediatamente encontrara no tentador projeto que o fazia trabalhar ombro a ombro com o maior pintor da cidade e talvez do mundo conhecido era a ressonância pública que aquela peça teria, por ser obra do Mestre, e a presumível reação que provocaria entre os líderes religiosos da comunidade quando vissem que ele não apenas se prestara a servir de modelo para uma representação, mas que o fizera para a representação da maior das heresias. E de heresias reais ou assumidas como tais pareciam aqueles patriarcas estar fartos, cada dia mais intransigentes com as reações mundanas de uma comunidade cujo controle não podiam perder.

Foi, como sempre, seu antigo professor o homem escolhido para buscar clareza em seus pensamentos. Na noite em que Elias foi à casa dele, Raquel Abravanel, despenteada e resmungona, como era habitual, disse-lhe que o marido estava numa reunião do Mahamad, o conselho rabínico, e que se quisesse esperá-lo que o fizesse nos degraus da entrada, ao lado da *mezuzá*. E, como era habitual, fechou a porta.

A noite primaveril estava mais agradável que o normal para a época, e Elias quase nem pensou no desplante grosseiro da senhora Abravanel, que havia muito deixara de repetir a velha sentença sefaradi com a qual havia resumido seu sonho de grandeza: *"Chacham i merkader, alegria da muzer"* ("Professor e comerciante, alegria da mulher"). Como preceptor e ao mesmo tempo empresário criador de riquezas, seu marido se revelara o mais terminante dos fracassos, e Raquel Abravanel o culpava por todas as suas penúrias.

A fetidez das barcaças de excrementos que, como todo anoitecer, atravessavam o Binnen Amstel quase o expulsou dali, mas o júbilo e o temor em que o jovem vivia desde aquela tarde foram mais fortes. E não era para menos: ele próprio e seu rosto, felizmente já barbado, seriam objeto da arte do Mestre, o que o colocaria no plano da mais sublime imortalidade terrena, uma condição pela qual os mais ricos cidadãos de Amsterdã, inclusive Jan Six, tinham de pagar vários centenas de florins.

O *chacham* chegou quase às nove de uma noite que, com o passar dos minutos, fora esfriando. Desde os cumprimentos e as primeiras palavras trocadas, o jovem percebeu que o ânimo do erudito não era dos melhores. Já sentados na caótica sala de trabalho de Ben Israel, enquanto este servia as primeiras taças de vinho, Elias teve um resumo das conjunturas que deixavam o homem nervoso. "Para atemorizar as pessoas, esses rabinos são capazes de fazer qualquer coisa. Agora estão atrás da cabeça de Baruch, filho de Miguel de Espinoza. E ainda por cima vários deles, com Breslau e Montera à frente, dizem ter certeza de que os sinais que chegam do Cairo e de Jerusalém devem ser levados em conta. Que aquele louco que anda por lá bem pode ser o Messias!"

Já com a segunda taça de vinho na mão, o *chacham* Ben Israel por fim contou as últimas aventuras do iluminado que se apresentava como Messias. Tudo havia começado em Esmirna, onde o tal Sabbatai Zevi nascera e, muito precocemente, estudara a fundo os livros da cabala. Havia sido lá que, ébrio de misticismo ou de loucura – nas palavras de Ben Israel –, lançara-se pelo mais perigoso dos caminhos da heresia, disposto a desafiar todos os preceitos: diante da arca da sinagoga pronunciara o nome secreto e proibido de Deus, que se escreve mas não se diz. A reação dos rabinos de Esmirna havia sido imediata e lógica: excomungaram-no, como bem merecia. Mas Sabbatai tinha mais truques na manga: deixara sua cidade e fora para Salônica, onde começara sua pregação e, numa reunião de cabalistas, simulara a cerimônia de seu casamento com um rolo da Torá e se proclamara Messias. Também fora expulso a pontapés de Salônica, como era de se esperar. Mas aquele louco (diziam que era um homem bonito, alto, de cabelos cor de mel, olhos que mudavam de tonalidade como a pele dos lagartos, e dono de uma voz envolvente) acabara no Cairo, onde fora recebido na casa de um rico comerciante, local de encontro dos cabalistas da cidade. Ali, com seus discursos, convencera, e só o Santíssimo sabe como, os sábios e os potentados da urbe a lhe darem apoio e até dinheiro. A partir de então, ficara pregando em Jerusalém, aonde chegara precedido pela fama de seus atos, e se dedicara a distribuir esmolas, praticar a caridade e, diziam, fazer milagres. Todo aquele circo, opinava o *chacham*, bastante similar aos de outros "messias" que padecemos ("um deles com muitíssimo sucesso, você sabe qual"), entrara em sua etapa mais perigosa quando um tal de Nathan de Gaza, um jovem cabalista, diziam que possuidor de dons proféticos, anunciara que a enorme verdade havia sido revelada: Sabbatai Zevi era a reencarnação do sempre esperado profeta Elias, e sua chegada, coincidente com todas as desgraças sofridas pelos filhos de Israel nos últimos séculos ("como se sofrer desgraças fosse novo para nós"), constituía a confirmação definitiva do vindouro Juízo Final, marcado para o ano de 1648, quando sucederiam desventuras inimagináveis para os filhos do povo eleito, os infortúnios últimos, apocalípticos, anteriores à chegada da redenção. "Agora mesmo esse farsante está percorrendo a Palestina, seguido pelo tal Nathan de Gaza e por centenas de judeus tão desesperados que são capazes de acreditar em sua pregação, e convocando todos a 'elevar-se sobre o muro' e reunir-se em Jerusalém", disse.

Elias Ambrosius, cujas rebeldias e racionalidade nunca haviam conseguido apagar o forte senso messiânico que o avô Benjamim lhe inoculara, sentiu que havia algo de novo, embora difícil de precisar, na história de Sabbatai, e talvez não apenas loucuras de um desequilibrado. A proibição rabínica de "elevar-se sobre o muro" e penetrar as muralhas de Jerusalém para ali reunir de novo os descendentes de Abraão, Isaac e Moisés representava um desafio que nenhum outro iluminado se atrevera a enfrentar. Desde o tempo dos concílios rabínicos fundadores que serviram para estabelecer os preceitos e as leis reunidos no Talmude e na Mishná, era bem sabido por todos os judeus do mundo que o ato de pretender uma volta maciça à Terra Santa era considerado uma forma muito precisa de tentar a chegada da salvação e, por isso, estava ferreamente proibido, pois o exílio fazia parte do destino daquele povo até que o verdadeiro Messias determinasse o contrário.

"Com todo o respeito, *chacham*, por que Sabbatai não pode ser o Messias? Tantos indícios, tanta ousadia..." "Não... por muitas razões que me encarreguei de lembrar a esses fanáticos com que convivemos e que se aproveitam de tudo para alimentar o medo das pessoas e assim dominá-las a seu bel-prazer", disse o sábio, quase num grito, perdidas as estribeiras. "Porque o próprio profeta Elias advertiu que o Ungido só chegaria quando os judeus vivessem em todos os cantos da Terra, e isso ainda não aconteceu." "Porque os indígenas americanos não são os descendentes das dez tribos perdidas?" "Isso para começar... e, depois, porque na Inglaterra, como você bem sabe, como eu já disse mil vezes, não há judeus há 350 anos... Porque o Messias será um guerreiro. Porque sua chegada será precedida por grandes cataclismos. Mas, pense, rapaz, pense: de onde saiu esse Sabbatai de Esmirna? Ele pode provar que é um rebento da estirpe de Davi?"

Com essa revelação, Elias Ambrosius acabou de entender a posição do *chacham:* aceitar a possibilidade do messianismo de Sabbatai significaria a perda de sua bandeira de luta pela admissão dos judeus na Inglaterra e, sobretudo, a claudicação das aspirações dos Abravanéis que ele, parte do clã, tanto se encarregava de pregar. "Não importa o que digam outros membros do Conselho; tampouco que alguns dos mais ricos sefaradis de Amsterdã estejam liquidando suas fortunas para embarcar, junto com muitos dos pobres da cidade, nos navios que zarpam para Jerusalém, onde todos se unirão à comitiva do louco. Só me importa o que a partir de agora vai ser a tarefa da minha vida: abrir as portas da Inglaterra para os judeus, criar a ponte necessária para dar passagem ao verdadeiro Messias, e não a esse novo iluminado que... sabe de uma coisa?... só vai nos trazer mais desgraças, como se já não tivéssemos suficientes. Quem viver verá."

Elias, que não havia conseguido expor o motivo de sua visita à casa do antigo preceptor, despediu-se por volta da meia-noite, levando consigo seus maravilhosos desassossegos e suas novas dúvidas. As revelações da história e das andanças de Sabbatai Zevi haviam mexido com ele e o fizeram meditar. O fato de que alguns judeus o considerassem o Messias e outros o rejeitassem não era uma atitude nada inédita na crônica de Israel, na qual a credulidade e a dúvida estavam sempre de mãos dadas. Desde os tempos de Salomão, o maior e mais ilustre dos sábios de sua raça, época fértil em profetas e em grandes acontecimentos (a criação dos reinos de Judá e Israel, a construção do Templo, as grandes guerras e o decisivo exílio na Babilônia de quase toda a população judaica, incluindo as dez tribos perdidas a partir de então), o Eclesiastes manifestava uma dúvida franca e livre quanto aos dogmas ortodoxos, como refletia cada um dos capítulos de seu livro, apesar disso também considerado sagrado. Porque o ceticismo do Eclesiastes não era uma heresia, mas parte do pensamento judaico, e demonstrava como era difícil exibir provas capazes de satisfazer a vocação para questionar tudo por parte de um povo com uma disposição crítica tão acentuada. Na verdade, pensava Elias, um povo mais dado à incredulidade que à crença. O povo que, paradoxalmente, criara, pelas revelações do Santíssimo, os fundamentos de uma fé religiosa capaz de impregnar a alma de todo o mundo civilizado.

E no meio daquele ambiente que permitia vislumbrar tormentas de muitos tipos, lutas em que tudo que fosse dispensável seria jogado pela amurada, ele se prestaria ao desafio de posar como o suposto Messias que se apresentou como Jesus, o Cristo? Fora esse homem que dividira mais profundamente os judeus e transformara os dissidentes de então nos progenitores dos futuros repressores dos próprios irmãos, os fundadores e praticantes do antissemitismo que, dos púlpitos da nova religião proposta por Jesus, havia gerado tanto sofrimento, dor, exploração de bens e, naturalmente, tanta morte aos seus antigos confrades, somente por se haverem mantido entrincheirados na fé original e em suas leis. Elias sentiu sua alma se fraturar ao pensar nas histórias passadas e presentes dos messianismos, e cada pedaço flutuava num rumo próprio, sem que ele pudesse agarrá-los e tentar uma reconciliação. Se Sabbatai Zevi era o Ungido e sua convocação a "elevar-se sobre o muro" constituía um mandamento divino, então não havia nada a fazer, só esperar a prodigiosa celebração do Juízo Final (e voltava a acariciar a ideia do reencontro com o avô). Mas se não era, como afirmava seu querido *chacham* e como ele mesmo, no fundo de sua inteligência, sentia-se mais tentado a pensar, então o mundo seguiria seu caminho infestado de dores até o real advento do Messias e da salvação. Portanto, como dizia o próprio Ben Israel, não havia por que entregar as utopias, as paixões e os sonhos à morte, vegetando em vida até o inevitável fim da carne. Por mais que sua atitude implicasse riscos, e embora os ortodoxos de sempre pudessem acusá-los até de traição aos de sua raça, e o medo não o deixasse em paz, ele optaria pela vida. E teve um vislumbre de alívio quando compreendeu que muito embora cada homem, com seus atos, pudesse ajudar no Advento, em essência este dependia da vontade suprema do Santíssimo, cujas decisões já estavam tomadas desde a eternidade. Suas ações individuais, portanto, participavam do grande equilíbrio cósmico, mas não o determinavam. Ele, como ser mortal, tinha um território que lhe fora dado (pelo próprio Criador) e por uma única vez: o espaço de sua vida. E esse espaço podia ser preenchido com seus atos de homem, e ele poderia fazê-lo melhor porque sua consciência, a mais importante instância de decisões, lhe dizia que, com aquelas ações, ele mesmo não violava as essências de uma Lei. Seu problema, assim voltava a sentir, era consigo mesmo, e não com os vizinhos. A sorte da alma do Mestre (que rejeitava qualquer intromissão alheia em sua vida pessoal e sobretudo na religiosa) era responsabilidade do Mestre, e este bem sabia o que desejava fazer com ela. A sua, de Elias, embora ligada a determinada tradição e determinadas regras, continuava sendo problema seu. Seu e de seu Deus, ou seja, seu e de sua alma.

Quando Elias Ambrosius entrou no ateliê viu que o Mestre, já com seus impulsos desatados, estivera trabalhando, talvez com o auxílio de algum discípulo, na obra que assediava sua mente. Tal como na primeira vez em que pintaram juntos, havia preparado dois cavaletes, com suas respectivas banquetas, e orientado os espelhos de modo que o suporte e o assento da direita, os mais afastados da janela, fossem refletidos em três ângulos diferentes nas superfícies azougadas. Aquele colocado bem atrás do cavalete daria uma imagem frontal, e os outros dois, dispostos um de cada lado, um meio perfil e um perfil completo, este último visível pelo espelho que entregava o meio perfil. Aquele seria, parecia óbvio, o lugar do autorretratado. A outra banqueta, com seu cavalete, havia sido posicionada de tal maneira que receberia toda a luz das janelas e, ao mesmo tempo, veria de frente quem se acomodasse na cadeira cercada pelos espelhos. O surpreendente para o jovem foi descobrir que os pequenos suportes sobre os quais trabalhariam, de dimensões incomuns, embora muito semelhantes (uns três quartos de *ell* por um pouco mais do que isso de altura), eram, contudo, de diferentes materiais: o do retratista, uma tela; e o do autorretratado, uma tábua, comprada meses antes pelo Mestre, já imprimada em cinza mate, e depois, talvez por seu tamanho tão incomum, largada de lado no ateliê.

Dando tempo para que o Mestre terminasse sua sesta – com o passar dos anos ele adquirira o costume de fazer aquele repouso para repor as forças, pois, além do mais, costumava padecer noites em claro por causa das frequentes dores nos dentes que ainda sobreviviam às visitas ao cirurgião –, Elias Ambrosius decidiu dissipar sua ansiedade. Com o profissionalismo que já havia adquirido, começou a preparar as cores com que iam trabalhar, escolhidas com antecedência pelo Mestre, sem maiores surpresas: branco chumbo e cores de terra. Ali estavam o vermelho ocre (para a camisa que havia pedido a Elias que vestisse nas sessões de trabalho), o marrom, o amarelo ocre e um vermelho alaranjado cujo uso e lugar na peça ainda intrigavam o jovem.

Depois de preparar as quantidades necessárias para umas três horas de trabalho, Elias se sentou em sua banqueta e estudou as imagens do próprio rosto que recebia graças aos espelhos. Desde que começara a pintar a si mesmo na solidão da água-furtada, poucos anos antes, suas feições haviam mudado muito, percorrendo a passagem das desproporções próprias da adolescência ao assentamento dos traços da maioridade de seus 21 anos já completados. Seu cabelo, que sempre usava dividido no meio da cabeça, solto sobre os ombros, havia escurecido um pouco, mas conservava um brilho avermelhado, e a boca parecia mais firme, talvez mais dura. A barba, agora espalhada pelas bochechas e pelo queixo, e o bigode sobre o lábio superior eram ralos, de pelos grossos, e os da barba, mais escuros que a cabeleira e enrolados como saca-rolhas. Mas suas feições também falavam de outras mudanças menos perceptíveis embora muito recônditas, provocadas pelas experiências vividas naqueles anos ao longo dos quais descobrira, desfrutara ou sofrera as sensações profundas da dor pela morte de um ente querido, o júbilo do amor e sua consumação física, o peso de viver com um segredo e carregar um medo e, sobretudo, as certezas e incertezas de um aprendizado tão cheio de responsabilidades, tensões lacerantes, achados fabulosos. Seu rosto correspondia agora ao de um homem que viveu suas experiências imprescindíveis e que se sente capaz de transformá-las em matéria para o conhecimento de outras vidas por meio do exercício maravilhoso de uma arte.

Elias sentiu o impulso incontrolável e, sem esperar a chegada do Mestre, atreveu-se a preparar sua paleta e voltou para a banqueta e para a autocontemplação. Sem saber, naquele instante estava descobrindo finalmente por que havia decidido pôr tudo no fogo e lançar-se à pintura: não por dinheiro, nem por fama, nem para satisfazer um gosto. O que o movia, e agora sustentava sua mão enquanto traçava as linhas entre as quais encerraria seu próprio rosto, era a certeza de que, com um pincel, pigmentos e uma superfície adequada, podia desfrutar do poder de criar vida, uma vida despercebida por muita gente, mas que ele era capaz de ver e, possuindo as armas de que o Mestre o dotara, de exprimi-la com paixão, emoção e beleza. O que o jovem entendeu naquele exato momento, mesmo se arriscando à reprimenda do pintor que naquele ateliê sempre tivera a primeira e a última palavras, foi que naquele instante ele era um homem pleno e feliz. Assim como quando se acoplava com Mariam, assim como fora no dia em que seu avô o levara para iniciar-se na sinagoga e o beijara no rosto depois de ajeitar-lhe o quipá e conduzi-lo para que se tornasse adulto, assim como nos melhores momentos de sua vida, porque estava fazendo aquilo para o que o Senhor, já não tinha mais dúvidas, o criara. Enquanto dava forma ao próprio rosto, buscando a si mesmo por meio de um olhar direto, limpo, alcançou a esquiva resposta que quatro anos antes o Mestre lhe exigira naquele mesmo lugar e só agora brotava, de forma arrasadora. Elias Ambrosius queria ser pintor justamente para ter esse poder. O poder de criar, mais belo e invencível que os poderes com os quais alguns homens costumavam governar e, quase sempre, avassalar outros homens.

O verão de Amsterdã é uma festa de luz e calor, capaz de contagiar os ânimos de seus moradores que, em pleno gozo do estio, nunca conseguem esquecer totalmente que se trata de uma sorte passageira, entre dois invernos longos, nevados, açoitados por tempestades de neve e por chuvas frequentes demais, determinadas a impregnar de umidade até os ossos. A luz, sempre filtrada pelos vapores de tanta água, torna-se densa, quase compacta, mas brilha durante muitas horas do dia desse território setentrional. Elias Ambrosius, também possuído pela euforia da temporada, viveu esses dias num arrebatamento de prazer e satisfações, não muito agradáveis para Mariam Roca, que teve de assumir com estoicismo as ausências físicas e mentais de seu amado que, quando por fim estava ao seu lado, se perdia em divagações sobre a qualidade da luz ou a rapidez de secagem de certos pigmentos (veloz a terra de Kasel, demorado o dúctil betume da Judeia, caprichoso o amarelo de Nápoles) e sofria mudanças de ânimo repentinas.

O fato é que o Mestre havia começado o processo de trabalho com um dos seus ácidos desplantes habituais, mais esperados e frequentes quando acordava da sesta ou lhe doíam os dentes: mandara-o cobrir com uma camada cinza a primeira tentativa de Elias de declarar e praticar sua independência artística, pois a obra que estava em sua mente era a que ele necessitava e não a primeira que passasse pela cabeça de um aprendiz. Ele queria, necessitava, procurava expressões convincentes do rosto de Elias-Cristo nas quais se respirasse humanidade, apenas a humanidade de um homem, apesar de sua estirpe e sua missão na Terra, apesar até de ser um ressuscitado na tremenda conjuntura de estar novamente entre os mortais e pecadores. Naquela mesma tarde, em sua caderneta de anotações – junto com a pasta de desenhos e seu arquivo de obras escondido fazia alguns meses na casa do Mestre –, Elias tentara reproduzir as palavras do homem, obcecado e veemente: "Não pode ser o Cristo de Leonardo, humilde e solto, santo demais, deus demais em relação aos discípulos; mas vamos vesti-lo com a túnica vermelha de *A última ceia*. Nem o da primeira *Ceia de Emaús* de Caravaggio: belo e teatral demais, quase feminino... também com túnica vermelha. Deve se parecer mais com a segunda imagem de Caravaggio, mais homem, mais humano, embora tenha resultado bastante dramático e perfeito, como não podia deixar de ser, em se tratando de Caravaggio. Meu Cristo tem de ser um homem que, diante de outros homens, revela sua essência com um gesto que fazemos todos os dias, mas que nele se tornou símbolo da eucaristia. O pão será um pão dos mais comuns, e comum o ato de parti-lo em pedaços antes de iniciar a ceia. Sem misticismo, sem teatralidade... Humanidade, é isso que quero, humanidade", insistira, quase furioso, e acrescentara: "E você tem de me entregar esse rosto e nós temos de conseguir reproduzi-lo do natural".

A ideia do Mestre com as duas versões era que Elias trabalhasse na tábua, mais dúctil com os pigmentos, e oferecesse um rosto de Cristo em ligeiro perfil, a cabeça inclinada com suavidade, criando uma linha de fuga que partisse do queixo, percorresse o nariz e, pela divisão do cabelo, atingisse o ângulo superior direito da superfície. Desse modo pretendia que se vissem toda a face próxima ao espectador e o contorno completo da interna, ao passo que marcava uma saída rumo ao infinito a partir de um gesto cotidiano. Nessa posição, o olhar, um pouco inclinado para baixo, devia expressar introspecção. A luz tinha de ser uniforme, plena, e por isso ele havia levantado as cortinas, procurando liberar a passagem da densa luminosidade estival para o interior do ateliê: seu interesse, naquele momento, era o rosto, e só o rosto, de um homem. E para que seu propósito se concretizasse da melhor forma possível, o Mestre traçara na tábua imprimada e novamente coberta com o mesmo cinza mate a forma da cabeça e a disposição dos ombros até cuja altura chegaria o cabelo. Enquanto isso, seu próprio *tronie* de Elias-Cristo, que ele ia executar sobre a tela, olharia quase para a frente e, no processo de trabalho, decidiria o nível de seu olhar, mas já supunha que teria uma orientação diferente, embora também dirigida ao além do terrestre. Buscaria o olhar de alguém que, em sua humanidade, já está vendo a glória anunciada e que lhe foi subtraída por 33 anos durante os quais teve de sofrer, como homem, todas as dores e frustrações, incluindo a traição, a humilhação e a morte. "Como homem... o Homem que na cruz perguntou ao Pai por que o fazia passar por aquilo."

Elias, ciente do que estava pondo em jogo, dedicou-se ao trabalho. Seguindo as orientações do Mestre, acabou de delinear o rosto, o cabelo e a curva descendente dos ombros, para deixar o lugar reservado das feições. Trabalhou então no que seria o fundo, preenchido com o vermelho alaranjado matizado com contribuições do ocre que tanto o intrigara, porque o Mestre não costumava utilizá-lo para essa função. Elias afinal descobriu o propósito do pintor: tirar profundidade da peça, dar-lhe uma iluminação própria sem trabalhar fontes de luz e ajudar a ressaltar o que seria o rosto. Mais que recortá-lo, aproximá-lo do espectador.

Enquanto o Mestre avançava em seu experimento, exigindo com frequência ao modelo que o olhasse nos olhos, com o queixo reto ou levantado, Elias se arrastava em sua criação. O cabelo seria o mais fácil de fixar. Dali baixou para o setor inferior onde iria o busto, coberto com a túnica de um vermelho terroso, marcada por dobras de um marrom profundo. "Feche o colarinho da camisa", disse em certo momento o Mestre. "Não desvie o interesse para outros lugares: o rosto é o objetivo." "Posso ver sua pintura, Mestre?" "Não, ainda não. Eu é que quero ver a sua terminada. Vamos."

No dia em que por fim se empenhou em fixar o rosto que o Mestre desejava ver, Elias percebeu o quanto havia aprendido e o quanto lhe faltava aprender. Tinha de obter o rosto de um homem iluminado pela luz interior de sua condição divina. Trabalhou a barba, delineou o queixo e se concentrou na boca, sobre cujo lábio superior se deparou com o desafio do bigode, ralo mas visível. Seu próprio nariz se revelou então desconhecido: como se visse pela primeira vez aquela protuberância que o acompanhava desde sempre, muitas vezes desenhada, mas que de repente se declarava tão alheia. Observou o nariz do Mestre, bojudo, cada vez mais carnudo, e desejou ter um assim. O que o espelho lhe mostrava parecia muito anônimo, vulgarmente perfeito, declaradamente judeu. Com delicadeza e esmero levou à tábua a imagem entregue pelo espelho e ficou quase satisfeito. A testa e o arco dos olhos, arrematados pelas sobrancelhas, foram menos problemáticos, e conseguiu resolvê-los com algumas consultas ao Mestre. E assumiu que havia chegado o grande desafio, os olhos e o olhar.

A essa altura o Mestre já havia terminado o grosso de sua obra, que decidira deixar em repouso antes de dar os retoques finais, para os quais não precisaria mais de Elias: só das exigências de sua arte, sua visão interna do modelo e de sua própria assimilação do Cristo perseguido por meio do rosto vivo do jovem. Elias afinal pôde ver a pequena tela trabalhada pelo pintor e ficou deslumbrado: aquele rosto era o seu, ou não; na verdade, era mais que o seu e, por essa razão, ao mesmo tempo não era. O olhar inclinado para cima o deixava esquadrinhando lugar nenhum, ou talvez um lugar que para os outros homens podia ser lugar nenhum, e por isso dava uma poderosa sensação de transcendência, de ruptura dos limites humanos, para debruçar-se no infinito e no desconhecido. Sem dúvida tratava-se dele mesmo, Elias Ambrosius Montalbo de Ávila, mas renascido, como que divinizado em vida, graças ao pincel do Mestre.

Envergonhado, observou seu outro rosto, estampado na madeira, mas ainda cego, e pensou que jamais chegaria aos níveis celestiais por onde se movia a criação artística do Mestre. Mas imediatamente se censurou pela exagerada vaidade: pouquíssimos homens no mundo haviam chegado àquelas alturas e nem por isso os contemporâneos de Veronese, Leonardo, Ticiano, Rafael, Tintoretto, Caravaggio, Rubens e Velázquez deixaram de pintar, cada qual em seu nível, mas com esmero e beleza. Ali mesmo, em Amsterdã, centenas de homens molhavam todo dia seus pincéis, pensando ou não em competir com o dramatismo e a força daquele gênio, ou com a doçura e delicadeza de Vermeer de Delft, ou com o aprimoramento detalhista de Frans Hals, mas dedicados às suas obras.

"Vou deixá-lo a sós para que nada o distraia", disse o Mestre numa tarde de final de agosto, tirando o avental. "Está indo bem. Agora, trabalhe até se render. Quando não aguentar mais, grite que eu o ajudo. Mas, antes, preciso lhe dizer duas coisas. Primeiro, não quero o olhar de um deus; segundo, estamos procurando o que ninguém encontrou: Deus vivo. E, a propósito, também queria lhe dizer que você já é um pintor e que estou orgulhoso disso" e, sem dar tempo de qualquer reação ao jovem, jogou o avental num canto e saiu do ateliê.

Quando o Mestre se dedicou aos retoques finais da tábua e da tela, elas atingiram sua perfeição pictórica definitiva e o calor tangível de uma inquietante qualidade terrena e ao mesmo tempo transcendente. Os dois Cristos, diferentes mas unidos por um evidente ar de família, transbordavam afinal a humanidade pretendida com o exercício de tirá-los da realidade e deixar-lhes essa condição carnal. Na fase final o pintor insistira em seu intuito de conferir-lhes o equilíbrio exato, conhecido só por ele, que deviam ter os olhares: o do Cristo de Elias para dentro, em contemplação de seu próprio mundo insondável, e o do seu para fora, buscando uma observação do infinito e inalcançável. Elias não se surpreendeu ao ver que, uma vez terminadas as peças, o Mestre decidira não utilizar nenhuma das duas cabeças como referência para a imagem do Cristo que, atrás de uma mesa, partiria o pão diante dos peregrinos de Emaús. "Tenho em mente algo diferente", disse, como se fosse a coisa mais normal do mundo.

Mas, como alimento para o júbilo incomensurável em que o jovem vivia, o Mestre tomou uma decisão capaz de fazer transbordar as expectativas de Elias: segundo o costume do ateliê quando algum trabalho de um discípulo merecia, ele assinaria como seu o Cristo criado por Elias e em algum momento o poria à venda. Em contrapartida, naquele que ele desenhara sobre a tela só colocaria as iniciais de seu nome e o daria ao aprendiz, como recompensa por seu esforço naquela busca, mas, sobretudo, como reconhecimento pelos avanços que levaram o jovem judeu que havia chegado à sua casa quatro anos antes, armado apenas de seu entusiasmo, para se tornar um pintor capaz de entregar ao mercado uma obra certificada pela assinatura do Mestre.

Elias, surpreso e comovido pelo reconhecimento e pelo gesto tão pouco habitual do Mestre de presentear um aprendiz com uma obra sua, esperou com paciência até o fim do dia de trabalho, dedicado a recolher e lavar pincéis, guardar cavaletes, abrir espaço para colocar a tela que, no dia seguinte, ele mesmo começaria a imprimir em companhia do alemão Christoph Paudiss, naquele momento o mais avançado dos discípulos do ateliê. Era a tela na qual o Mestre começaria a trabalhar sua nova versão de *Os peregrinos de Emaús* com que, por alguma razão não confessada, vivia tão obcecado havia vários meses (tanto quanto com a jovem Hendrickje Stoffels, que dia a dia conquistava territórios onde durante anos a senhora Dircx havia imperado).

Assim que o Mestre deu por terminado o trabalho do dia, Elias saiu correndo pela Jodenbreestraat, subiu a Sint Anthonis, passou orgulhoso em frente às casas onde haviam vivido outros pintores (Pieter Lastman, Paulus Potter), mais famosos, mas pintores *como ele*, e o edifício onde residia o *marchand* Hendrick

Uylenburgh (em algum momento precisaria falar com ele), rumo a De Waag e, de lá, para a casa de Mariam Roca. Na mão, enrolada, levava a pequena tela assinada com um R alongado e um V pequenino; a tela que, depois de tantos desassossegos, se tornava a coroa de louros de seu sucesso e, muito em breve, fonte de infinitas desgraças.

Enquanto andava com sua noiva pela pracinha de Spui, rumo às margens do Singel e ao ar fresco que sempre corria naquele canal, Elias lhe contou os últimos acontecimentos, tão importantes para ele. Mariam, mais preocupada que alegre, ouvia-o em silêncio, talvez avaliando as dimensões das responsabilidades e ações em que o jovem havia se envolvido. Já sentados em um dos enormes troncos de madeira que logo seriam transportados à Dam Platz para ser usados em alguma das obras que ali se executavam em marcha forçada, Elias Ambrosius, aproveitando a última luz da tarde de agosto, não resistiu por mais tempo ao impulso do orgulho e da vaidade e se atreveu a abrir, em plena rua, a pequena tela que era seu maior tesouro.

Quando Mariam Roca viu o rosto de seu amado calcado na tela, teve um ligeiro sobressalto: aquela figura era o *seu* Elias Ambrosius, mas também era, sem a menor dúvida, a imagem estabelecida pelos cristãos do homem que consideravam o Messias. "É muito bonito, Elias", disse ela. "Mas é uma heresia", acrescentou, e lhe pediu que voltasse a enrolar a pintura. "O que vai fazer com isso?" "Por enquanto, vou guardar." "Pois guarde bem. Você não se excedeu, Elias?" "É um retrato, Mariam", disse ele, tentando aliviar a coisa, e acrescentou: "Um retrato feito pelo Mestre, como aqueles que o *chacham* Ben Israel, ou o doutor Bueno, tão amigo de seu pai, têm". Ela balançou a cabeça, negando alguma coisa. "Você sabe que não. Isto é muito mais. E o que vai fazer agora?" Elias olhou a pacífica corrente de água escura do canal sobre a qual caíam os últimos brilhos da tarde de Amsterdã, o bom lugar, o lar da liberdade. "Não sei. A partir de agora, não sei por quanto tempo o Mestre continuará me aceitando como discípulo. Mas não posso imaginar minha vida como um simples impressor, nem como dono de gráfica. Por mais que ganhe a vida movendo as prensas e embrulhando folhetos, não posso ser outra coisa além de pintor." "Mas até quando, Elias? Ou você acha que seu segredo é invulnerável? Não sabe que o povo fala de você por causa de sua proximidade com o Mestre?" "E não falam de Ben Israel e dos outros judeus que são amigos e bebem vinho e fumam folhas de tabaco com ele?" "Claro que falam, mas outras coisas. Só quero dizer que tome cuidado. Você me falou de um limite... mas o deixou para trás há muito tempo. Agora vamos, estão me esperando em casa para o jantar." Quando Elias foi segurar sua mão, Mariam a retirou. Voltaram em silêncio para a residência da jovem e Elias Ambrosius entendeu até que ponto havia transgredido a linha atrás da qual sua religião e seu tempo o haviam confinado.

Vestindo uma túnica cinza, com o cabelo caindo sobre os ombros, Elias observava o Mestre trabalhando em sua posição, atrás de uma mesa. O jovem judeu e o aprendiz alemão Paudiss haviam dedicado duas semanas ao trabalho de imprimação da tela e, depois, ao de preencher os espaços previstos pelo Mestre aplicando um ocre esverdeado e um castanho que na parte central escurecia até o preto, para depois trabalhar com um cinza fosco as colunas, os muros e o arco que ocupariam o fundo da peça, também traçados pelo pintor. Na tarefa dos ajudantes havia permanecido intacto, como área reservada, todo o centro e a parte inferior do espaço, onde agora o Mestre colocava a figura do jovem atrás da mesa na ceia que reproduziria o episódio de Emaús.

A relação com Mariam tinha voltado ao calor habitual, mas naqueles dias Elias Ambrosius havia dedicado mais tempo que nunca a pensar não mais no ato que desejava realizar, mas nos modos de praticar sua vocação e preservar o equilíbrio, precário embora agradável, em que transcorria sua vida, graças ao segredo em que conseguira manter sua ousadia. Só nesses dias havia tido a verdadeira noção de como uma aventura que originalmente tivera muito de capricho e curiosidade, de jogo arriscado e gosto inocente, atingira com o tempo uma temperatura que se tornava cada vez mais perigosa, em um ambiente definitivamente alterado pelas cada vez mais alarmantes notícias das aventuras na Palestina de Sabbatai Zevi, herege para muitos, louco para outros, Messias para uma quantidade crescente de judeus esperançosos em todo o mundo, que falavam de adventos, de voltas à Terra Santa e de apocalipses próximos.

O conselho rabínico de Amsterdã vivia em concílio permanente e numa tensa divisão de opiniões. A exaltação de rabinos e líderes da comunidade refletia o perigo a que Zevi e sua bem-sucedida campanha haviam exposto o vantajoso estado dos acolhidos em Amsterdã. Como 1.600 anos antes, a chegada de um suposto Messias era vista com apreensão por todas as autoridades – judaicas, cristãs, calvinistas, maometanas; reis, príncipes, emires e sultões –, pois as mensagens do pregador implicavam alterações da ordem, ruptura dos *status*, revolução, caos. Os membros do Mahamad resumiam as duas tendências que atravessavam a comunidade: a que pedia prudência e preservação do bem-estar adquirido e a inclinada a abandonar tudo para se colocar às ordens do Salvador. Talvez com a exceção do teimoso Ben Israel, que proclamava aos quatro ventos a falácia daquele possuído pelo demônio que havia sido enviado para exterminar o judaísmo, todos abrigavam o inquietante temor da possibilidade inescrutável: e se Zevi fosse mesmo o Ungido e eles o ignorassem, como séculos atrás haviam ignorado o Nazareno? Essa dramática tensão interna havia explodido nos conclaves do conselho e tanto os defensores como os detratores de Sabbatai manifestavam sua frustração castigando quem estivesse ao seu alcance. Começaram a chover *nidui* e *cherem* em Amsterdã, distribuindo excomunhões, mortes civis, castigos variados e penitências por qualquer ato desafiador da ortodoxia. Os escritos do jovem Baruch, filho de Miguel de Espinoza, eram esmiuçados pelos sábios, e já se falava de uma condenação exemplar do escritor herege que questionava inclusive os mais sagrados princípios da fé judaica e a origem divina do Livro. E em meio àquela explosão de raiva, intransigência, medo e insegurança, a revelação das ações de Elias Ambrosius podia ser um petisco fácil demais de devorar. Quase uma tentação.

Perdido nessas reflexões, o jovem voltou à realidade do ateliê quando ouviu batidas na porta. Seu profundo conhecimento dos costumes da casa lhe indicou que só podia ser alguma das pessoas muito próximas (ou muito confiadas: o menino Titus, a diligente Hendrickje Stoffels), às quais o Mestre conferira o privilégio de poder interrompê-lo enquanto trabalhava. Por isso, não se surpreendeu quando a porta se abriu e viu entrar, com o chapéu em uma das mãos e uma garrafa de vinho na outra, a espada no cinto e uma pasta de papel debaixo do braço, o elegantíssimo cavalheiro Jan Six, um dos escolhidos. Mas sentiu o coração pular quando, atrás da figura do magistrado e poeta, tornou-se visível a imagem que menos imaginaria encontrar naquele lugar: a de Davide da Mantova.

A volta do judeu italiano ao seu país contribuíra muito para aliviar a fascinação que aquele homem provocava em Elias. Certo, além do mais, de que uma aproximação com o também chamado Salom Italia podia ser muito imprudente, quase uma insolência e, ao mesmo tempo, pouco proveitosa, dadas as convicções que Elias já tinha, a vontade de conhecer as motivações do homem fora diluindo. E agora, como uma aparição do além, o pintor entrava no recinto onde Elias posava no papel do Cristo de Emaús.

A segunda sensação que embargou o jovem pela presença de Salom Italia foi de ira e frustração, ao ver que o Mestre, depois de cumprimentar Jan Six com o afeto de sempre, apertava a mão do outro, sorridente pelo fato de tê-lo novamente na cidade, revelando a existência de um conhecimento prévio, talvez até estreito, entre ambos. A terceira reação foi uma verdadeira comoção. "Davide", disse o Mestre enquanto acabava de limpar as mãos no avental, "quero lhe apresentar seu compatriota e colega Elias Ambrosius Montalbo. E tome cuidado, porque pode se tornar seu concorrente".

Nem mesmo o elogio recebido, o primeiro reconhecimento público de seu trabalho, serviu para acalmar o ânimo de Elias. Mas imediatamente compreendeu que não havia motivos para se preocupar e muitos para obter proveitos daquele encontro. Se o Mestre conhecia Salom Italia (já o conhecia quando o levara para ver o rolo de Isaac Pinto, dois, três anos antes?) e nem mesmo a ele, envolvido no mesmo segredo, revelara a identidade do homem, Elias podia ficar tranquilo de que a sua estava bem resguardada nas mãos do Mestre: para todos continuaria sendo um auxiliar, um dos muitos judeus com quem o pintor se relacionava.

Jan Six abriu a garrafa e Elias obedeceu com diligência à ordem do patrão de providenciar quatro taças limpas. "Das venezianas", acrescentou quando Elias se retirava. Mas só quando voltou com as quatro taças de cristal lavrado Elias entendeu que sua permanência naquele lugar já havia sido decidida pelo Mestre. Pôs as taças numa mesa baixa onde estava a garrafa (vinho da Toscana, dos melhores vinhedos de Artimino, advertiu Davide da Mantova) e tentou captar o fio da conversa, sobre os possíveis temas da ilustração que o Mestre prometera a seu amigo Six para a edição de seu drama *Medeia*, já pronto para ser entregue aos impressores. Salom Italia, mundano, elegante, descontraído, propunha ideias que podiam frutificar na obra solicitada e oferecia trazer para o Mestre uma pasta de gravuras recém-adquirida em Veneza, com recriações de imagens clássicas.

Em pé, Elias Ambrosius não podia tirar os olhos do judeu, que parecia desfrutar despreocupadamente da conversa e do vinho. Como não podia deixar de ser, a certa altura o assunto derivou para a obra em processo do Mestre, visível no cavalete, e o pintor explicou ao italiano quais eram suas intenções com aquela revisitação de um tema no qual trabalhara outras vezes. "Mas já que lhe apresentei este seu colega", disse então o Mestre, "quero mostrar o que ele é capaz de fazer. Não vá pensar que você é o único judeu que pode fazer isso bem", continuou falando enquanto andava até o fundo do salão e, depois de retirar o pano manchado que a cobria, pegou a tábua pintada por Elias. O jovem, que sempre se assustava com essas exposições para as quais ninguém pedia sua opinião, esperou ansioso o julgamento do outro pintor. Mas teve de escutar primeiro o de Six, "Tem talento o seu discípulo...", antes de virar em direção ao italiano e esperar sua sentença: "Talento e colhões", sentenciou e, pela primeira vez, dirigiu-se a Elias. "É uma peça bonita, mas comprometedora." "Tanto quanto um rolo ilustrado da rainha Ester", contra-atacou Elias, com uma ousadia e uma velocidade que surpreenderam até a si mesmo. O italiano sorriu. Jan Six assentiu. O Mestre, contrariando seu costume em tais situações, permaneceu em silêncio, aparentemente disposto a desfrutar da controvérsia israelita. "Até a heresia tem graus, meu amigo", começou Salom Italia. "A minha é atrevida, a sua é frontal. Você poderá dizer que se trata de um autorretrato, mas nossos desconfiados compatriotas dirão que pintou um ídolo, o mais proibido de todos, que é adorado em todas as igrejas católicas." "E eu lhes perguntaria, ouvindo essa afirmação, qual deles viu esse herege, qual deles poderia dizer como era esse falso Messias. E, se tinha alguma semelhança com esse rosto pintado na tábua é porque era judeu, como eu", e voltou o rosto em direção ao Mestre antes de concluir. " E de que era judeu, ninguém tem dúvidas." Salom Italia ergueu a taça para Elias e este aproximou a sua com toda a delicadeza que aqueles caros cristais venezianos exigiam (um presente de Davide da Mantova ao Mestre?) e bebeu. "Não sei se sabe que há vários convertidos aqui em Amsterdã que se dedicam à arte", continuou Salom Italia, "e também outro judeu, mas parece que é tão infame como pintor que nem ele mesmo se leva a sério." "Sei dos convertidos, mas não desse outro judeu. Mesmo não sendo bom, para mim é importante que ele pinte, e que o senhor também o faça." "Eu sou apenas um amador. E, vendo seu trabalho, tenho de tirar o chapéu. Sabe quantos pintores nesta cidade dariam um braço para que uma obra deles merecesse a assinatura de seu Mestre? Eu seria o primeiro, se quisesse ser pintor. Mas esse é seu maior problema, meu amigo: se isto aqui", e apontou para a tábua com o rosto de Elias, "se isto não é apenas um desses milagres que acontecem às vezes e você conseguir pintar outras obras tão boas, será impossível continuar na sombra. Alguém o porá na berlinda, ou então sua vaidade será mais forte que seus medos e você mesmo se exibirá por aí." Elias olhou para o Mestre, procurando uma referência para avaliar aquelas palavras que tinham um sabor inconfundível de verdade. "Ele pode pintar muitas outras", sentenciou o Mestre, e Elias se sentiu liberado, não sabia bem de quê, mas liberado. "E é possível ver algumas dessas peças?", interveio Jan Six. "Neste momento, não", respondeu Elias, lamentando a decisão de levar para casa seus cadernos de desenhos, suas pequenas telas e suas cadernetas de anotações, agora escondidos no compartimento trancado da escrivaninha herdada de seu avô. "E o que faria, senhor Da Mantova?", continuou o Mestre, e Elias voltou a prestar atenção no diálogo. Observou que dessa vez o italiano, até aquele momento tão seguro de si e tão mordaz, não sorriu. Deixou pela metade sua taça do aristocrático vinho de Artimino (de cujas vinhas, como dissera em algum momento, nutriam-se as adegas do próprio pontífice de Roma) e afinal respondeu: "Quem dera me acompanhasse um talento assim, mas não o tenho, e isso muda muito as perspectivas. Mas, se o Bendito me houvesse banhado com essa luz, eu não renunciaria a ela. Se não renuncio a uma mais pálida, por que fecharia as portas para esse resplendor? Meu amigo", disse, focando a atenção em Elias, "os homens não vão perdoá-lo. Porque a história nos ensina que os homens gostam mais de castigar do que de aceitar, de ferir do que de aliviar as dores dos outros, de acusar do que de compreender. E ainda mais se tiverem algum poder. Mas Deus é outra coisa: ele encarna a misericórdia. E seu problema, como o meu, é com Deus, e não com os rabinos. E Deus, lembre-se, também está dentro de nós, *sobretudo* dentro de nós", enfatizou, e continuou: "Por isso vim fechar meus negócios em Amsterdã e levar minha mulher comigo. Porque talvez o Messias tenha chegado. Não tenho certeza, ninguém pode ter, apesar dos muitos sinais que o confirmam. Mas, diante da dúvida, aposto no Messias e vou pôr minha fortuna e minha inteligência a serviço dele. Se eu estiver errado e ele for um farsante, então o Santíssimo, bendito seja Ele, que está dentro de mim, saberá que o fiz de coração aberto, como Ele nos pediu que recebêssemos seu Enviado. E, se for o verdadeiro Messias, meu lugar tem de ser ao seu lado. Acho que os filhos de Israel não podem correr o risco de se enganar e rejeitar aquele que pode ser o salvador.

Com o passar dos dias, a efervescência crescia, ameaçando chegar a uma explosão. O que havia nascido como uma inquietação ia tomando proporções alarmantes e em poucos meses a comunidade judaica de Amsterdã passou a viver em pé de guerra. Vários dos mais ricos membros da nação, encabeçados pelo abastado Abraão Pereira, haviam decidido liquidar seus negócios, como fizera Davide da Mantova, para peregrinar pelos desertos palestinos atrás do suposto Messias. Os mais exaltados com o advento passavam horas a fio rezando na sinagoga, purificando-se com banhos rituais, submetendo-se a longos jejuns não previstos nos calendários, e alguns deles se entregavam até a penitências, tais como deitar-se nus na neve antecipada daquele ano (outro sinal do fim dos tempos, diziam) e, para o horror de homens como Menasseh Ben Israel, chegavam a autoflagelar-se, numa desproporcionada demonstração de fé judaica.

Também dentro da casa dos Montalbo de Ávila criaram-se duas facções em grave litígio: de um lado, o jovem Amós, que se dizia prestes a partir para a Palestina com o grupo de judeus do Oriente, capitaneados pelo rabino polonês Breslau, e andava pela cidade alertando sobre o próximo fim dos tempos; do outro, Abraão Montalbo, o pai, que recomendava mesura, pois as informações que haviam chegado e continuavam chegando das prédicas e das ações de

Sabbatai Zevi lhe pareciam próprias de um desequilibrado, mais do que de um enviado do Santíssimo à Terra: desde as mais previsíveis, como afirmar que num de seus muitos diálogos com Jeová este o proclamara rei dos judeus e lhe dera o poder de perdoar todos os pecados, até as mais disparatadas, como a promessa de apoderar-se da Coroa turca depois de reunir as tribos ou o propósito de desposar, nas margens do rio Sambation, Rebeca, a filha de Moisés morta aos treze anos de idade, que ele fizera ressuscitar. Elias, por sua vez, debatia-se na dúvida e, ao menos em casa, tentava se manter a uma cautelosa distância dos debates, sentindo falta da presença do avô Benjamim, o mais sólido equilíbrio que tivera a família, cujos conselhos bem articulados tanto ajudariam naquela dramática conjuntura em que podia estar em jogo o destino de tantas almas.

Na tarde de novembro em que zarpava de Amsterdá o primeiro navio fretado pelos judeus, levando mais de cem deles rumo aos portos palestinos, o jovem Elias foi ao cais em companhia de seu antigo *chacham*. Era notório na nação que Ben Israel, que se tornara o mais ardoroso crítico de Zevi, avançara muito, nas últimas semanas, em suas conversas com as autoridades inglesas com as quais pretendia muito em breve ir discutir, em Londres, a readmissão dos judeus na ilha, após sua ausência desde sua remota expulsão, três séculos e meio antes.

O porto de Amsterdá, sempre dominado por um ritmo furioso, naquele dia de outono parecia definitivamente enlouquecido. Ao tráfego comum de estivadores, marinheiros, mercadores, prostitutas, funcionários da alfândega, mendigos, compradores e vendedores de letras de câmbio, ladrões de bolsas e traficantes de tabaco barato e especiarias falsas, somava-se a multidão, mais diversificada do que o habitual, dos judeus de partida para a Palestina (muitos deles vestidos como se já estivessem nas terras de Canaã), os carregadores de baús, malas e fardos que os acompanhariam e os homens, mulheres, velhos e crianças apressados para se despedir deles, mais os curiosos de sempre, multiplicados pela notoriedade de um espetáculo do qual tanto se falava desde que fora anunciada a venda de lugares no bergantim genovês disposto a levá-los até o autoproclamado Messias.

O *chacham* Ben Israel e seu antigo discípulo, acomodados sobre as cargas recém-chegadas da Indonésia, ouviram o sino que anunciava a iminente partida do bergantim e observaram a aceleração dos movimentos naquele formigueiro humano. "Nem em meus piores pesadelos, e foram muitos, eu poderia sonhar com algo assim", disse o professor, e acrescentou: "Tanto lutamos para chegar a Amsterdá e conquistar um espaço aqui, e agora esses fanáticos jogam tudo fora. A necessidade de crer é uma das sementes da desgraça. E esta vai ser das grandes. Olhe, lá vai Abraão Pereira com sua família. Felizmente, seu irmão Moshé fica por enquanto e vai manter a academia aberta. Até que Abraão lhe confirme que deve partir". Elias observou a comitiva formada pela numerosa prole do rico comerciante, um dos homens que havia gerado o milagre da opulência sefaradi em Amsterdã. "E o que vai fazer se fecharem a academia, *chacham*?" "Não vou esperar que fechem; em duas semanas parto para Londres. Essa é minha missão perante o Santíssimo, bendito seja Ele, e perante Israel: abrir a porta por onde chegará o verdadeiro Messias, e não um farsante desbocado e herege como esse Zevi."

Assim que tocou o sino com o sinal da partida, os dois homens saíram do porto e caminharam para a área de De Waag, onde ocuparam uma mesa na taverna da Oudezijds Voorburgwal, o mesmo lugar onde alguns anos antes Elias vira o *chacham* se reunir com o Mestre e tivera a certeza de que Ben Israel podia ser seu passaporte para o ateliê do pintor. Entrincheirados atrás de várias taças de vidro verde grosso e cheias de um robusto tinto português, Elias finalmente teve oportunidade de comentar com seu conselheiro as inquietações que o assediavam. Na semana anterior, quando o Mestre dera por terminado o trabalho dos peregrinos de Emaús, tocara num tema que ultimamente preocupava Elias Ambrosius: sua permanência no ateliê. A situação econômica do Mestre era tensa de novo, com dívidas nunca saldadas do contrato de compra da casa e com a perspectiva de ter de pagar uma indenização à senhora Dircx, de cujos serviços decidira prescindir e que já andava pela cidade acusando o Mestre de ter violado uma promessa matrimonial. A fonte de receitas regulares que eram os discípulos não podia minguar pela presença favorecida do jovem judeu, que, além do mais, já era dono das ferramentas necessárias para empreender seu próprio caminho se, como recomendava o pintor, obtivesse a aprovação do grêmio de São Lucas, indispensável para comercializar seu trabalho. Elias entendia os motivos do Mestre, mas este, em seu desespero e entusiasmo, parecia ter esquecido os do jovem, impossibilitado de sair da clandestinidade artística, sobretudo naqueles tempos turbulentos dentro da comunidade sefaradi. "Já tenho título de mestre impressor", continuou falando Elias com seu antigo preceptor, "e, embora não ganhe muito, posso continuar trabalhando com meu pai, ou até procurar outro patrão. Com esses salários poderia me casar com Mariam, pois já não é sem tempo." "Sem dúvida", confirmou o *chacham* enquanto pedia que enchessem novamente sua taça. "Mas essa é a vida que eu quero?" "Imagino que não, a julgar pela forma como me pergunta, ou se pergunta. Mas a vida é sua, como sempre lhe falei." "Só o senhor pode me ajudar, *chacham*. Ou ao menos me ouvir. Pense comigo, por favor. Vamos, pense: depois de passar quatro anos ao lado do Mestre, de assistir tantas vezes ao milagre de vê-lo chegar a uma perfeição quase divina, de ouvi-lo conversar com o senhor, com Anslo, com Jan Six, com Pinto, com o comerciante Hendrick Uylenburgh, com o pintor Steen e o arquiteto Vingboons, muitos dos homens mais cultos e engenhosos desta cidade; depois de ter tido o privilégio de aprender com discípulos que já estão fazendo carreira com muito sucesso; depois de ter conhecido os segredos de Rafael e Leonardo, os truques do flamengo Rubens, o jeito de Caravaggio exprimir a grandeza; depois de ter sofrido minha própria ignorância, de viver à beira da indigência para poder entregar os florins que o Mestre me exigia todo mês, mas também de ter tido a graça e o privilégio de ouvi-lo falar da arte, da vida, da liberdade, do poder e do dinheiro, de sentir que crescia o entendimento entre minha mão e o pincel, de descobrir que tudo está nos olhos, às vezes além dos olhos, e de ser capaz de captar esse mistério cuja existência outros nem sequer intuem... Meu *chacham*, será que depois de entrar no mundo fantástico de poder criar e depois, o senhor sabe bem como é isso, de ter convivido com um segredo e muitos medos para um dia chegar a trabalhar ao lado do Mestre e merecer o prêmio inestimável de ele me considerar um pintor... depois de tudo isso, *chacham*, vou renunciar a essa experiência maravilhosa para envelhecer atrás de uma prensa estampando folhetos ou recibos, como um homem decente, capaz de sustentar a família com seu trabalho diário, mas órfão do sonho de realizar a obra para a qual, desculpe por minha vaidade, *chacham*, a obra para a qual o Bendito me trouxe ao mundo?"

O ex-rabino bebeu de sua taça até o fim e dirigiu o olhar para a rua, como se dali pudesse chegar, como o sempre esperado profeta Elias, a resposta que o antigo e rebelde aluno exigia com seu discurso exaltado. Os pensamentos, no entanto, não pareciam chegar, e o homem pegou o cachimbo de carvalho do Novo Mundo no qual gostava de queimar e absorver suas folhas de tabaco. Só então se atreveu a tentar responder. "Você quer que eu diga o que *você* quer ouvir, como se deduz dessa veemência toda. Portanto, não é muito o que posso lhe dizer, meu filho. Só lembrar que em toda a gama do proceder humano a máxima judaica é praticar a continência e a temperança, mais que a abstinência. E conseguir isso seria muito para você. Durante mais de 4 mil anos, nós judeus fizemos a mesma pergunta que você se faz agora. Para que estamos sobre a Terra? E demos muitas respostas. A ideia de que somos seres feitos à imagem e semelhança de Deus nos conferiu o privilégio de tornar-nos indivíduos e, graças a Isaías e sobretudo a Ezequiel, nos chegou a ideia de que a responsabilidade individual é a própria essência de nossa religião, de nossa relação com o Santíssimo, bendito seja Ele. Foi um dos nossos antepassados quem escreveu o Livro de Jó, um tratado transcendentalista sobre o mal, tão misterioso e visceral que nem os trágicos e filósofos gregos puderam conceber algo que sequer se aproximasse. Jó manifesta outra variante de sua pergunta, muito mais dolorosa, mais avassaladora, quando faz um homem de fé sólida interrogar o céu pretendendo saber por que Deus é capaz de nos fazer as coisas mais terríveis, Ele, que é bondade; e Jó teve sua resposta: 'Cuidado, o temor ao Senhor é sabedoria; e afastar-se do mal é compreensão'. Está lembrado?" O sábio deixou o cachimbo sobre a mesa e concentrou o olhar nos olhos do jovem: "Considere esse versículo como resposta. Está tudo ali: mantenha a sabedoria e afaste-se sempre do mal. Sua vida é sua vida, e não vivê-la é morrer em vida, antecipar a morte".

Sempre buscando o duvidoso abrigo proporcionado pelos beirais dos telhados e pelas paredes da guarita do guarda da pracinha de Sint Antoniesbreestraat, resistindo outra vez, com os pés afundados na neve, às navalhadas de ar úmido que, constantemente em busca do mar do Norte, corriam sobre o Zwanenburgwal e cortavam a pele do rosto e os lábios, suportando o invencível fedor arrancado pela brisa às águas escuras do canal, Elias Ambrosius pensava em seu futuro. Como cinco anos atrás, sem deixar de observar por um instante a casa que se erguia no outro lado da Jodenbreestraat, a Rua Larga dos Judeus, seu olhar estava centrado na porta de madeira pintada de verde que tantas vezes havia atravessado desde o dia em que conseguira amolecer o coração do Mestre e penetrar, por uma fresta mínima, naquele mundo capaz de mudar sua vida.

Uma sensação de satisfação e de dolorosa nostalgia o acompanhava agora, pois pela primeira vez não atravessaria aquela soleira como aspirante, como limpador do piso ou como discípulo, e sim como alguém próximo ao Mestre. Como lembrança de sua antiga condição, levava num dos bolsos os três florins e meio que desde o mês anterior devia ao pintor, uma quantia descomunal para sua economia, mas que, diante do alcançado, parecia-lhe mesquinha e ridícula.

Quando por fim atravessou a rua, foi a inquieta Hendrickje Stoffels, ama e senhora da casa e das paixões do Mestre, quem abriu a porta, com o sorriso gentil que sempre dava a Elias, levando em conta a familiaridade do jovem discípulo com o Mestre e com o menino Titus, que ele vira crescer desde os primeiros passos. Já na cozinha, enquanto bebia uma infusão fervente, o costume obrigou Elias a olhar para o depósito de turfa e de lenha e a se oferecer para avisar o fornecedor do Nieuwmarkt.

Autorizado pela mulher, Elias subiu os lances de escada que levavam ao ateliê do Mestre e observou, com uma melancolia capaz de impor-se à familiaridade, os quadros, bustos e objetos que a residência abrigava. Como nos dias em que andava por aquela casa carregando a vassoura e o balde, Elias deu três batidas na porta do ateliê e escutou a resposta que se tornara habitual: "Entre, rapaz", disse o Mestre, como dissera centenas de vezes naqueles anos de serviço, aprendizagem e proximidade.

O pintor estava sentado em frente à tábua sobre a qual havia começado a trabalhar algumas semanas antes, e à sua direita repousava a tela *Os peregrinos de Emaús*, à espera da secagem que lhe permitisse dar os retoques finais antes da camada de verniz que decidira aplicar dessa vez. A nova tábua, de cuja imprimação e preparação Elias não havia participado, seria uma recriação do banho de Susana, no instante em que a heroína bíblica era acossada por dois anciãos dispostos a acusá-la de adultério se a jovem não lhes concedesse seus favores sexuais. Os personagens, ainda esboçados, formavam uma cunha de luz caindo do ângulo superior direito em direção à borda inferior do espaço, cujo centro seria a figura de Susana. O fundo, já trabalhado, oferecia uma escuridão cavernosa onde o marrom profundo se abria com cautela até um cinza esverdeado que, no extremo superior esquerdo, incorporava um elemento arquitetônico maciço, coberto com uma cúpula, mais fantasmagórica que real.

Elias deu bom-dia e o Mestre murmurou algo enquanto acrescentava mais algumas manchas de um vermelho que, o jovem imaginou, seria o traje vestido por Susana antes de se despir. "Você acha que Susana deve estar nua ou a cubro com um pano?", perguntou o Mestre, ainda sem se voltar e depois de cuspir para um lado a bala de açúcar que tinha na boca. Elias pensou um pouco na resposta. "É melhor cobri-la. Há dois homens na cena", disse, exatamente quando o Mestre pousava o pincel na paleta e a deixava na mesa auxiliar onde se alinhavam as cores. "Tem razão. Hendrickje acha o mesmo. Mas, sente-se, pelo amor de Deus."

Elias se acomodou numa das banquetas sem se atrever a movê-la do lugar. Sabia que, mesmo que o Mestre lhe houvesse franqueado a porta do ateliê, o tempo que lhe dedicaria seria mínimo. "Vim trazer o dinheiro que lhe devo, Mestre", disse, e começou a mexer no bolso. O pintor sorriu: "Não procure mais, você não me deve nada. Considere que é o pagamento por servir de modelo para *Os peregrinos*, ou um prêmio à resistência, por tudo que teve de suportar aqui nestes anos". "Não diga isso, Mestre. Nunca poderei lhe pagar..." "Está tudo bem assim", interrompeu o outro, "esqueça o maldito dinheiro." "Obrigado, Mestre." "Rapaz, meu problema não se resolve com três florins. Por isso estou pintando esta Susana, que já tem comprador, e deixei ali *Os peregrinos*, que ainda não tem pretendentes. Dois possíveis clientes me disseram que é um Messias muito carnal. Católicos os dois, naturalmente." "Então, viram o que o senhor queria mostrar." "Sim, mas o que eu não vejo são os florins que preciso pagar pela dívida da casa. Até quando vou ter de trabalhar com tanta pressão, pelo amor de Deus? Felizmente, Jan Six me emprestou uma quantia que me dá um alívio. Um adiantamento pela água-forte que vai ilustrar sua edição da *Medeia*." "É uma sorte ter amigos assim." "Sim, de fato. E, afinal, o que você vai fazer? Vai para a Palestina atrás do Messias, como Salom Italia?", perguntou com um sorriso malicioso. "Não, não vou, mas penso sem parar em tudo isso e não sei o que fazer, Mestre." O pintor, agora sério, moveu o corpo para ficar de frente para Elias. "Sabe de uma coisa? Às vezes penso que eu não devia ter aceitado sua entrada no ateliê. Você era jovem demais para saber o que fazia, mas eu tinha consciência dos problemas que viriam depois. Foi por isso, talvez, que fiz de tudo para que você desistisse, pensasse nos riscos a que estava se expondo. Mas você suportou tudo, porque tem muita vontade, como seu falecido avô Benjamim. Tanta que aprendeu a pintar como nunca imaginei que pudesse quando vi seus primeiros desenhos. Agora, não há mais remédio: você está contagiado até os ossos, e é uma doença que não tem cura. Ou tem: pintar." "O senhor mudou a minha vida, Mestre. E não foi só porque me ensinou a pintar. Meu avô, o *chacham* Ben Israel e o senhor foram o melhor que me aconteceu na vida, porque os três, cada um à sua maneira, me ensinaram que ser um homem livre é mais do que viver num lugar onde se proclama a liberdade. Ensinaram-me que ser livre é uma guerra que se deve travar todos os dias, contra todos os poderes, contra todos os medos. Eu me referia a isso quando quis agradecer tudo o que fez por mim nestes anos." O pintor, talvez surpreso com o discurso do jovem, ouviu em silêncio, aparentemente esquecido da obra que estava fazendo. Mas Elias se levantou, e o outro fez um gesto como se houvesse caído de volta na realidade. "O senhor tem trabalho, Mestre. Sabe qual é a única coisa que lamento? Que não sei se um dia voltarei a trabalhar com o senhor. De resto, o que vier é lucro. Adeus, qualquer dia destes venho visitá-lo e aproveito para colocar carvão nas estufas." Então o Mestre se levantou da banqueta e, com a mão direita, deu duas palmadas na bochecha do jovem. "Vá com Deus, rapaz. Boa sorte."

A neve, que espreitava a cidade desde o amanhecer, começou a cair quando Elias saiu para a Jodenbreestraat, que, como de outras vezes, parecia um tapete branco estendido a seus pés. Avançou pela Sint Antoniesbreestraat, atravessou em frente à Zuiderkerk, com sua bateria de sinos em gelado silêncio, e se dirigiu para a grande esplanada de De Waag, onde os vendedores mais persistentes ou desesperados resistiam à chuva de flocos brancos atrás das bancas de mercadorias. A mente do jovem, aliviada pela conversa com o Mestre, por fim achara algumas das respostas perseguidas com especial insistência durante as últimas semanas, mas gravadas em sua consciência havia vários anos. E as decisões tomadas, tão essenciais para sua vida, exigiam a compreensão ou a negação de Mariam Roca, pois poderiam afetá-la, e muito, se ela decidisse continuar a seu lado em meio àquela guerra pela qual continuaria brandindo suas armas.

Em frente à porta da noiva, Elias voltou a se perguntar se era justo o que pretendia. Onerar outras pessoas com suas decisões podia ser um ato de egoísmo. Mas o que era o amor senão entrega e compreensão, compromisso e cumplicidade? De qualquer maneira, a única alternativa era mostrar suas cartas e deixar que Mariam, com liberdade, com toda a liberdade que fosse possível, fizesse sua opção. Com esse espírito, por fim bateu na porta com a aldrava de bronze. Não teve de esperar muito para que a própria Mariam abrisse e Elias Ambrosius se deparasse com seu rosto transtornado – logo depois saberia que de medo – e com a notícia que daria o giro capaz de alterar o destino do jovem judeu: "Por Deus, Elias, corra para sua casa... Seu irmão Amós encontrou suas pinturas e o denunciou como herege ao Mahamad".

Quando alguns já haviam esquecido como era o medo, com que profundidade afetava as essências do homem, ele voltou como uma gigantesca avalanche disposta a cobrir tudo. Foram muitos séculos de uma sempre tensa mas possível concórdia, e os filhos de Israel julgaram encontrar no Sefarad, convivendo com os califas de Al-Andalus e os vigorosos príncipes ibéricos, o mais próximo ao paraíso a que se podia aspirar na Terra. As cidades e comunidades espanholas ficaram cheias de médicos famosos, filósofos e cabalistas, de prósperos ourives, comerciantes e, naturalmente, de sábios rabinos. Mas, com tanta notoriedade e sucesso, por fim atraíram a causa de sua perdição: enriqueceram. E, para o poder, nunca é suficiente o dinheiro que possui. Por isso, com a supremacia católica retornara o medo e, para que fosse total e irreversível, a tortura e a morte ou um êxodo brumoso para o qual só podiam levar a roupa do corpo.

Vários anos antes que se aplicasse a real e católica solução e se decretasse sua expulsão do Sefarad, os judeus viveram tempos tensos, com um mais que justificado temor dos processos da Inquisição desencadeados na Espanha quase totalmente reconquistada para a fé católica. O avô Benjamim costumava contar a Elias que, só nos primeiros oito anos de funcionamento daquele tribunal, mais de setecentos judeus, incluindo seus dois avós, quando ainda não eram avós de ninguém, haviam sido condenados a morrer na fogueira (e sempre que ouvia falar desse tormento o jovem recordava as palavras do *chacham* Ben Israel, testemunha de vários daqueles espetáculos macabros durante os quais – Elias não conseguia se livrar dessa imagem – o sangue do condenado fervia durante vários minutos antes que ele perdesse a consciência e morresse asfixiado pela fumaça). Também contava que, depois de decretada a expulsão em 1492 ("E confiscados todos os nossos bens", enfatizava o ancião), muitos milhares de convertidos, reais e fingidos, receberam todo tipo de condenação. Qualquer acusação perante o Santo Ofício ou do próprio Santo Ofício era válida para que se celebrasse em praça pública um auto de fé e se aplicasse a punição escolhida. A acusação mais frequente costumava ser simplesmente de praticar o judaísmo em segredo, mas podia chegar à de sacrificar crianças cristãs para determinados rituais ancestrais. Aos condenados à fogueira, se reconhecessem seus pecados e manifestassem publicamente seu arrependimento e a imediata adesão à fé de Jesus, os frades católicos concediam um generoso alívio: morrer no garrote em vez de sofrer as torturas da pira. Com todo esse horror, o medo invencível havia ressuscitado e se agarrado à memória dos sefaradis como aquele fedor que, segundo os sábios inquisidores, emanava dos corpos de todos os judeus – cheiro que desaparecia com o ato do batismo cristão. O medo os levara a buscar refúgio em qualquer lugar da Europa, da Ásia e da África que os aceitassem e, ainda que fossem confinados em guetos, ao menos não os ameaçavam de atear-lhes fogo. E o medo os havia levado para a Amsterdã calvinista, onde não só haviam sido acolhidos, como também se dera o milagre de que os judeus pudessem proclamar sua fé sem temer represálias dos crentes no Cristo. Mas o medo, na verdade, seguira-os. Transfigurado, transmutado, escondido: mas vivo e à espreita.

Muito em breve os rabinos começaram a dedicar várias horas de suas preces de sábado, o dia em que todo judeu devia festejar a Liberdade como bem e direito da criatura criada à imagem e semelhança do Senhor, para advertir à congregação sobre como os fiéis deviam entendê-la e praticá-la. Dispostos a controlar os atos de libertinagem propiciadores da heresia, mesmo as ações ou simples pensamentos que fossem além da liberdade concedida pela Lei e administrada por seus guardiões, os rabinos e líderes da comunidade reunidos no Mahamad, fomentavam o medo, acompanhavam processos e aplicavam punições, das mais leves *nidui* às temíveis *cherem*. Como sempre havia sido e seria na história humana, alguém decidia o que era a liberdade e quanto dela cabia aos indivíduos a que esse poder reprimia ou de quem cuidava. Mesmo em terras de liberdade.

Por decreto do conselho rabínico, o processo da muito provável excomunhão de Elias Ambrosius Montalbo de Ávila havia sido marcado para a segunda quarta-feira de janeiro de 1648, na sinagoga dos espanhóis, e o Mahamad instava toda a comunidade judaica da cidade de Amsterdã a comparecer a suas sessões.

Depois de ouvir as palavras de Mariam, Elias Ambrosius correu até sua casa para ver o que havia acontecido. Ao chegar, o que viu primeiro foi o rosto alterado de seu pai, no qual dançavam a ira, o medo e a indignação. Também a imagem de sua mãe, chorando, encolhida sobre si mesma como um animal assustado. Sem parar para pedir informações ou dar explicações, o jovem foi até o pequeno recinto onde sempre estivera a escrivaninha do avô Benjamim e viu a catástrofe: a fechadura, ao ser violada à força, havia esmigalhado um pedaço de madeira da bela moldura do móvel do qual haviam tirado todo o conteúdo. No chão estavam os desenhos, alguns marcados por botas sujas, arrancados das pastas, e as telas pintadas por ele (o retrato de Mariam Roca!) e por outros discípulos, como seu bom amigo dinamarquês Keil. Antes mesmo de começar a salvar o que fosse recuperável, Elias percebeu que havia duas ausências notáveis: seus cadernos de anotações e a tela em que o Mestre o retratara. Sem dúvida, haviam sido considerados as maiores provas contra ele.

Dolorido pela vergonha a que submeteria seus pais, Elias Ambrosius voltou à sala para enfrentá-los. A mãe, de olhos inchados pelo pranto, abaixou a cabeça ao vê-lo entrar e permaneceu em silêncio, como boa esposa judia que sempre fora. O pai, em contrapartida, atreveu-se a perguntar se ele tinha ideia do que o esperava. Elias disse que sim e pediu que, por favor, lhe contasse o que havia acontecido. Abraão Montalbo, depois de respirar várias vezes, deu o resumo da ópera: depois de violar o compartimento trancado a chave da escrivaninha, Amós saíra correndo da casa para voltar, pouco depois, com os rabinos Breslau e Montera. O pai fez uma pausa: "Ficaram lá dentro mais de uma hora e, quando saíram, disseram que eu tinha um filho herege da pior espécie. Tinham nas mãos uns cadernos, e me mostraram aquele retrato onde você parece o...". O homem fez outro silêncio. "Vão abrir um processo, Elias. Como pôde fazer o que fez?" Elias pensou em várias respostas, suas respostas, mas imediatamente entendeu que nenhuma seria boa para seu progenitor. "Não sei, pai. Mas, se puder, perdoe-me pelo sofrimento que lhes causo. E, se não for pedir muito, deixe-me permanecer uns dias mais nesta casa até encontrar alguma solução. Depois, vou embora", disse Elias, e só nesse momento Abraão Montalbo de Ávila pareceu ter a verdadeira noção do que aconteceria com ele e sua família, que nunca mais voltaria a ser a mesma família (um filho herege, outro delator, e qual teria sido sua própria culpa?), e também começou a chorar.

Com o rolo de telas e cartolinas debaixo do braço, Elias Ambrosius foi para a rua. Como fazia quando precisava pensar, dirigiu-se à área do porto. A noite prematura do inverno se aproximava rapidamente e uma brisa gelada subia do mar. Buscando a escassa proteção dos armazéns gerenciados pela poderosa Companhia das Índias Orientais, reitora do comércio com os portos daqueles remotos limites do mundo para onde Elias um dia sonhara viajar, ficou várias horas cogitando as possibilidades. A ausência de seu ex-professor, o *chacham* Ben Israel, que dias antes fora para a Inglaterra, deixava-o sem a única pessoa cujos conselhos, naquele impasse, podiam esclarecer um pouco a situação, e sem o único homem na comunidade sefaradi que, talvez, e só talvez, teria coragem de vencer o medo e levantar a voz em sua defesa. Elias tinha certeza absoluta de que teria de enfrentar um rumoroso processo, no qual seria acusado de idolatria, o mais grave dos pecados, e ao final se decidiria sua excomunhão e se ditaria uma *cherem* perpétua contra ele, similar à aplicada a Uriel da Costa ou à que pendia sobre a cabeça de Baruch, filho de Miguel de Espinoza. Embora o retrato que o Mestre lhe fizera fosse a prova mais retumbante, ele tinha argumentos já muito bem pensados para desmontar aquela acusação. Mas os cadernos de anotações, onde havia exposto seus pensamentos, dúvidas, temores e decisões durante anos, e também contado suas experiências no ateliê, não lhe dariam oportunidade de defesa: para seus juízes, aqueles papéis eram a insuperável autoacusação de um herege violador do segundo mandamento da Lei. Seus caminhos estavam fechados, e pouco poderia ser feito para abri-los. Mas, então, pensou: mesmo se convencesse o Mahamad de que não havia cometido um pecado imperdoável, como seria sua vida a partir de então? O que estaria disposto a fazer para viver como um perdoado, mas dentro da comunidade? Renegaria todo dia o que pensava, o que achava justo, o que queria ser, para obter um perdão sempre condicionado e posto sob custódia? Valia a pena ajoelhar-se uma vez, submissão que na verdade equivaleria a ajoelhar-se para sempre, para continuar vivendo entre os seus e no lugar onde nascera, onde repousavam seus mortos queridos e residiam seus pais, seus amigos e mestres, a mulher que amava? De que liberdade desfrutaria como perdoado nas terras da liberdade? Com tais perguntas seu espírito se alvoroçava: se não havia cometido nenhum crime imperdoável por sua crueldade, se não era um idólatra e sim um judeu que havia exercido seu livre-arbítrio, que ser humano podia se atribuir o poder de tirar-lhe tudo que lhe pertencia só por se atrever a pensar de maneira diferente acerca de uma Lei, mesmo que essa lei tenha sido ditada por Deus? E se não pedisse perdão? Teria a coragem de viver para sempre como um leproso para todos os de sua origem? Com algumas respostas para essas perguntas voltou à casa paterna e, surpreendentemente, assim que se deitou em sua cama (a de Amós, como nos últimos meses, permanecia vazia, ainda com mais motivo devido à repulsa que lhe provocaria a proximidade com um herege), Elias Ambrosius Montalbo de Ávila caiu nas mãos do sono. Diante do iminente, pela primeira vez em muitos meses se sentiu livre do medo.

Na manhã seguinte, carregando outra vez seus desenhos e pinturas, o jovem judeu foi para o único lugar onde, pensava, seria recebido e ouvido. Atravessou o De Waag sem olhar para os vendedores, nem mesmo para os comerciantes de pinturas, desenhos e gravuras que ocupavam a esquina da praça onde nascia a Sint Antoniesbreestraat, pela qual avançou, como fizera centenas de vezes naqueles anos, rumo à casa de porta verde, marcada com o número 4 da Rua Larga dos Judeus.

Hendrickje Stoffels abriu. A garota olhou-o nos olhos e, sem que Elias tivesse tempo de reagir, acariciou-lhe a bochecha com a mão e depois lhe disse que o Mestre o estava esperando. Elias Ambrosius, comovido com o gesto de solidariedade de Hendrickje, subiu as escadas, bateu na porta do ateliê e esperou até ouvir a voz do pintor: "Entre, rapaz". Elias o encontrou em pé diante da tela que contava a história de Susana, enquanto limpava as mãos no avental manchado. "Ontem à noite Isaac Pinto veio me ver. Já sei que você vai ser processado", disse, e indicou uma banqueta enquanto ele mesmo se acomodava em outra. "O que vai fazer?" "Ainda não sei, Mestre. Acho que vou embora da cidade." "Embora? Para onde?", perguntou o pintor, como se uma decisão desse tipo fosse inconcebível. "Não sei. Nem sei como. Talvez deva ir para a Palestina com Zevi. Talvez Salom Italia tenha razão e valha a pena averiguar se ele é ou não o Messias." O Mestre balançava a cabeça, como se não conseguisse admitir alguma coisa. "Eu não devia ter aceitado você no ateliê. Estou me sentindo culpado." "Não faça isso, Mestre. A decisão foi minha e eu sabia quais podiam ser as consequências." "E quando esse inútil do Ben Israel vai voltar? Temos que fazer alguma coisa!", gritou o homem. "Foi por isso mesmo que vim, Mestre, para me atrever a pedir-lhe um favor: que recupere meu retrato. Os rabinos o levaram. Mas, se o senhor for pedir, eles terão de devolver. Eles são capazes de destruir o quadro." O homem havia começado a tirar o avental. "Quem o levou? Onde está?" "Montera e Breslau o levaram, está na sinagoga." "Vou chamar Jan Six, ele tem de me acompanhar." "Mestre", Elias hesitou, mas pensou que não tinha nada a perder, "também levaram meus cadernos. Eles são como seus *tafelet*. Por favor, veja se...", acrescentou quando o pintor, já com o chapéu na cabeça, gritava a Hendrickje Stoffels que pegasse seu casaco e suas botas enquanto ia para a rua.

Com toda a delicadeza Elias acariciou a superfície da tela recuperada das garras da intolerância e sentiu na palma da mão o agradável contato rugoso do óleo aplicado pela arte do Mestre. Observou seu rosto estampado na tela, o olhar um pouco acima do seu próprio. A beleza que o penetrou convenceu-o de que havia valido a pena. Com quatro pregos pequenos fixou a tela na parede da água-furtada onde se instalou, a mesma onde o dinamarquês Keil havia morado por três anos, cujo aluguel agora fora pago por Jan Six a pedido do Mestre.

Dois dias antes deixara a casa de seus pais. Enquanto pegava seus mais valiosos pertences – duas mudas de roupa, algumas peças de cama e banho e os livros que haviam pertencido a seu avô Benjamim –, tivera uma conversa com o pai durante a qual, mais sossegados ambos, explicara-lhe as origens e os motivos de sua suposta heresia. Então o pai lhe pedira que permanecesse na casa, mas Elias não desejava submetê-los à realidade que ele mesmo estava vivendo: a de ser um marginalizado. Embora ainda faltassem vários dias para o processo ao qual seria submetido, a maioria dos judeus da cidade, a par do acontecido, já o dava por sentenciado e se antecipava a condená-lo ao ostracismo, à distância e ao desprezo. Elias não se surpreendeu ao ver que as portas da casa do doutor Roca estavam fechadas para ele e que a própria Mariam, conhecedora de todos os seus segredos e até partícipe, negava-se a falar com ele, temerosa talvez de seu próprio envolvimento na heresia, uma participação que de algum modo ou por alguma razão não havia sido ventilada (poderia ser que Amós e os rabinos não houvessem identificado Mariam Roca como a garota retratada por ele numa pequena tela?; tão mau retratista era Elias?; ou a mão poderosa do doutor Bueno teria intercedido para impedir que imiscuíssem no caso a filha de seu colega e ajudante?). Abraão Montalbo não insistira para que seu filho mudasse de opinião, mas, antes da partida do jovem, presenteara-o com uma valiosa certeza: "Nestes dias fiquei contente por seu avô estar morto. O velho teria sido capaz de matar Amós. Ele sempre foi um lutador, um homem piedoso, e o que mais admirava era a fidelidade e a razão". "É", dissera Elias, "e o que mais odiava era a submissão."

Naqueles dias, festa cristã por causa do Natal e de regozijo judeu com a celebração dos oito dias de Chanukah, enquanto andava sem alegria e sem rumo pela cidade, matando horas e desassossego, Elias Ambrosius havia adquirido a sensação de estar confinado num lugar estranho. Os muitos lugares de Amsterdã cheios de significados para ele, de evocações, cumplicidades, agora lhe pareciam longínquos, como se emitissem arengas de guerra num idioma desconhecido. Mas a certeza da distância se multiplicava quando cruzava com algum dos judeus que o conheciam e este passava ao largo como se o jovem tivesse perdido sua corporeidade. Elias sabia que muitos deles reagiam desse modo por convicção, mas outros respondiam assim sob a pressão mesquinha do medo. Naquele ambiente hostil e prenhe de maus humores, tudo aquilo que lhe pertencera por 21 anos começava a se afastar, até transformar-se num aborto doloroso que o expulsava de seu seio. Ele entendeu, então, em sua justa dimensão, o que Uriel da Costa havia sofrido quando fora anatematizado e transformado em um morto civil por seus irmãos de raça, cultura e religião. Aquele estado de invisibilidade em que fora jogado, a condição de não ser, de ter-se esfumado para aqueles que antes o apreciavam, distinguiam, aceitavam, era a mais dolorosa das penas a que um homem podia ser submetido. Agora entendia inclusive por que Uriel da Costa acabara se curvando e pedindo perdão, só para tirar a própria vida semanas depois: por medo e vergonha, consecutivamente. Mas ele, tal como estava fazendo Baruch Spinoza, não cometeria suicídio nem admitiria culpa alguma, tampouco lhes daria o prazer de vê-lo sofrer, por mais que na verdade sofresse, pois o ganho de liberdade que significava viver sem medo compensava tudo. Ele não se submeteria, não se humilharia.

A decisão, a princípio difusa, de sair de Amsterdã foi se firmando em sua mente e agora só lhe faltava descobrir a maneira de concretizar a rota que tomaria, para qualquer lugar. Porque havia várias coisas com as quais Elias Ambrosius Montalbo de Ávila nascera, crescera, vivera e às quais não renunciaria, por mais que os poderosos líderes da comunidade o pressionassem. A primeira delas era sua dignidade; depois, sua decisão de pintar o que seus olhos e sua sensibilidade lhe exigissem que pintasse; e, sobretudo, pois implicava igualmente sua dignidade e sua vocação, não entregaria sua liberdade, condição mais alta que o Criador lhe concedera e divisa mais valiosa com que seu avô o premiara quando ainda estava longe de ser seu avô, ou avô de seu irmão Amós. A gloriosa possibilidade de praticar sua liberdade com que Benjamim Montalbo o havia alimentado durante os vinte anos em que compartilharam parte de suas respectivas estadias na Terra.

Os dias transcorriam, nublados e ventosos, mas sem neve, aproximando a data da realização do processo, e Elias descobriu que sua decisão de ir embora para qualquer lugar, longe de Amsterdã, podia ser muito mais árdua do que havia imaginado. A maior dificuldade, descobriu com dor, decorria de sua complicada situação de judeu em vias de excomunhão, pois algumas portas lhes fechavam aqueles que desprezavam sua condição de hebreu e as outras, os próprios hebreus.

Entre os destinos cogitados, Jerusalém foi se tornando uma possibilidade que não deixava de tentá-lo. Embora continuasse tendo muitas dúvidas sobre a qualidade messiânica de Sabbatai Zevi, talvez impulsionado pela mesma conjuntura que Elias vivia em relação à sua comunidade, às vezes lhe parecia até apropriado juntar-se a uma peregrinação messiânica, depositar sua fé e sua vontade em um suposto Ungido, tornar-se militante da última esperança... ou se perder com ela. Contudo, embora estivesse anunciada a partida, nos primeiros dias do Ano-Novo cristão, de um segundo navio fretado pelos membros da nação rumo à terra de Israel, a simples possibilidade de embarcar nele, mesmo que tivesse o dinheiro necessário para a passagem e as despesas da viagem, era impensável: aqueles enfurecidos membros da comunidade não o admitiriam a bordo.

O outro rumo capaz de seduzi-lo era o que levava a alguma das animadas cidades do norte da Itália, onde talvez pudesse viver à margem da comunidade e, como em determinado momento fizera Davide da Mantova, até mesmo se dedicar com maior liberdade a exercitar sua paixão pela pintura. Mas, na verdade, o jovem tinha avaliado todas as alternativas, inclusive a de se alistar como marinheiro em um dos navios mercantes que partiam diariamente para as Índias Ocidentais e Orientais, mas o mercado abarrotado de homens com experiência e dispostos a zarpar faria os armadores e capitães recusarem de imediato um jovem sem a menor perícia para as tarefas no mar. Por sua vez, os trajetos mais breves rumo a Espanha, Portugal e Inglaterra, tão transitados naqueles tempos, estavam fora das possibilidades de um judeu comum, a menos que antes de tentar permutasse sua condição com um certificado de batismo católico, o que estava fora de cogitação para ele. As travessias por terra, por outro lado, eram impraticáveis num momento em que as fronteiras do país estavam em estado de alerta máximo: a iminente concretização do esperado tratado de paz com a Espanha, que seria assinado provavelmente em alguma cidade alemã, havia transformado as estradas em acampamentos militares cheios de tensão e nervosismo, e era claramente menos drástico ser considerado um herege pelos judeus de Amsterdã do que um traidor ou espião por aquelas tropas exasperadas, muitas vezes ébrias dos mais ferozes álcoois, potencializados pelas respectivas ressacas de certeza na vitória, de uns, e de indignação com a derrota, de outros.

A neve, como não podia deixar de ser, tinha voltado para o Natal cristão. O ambiente festivo das celebrações, multiplicado pelo anúncio do fim de um século de guerras contra a Espanha, havia tomado conta da cidade, e seus moradores punham em perigo os estoques de vinho, cerveja e bebidas quentes destiladas nas refinarias de açúcar. A solidão de Elias Ambrosius, em contrapartida, foi ficando mais compacta nas prolongadas horas passadas na água-furtada, que mais lhe parecia uma cela e onde nem sequer dispunha de uma *chanukiá* onde acender oito velas e celebrar um dos grandes marcos da história de um povo que, como tanto insistia em suas lições o *chacham* Ben Israel (evocando o guerreiro Davi, o invencível Josué, os belicosos asmoneus), um dia fora mais combativo e rebelde do que contaminado pelo medo e inclinado à submissão.

Três dias antes da data em que terminava o ano para os calendários cristãos, batidas na porta alarmaram o jovem. Como uma esperança à qual não havia podido renunciar, sonhava com que, a qualquer momento, aparecesse diante dele sua amada Mariam Roca. Elias bem conhecia as habilidades da garota de se esgueirar, tantas vezes postas em prática durante os muitos encontros clandestinos que tiveram em seus anos de relação amorosa e carnal. Sabia, também – ou ao menos pensava saber –, que Mariam nunca estaria entre os que o condenavam por suas ações; ele conhecia bem o modo de pensar da jovem. Mas, ao mesmo tempo, a cada dia ia adquirindo, pelas atitudes da garota, uma noção melhor de como o medo pode ser paralisante. Movido pelo sonho de ver a amada, abriu a porta, para constatar que não se tratava de Mariam: à sua frente estavam o nariz de batata, os olhos de águia e os dentes cariados do Mestre. E imediatamente teve uma certeza: afinal alguma porta se havia aberto.

O Mestre tinha uma garrafa de vinho nas mãos e várias outras no organismo. Foi talvez por isso que sua saudação tenha se mostrado tão efusiva: um abraço, dois beijos no rosto e uma saudação natalina como as que costumam trocar entre si os crentes em Cristo. Mas nem assim fraquejou em Elias a certeza de que o homem trazia uma solução.

Com duas taças servidas do vinho áspero e escuro que o Mestre podia pagar, sentaram-se para conversar. O recém-chegado, de fato, tinha uma boa notícia: seu amigo Jan Six contrataria Elias para que fosse a um dos portos do norte da Polônia em um navio mercante já conveniado. Lá deveria fechar a compra de um grande carregamento do trigo que, havia décadas, os holandeses importavam daquelas regiões. Como para fazer o negócio era preciso apresentar letras de câmbio no valor de alguns milhares de florins, Six e seus sócios preferiam antes depositar aquela fortuna nas mãos do jovem judeu do que nas do capitão do navio mercante, de cuja honestidade começavam a ter sérias dúvidas. Uma vez realizado o negócio com os agentes holandeses assentados naquele porto e com os fornecedores poloneses, Elias entregaria os papéis da compra já fechada e as guias de embarque ao capitão e, então, poderia fazer o que desejasse, tanto ficar na Polônia, na Alemanha ou em outro lugar do Norte quanto voltar para Amsterdã, onde as coisas talvez houvessem se acalmado.

Enquanto ouvia os detalhes dessa tarefa capaz de lhe proporcionar uma inesperada e estranha rota de saída, o jovem foi sentindo uma tristeza imprevista diante da evidência de que, sim, abandonaria, talvez para sempre, sua cidade e seu mundo. E entendeu que, em vez de uma fuga, sua partida seria uma autoexpulsão. Não obstante, bem sabia que aquela era a única alternativa viável, e agradeceu ao Mestre por seu interesse e sua ajuda.

"Nunca me agradeça por nada", disse então o pintor, e deixou a taça de vinho no chão. Só nesse momento Elias percebeu que o homem não havia provado a bebida. "O que aconteceu com você só pode ser visto como uma derrota. E o pior é que não se pode culpar ninguém. Nem a você por ter se atrevido a desafiar certas leis, nem ao seu irmão Amós e aos rabinos por quererem julgá-lo e condená-lo: cada qual está fazendo o que acha que deve fazer, e tem muitos argumentos para fundamentar suas decisões. E isto é o pior: que uma coisa terrível pareça normal para alguns... O que mais me entristece é comprovar que precisam acontecer histórias como a sua, ou renúncias lamentáveis como a de Salom Italia, para que os homens finalmente aprendam como a fé num Deus, num príncipe, num país, a obediência a ordens supostamente criadas para o nosso bem, podem se transformar num cárcere para a substância que nos distingue: nossa vontade e nossa inteligência de seres humanos. É uma derrota da liberdade e...", interrompeu a frase porque, com a veemência que o fora dominando, um de seus pés bateu na taça e derramou o vinho no assoalho. "Não se preocupe, Mestre", disse Elias, e se agachou para levantar a taça. "Não, não me preocupo com tão pouco, claro que não. Que importância pode ter agora uma merdinha de vinho perdido e outro tanto de mais sujeira? Você não sabe como eu gostaria que nosso amigo Ben Israel estivesse aqui para que tentasse me explicar, ele, tão douto nas coisas sagradas, como Deus pode entender e explicar o que está acontecendo com você. Na certa, ele nos falaria de Jó e dos desígnios misteriosos, diria que as leis estão escritas em nosso corpo e nos demonstraria a perfeição do Criador dizendo que, se existem 248 prescrições positivas na Torá e 365 negativas, que somam 613, é porque os homens têm 248 segmentos e 365 tendões, e a soma de todos eles, que torna a dar 613, é o número que simboliza as partes do universo... Eu o deixaria terminar e então perguntaria: Menasseh, em todas essas suas contas de merda, onde fica o indivíduo dono desses ossos e tendões, o homem concreto do qual você tanto gosta de falar?" O Mestre virou as palmas das mãos para cima, mostrando o vazio. Mas Elias não viu o vazio: ao contrário, ali estava, sobre aquelas mãos, a plenitude. Porque eram as mãos de um homem que estava cansado de criar beleza, mesmo a partir da constatação da miséria, da velhice, da dor e da feiura, as mãos mediante as quais tantas vezes o sagrado se manifestara e concretizara. As mãos de um homem que havia lutado contra todos os poderes para esculpir a couraça de sua liberdade... "E quando parte o navio de Six?", foi, contudo, o que Elias precisou perguntar. O Mestre, surpreso, precisou pensar antes de responder. "Dia 4 de janeiro, dentro de uma semana, acho... Six vai lhe explicar tudo. Espero que pague bem." "Quanto antes zarpar, melhor...", disse Elias, enquanto o Mestre se levantava, cambaleando, e lhe entregava um sorriso manchado de despedida: "Não há nada mais a dizer", murmurou, "uma derrota, outra derrota", disse, e deixou a água-furtada. E dessa vez se criou o vazio, sim. Elias Ambrosius sentiu que uma parte de sua alma acabava de deixá-lo. Talvez a melhor.

Depois de muito pensar, decidiu que iria se despedir dos pais. Afinal de contas, eles não mereciam mais um castigo. Mas adiou a despedida até a véspera da partida, quando já tinha em mãos todas as instruções de Jan Six, os documentos para o negócio e o dinheiro de seu próprio pagamento, com excesso de generosidade, certamente por pressão do Mestre.

Quando saiu da casa paterna, depois de voltar a guardar no velho escritório quase todos os livros que haviam pertencido ao avô Benjamim – decidiu levar consigo somente um volume de Maimônides, seu exemplar de *De Termino Vitae*, obra de seu *chacham*, e a estranha aventura do fidalgo castelhano que enlouquece por ler romances e se julga um cavalheiro andante –, foi à água-furtada e pegou seus desenhos e pinturas e os que seus colegas lhe deram, tudo disposto num álbum encadernado por ele mesmo. Fora do caderno só deixou a tela em que o Mestre o retratara, o último e melhor retrato que ele mesmo fizera de Mariam e um desenho do avô esboçado com uma aguada cinza, além da pequena paisagem que ganhara de seu bom amigo e confidente, o louro Keil: aquelas quatro peças eram significativas demais para deixá-las para trás, e as enrolou e guardou dentro de uma pequena arca de madeira que comprara no mercado para essa função. Com o resto das obras, inclusive vários retratos a óleo de Mariam, dispostas todas no álbum, voltou à casa número 4 da Rua Larga dos Judeus e bateu na porta de madeira pintada de verde, certo de que o fazia pela última vez na vida. Quando Hendrickje Stoffels abriu, Elias pediu para ver o Mestre: queria lhe dar um presente de Ano-Novo, como prova de sua infinita gratidão. Hendrickje Stoffels sorriu e disse que voltasse mais tarde: o Mestre estava dormindo após a primeira bebedeira do ano do Senhor de 1648. Elias sorriu: "Não importa", disse, e lhe deu o caderno, "entregue isto a ele quando acordar. Diga-lhe que é um presente meu, que faça com isto o que lhe parecer melhor. E diga-lhe que desejo a ele, a você e a Titus que o Santíssimo, bendito seja Ele, lhes dê muita saúde, por muitos anos". Hendrickje Stoffels voltou a sorrir, apertando contra o seio a pasta que o jovem lhe entregara, e perguntou: "Que Deus, Elias?". "Qualquer um... Todos", disse, depois de pensar um breve instante, e acrescentou: "Com licença", e acariciou com a palma da mão a bochecha corada e lisa da moça que tantas vezes seu Mestre desenhara. Elias Ambrosius desceu os degraus até a rua, impoluta e brilhante como um tapete estendido pela neve recém-caída. Ele voltava a ser um homem que chorava.

livro de judith

1

Havana, junho de 2008

Com seu avô Rufino, Mario Conde deveria ter aprendido: a curiosidade matou o gato. Mas, como em muitas outras ocasiões, dessa vez o ex-policial, tocado em suas partes sensíveis, foi incapaz de seguir os conselhos do ancião que tanto e tão inutilmente se esforçara para perfilar sua educação sentimental.

Naquela tarde tórrida e viscosa de junho, enquanto entrava em sua casa abraçando as duas garrafas de rum recém-adquiridas, o que menos desejava Mario Conde era receber uma visita, qualquer visita, nenhuma visita capaz de alterar seus planos de passar uma hora debaixo do chuveiro e outra tirando um cochilo, para depois ir passar a noite na casa do seu amigo Carlos, relaxando as tensões, claro que com a ajuda do rum. E o que menos podia imaginar era que a visitante inesperada, extremamente inquietante e de toque insistente na porta, fosse a neta do doutor Ricardo Kaminsky, a gótica Yadine cheia de *piercings* que ele havia conhecido vários meses antes e que nos primeiros movimentos do diálogo em que enredara o homem e depois do qual, saciada sua curiosidade, o levaria a complicar sua vida e constatar, mais uma vez, que as linhas paralelas sempre acabam por se encontrar, começou deixando as coisas bem claras:

— Você está *completamente* errado. Eu não sou gótica nem *freaky*. Sou emo.

— Emo?

Desde as primeiras horas daquela manhã Conde vivera uma jornada típica e cheia de tensão, participando de uma negociação delicada que, caso se concretizasse, poderia render lucros suculentos para todos os envolvidos. Três semanas antes seu sócio, o Pombo, recebera uma encomenda dessas que não se podem deixar passar: era de um cliente, o Diplomata, um homem que não achava suficiente seu salário de funcionário público do Primeiro Mundo e incrementava suas finanças como intermediário e transportador de joias bibliográficas para colecionadores e revendedores em seu país europeu, especialistas com livrarias e *sites* na internet cientes de que, com paciência, bons mapas do território e uma dose de sorte, ainda se podiam caçar algumas maravilhas em certas bibliotecas particulares cubanas, sobreviventes dos terremotos dos anos mais duros (e até dos mais brandos) da crise interminável, ao longo dos quais muita gente teve de vender até a alma para continuar viva.

A lista que Yoyi recebera dessa vez era de tirar o fôlego. Começava com, nada mais, nada menos, o pedido dos dois volumes das *Comédias* de dom Pedro Calderón de la Barca, na raríssima e bem cotada edição havanesa de 1839, ilustrada por Alejandro Moreau e Federico Mialhe, grandes mestres da gravura, e cujo preço inicial em Cuba podia chegar a mil dólares. O interessado continuava solicitando os três livros do sempre imprescindível Jacobo de la Pezuela: o *Diccionario geográfico, estadístico, histórico de la isla de Cuba*, em quatro volumes, publicado em Madri em 1863 e do qual em certa ocasião Yoyi já vendera um ao Diplomata por quinhentos dólares; a *Historia de la isla de Cuba*, também impressa em quatro volumes madrilenos, estampados entre 1868 e 1878, que podia atingir uma cifra similar ou superior; e sua *Crónica de las Antillas*, de Madri, 1871, possível de ser vendido por uns trezentos dólares. Mas, sem dúvida, a pérola da lista era a polêmica *Historia física, política y natural de la isla de Cuba*, compilada em treze volumes pelo versátil Ramón de la Sagra e impressa em Paris entre 1842 e 1861, com o adendo de 281 gravuras, das quais 158 haviam sido coloridas à mão, e cujo preço estabelecido no mercado interno da ilha podia chegar a 7, 8 mil dólares.

Quando se tratava de livros dessa categoria, se quisessem ter sucesso Yoyi e Conde tinham de andar, na ponta dos pés, por caminhos muito estreitos e já bastante trilhados. Para começar, e sempre sem fazer muito barulho, era preciso localizar um veio promissor. Depois, se conseguissem alguma pista produtiva, precisavam ter a paciência e a capacidade de sapadores, pois a maioria dos que ainda possuíam esse tipo de obra pretendia ter conhecimento de seu valor e, nessa crença, sempre pecavam por excesso, pedindo preços irracionais, certos de ter nas mãos algo similar à *Bíblia* de Gutenberg. Para prosseguir, tinham de mostrar-se muito interessados e ao mesmo tempo não desesperados, já que geralmente esses proprietários não costumavam ter pressa e, mesmo que suas expectativas estivessem dentro de limites aceitáveis, colocavam-se em uma posição de superioridade. Em casos assim, a melhor solução, idealizada pelo gênio mercantil de Yoyi, era apresentar-se como o que eram na realidade, simples intermediários entre alguém que tinha um livro valioso e o suposto e ansiado comprador, um personagem quase impossível de encontrar para o primeiro, por se tratar de um produto daquelas características e preço. O custo da iniciativa de concórdia entre as partes havia sido fixado (percentual não negociável) em 25% do montante da venda (15 para Yoyi, 10 para Conde), com base em um ato de confiança na seriedade e honestidade dos respeitáveis mediadores comerciais. Embora muitas vezes a proposta não funcionasse, quando isso ocorria era muito satisfatório para todos os envolvidos, e Yoyi cumpria com rigor os termos e quantias da negociação. Mas, se o possuidor do livro fosse teimoso e desconfiado, só restava uma alternativa: que o livro localizado (geralmente por Conde) fosse comprado por Yoyi (possuidor do capital), que no ato da compra envergava seu traje de pirata completo (com venda no olho, perna de pau e gancho de ferro na mão) e se encarregava de levar as expectativas do vendedor à realidade.

Desde que haviam recebido aquele pedido fabuloso, Conde empregara várias horas por dia das três últimas semanas tentando localizar os livros, escavando como um desesperado num terreno cada vez mais estéril. Só dois dias antes da chegada da emo (nem *freaky* nem gótica) Yadine, quando já estava quase desistindo, o ex-policial encontrara a pista que o conduziria a um velho dirigente político dos primeiros tempos da Revolução, que (quem diria!) estava disposto a conversar sobre algumas joias existentes em sua biblioteca revolucionariamente herdada.

Por seu relevante histórico político, pouco depois do triunfo revolucionário de 1959 foi atribuída ao dirigente uma esplendorosa casa, até pouco antes propriedade de certa família burguesa, uma das muitas que partiram da ilha naqueles anos turbulentos levando apenas duas malas de roupa. Esses burgueses tiveram de deixar para trás, entre outros valores, uma bem sortida biblioteca, que, com exceção das *Comédias* de Calderón, ainda continha, entre outras joias apetecíveis, o resto dos livros encomendados pelo Diplomata e outras centenas mais. O velho companheiro de labores políticos, apesar de afastado com discrição das esferas do poder vários anos antes (depois de destruir, com sua confiável inépcia, vários planos econômicos, empresas e instituições), conseguira manter seu nível de vida graças à transformação de sua luxuosa e imensa residência ex-burguesa em uma pequena pousada onde, sob gerência de sua querida filha mais velha, se alugavam quartos para estrangeiros burgueses. Mas a recente decisão de seus também queridos netos de ir embora para outras terras do mundo onde se vivesse com menos calor e menos insegurança o fizera decidir vender parte da biblioteca. Essa conjuntura fazia dele um excelente candidato para fechar um proveitoso contrato pelos livros, cuja venda ajudaria os netos (também Homens Novos?) em seu propósito de reposicionamento geográfico em terras, naturalmente, de burgueses.

Na tarde anterior, as conversas preliminares entre Conde e o ex-dirigente sobre a compra daqueles livros específicos chegaram ao ponto culminante de falarem em preços reais, sem que se perfilassem ainda os acordos finais entre o possível para o comprador e o sonhado pelo vendedor. Por essa razão fizera-se necessária a presença de Yoyi, o Pombo, que naquela manhã se incorporara à expedição, disposto a pôr as cartas na mesa: ou a venda com comissões fixas baseada na confiança mútua na boa-fé dos envolvidos ou, se não existisse esse crédito, a compra direta, na qual, indignado com a presumível falta de confiança do proprietário, o Pombo lançaria mão da ética dos irmãos do mar. No fim da tarde e da tensa discussão, as opções ficaram em suspenso e Yoyi decidira se retirar como se fosse para sempre, embora já estivesse mais que convencido, como dissera a Conde enquanto o levava para casa, de que o ex-dirigente, furibundo e fundamentalista em seus tempos de personagem poderoso e tão carinhoso com seus queridos netos no presente ostracismo, estava precisando de dinheiro e os localizaria em breve, disposto a negociar as joias solicitadas e, se tivesse oportunidade, o resto do colar. E o velho cairia em suas mãos como a clássica manga madura.

– Olhe, *man*, pelo sim, pelo não, pegue isto para ir tocando – atrás do volante do Chevrolet Bel Air 1957, o jovem contou várias notas que tirou do bolso e entregou mil pesos ao sócio, que os aceitou com a ansiedade e a vergonha de sempre. – Um adiantamentozinho.

Na verdade, Conde não tinha muita certeza de que houvessem dobrado a vontade do vendedor, e a temida perspectiva de perder aquele filão o mergulhava na tristeza e na depressão próprias da pobreza continuada e das dívidas monetárias e de gratidão que adquirira. Mas, pensou, não se sentiria muito mais miserável por aceitar mil pesos do Pombo, muito menos agora, quando se avistava terra firme no horizonte. Então, para evitar qualquer resquício de dignidade, parou no Bar dos Desesperados e levou duas garrafas daquele rum barato, demolidor e sem nome que, fazia alguns meses, Conde e seus amigos chamavam de Haitiano.

Ele a reconheceu assim que a viu. Já havia se passado quase um ano do fugaz e único encontro que tiveram, mas a peculiar imagem de Yadine, ainda supostamente gótica, estava intacta em sua memória: os lábios, unhas e órbitas dos olhos enegrecidos, os brincos prateados na orelha visível e no nariz, o cabelo rígido caindo como asa de um pássaro de mau agouro sobre metade do rosto faziam de sua figura algo realmente inesquecível, pelo menos para um Neanderthal como Conde.

– Quero falar com você, detetive – foram as primeiras palavras ditas pela jovem assim que ele abriu a porta.

Lógica e até policialmente surpreso com esse discurso chandleriano, Conde nem se atreveu a imaginar para que a neta de Ricardo Kaminsky o procurava, mas tinha um mau pressentimento. O que lhe provocaria agitação e uma primeira dúvida seria a escolha do lugar onde travar a conversa. Dentro de casa, a sós com aquela jovem em flor, nem pensar; no portão... Que diriam os vizinhos depois de vê-lo com a moça gótica? Dane-se o que eles pensarem, disse para si mesmo, e depois de pedir a Yadine que esperasse um instante saiu com as chaves do cadeado com que preservava a propriedade de suas poltronas de ferro desconfortáveis.

– Se não me engano, eu nunca disse em sua casa que era detetive... – Conde começou a falar enquanto ajeitava os assentos para o diálogo, como havia feito meses antes com o pintor Elías Kaminsky, mais ou menos primo da jovem.

– Mas você procura pessoas, sim ou não?

– Depende de quem, por que e para quê – respondeu o homem enquanto se acomodava, já com a curiosidade despertada. – O que houve com você? Algum problema em sua casa?

– Não, em minha casa não. O que eu quero é que procure uma pessoa – disse então a garota.

Conde sorriu. Juntando a crença de que ele se dedicava detetivescamente a procurar gente perdida com a despreocupada inocência revestida de seriedade ou de preocupação da moça gótica, cuja beleza se pressentia por trás dos exultantes cosméticos, a situação começava a lhe parecer entre hilariante e novelesca. Optou por manter distância, na esperança de uma rápida conclusão do diálogo, mas sua curiosidade não estava totalmente aplacada.

– Se for alguém que sumiu de verdade, é a polícia que deve procurar.

– Mas a polícia não quer procurar mais, e *ela* desapareceu há dez dias – disse a garota com ira e angústia.

Conde suspirou. Era exatamente o momento em que lhe cairia bem um gole de rum, mas descartou a ideia de imediato. Optou por acender um charuto.

– Vejamos, quem é essa *ela* que está perdida?

Nesse momento Yadine tirou o celular do bolso da camisa preta cheia de tachinhas, tocou nas teclas e observou a tela por uns instantes. Depois, ofereceu o aparelho a Conde, que pôde ver no artefato Yadine ao lado de outra jovem, vestida e maquiada de modo muito similar. Só então, com seu único olho visível focado em Conde, a garota respondeu com grande convicção:

– *Ela*. Minha amiga Judy.

Conde devolveu o telefone, que Yadine guardou de novo no bolso.

– E o que aconteceu com ela, sua amiga Judy? – Conde evitou intercalar um "porra" em sua pergunta e decidiu fazer o possível para avançar mais um pouco. – Pelo que vi, é uma *freaky* gótica como você.

E, então, surgiu a elucidação que seria definitiva como isca para a curiosidade de Conde.

– Não, está enganado. Eu não sou gótica nem *freaky*. Sou emo.

– Emo?

– É, emo.

– E o que é ser emo, posso saber? Desculpe minha ignorância...

– Está desculpado. Ou não. Desculpo se me ajudar a procurá-la. *Ela* é minha melhor amiga – explicou, sempre enfatizando o pronome.

– Então não sei se vai me desculpar, porque não posso prometer nada. Mas agora me diga o que é ser emo...

Yadine voltou a ajeitar o cabelo, e Conde notou em seu único olho algo parecido com frustração ou tristeza.

– Está vendo? Agora é que precisaríamos de Judy. *Ela* explica isso melhor que *ninguém*.

– O que é ser emo?

– Sim, e outras coisas. Judy é demais – afirmou Yadine, e tocou a têmpora para indicar ao outro que se referia à inteligência da amiga.

– Bem, mas me fale um pouco dos emos...

– Nós somos emos, e os outros não. Olhe, existem *freakys*, rastas, roqueiros, *mikis*, *reparteros*, *gamers*, *punks*, skatistas, metaleiros... e nós, os emos.

– A-há – disse Conde, como se houvesse entendido alguma coisa. – E então?

– Nós, emos, não acreditamos em nada. Ou em quase nada – retificou. – Nós nos vestimos assim, de preto ou de rosa, e achamos que o mundo está fodido.

– E vocês são emos porque gostam?

– Somos emos porque somos. Porque nos dói viver num mundo podre e não queremos saber *nada* dele.

– Bem, quanto ao último ponto, não são lá muito originais – teve de dizer Conde. Sentia que estava chapinhando sem sair do lugar e tentou reconduzir a conversa para algum desenlace: – E o que aconteceu com *ela*, sua amiga Judy?

— Ela sumiu faz uns dez dias — Yadine parecia mais à vontade, embora mais triste, naquele ponto do diálogo. — Desapareceu assim de repente, sem avisar ninguém, nem a mim, nem aos outros emos, nem à sua avó... E isso é *muito* estranho — enfatizou de novo. — A polícia diz que se não aparece é porque na certa tentou fugir numa balsa e se afogou no mar. Mas eu sei que *ela* não foi a lugar nenhum. Primeiro, porque não queria ir; segundo, porque se estivesse pensando em ir embora eu saberia, e a avó também... ou a irmã dela, que mora em Miami e também não sabia de *nada*.

Conde não pôde evitar que o velho senso profissional desse um pulo em sua mente.

— E Judy não tem pais?
— Tem, claro que sim.
— Mas você só fala da avó. E agora da irmã.
— Porque *ela* não se dava bem com os pais. Principalmente com o pai, que era, não, que era não, que *é* um sem-vergonha e não queria que *ela* fosse emo.

Conde pensou no possível pai. Embora ainda não soubesse muito bem o que era um emo, e apesar de nunca ter passado pela experiência traumática de ter um filho, sentiu uma leve solidariedade para com o progenitor e decidiu não insistir no assunto.

— Olhe, Yadine — Conde começou a preparar a retirada, procurando ser gentil com a jovem, que parecia realmente abalada com o desaparecimento da melhor amiga —, eu não tenho como fazer uma investigação sobre uma pessoa desaparecida, isso é com a polícia.

— Mas eles não procuram, porra! — A reação da garota foi visceral. — E quem sabe se ela foi sequestrada...

Naquele momento Conde sentiu pena de Yadine. Os descrentes emos assistem a novelas? Aos episódios de *Without a Trace*? Essa história de sequestro soava a *Criminal Minds*. Quem diabos ia querer sequestrar uma emo? Drácula, Batman, Harry Potter?

— Vejamos, vejamos, quero que me diga duas ou três coisas. Além de ser emo, o que faz sua amiga?

— Estuda no colégio pré-universitário, o mesmo que eu. É muito caxias – disse Yadine, e tocou a mesma têmpora de antes. — As provas começam na semana que vem, e se ela não aparecer...

— Então, ela é sua colega. E Judy andava metida em algo perigoso? — Conde tentou achar a melhor maneira, mas só existia uma possível: chamar as coisas pelo nome. — Judy mexia com drogas?

Pela terceira vez, Yadine ajeitou o cabelo sobre o rosto. Naquele momento Conde desejou poder ver toda a expressão dela.

– Umas pílulas... mas não passava disso. Certamente não.

– E andava com gente estranha?

– Os emos não são *estranhos*. Nós adoramos ficar deprimidos, alguns gostam de se machucar, mas não somos *estranhos* – concluiu, enfática outra vez.

Conde percebeu que estava entrando em um território escabroso. "Adoravam" ficar deprimidos? Machucar-se? Sua curiosidade voltou a levantar voo. E ainda por cima não eram *estranhos*?

– Que história é essa de se machucar?

– Cortar-se um pouco, sentir dor... para ser livre – disse Yadine, depois de pensar um instante, e passou um dedo nos antebraços cobertos com dois tubos de tecido listrado e nas coxas enfiadas na calça escura.

Conde pensou que não estava entendendo porra nenhuma. Podia admitir que aqueles jovens não acreditassem em nada, aceitar até que se enchessem de orifícios para pôr argolas, mas se autoflagelar com cortes? Deprimir-se pelo prazer de ficar deprimido e assim se libertar? De quê? Não, não dava para entender. E como sabia que talvez não fosse entender nunca, decidiu não fazer mais perguntas e terminar ali mesmo aquela história absurda de uma emo perdida, quem sabe até sequestrada.

– Certo, certo... Para atender ao seu pedido, vou ver o que posso fazer. Olhe – Conde pensou nas alternativas que tinha e escolheu com supremo cuidado, expondo as que menos o comprometiam e lhe permitiriam uma rápida fuga –, vou falar com um amigo meu que é diretor na polícia, vamos ver o que ele diz. E depois vou falar com os pais de Judy, para saber o que eles pensam de...

– Não, com os pais *não*. Com Alma, a avó.

– Ok, com a avó. – Conde aceitou sem discutir, pegando um papel que estava no bolso da calça e a caneta presa na camisa. – Diga o endereço e o telefone da avó de Judy. Veja bem, não me comprometo a nada. Se eu souber de alguma coisa, telefono dentro de alguns dias, está bem?

A garota pegou o papel e anotou. Mas, quando o devolveu a Conde, fez seu último apelo, ajeitando o cabelo que lhe cobria metade da cara e deixando ver a verdadeira beleza e a angústia patente que definiam seu rosto de dezessete anos.

– Encontre-a, por favor... Sabe, essa história da Judy me deixa muito deprimida, de *verdade*.

O Magro e o Coelho, como dois vigias de Colombo, observavam o horizonte no portão da casa de Carlos. Assim que o viram dobrar a esquina com a sacola de conteúdo nada difícil de imaginar, Carlos pôs sua autopropulsada cadeira de rodas em movimento e gritou:

— Porra, está se fazendo de gostoso!

— Como anda a sede por aqui?

— Você viu que horas são, animal? — Continuou reclamando o Magro, pegando a sacola para vistoriar seu interior, deixando evidente que a sede era muita.

Conde acariciou a cabeça de Carlos e bateu mãos com o Coelho.

— Não encha o saco, seu ignorante, ainda não são nem nove horas... O que houve, Coelho?

— O Magro me disse que você vinha cedo, que estava com dinheiro e ia trazer rum, e eu estou... Estou bem, mas posso melhorar — disse o amigo, aceitando a sacola que Carlos lhe entregou e sumindo no interior da casa.

— E sua mãe?

— Está preparando alguma coisa.

Assim que tomou consciência dessa promissora informação, Conde sentiu a rebelião das suas tripas contra a solidão a que estavam sendo submetidas.

— Dê uma pista — pediu ao amigo inválido.

— A velha disse que não quis fazer nada complicado... *Tamal* de milho macio com bastante carne de porco dentro. E o Coelho trouxe umas cervejas para tudo descer melhor. Com este calor...

— A noite promete — admitiu Conde quando o Coelho voltou com os copos cheios de gelo e rum. Feita a distribuição, tomaram o primeiro gole, e os três sentiram que seus desassossegos perdiam pressão.

— Sério, Conde, por que demorou? Não tinha terminado cedo lá com Yoyi?

Conde sorriu e bebeu outro gole antes de responder.

— A coisa mais louca do mundo. Vejamos, qual de vocês dois sabe o que é um emo?

Carlos não teve tempo de dar de ombros para confirmar sua ignorância.

— São uma tribo urbana dessas que apareceram nos últimos tempos. Eles se vestem de preto ou de rosa, penteiam o cabelo para cima do rosto e gostam de ficar deprimidos.

Conde e Carlos olhavam embasbacados enquanto o Coelho exibia seu conhecimento. Estavam acostumados a ouvi-lo falar do emprego dos metais na Babilônia, da cozinha suméria ou das cerimônias funerárias *sioux*, mas aquela erudição emo os surpreendia.

– Exato – aprovou Conde –, esses são os emos. E eu demorei a chegar porque estava falando com uma até há pouco.

– Uma ema? – Brincou Carlos com as palavras.

– A neta do Kaminsky cubano, o médico.

– E de que falou? De depressão?

– Quase, quase... – Disse Conde, e contou-lhes o inesperado pedido da garota que por engano o considerara uma espécie de detetive particular tropical.

– E que porra você vai fazer? – Quis saber Carlos.

– Nada, ora. Vou telefonar pro Manolo perguntando o que ele sabe e, se tiver tempo, talvez fale com a avó, para tranquilizar Yadine, porque fiquei com pena. Mas como vou achar essa guria que deve estar por aí fazendo coisas de que até Deus duvida?

– E se foi mesmo sequestrada? – Perguntou o Coelho, sempre o mais noveleiro do grupo.

– Então esperamos que peçam o resgate... Queremos um *freaky*, senão vamos devorar a emo! Quanto a mim, por enquanto, quero *tamal*, que estou quase desmaiando de fome, porra – clamou Conde, disposto a se livrar daquela história que cada vez lhe parecia mais desatinada.

Comeram como beduínos recém-chegados de uma longa temporada no deserto: dois pratos fundos de grãos de milho moídos que, ao passar pelas mãos de Josefina, se transformavam em delicada ambrosia. Acompanharam-na com uma salada de tomate e pimentão e uma travessa de banana madura frita, tudo regado a cerveja, e eliminaram qualquer vestígio de fome com uma tigela de doce de coco com meio queijo cremoso em cima.

À meia-noite, indo para a casa de Tamara, Conde teve a certeza de que estava esquecendo algo importante. Não sabia o quê. Nem onde. Só sabia que era importante...

Entrou na casa e, depois de tirar a roupa e escovar os dentes, avançou para o quarto na ponta dos pés, como o clássico marido que chega tarde da noite. Na escuridão ouviu o leve ronco de Tamara, sempre úmido e agudo. Com extremo cuidado ajeitou-se em seu lado da cama, com plena consciência de que preferia o outro. Mas desde o começo Tamara fora inflexível na posse: se quiser dormir comigo, este é o meu lado, sempre, aqui e onde for, advertira uma única vez, batendo no lado esquerdo do colchão. Com tudo que Conde recebia da mulher, não era o caso de brigar por uma insignificância espacial. Mas preferia o outro lado.

O homem pôs a cabeça no travesseiro e sentiu que o cansaço acumulado ao longo de um dia tenso e atarefado relaxava seus músculos. O júbilo da digestão e o efeito de cervejas e runs potencializaram o relaxamento rumo ao sono. Nessa passagem surgiu em sua mente, sem ser chamada, a imagem de Yadine, a emo Kaminsky. A garota, com seus *piercings* e seu olhar triste, conseguiu passar à frente de suas preocupações conhecidas e até pressentidas, para acompanhá-lo no deslizamento rumo à inconsciência.

2

Quando pôs o pé no vestíbulo da Central de Investigações Criminais, Conde sentiu vontade de dar meia-volta e sair correndo. Já fazia vinte anos que não corria nem visitava aquele lugar, mas a lembrança de sua turbulenta passagem de uma década pelo mundo dos policiais sempre surgia nas entranhas de sua memória como uma dor inevitável. Enquanto observava o novo mobiliário, as cortinas de tecido grosso acariciadas pelo ar condicionado, as paredes recém-pintadas, ele se perguntou se aquele lugar de aparência asséptica era o mesmo onde havia trabalhado como policial e se aquela experiência transcorrera na mesma vida de agora, e não em outra paralela ou terminada havia tempo. "Como diabos resistiu durante dez anos na polícia, Mario Conde?"

Não reconheceu nenhum dos homens fardados que passaram ao seu lado e nenhum deles o reconheceu – ou ao menos foi o que lhe pareceu, para seu alívio. Dos investigadores de sua época só deviam ter sobrevivido os mais jovens, como o então sargento Manuel Palacios, seu permanente auxiliar de investigações que, depois de deixá-lo esperando vinte minutos, finalmente saiu do elevador e foi falar com ele. Manolo estava de uniforme, como gostava, e sobre os ombros exibia seus galões de major.

– Vamos conversar lá fora – disse, apertando a mão de Conde e quase o puxando daquela atmosfera refrigerada para o vapor indecente da manhã de junho.

– Por que diabos não podemos conversar lá dentro, cara?

Manolo ajeitou os óculos misteriosos atrás dos quais pretendia ocultar, no mínimo, as rugas e bolsas escuras que pendiam da borda de seus olhos. Também não era magro como já fora, mas ao mesmo tempo não se podia dizer que estivesse gordo, embora parecesse. Conde estudou-o com cuidado: o corpo do ex-colega parecia um boneco mal inflado, que tivesse acumulado no abdômen e no rosto o ar viciado dos anos, o que lhe dava um aspecto flácido, enquanto os braços, o peito e as pernas continuavam magros, como se estivessem secos. "Este sacana está pior que eu: fodido", pensou.

Debaixo do mesmo falso loureiro que vinte e poucos anos antes Conde costumava ver da janela de seu cubículo, os dois homens encostaram num muro, cada um com seu cigarro na mão.

– O que houve agora, compadre? Os pardais vão cagar em nós aqui...

O major Manuel Palacios fumava olhando para um lado e para o outro, como se alguém o perseguisse.

– Ainda por cima, agora não se pode fumar lá dentro. Quer saber, Conde, não dá pra suportar isso aí...

– Quando deu?

Manolo chegou a tentar sorrir.

– Você não sabe de nada! O cigarro é o de menos. Imagine que agora, de repente, perceberam que os de baixo roubam porque os de cima dão a chave e até abrem a porta. Tem vários peixes gordos presos, ou quase. Gordos, gordos. Ministros, vice-ministros, diretores de empresa...

– Enfim balançaram a árvore. Mas custou...

– E não são abacates que estão caindo. São pedaços de bosta... E nós atrás deles – Manolo fez o gesto de um caçador de abacates fedorentos em queda livre. – Os desfalques e os negócios em que estavam envolvidos são de milhões. Ninguém sabe quanto eles roubaram, malversaram, deram, dilapidaram em cinquenta anos.

– E vocês apertando os velhinhos vendedores de cestos de palha, picolés e pregadores de roupa...

– Agora estamos atrás dos peixes gordos. Mas também na operação Sábado Gigante, procurando os sujeitos que captam o sinal do satélite e passam os cabos para o pessoal ver os canais de Miami... E são milhares, milhares de milhares... E fechando os bordéis e cabarés, que também são um monte. Isso estourou porque mataram uma garota num deles, injetaram uma droga e depois jogaram o cadáver numa lixeira. Tem até uns cafetões italianos metidos nisso e...

– Que beleza, hein? O melhor dos mundos... E de repente, agora, descobrem que esse mundo estava cheio de corruptos, putas, drogados, marginais que prostituem meninas e sacanas que pareciam santos porque só sabiam dizer sim.

– E, no meio de toda essa confusão, como você quer que os chefes mandem investigar onde se meteu uma maluquinha que na certa naufragou numa balsa tentando chegar a Miami? O que você acha?

– A amiga dela diz que os pais e a avó juram de pés juntos que a garota não foi embora. Nem entrou em contato com uma irmã que mora em Miami.

Manolo respirou sonoramente.

Hoje de manhã, quando você me ligou, a primeira coisa que fiz foi procurar esse expediente. A garota era emo, e essa gente, a maioria, tem uma mecha de cabelo num olho e um tênis na cabeça. Mas não um tênis qualquer, é um Converse, desses que custam quase cem dólares e...

– Cem dólares por um tênis?

Agora sim o major Palacios sorriu e levantou os óculos escuros até a testa para olhar melhor o ex-colega. Assim que fixou a vista em Conde, seu olho esquerdo começou a navegar até pousar no tabique nasal.

– Em que mundo você vive, rapaz? Olhe, para ser emo é preciso ter um tênis desses ou de outra marca que agora nem me lembro, um celular, mas não desses comuns só para falar e passar umas mensagenzinhas, e sim um com câmera de fotos e de vídeo e que sirva também para ouvir música. É preciso usar roupa preta, de preferência marca Dolce & Gabbana, não interessa muito se é autêntica ou *made in Ecuador*. Usar uma espécie de capa que se põe nos braços como se fossem mangas, luvas também pretas, com este calor de merda, e também é preciso esticar o cabelo com uma coisa química até ficar liso e duro o suficiente para poder pentear como se fosse uma asa de urubu caindo no rosto... Sabe como eles chamam essa mecha de cabelo? *Bistec*...

– *Bistec*? *Bistec*? Que porra é essa, posso saber?

– Deixe de gracinhas e faça as contas: são necessários pelo menos quinhentos dólares só para se montar de emo. É o que eu ganho em dois anos.

– E como vocês se dão com os emos?

– Vejamos... Todos esses personagens se reúnem na rua G: os emos, mas também os roqueiros, *freakies*, rastas, metaleiros, *hip-hoppers*..., ah, e os *mikis*.

– Cada vez aparecem mais... O que é isso? *Guerra nas estrelas*?

– Todos são mais ou menos a mesma coisa, mas não são iguais. Esses *mikis*, por exemplo, são os que têm mais dinheiro, porque os pais são bem relacionados com a grana, de uma forma ou de outra. Nós tentamos não nos meter com eles enquanto estiverem só bebendo rum, ouvindo música, mijando na rua, cagando no portão das casas da região, trepando em qualquer lugar escuro...

Foi a vez de Conde rir.

— Como vocês mudaram! Quando eu estudava no colégio pré-universitário a gente era preso por andar de bermuda na rua. E como está a droga entre esses rapazes?

— Essa é a parada, a droga. Com isso, sim, ficamos zangados. O problema é que nos fins de semana se juntam não se sabe quantos, e tudo fica mais difícil. O que fazemos é achar quem vende por meio de quem compra, e muitas vezes cai um bom peixe na rede.

— E como fazem?

— Porra, Conde, para que merda se inventaram os informantes? Temos um *miki*-polícia, um policial metaleiro e um vampipolicial. Porque também há vampiros na rua G.

Conde assentiu como se aquilo fosse a coisa mais natural do mundo. E, aparentemente, era. De qualquer forma, Manolo lhe dava mais uma razão para ficar feliz por poder ouvir aquela música sentado numa poltrona de espectador, e não como policial em exercício, encarregado talvez de organizar uma caça aos vampiros. O país estava louco? Yadine usava tênis de cem dólares?

— Então você não pode fazer nada para encontrar a menina?

— Ela não é mais menina, Conde, ela tem dezoito anos, já está um pouco grandinha para ficar com essa babaquice de ser emo ou coisa assim, de se deprimir por prazer e de se cortar para sentir dor e... Mas dizem eles que não são masoquistas.

— Porra, Manolo, tenho a impressão de que vou fazer cem anos. Para mim não tem pé nem cabeça. Tanto nos encheram a paciência com o sacrifício, o futuro, a predestinação histórica e uma calça por ano para chegar a isso... Vampiros, depressivos e masoquistas por iniciativa própria? Com este calor?

— Por isso é que eu digo que, se ela não esticou as canelas, o mais provável é que ande por aí aproveitando a vida com algum estrangeiro ou Deus sabe onde, picando-se com alguma coisa dessas que eles se injetam agora. Ou então se cortando em pedacinhos. Só posso pedir aos sujeitos que cuidaram do caso que não o deixem no fundo da gaveta. Mas o fato é que agora eles estão ocupados demais procurando cafetões, putas, traficantes, vigaristas, funcionários corruptos e qualquer outro tipo de filhos da puta para poder dedicar mais tempo à emo perdida porque quis se perder. Além do mais, você sabe, depois de 72 horas, um desaparecido que alguém fez desaparecer não costuma aparecer. – Manolo sorriu avaliando seu engenho verbal, e acrescentou: – Ao menos não vivo.

Conde acendeu outro cigarro e passou o maço a Manolo, que recusou com a cabeça.

— Que dia se supõe que ela sumiu?

Manolo tirou do bolso da calça regulamentar uma caderneta macerada.

– Trinta de maio, faz onze dias – leu, calculou e acrescentou: – Três dias depois, a mãe registrou o desaparecimento. Disse que às vezes ela sumia por um ou dois dias, mas não três. Para uma investigação, esse tempo perdido é fatal, você sabe.

– E há alguma coisa interessante no expediente?

Manolo pensou uns segundos. Havia voltado a colocar os óculos, e Conde não pôde desfrutar do espetáculo da sua vesguice intermitente.

– Já falou com os pais?

– Ainda não.

– Os pais até mandaram uma foto da filha para um programa de televisão, mas foi difícil fazê-los contar que ela estava saindo fazia um tempo com um italiano, um tal de... – Manolo voltou a consultar a caderneta, que parecia tirada do lixo – ... Paolo Ricotti. O nome chamou a atenção porque esse sujeito está na nossa mira, por andar com putas, quem sabe até por ser corruptor de menores, mas nunca foi pego com a boca na botija.

– E o que essa figura faz em Cuba?

– Homem de negócios, amigo de Cuba, desses que fazem doações solidárias. Mas o que não estou entendendo agora é como você entrou no rolo dessa emo, hein, Conde?

Conde olhou para o prédio onde trabalhara durante dez anos. Procurou a janela daquele que fora seu cubículo e, a contragosto, não pôde evitar uma onda de insalubre nostalgia.

– Acho que é porque eu gostaria de falar com essa tal de Judy... Para entender realmente o que é ser emo.

Manolo sorriu e se levantou. Conhecia essas respostas evasivas de Conde e preferiu provocá-lo.

– Ou será que mergulhou de cabeça porque continua pensando como policial?

– Como dizia meu avô: que Deus nos livre dessa doença, se é que já não a pegamos. Obrigado, Manolo.

Conde estendeu a mão direita e Manolo, mais que apertá-la, reteve-a.

– Escute, compadre: e o pai, não interessa?

Uma faísca iluminou o cérebro do ex-policial.

– Interessa, claro.

– O sujeito está de molho. Era um dos chefes da cooperação cubana na Venezuela. Deu uma merda com importações no paralelo.

– E?

– E é só o que eu sei. Mas a mosca também zumbiu na minha orelha e vou investigar.

– Estou interessado no que descobrir. Mesmo que não tenha a ver com a filha. As desgraças nunca vêm sozinhas – disse, e de forma automática tocou embaixo do mamilo esquerdo, lugar onde costumavam se refletir dolorosamente suas premonições.

– Ah, não, Conde, não venha me falar agora de premonições! E, sabe, passe bosta de vaca na cabeça, dizem que faz bem; você está ficando careca.

Depois de vários dias de ameaças, o céu se encabritou e abriu suas comportas: raios, trovoadas e chuva inundaram a tarde, como se houvesse chegado o fim do mundo. Quando chovia daquele jeito apocalíptico e o calor amainava, Conde conhecia um método insuperável para esperar a passagem do temporal de verão: enchia a barriga com a primeira coisa que encontrava, caía na cama, abria um romance asmático de um poeta cubano sempre à mão para aquelas ocasiões, lia uma página sem entender porra nenhuma e, ao receber aquele pontapé no cérebro, aconchegado ao som da chuva, dormia – e assim dormiu naquela tarde – como uma criança que acabou de mamar.

Quando acordou, duas horas depois, sentia-se úmido e pesado. O peso se devia ao sono; a umidade, a Lixeira II, que, precisando de refúgio para passar o vendaval de verão, tinha encontrado o que queria e agora dormia, com o pelo ainda molhado, cara a cara com Conde. O homem pensou que devia aproveitar o sono do cão e matá-lo naquele mesmo instante: era o que merecia aquele grandessíssimo filho da puta. Mas, ao vê-lo dormindo com a ponta da língua entre os dentes, enquanto emitia uns levíssimos grunhidos de felicidade, provocados na certa por algum doce sonho canino, sentiu-se desarmado e se levantou com a maior delicadeza possível para não interromper o descanso... daquele desgraçado que merecia morrer por ter molhado sua cama.

A chuva havia parado, mas as nuvens continuavam cobrindo o sol. Enquanto preparava o café, Conde pensou, sem muita vontade, em sua conversa com Manolo. Haveria alguma conexão entre o que o pai da emo havia feito na Venezuela e o sumiço da jovem? A lógica dizia que não, mas ela também costumava ser bastante volúvel, pensou.

Depois de tomar o café e fumar um cigarro, decidiu pôr os motores em funcionamento e ligou para Yoyi, o Pombo.

– Escute, teve alguma notícia do dirigente?

– Ainda não – disse o Pombo. – Dê um tempo, dois ou três dias. Ou não confia mais no meu faro?

– Mais do que nunca... Yoyi, você está ocupado esta noite? Pode ir comigo ver uma coisa que me interessa e da qual não entendo nada?

– Tem grana na jogada? – Perguntou, como não podia deixar de fazer, Yoyi, o Pombo.

– Nem um tostão. Mas sua ajuda viria bem. Quero ver se encontro uma mulher.

– Para você?

– Não exatamente. É jovem demais: tem dezoito anos... Uma emo.

– Uma emo? Dezoito anos? Estou nessa.

Duas horas depois Yoyi passava para pegá-lo em seu Bel Air. Como Conde havia averiguado que a melhor hora para ver aqueles personagens era a partir das dez da noite, seu sócio o convidou para matar o tempo matando a fome, e a execução foi no El Templete, a velha hospedaria portuária renascida como o restaurante mais caro da cidade, cuja clientela, em 99,99% dos casos, era gente nascida ou residindo além-mar – ou então novos empresários cubanos, os únicos em condições de superar a barreira dos altos preços das delícias oferecidas no estabelecimento. Mas Conde não se surpreendeu ao ver que todos, dos manobristas até o *chef*, receberam Yoyi, mais vira-lata que cachorro de rua, com reverências dignas de um xeque árabe.

Depois de comerem como príncipes e beberem com mesura – duas garrafas de um tinto reserva Ribera del Duero –, deixaram o Chevrolet em frente à casa de um amigo de Yoyi, que se encarregaria de vigiá-lo como se fosse sua filha ainda (digamos assim) virgem e foram andando pela rua 17 até a G, a antiga avenida de los Presidentes. Fazia uns dois anos que as tribos urbanas locais, como foram chamados aqueles ríspidos habitantes da noite – entre os quais havia de tudo, até vampiros tropicais –, haviam se estabelecido no passeio central da avenida.

Várias vezes Conde já observara, na velocidade de um carro ou de um ônibus, sempre com a mais absoluta displicência, a concentração de jovens que, especialmente nos fins de semana, se apropriavam das noites da rua G. Desde o começo achara aquilo um espetáculo curioso, pouco compreensível e bastante singular. Pelo que sabia, tudo havia começado como um encontro de um grupo de fãs de *rock* sem outro lugar aonde ir e, pouco depois, tinha se tornado uma concentração multitudinária de entediados e descontentes, mais autoexcluídos que marginalizados, procurando esvaziar de sentido o passar do tempo, chafurdando em papos, bebidas e fins de noite com uma conexão sexual por qualquer uma das tomadas disponíveis. Mas era só o que sabia daquele mundo tão distante e diferente do seu.

Enquanto jantavam, Yoyi lhe explicou alguma coisa.

– Vamos ver se você entende.

– Não vou entender, mas tudo bem – aceitou Conde.

– Essa garotada só quer ficar sossegada e falar merda sem que ninguém incomode. Cada tribo tem seu assunto predileto. Os roqueiros falam de *rock*; os rastas, de como fazer tranças de preto; os *freakies*, de como se vestir da forma mais extravagante; os *mikis*, de celulares e marcas de roupas...

– Temas profundos... E os emos?

– Esses são um porre, *man*. Não falam muito porque gostam mesmo é de ficar deprimidos.

– Todo mundo vem me falar de depressão... Eles gostam mesmo disso? Não é pose? Isso me deixa intrigado...

– Para ser emo, é preciso ser depressivo e pensar muito em suicídio.

– Eu falei que não ia entender.

Yoyi, que evitava comer doces, traçou um exemplar desses camarões ao alho que dizem ser sobremesa, bebeu um gole de vinho e tentou abrir a cabeça de Conde.

– O que acontece com todos esses jovens é que eles não querem ficar parecidos com pessoas como você, Conde. Nem com pessoas como eu. Tentam ser diferentes, mas, acima de tudo, querem ser como eles mesmos decidiram ser, e não como dizem que eles têm que ser, como acontece há tanto tempo neste país, onde sempre estão mandando nas pessoas. Eles nasceram na época mais fodida e não acreditam em contos da carochinha nem têm a menor intenção de ser obedientes. A aspiração deles é estar *out*, fora...

– Isso me agrada mais. Isso eu entendo...

– A-há, *man*. Eles pertencem a uma tribo porque não querem pertencer à massa. Porque a tribo é deles, e não dos que organizam e planejam tudo – e Yoyi apontou para as alturas.

– Continuo entendendo, mas não o principal. Como você sabe tudo isso?

Yoyi sorriu, acariciando o peito de pombo.

– É que nos meus tempos fui roqueiro... Louco pelo Metallica.

– Veja só... Eu não passei de Creedence...

– Mas na minha época era quase uma brincadeira. Quando falo com os roqueiros de agora, vejo que a coisa é mais complicada. – Yoyi tocou a cabeça para situar a complicação. – E é sério. Ao menos é o que eles pensam.

Naquela noite, refrescada pela chuva vespertina, a rua estava coalhada de jovens. Numa primeira olhada, Conde constatou que a maioria era de adolescentes, quase impúberes. E que todos pareciam estar fantasiados para um carnaval futurista. Havia círculos humanos em volta de alguns tocando seus violões; jovens que perambulavam numa ou noutra direção do passeio central da avenida, procurando algo que não encontravam, ou talvez não procurando nada; outros mais, sentados no chão, certamente úmido pelo aguaceiro da tarde, passavam de mão em mão uma garrafa plástica de dois litros com um líquido escuro, de aspecto gorduroso, aparentemente de alta octanagem. Alguns usavam roupas apertadas; outros, calças largas, além de cristas de cabelo endurecidas com fixador na cabeça, pulseiras de carrasco medieval nos punhos, correntes com cadeados no pescoço; e os primeiros usavam brincos nas orelhas, lábios pintados e roupa cor-de-rosa. Enfastiados e alienados por uma hierarquia opressiva, entediados com tudo, automarginalizados, obsessivos anatômicos e musicais de aparência assexuada, cândidos, irritados, militantes tribais, anarquistas sem bandeiras, buscadores da própria liberdade. Mais que numa rua de Havana, Conde sentiu que estava andando no Porto de Marte, naturalmente sem Hilda. Mas aquilo era Havana: uma cidade que finalmente se afastava do passado e, entre ruínas físicas e morais, prefigurava um futuro imprevisível.

Talvez pela necessidade de fazer essa especificação planetária, Conde não pôde deixar de lembrar que, na mesma cidade onde as dez tribos perdidas haviam ido parar agora, alguns anos antes, quando ele mesmo era adolescente, certos bruxos com poder ilimitado haviam saído para caçar nas ruas todo garoto que tivesse cabelo um pouco mais comprido ou calças mais estreitas do que eles, os bruxos com poder que operavam como instrumentos do verdadeiro poder, consideravam plausível ou apropriado para as cabeleiras e extremidades de um jovem imerso num processo revolucionário que se empenhava, por esses e outros métodos, em fabricar o Homem Novo. A arma de extermínio em massa mais utilizada pela guarda vermelha foi a tesoura: para cortar cabelos e panos. Alguns milhares daqueles jovens, considerados, apenas por suas preferências capilares, musicais, religiosas ou em termos de vestuário e de sexo, como chagas sociais inadmissíveis dentro da nova sociedade em construção, não apenas foram tosquiados e suas roupas redesenhadas. Muitos deles acabaram internados em campos de trabalho onde se supunha que, em duras tarefas agrícolas sob regime militar, seriam reeducados para o seu próprio bem e para o bem social. Ser considerado "arrumadinho", demonstrar inclinações *hippies*, acreditar em algum deus ou ter uma bunda livre, leve e solta constituía um verdadeiro pecado ideológico, e as hordas da pureza revolucionária, encarregadas da tarefa de aplainar o caminho moral e ideológico para o futuro melhor, faziam sua fecunda safra com aqueles supostos depravados que urgiam correção ou eliminação (já a safra de verdade, a de açúcar, a do desenvolvimento e do subdesenvolvimento, não obtinha resultados tão bons). E, enquanto lembrava, Mario Conde não podia deixar de se perguntar se todo aquele sofrimento e repressão contra os diferentes, pelo simples fato de sê-lo, se aquela mutilação da liberdade na terra da liberdade prometida, serviu para alguma coisa: ao menos pelo que via agora, não. E ficava muito feliz por isso. Mas os bruxos haviam realmente desaparecido ou só recuado, esperando seu momento, por mais que a vida houvesse lhes tirado a possibilidade de mais momentos? No entanto, daquele mundo heterogêneo e desfeito por onde se movia agora como um cego sem bengala, só continuava soando em seus ouvidos, como um ruído incômodo, a certeza de que alguns daqueles jovens se deleitavam com a depressão e praticavam a automutilação, até mesmo a cultura da morte, atitudes que o ex-policial considerava antinaturais e, ainda pior, contranacionais. Cada vez mais aumentava sua certeza de que tal atitude incompreensível havia sido o empurrão que o levara até ali.

– Yoyi, e em todo esse circo como dá para saber quais são os emos?

– Porra, *man*, pela roupa e pelo *bistec*... Vamos procurá-los.

– Olhe, se vir algum vampiro, me avise. Se bem que esses na certa vou reconhecer sozinho, pelas presas e porque bebem *bloody mary* em vez de rum com refrigerante.

Yoyi se aproximou de um grupo enquanto Conde, sem parar de pensar no que estava conhecendo, explicando aquele mundo a si mesmo com códigos irônicos com os quais se protegia da própria perplexidade, observava de uma esquina do passeio os novos homens do futuro, que já era presente. Quando voltou, o jovem sorria.

– Estão lá embaixo, antes de chegar na esquina da G com a Quinze...

Cruzaram a 17 e, nas imediações de uma das novas e cada vez mais horríveis estátuas de dirigentes latino-americanos construídas para preencher os espaços deixados pelas efígies esvaídas de presidentes cubanos dos tempos republicanos, viram os habitantes da diminuta mas soberana comarca da Emolândia. Os penteados com a mecha lisa chapada contra metade do rosto, as roupas pretas e rosas, aquelas mangas listradas como pele de zebra, os brincos metálicos em diversos lugares da anatomia e os lábios, olhos e unhas bastante escurecidos eram os sinais que os distinguiam do resto dos indígenas vistos até aquele momento. Conde, despertando o policial que ainda tinha a contragosto dentro de si, chamou Pombo para tentar localizar Yadine no grupo, mas não a encontrou. Aproveitou, então, para observá-los por um tempo e ter uma primeira visão do bando. Enquanto aqueles que vira antes cantavam, conversavam ou se beijavam, os jovens emos permaneciam em silêncio, sentados na grama úmida que devia estar molhando a bunda deles, com o olhar dirigido para qualquer lugar ou para lugar nenhum. A estrutura circular do grupo favorecia o movimento do garrafão de plástico que circulava em sentido anti-horário, como se percorresse um tempo impossível em direção ao nada. Observando-os, Conde pensou que talvez estivesse começando a entender o incompreensível: aqueles adolescentes estavam cansados de seu meio ambiente. No entanto, não pareciam dispostos a fazer algo além de enfeitar-se, embebedar-se e marginalizar-se toda noite para solucionar esse estado de fadiga profunda, sem se preocupar muito em encontrar uma saída que não fosse a autoalienação. Como havia lhe sugerido a filosofia elementar de Yadine, só pretendiam ser, estar e parecer. Os emos eram netos de um avassalador cansaço histórico e filhos de duas décadas de pobreza generalizada, seres despojados da possibilidade de acreditar, empenhados em se evadir para algum canto que lhes parecesse mais propício, talvez até inacessível para todos que estavam fora daquele círculo mental e físico que, sem pensar mais, o ex-policial decidiu quebrar. Seguindo um impulso impertinente e irrefreável, Conde deu os três passos mais ágeis que conseguiu nos últimos anos, avançou até onde estava o grupo e se sentou entre um emo e uma ema, ou como quer que se chamassem.

– Podem me dar um gole?

Os garotos não tiveram opção senão voltar à pestilenta realidade real: um extraterrestre era algo descomunal demais para ser ignorado. E, além do mais, o *alien* descarado e insolente lhes pedia um gole.

– Não – disse o emo que estava diante dele, segurando a garrafa com força. Conde observou o garotinho louro, quase transparente de tão branco, com o cabelo escorrendo sobre o olho direito, os lábios pintados de púrpura profundo, uma única manga postiça e um reluzente brinco no nariz. Era tão andrógino que seria necessária uma observação detalhada num microscópio e só então se poderia tentar estabelecer seu pertencimento sexual.

– Tudo bem. Afinal, deve ter gosto de merda – defendeu-se Conde, deslocando-se um pouco em direção à ema localizada à sua direita e chamando seu companheiro. – Venha, Yoyi, chegue aqui, vamos nos deprimir um pouco.

Yoyi, que havia assistido com assombro à ação de Conde, definitivamente atípica de seu caráter, aproximou-se lentamente. Até para um ex-roqueiro que havia virado um soldado na guerra do dia a dia a ação de seu parceiro parecera desproporcional. Por isso sussurrou um "com licença" antes de se introduzir no lugar aberto pelo amigo. Além do mais, era evidente que Yoyi não achava nada engraçado encostar no chão os fundilhos de seu jeans Armani.

– Mas que porra! – O louro Cara-Pálida recuperou sua condição varonil e começou um protesto. Os outros iam se juntar a ele quando Conde os impediu.

– Vim aqui para saber uma coisa: Judy está viva ou morta?

A bomba largada pela malícia do ex-policial deixou-os mudos. Mas os olhares eram vivos.

– Esclarecimento necessário – disse Conde, levantando o indicador. – Nós não somos policiais. Queremos saber o que aconteceu com ela para contar à avó – optou por dizer, pois não sabia se devia mencionar ou não a participação de Yadine. – Os policiais de verdade dizem que alguém comentou que Judy queria ir embora de Cuba e quem sabe pegou uma balsa e... Perdoem minha falta de educação e deixem que eu me apresente: Mario Conde, muito prazer.

Os garotos escutaram aquele personagem não convidado e se entreolharam, e um ou outro olhar foi em busca de Cara-Pálida, sem dúvida possuidor de certa liderança. Debaixo de suas máscaras, Conde calculou que tinham entre catorze e dezoito anos e comprovou que seu discurso surtira algum efeito. Se quisesse conseguir alguma coisa daquele mergulho entre os emos, devia catalisá-lo.

– Ouvi falar que os emos adoram balsas e...

Cara-Pálida tomou a palavra.

– Judy estava sempre falando de fazer coisas que depois nunca fazia. Ela me falou de ir embora numa balsa.

O único emo negro do grupo pigarreou. Tinha a vantagem, como pensou Conde, de economizar no batom, mas devia ter feito muito esforço e química para conseguir aquele *bistec* de cabelo liso cobrindo o rosto.

– Eu não acredito nisso – disse o rapaz, e olhou para o líder.

– Pois ela me disse de novo outro dia – reagiu Cara-Pálida, parecendo incomodado. – Se foi ou não, é outra coisa. Mas tomara que tenha ido – sussurrou as últimas palavras enquanto ajeitava sua única manga listrada que cobria do punho até o bíceps do braço esquerdo.

Com quem se parecia aquele rapaz quase transparente?, voltou a se perguntar Conde. Antecipando-se ao silêncio que crescia, procurou alternativas para manter os jovens falando.

– É divertido ser emo? – Perguntou, tentando atiçá-los.

– Somos emos porque somos, não por diversão – disse a ema sentada ao seu lado. – Porque dói viver num mundo de merda, e não queremos nada com ele.

Conde anotou mentalmente a frase, quase idêntica à dita por Yadine na tarde anterior. Seria um lema tribal, ou versos de seu hino emocional?

— E o que seus pais dizem disso?

— Não sei nem me interessa saber — disse a ema, e imediatamente acrescentou, com voz recitada e um inglês mais que correto: — "*It's better to burn out than to fade away*", como disse Kurt Cobain.

Dois "*yeah, yeah*" desanimados mas aprobatórios seguiram-se à declaração da emo, e Conde se perguntou quem seria aquele poeta ou filósofo mencionado pela futura piromaníaca. Cobain? Não era Billy Wilder o autor da frase? Então, lembrou-se de uma conversa que quando era policial tivera com um grupo de *freakies* daqueles tempos remotos: os *freakies* queriam ser livres e se afastar da sociedade opressiva para respirar sua liberdade e trepar feito desesperados. Se esses emos não queriam nada, se eles se exibiam como fenômenos assexuados e, além do mais, eram dos que simplesmente preferiam se queimar para gozar com a imolação, as coisas iam de mal a pior.

— Algum de vocês viu a foto de Judy que a mãe dela mandou para o tal programa de televisão que fala de pessoas e cachorros desaparecidos? — Tentou parecer casual.

— Sim, eu vi! Nem parecia ela, toda penteadinha — disse outra ema mais distante, até sorridente, para confirmar a suspeita de Conde.

— E é verdade que Judy tinha um namorado italiano?

O emo negro começou a negar com a cabeça, sem conseguir que o *bistec* se soltasse de seu rosto.

— Eu sou amigo de Judy... da escola — disse o rapaz. — O italiano não era namorado. Nem podia ser, porque era um velho de mais de quarenta anos.

Conde olhou para Yoyi: e então que diabos seria ele, com mais de cinquenta? E por que Yadine não havia tocado naquela tecla específica do personagem italiano?

— E então?

— Ela dizia que era um amigo. Que gostava de conversar com ele, que ele sim a entendia... Sempre dava livros de presente para ela, comprava na Espanha.

— Como assim? — Protestou o emo pálido, por alguma razão incomodado com as opiniões do emo escuro.

Conde olhou para Yoyi outra vez: aquela história do italiano velho e bonzinho estava cheirando mal. Continuou focado no emo negro.

— E você disse que ela não falou de ir embora de Cuba?

O rapaz pensou na resposta.

– Bem, uma vez... Mas depois nunca mais disse nada sobre isso. Todo mundo fala de ir embora, e muita gente vai, mas aqui Judy fazia uma coisa que adorava fazer: sacanear o pai.

– Bem, isso é normal. E agora, posso tomar um gole? – Dirigiu-se a Cara-Pálida, que continuava agarrado ao garrafão enquanto operava as teclas do celular e observava algo na tela, como se a conversa houvesse deixado de lhe interessar.

A contragosto, o rapaz lhe passou o recipiente. Conde cheirou: já engolira beberagens piores, pensou, e jogou um pouco na garganta. Engoliu, bufou e ofereceu a Yoyi. O Pombo, naturalmente, rejeitou a oferta.

– Uma última coisa que eu gostaria de saber... por enquanto. Por que os emos têm que ficar deprimidos pelo prazer de ficar deprimidos? Não há motivos suficientes na rua para se deprimir? Não faz calor demais em Cuba para se deprimir por conta própria?

Cara-Pálida olhou-o com ódio, como se Conde fosse um profanador de dogmas sagrados. Sim, sim, o rapaz lhe lembrava alguém. Depois de pensar, o emo respondeu:

– Fazia tempo que eu não via um cara tão babaca como você. E não estou nem aí se você é da polícia ou não – a raiva o forçou a fazer uma pausa. Conde, disposto a aceitar tudo com o objetivo de saber mais, observou o júbilo no rosto dos outros supostos deprimidos. – A única coisa que nós queremos, de verdade, é não ter uma vida de merda como a que você teve e tem. Você na certa é um infeliz porque nunca fez o que queria fazer. Engoliu todas as histórias que lhe contaram... De tão medroso e babaca que é. E, afinal, para quê? O que ganhou com isso?

O emo fez uma pausa e Conde pensou que esperava uma resposta, e aceitou dá-la.

– Não ganhei nada. Talvez tenha perdido... Por ser babaca.

– Estão ouvindo? – Disse, triunfal, dirigindo-se aos confrades. Depois devolveu o olhar a Conde, que havia conseguido manter o sorriso estúpido que considerava necessário para o momento. – Nós, pelo menos, não deixamos que nos tratem como cordeiros, vivemos a vida que queremos e não nos submetemos a ninguém, nem homem nem deus. Não acreditamos em nada, não queremos acreditar.

– Descrentes ou hereges? – Quis definir Conde, sem saber bem por que ou talvez simplesmente porque a última frase, aquela proclamada ausência voluntária de fé, tocara em alguma corda de sua memória.

– Tanto faz. O importante é não acreditar – continuou Cara-Pálida, exibindo sua evidente liderança e expelindo uma raiva enquistada. – É por isso que não queremos que nos deem nada, para que depois não possam vir dizer que nos deram alguma coisa. Não falamos de liberdade porque os filhos da puta já pegaram essa palavra para eles e a desgastaram: nem isso queremos de vocês. Ficamos na nossa, e pronto. E, se der, vamos nos mandar daqui, para onde for, Madagascar ou Burundi. E agora vá cagar, porque só de ver gente que nem vocês fico ainda mais deprê.

À medida que o sujeito transparente avançava em seu discurso de orgulho emo, Yoyi foi se erguendo, como se um macaco hidráulico o levantasse. Deixou-o terminar seu desabafo e então explodiu:

– Escute aqui, leite com pêra, só vou lhe perguntar uma coisinha. De onde diabos saiu a porra do dinheiro para os Converses que você usa e esse Blackberry que aqui em Cuba não serve pra merda nenhuma?

– Sabe, eu...

– Responda ou cale a boca. Eu já deixei você falar, e na Emolândia democrática cada um tem a sua vez – trovejou Yoyi, fazendo outros jovens das tribos adjacentes se virarem para olhar. – Sabe o que eu preciso fazer para ter um celular? Tenho que enfrentar todo dia os policiais de verdade, que existem, e muito. Sabe Deus de onde seu pai, sua mãe ou o veado que come seu rabo tiram dinheiro para sustentar você, pagando suas roupas e suas aspirações. Então, deixe de ser babaca e de bancar o puro e o herege. E se quer mesmo se deprimir, ouça o que vou lhe dizer agora: esse pulôver Dolce & Gabbana que você está usando é mais falso que uma nota de dois pesos! Quer mais para se deprimir? Pois ouça bem: você nunca vai ser livre! E sabe por quê? Eu ajudo: porque não vai ganhar a liberdade ficando escondido num canto. Tem que conquistá-la, seu babaca! E porque são imbecis como você que deixam ricos os caras que fabricam Converses, Blackberrys e MP4s, que, aliás, são umas grandes merdas. – Yoyi respirou fundo e olhou para Conde. – Vou embora, *man*, não estou a fim dessas coisas. E você – dirigiu-se ao emo alvo –, se não gostou do que falei e quer trocar uns socos, venha comigo, que vou te mostrar o que é depressão.

Conde, ainda sentado, sentiu que a umidade havia se concentrado em suas nádegas, que estavam intumescidas. Olhou para os emos, enfurecidos ou surpresos com a explosão de Yoyi, e observou o líder transparente, que estava bufando, mas sem sair do lugar. Captou no ar que, àquela altura do debate, o único que parecia estar deprimido era o emo negro. Lutando com seus músculos, conseguiu ficar em pé e armou seu melhor sorriso.

– Perdoem meu amigo... Ele é assim mesmo, impulsivo. É porque foi roqueiro. E eu... eu jogava beisebol – e fez um gesto de despedida, como se estivesse anunciando sua retirada definitiva do campo.

3

No tempo em que Mario Conde era jogador de beisebol (ou, para sermos justos: tentava ser), consumidor contumaz de Beatles, Creedence Clearwater Revival e Blood, Sweat and Tears, ele também foi vítima da depressão: só que por motivos mais concretos. Vivia os últimos dias de uma adolescência passada sem a menor graça e sem ter colocado nos pés ou em qualquer outra parte de sua anatomia nada remotamente parecido com um tênis Converse ou alguma peça de Dolce & Gabbana, nem sequer falsa. Foi então que entrou no colégio de La Víbora e, com a mesma naturalidade com que a acne ia desaparecendo de seu rosto, foi adquirindo algumas das coisas que completariam sua vida: os amigos – o magro Carlos, na época muito magro, Coelho, Andrés e Candito Vermelho; o gosto pela literatura, dificultado por uma preocupante vontade de escrever como alguns autores que lia, como o sacana do Hemingway ou o babaca do Salinger, que em quarenta anos não publicara mais nada; e o primeiro, mais doloroso e constante amor de sua vida: Tamara Valdemira, a irmã gêmea de Aymara. E foi Tamara a causadora de sua primeira depressão. (Hemingway o deprimiria mais tarde, quando entendeu melhor o personagem. Salinger simplesmente o decepcionaria com sua insistência em não publicar mais.)

Embora as gêmeas se assemelhassem em tudo em que um ser humano pode se parecer com outro – tanto que, para facilitar a identificação, seus pais haviam decidido que a cor de Tamara era azul e a de Aymara, malva (para as fitas de cabelo, as meias, as pulseiras) –, desde que as vira, apesar do uniforme e rosto idênticos, Conde se apaixonara definitiva, inconfundível e cavalarmente por Tamara. A furiosa timidez do rapaz, a beleza alarmante da jovem e o fato de Tamara provir de um mundo tão diferente do seu (neta de advogado famoso e filha de diplomata, ela; de criador de galos de briga e de motorista de ônibus, ele) fizeram Conde sofrer em silêncio aquela paixão, até que o envolvente e expansivo Rafael Morín surgiu, levou a melhor e, de quebra, destruiu os sonhos de Mario Conde, que sofreu por vários meses uma insana mas justificada depressão juvenil, impossível de aliviar até mesmo com a frequente prática da masturbação, uma arte na qual chegou a se considerar um especialista e até um inovador.

Quase vinte anos depois, essa amarga história primaveril iniciou seu segundo capítulo de maneira imprevista e explosiva. Rafael Morín desapareceu, e quis o destino que o tenente investigador Mario Conde fosse o encarregado de achar o impoluto dirigente. Fuçando onde devia fuçar, Conde acabou revelando que Rafael era tudo menos impoluto, só reaparecendo para ser depositado sete palmos embaixo da terra, coberto com a ignomínia de suas manipulações fraudulentas. Desde então Tamara e Conde (que arrastava uma história de divórcio e separação bastante traumática) mantinham uma relação amável e sossegada na qual cada um entregava ao outro o melhor que tinha, mas sem ceder seus últimos espaços de individualidade. Conde inclusive pensava que a saúde dessa convivência talvez se devesse ao fato de que nenhum dos dois, mesmo que o pensasse em algum momento, jamais se atrevera a pronunciar com intenção concreta a palavra maldita: casamento. Mas o fato de não enunciá-la tampouco implicava que a palavra e tudo que ela significava não estivesse rondando por ali, como um abutre à espreita.

Sempre que Conde amanhecia na casa de Tamara tinha uma doce sensação de estranhamento e, em certas ocasiões, até imprevisíveis desejos de se casar. A primeira causa dessas reações era de origem visual: como costumava acordar antes da mulher, desfrutava do privilégio de ficar vários minutos na cama observando o milagre de sua boa sorte e se perguntando – sempre a mesma pergunta, durante vinte anos afortunados, pelo menos nesse sentido específico – como era possível que na noite anterior houvesse compartilhado a intimidade de uma mulher tão bela, capaz inclusive de levar sua classe ao ato reflexo de roncar como se tocasse um *oboé d'amore* típico das cantatas de Bach. Tamara, apenas dois anos mais nova do que Conde, ultrapassara a fronteira dos cinquenta anos com uma dignidade assombrosa: peitos, bunda, abdômen e rosto conservavam muito de seu tônus original, apesar do volume que tinham alguns desses atributos, como o seio, que, escapando da camisola, atraía a atenção de Conde naquele amanhecer. Os efeitos colaterais da idade Tamara combatia com empenho: exercícios diários, ocultação dos fios grisalhos impertinentes com um tintura L'Oréal castanho médio, alimentação controlada, de modo que – calculava Conde, quando via sua própria deterioração e contabilizava seus excessos – em pouco tempo ela pareceria sua filha. A segunda causa tinha um caráter mais conceitual: como era possível que Tamara o houvesse evitado tantos anos? Para não pensar nessa pergunta, a mais difícil, em manhãs como aquela Conde costumava sair da cama como um fugitivo e ir para a cozinha preparar o necessário café do despertar. Mas, nesse dia, em vez de uma premonição dolorosa, foi um relâmpago de fogo que afinal iluminou sua memória e o reteve alguns minutos ao lado da cama, observando o mamilo descoberto e o brilho da saliva na comissura dos lábios da bela adormecida, que... dois dias depois faria 52 anos.

Fumando o primeiro cigarro do dia, Conde viu pela janela totalmente aberta a claridade se instalando no que prometia ser outro infernal dia de junho. Sabia muito bem que Tamara não era adepta de comemorações de aniversário, menos ainda depois que passara da meia roda, e talvez por isso ele houvesse demorado tanto para lembrar a data. Mas, agora, a presença em Cuba de Aymara, residente fazia muito tempo na Itália e que não por acaso fazia aniversário no mesmo dia que sua irmã gêmea, criava uma situação mais propícia para sugerir uma comemoração. E, se fossem necessários reforços e justificativas, lá estava Dulcita, a melhor amiga de Tamara, também visitando a ilha naqueles dias. Sim, a festa já estava pronta. O único problema era que, com os duzentos ou trezentos pesos amarfanhados que havia em seus bolsos, Conde não tinha dinheiro nem para comprar o bolo de aniversário.

Enquanto se vestia, Conde sorriu, malévolo: sim, para alguma coisa o magro Carlos existia no mundo.

Enquanto se afastava da casa de Tamara com a bússola apontando a residência da família da desaparecida Judy, Conde foi obrigado a assumir que a localização da casa era uma coincidência nada fortuita cujo sentido não foi capaz de descobrir, mas não deixou de inquietá-lo: Judy morara a apenas uma quadra e meia da casa que Daniel Kaminsky e sua mulher, Marta Arnáez, haviam ocupado por vários anos.

Já em frente ao endereço anotado por Yadine, Conde pensou que nos tempos de outrora aquele palacete da rua Mayía Rodríguez devia ter pertencido a alguma família com menos dinheiro do que o necessário para ter uma mansão na Quinta Avenida de Miramar, como os magnatas cubanos do açúcar e do gado, mas com o suficiente para construir aquela edificação num bairro de classe média com aspirações de ascensão social, como foi Santos Suárez de 1940 e 1950. Dois andares, colunas altas, grades sólidas e muito bem lavradas, um ar *art déco* e um envolvente portão arrematado por uma galeria de arcos espanhóis ainda na moda naqueles tempos, tudo havia recebido o benefício ressuscitador de camadas de tinta de cores berrantes. Segundo as informações que naquela mesma manhã ele conseguira arrancar do major Manuel Palacios, o tal Alcides Torres, pai de Judy, conseguira o atrativo imóvel no início da década de 1980, quando os últimos proprietários da casa partiram rumo a Miami e, de algum modo, o companheiro Torres, alegando necessidades e méritos políticos, acionara seus contatos para estabelecer ali sua base de dirigente em ascensão.

Conde apertou delicadamente a campainha ao lado da porta. Aquela que supostamente devia ser a avó de Judy abriu. Era uma mulher de uns sessenta e tantos anos, muito bem conservada para a idade, mas com a marca de uma profunda tristeza no rosto, uma angústia aparentemente mais antiga que o sumiço da neta. Conde, que mais vezes que o previsível costumava ter ideias estranhas, perguntou-se, ao vê-la, como seria possível a um pintor captar e levar para a tela aquele sentimento tão difuso e ao mesmo tempo evidente: a tristeza de uma mulher. Se soubesse pintar, gostaria de tentar.

Quando se apresentou, a anfitriã deduziu.

– O detetive amigo de Yadine, que não é detetive mas foi policial.

– É uma forma de dizer... E a senhora é a avó de Judy, não é? – A mulher assentiu. – Posso entrar?

– Claro – disse ela, e Conde entrou num salão hiperventilado por grandes janelas gradeadas, um espaço onde plantas, enfeites, quadros e móveis de madeiras nobres se esforçavam para chamar a atenção para as condições econômicas de seus proprietários, pensou Conde, enquanto aceitava o convite da anfitriã e se sentava numa das poltronas de vime, junto a uma janela.

– Obrigado, senhora...

– Alma. Alma Turró, avó de... – E se interrompeu, agredida por um golpe de uma tristeza rebelde.

Conde preferiu olhar para outro lado, esperando que ela se recuperasse. Em sua outra vida, como policial, aprendera que a incerteza sobre o destino de um ente querido costuma afetar de forma mais lacerante que uma dolorosa verdade definitiva, muitas vezes vivida como um alívio. Mas o jogo de decepções e esperanças a que é submetido o espírito de quem espera confirmações sobre uma pessoa desaparecida sempre tem um componente pernicioso e exaustivo. De repente, a mulher se levantou.

— Vou fazer um café – disse, obviamente precisando de uma saída digna.

Conde aproveitou para estudar mais à vontade um ambiente onde se destacava a falsidade peremptória de magníficas reproduções penduradas nas paredes: a inconfundível *Vista de Delft*, de Vermeer, o conhecido interior de uma igreja de Emanuel de Witte, e uma paisagem de inverno, com um moinho incluído, cujo autor original ele não pôde identificar, mas sem dúvida era tão holandês quanto os outros dois mestres. Por que os malditos pintores holandeses insistiam em aparecer na sua frente em todo lugar? Entretanto, na melhor parede, na mais visível, não havia obras de arte: como uma declaração de princípios, ali imperava uma gigantesca foto do Máximo Líder, sorridente, com a legenda Onde for, como for, para o que for, comandante em chefe, ordene! Continuou seu exame visual e observou, sobre uma mesinha, um porta-retratos com a imagem de duas meninas, de uns dez e quatro anos respectivamente, com as bochechas unidas, sorridentes: Judy e sua irmã residente em Miami, supôs Conde. Tentou imaginar uma jovem emo, deprimida e contrariada, naquele lugar, com todos os moradores em posição de firmes, dispostos (pelo menos era o que queriam dar a entender) a receber ordens, quaisquer ordens que fossem. Não conseguiu. Sem dúvida, para aquela família as atitudes da garota deveriam ter muito da heresia que o furioso emo transparente mencionara na noite anterior, e Conde pensou que naquela casa podiam estar as razões de seu desaparecimento, quer houvesse sido voluntário, quer provocado por forças externas.

Alma Turró voltou com duas xícaras e um copo de água numa bandeja prateada. Pôs tudo em uma mesa, ao lado de Conde, e o convidou a se servir.

— Posso fumar? – Perguntou ele.

— Claro. Eu também fumo uns cigarrinhos todo dia. Um pouco mais agora, ando tão nervosa...

Tomaram o café e acenderam seus cigarros. Só então Conde começou.

— A senhora já sabe que Yadine foi me procurar. Eu expliquei a ela que não sou detetive nem nada parecido e que não sei se posso ajudá-los a encontrar Judy. Mas vou tentar.

— Por quê? – Interrompeu a mulher.

Conde tragou duas vezes para ter tempo de pensar. "Porque sou curioso e não tenho nada melhor para fazer" era uma resposta possível, embora muito forte. "Porque sou um babaca e acabo me metendo nessas confusões" parecia um pouco melhor.

— Para dizer a verdade, não sei muito bem. Acho que principalmente por uma coisa que Yadine me disse sobre os emos e a depressão.

A mulher assentiu em silêncio, e Conde retomou o rumo da conversa:

— O problema é que já faz doze dias que não temos notícias dela, e isso complica as coisas. Falei com um ex-colega e sei que até a polícia está bastante perdida.

A mulher voltou a assentir, ainda sem dizer uma palavra, e Conde decidiu entrar no assunto pelo lado mais tradicional, mas ao mesmo tempo imprescindível:

— Eu gostaria de saber se Judy fez ou disse alguma coisa incomum antes de desaparecer, algo que indicasse suas intenções.

A mulher deixou por um segundo o cigarro no cinzeiro, mas imediatamente o recuperou, como se houvesse tomado uma importante decisão quanto ao ato de fumar. Mas não o levou aos lábios.

— Tudo parece indicar que fui a última pessoa conhecida que a viu. Nesse dia... — Fez uma pausa, como se precisasse respirar mais oxigênio, e voltou a largar o cigarro. — Bem, nesse dia ela chegou da escola na hora de sempre, beliscou um pouco a comida, disse que não estava com fome e subiu para o quarto. Naquele momento não fez nada que parecesse estranho. Na perspectiva de agora, parecia mais séria ou até deprimida, ao menos mais calada do que outras vezes, mas talvez seja imaginação minha. Eu já não sabia se estava deprimida de verdade ou deprimida por gosto e por disciplina. Que absurdo!

— E depois?

— Ficou um pouco no quarto, saiu para tomar banho por volta das três... Às quatro e meia desceu, despediu-se de mim e foi embora.

— Só se despediu da senhora? O que disse?

— A mãe tinha ido ao mercado, o pai estava consertando um registro de água no quintal, mas Judy não perguntou por eles. Despediu-se como sempre, disse que ia sair, que não sabia a que hora voltava, e me deu um beijo.

— Não telefonou para ninguém?

— Não que eu saiba.

— Não comeu nada antes de sair?

— Nem passou pela cozinha.

— Talvez fosse comer em algum lugar, não é?

— Não tenho tanta certeza. Às vezes ela passava o dia todo quase sem comer. Outras vezes comia como um leão. Eu sempre lhe dizia que isso não era saudável nem normal.

— Como estava vestida? Levou uma bolsa, uma mochila?

— Não, não levou nada. Estava vestida como sempre que ia para a rua G. De preto, com umas mangas cor-de-rosa. Muito maquiada com lápis escuro. Nos lábios e nos olhos. Com suas pulseiras de metal e couro... Bem, sim, ela levava uma coisa: um livro.

Conde sentiu que naquela aparente normalidade havia algo revelador, mas não sabia de onde vinha e o que revelaria. Ficou evidente que, para tentar seguir os passos de Judy, primeiro tinha de fazer o possível para conhecê-la.

– Tudo isso foi numa segunda-feira, não é mesmo? E ela disse que ia para a rua G?

– Sim, na segunda-feira, dia 30 de maio, mas... – Alma se deteve em seu raciocínio, alarmada por uma coisa que acabava de ficar evidente para ela. – Não, eu já disse que ela não me falou aonde ia. Todos nós imaginamos que ia encontrar os amigos... Se bem que ainda era cedo, e às segundas-feiras eles quase nunca vão para a rua G.

– Mas estava vestida como se fosse para lá...

– Não, você não está entendendo. Quando ela ia encontrar os amigos, sempre se vestia desse jeito. Não era só quando ia para a rua G. Não sei por que pensei e disse ao outro policial que ela tinha ido para lá. Foi uma resposta automática. Às vezes eles se encontravam na casa de algum deles.

Conde assentiu, mas anotou na mente suas perguntas: "Se você não foi para a rua G, aonde diabos foi, Judy? Encontrar um de seus colegas? Ver o italiano?".

– Judy e Yadine são muito amigas?

– Eu não diria que muito. Judy tem algo de líder, e Yadine a seguia como um cãozinho, sempre a imitava em tudo – a mulher fez uma pausa e tomou coragem: – Como se estivesse apaixonada por Judy. Mas Yadine é muito boa moça.

Conde fez outra anotação mental e marcou-a com várias interrogações.

– Alma, preciso que me fale de Judy. Quero entendê-la. Dois dias atrás conversei com Yadine e ontem fui ver seus amigos da rua G, e estou mais confuso que qualquer outra coisa.

A mulher deu duas tragadas e esmagou o cigarro ainda pela metade.

– Deixe-me ver... Acho que Judy sempre foi uma menina muito singular. Não é paixão de avó, mas devo dizer que sempre foi mais madura do que devia ser em cada momento, e muito inteligente. Lia muito, desde os oito, nove anos, mas não livros para crianças, e sim romances, livros de história, e eu, que fui praticamente quem a criou, incentivei essas inclinações. Talvez ela tenha amadurecido cedo demais, queimado etapas. Aos quinze anos falava e pensava como um adulto. Foi então que mandaram minha filha e meu genro, Alcides, trabalhar na Venezuela, e ela foi junto. A partir daí tudo se complicou. Se o senhor falou com seus amigos policiais, na certa já deve saber que demitiram Alcides do cargo que tinha por alguma coisa que ele fez ou deixou de fazer em Caracas e está sendo investigado. Bem, isso não vem ao caso. Quando mandaram que voltassem da Venezuela, o ano letivo estava terminando, e Judy perdeu esse período de estudos. Mas também perdeu outras coisas. Era quase como se a houvessem trocado por outra pessoa: a menina prodígio que havia partido daqui era muito diferente da jovem estranha que voltou. Quase não falava com os pais, comigo mais ou menos, mas não se abria, não se abria... Era como se houvesse voltado à adolescência. Junto com Frederic, um colega do colégio, começou a encontrar esses garotos que se dizem emos, deu para se vestir de preto e rosa, e ela mesma virou emo. Felizmente não saiu da escola, e às vezes me dava a sensação de que funcionava como duas pessoas, uma que estudava e a outra que negava tudo, rejeitava tudo. A que estudava continuava sendo a minha esperança de que superasse um dia aquela febre de negação e voltasse a ser uma única Judy. Cheguei a sentir medo de que tivesse alguma doença, uma esquizofrenia ou uma bipolaridade dessas que aparecem nessa idade e a levei a uns médicos amigos meus. Eles me tranquilizaram por um lado e me inquietaram por outro: não havia sinais de bipolaridade nem nada do tipo, mas sim um descontentamento muito grande, sobretudo uma rejeição muito evidente aos pais, e isso podia ser a origem de uma tendência depressiva, uma tristeza que podia chegar a ser perigosa. E não era uma pose de emo.

– Desculpe interromper – Conde coçou a cabeça e se inclinou na poltrona para falar – e também pela pergunta, mas Judy machuca a si mesma?

Alma Turró ameaçou pegar os cigarros, mas se deteve. Conde percebeu que havia tocado numa tecla sensível. A mulher demorou a responder.

– Não muito... Psicologicamente, sim...

– Pode explicar melhor?

– Li a respeito de alguns jovens, principalmente os que se dizem *punks*, mas também os emos, que eles se cortam, mutilam, tatuam. Manifestam seu ódio à sociedade com um ódio pelo próprio corpo. Era o que dizia Judy, assim mesmo. Não creio que Judy tenha chegado a esses extremos, mas furou as orelhas, o nariz e o umbigo para usar esses brincos e fez uma tatuagem nas costas.

– Tudo isso depois que voltou da Venezuela?

– Sim, depois...

– A polícia sabe dessa tatuagem? O que foi que ela tatuou?

– Uma salamandra. Assim, pequena. Claro, a polícia sabe... Para identificá-la se...

Conde suspirou. Sempre havia sido daqueles que, quando tinha de fazer exame de sangue, fechava os olhos para não ver a enfermeira e pedia um algodão com álcool para não desmaiar. Sua rejeição visceral à dor, ao sangue, à ofensa física não lhe permitia conceber aquelas filosofias autoagressivas. Ele só fumava (sempre tabaco cubano), comia e bebia (o que viesse, sem importar a bandeira), confiante na bondade de seus pulmões, fígado e estômago.

— Mas, como disse, psicologicamente...

— Judy foi criando seu mundo, um mundo cada vez mais distante deste nosso. Não é só como ela se veste ou se penteia, mas como pensa. Come verduras, nunca carne; não usa desodorante nem cremes, mas depois do banho se esfrega com colônia até ficar vermelha; lê livros muito complicados e andou obcecada com uns desenhos animados japoneses, esses que chamam de mangás. E — Alma Turró abaixou a voz — diz em qualquer lugar que todos os governos são um bando de repressores... Todos — reafirmou, para ficar mais tranquila.

Enquanto recebia essa informação, Conde teve a sensação de que Alma Turró não era uma fonte confiável. Havia algo mais que descontentamentos e revoltas de adolescente nas atitudes da moça enumeradas pela avó. E esse algo mais podia ter relação com seu desaparecimento. Conde estava começando a pensar que a avó, embora julgasse conhecê-la bem, apesar de tê-la criado, tampouco conhecia Judy. Ou só conhecia bem uma das duas Judys. E a outra?

— Alma, e esse colega de Judy, Frederic? — Ela assentiu. — Como ele é?

— É negro, bastante alto, muito inteligente... Judy e ele são amigos desde a escola secundária. Ele, sim, é muito amigo dela, mais que Yadine. Bem, foi ele quem a convenceu a virar emo.

— Não foi Yadine?

— Não. — Alma balançou a cabeça. — Pelo que ouvi um dia, Yadine era gótica ou *punk*, mas não emo. Até que conheceu Judy...

Conde assentiu. Frederic tinha de ser o emo negro com quem falara na noite anterior, e Yadine era outra cebola cheia de camadas, concluiu.

— Por que deram para a televisão uma foto de Judy sem... na qual ela não parece emo?

— Eu fiz a mesma pergunta. Coisas do Alcides. Ele não queria que vissem como sua filha era de verdade.

— E a escola?

— Ela mantinha o interesse pela escola e tirava notas muito boas, como sempre. Por isso, uma das coisas que me fazem pensar o pior é que os exames finais começam daqui a poucas semanas, e se ela não aparecer... — O soluço dessa vez foi mais profundo, descarnado, e Conde voltou a conceder-lhe a intimidade da mudança de objetivo de seu olhar. Mas essa última informação reforçou a ideia de que na história de Judy contada pela avó faltava algum componente que, desde já, intuía estar ligado não só com suas atitudes públicas, mas também com seu misterioso desaparecimento.

– E ela quer continuar estudando e fazer universidade? – Perguntou quando a mulher recuperou a calma.

– Sim, mas não sabe de quê.

– Isso é mais normal – disse Conde, com certo alívio, e recebeu como recompensa um breve sorriso da avó. – E por que diz que os problemas de seu genro na Venezuela não têm a ver com Judy?

– Nada do que Alcides fez tinha relação com Judy. Porque, além do mais, Judy não se dava muito bem com o pai, fazia tempo que... Ele vivia criticando-a, por qualquer coisa. E veja só no que estava envolvido.

– Em quê? – Conde decidiu explorar aquela brecha.

– Uns homens que trabalhavam com ele "guardavam" os quilos extras de bagagem que alguns cubanos que iam trabalhar na Venezuela não podiam ou não queriam utilizar. Não sei como funcionava a coisa, mas, quando havia uma boa quantidade de quilos acumulados, mandavam um contêiner cheio de coisas para vender aqui. Os dois homens que faziam esses rolos eram subordinados de Alcides e estão presos, porque eram eles que assinavam as guias dessas remessas. Ele jura que não sabia o que essa gente estava fazendo.

– E a senhora acredita?

Alma suspirou.

– Estávamos falando de Judy – escapuliu a mulher.

Evidentemente, não acreditava.

Mesmo não sendo a atitude mais adequada naquele momento, Conde teve de sorrir. Alma o imitou, cúmplice.

– Alma, por que quase todo mundo está tão certo de que Judy não tentou ir embora de Cuba?

A mulher parou de sorrir. Sua seriedade era profunda. Olhou para a foto das duas meninas sorridentes.

– Ela não se meteria nisso sem dizer nada à irmã, María José, que está em Miami.

– María José? – Esse nome tão castiço surpreendeu Conde, já acostumado a ouvir os apelativos mais desatinados para os rebentos de seus compatriotas: desde Yadine e Yovany até a Leidiana e Usnavy.

– Sim. María José foi embora numa balsa e quase morreu. Não, tenho certeza de que Judy teria contado comigo para fazer algo assim. Apesar do jeito dela, das poses... Não, ela não se atreveria.

Conde assentiu. Não valia a pena lembrar à avó que a neta tinha muitas caras, como ela mesma sugerira, e que jovens com vontade de ir embora havia de sobra no país. Mas no momento esse caminho estava bloqueado, pensou. Precisava encontrar atalhos para "a outra" Judy, talvez a mais verdadeira.

– Alma, posso ver o quarto de Judy?

Na penumbra, Kurt Cobain olhou-o nos olhos, desafiador, com a insolência que só é capaz de ter quem se sente muito seguro de si e fora do alcance de qualquer assédio. No entanto, verificar que o tal Cobain era um músico deu-lhe certo sossego, porque a frase incendiária ouvida na noite anterior, e que ele conseguira traduzir como "É melhor queimar do que se apagar lentamente", parecia mais amável acompanhada por alguma melodia. Embaixo da imagem loura de Cobain, o cartaz anunciava seu pertencimento: Nirvana. Conde só sabia que se tratava de uma banda de *rock* alternativo, do qual não conservava na mente qualquer imagem nem qualquer som, como um bom Neanderthal apegado ao som puro dos Beatles e às melodias negras de Creedence Clearwater Revival. Mas aquele cantor não tinha se suicidado? Precisava descobrir.

O quarto, no segundo andar do palacete, era amplo, mas cavernoso. As janelas, cobertas com cortinas de tecido escuro, quase não eram atravessadas pelo desumano sol de verão. Quando apertou o interruptor e teve uma visão melhor do lugar, Conde percebeu a cama debaixo do cartaz de Cobain, arrumada com um cobertor roxo, capaz de confirmar o gosto de sua proprietária pelas tenebrosidades. Em outras paredes havia cartazes de bandas também desconhecidas por Conde – uma tal de Radiohead e 30 Seconds to Mars –, mas o verdadeiro encontrão com algo muito tortuoso foi quando o ex-policial fechou a porta e viu um cartaz enorme que ali imperava. Sob letras escarlates escorridas (sim, pensou no termo escarlate, uma cor estranha à paleta de seu vocabulário) que diziam Death Note, havia a imagem de um jovem, sem dúvida japonês, de olhar feroz, boca dura, punhos dispostos a golpear e uma faixa de cabelo preto em cima do olho direito: um *bistec*?, sushi? Mas o jovem aparecia coberto pela estranha e grotesca figura de um animal impreciso, com asas vampirescas, cabelo arrepiado e uma enorme boca delineada de preto, como um palhaço expulso do céu ou fugido do inferno. Uma imagem satânica. Com toda a certeza aquelas figuras deviam pertencer a um mangá japonês daqueles consumidos por Judy. Ir se deitar toda noite e, antes de conciliar o sono, ver aquela imagem de fúria e horror não podia ser nada saudável. Ou a garota estava se queimando lentamente com seus fogos particulares?

No armário, encontrou algumas peças de uniforme escolar penduradas, enquanto o resto do vestuário era uma galeria de modelos emo. Roupas pretas, enfeitadas com tachinhas brilhantes, botas de plataforma e um tênis Converse aparentemente já inútil pelo desgaste que se via nas solas, mangas avulsas (umas rosa, outras listradas de branco e preto) e luvas desenhadas para deixar visíveis as últimas falanges. Segundo Alma Turró, na tarde em que saíra para não voltar, Judy usava seu emovestuário. Mas ali estavam os outros trajes de batalha da garota, o que acrescentava novos ingredientes alarmantes ao seu desaparecimento, pois uma fuga planejada certamente implicaria uma seleção de pelo menos algumas daquelas roupas tão específicas.

Numa pequena estante esbarrou com o que esperava, e mais. Entre o previsível estavam vários romances vampirescos de Anne Rice, cinco livros de Tolkien, incluindo seus clássicos – *O Hobbit* e *O senhor dos anéis* –, um romance e um livro de contos de um tal de Murakami, obviamente japonês, *O pequeno príncipe*, de Saint-Exupéry, um surradíssimo volume de *A insustentável leveza do ser*, de Kundera e... *O apanhador no campo de centeio*, do sacana do Salinger – que já se sabe o que fez... Mas também achou outros textos de temperaturas bem mais altas: um estudo sobre o budismo e *Ecce homo* e *Assim falou Zaratustra*, de Nietzsche, livros capazes de meter muito mais que vampiros, duendes e personagens alienados ou amorais na cabeça de uma jovem aparentemente bastante precoce e influenciável, cheia de desejos de se afastar do rebanho. Dentro do *Zaratustra*, de Nietzsche, Conde encontrou um cartão retangular, escrito à mão, talvez pela própria Judy, e o que leu confirmou sua primeira conclusão e esclareceu o discurso sobre a descrença do emo transparente na noite anterior: "A morte de Deus supõe o momento em que o homem atingiu a maturidade necessária para prescindir de um deus que estabeleça as pautas e os limites da natureza humana, ou seja, a moral. *A moral está inextricavelmente relacionada com o irracional* [sublinhou o copista com vários traços], com crenças infundadas, isto é, com Deus, no sentido de que a moral emana da religiosidade, da fé axiomática e, portanto, da perda coletiva de juízo crítico em benefício do interesse dos poderosos e do fanatismo da plebe". Nietzsche havia escrito aquilo? Judy copiou e processou? A ideia sublinhada no fim da citação indica um aspecto previsível no retrato que se perfilava da garota como antagonista do estabelecido e empenhada na busca de uma singularidade libertadora, tanto da influência do poder como do pertencimento à "plebe fanática". Mas por que havia sido atraída por aquela primeira frase destacada, na qual a moral e a irracionalidade se conectavam? O que levara uma garota tão jovem a se preocupar com a ética e a fé?

Enquanto se perguntava o que teriam pensado daquele quarto e suas revelações os policiais encarregados de encontrar Judy, Conde esquadrinhou à sua volta procurando algo que não conseguia determinar o que seria, convencido de que seu achado o ajudaria a entender a personalidade e talvez até os motivos do desaparecimento voluntário ou forçado de Judy. Sem perceber, o ex-policial voltava a pensar como policial, ou ao menos como o policial que havia sido. Abriu o armário outra vez, olhou nas gavetas, folheou os livros, sem achar o que procurava. Entre as caixas de uns vinte DVDs leu um título despercebido na tentativa anterior e para ele muito atraente: *Blade Runner*. Vira aquele filme pelo menos umas cinco vezes, mas desde a última já se passara bastante tempo. Pegou a caixa e a abriu para verificar se era uma cópia original. Era. Para saber, teve de levantar o cartão em branco colocado sobre o DVD, em cujo verso estava escrito, pela mesma mão das anotações encontradas no livro de Nietzsche, mas com uma letra mais modesta, quase microscópica, disposta a forçá-lo a apertar os olhos para poder focar a vista e ler: "A alma caiu no corpo, no qual se perde. A carne do homem é a parte maldita, destinada ao envelhecimento, à morte, à doença. // O corpo é a doença endêmica do espírito". Conde leu duas vezes aquelas palavras. Até onde sabia (e não que soubesse muito sobre tais assuntos), não parecia Nietzsche, mas tinha a impressão de que, pela boca de Zaratustra, o filósofo havia falado do desprezo que a alma sentia pelo corpo. O texto seria uma conclusão de Judy, uma fala de *Blade Runner* ou uma citação de algum outro autor com aqueles conceitos destinados a manifestar um patente desprezo pelo corpo humano? Fosse qual fosse sua origem, parecia inquietante, ainda mais na conjuntura precisa de um desaparecimento, talvez voluntário, e mostrava com clareza por que Yadine dissera que não havia ninguém melhor do que Judy para explicar o que era ser emo.

Conde guardou o cartão no bolso e decidiu descer com o DVD para pedi-lo emprestado a Alma Turró: precisava ver *Blade Runner* outra vez se quisesse comprovar que aquela era uma fala esquecida do filme. De qualquer jeito, aquela combinação de Nirvanas musicais e filosóficos, de emos ferozes e monstros pós-moderníssimos, de vampiros, elfos e super-homens liberados de suas amarras graças à morte de Deus, tudo misturado com conceitos depreciativos sobre o corpo, podia provocar estados mentais complexos. A possibilidade de um suicídio crescia sob aqueles refletores. Já sabia, pelas palavras de Alma Turró, que Judy havia criado um mundo próprio e construído sua casa nele. Mas agora que tinha alguma ideia dos estranhos habitantes daquele universo onde se cruzavam tantas espadas afiadas como num mangá japonês, Mario Conde tinha a certeza de que a garota era muito mais que uma emo perdida, extraviada ou escondida por vontade própria: parecia ser uma dramática advertência das ânsias de cortar amarras sofridas pelos atores dos novos tempos. E uma morte autoinfligida talvez lhe fosse apresentada como o caminho mais curto e livre para a ansiada libertação do corpo e da tristeza doentia provocada pelo que um emo denominara "o meio ambiente".

Ao ver a esplanada de asfalto reverberante da chamada Praça Vermelha, o busto hierático do Pai da Pátria, o mastro sem bandeira, os velhos hibiscos em flor, a breve escada e as altas colunas que sustentavam o pórtico do edifício, Conde sentiu que a história do desaparecimento de Judy começava a lhe pertencer. Tal como acontecia com o magro Carlos, tudo que fosse relacionado com aquele santuário profano do que fora e agora voltava a ser o colégio de La Víbora tinha uma conotação especial para um homem que se negava a arrancar as crostas dos momentos mais luminosos do passado, com medo de uma perda capaz de afetar sua memória e deixá-lo abandonado num presente no qual, muitas vezes, sentia a impossibilidade de encontrar um norte. Naquela esplanada negra, sentado nos degraus da escadaria e nas carteiras resguardadas pelo edifício que se abria atrás das colunas, Mario Conde passara três anos com os quais ainda convivia, com cujas consequências ainda vivia, como podia verificar toda manhã e toda noite.

Quando a maré de morna nostalgia se assentou em seu espírito, Conde, debaixo do álamo onde se refugiou dos embates do sol mais cruel do meio-dia, decidiu aproveitar o tempo de espera e usou o ressuscitado telefone público de uma cabine próxima. Primeiro ligou para Carlos e o condecorou com a organização da festa de aniversário das gêmeas: caberia a ele a frente de combate que abrangia dos convites até o complexo planejamento das contribuições que atribuiriam a cada convocado, convenientemente diferenciadas entre comestíveis e bebestíveis. Depois telefonou para Yoyi perguntando se havia notícias do ex--dirigente que amava os netos (e talvez também os cachorros, precisava investigar), mas o jovem ainda estava dormindo com a ressaca de fúria belicosa que explodira na noite anterior durante seu encontro com o Emo World.

Pouco depois do meio-dia, uma manada uniformizada e barulhenta desceu a escada rumo à rua. Escondendo o corpo atrás do tronco rugoso do álamo viu passar Yadine, que se afastou solitária para a Calzada. Observando-a, Conde sentiu um golpe de nostalgia e desencanto: quantos sonhos de futuro acalentados por ele e seus amigos, enquanto desciam aquela mesma rua, haviam virado merda no choque brutal contra a realidade vivida? Inúmeros... Yadine, ao menos, não acreditava em nada, ou não tinha nada em que quisesse acreditar. Talvez fosse melhor assim, pensou.

Minutos depois, quando já tinha quase perdido as esperanças, Conde viu sair e conseguiu identificar Frederic Esquivel, o jovem negro que conhecera na noite anterior como praticante da emofilia e que, segundo Alma Turró, fora o indutor de Judy a essa filiação. Da posição em que estava, viu-o ir para a direita, em companhia de duas moças, e decidiu seguir o garoto e tentar abordá-lo no momento mais propício.

De sua prudente distância, o perseguidor tentou adivinhar o que aquele emo negro havia feito com o cabelo que cobria seu rosto na noite anterior e não encontrou resposta para essa curiosidade, porque, cumprindo os regulamentos escolares, o rapaz prendera a mecha para deixar o rosto visível. Uma de suas acompanhantes seguiu em direção à Calzada 10 de Octubre, e Frederic continuou com a outra, certamente rumo à também próxima avenida de Acosta. Para sorte de Conde, foi a adolescente (uma loura bastante desenvolvida, quase estonteante) que ficou ancorada no ponto da estrada 74, onde se despediu de Frederic com um beijo longo, sustenido, impudico, salivoso, acompanhado de apalpação mútua de nádegas, bastante fácil no caso de Frederic, cujas calças quase caindo exibiam, pela retaguarda, mais da metade da cueca. Assim que se separaram, o rapaz ajeitou a posição do membro alvoroçado pela beijação e continuou andando tranquilamente, como se tivesse bebido um copo de água. Quarenta metros adiante, atravessou a avenida para dobrar na primeira esquina, rumo ao bairro El Sevillano.

– Frederic!

O rapaz, ao se voltar, demonstrou surpresa ao reconhecer o homem. Conde tentou sorrir enquanto se aproximava, pensando que, se ainda lhe restava alguma ereção, ele tinha se encarregado de liquidá-la.

– Quase não reconheci você. Podemos conversar um minuto? Eu queria me desculpar pelo que aconteceu ontem, o que meu amigo disse e o que eu fiz. Fomos muito impertinentes com vocês. Pode me dar um minuto?

O emo em hibernação ficou em silêncio. Sua pele escura brilhava de suor e receio. Parecia menos andrógino do que na noite anterior. Conde indicou um muro baixo, beneficiado pela sombra de uma árvore, enquanto explicava que havia sido a avó de Judy quem lhe dissera seu nome e onde encontrá-lo. Por via das dúvidas, voltou a jurar que não era policial.

– Sabe, na verdade eu já fui, mas em outra vida, há mais de mil anos. E antes disso estudei no mesmo colégio que você. Bem, isso não interessa. Olhe, estou vindo da casa de Judy e a avó dela me falou de você. Alma pediu minha ajuda para saber o que aconteceu com Judy, e acho que sua amiga merece. Se Judy tentou dar o fora numa balsa...

— Ela não tentou dar o fora em balsa nenhuma, já disse — interrompeu Frederic, quase ofendido.

— Então, o mais provável é que esteja viva. Mas, se não aparece, é por algum motivo.

— Por causa do pai. Esse cara sempre foi um filho da puta. Ela não quer vê-lo nem de longe.

— Por quê? O que ele fazia com Judy?

Conde tremeu só de pensar que a origem do desaparecimento tivesse ligação com algum ato de violência paterna.

— Tentou expulsá-la de casa quando virou emo. Mas a avó de Judy disse que, se a neta fosse embora, ela também ia. A coisa ficou complicada, o pai dizia que os emos são contrarrevolucionários e sei lá quantas merdas mais. Um dia, foi à minha casa para me acusar de estar desencaminhando a filha.

— Então, o tal de Alcides Torres faz essas cagadas?

Frederic sorriu.

— Pior que isso. O cara se borra de medo.

— Pelo que fez na Venezuela?

— Talvez — disse, pensou um instante e acrescentou: — Acho que sim. Parece que lá ele saiu da linha e depois levou umas lambadas.

O jovem sorriu de novo, sem muita convicção. Talvez estivesse triste, mas não deprimido, pensou Conde, que continuava sem entender nada: triste depois de beijar aquela loura em flor? Ele, na idade de Frederic, e também em todas as outras que teve na vida, estaria dançado num pé só.

— A garota que ficou no ponto é sua namorada?

— Não... uma amiga.

— Que boa amiga... — Murmurou Conde, invejoso da juventude do rapaz e do calor das relações que mantinha com suas amizades, e voltou ao assunto. — Sabe, se Judy não tentou ir embora numa balsa e não aparece, há três possibilidades que me ocorrem como mais prováveis. Duas são muito ruins... A primeira é que tenha acontecido alguma coisa com ela, um acidente, sei lá, e esteja morta. A segunda, que alguém a mantenha presa contra sua vontade, sabe Deus por quê. A terceira possibilidade é que esteja escondida, e deve ter suas razões para isso. Se for essa última e você me ajudar a encontrá-la, e eu vir que ela está bem, fazendo o que está fazendo porque quer, eu esqueço tudo e a deixamos em paz com sua história. Mas, para descartar as possibilidades fodidas, eu tenho que ver se é a terceira. Entendeu?

Frederic olhava para ele com toda a seriedade.

– Eu sou emo, não babaca. Claro que entendo.

– E então?

Frederic baixou a vista para seu tênis Converse, bastante maltratado, com tal intensidade que Conde pensou que a qualquer momento o tênis falaria, talvez como Zaratustra.

– O italiano amigo de Judy não está em Cuba, então não pode ter fugido com ele. Os outros amigos do grupo andam por aí, então não creio que esteja escondida na casa de um deles. Os últimos que foram embora numa balsa eram roqueiros, não eram do nosso pessoal, acho que ela nem os conhecia. Não sei por que Yovany falou disso, e depois misturaram uma coisa com a outra. Eu pensei muito em tudo isso e realmente não sei onde ela pode estar. Acho que aconteceu alguma coisa ruim dessas que o senhor disse.

– Yovany é...?

– Sim, aquele da discussão de ontem à noite.

Conde assentiu e acendeu um cigarro. Percebeu que havia cometido uma descortesia e ofereceu o maço a Frederic.

– Não, eu não fumo. Nem bebo.

"O emo-delo", pensou Conde. "Até me trata de senhor." E decidiu que, se Frederic optava pela pior saída para o destino de Judy, ele precisava começar a tocar as notas mais difíceis daquela melodia.

– Juro de novo, pela minha mãe, que não sou mais policial e não vou falar disso com eles. Que tipo de drogas Judy usa?

Frederic olhou de novo para seu tênis Converse em estado de desintegração, e dessa vez Conde descobriu três coisas: que o tênis não falava, que o silêncio do rapaz era mais eloquente que a resposta mais explícita e que a cabeça de Frederic era uma obra de arte na qual os cabelos tratados com alisador formavam umas camadas em seu crânio que lhe davam o aspecto de um repolho, com as folhas superpostas. Conde insistiu:

– O sumiço dela... tem a ver com drogas?

– Não sei – disse afinal o rapaz. – Eu não uso nada disso. Sou emo porque gosto do grupo, mas não faço o que os outros fazem. Não bebo, não me drogo nem me corto.

Conde captou a informação do que "os outros fazem" em relação às drogas e decidiu continuar se fazendo de bobo.

– Cortar o quê?

– O corpo... Os braços, as pernas... Para sofrer.

Para demonstrar, Frederic mostrou os braços, limpos de cicatrizes. Embora já soubesse daquelas práticas, Conde não pôde deixar de sentir um calafrio. Mas fingiu assombro.

– Não pode ser...

– É uma forma de entender a dor do mundo: sentindo na própria carne.

– E eu que pensava que vocês estavam doidos. Agora tenho certeza, cacete!

– Judy se corta e se droga. Que eu saiba, só com comprimidos. Comprimidos e álcool fazem a pessoa voar.

– E há outros que usam outras drogas além dos comprimidos?

Frederic sorriu.

– Eu sou emo, não...

– Tudo bem. A avó diz que Judy usava brincos em toda parte, mas não se machucava.

– A avó não sabe de nada.

– E o que você sabe que pode me ajudar?

Frederic levantou a vista e cravou-a nos olhos de Conde.

– Judy é muito complicada, demais da conta... Leva as coisas muito a sério.

– Pelas coisas que lê e tudo isso?

– Por isso também. Eu nunca imaginei que ela iria tão fundo como emo. Começou a procurar livros e sabia de cor um daquele tal de Nietzsche, o dos super-homens, e deu pra falar que Deus morreu. Mas ao mesmo tempo acredita no budismo, no nirvana, na reencarnação e no carma – Conde preferiu não interrompê-lo, deixar que a lista deslizasse talvez até um ponto revelador. – Ela dizia que estava vivendo sua vida número 21, antes tinha sido soldado romano, um marinheiro, uma garota judia em Amsterdã, uma princesa maia... e que se morresse jovem voltaria com um destino melhor – disse Frederic, e voltou a interrogar seu Converse.

– Ela falava de morrer? De se suicidar?

– Claro que sim. Não virou emo por acaso, não é?

– Você fala disso?

Frederic sorriu, irônico.

– Sim, como os outros.

– Mas não acredita nisso. E os outros?

– Yovany e Judy falam muito dessas coisas, eu já disse, levam tudo a sério. Ele também se corta. Agora mesmo está com um talho enorme no braço.

– Não vi...
– Estava com a manga.

Conde lembrou o tubo de pano que cobria o braço de Yovany, o emo pálido que insistia em lembrar-lhe alguém. Concluiu que, pelo visto, até o momento, apesar de seu aspecto, Frederic não se encaixava nas atitudes de alguém preocupado com o suicídio ou uma possível reencarnação. Tirou então o cartão que tinha no bolso e leu o texto para o rapaz.

– O que pode me dizer disto?

– Judy lia coisas de um tal de Cioran. Tinha conhecido na internet, quando morou na Venezuela. Acho que isso é desse Cioran – disse Frederic, e começou a procurar num de seus cadernos enquanto falava. – Ela gosta de falar do que lê, passar citações para a gente, quer nos educar, sabe? Olhe, ela escreveu isto no caderno – disse, quando afinal achou o que estava procurando, e leu: – "Despojar a dor de qualquer significado supõe deixar o ser humano sem recursos, torná-lo vulnerável. Embora pareça ao homem o acontecimento mais estranho, o mais oposto à sua consciência, aquele que junto com a morte parece o mais irredutível, a dor não passa de um sinal de sua humanidade. Abolir a faculdade de sofrer seria abolir sua condição humana".

Enquanto ouvia Frederic, Conde foi percebendo que aquela história se complicava a cada nova tentativa de entrar na mente de Judy e, sobretudo, que adentrava um território para ele insondável e desconhecido: um campo atravessado de sentidos opostos, marcados com sinais incompreensíveis. E a garota podia ter optado por qualquer um deles, pois, se entendia algo de toda aquela bagunça, a citação lida por Frederic parecia apontar em outra direção. Para que diabos ele fora se enroscar naquela história?

– Ela apreciava e valorizava o sofrimento, mas desprezava o corpo e tomava drogas para viver em outro mundo, e não acreditava em Deus, mas sim no carma e na reencarnação e também na humanidade da dor?

– Antes de ir para a Venezuela, Judy ainda não era emo-emo de verdade, e acho que não usava drogas. Quando voltou, já tinha provado, mas não creio que fosse dependente: era uma espécie de experiência, ou ao menos assim dizia ela. Na Venezuela aconteceram muitas coisas, e ela não queria falar delas, nem do que seu pai tinha feito, mas dizia que ele era um baita de um farsante. O que eu sei é que lá, como ela podia se conectar na internet, descobriu vários sites de emos e *punks* que falavam muito desses temas do corpo e do sofrimento físico, e teclava com esse pessoal. Quando voltou, era mais emo do que eu, mais do que qualquer um, e começou a fazer os *piercings*, depois uma tatuagem, e sempre que podia falava dessas coisas, das marcas, da dor...

Conde imaginou que a militância emo-masoquista de Judy poderia ter incentivado uma fuga voluntária, mas para concretizá-la precisaria de algum apoio. Principalmente em função do lugar que houvesse escolhido ficar. E, se estava viva e em Cuba, onde raios poderia estar escondida?

– Se ela quisesse ir para algum lugar, ou se esconder... ela tinha algum dinheiro?

– Sempre tinha um pouco, cinco, dez dólares, não mais que isso. Imagino que ia roubando do pai aos pouquinhos.

Conde tomou nota da informação e continuou.

– E o italiano? Conte algo dessa história. Ele tinha a ver com drogas? Dava dinheiro a ela?

– Era uma coisa estranha, porque Judy não gosta de homens e...

Conde não pôde evitar.

– Espere aí! Está me dizendo que Judy ainda por cima é lésbica?

Frederic também não pôde evitar. Sorriu outra vez.

– Mas que porra os pais e a avó de Judy lhe disseram? Não disseram que ela é gay, que se corta, usa drogas e vai reencarnar? É assim que querem que você a encontre? Parece meio foda...

Conde sentiu as ondas do ridículo ou, mais claramente, do papel de babaca que encarnava diante do rapaz. E se convenceu de que a operação de chegar até a essência de Judy não seria fácil. Com a imagem de Yadine na cabeça, soltou a pergunta:

– Ela tinha alguma relação séria, namorada ou algo assim?

Frederic voltou a interrogar o Converse.

– Sim. Mas eu não posso dizer quem era.

– Puta merda! – Explodiu Conde ao ouvir a resposta do rapaz, e aproveitou para limpar sua imagem fazendo-se de ofendido. – Mas que porra é essa? Todo mundo aqui precisa bancar o misterioso, dizer as coisas aos pedacinhos, só contar o que dá na telha?

Se ainda fosse policial, Conde teria outros meios para sacudir Frederic. O medo costuma derrubar montanhas, como poderia dizer o Buda Siddhartha Gautama, talvez amigo de Judy em alguma de suas vinte vidas anteriores. Mas, entre outras muitas razões, exatamente por um motivo como aquele, Conde havia deixado de ser da polícia. Acendeu outro cigarro e olhou para Frederic. Teve a certeza de que, ao menos naquele momento, aquele oráculo havia se fechado. Mesmo assim, decidiu jogar uma carta surpresa e perguntou:

— Judy era namorada de Yadine ou tinha alguma coisa com ela?

Frederic sorriu.

— Yadine é uma boba que quer ser emo e na verdade não é nada... Mas está apaixonada por Judy até aqui...

Frederic tocou no próprio queixo e Conde assentiu. Olhou para o jovem e falou em tom de súplica:

— Então, você não tem ideia de onde diabos ela pode estar, o que aconteceu ou não aconteceu com ela?

Frederic pensou uns segundos.

— Havia outro italiano. Eu o vi uma vez. Não sei se alguém mais do grupo o conheceu. Ela o chamava de "Bocelli" porque se parecia com o cantor cego. E outra coisa que sei é que Judy queria largar os emos. Um mês atrás ela me disse que já estávamos velhos demais para isso, devíamos fazer outras coisas, mas não sabia o quê.

Conde deu uma tragada e apagou o cigarro na calçada. Aquela última revelação parecia promissora.

— A supremo queria deixar a tribo? E ia virar o quê, então?

— Não sei, de verdade.

O homem olhou para o jovem e entendeu que o diálogo estava prestes a terminar. Mas precisava saber mais duas coisas. E tentou.

— Só me ajude a entender uma coisinha, rapaz. Você acha que Judy queria se suicidar de verdade-verdade ou tudo isso é uma personagem que ela criou?

Frederic pensou e afinal sorriu.

— Judy não criou nenhuma personagem. Ela é a menina mais autêntica do grupo. Ela se vestia como emo, falava como emo, mas pensava demais. Por isso não me parece que queria se suicidar. Mas, se entrasse nessa, também o faria. Judy é capaz de fazer qualquer coisa. Mas não, acho que não.

— Porra, Frederic, continue me ajudando a entender. Diga, por que um garoto como você vira emo?

O jovem balançou a cabeça, negando alguma coisa, o que fez uma das folhas da couve capilar se desprender e cair desfalecida sobre seu rosto.

— Porque estou cansado de que me digam o que tenho que fazer e como tenho que ser. Só por isso. Acho que é o suficiente, não é? E porque me faz parecer misterioso, e isso ajuda a pegar mais minas.

— Agora estou entendendo. Já vi alguns resultados... E o tal Bocelli? O que faz esse cara?

— Não sei, só conheço o que a Judy falava dele. E esse sim se drogava.

"Lá vem confusão, Mario Conde", pensou, e se sentiu esgotado, com tanta vontade de largar aquela história quanto de encontrar um sentido para ela.

– Obrigado pelo que me contou. Se Judy não aparecer, talvez eu volte a procurá-lo – disse Conde, e estendeu-lhe a mão. Apertou a do rapaz e, antes de soltá-la, desejou boa sorte em sua passagem pelo nirvana da Emolândia.

4

– Claro que sou eu! O que houve?
– Venha correndo pra cá, o dirigente já evaporou, como o socialismo no país dos sovietes.

Apesar do que Nietzsche afirmara e do que ele mesmo pensara durante anos, nos últimos tempos Conde estava a ponto de acreditar na existência de Deus. Não importava qual, afinal todos eram mais ou menos a mesma coisa e às vezes até o mesmo, embora as pessoas, por entenderem esse Deus de maneiras diferentes, trocassem socos e pontapés (nos casos mais leves) com muita frequência. Já então ele achava evidente que algum deus devia ter aparecido no céu e, num momento de tédio, exercitado sua vontade divina. Esse Deus, muito imbuído em seu papel, parecia ter decidido: vou dar uma força para aquele pobre coitado que está sempre fodido e não tem um tostão para dar um bom presente à namorada que vai fazer aniversário... No ônibus, enquanto ia para a casa de Yoyi, começou a calcular, sem muito sucesso, quanto poderia lhe caber na divisão percentual dos benefícios da venda dos livros, e daí passou à dificílima deliberação do que seria mais apropriado dar de presente a Tamara... já que ia ter dinheiro. Nesse processo, cada vez que algum escrúpulo pelo destino dos livros tentava despertar, Conde lhe dava um empurrão mental para afastá-lo de sua consciência. E, para manter as melhores relações consigo mesmo, lançava mão do argumento mais pragmático do Pombo: se eles não fizessem o negócio, outros fariam. Sendo assim, melhor eles do que esses outros, os sacanas que nunca faltam e entre os quais deviam estar os invisíveis sequestradores de várias das joias bibliográficas da maravilhosa biblioteca descoberta por Conde alguns anos antes e que, por culpa desses mesmos escrúpulos, havia se negado a negociar para não participar de sua inevitável saída de Cuba... Coisa que afinal de contas "os outros" levaram a cabo e, com os lucros, ficaram bem gordos e viveram felizes para sempre.

Quase sem notar, de forma sibilina, as reflexões teológicas, bibliográficas e os planos comemorativos foram substituídos em sua mente pelo romance de emo e mistério em que Yadine Kaminsky o envolvera, com a ajuda solidária e desinteressada de sua incontrolável curiosidade. Algo lhe escapava sempre que tentava determinar uma definição da qual partir: quem era Judith Torres? Sem essa resposta parecia impossível descobrir a causa de seu desaparecimento. O fato de ser emo talvez fosse essencial, ou apenas um componente secundário na conformação da personagem. Uma certeza pelo menos existia: Judy não era uma simples (digamos assim, num terreno onde a simplicidade não existia) adolescente inconformada e problemática na família. O que mais assediava o pensamento do ex-policial era a relação de Judy consigo mesma: suas leituras, suas predileções musicais, sua percepção do mundo, que, segundo a avó, era como um universo criado por ela mesma. Todas elas conexões mais intrincadas do que costumavam ser na idade da jovem. Havia algo muito mais complicado no interior da garota, como indicavam os quatro rostos que conseguira compor: o esboço feito por uma Yadine apaixonada, o desenhado pela avó, o que Frederic e talvez os outros amigos emos conheciam e o que Conde mesmo delineara enquanto fuçava no quarto da garota e chegava mais perto de algumas de suas obsessões mais difíceis. Sua certeza de que Deus havia morrido (coisa que naquele preciso instante o ateu Conde se negava a aceitar) era mais intrincada que uma incapacidade de acreditar em desígnios divinos, ou diferente de uma falta de fé em vidas e poderes ultraterrenos. Judy parecia ter elaborado toda uma filosofia, capaz de incluir a crença na existência de uma alma imortal, mas, ao mesmo tempo, na livre vontade do homem para guiá-la e, mais, na necessidade dessa liberdade como única maneira de realização do indivíduo, sem interferências de castradores poderes religiosos ou mundanos, donos da fé e da moral estabelecidas.

A descoberta do lesbianismo da jovem de certa forma alterara as perspectivas pelas quais Conde começara a vê-la. Se resolvera ser lésbica, por que uma garota como Judy, idólatra das liberdades, decidira manter em segredo a identidade de seu par? Alguma coisa não batia naquele episódio. Para complicar o quadro, pensou em sua proximidade com os dois italianos, o bom e o mau, que abria até um caminho para conseguir drogas, entre outras possibilidades escabrosas. E o mistério do que havia acontecido na Venezuela? Tinha sido uma experiência capaz de afetar pessoalmente Judy ou apenas fruto dos negócios escusos que custaram a demissão de seu pai e a investigação que sofrera? Havia sido apenas por seu encontro ciberespacial com os filósofos da emofilia, teóricos tribais das práticas físicas dolorosas como castigo do corpo e busca da humanidade? Conde sabia que acumulava perguntas demais para um policial que não era mais policial e cujos únicos instrumentos de trabalho eram a língua, os olhos e a mente. E Judith Torres escapava dele cada vez que tentava acessá-la.

Yoyi, de banho tomado e bem perfumado, ainda sem camisa, esperava-o no portão de casa praticando sua mania de esfregar o osso de seu peito de pombo depenado.

— Que bolada, *man* — disse, com o entusiasmo desatado, quando seu sócio comercial chegou. — Se vendermos os livros como espero, já sabe de quanto será sua parte?

— Estou fazendo contas há dois dias, mas não... Quatrocentos dólares? — Atreveu-se a pronunciar a cifra alarmante.

Yoyi pusera uma camisa de linho, impoluta e fresca. Com a chave do Chevrolet em uma mão e seu melhor sorriso nos lábios, pegou a orelha de Conde com a outra para sussurrar melhor.

— Por isso foi reprovado em aritmética. São quase mil dólares, *man*... Um-zero-zero-zero!

Conde sentiu as pernas fraquejando, o estômago pulando, o coração parando. Mil dólares! Teve de se conter para não beijar o Pombo.

— Yoyi, Yoyi, não esqueça que eu sou uma pessoa de certa idade, minha saúde... Você vai me matar do coração, porra!

— O ex-dirigente me ligou dizendo que, como nós somos pessoas sérias, aceita a venda por comissão. Mas quer muita discrição e prefere que façamos o negócio fora de sua casa. E, como somos muito sérios, pediu-me que, como gesto de boa vontade, deixasse em depósito 2 mil pesos — e bateu no bolso, onde a evidência de um volume atestava a excelente saúde dos negócios do jovem. — Que figura!

Quando iam entrar no Bel Air, Conde olhou para o céu de junho, levantou o indicador em direção às alturas, no melhor estilo esportivo, e comunicou à personagem das esferas celestes seu convencimento. Definitivamente, algum deus havia sobrevivido e andava lá por cima.

— Nietzsche era um verdadeiro babaca — disse então.

— E só agora você percebe isso? — Sorriu Yoyi, pisando no acelerador.

– Te devo uma, compadre. Esse dinheiro salvou a minha vida... É que... Sabe... – Por fim tomou coragem: – Se Tamara fosse sua namorada, o que você daria de aniversário para ela?

Yoyi pensou, com seriedade.

– Um anel de noivado.

– Um anel de... Mas não quero me casar... por enquanto.

– E não precisa se casar. Mas um anel é perfeito. De ouro branco, com umas boas pedrinhas semipreciosas. Eu mesmo posso lhe vender, *man*. Um anel lindíssimo, e a preço de amigo!

Ao calor atmosférico daquele junho cubano se somava agora uma combustão interna provocada pela estrepitosa entrada do diabo em seu corpo. A proposta feita por Yoyi de um anel de noivado tivera inesperado impacto de profundidade na consciência de Mario Conde. A ideia de agradar Tamara com aquele presente que ela com toda certeza apreciaria muito, sempre tão dada aos detalhes, às formalidades e aos velhos costumes, era tentadora. Mas, na mesma medida, perigosa, pois se havia um assunto do qual Conde e Tamara falavam pouco e mal ao longo daqueles vinte anos de intimidade era da possibilidade de se casarem. Tamara não entenderia aquele presente como um ato cominatório? Devia consultá-la antes de dar o presente, aniquilando qualquer efeito surpresa? Será que, na verdade, ele queria se casar? E ela, queria? Era mesmo necessário casar? Dar um anel de presente implicava *ter de casar*? Como Yoyi havia adivinhado que naqueles dias tal possibilidade lhe rondara a cabeça?

Depois de matar a fome com a comida que, por via das dúvidas – e quase sempre já com algumas moscas em volta –, Josefina havia guardado, Conde e Carlos foram até o portão em busca do alívio de uma brisa. Mas, enquanto Carlos explicava a estratégia organizacional da festa que ia acontecer dentro de dois dias, para a qual já havia distribuído convites verbais e responsabilidades inalienáveis destinadas a garantir quantidades suficientes de comestíveis e bebestíveis, Conde não parava de pensar no famoso anel.

– Então, seríamos nove: o Coelho, Aymara, Dulcita, Yoyi, Luisa, a dentista feia amiga da Tamara, você, Candito, a homenageada e alguém para servir.

– Candito vem?

– Imagine se não! Já me disse que nessa noite vai fechar a igreja, que não pode perder essa festa. A velha Josefina vai preparar umas coisinhas substanciosas para comer com os momentos que Dulcita e Yoyi vão trazer, e eles se ofereceram, também voluntária e previamente, a fazer essas contribuições. O que acha?

– Desde quando Yoyi sabe da festa?
– Falei com ele pouco depois de você me ligar.
Conde calculou: Yoyi tivera várias horas para pensar na história do anel. Esse tempo transformava sua proposta num ato premeditado e traiçoeiro.
– Que parte você disse que era a minha? – Perguntou Conde, tentando voltar à realidade do instante. Para facilitar as coisas, bebeu um gole de rum.
– O bolo, as flores e duas ou três garrafas de rum. E rum é rum, de verdade, com rótulo, não esse que vendem no Desesperados.
Conde pôs a mão no bolso e tirou uma nota de cinquenta pesos conversíveis.
– Yoyi me deu um adiantamento até nos pagarem os livros que estamos negociando. Preciso que você e Candito, que entende de flores, cuidem da minha parte. Você compra o rum. Eu estou enrolado com a história da famosa emo e...
– Então me conte um pouco. Você já tem alguma ideia de onde diabos ela se meteu? – Carlos imitou Conde e bebeu um gole.
– Tenho duas mil ideias, mas, sobre onde essa menina pode estar, nenhuma. Entrei numa encrenca, Magro. Acontece que agora sou eu o mais preocupado em saber onde pode estar ou o que pode ter acontecido com ela. Não é todos os dias que some alguém que fica proclamando por aí que Deus morreu e faz filosofia sobre a liberdade do indivíduo. Vou ver se falo com Candito amanhã. De todos nós, ele é quem entende das coisas de Deus.
– Afinal, ele é pastor substituto, não é?
Conde assentiu, avaliando outra vez a presença persistente de um deus na história de uma garota perdida. Sim, talvez seu amigo Candito Vermelho, transformado numa espécie de pastor evangélico substituto, pudesse ajudá-lo a entender o emaranhado de aceitações e negações do transcendente onde Judy o metera. Mas Conde pressentia, sem saber a razão exata dessa sensação, que na vida e no desaparecimento da garota havia outras tenebrosidades que ele não havia sequer vislumbrado, e que não era pelos caminhos do céu que chegaria à escuridão que envolvia Judy. Sim, ele precisava entender outras coisas. Quem poderia ajudar?
– Espere, vou ligar para o Coelho. Pensei numa coisa e ele talvez possa me dar uma força.
Conde pegou o telefone sem fio que havia ficado na mesinha da entrada. O aparelho também era presente de Dulcita, cada vez mais generosa e atenta às necessidades de Carlos. Digitou o número predeterminado e, quando o amigo atendeu, explicou o motivo da ligação: precisava que o Coelho lhe indicasse alguém que pudesse lhe explicar algo sobre os jovens que se marcam e autoagridem.

E, se essa pessoa existisse, e o Coelho pudesse, que tentasse marcar um encontro o quanto antes com ela. O outro aceitou a tarefa.

— Essa história é mesmo complicada, maluco — disse Carlos. — Não posso acreditar que eles se deleitem sofrendo e se deprimindo, juro pela minha mãe que não.

— O mundo está louco, Magro... E eu também — admitiu, bebeu o que havia no copo e se levantou. — Mas nem tanto: Judy sabe o que quer, ou pelo menos o que não quer, e eu sei que você tem que me devolver o troco. Agora vou embora, preciso falar uma coisa com a Tamara.

Carlos olhou para a garrafa de rum que Conde levara. Ainda tinha a metade do conteúdo. Alguma coisa bem mais grave do que uma emo perdida devia estar atormentando a mente do amigo para que este lhe cobrasse dinheiro e se retirasse de um combate corpo a corpo cuja melhor parte ainda estava por chegar.

— Conde, pode me dizer que porra é essa que está acontecendo com você? Chegou com cara de merda e agora está com cara de merda fedendo. Cacete, hoje você fechou um negócio da China, está fazendo o que mais gostava de fazer quando era policial e que agora pode fazer sem ser policial, daqui a dois dias vamos ter a festança de aniversário da Tamara e, com exceção do Andrés, vamos estar todos os sobreviventes... O que mais você quer, maluco? Do que tanto você reclama, Cabeça de Piroca?

Conde sorriu com a tirada final de Carlos, que lhe evocava a piada sobre o guerreiro pele-vermelha Cabeça de Piroca, que manifesta ao grande chefe Cabeça de Águia, filho do lendário Cabeça de Touro e irmão do aguerrido Cabeça de Cavalo, sua contrariedade com o próprio nome. E concluiu que Carlos tinha razão: do que tanto você reclama, Cabeça de Piroca? Parecia evidente: ele não tinha jeito. Sua capacidade de sofrer por algo que o assediava fazia dele, de algum modo, um precursor da filosofia emo. Mas não abriu as comportas. Não podia falar com Carlos sobre o assunto que o espicaçava antes de solucioná-lo com Tamara, tanto pelo que dizia respeito a ela quanto por suas próprias dúvidas.

— Não estou reclamando, animal. É que eu sou babaca mesmo. Se o Coelho ligar, que me procure na casa de Tamara — Conde se aproximou de Carlos e se inclinou sobre sua esparramada anatomia, mal contida pelos braços da cadeira de rodas, e não pôde evitar a onda de ternura que o levou a inclinar-se e abraçar o corpo úmido de suor do amigo inválido. Se ainda faltava ao Magro alguma prova do estado lamentável de Conde, era aquele abraço, limpo de impulsos alcoólicos. Parecia evidente que ele estava ferido. Carlos, contrariando o costume, dessa vez preferiu permanecer em silêncio enquanto correspondia ao gesto de amor.

Conde optou por ir a pé para a casa de Tamara. Queria ter mais tempo para pensar e achar o caminho para a solução de seu novo conflito. O que mais o incomodava na situação era sua vulgar origem econômica, pois, se não tivesse no horizonte os mil dólares prometidos por Yoyi, nada daquilo estaria acontecendo. E depois dizem que os ricos não têm problemas! Mas seria o anel o problema em si, ou suas implicações para si mesmo?, perguntou-se, filosófico.

Tamara, de banho tomado e vestida para dormir, assistia no sofá a um daqueles documentários sobre animais que tanto agradavam aos programadores da televisão nacional. Quando a viu, naquele ambiente familiar, cotidiano, rotineiro, Conde sentiu uma chicotada de angústia. Casar para sempre? Mas, ao beijá-la, ao se debruçar no decote generoso e respirar o cheiro de mulher limpa que a pele de Tamara exalava, a angústia foi substituída por uma plácida sensação de pertencimento que o fez começar a conceber planos imediatos.

– Continue vendo isso. Vou tomar um banho – disse Conde, e se dirigiu para o chuveiro.

Enquanto se limpava das crostas e calores do dia e se entregava à imaginação de um satisfatório encerramento sexual do dia, Mario Conde pensou que, na verdade, podia se considerar um ser muito afortunado: faltavam-lhe milhares de coisas, centenas haviam sido roubadas, fora enganado e manipulado, o mundo inteiro estava na merda, mas ele ainda possuía quatro tesouros que, em sua magnífica conjunção, podia considerar os melhores prêmios da vida. Porque tinha bons livros para ler; tinha um cachorro louco e filho da puta para cuidar; tinha amigos para chatear e abraçar, com os quais podia encher a cara e lembrar outros tempos que, à benevolente distância, pareciam melhores; e tinha uma mulher que amava e, se não estava muito enganado, também o amava. Desfrutava de tudo aquilo – e agora até de dinheiro – num país onde muita gente não tinha nada ou estava perdendo o pouco que lhe restava: porque muitas pessoas que encontrava todo dia em suas tarefas de rua e lhe vendiam seus livros com a esperança de salvar o estômago já tinham perdido até os próprios sonhos.

Como era seu costume de lobo solitário, Conde pendurou na banheira a cueca recém-lavada e pegou a que deixara na noite anterior. Foi até o quarto e pegou o pulôver furado e gigantesco com que costumava dormir. Enquanto escutava uma voz televisiva narrando a história de um elefante hermafrodita, amigo dos passarinhos e acostumado a comer flores amarelas (não seria simplesmente um elefante gay?), preparou a cafeteira pequena e coou o café. Àquela hora Tamara não o acompanharia, por isso se serviu num copo e, com um cigarro na mão, foi para a sala da televisão com uma decisão taxativa na mente: foda-se, ia perguntar a Tamara se queria se casar com ele. Afinal, pensou, se estou querendo lhe dar um anel, por que não me jogar de cabeça de uma vez por todas?

Quando entrou na sala, Tamara estava dormindo no sofá. Para não acordá-la foi se sentar na poltrona de couro que o pai dela comprara muitos anos atrás em Londres, quando era embaixador no Reino Unido. Desligou a televisão com o controle remoto; não estava com ânimo para histórias de elefantes com traumas sexuais. Tomou o café e acendeu o cigarro. E viu que aquele era o melhor momento para fazer sua proposta:

– Tamara – sussurrou, e teve coragem de continuar – o que acha de nos casarmos?

O primeiro ronco da mulher foi a única resposta que sua terrível pergunta recebeu.

5

A esplanada, muitos anos atrás batizada de Praça Vermelha por algum alucinado e entusiasta promotor da indestrutível amizade cubano-soviética, reverberava na negritude de seu pavimento. Deixaram o carro numa rua lateral e, quando se refugiaram sob a sombra benéfica de uma árvore, Conde e Manolo, como não podia deixar de ser, entregaram-se às lembranças do grotesco episódio da morte de uma jovem professora de química que, vinte anos antes, os obrigara a subir e descer várias vezes a Praça Vermelha, indo e vindo do colégio de La Víbora. Graças a essa investigação acabaram encontrando lá uma montanha de merda – falsidades morais, oportunismos, arrivismos, desmandos sexuais, acadêmicos e ideológicos – e, como cereja do bolo, um assassino que nenhum dos dois gostaria de ter achado.

De manhã cedo, Conde havia localizado o major Manuel Palacios antes de sair de casa (agora morava com a oitava mulher com que se casara) rumo à Central de Investigações. Manolo protestara o quanto pudera, mas por fim aceitara encontrá--lo por volta das onze e depois embarcar com ele numa viagem a um presente infestado de conexões com o passado. Como Tamara havia saído ao amanhecer, porque era o dia em que fazia operações com os cirurgiões bucomaxilofaciais, Conde se atrevera a deixar um bilhete na mesa de jantar. Ia tentar voltar cedo para falar de uma coisa importante, escrevera. Ele sabia que havia concebido esse bilhete com a pior das intenções: não deixar possibilidade de escapatória. E fora para sua casa pensando em trocar de roupa e alimentar Lixeira II, que o recebera com um rosnado de recriminação pelo abandono que sofria. E, se ele se casasse e fosse morar na casa de Tamara, muitíssimo mais confortável que a sua, o que faria com aquele cachorro maluco, acostumado a dormir nas camas e nos sofás depois de passar o dia rolando na rua com outros cachorros ou até com elefantes hermafroditas, se aparecessem paquidermes com tais qualidades? Se o levasse consigo, o mais provável seria que, depois de uma semana, Lixeira II e seu dono fossem declarados indesejáveis e expulsos os dois (e o elefante também, se estivesse junto) de uma casa onde se vivia segundo certas regras de urbanidade que aqueles selvagens sem limites sem dúvida desconheciam. Causa admitida para o divórcio: a insuportável ingovernabilidade de um homem e seu cachorro.

Na Central de Investigações, Conde explicara ao antigo subordinado os passos que havia dado na busca da emo e o porquê de seu pedido de ajuda: precisava identificar e, se possível, localizar o italiano que Judy apelidara de "Bocelli". Para acalmar Manolo, sempre tão cheio de urgências, entrara no assunto dizendo que se tratava de um homem interessante para ele e seus policiais, porque, pelo que soubera, era bem possível que estivesse relacionado em algum nível com o consumo e venda de drogas na cidade. Precisava do apoio de Manolo, já que a única forma tangível para a identificação seria pedir à Imigração os dados dos italianos menores de quarenta anos, visitantes assíduos do país, que houvessem entrado na ilha nos últimos dois meses. E, com essa informação, confrontar Frederic, de quem o major Palacios, em sua condição de policial de verdade, desses que interrogam e jogam na cadeia, também deveria arrancar a identidade da misteriosa namorada de Judy, tentadora como uma ilha desconhecida. Aquele italiano e a namorada oculta podiam estar entre as razões do desaparecimento, forçado ou voluntário, da emo.

Enquanto esperavam a informação sobre os italianos, Conde, como se não tivesse muita importância, tentara introduzir o outro assunto no qual seu ex--subordinado poderia ajudá-lo: a história venezuelana de Alcides Torres, que aparecia o tempo todo no fundo das rebeliões da filha. Para sua surpresa, naquele dia Manolo reagira como se houvesse sido espetado: daquela investigação, eles, os investigadores oficiais de sempre, não sabiam nada. Com o argumento de que não se tratava de crime comum, entregaram o caso a um corpo especial que cuidava dessa e de outras situações parecidas. Mas o que ficava claro para "os investigadores oficiais de sempre", como o próprio Manolo, era que se tratava de corrupção pura e simples. Se Alcides Torres ainda andava por aí procurando a filha e dirigindo seu Toyota, era exclusivamente porque não puderam implicá-lo de forma direta naquelas transações obscuras de contêineres cheios de televisores de tela plana, computadores e outras *delicatessens* tecnológicas compradas na

Venezuela e depois revendidas em Cuba. Mas, na opinião do major Palacios, quando dois subordinados comem bolo, deixam o chefe pelo menos provar o merengue, não é?

Com as fotos de 32 italianos que se ajustavam aos parâmetros exigidos, Conde e Manolo esperavam a saída dos estudantes. Como costumava lhe acontecer em circunstâncias similares, Conde sentia a coceira provocada por sua decisão oportunista de forçar Frederic a revelar um segredo com cuja preservação o rapaz se comprometera. Havia feito algo semelhante durante o caso da professora assassinada, quando praticamente obrigara um estudante daquela instituição a lhe revelar uma informação capaz de colocá-lo na categoria nada agradável de delator. Por que diabos havia aceitado se meter nessa história?, recriminava-se o ex-policial, e nesse momento ouviram a campainha que encerrava o turno matutino das aulas.

Como no dia anterior, Yadine foi uma das primeiras a sair do prédio e, sempre sozinha, com pressa, parecendo concentrada em alguma coisa, subiu a ladeira que dá na Calzada. Minutos depois, saiu Frederic com seu *look* de estudante. Só que, em vez de duas, nesse dia eram três garotas que o acompanhavam, inclusive a loura espetacular que beijara no dia anterior, como bons amigos. Com a regularidade já estabelecida, a primeira das jovens se afastou rumo a seu destino, e alguns minutos depois foi a loura que – depois de um beijo mais leve, porém labiolingual – se separou de Frederic e da outra garota. Os perseguidores tiveram de andar várias quadras atrás dos dois, que, assim que se livraram das acompanhantes, começaram uma beijação desenfreada no meio da rua, que os obrigava a parar a cada dez metros e fazia Conde pensar em sua incapacidade de entender qualquer coisa. Quando os jovens chegaram ao Parque de los Chivos e ocuparam um banco, a intensidade e a profundidade das carícias alcançou níveis mais altos. As línguas enlouqueceram, as mãos agiam como serpentes treinadas na arte de rastejar embaixo da roupa, e se esforçaram para fincar os dentes em pontos nevrálgicos, provocando convulsivas alterações musculares nos respectivos organismos. Conde e Manolo, a uma distância prudente, tiveram de se conformar fumando, suando e evocando tempos e amores passados, torcendo para que os jovens não chegassem a se jogar na grama e seguir em frente (a garota já estava com a mão dentro da calça de Frederic e este com a sua sob a saia da amiga, que em determinado momento se arqueou tanto para trás que Conde temeu que pudesse se partir ao meio). Talvez o calor esgotasse com alguma rapidez seus desenfreados ardores. Num momento em que Conde tirou a vista do espetáculo e olhou para o ex-colega, viu que os olhos de Manolo haviam atingido o estado máximo de estrabismo depois de passarem tempo demais atraídos pelo pornô com roupa encenado no parque.

Vinte minutos depois, com um beijo prolongadíssimo, os jovens se separaram, não sem esforço. A garota (essa era morena, alta, magra, muito bem distribuída) atravessou o parque com passos de convalescente, e Frederic, depois de ajeitar o membro para poder andar sem fraturá-lo, desceu pela ladeira que levava à avenida de Acosta. Manolo, que já considerava haver investido tempo demais naquela perseguição voyeurística que parecia ter alterado seus hormônios, decidiu não esperar mais e apressou o passo para alcançar o rapaz.

— Frederic, espere aí — gritou, e aproveitou o impulso da ladeira para acelerar a marcha. Conde, atrás dele, não pôde evitar um sorriso. Nem ele nem Manolo estavam mais em condições de fazer perseguições nas ruas.

O jovem se virou e seu rosto expressou com clareza o que sentia ao ver Conde acompanhado por um policial uniformizado e, ainda por cima, graduado.

— O que querem agora?

Conde tentou manter o sorriso.

— Sua calça está manchada... Nós precisamos de mais uma ajudinha sua. Não é por nós, é pela sua amiga.

A frase de abertura atingira o alvo, e Frederic baixou a guarda e a vista para ver as proporções do vazamento. Conde sabia que a menção daquela evidência o deixaria mais vulnerável.

— O que vocês querem? — Sussurrou, utilizando a mochila para ocultar a mancha na virilha.

— Bem, o major Palacios — Conde indicou Manolo — também está interessado em encontrar Judy.

— E queremos ver se você pode identificar o tal italiano chamado Bocelli — disse o major. — Tenho umas fotos aqui. Veja se é algum destes homens...

Frederic olhou para Manolo, depois para Conde, e pegou a pasta onde estavam as fotos. Foi passando as folhas com atenção, sem deixar transparecer nenhuma expressão em seu rosto. Na altura da 15ª imagem, reforçou sua reação com a ratificação verbal.

— É este. Com certeza. Só o vi uma vez, mas é ele. Estão vendo que é igualzinho ao cantor?

Conde pegou a pasta e observou o retrato: um homem de uns 35 anos, cabelo muito farto e pele citrina. Virou a foto e leu os dados: Marco Camilleri, 12ª visita a Cuba; havia entrado no país pela última vez em 9 de maio e saíra no dia 31, três semanas depois. Um dia depois de Judy sair de casa com rumo desconhecido.

– Ele estava em Cuba quando Judy sumiu, mas... – Murmurou Conde, tentando imaginar o que aquela coincidência poderia significar. E só conseguiu pensar nas piores possibilidades.

– Mas, o quê? – Quis saber Frederic.

– Mas, se Judy está em Cuba, não pode estar escondida com ele. E se, antes de partir de Cuba, esse Bocelli... – A mente de Conde pensava o que sua boca se negava a soltar: que talvez Judy não estivesse desaparecida por algum motivo, mas que sua ausência fosse tão irreversível como a morte. Teria Bocelli concluído sua estadia em Cuba ou a interrompera por alguma das razões que Conde cogitava? De maneira quase automática, olhou para o major Palacios, que fez um leve movimento afirmativo. Pensavam a mesma coisa. – Talvez esse homem tenha feito alguma coisa muito ruim a Judy.

– Ele a matou? – A pergunta de Frederic foi um grito.

– Não podemos saber, por enquanto – disse Conde, e nesse instante decidiu aproveitar a comoção do rapaz. – Mas quem ainda deve estar por aqui é a namorada de Judy, e precisamos que você nos diga quem é.

– Não tenho a menor ideia... – Começou o jovem, já disposto a se retirar dali. Manolo, com seus sentidos já em alerta máximo, optou por pular na arena.

– Sabe, Frederic, isto aqui não é uma brincadeira. Se quer saber, chama-se investigação criminal. Judy está desaparecida há treze dias, e o mais provável é que esteja morta. Estamos conversando aqui na rua porque meu amigo me disse que você é um bom rapaz, mas eu não estou disposto a perder meu tempo. Então, ou você nos diz agora mesmo quem é a porra da namorada de Judy, ou vamos continuar a conversa em um lugar bem menos agradável e, acredite, lá você vai nos dizer. Você não imagina como nós somos convincentes...

– Ana María, a professora de literatura – disse Frederic, e, sem esperar comentários, começou a correr ladeira abaixo.

Conde o viu ir embora e sentiu mais pena que alívio.

Devia ter uns 27, 28 anos, e uma beleza avassaladora. O cabelo era de um preto intenso, os olhos trágicos, de um verde selvagem, coroados por sobrancelhas bem nutridas e elevadas à altura de um leve assombro, os lábios parecendo preenchidos com botox, mas, na verdade, engordados simplesmente pela natureza de inescrutáveis cruzamentos étnicos. Conde se viu ameaçado pelos seios pequenos, apontados em direção ao céu com postura de canhões antiaéreos, e percebeu os quadris da mulher como um remanso de paz ou um campo de batalha. Toda a sua pele brilhava graças à maciez em seu ponto de máximo esplendor, matizada pela cor que se obtém pingando algumas gotas de café no leite. Angelina Jolie? Como também não podia deixar de ser, o machismo de Conde o obrigou a considerar aquele pedaço de mulher, que amava outras mulheres, como um doloroso desperdício da evolução.

Desde que Frederic lhe dera a informação, Conde pensava que aquela conversa deveria acontecer com certa aparência de intimidade. Felizmente para ele, não foi difícil se livrar de Manolo. O policial, também alarmado com a proximidade das datas do desaparecimento de Judy e da saída do país de Marco Camilleri, apelidado de "Bocelli", decidira que os investigadores deviam seguir essa pista, procurando em arquivos e ao mesmo tempo puxando os fios das redes de informantes capazes de saber alguma coisa sobre os pontos quentes que pulsavam com mais força naquela trama: italianos, drogas e garotas muito jovens. E fora pôr a maquinaria em movimento, com a promessa de entrar em contato com o ex-colega se aparecesse algum rastro mais revelador.

Quando voltou à escola e localizou a professora Ana María, Conde sentiu o pulso acelerar diante do espetáculo de alto refinamento estético oferecido por aquele exemplar de catálogo, capaz de arrasar todas as suas fantasias e preconceitos quanto a encontrar uma sapatona (meu Deus, é mais gostosa que a Angelina Jolie!). Para sua surpresa, quando Conde mencionou o motivo que o trazia, a mulher aceitou sair com ele e conversar em particular.

Graças aos pesos conversíveis que ainda tinha no bolso, Conde pôde convidá-la para tomar um refrigerante num café recém-inaugurado, geralmente deserto e felizmente climatizado. Enquanto andavam pelas ruas de La Víbora em direção ao local, preferiu manter a conversa no território asséptico e gentil de suas lembranças da época em que estudara na instituição onde Ana María lecionava agora, recordações de um tempo anterior até mesmo ao nascimento da professora.

Na verdade, o corpo de Conde pedia uma cerveja. Mas seu senso profissional o fez optar por um refrigerante, como a mulher, depois de implorar que limpassem a mesa engordurada. Sabendo que cometia um atentado contra a sua saúde e os seus princípios, bebeu um gole do líquido escuro e adocicado com gosto de xarope, enquanto explicava a Ana María os detalhes de seu interesse por Judy e, sem muitos rodeios, o motivo pelo qual lhe pedira para conversar: ouvira dizer que ela e a jovem emo tinham uma relação estreita – não a qualificara, nem em suas qualidades nem em suas estreitezas... Mas que desperdício, pelo amor de Deus! Ana María o ouvia falar, bebendo goles do copo plástico onde havia servido seu refrigerante, e Conde ficou em silêncio quando viu lágrimas brotarem da fonte verde dos olhos e escorrerem pela pele suave da professora.

Como bom cavalheiro, esperou que ela se recompusesse, depois de enxugar as lágrimas com um gesto muito feminino que permitiu a ele ver, na parte interna do antebraço, uma pequenina tatuagem de salamandra com o rabo encolhido em forma de anzol.

– Vou supor que você não é mesmo policial e que não é canalha a ponto de estar gravando esta conversa – começou a professora com autoridade e um recuperado domínio de si mesma. – Vou acreditar que de fato está interessado em achar Judy pelo bem dela e pela tranquilidade da avó. E vou lhe pedir, naturalmente, que se obtiver alguma informação desta conversa só a use para encontrar Judy, mas sem revelar de onde a tirou. Por três razões fáceis de entender: porque sou lésbica e gosto de ser, mas nós vivemos num país onde minha preferência sexual ainda é um estigma; porque sou professora e gosto de ser; e, principalmente, porque uma professora não deve ter relações íntimas com uma aluna, e eu tinha, ou melhor, tive, com Judy. Se você revelar a existência desse relacionamento, vou negar. Mas, mesmo que possa continuar trabalhando como professora, para mim seria um dano irreparável. Entende o que eu digo?

– Claro. Dou minha palavra de que, se alguma coisa que disser ajudar a descobrir onde está Judy, só vou usar isso para encontrá-la e avisar a família. Contudo, também quero lhe dizer que eu posso ignorar um deslize sentimental ou pedagógico, mas não posso ocultar um delito se vier a saber que você tem algum envolvimento com o desaparecimento de Judy e se essa história se complicar.

– O que quer dizer com essa última observação?

Conde pensou em suas palavras, mas optou pelas mais diretas e contundentes.

– Que ela tenha sido sequestrada ou que tenha acontecido algo pior, e você esteja ligada de alguma forma.

– Podemos conversar, então – concluiu ela, professoral, e continuou: – Mas não crie falsas expectativas: já pensei muito, não tenho a menor ideia de onde Judy pode estar e muito menos se aconteceu alguma coisa com ela. Alguns dias antes de... – Hesitou, procurando a palavra mais adequada – de ela ir embora, nós havíamos terminado, e só nos falávamos em sala de aula, como professora e aluna. Judy entrou na minha vida por uma fresta que não tem defesas: a que leva direto ao coração. Parece horrível, piegas, mas é assim. Faz seis anos que sou professora diplomada, nove que estou à frente de turmas, e nunca, nem quando ainda era estudante, tive a menor tentação de começar uma aventura com uma aluna, muito menos uma relação prolongada. Talvez porque até pouco mais de um ano tive uma parceira estável, uma história muito satisfatória, que durou doze anos. Talvez porque sou professora por vocação, não por obrigação ou compulsão, como muitos outros, e respeito, ou respeitei, para falar com propriedade, os códigos acadêmicos e éticos da profissão, que me parecem sagrados, entende? Quando Judy entrou na minha sala, recém-chegada da Venezuela, percebi que era uma jovem especial, em suas virtudes e em seus problemas. Tinha uma inteligência superior à média, havia lido o que o resto da turma jamais leria, em quantidade e profundidade, e podia ser tão madura e tão infantil ao mesmo tempo que parecia duas pessoas em uma. Mas a Judy madura e a Judy infantil pretendiam a mesma coisa, só que de perspectivas claramente diversas: não agir como uma pessoa comum, ser tão livre quanto pode ser alguém de sua idade, especialmente neste país onde o que não é proibido não se pode fazer, e estar disposta a lutar por essa liberdade. Do jeito dela. A Judy madura lutava com a mente e tinha seus argumentos; a infantil, em um palco, com uma fantasia, eu diria que encarnando uma personagem. Mas as duas buscavam o mesmo: um espaço de autenticidade, uma forma de viver livremente o que ela desejava viver. Você já sabe que Judy é emo. Por escolha, e eu diria que também por convicção, não por moda ou imitação, como a maioria dos garotos metidos nessas coisas, entende? Ser emo lhe permitia pensar como emo e também agir como emo, com todos aqueles penduricalhos que ela usava. Pelo que sei, desde antes de ir para a Venezuela Judy já tinha dentro de si a semente da rebeldia, ou do inconformismo. Havia visto muita falsidade, ouvido muitas mentiras, conhecido as tramoias do pai e de outras personagens como ele, mas ainda era muito jovem para entender as proporções de toda essa trama de oportunismos. É evidente que amadureceu lá com toda a rapidez e descobriu duas coisas: que seu pai e outros homens como ele na realidade não praticavam o que afirmavam em seus discursos. Em poucas palavras: que eram um bando de corruptos do pior tipo, os corruptos socialistas com retórica de solidariedade, para chamá-los de alguma forma, ou da pior forma. E isso provocou nela um enorme sentimento de repulsa, de nojo, de ódio. Então, descobriu a outra coisa que a fez mudar: o mundo virtual onde circulavam os emos, um espaço onde os jovens falavam com muita liberdade de suas experiências culturais, místicas e até fisiológicas, mergulhados na busca da própria individualidade. Ali ela pôde ver que, debaixo de tudo aquilo, havia uma filosofia, mais complicada do que pode parecer à primeira vista, porque se relaciona com a liberdade do indivíduo, que começa pelo social e chega ao desejo de se libertar da última amarra, a do corpo. Mas, cuidado, não confunda: essa libertação não tem conexão direta com alguma atitude suicida, e sim com uma vontade física e espiritual. Entende? Judy não desapareceu porque cometeu suicídio, disso tenho toda a certeza. Ou quase. Porque, além do mais, ela havia decidido deixar de ser emo... O caso é que, assim que entrou na minha sala, ela se tornou minha aluna de referência, academicamente falando. Mas de um modo estranho: assim como lia a fundo alguma obra da bibliografia do curso, decidia não terminar de ler outra e explicava em sala as razões de sua atitude, e nunca eram as razões banais de que um livro fosse enfadonho ou não lhe agradasse. Isso me deixava num aperto, acho que num bom aperto. Como dá para imaginar, na verdade Judy se transformou num desafio, sim, num desafio, mais do que numa referência. Em todos os sentidos, entende? E, como desafio, ela me desafiou um dia. Foi há uns seis meses, nós tínhamos ficado sozinhas na sala, discutindo sobre *A vida é sonho*, de Calderón. Ela se interessava pela relação entre vida real e vida sonhada, o papel do destino ou da predestinação do indivíduo, essa questão do carma marcado para cada ser humano, e em determinado momento me disse que sonhava com fazer sexo comigo e... outras coisas que não vou repetir agora, claro. Como ela descobrira que sou lésbica e, mais, que ela me atraía demais? Aquilo me desconcertou, pois nunca levei para a sala de aula meu sexo nem minhas preferências. Então, perguntei como ela se atrevia a me dizer aquilo, à sua professora... E ela me disse que eu era transparente, que podia me ver por dentro e por fora, e gostava de tudo em mim e... Ela falava como uma mulher de cinquenta anos. Começamos a nos encontrar, mas antes eu exigi a mais absoluta discrição. Coisa que, como estou vendo, ela não cumpriu, porque você veio me procurar porque alguém lhe disse, e a fonte original só pode ser ela mesma. Talvez o lado infantil... apesar do qual tivemos uma relação muito madura. Até que de repente ela decidiu terminar... Judy precisava se libertar, senão ia explodir. Libertou-se de Deus, queria se libertar da família, libertou-se de mim, ia se afastar dos emos, pretendia cortar todas as amarras dos compromissos. Convivia o tempo todo com suas insatisfações com tudo que a cercava, com as mentiras entre as quais havia crescido. Tudo que lia, ouvia, via aumentava sua sensação de que precisava se desprender de todos os lastros em sua busca de uma libertação total, embora não soubesse bem como chegar lá. Olhe, tenho aqui um exemplo. Numa comprovação de leitura ela escreveu isto...

 A professora pegou um envelope na pasta e tirou várias folhas manuscritas. Passou algumas e, quando achou a que procurava, leu: "A literatura serve para nos mostrar ideias e personagens como este: '... continuava preso com toda uma cidade, com todo um país como prisão... Só o mar era porta, e essa porta estava fechada com enormes chaves de papel, que eram as piores. Nessa época se assistia a uma multiplicação, a uma universal proliferação de papéis, cheios de carimbos, selos, assinaturas e reconhecimentos de firma, cujos nomes esgotavam todos os sinônimos de 'licença', 'salvo-conduto', 'passaporte' e quantos vocábulos mais pudesse significar uma autorização para se deslocar de um país a outro, de uma comarca a outra, às vezes de uma cidade a outra. Os almoxarifes, dizimeiros, cobradores de pedágio, alcavaleiros e aduaneiros de outros tempos eram apenas um pitoresco anúncio da mesnada policial e política que agora se aplicava, em toda parte (uns por medo da Revolução, outros por medo da contrarrevolução), a limitar a liberdade do homem em tudo que se referia à sua primordial, fecunda, criadora possibilidade de mover-se na superfície do planeta que lhe coubera habitar... Ele se exasperava, esperneava de fúria ao pensar que o ser humano, renegando seu nomadismo ancestral, tivesse de submeter sua soberana vontade de movimentar-se a *um papel'*..."

– O que acha?
– Incrível – admitiu Conde. – Parece conhecido... Quem escreveu?
– Adivinhe...
– É pra já... Parece... mas não, não sei. – Conde se deu por vencido.
– Carpentier. *O século das luzes*. Publicado em 1962.
– Parece escrito para agora mesmo.
– Está escrito para sempre. Também para agora. Judy sabia para que serve a literatura. Porque acrescentou isto – disse, e voltou a ler: – "Se um país ou um sistema não permite escolher onde se quer estar e viver, é porque fracassou. A fidelidade por obrigação é um fracasso."
– Mais incrível ainda – admitiu Conde, fascinado pelos pensamentos e pela ousadia de Judy. – Nessa idade eu era um babaca... Bom, mais que agora...
– Disso também não falei com ninguém – a professora mexeu o papel, depois o devolveu à pasta e sorriu levemente. – Imagine a confusão que ia dar... Bem, o fato é que as coisas começaram a ficar mais graves desde que ela conheceu Paolo Ricotti, um velho babão que tentou seduzi-la com histórias de suas viagens por Veneza, Roma, Florença, os museus, as ruínas romanas, o Renascimento. Falavam principalmente da especialidade de Ricotti, a pintura barroca. Ela adorava conversar com ele e sonhar com o que lhe prometia... mas sem dar um passo além, muito consciente do que fazia. E depois apareceu um amigo de Paolo, Marco Camilleri, o sujeito que segundo ela se parecia com Andrea Bocelli, e as coisas ficaram ainda mais complicadas, pois esse sujeito se injetava sei lá que drogas, e ela, que estava desesperada para experimentar, bem... Para mim é difícil falar disso, eu perco a perspectiva, fico com ciúmes, com raiva dessas coisas. Mesmo sabendo que toda aquela relação com os dois italianos não envolvia sexo, eram amizades perigosas demais para uma garota que na verdade só tem dezoito

anos, por mais liberal que seja e madura que pareça. Não sei se foi por causa do meu ciúme ou de algo que estava acontecendo dentro de Judy, o fato é que ela decidiu terminar a relação. E não sei se foi por despeito ou por prudência, mas sem pensar duas vezes eu disse que sim, era melhor. Embora soubesse muito bem como ia doer, eu preferia terminar o quanto antes algo que de qualquer maneira ia acabar, e melhor ainda se fosse sem outras complicações. Por isso eu fui saber na escola que ninguém sabia onde estava Judy e, na verdade, a princípio não estranhei muito, porque pensei, e ainda penso, que ela devia ser a principal responsável pelo próprio desaparecimento, na certa andava fazendo alguma coisa que era a verdadeira razão para terminar comigo e até com os emos, e em quatro ou cinco dias estaria por aqui de novo, sem dar explicações e satisfeita consigo mesma, como sempre que fazia algo capaz de romper com um esquema. Desde o começo descartei a ideia da polícia, como a avó dela comentou comigo quando fui vê-la, porque sei que Judy nunca entraria numa balsa com um grupo de jovens. Isso não lhe interessava. Não havia sequer passado pela sua cabeça, nem ela é desses jovens que fazem as coisas por coerção do grupo ou por empolgação. Bem, você viu como ela pensa – suspirou e tocou na pasta. – E, se não tentou ir embora, nem estava com os italianos, nem havia cometido suicídio ou sido sequestrada, então estava escondida. Só estranhei que, se pretendia se esconder, não houvesse dito nada à avó ou a mim. Isso implicaria um peso excessivo de seu lado infantil, uma enorme irresponsabilidade, mas com Judy qualquer coisa é possível. Como pode imaginar, à medida que os dias se passaram e não se soube nada dela, comecei a pensar outras coisas, coisas ruins, não sei... Entende? Não, com certeza não me entende.

Conde se ergueu e pediu guardanapos ao garçom, que lhe entregou dois, bem contados e com muita má vontade. Os guardanapos eram parte do butim de guerra do garçom. Conde os colocou entre as mãos da professora e observou que, mesmo chorando, aquela mulher era alarmantemente bonita. Talvez mais. Entende? Isso sim Conde entendia, e muito bem. Até sentia: como um lamento genital, impróprio de sua idade. E também entendia que pela segunda vez alguém muito próximo de Judy falava de uma personalidade dupla ou capaz de se desdobrar, de uma aptidão para alternar rostos que tornavam aquela jovem irreverente e atrevida ainda mais insondável.

Quando Ana María se acalmou, Conde lhe agradeceu pela sinceridade e lhe disse que suas palavras o ajudariam muito a entender Judy (usando a maldita palavra tão repetida pela professora) e, talvez, a encontrar o caminho por onde ela se fora.

— Só quero fazer mais duas ou três perguntas. É que não entendi muito bem — acrescentou, para cair nas graças da professora, e caiu.

— Vamos lá.

— Que história é essa de que Judy queria deixar de ser emo? Você pode entrar e sair assim: sou ou não sou?

— Isso é que é bom nessas militâncias voluntárias. Quando a pessoa não quer mais, desiste e pronto. Até onde eu sei, porque com Judy nada é simples, ela virou emo em busca de um espaço próprio de liberdade. E o encontrou, mas por fim esse espaço se esgotou. A liberdade tinha virado uma retórica, e ela precisava de algo muito mais real.

— Mas e toda essa história de que Deus morreu, de que vai reencarnar, de que o corpo é uma prisão?

— Ela continua pensando isso, claro que continua. Mas precisava mais. Não sei o quê, mas precisava.

— E as palavras de Carpentier que você leu, será que não têm a ver com ir embora daqui? Será que não foi por isso que ela se interessou por esse texto?

— Não, você está enganado. Ir embora ou ficar não é o decisivo. O importante é a liberdade das pessoas para ir ou para ficar. Ou a falta dessa liberdade... e de outras. Entende?

Conde assentiu como se estivesse entendendo, mas continuava na mesma. Ou não, na verdade sabia mais e, apesar de suas contradições, Judy parecia cada vez mais interessante. Valia a pena encontrá-la, pensou, e foi em frente.

— Judy lhe contou algo do que aconteceu na Venezuela que tanto a afetou?

A professora tomou um gole de refrigerante, talvez para ganhar tempo e pensar na resposta.

— Já lhe disse: ela conheceu melhor a filosofia emo e também o próprio pai — Ana María hesitou um instante e continuou: — Judy soube que o pai estava se preparando para fazer algo que lhe renderia muito dinheiro.

— As coisas que ele e seus subordinados traziam para Cuba?

— Não, isso eram miudezas, e ele quase não tinha a ver com esse negócio. Era outra coisa, algo que tirou de Cuba.

Conde sentiu um tremor de alerta.

— Algo que tirou de Cuba e lhe renderia muito dinheiro? Judy disse o que podia ser?

— Não, mas falou em muitos dólares.

Conde fechou as pálpebras e as pressionou com o indicador e o polegar. Queria olhar dentro de si mesmo: quanto era *muitos* dólares?

– Judy não deu nenhum sinal do quê...

– Não, nem lhe perguntei nada. Não queria nem quero saber dessas coisas. Fico nervosa.

– Sim, certo – disse Conde, e decidiu adiar em sua mente a reflexão sobre aquela informação alarmante que alterava algumas de suas percepções. Por isso preferiu avançar em outro sentido. – E Yadine, amiga de Judy, é sua aluna?

– Não, ela está um ano atrás de Judy.

– O que sabe dela?

Ana María tentou sorrir.

– Que está apaixonada por Judy. Ela baba por Judy – concluiu, quase com satisfação, talvez por se sentir vencedora sobre aquela rival. Mas a confirmação mais do que confiável do verdadeiro caráter da relação de Yadine com Judy e a revelação das causas profundas da tristeza da garota podiam indicar algo revelador, talvez turvo, que Conde ainda não conseguia definir. Mas, dessa vez, não se desviou do caminho.

– E a salamandra tatuada no braço?

– Uma bobagem. Digamos que uma prova de amor. Judy tinha uma no ombro esquerdo, ao lado da omoplata.

– Certo – disse o homem, e esperou uns segundos. Não sabia bem como entrar naquele outro assunto, e optou de novo pela via direta: – Como você sabe que Judy não dormia com nenhum desses italianos com que convivia e, ao que parece, até se drogava?

Pela primeira vez Ana María sorriu de forma clara, antes de uma nova abertura de seus canais lacrimais. Apesar do choro, a professora conseguiu dizer:

– Porque ela não gosta de homens e porque sei que Judy é virgem. Entende?

Conde, que havia assimilado com elegância os outros golpes de informação, foi surpreendido com aquele direto no queixo. Estendido na lona, ouviu o árbitro contar até cem. No mínimo. Agora sim que não entendia porra nenhuma.

– Pois me diga uma coisa, para não deixar dúvidas: Deus perdoa todo mundo?

– Todos os que se arrependem e se aproximam Dele com humildade.

– Perdoa até os filhos da puta mais filhos da puta?

– Deus não faz essas distinções.

– Distinções? Agora você precisa falar sempre assim, com palavras desse tipo?

– Vá tomar no cu, Conde.

Conde sorriu. Havia levado seu amigo Candito Vermelho até onde queria: mais ou menos onde estava quando se conheceram e Candito era um projeto de delinquente. Mas, como bem sabia Conde, essa localização era apenas transitória, pois havia anos que o místico do grupo encontrara na fé religiosa um permanente alívio para as agruras e dúvidas da existência, o que parecia satisfazê-lo plenamente. E Conde ficava contente com isso, considerando algo que lhe parecia claríssimo: melhor um Candito cristão que um Vermelho preso.

Nos últimos dois anos, cada vez mais envolvido nos assuntos da fé, Candito se tornara algo como um pregador "substituto", desses que vão rebater quando o jogo fica quente. O crescimento da grei (essa palavra também pertencia ao mulato grisalho que algum dia tivera uma pelagem hirsuta cor de açafrão) obrigara os pastores oficiais a treinar vários entusiastas para trabalhar em algumas das chamadas casas de culto, onde iam parar os muitos, cada vez mais, desesperados e desesperadas em busca de uma solução, tangível ou intangível, para uma existência que se esfacelava em suas mãos. Talvez por essa razão não estavam cheias apenas as casas de culto e os templos protestantes, mas também as igrejas católicas, as casas de *santeros*, espíritas, babalaôs e *paleros*, e até as mesquitas e sinagogas num inóspito deserto sem árabes nem judeus. Tudo isso num país onde o ateísmo havia sido imposto, e o que se colheu, afinal, foi a desconfiança e a ansiedade por outros consolos que a realidade não lhes fornecia.

Um desses quase pastores substitutos era Candito, que, embora não possuísse grandes dotes para a oratória, tinha uma fé à prova de canhão. Para quem estivesse disposto a crer, o mulato podia ser uma voz e até um exemplo convincente. Sua capacidade de crer era tão visceral e sincera que Conde havia chegado a dizer que, se Candito lhe garantisse a existência de um milagre, ele o aceitaria. Mas admitir que qualquer filho da puta, como, para não ir mais longe, o tal de Alcides Torres, também merecesse o perdão divino? Não, nisso Conde não acreditava, nem vindo da boca do Vermelho nem do próprio Deus, se descesse à Terra para confirmar.

– Vermelho, quanto é *muitos* dólares?

– Do que você está falando, Conde?

– Digamos, se eu disser que vou ganhar *muitos* dólares, quantos você imaginaria?

– Cem – respondeu Candito, convicto.

Conde sorriu.

– E se eu disser que um sujeito metido em negócios vai ganhar muitos dólares?

O outro refletiu um instante.

– Pensaria em milhões, não é? Tudo é relativo. Menos Deus.

Os homens haviam se acomodado nas cadeiras de balanço que roubavam quase todo o espaço do pequeno cubículo adaptado como sala. Atrás de um tabique estavam a cozinha e o banheiro, enquanto por uma abertura feita na parede se entrava no quarto, que, na verdade, havia sido outro dos domicílios do apertado cortiço até que o pai de Candito conseguira se apropriar do habitáculo adjacente. Os dois amigos se balançavam, falavam de *muitos* dólares e até bebiam um suco de goiaba gelado servido pela mulher do anfitrião. Conde havia anunciado sua visita para várias horas antes, mas, apesar da demora, Candito o esperara, com aquela capacidade de paciência que, graças a Deus (dizia), havia desenvolvido.

Talvez devido ao calor insuportável, o cortiço promíscuo onde o Vermelho nascera e ainda morava mostrava nesse momento sua face mais calma: os moradores de vários aposentos distribuídos ao longo do corredor do que havia sido um pátio interno de uma casa burguesa permaneciam imóveis, como lagartos do deserto à espera do pôr do sol para entrar em movimento. Entretanto, rádios e aparelhos de CD, como se fossem engenhos com inteligência própria, competiam numa eterna luta musical na qual aqueles seres apinhados, com um passado ruim, um presente difícil e um futuro muito esquivo, se aturdiam para passar a vida sem reconhecer suas dores. O volume do barulho que consumiam tornava tão difícil a conversa que Candito teve de fechar a porta e ligar o ventilador na potência máxima.

– Essa grei sim está de mau humor. Como é que você aguenta?
– Com o treinamento de muitos anos e a ajuda de Deus.
– Ainda bem que Ele dá uma mãozinha...

Depois de contar os detalhes da investigação que fazia por conta própria e por culpa de sua imperdoável curiosidade, Conde explicou ao amigo o que necessitava dele. As coisas na vida de Candito haviam mudado tanto que agora, em vez de informações sobre delinquentes, Conde ia lhe pedir opiniões sobre as estranhas relações de uma jovem desaparecida com Deus, esfera mística fora de seus domínios.

– Essa garota parece muito inteligente. Mas está com uma grande confusão na mente – disse afinal Candito, e Conde levantou a mão, pedindo moderação.
– Vermelho, você não está no culto.

Candito olhou-o com intensidade. Restos faiscantes do homem indômito e agressivo que havia sido ainda brilhavam em seus olhos também rubros, geralmente velados por uma expressão de paz espiritual.

– Vai me deixar falar ou...
– Certo, tudo bem, diga.

— A menina está ou não está de miolo mole?

— Sim — admitiu Conde. Não se atreveu a dizer, mas preferia que o velho colega falasse "miolo mole" do que "confusão mental".

— O suco de goiaba vai esquentar — avisou o mulato, indicando o copo ainda pela metade.

— Está bem assim. Tomei meio refrigerante agora mesmo. Não quero me arriscar a ter uma overdose.

— Tem razão — admitiu Candito. — Bem, voltando ao assunto... Não vou dizer que esse miolo mole seja obra do demônio, embora pudesse ser. Mas digo que é resultado do que estamos vivendo, do que já vivemos, Conde. Essa mocinha está desesperada para crer, mas não quer crer como os outros, porque recusa o estabelecido e inventa sua própria fé: ela gosta da ideia de que Deus morreu, mas acredita na reencarnação; despreza o corpo, mas tenta salvar a alma; agride-se de todas as formas que pode e é lésbica, embora continue virgem; não suporta a falsidade do pai e ao mesmo tempo é amiga de uns italianos que cheiram a esgoto de longe... E tudo isso para não ser igual aos outros, ou melhor, para ser diferente dos outros, porque se cansou da história de que somos todos iguais, quando ela está vendo que não somos iguais coisa nenhuma.

— Então você acha que o problema dela não é com Deus?

— Não. Ela usa Deus para parecer ainda mais diferente. Não vá por esse caminho. O problema dela tem a ver com coisas daqui debaixo, tenho certeza disso. Veja bem, não é que ela não acredite em Deus: é que acha mais impactante dizer que Ele morreu. Não dá no mesmo ser ateu e achar que Deus já está morto e desativado. Ou perder a capacidade de acreditar em algo, como aconteceu com tanta gente que conhecemos. Isso é muito difícil, Conde, mas é o que estamos vivendo. Eu que o diga... Uma mocinha como essa não brota por geração espontânea, precisa de adubo para crescer, e esse adubo está no ambiente. Olhe só ao redor: quantos garotos da idade dela estão se perdendo por aí? Quantos são pré-delinquentes ou delinquentes completos, quantas viraram putas e quantos são seus cafetões? Quantos vivem olhando as nuvens sem se importar com nada? Quantos estão mais interessados em ter um telefone celular ou um eme pê não sei quanto do que em trabalhar, porque sabem que trabalhando não se consegue ter nem o eme pê nem o celular? Há algo de muito podre no reino da Dinamarca. E, segundo você, foi Shakespeare quem disse isso.

Conde assentiu. O panorama podia ser ainda mais tétrico do que parecia. A rua G, com suas tribos da cidade, era apenas, na verdade, a ponta do *iceberg*. Mas será que essa história de incapacidade de crer estava dirigida a ele? Foda-se, pensou, ele não era importante. Porque, chegando àquele ponto gélido da conversa, podia obter o que na verdade Candito era capaz de lhe oferecer: a confirmação para uma pergunta encarnada desde que visitara o quarto de Judy e que a conversa recente com a professora cheia de revelações inquietantes havia potencializado.

– Vermelho, você que fala com muita gente em crise que está procurando uma saída, acha que alguém como Judy poderia chegar a cometer suicídio? É o que mais me preocupa agora. A professora pensa que não.

Candito deixou o copo sobre a pequena mesa de madeira.

– Não posso dizer que seja isso ou aquilo, Condenado, porque cada pessoa é um mundo. Mas não me surpreenderia que tivesse cometido suicídio, ou, se estiver viva, que tente fazê-lo. Então, se ainda não fez, seria bom encontrá-la, porque ela é capaz.

– E, se aparecer, seria o caso de fazer um exorcismo? – Conde não podia perder aquelas oportunidades.

– Com essa mocinha em particular, é melhor mandar direto a um psiquiatra – disse Candito, e o outro sentiu que o amigo o superava com elegância. – Eu já disse que o problema dela não é com Deus, nem com o diabo. Ela está com raiva de tudo.

Conde assentiu, desanimado.

– E os tais *muitos* dólares, onde entram nisso tudo? – Perguntou o anfitrião.

O outro coçou a cabeça.

– Não sei bem... Mas acho melhor nem pensar nisso, para não sofrer da síndrome do miolo mole. Vamos lá, responda, por que eu tenho que me meter nesses rolos, hein, Vermelho?

Candito sorriu com a mais beatífica e pastoral das expressões.

– Porque, por mais que você diga e até esteja convencido de que não acredita em Deus, no fim das contas é um crente. E, acima de tudo, é um homem bom.

– Eu sou um homem bom? – Conde tentou pôr ironia na pergunta.

– Sim. E é por isso que, apesar de tudo, continuo sendo seu amigo.

– Mas, apesar de ser bom e amigo seu, não vou me salvar, porque não me aproximei de Deus. E se outro sacana se aproximar, ele sim recebe a glória. Você acha que faz algum sentido?

– Essa é a justiça divina.

– Então, com sua licença, tenho que dizer: uma merda de justiça.

Candito sorriu sem pôr beatitude na expressão: sorriu de verdade.

– Você não tem jeito, meu amigo... Vai para o inferno na certa.

Conde olhou para o Vermelho. Desde que se casara pela segunda vez e deixara de fumar e beber, Candito havia engordado uns dez quilos. Apesar dos fios grisalhos que haviam substituído seus cachos vermelhos, na verdade parecia mais saudável e até mais apresentável do que o Candito do passado, pecador e negociante, encrenqueiro e violento.

– E se eu me casar com Tamara, tenho mais possibilidades de me salvar?

Essa pergunta atiçou o senso de surpresa de Candito. Por intermédio do magro Carlos, sabia da festa de aniversário em preparação e confirmara sua presença não alcoólica. Mas a coisa era com casamento e tudo?

– Isso é sério ou você está brincando?

– Acho que é sério – Conde lamentou ter de admitir, embora esclarecendo: – Mas é só uma ideia...

Candito se apoiou no encosto da poltrona e, com a mão, limpou o suor que, apesar do ventilador, começava a escorrer de sua testa.

– Conde, meu irmão, faça o que bem entender. Mas pense numa coisa só: naquilo que está bom é melhor não mexer muito.

– Com uma exceção, não é?

Candito, afinal, continuava sendo Candito.

– Se mexer muito é melhor... Mas acaba mais rápido, não é?

Sentado no único banco sobrevivente (embora já lhe faltasse uma tábua) do Parque de Reyes, sendo açoitado por lufadas de mau cheiro provindas de um cano que jogava detritos na rua, Conde viu crescer a figura de Yadine, semifantasiada de emo, mas com o cabelo caindo sobre o rosto.

Para que não ouvissem sua voz adulta e masculina, meia hora antes Conde tinha pedido à mulher de Candito que ligasse para a casa da garota e marcasse o encontro que, para o ex-policial, já estava se tornando urgente.

– Você não me ligou, ontem fui à sua casa e você não estava. Mas, diga, o que soube de Judy? – Recriminou-o e perguntou-lhe a garota quando chegou a dois metros do suposto detetive. Em seu rosto sem maquiagem preta havia doses similares de tristeza e ansiedade.

– Venha, sente-se – Conde tratou de pisar no freio enquanto batia no assento que, de mau jeito, acolhia suas nádegas.

– Bem, o que soube? – A ansiedade de Yadine era definitivamente maior.

– Nada e muito. Não sei onde está nem o que pode ter acontecido com ela, mas sei outras coisas – disse, e foi direto ao ponto. – Por que você não me disse qual era seu verdadeiro interesse em procurar Judy? Não invente histórias, já sei toda a verdade sobre o caso.

Yadine tinha olhos belos e profundos. Toda a intensidade de seu olhar se revelava melhor assim, sem os círculos pretos com que se maquiava.

– A verdade é imensamente simples... As pessoas *não* gostam de lésbicas. Mas o importante é saber de Judy, não o que eu sinto por ela.

Conde tinha várias respostas para essas afirmações, mas decidiu que não devia atacar a jovem com as armas de sua ironia.

– Ela rompeu um relacionamento anterior para ficar com você?

Yadine perdeu a ansiedade, e só restavam em seu rosto as marcas da tristeza.

– Não... Fui eu que me aproveitei disso e tanto dei em cima que afinal fiquei com ela. É que Judy me deixa *looouca*... – Enfatizou, e alongou a perda da razão.

Esse tipo de revelação sempre alarmava Conde, heterossexual machista cubano da linha militante, embora compreensivo. Mas ouvir duas confissões lésbicas no mesmo dia, feitas por duas mulheres jovens e belas, ultrapassava sua capacidade de assimilação. Precisava se controlar, pensou.

– Desde quando vocês tinham essa relação mais íntima?

– Foi uma vez só. Na véspera do desaparecimento de Judy. Mas foi a melhor coisa que me aconteceu na vida.

Conde pensou em perguntar detalhes, mas sentiu que não seria apropriado.

– Mas você estava apaixonada por ela fazia tempo, não é? Virou emo por causa dela?

– É, eu era quase emo, mas virei emo-emo por causa de Judy. Gostei dela assim que a conheci. Gostei não, fiquei *louca, louca*...

Conde pensou que gostaria de entender a diferença entre ser emo e ser emo-emo, mas não se desviou.

– E realmente não tem ideia de onde ela possa estar, de por que sumiu?

– Claro que não! Por que acha que fui procurá-lo? Não é fácil sair por aí contando o que alguém é e do que gosta. Mas eu estava desesperada. Naquela segunda-feira Judy ficou de me ligar para nos encontrarmos. Mais ou menos às sete eu telefonei para a casa dela e Alma me disse que tinha saído pouco antes. Achava que para a rua G, só que às segundas quase ninguém vai para lá. Mesmo assim, fui procurá-la, mas tinha pouca gente, nenhum emo, e ela também não estava lá. Então, telefonei para algumas pessoas...

– Que pessoas?

— Primeiro para Frederic, que estava em casa com outra menina do colégio. Depois para Yovany, mas ele não atendeu ao celular. Depois... depois para a ex-namorada...

— A professora.

Yadine ergueu uma sobrancelha e assentiu.

— Ela não a tinha visto, pelo que me disse.

— E o que você sabe dos italianos? De Bocelli, por exemplo?

— Isso era uma loucura de Judy. Ela sabia o que esses velhos queriam, mas brincava com eles. Eu avisei que podia ser *perigosisissississimo*.

— Por causa das drogas?

— Por causa de tudo. Bocelli é um filho da puta drogado e meio *looouco*.

Conde pensou um instante.

— Judy devia ver algo diferente nesse homem, não acha? Ou será que está com ciúmes dele?

Yadine suspirou, triste outra vez.

— Sim, estou com *muito* ciúme. Ela gostava de conversar com Bocelli e depois dizer que algum dia iria visitá-lo na Itália. Judy era *muito* sonhadora.

— Olhe aqui, Yadine... e me diga a verdade: Judy estava apaixonada por você ou só transou por transar?

Finalmente a garota sorriu.

— Judy não fazia nada só por fazer. Mas, não, ela não estava apaixonada por mim, ao menos não como eu por ela. Transou comigo porque estava mais do que deprimida e precisava de alguém que a ouvisse, e eu estava *louca* para ouvi-la. Judy queria deixar de ser emo, começou a me falar que algum dia iria para a Itália com Bocelli, que sua vida era uma porcaria e tinha que fazer alguma coisa para mudar.

— Por que a vida dela era uma porcaria?

— Por mil coisas... por causa do mundo, do pai...

— Ela contou alguma coisa do pai na Venezuela? De um negócio muito grande?

— Ela me disse que ele fez coisas... Muitas coisas. Mas não quais *coisas*.

Conde pensou que havia chegado a hora e soltou a pergunta:

— E falou do suicídio como uma saída?

Yadine imediatamente reagiu.

— Não, Judy *não* pode ter se suicidado.

— Por que tem tanta certeza?

A garota sorriu, dessa vez com mais amplitude. E convicção.

— Porque Judy queria transformar sua vida, e não perdê-la. Já disse que Judy não fazia nada por fazer. Ela tinha uma razão para tudo. E para continuar viva tinha razões de sobra. Um monte.

Conde assentiu, satisfeito. Por que as pessoas que lhe falaram sobre Yadine a consideravam um pouco boba? Ou será que Yadine, além da máscara de emo, também sabia usar outras faces?

— Mais uma coisinha — disse Conde, levantando as nádegas divididas na tortura do banco incompleto. — Quantos livros de Salinger você leu?

Yadine se sentiu amavelmente surpreendida. Sorriu. Sem dúvida, era *belíssima*.

— Todos, *tooodos*.

— Eu já estava imaginando por que você fala assim. Era imensamente fácil saber. Eu também devorei *toooodos* eles. Um monte de vezes. Com amor e esqualidez.

6

Quando se viu sob o teto de zinco quente do Bar dos Desesperados, Conde, farto de sucos, refrigerantes, planos de aniversário e intrincadas revelações (incluindo duas confissões lésbicas com as quais se bateu como um cavalheiro para não deixar que sua imaginação as colorisse), observou com carinho de filho pródigo a humilde simplicidade das garrafas de rum ordinário e dos maços de cigarros infames dispostos numa mesa. Finalmente se sentiu perto de um território mais propício e compreensível, onde as coisas eram o que eram, e até o que pareciam ser, sem maiores complicações. Mas, naquela tarde, na mesa onde se apoiava uma das nádegas flácidas do negro que servia, chamado pela seleta clientela do estabelecimento de Gandi, apelido de Gandinga, também havia um cartaz que quebrava aquele feitiço de identidade assentada: "Distinto cliente: pague ANTES de ser servido! A ADMIN".

— Mas como assim, Gandi? — Perguntou Conde, apontando para a surpreendente orientação administrativa. — Não existe mais confiança nos distintos clientes?

— Nem me fale, Conde. Ontem me sacanearam. Dei duas garrafas a um cara e o grandessíssimo filho da puta se mandou correndo. Ele me fodeu bem fodido.

— Poorra! Os desesperados perdem as estribeiras... — Conseguiu dizer. — Bem, me dê um duplo e um maço de cigarros — pediu Conde.

— Você não sabe ler? Vamos, quinze pesos, primeiro pague — disse o taverneiro, e sem mover a pesada nádega esperou que o distinto cliente pusesse o dinheiro no balcão. Só quando o pegou, contou e distribuiu as notas na velha caixa registradora foi que lhe jogou o maço de cigarros e começou a servir a bebida num copo de cuja limpeza Conde teve mais desconfiança que um marxista ortodoxo, teoricamente disposto a duvidar de tudo, ou melhor, de todos.

Quando se dispunha a experimentar o rum que seu ânimo com tanta veemência pedia, sentiu à direita uma presença malcheirosa. Virou o rosto e se deparou com um olho que o observava e, muito perto do olho alerta, uma pálpebra caída, já irremediavelmente derrotada. O homem não se barbeava fazia muitos dias e, para piorar, também parecia andar em más relações com o chuveiro. A pupila insone, avermelhada, estudava Conde até encontrar o que procurava.

– Viu isso, Gandi? – O homem se dirigiu ao taberneiro. – Um sujeito de banho tomado. Isso merece um trago. Quero dizer, dois. – E levantou a voz: – Gandinga, um pro limpinho aqui e outro pra mim.

Conde pensou que, embora tomasse banho todos os dias, jamais teria qualificado a si mesmo como um sujeito especialmente limpinho. Muito menos depois de ter passado o dia todo na rua, padecendo os vapores de junho.

– E quem paga? – Perguntou Gandinga, só por ofício.

– O banhado, claro.

– Não, amigo, obrigado – disse Conde. Não queria conversar, só beber. E não era beber para pensar, e sim para esquecer.

– Não fode. Não vai me pagar unzinho aí? – E não apenas o fitou com o olho bom, como também a pálpebra caída tremeu, como se fizesse o maior esforço para ressuscitar. O ciclope tinha um bafo de urubu.

– Está bem, está bem, mas com uma condição. Não, com duas.

– Pode mandar que aqui tem homem.

– Se eu lhe pagar a bebida, depois você me deixa em paz?

– Feito. Continue.

– Ah, a segunda: uma dose só.

– Feito, feito. Vamos, Gandi, pode servir com generosidade – pediu Um Olho.

Conde pôs o dinheiro no balcão e Gandinga, depois de guardá-lo, serviu a dose do homem. Um Olho pegou a bebida imediatamente, bebeu um gole pequeno, com alto senso de economia, e só então se voltou para Conde. De onde havia saído aquele espantalho?

– No fundo, eu também não queria falar com você. Você tem cara de ser um tremendo sacana. Porque foi policial.

Quando ouviu a primeira razão de Um Olho, Conde teve vontade de dar-lhe um chute na bunda, mas recebeu a conclusão como um choque elétrico. Já em estado de alerta, voltou a olhar o homem e tentou localizar rastros daquele rosto em seu arquivo de caras conhecidas ao longo dos já muito distantes dez anos em que trabalhara como policial e chafurdara na merda. Com alguma dificuldade – não atribuível apenas à sua memória – descobriu que aquele despojo humano era ninguém menos que o tenente Fabricio, expulso por corrupção, com quem ele tivera todas as diferenças possíveis, inclusive uma briga de socos no meio da rua.

Lamentando a própria sorte, Conde jogou na calçada o rum que ainda havia no copo, disposto a sair dali. Fabricio, ou o que sobrevivia dele, continuava sendo um sujeito repulsivo.

– Escute, Gandi – disse Conde, devolvendo o copo ao taverneiro – não tenha piedade com esse sujeito. Ele foi, é e será sempre um grande filho da puta. E, faça o que fizer, ele não tem salvação – e saiu para a benfeitora e esperada canícula de junho.

O encontro com Fabricio não era um prólogo favorável ao capítulo que Conde precisava desenvolver naquele momento: uma conversa com Alcides Torres, pai de Judy. Falar com dois filhos de puta de tal calibre no mesmo dia, pior, na mesma tarde, parecia-lhe um abuso de sua capacidade de resistência gástrica. Ainda mais depois que a professora Ana María lhe falara de certo negócio milionário e, para arrematar, Candito lhe informara sobre a possível redenção daquele tipo de personagem. Mas a urgência de encontrar alguma pista capaz de levá-lo até Judy e, assim, poder se afastar o quanto antes daquele episódio muito turvo – e ao mesmo tempo muito atraente – foi mais forte, e Conde decidiu encarar os riscos de uma overdose de diálogos com filhos da puta diplomados.

Marcaram às sete, no palacete de Alcides, mas quando Conde chegou o homem ainda não havia aparecido. Foi Alma Turró quem o recebeu e lhe ofereceu uma cadeira, ar de ventilador, café e conversa.

– Conte-me algo de minha neta, por favor – pediu a mulher, depois de deixar a bandeja com o café ao alcance do recém-chegado.

Enquanto bebia a infusão, Conde pensou na resposta, pois não havia muito que pudesse contar à mulher. E, dentro do que poderia lhe revelar, havia uma parte muito alarmante, e preferia não tocar no assunto com ela.

– Alma... Ainda não tenho a menor ideia de onde ela pode estar nem do que pode ter lhe acontecido. A polícia está na mesma. Não tem uma pista sequer, uma suspeita, nada. Nem eles nem eu sabemos o que fazer. Quando alguém desaparece assim, geralmente é por dois motivos: ou aconteceu algo muito grave ou a própria pessoa fez o possível para não ser encontrada.

Alma o ouviu em silêncio. Estava com as mãos no colo e esfregava uma na outra, como se ardessem.

– Vai parar de procurá-la?

– Não. Agora vou falar com seu genro porque preciso saber certas coisas para poder continuar. E amanhã tenho uma reunião com uma pessoa que estudou muito os jovens como Judy, os emos, os *freakies*. Sobretudo os que se tatuam, fazem *piercings* ou se machucam. E depois não sei, na verdade não sei. Judy parece um labirinto, e o pior é que não tenho ideia de onde nem como encontrar a saída porque não consigo nem entrar nele.

A mulher apoiou o queixo na mão aberta e o cotovelo no braço da poltrona. Olhava para o jardim, visível graças à luz que provinha do portão.

– Já falou com a professora de literatura?

– Sim – disse Conde, e ficou na expectativa.

– Elas duas tinham... algo a mais.

– Não sei.

– Eu estou dizendo. Eram... namoradas. Ou tinham sido.

Conde se manteve em silêncio. Até que se rendeu.

– Ela também não tem ideia do que pode ter acontecido.

A mulher olhou para Conde.

– O que ela disse?

Conde pensou no que podia ser apropriado revelar à avó.

– Uma coisa que me surpreendeu – disse, aproveitando o atalho mais tentador. – Judy queria deixar de ser emo. A senhora sabia?

Alma assentiu, mas disse:

– Não, não sabia. Mas era de se esperar. Judy é muito inteligente.

– Mas todo o fundamentalismo emo... Aliás, há um jovem do grupo de Judy que se chama Yovany. Sabe como posso localizá-lo?

– Ela tem uma caderneta com telefones e endereços. Deixe–me ver... É que a polícia esteve revistando as coisas de Judy e, aliás, não devolveram o computador.

Alma se levantou e foi aos quartos do segundo andar, e Conde afinal pôde acender o cigarro que o sabor do café exigia. Desde que falara com Yadine estava muito interessado em um reencontro com o emo alvo. Seu olhar, enquanto isso, concentrou-se nas magníficas reproduções de pintores holandeses penduradas na sala. Vermeer de Delft, de Witte e, aproximando-se da paisagem, leu a assinatura copiada: Jacob van Ruysdael. O fato de que poucos meses antes Rembrandt houvesse se metido em sua vida e que agora ele se deixasse envolver na vida de uma garota em cuja casa existia uma forte inclinação pela pintura holandesa pareceu-lhe uma conjunção que devia atender a uma dessas concatenações de caráter cósmico de que o polonês Daniel Kaminsky tantas vezes falara ao filho Elías. E essas coisas aconteciam porque sim ou por alguma vontade inescrutável?

Minutos depois a mulher voltou com um papel na mão.

— Alma — perguntou-lhe Conde, ainda em pé diante da paisagem invernal de Ruysdael — por que vocês têm essas reproduções de pintores holandeses?

A mulher também observou a paisagem antes de responder.

— São reproduções de primeira qualidade, feitas na Holanda por estudantes de pintura como exercício acadêmico. Coralia, mãe de Alcides, comprou-as em Amsterdã a preço de banana, mais ou menos em 1950. Isso foi antes do acidente que a deixou inválida. E o filho as herdou quando ela morreu, há quatro anos. Coralia viveu em sua cadeira de rodas até os 96 anos, e nunca quis se desfazer de suas pinturas falsas. Mas são lindas, não é mesmo? Principalmente esta paisagem. Eu diria que hoje em dia essas reproduções valem uns bons dólares.

Conde observou as cópias um pouco mais e não pôde evitar que lhe viesse à mente a história do Matisse falso que parecia autêntico e havia provocado a ambição de várias pessoas. E o destino cubano, ainda incerto, do retrato do jovem judeu feito por Rembrandt e cuja propriedade Elías Kaminsky estava pleiteando. Uma daquelas reproduções poderia valer *muitos* dólares? Não, para os níveis em que se movia Alcides Torres, não deviam ser *muitos* dólares.

Alma Turró entregou afinal o papel a Conde.

— Olhe, deve ser este Yovany. Aí estão o endereço e o telefone dele.

Quando foi guardar o papel no bolso, Conde percebeu que alguma coisa não estava certa.

— Essa caderneta de endereços estava no quarto de Judy?

— Não, eu a guardo em meu quarto. É que liguei para todo mundo que ela anotou aí. Para ver se sabiam algo.

— E o que descobriu?

— Nada que me ajude a encontrá-la — suspirou a mulher, voltando a se sentar e a focar Conde. — Sabe, se você parar de procurá-la, vai ser como perdê-la para sempre. Não entende isso? Você me dá uma esperança de...

— A polícia vai continuar. É um caso aberto.

— Não tente me enganar.

— Vou continuar, mas, como eu disse, o caminho acabou. Ou então alguém o bloqueou. Quem sabe a própria Judy — disse Conde, que, vendo a si mesmo numa estrada que chegava ao fim, teve a repentina premonição de que, na verdade, alguém estava impedindo a passagem. Nesse momento Alma levantou o queixo e fez um gesto canino, com resultados capazes de surpreender Conde.

– Karla e Alcides chegaram – anunciou, levantou-se e pegou a bandeja para internar-se na cozinha. Antes de sair, acrescentou: – Vou lhe dar a caderneta de telefones de Judy. Quem sabe ajude alguma coisa.

– Claro, obrigado.

Alcides Torres entrou se desmanchando em desculpas, um telefonema de última hora, o trânsito. Karla, sua mulher, estendeu a mão e se sentou na poltrona onde antes estivera a mãe. Karla tinha uns quarenta e poucos anos, muito bem conservada do nariz para baixo e da testa para cima: porque a faixa dos olhos era um poço de dor, tristeza e insônia. Alcides, que talvez fosse alguns anos mais velho que Conde, por fim se acomodou numa poltrona rígida e bufou seu cansaço. Exatamente às suas costas ficava o cartaz pedindo ao Máximo Líder que ordenasse, o que quer que fosse e para o que fosse.

– Conde, não é? Alma nos falou de você, e agradeço, agradecemos por seu interesse.

– Não é muito o que posso fazer...

– Então, ainda não sabe nada? – Perguntou Alcides.

– Sei muitas coisas, mas não o que aconteceu com Judy.

– E o que mais precisa saber para continuar? – Interveio Karla, ansiosa.

Conde refletiu por alguns instantes e afinal pediu:

– Posso conversar a sós com Alcides?

A resposta da mulher foi uma flecha que o atravessou e o cravou contra a poltrona.

– Não. Fale com os dois – e manteve a vista fixa no ex-policial, sem olhar para o marido. – Seja o que for. É minha filha.

Conde não esperava exatamente aquela conjuntura para perguntar a Alcides Torres o que necessitava saber, mas se não lhe davam outra alternativa... Pulou de cabeça.

– Bem... Não tenho uma única prova para sustentar nada disto, mas me parece que neste momento só há três possibilidades: a melhor delas é que Judy tenha ido embora porque quis, e está em algum lugar onde não quer ser encontrada, principalmente por vocês; outra, que haja lhe acontecido alguma coisa muito grave, mas seria estranho, porque não houve nenhum rastro, nenhum sinal. A pior é que tenha feito algo contra si mesma.

– Não, minha filha não é suicida. Pode ser estranha e tudo mais, mas não é suicida. Vamos pensar na melhor – propôs Karla, enquanto engolia o que Conde julgou ser um remédio amargo. – O que se pode fazer?

– Esperar ou continuar procurando – disse Conde, e decidiu prosseguir pela rota que havia aberto. – Ou, então, se têm tanta certeza de que ela não faria mal a si mesma, deixá-la em paz. Porque, seja lá o que tenha acontecido, há uma certeza: Judy não queria mais viver com vocês, com as regras de vocês. Por isso fabricou seu próprio mundo e mergulhou nele de cabeça. Um mundo de emos, de filósofos alemães, de budas, de algo que estivesse bem longe de vocês, do que vocês defendem ou fingem defender. Ela queria se sentir livre dessa carga e ao mesmo tempo melhor consigo mesma – disse, e olhou de frente para Alcides Torres. Conde sentiu o empurrão que sua consciência e as ideias de Judy lhe davam, e não pôde mais parar. – Porque o que o senhor fazia, Alcides, causava-lhe nojo. O que Judy viu na Venezuela e lhe custou seu cargo foi a última gota. Sua filha descobriu a pior face do pai, e não podia nem queria morar perto do senhor.

Alcides Torres olhava e ouvia Conde com total atenção, como se não estivesse entendendo ou como se o outro estivesse falando de uma pessoa alheia a ele. Aquela imprevista saraivada de inconformidades de Judy, saindo como um vômito da alma do ex-policial, parecia congelá-lo de surpresa. A mulher, sentada em seu lugar, havia abaixado a vista e movia a ponta do pé direito, desenhando pequenos círculos, sem se atrever a intervir, talvez dilacerada por seus próprios sentimentos de culpa ou algum vestígio de vergonha. Teria participado da trama de corrupções do marido? Conde, já se precipitando pela encosta de suas antipatias despertadas, continuou a disparar:

– O pior é que, para não chegar a essa conclusão, Judy passou por seus próprios infernos. Mas, quando foram para a Venezuela e ela viu o que viu, não aguentou mais. E sabe de uma coisa? Não duvido que ela mesma o tenha denunciado – o sangue que se acumulara no rosto de Alcides Torres pareceu desaparecer de repente, deixando uma lividez doentia em sua pele. Conde arrematou: – Depois, Judy maltratou seu corpo e sua mente, envolveu-se com os emos, com drogas, fez amizade com pessoas bastante perigosas que a ajudavam a fugir da realidade, começou uma relação afetiva que a afastava de vocês e de toda essa merda da qual se aproveitam para roubar o que puderem e para entrar num negócio que podia lhes render muitos, muitos dólares.

Alcides Torres se levantou, impulsionado pela última mola de sua desvencilhada dignidade ou pela primeira de sua mais patente surpresa, e levantou o braço direito, disposto a bater. Conde, preparado para uma reação como aquela, empurrou a poltrona para trás e saiu do alcance do possível golpe, que Alcides interrompeu no meio, talvez pelo grito de Alma Turró.

– Alcides! Que porra é essa? Não gosta da verdade?

Com o braço ainda levantado, Alcides Torres olhava para Conde, enquanto este pronunciava uma frase que havia muitos anos não passava por seus lábios, mas que, nos momentos críticos, gostava de dizer.

– Se encostar em mim, arranco seu braço.

Conde, que jamais havia arrancado nem uma pata de barata, deu outro passo para trás, já libertado de sua carga de mágoa e frustração, mais disposto a evitar que a provocar. Por fim havia dito o que por muitos anos quisera dizer a sujeitos como Alcides Torres. Quando ia continuar retrocedendo, a voz de Alcides o deteve.

– Desculpe – disse, enquanto baixava o braço e se voltava para a sogra. – Alma, eu amo minha filha, quero que ela volte, quero lhe pedir perdão. Tudo que eu fiz...

Alcides interrompeu suas desculpas e saiu da sala para subir a escada em direção aos quartos do segundo andar.

Karla, ainda sentada na poltrona, não parava de observar Mario Conde, que descobriu que o olhar dela havia recuperado parte da vitalidade perdida.

– Algum dia alguém mais precisava dizer – falou por fim. – Judy foi a primeira, há uns três ou quatro meses. Alcides foi lhe dizer que o jeito como ela vivia e se comportava o prejudicava, que não ia mais permitir seus exibicionismos nem seus discursos sobre liberdade, que ter uma filha morando em Miami já era problema suficiente, e Judy explodiu. Soltou tudo que pensava dele, coisas até piores do que essas que o senhor disse, principalmente porque era a filha que dizia. A partir de então, parou de falar com ele.

Conde sentiu que seu ritmo cardíaco se normalizava.

– O que Judy viu na Venezuela a afetou muito – disse Conde, e pôs um cigarro nos lábios, mas não o acendeu. – Uma coisa importante, Karla. Quanto dinheiro Judy pode ter levado?

Ficou evidente que a mulher não esperava essa pergunta.

– Não sei – tentou escapulir.

– É que ter ou não ter dinheiro pode ser a diferença entre desaparecer ou estar escondida.

Karla suspirou e olhou para a mãe, antes de voltar a atenção ao ex-policial.

– Ela roubou da avó quinhentos dólares, que minha filha Marijó, María José, mandou de Miami.

Conde pensou: quinhentos dólares era pouco para comprar um lugar numa lancha que fosse sair de Cuba, mas *muito* para alguém que só precisava comprar umas alfaces para sobreviver. Ao mesmo tempo, em Cuba havia gente disposta a fazer *muitas* coisas por quinhentos dólares, coisas ruins. Naquela história na qual só ouvia meias verdades, qualquer nova informação, mais do que uma certeza, abria outras interrogações. E aquele maldito advérbio de quantidade...

Karla voltou a mexer o pé, quando chamou a atenção de Conde.

– Vou lhe pedir uma coisa, um favor: se o senhor encontrar Judy, ou se tiver uma ideia de quem pode saber onde está, quero que ela saiba que sua avó e eu a amamos muito, que apesar de tudo o pai também a ama, e não nos perdoamos pelo que fizemos com ela. Não queremos que volte, só queremos saber que está bem. Já temos uma filha morando longe de nós, que decidiu ir morar longe, então podemos entender se Judy preferir fazer o mesmo. Mas ela precisa saber que, faça o que fizer e esteja onde estiver, vamos continuar amando-a.

Conde avançou pela calçada eviscerada da rua Mayía Rodríguez e sentiu no ar um fedor de sucata, petróleo queimado e merda de cachorro. A merda estava presa na sola dos seus sapatos, o fedor de sucata e petróleo provinha de um Chrysler 1952 que dois negros, com sua cor potencializada pela graxa e pela fuligem que os cobria, tentavam ressuscitar. Eram cheiros reais, da vida de todos os dias, à qual ele tanto desejava regressar.

O pedido de Karla, feito com o consentimento visual de Alma Turró, tornava a empurrá-lo para o caminho que ele preferiria abandonar. Mas o sentimento de libertação gerado por sua conversa com Alcides Torres ainda o surpreendia. Fora até ali em busca de informação e acabara exorcizando velhas mágoas, frustrações, ódios enquistados por personagens como aquele Alcides Torres que lembrava tanto Rafael Morín, o falecido marido de Tamara. Teria, no fundo, dito a Alcides o que gostaria de ter gritado a Rafael? Precisava indagar isso quando encontrasse algum dos seus amigos psicólogos.

Naquela tarde, antes de sair de casa, o ex-policial se atrevera a reler o prólogo de *Assim falou Zaratustra*, tentando colocar no espelho de Judy aquela algaravia transcendentalista e mistificadora de Nietzsche – autor que, no mesmo nível lamentável de Harold Bloom, Noam Chomsky e André Breton, entre outros, parecia-lhe ter uma petulância de profeta iluminado que era para Conde um clássico e muito conhecido chute nas partes mais vulneráveis de sua anatomia. Enquanto lia, fora tentando, só tentando, entender a relação de simpatia que, pulando um século, uma emo cubana de dezoito anos podia estabelecer com o alemão que clamava por um homem novo despojado do lastro de Deus e de todas as submissões que Ele exigia. E foi então que começou a pensar com mais insistência nas expressões emo-fundamentalistas de Yovany, o rapaz capaz de tirar Yoyi do sério. Enquanto deglutia Nietzsche a duras penas, ia se convencendo de que talvez esse jovem fosse a pessoa em melhores condições de explicar as confusões mentais de Judy, como, com benevolência, Candito as qualificara. Quando estava quase terminando a leitura do prólogo, recebeu um telefonema de Yoyi, sempre capaz de devolvê-lo à realidade de sua própria vida: no dia seguinte, explicou o Pombo, o Diplomata saldaria a dívida, e depois disso eles teriam de visitar o ex-dirigente político para pagar a parte dele e, naturalmente, dividir os lucros.

– Você ainda está com o anel? – Perguntou Conde, tentando parecer casual. Yoyi riu com alegria.

– Afinal, vai querê-lo?

– Estava pensando... Não sei que porra estava pensando – respondeu, pois era a pura verdade.

– Olhe, se eu fosse você, pensaria que é um bom presente de aniversário e...

– Isso eu já pensei, compadre – interrompeu Conde.

– Então é seu, *man*. Vou fazer um preço bem especial. Mas com uma condição.

– Não comece, Yoyi. Tudo isso já é bastante complicado, e você ainda vem me impor condições e...

– Olhe, *man*, a oferta tem esta condição, senão não há oferta – continuou o outro. – É fácil: quero que você me deixe entregá-lo a Tamara, em seu nome, naturalmente. E que, se vocês se casarem, me deixe ser o padrinho.

– Ninguém vai se casar, cara.

– Eu disse se, com s. *If* para os anglofalan...

– Se *if*, o Magro não me perdoaria se eu lhe tirasse o prazer de me sacanear outra vez. Ele é meu padrinho de casamentos e de divórcios *ad vitam*.

– Não está escrito em lugar nenhum que não pode haver dois, três padrinhos de casamento, quantos lhe der na telha.

– *If*... Amanhã tenho uma coisa às onze.

– Vou buscar você às nove e em uma hora fechamos o negócio. A gente se vê, afilhado.

– Não me provoque, Yoyi... – Disse Conde, antes de desligar o telefone.

Agora, em frente à casa de Tamara, observando as esculturas de concreto inspiradas em figuras de Picasso e Lam que cobriam a fachada da construção e a singularizavam, Conde concluiu que seu tempo de graça havia terminado e precisava cumprir o que prometera no bilhete deixado a Tamara naquela manhã.

Antes de entrar, conferiu se os sapatos estavam limpos. Não se pode falar dessas coisas fedendo a merda. Ou era melhor não tocar no assunto?

Como já o esperava, Tamara, que não era muito chegada à cozinha, fazia um esforço de preparar algo comestível: arroz, *tortilla* de cebola e salada de tomate. Um menu vergonhoso. Se a velha Josefina visse aquilo, teria uma apoplexia. E essa é a mulher com quem está pensando em se casar, assim à toa, só porque gosta dela e agora pensou que talvez quisesse se casar? Conde tostou umas fatias de pão e as incrementou com azeite de oliva trazido da Itália por Aymara, transformando-as em *delicatéssen* com umas folhinhas de manjericão italiano plantado no jardim e o temporal de parmesão ralado que deixou cair em cima.

Meia hora depois, quando já haviam esgotado a temática dos preparativos para a festa do dia seguinte e bebiam o café coado por Conde, o homem pensou que aquela técnica protelatória não funcionava mais.

– Tamara, faz uns dias que eu...

Ela o olhou e sorriu.

– Diga, estou ouvindo. Me dá uma tragada – pediu, depois de sorver umas gotas de café, para se apropriar do sabor. Fumou duas vezes o cigarro de Conde e o devolveu, para logo depois pressioná-lo. – Sim, faz dias que o quê?

Conde sentiu o cheiro da armadilha: seu reanimado instinto de policial o avisava do perigo.

– Você está sabendo da coisa?

– Eu?! Coisa? Que coisa?

O assombro exagerado a delatou.

– O Magro, Dulcita, Yoyi... quem foi o linguarudo?

Tamara riu com vontade. Quando ria ficava mais bonita.

– Como é seu aniversário e todos esses filhos da puta vão estar aqui, eu pensei que...

A mulher não aguentou mais. Era muito mole com Conde e achou que fazê-lo sofrer daquela maneira, embora divertido, fosse muito cruel.

– Ontem à noite, quando você me falou da "coisa", eu não estava dormindo. Fiz de conta depois que ouvi... até ronquei um pouquinho.

– Então...

– E hoje Yoyi passou pela clínica com o anel para ver se precisava de algum ajuste para o meu dedo. Ficou perfeito. E é maravilhoso.

– Mas que atrevimento... E então?

— Se você me pedir, viro oficialmente sua noiva. E, se me pedir depois, vou pensar se vale a pena casar ou não. Mas, primeiro, noivos, como deve ser. A outra história, tenho que pensar... Muito. Não uma "coisa" qualquer.

Conde sorriu, levantou-se e ficou atrás de Tamara, ainda sentada. Levantou o queixo dela com delicadeza e a beijou. Em sua saliva havia gosto de azeite de oliva, parmesão e manjericão, com um toque de café e tabaco. Tamara tinha o sabor das melhores e mais reais coisas da vida. O homem sentiu que outra "coisa" se espreguiçava, apesar do cansaço e das confusões mentais acumuladas num dia muito prolongado e quente.

Da mesa, os futuros noivos foram direto para o quarto, onde se entregaram à prática de suas respectivas sabedorias das necessidades do outro para conseguir uma sossegada e profunda sessão de sexo maduro e, como tal, mais doce e suculento. Conde, por cuja mente perversa passaram em alguns momentos as imagens fabricadas de Ana María, Yadine e Judy, revoltosas, frescas, entregues aos seus jogos femininos, no fim do processo pensou que aquela era a última vez que fazia amor com uma Tamara de 51 anos, solteira e sem compromisso. Na próxima, seria com uma mulher muito parecida, mas ao mesmo tempo diferente.

7

Conde imaginou Lixeira II correndo pelo pátio gramado que se via da janela da cozinha de Tamara. Em seu devaneio, ele se horrorizava (na verdade, era um horror com riso nas comissuras) vendo o cachorro escavar a terra, estragando a grama, arrancar arbustos e flores com os dentes, cagar nas poltronas de plástico colocadas debaixo da pérgula. Aquela seria sua forma de exprimir que viver trancado, mesmo numa jaula de ouro, não era seu modo de entender o bem viver. A liberdade, para ele, era a liberdade, sem maiores elucubrações filosóficas – e, como proprietário canino, sempre aceitara isso –, e a desfrutava perambulando pelas ruas do bairro, perseguindo cadelas no cio. Essa forma de vida, escolhida por seu livre-arbítrio, para o animal era mais importante do que duas refeições diárias e banhos carrapaticidas.

O aroma do café que estava começando a coar tirou-o dessa problemática reflexão zoológica. Esperou que terminasse de passar, acrescentou açúcar e, quando ia beber o primeiro gole, o telefone tocou. "Que espere, seja quem for", pensou Conde, bebeu a infusão ressuscitadora e finalmente, depois do décimo toque, levantou o fone.

– Alô?

– Conde? – Perguntou a voz, conhecida, mas que ele não identificou de imediato.

– Sim...

— Olá, sou eu, Elías Kaminsky — disse a voz remota, e então Conde o cumprimentou com verdadeiro afeto enquanto se ajeitava na poltrona da sala. — Liguei antes para sua casa, mas...

— O que houve? Tem notícias?

— Sim, e boas. Vai ser aberta a ação legal reclamando a posse do quadro a favor da família Kaminsky. Consegui que fosse na corte civil de Nova York e já contratei advogados especialistas em recuperação de obras de arte. Esses advogados já conseguiram até devolver às famílias judias obras que os nazistas sequestraram. Por isso estou com muitas esperanças.

— Devem ser caros pra cacete — comentou Conde, incapaz de imaginar como funcionava aquele mundo de advogados e tribunais do Primeiro Mundo.

— Esse Rembrandt merece — afirmou Elías. — Estou ligando porque quero lhe pedir o favor de falar com Ricardito.

— E por que não fala você mesmo com ele?

— É que não sei como dizer a ele que, se o quadro for recuperado, vou lhe dar metade do dinheiro. Tenho medo de que ele não queira aceitar.

— Bem, então pode me dar, e resolvido o caso. Então, vejamos, o que quer que eu diga ao seu parente?

— É que ele pode ouvir notícias do processo, e não quero que se sinta excluído ou pense que estou fazendo coisas com o Rembrandt à sua revelia. Só lhe diga que será aberto o processo, que certamente levará anos, não temos certeza de que ganharemos, mas espero que sim, que ganhemos. E se ganharmos...

— Quando você diz anos, quantos imagina?

— Ninguém sabe, tudo isso é muito complicado e lento. Às vezes, mais de dez anos. Diga isso ao Ricardito.

— Caramba, dez anos! Tudo bem, eu digo — mas nesse instante Conde se lembrou de seus contatos pessoais com Yadine e buscou uma alternativa. — Elías, posso esperar alguns dias para falar com Ricardo?

— Pode — disse o outro. — Mas por quê?

— Nada, complicações minhas — Conde optou por não misturar as histórias e deu um jeito de se afastar da explicação pedida. — E quando pretende vir a Cuba de novo?

— Ainda não sei, mas a qualquer momento. Lembre que está me devendo um jantar na casa de Josefina, com seus amigos. Ah, porra, finalmente vai se casar com Tamara?

A pergunta surpreendeu Conde, que demorou alguns segundos para descobrir a origem do boato: Andrés, via Carlos.

— Sei lá. Não tenho certeza de que ela queira se casar comigo.
— Felicidades, de qualquer maneira.
— Felicidades para você no processo. E, não se preocupe, eu falo com Ricardo.
— Obrigado, Conde. Fico devendo o pagamento de uma diária.
— Anote como trabalho voluntário para ganhar a emulação socialista.
— Anoto. Obrigado, e um abraço. Bem...
— Espere um segundo — disse Conde, movido pela força de uma dúvida imprevista.
— Diga.
— Seu pai, Daniel, realmente nunca mais voltou a acreditar em Deus?
Elías Kaminsky levou alguns segundos para responder.
— Acho que não.
— Certo... Eu já imaginava. Bem, pode deixar que falo com Ricardito, fique tranquilo.
— Eu não tinha contado isso do meu pai? Por que está perguntando?
Dessa vez foi Conde quem teve de pensar a resposta.
— Não sei bem... Porque nestes últimos dias aconteceram umas coisas que me fizeram pensar que é mais fácil crer em Deus do que não crer. Olhe, se Deus não existe, nenhum Deus, e os homens estiveram odiando e matando uns aos outros por causa de seus deuses e da promessa de outro mundo melhor... mas se realmente não existe Deus, nem outro mundo, nem nada... Esqueça, Elías, é que ando meio contrariado e dou pra pensar nessas merdas.
— Não são merdas, mas estou vendo que você está mesmo chateado.
— É, mas não é só por mim.
Elías Kaminsky fez silêncio do outro lado da linha e Conde lamentou ter lhe transmitido aquela sensação, por isso decidiu se despedir.
— Bem, não se preocupe, eu falo com Ricardito. E, quando tiver novidades, telefone... para contar.
— Claro que telefono — começou Elías, e parou. — Conde, quero lhe agradecer outra vez.
— Por quê? Você já me pagou bem.
— Pelo que me fez pensar... nada. Ligo outra hora — disse, despediu-se e desligou.
Conde pôs o fone no lugar e percebeu que, desde o café, não havia acendido nenhum cigarro. Acendeu um, fumou. E teve a convicção de que aquela conversa estava alterando algo em sua mente. Algo indefinível, escondido em algum canto escuro, mas que estava lá.

— Puta merda — protestou, enquanto esmagava a guimba. — Como se já não fosse o bastante...

— Nietzsche, *Death Note*, Nirvana e Kurt Cobain, um pouco de budismo — começou a enumeração e tomou impulso para prosseguir. — *Blade Runner* com seus replicantes, *piercings*, tatuagens, cortes nos braços e nas pernas, um pouco ou muito de droga, *chats* com grupos de emos fundamentalistas e líder de tribo em Cuba, mas decidida a deixar de ser: emo e líder. Além disso, lésbica e virgem, enojada com o que fazia o pai, um corrupto e, pelo que você diz, filho da puta exímio como tantos por aí. Convicta de que Deus morreu e que isso foi o melhor que pôde fazer para libertar as pessoas de sua ditadura... Mas essa menina é uma bomba ambulante! — Concluiu a doutora Cañizares enquanto revia suas anotações, depois que Conde detalhou a personalidade e as circunstâncias vitais e existenciais da jovem desaparecida. Conde tentara ser o mais explícito possível, necessitado de uma clareza salvadora, e por isso só escondeu o fato de que a relação homossexual mais prolongada de Judy fora com uma professora de seu próprio colégio, porque isso lhe parecia um fato episódico e sempre perigoso de revelar.

A doutora Eugenia Cañizares era considerada a máxima autoridade local na questão da relação com o corpo dos jovens adeptos das filosofias *punk*, emo, rasta e *freaky*. Passara anos convivendo com as ânsias e angústias daqueles garotos e trocando reflexões com especialistas, como o francês David Le Breton, segundo ela um sujeito encantador e o mais coerente dos estudiosos do assunto. O livro de Cañizares sobre a história e o presente da prática da tatuagem em Cuba era um dos resultados dessa aproximação.

A mulher, navegando por seus sessenta e poucos anos, mostrava os sinais da influência exercida sobre si por seus objetos de estudo. Em cada orelha usava quatro brincos, na mão uma pequena borboleta tatuada, e uma carga de pulseiras e colares de todas as cores e materiais que se possam imaginar, mais cores e materiais do que sua idade podia suportar sem beirar o ridículo. De algum modo, com aquela carga de penduricalhos e os olhos de um verde agressivo, mais do que socióloga parecia uma das bruxas de *Macbeth*, segundo os esquemáticos critérios de Conde.

— No fundo desses comportamentos sempre há uma grande insatisfação, muitas vezes com a família. Mas desse círculo se projeta a sociedade, também opressiva, com a qual querem romper, no mínimo tomar distância, para buscar alternativas familiares e sociais: daí o pertencimento à tribo. A tribo costuma ser democrática, ninguém obriga ninguém a pertencer nem a permanecer, mas como conjunto potencializa o sentimento de escolha voluntária e, com ela, o de liberdade, que é o que está no destino dessas buscas. Liberdade a qualquer preço, e zero pressão familiar ou social ou religiosa. E nem ouvir falar de política. Mas não se trata só da libertação da mente das ideias impostas por um sistema de relações caduco, como também da libertação da mente do corpo onde habita. Você pode imaginar que pretender tudo isso num país socialista, planejado e vertical... é botar lenha na fogueira! Veja, desde o tempo dos gnósticos, e como retomou Nietzsche e agora os pós-evolucionistas, o corpo é considerado um recipiente inadequado para a alma. Por isso, um fundamento importante das elucubrações dessas filosofias assimiladas por esses jovens é que o homem não será totalmente livre enquanto não perder toda e qualquer preocupação com o corpo. E, para começar a se distanciar do corpo, acentuam sua feiura, sua escuridão, ferem-no, marcam-no, mancham-no, mas muitas vezes também o drogam para sair dele sem sair.

Conde escutava e tentava segui-la por aquele fluxo de revelações capaz de apresentá-lo a um conceito de busca da liberdade que, afinal, levava apenas à sua negação, pois abria as grades de outros cárceres, como entendia ele, militante agnóstico e, com toda a certeza, pré-evolucionista. O mais corrosivo era que, nos últimos anos, ele convivera na mesma cidade com aqueles jovens e quase não parara para observá-los, considerando-os uma espécie de palhaços da pós--modernidade obcecados por sair dos códigos sociais com o recurso de tornar-se *notavelmente* diferentes, jamais lhes atribuindo a profundidade de um pensamento e de objetivos libertários (libertários mais que libertadores, reafirmou-se na ideia, apoiado na anarquia de suas buscas). Apesar dos grilhões que usavam. Mas eram seus próprios grilhões, e essa propriedade indicava a diferença. A diferença da qual Candito havia falado. A diferença que Judy parecia procurar. A diferença num país que pretendia ter apagado as diferenças e que, na realidade de todos os dias, ia se enchendo de camadas, grupos, clãs, dinastias que destroçavam a suposta homogeneidade concebida por decreto político e por mandato filosófico.

— Os gnósticos, que misturavam cristianismo e judaísmo para tentar chegar a um conhecimento do intangível, estão na origem de todas essas filosofias juvenis, embora seus praticantes quase nunca tenham a menor ideia disso. Os que pensam um pouco consideram que a alma é prisioneira de um corpo submetido à duração, à morte, a um universo material e, portanto, obscuro. Por isso levaram o ódio ao corpo ao extremo de considerá-lo uma indignidade irremediável. Esse processo é chamado de ensomatose: porque a alma caiu no corpo insatisfatório e perecível no qual se perde. A carne do homem é a parte maldita, condenada à morte, ao envelhecimento, à doença. Para chegar ao intangível é preciso libertar a alma: sempre a libertação, sempre a liberdade, como se vê. Mas todo esse pensamento, mal cortado e mal ajambrado, funciona de maneiras muito diferentes na mente desses garotos. Porque desprezam o corpo, mas muitas vezes também temem a morte. E se empenham em corrigir o corpo, em superar o que Kundera (por que você acha que Judy o lê?) chamou de a insustentável leveza do ser. Lembra-se de *Blade Runner* e suas criaturas de físico perfeito, mas também condenadas à morte? Esses jovens se congratulam por estar vivendo no que Marabe chama de tempo pós-biológico, e Stelare, de pós-evolucionista. Mas a verdade é que a maioria deles não tem ideia dessas sínteses, só de suas consequências, às vezes só de suas bravatas. Mesmo assim, porém, participam da certeza de estar vivendo no tempo do fim do corpo, esse lamentável artefato da história humana que agora a genética, a robótica ou a informática podem e devem reformar ou eliminar.

— E vamos acabar com uma cabeça enorme e braços magrinhos, ou com braços fortes e cabeça oca? Porque os replicantes de *Blade Runner* são grandes e atléticos — e interrompeu sua saraivada de bobagens quando ia expor sua avaliação machista das mulheres replicantes, que, como bem lembrava, eram muito gostosas.

— O que quero dizer é que tomar um porre de todos esses conceitos pode ter resultados muito desagradáveis. A busca da depressão abre as portas para a verdadeira depressão, o anseio de liberdade pode levar à libertação, mas também à libertinagem, que é o mau uso da liberdade, e a recusa do corpo muitas vezes leva a profundezas mais tenebrosas do que buracos na orelha, no clitóris ou na glande, ou cortes nos braços. A inexistência de Deus pode levar à perda do temor a Deus. Vocês têm de encontrar essa moça, porque alguém assim é capaz de fazer qualquer coisa. Inclusive contra si mesma.

"Porra!", pensou Conde, já se sentindo cansado pelas novas cargas recebidas.

— O pior — continuou a doutora Cañizares, já sem freios naquele declive de seu pensamento e suas obsessões —, o terrível, é que, embora pareçam um grupo reduzido, esses jovens estão expressando um sentimento geracional bastante difundido. São resultado de uma perda de valores e categorias, do esgotamento de paradigmas verossímeis e de expectativas de futuro que percorre toda a sociedade, ou quase toda... ou toda a parte dela que diz ou faz mais ou menos o que realmente pensa. A distância entre o discurso político e a realidade se abriu demais, cada um vai para um lado, sem se olharem, quando deveria haver um discurso que observasse a realidade e se redefinisse.

– Pode me dizer isso de outra forma, doutora? – Implorou Conde. – É que estou ficando velho e burro.

A mulher balançou as pulseiras nos punhos e sorriu:

– Meu rapaz, o caso é que esses garotos não acreditam em nada porque não encontram nada em que acreditar. A história de trabalhar por um futuro melhor que nunca chegou não lhes diz coisa alguma, porque para eles já não é nem uma história, é mentira. Aqui, quem não trabalha vive melhor do que quem trabalha e estuda, quem se forma na universidade depois passa o diabo para poder sair do país se quiser ir embora, quem se sacrificou durante anos está passando fome com uma aposentadoria que não dá nem para abacates. E então nem fazem as contas: alguns vão para onde podem, outros querem ir, outros vivem de bicos, outros fazem o que dá dinheiro: putas, taxistas, cafetões... E outros ainda viram *freakies*, roqueiros e emos. Se somar todos esses outros, você vai ver que a conta é pesada, são muitos. A coisa é assim. Sem rodeios. Chegamos a isso depois de tanta ladainha sobre a disputa fraternal para ganhar a bandeira de coletivo de vanguarda nacional e a condição de operário exemplar na emulação socialista.

– Porra! – Disse Conde, agora agoniado. Ou, como preferia dizer: *ani-quilado*, com o ânus pesando um quilo!

– Você é pós-biológico ou pós-evolucionista?

A palidez epidérmica de Yovany adquiriu quase imediatamente um matiz rosa, como se o rapaz voltasse à vida.

– Você sabe disso? – Perguntou ele, à guisa de resposta, incapaz de conceber que aquele insistente personagem pré-histórico e ex-policial estivesse a par de suas possíveis militâncias pós qualquer coisa...

E então Conde teve a iluminação: sim, porra, aquele rapaz quase transparente lembrava Abilio Corvo, seu colega da escola primária! Abilio era tão branco, quase fantasmagórico, que por alguma razão já esquecida por Conde fora apelidado como o pássaro preto, que ainda por cima era considerado uma ave de mau agouro. Que fim teria levado aquele sujeito seco e misterioso que levantava as sobrancelhas, como Yovany, quando perguntava algo em que não acreditava? Anos sem ver o Corvo, sem sequer se lembrar dele, e de repente...

Depois da surra mental que levara da doutora Cañizares, capaz de pôr suas presunções num plano científico, Conde se dirigira à casa de Yovany, sem muita esperança de encontrá-lo. Fora empurrado nessa direção, no bairro de El Vedado, pela convicção da patente periculosidade de Judy para si mesma e pelo desejo de bater na última porta visível em seu horizonte, talvez exatamente a que dava acesso ao labirinto perdido da emo extraviada. E, se não encontrasse nada atrás daquela soleira, seria melhor mandar tudo aquilo à merda e continuar com sua vida de sempre, mais bem disposto agora que era possuidor de mil dólares.

Já diante da opulenta mansão, mais bem pintada e cuidada inclusive que a casa de Alcides Torres, Conde começara a fazer suas especulações sobre a origem e as possibilidades do jovem Cara-Pálida portador de Converses, MP4s e Blackberrys. Observando o casarão de pé-direito muito alto, jardim cuidado com esmero japonês, portas amplas, grades trabalhadas com delicadeza artística e madeiras brilhando graças ao verniz recente, o homem tivera duas certezas: de que os donos originais do imóvel deviam pertencer à endinheirada burguesia cubana pré-revolucionária e de que os atuais moradores militavam na ninhada dos novos ricos pós-revolucionários, surgida nos últimos anos como uma doença reemergente, considerada erradicada após décadas de um aplanador socialismo igualitário e pobre, mas já disposta a florescer. O discurso por um lado e a realidade pelo outro?

Depois de chamar pelo interfone embutido no muro externo, perguntar à voz elétrica se Yovany estava em casa e até explicar que precisava ver o jovem porque era amigo do pai (não hesitou em mentir) de uma amiga de Yovany, a grade do palácio se abrira com um rangido teatral e, imediatamente, fora ao seu encontro a típica senhora que ajudava na limpeza da casa, como o bom gosto socialista batizara as antes chamadas criadas ou empregadas. A mulher, branca, robusta, com pinta de governanta alemã (federal ou democrática?, não pôde deixar de se perguntar Conde, sempre tão histórico), levara-o para um saguão com dimensões de quadra de tênis e lhe ordenara que se sentasse, para imediatamente perguntar com a mesma voz elétrica que Conde atribuíra ao interfone:

– Senhor, café, chá indiano preto ou chinês verde? Refrigerante, suco natural, uma cerveja, água mineral com gás ou sem gás?

– Água com bolhinhas e café, obrigado – murmurara Conde, quase convencido de que a mulher era uma replicante de última geração, talvez comprada na mesma loja de onde saíra o Blackberry de Yovany.

Abandonado em um imenso salão com piso de impolutas lajotas de mármore xadrez, teto com arabescos de gesso e uma bateria de ventiladores encarregados de manter a circulação do ambiente, Conde sentira a palpável evidência de sua pequenez e comprovara de novo a distância entre a casa de riqueza apressada e de cópias e cartazes políticos de Judy e aquela mansão avassaladora, pretensiosa: nas paredes brilhavam pinturas originais dos mais valorizados pintores cubanos dos últimos cinquenta anos. Um efebo nu e muito bem-dotado de Servando

Cabrera, uma cidade escura de Milián, uma mulher de olhos exagerados de Portocarrero, uma sereia deitada de Fabelo, uma boneca desconjuntada de Pedro Pablo Oliva, uma paisagem perfeita de Tomás Sánchez, uma manga de Montoto, contara, e parara quando *Frau* Bertha (só podia se chamar assim) voltara com o café em xícara de porcelana, que incluía colherzinha de prata, as opções de açúcar branco, mascavo e adoçante (Splenda), uns chocolatinhos, um copo de água borbulhante e guardanapo de linho. Enquanto tomava aquele café substancioso, talvez feito numa máquina de expresso com pó comprado na Itália, havia voltado a passar a vista pelos quadros e calculara que eram várias dezenas de milhares, ou centenas de milhares, os dólares ali pendurados. Tantos que faziam cair no ridículo a fortuna de mil dolarezinhos que fizera Conde se sentir um potentado. Aqueles, sim, começavam a ser *muitos* dólares de verdade.

No meio daquele luxo de quadros, porcelanas, madeiras talhadas, abajures da Tiffany, bronzes esculpidos e móveis de estilo, a imagem do recém-chegado Yovany parecia a de um carrapato num *terrier* com *pedigree*. O rapaz, com o cabelo escorrendo pelos dois lados do rosto incolor, calças em farrapos e uma camiseta furada, sentou-se em frente a Conde sem abrir a boca, olhando-o com uma intensidade corrosiva que o ex-policial, treinado naquelas artes, desarmou com sua pergunta sobre a filiação pós do garoto que, afinal, lembrava Abilio Corvo.

— Eu sei mais do que você imagina. Uma vez fui até pós-moderno, agora sou pós-policial. Mas não sei quem são seus pais — disse Conde, e moveu a mão, como se acariciasse de longe os objetos e as pinturas.

— *My father* se mandou quando eu era moleque. Numa escala no Canadá, ele saiu correndo do avião que o trazia da Rússia e não parou até o Chile. *My mother*, que é mais esperta que as baratas e mais dura de matar que Bruce Willis, depois se juntou com um coroa farrista que parece que fugiu do asilo de anciãos, mas tem negócios aqui, guindastes e essas merdas, e é cheio da grana, como você vê.

— É o galego quem compra os seus Converses?

O garoto sorriu. Havia recuperado a palidez vampiresca.

— Por que você acha que o velho é rico? É mais pão-duro que a puta que o pariu. As coisas que tenho quem manda é meu velho, do Chile. Pra chatear *my mother*.

Conde também sorriu, mas não pelo que ia conhecendo dos moradores do palácio, e sim porque surgiu em sua mente a letra daquela versão de "A Whiter Shade of Pale", do Procol Harum, vertida ao espanhol por Cristina y los Stop e que falava de alguém amado que, morto e enterrado, aparecia para a cantora com uma "branca palidez" que Conde sempre havia achado nojenta e necrofílica.

Uma palidez como a daquele rapaz que Yoyi havia chamado de "pera com leite". Uma brancura na qual se destacava como um grito a cicatriz vermelha de uns dez centímetros que Conde conseguiu ver na parte interna do antebraço esquerdo de Yovany.

– Certo, certo – disse Conde, tentando ganhar tempo para focar naquilo que, afinal de contas, lhe interessava. – Essa cicatriz no seu braço...

A reação de Yovany foi também elétrica. Escondeu o braço nas costas, como uma criança surpreendida com um doce proibido.

– Isso é problema meu. Que foi? Não estou afim de perder meu tempo.

Conde supôs que havia tocado um ponto nevrálgico do rapaz e decidiu reorientar suas perguntas.

– Você sabe que Judy continua sumida. E me disseram uma coisa que eu gostaria de verificar.

– Que coisa? – Yovany continuava com o braço protegido pelo corpo.

– Ouvi falar que ela queria deixar de ser emo.

– Isso é mentira! Mentira!

Dessa vez a reação, mais que elétrica, foi explosiva, como se, em vez de tocar no ponto doloroso, Conde o houvesse rasgado enfiando um escalpelo.

– Ela era a mais emo de todos nós! – Continuou Yovany, ainda alterado. – Quem disse uma merda dessas? Aquele negro babaca do Frederic?

– Não. Foi a avó de Judy.

– Pois essa velha não sabe nada. Judy não ia nos abandonar. Judy era um crânio, a que mais sabia sobre as coisas dos emos, a que sempre falava de liberdade e de não acreditar em historinhas de ninguém, de ninguém.

– Desde quando você a conhece?

– Desde que ela apareceu na rua G. Eu era meio emo, meio *miki*, meio roqueiro, mas um dia conversei com ela e pronto, emo completo – disse, e, aparentemente de forma inconsciente, abriu os braços para que seu emopertencimento fosse mais bem apreciado. E Conde tornou a ver a cicatriz, recente, vertical, tipicamente suicida. Só que os suicidas de verdade costumam cortar os dois antebraços. E morrer, não é?

– Como foi que ela o convenceu?

– Falando da heresia que existe na prática da liberdade.

– Ela dizia isso?

– Dizia. E me emprestou uns livros para eu aprender. Livros que não se publicam em Cuba, porque aqui a polícia do pensamento não quer que ninguém saiba dessas coisas. Livros que explicam que Deus morreu, mas o Deus morto não é só o do Céu: é o Deus que quer nos governar. Livros sobre a reencarnação que todos vamos ter. E falava muito sobre o que podemos fazer com a única coisa que nos pertence de verdade, a mente. Porque até o corpo, dizia ela, pode pertencer a eles: podem espancá-lo, prendê-lo. Mas não podem fazer isso com o que pensamos, se tivermos muita certeza do que queremos pensar. Por isso tínhamos de ser nós mesmos, ser diferentes, e não nos deixar governar por ninguém, por nenhum babaca. Nem aqui – apontou para o chão –, nem lá – assinalou o teto onde os ventiladores continuavam girando. – E nunca, nunca, ouvir os filhos da puta que falam de liberdade, porque o que querem é ficar com ela e foder nossa vida.

Conde entendeu que cada vez sentia mais vontade de poder falar com Judy. Suas ideias sobre a liberdade e o pertencimento tribal, mesmo depois de atravessar a estepe do cérebro daquele anormal, eram desafiadoras, mais intrincadas que meras reações de rebeldia pós-adolescente. Ouvir tudo aquilo pela boca de Judy poderia ser uma experiência e tanto. O ex-policial se lembrou do polonês Daniel Kaminsky e sua busca de espaços de liberdade para redefinir a si mesmo. Outra estranha confluência, pensou.

– Quando foi que você a viu pela última vez?
– Não sei, faz umas duas semanas, ela veio me buscar e fomos ao Malecón antes de ir para a G.
– Do que falaram?

Yovany pensou um instante, talvez um pouco longo, antes de responder.

– Não sei bem. De música, de mangas postiças... Ah, de *Blade Runner*. Ela era *crazy* por esse filme e tinha assistido outra vez a ele.
– E falou ou não falou de ir embora?
– Acho que não. Ela falava disso com frequência, de dar o fora, numa balsa ou como pudesse. Mas não, nesse dia acho que não. Não me lembro...
– Na outra noite você me disse que ela tinha tocado nesse assunto fazia pouco.
– Ah, não sei o que disse outro dia – protestou, e fez um gesto circular com o dedo na altura da têmpora direita. Tinha voado de helicóptero. Talvez para comprovar, lá em cima, que Deus pendurara as chuteiras.
– Fale um pouco dos italianos. Ela era muito amiga de Bocelli?

Yovany olhou para Conde como se este estivesse na lâmina de um microscópio. Para um ex-policial, ele sabia demais e incomodava demais, tentou dizer com sua observação científica.

– Eu não sei nada desse tal Bocelli de que você falou, nem sei como uma menina bacana como a Judy podia se dar com esses sujeitos tão nojentos, sem-vergonhas.
– Por que nojentos e sem-vergonhas? Você não os conhecia...

— Mas sei que só queriam comer a bunda dela. O que mais podiam querer, hein? Ouça, procure logo esses sujeitos, quem sabe eles, sei lá, até a estupraram e mataram...

— Você acha que podem ter feito isso?

— E ainda mais.

Conde pensava o mesmo. Então, hesitou para fazer a próxima pergunta, mas se atirou.

— Você não acha que Judy sumiu porque se suicidou?

A palavra suicídio provocou outro choque no rapaz, que escondeu ainda mais o braço esquerdo. Se já tinha alguma certeza, pensou Conde, era sobre a origem da ferida: Yovany não buscava o sofrimento estilo emo, ele tentara se matar. Mas haviam suturado a ferida? O recipiente das dúvidas voltou a encher. Conde achava que a cicatriz não tinha os pontos típicos de sutura. Então foi tão superficial que o sangramento pode ter sido controlado com uma atadura. Que espécie de tentativa de suicídio havia sido? Uma experiência para testar o terreno?

— Talvez — sussurrou finalmente Yovany, mais pálido que em seu estado natural. — Ela também falava muito disso. Gostava de se cortar, sentir dor, falar de suicídio. Você acha que alguém assim vai deixar de ser emo de um dia para o outro por causa de um velho babão italiano ou por qualquer outra coisa? Não, Judy não podia nos largar — insistiu, com uma veemência capaz de revelar a Conde seu grau de dependência mental da filosofia atrevida e perigosa de Judy.

— E ela falou alguma vez dos negócios do pai? — Conde tentou explorar aquele ponto obscuro que havia aflorado tantas vezes em torno das contrariedades sociais e familiares da garota.

— Disse alguma coisa, mas não lembro bem. Um negócio de muito dinheiro...

— Assim, sem nada específico?

— Assim, mais nada.

Conde suspirou, frustrado.

— Só mais uma coisa, Yovany, e já vou indo. Onde está sua mãe?

— Na Espanha, na Inglaterra, na França, por aí, curtindo a vida e gastando a grana do galego. *My mother* tem 38 anos, e o velho, 2 mil.

Conde fez que sim e se levantou. Não sabia se devia estender a mão para se despedir de Yovany com certa formalidade. Mas não teve dúvida de que devia disparar, à queima-roupa.

— A ferida que você está escondendo... tentou se suicidar?

Yovany olhou-o com ódio. Ódio puro e duro.

– Vá se foder! Você me deixa doente! – Gritou, e deixou Conde sozinho na sala, com a última pergunta engasgada na garganta: "Por acaso seu pai se chama Abilio González e antes era conhecido como Corvo?". A solidão durou poucos segundos. Como um espectro acima do peso, surgiu a figura de *Frau* Bertha, que se deslocou até a porta principal e a abriu. Só lhe faltava a espada flamejante para apontar o caminho por onde deviam sair os expulsos do paraíso terrestre.

Uma das caminhadas de que Conde mais gostava era a que o fazia se perder pelas ruas arborizadas e outrora majestosas do bairro de El Vedado. Entre a casa onde Yovany morava e o lugar onde podia pegar um táxi com destino ao seu bairro agreste e empoeirado interpunha-se exatamente aquela paisagem magnética onde, alguns anos antes, ele havia descoberto a mais fabulosa das bibliotecas particulares que poderia imaginar e, nela, as marcas do mais melodramático bolero em que podem se transformar algumas vidas reais.

Naquele momento não tinha olhos nem ânimo para desfrutar daquele panorama decadente e gentil, quase que nem sequer para sentir o extenuante calor de junho suavizado pelos álamos, falsos loureiros, *flamboyants* em flor e acácias distribuídos nos dois lados das ruas. Em seu cérebro alternavam-se, brigavam, mostravam a cabeça uma por cima da outra, duas preocupações inevitáveis, capazes de cegá-lo: e ambas tinham nome de mulher. Judith e Tamara.

Naquela manhã, depois de falar com Elías Kaminsky, ele havia saído da casa de sua quase noiva antes que ela acordasse. Tamara havia feito os acertos necessários para tirar dois dias de folga que, somando o domingo, formavam um fim de semana prolongado e descansado, que seu corpo, já de 52 anos, estava pedindo aos berros. A mulher, ao contrário de Conde, tinha a invejável capacidade de poder dormir de manhã quando não precisava madrugar. Por isso, satisfeitos os apetites sexuais do corpo e agradadas as expectativas da alma, havia ordenado à mente que dormisse tanto quanto possível, para que todos, alma, mente e corpo, estivessem nas melhores condições para enfrentar um dia certamente cheio de emoções.

Conde pensava como seria sua vida a partir daquele dia preciso. Quando naquela noite ele e Tamara tornassem pública – para o único público que lhes interessava – a intenção de começar a pensar na possibilidade de se casarem (era mais ou menos essa a formulação), alguma coisa passaria a ser diferente. Ou não? Com a idade que ambos tinham e depois de tanto tempo de relação e convivência, nada precisava mudar: só se assentar. Porque estava bom assim e, nesses casos, o melhor, claro, era não mexer. Mas, pensava Conde, com uma motivação pela aventura e uma intenção de se autoenganar capazes de surpreender a si mesmo, afinal de contas tudo se reduzia a uma formalidade, a eles dois e aos anos que lhes restavam por viver. O filho de Tamara e Rafael, que já estava com 26 anos e, como tantos jovens de sua geração, havia decidido se estabelecer fora da ilha – morava na Itália havia anos, primeiro sob a proteção de sua tia Aymara e do marido italiano desta; agora, já independente, como especialista em marketing da Emporio Armani –, era uma presença distante, que só se materializava em algum telefonema, fotos por e-mail e, muito de vez em quando, o envio de uma mala de roupa para a mãe (nem uma cueca da Armani para Conde) e duzentos ou trezentos euros. O resto dos interesses humanos de Mario Conde era constituído pelo destino de Lixeira II (jaula de ouro ou vagabundagem nas ruas?) e pela vida do grupo de amigos que naquela noite festejaria com eles.

Daquela tribo de fiéis, o membro mais vulnerável era o magro Carlos, cujo coração, fígado ou estômago podia (podiam, todos ao mesmo tempo) estourar a qualquer momento, se bem que nos últimos tempos seu dono parecia estar funcionando com ritmos mais bem pautados e suaves. Até fumava menos e comia com certa discrição. Porque, depois da viuvez de Dulcita, o que ela e Carlos tentavam manter em segredo, com estratégias adolescentes, não era mistério para nenhum dos outros amigos. Apesar da limitação física do Magro, era evidente que, do jeito que dava e toda vez que podiam, deviam estar transando como desesperados outra vez, para manter o costume adquirido quando estudavam no eterno colégio de La Víbora.

O que o preocupava, então? Que o país estivesse se desintegrando a olhos vistos e acelerando sua transformação em outro país, mais parecido que nunca com a rinha de galos com que seu avô Rufino costumava comparar o mundo? Quanto a isso ele não podia fazer nada; pior, não lhe permitiam fazer nada. Mas se preocupava porque ele e todos os seus amigos estavam ficando velhos e continuavam sem nada, como sempre, ou com menos do que tinham antes, porque haviam perdido até as ilusões, a fé, muitas das esperanças prometidas durante anos e, obviamente, a juventude? Na verdade, já estavam acostumados com essa situação, capaz de marcá-los como uma geração mais escondida do que perdida, mais silenciada do que muda. O negócio dos livros estava cada vez mais incerto? Mas às vezes dava dividendos inesperados e muito vantajosos. A seleção de beisebol nunca mais ganhara um campeonato internacional? Nesse terreno podia fazer muito: para começar, xingar a mãe dos que esculhambavam uma marca nacional tão sagrada para os cubanos como o beisebol, que sempre fora algo mais visceral do que um simples entretenimento. E se eles decidissem casar e a rotina matrimonial o colocasse diante da evidência de que, afinal, tinha condições para deixar de autopreterir-se com mil argumentos e desculpas e se visse interpelado para sentar-se de uma vez e escrever o romance esquálido e comovente com que sonhara por anos e anos? Pois quem sabe devia mesmo escrevê-lo, e já.

À sua revelia, a história de Judy, inevitável, empurrou aquelas reflexões e veio à tona. Na verdade, cada passo que Conde dava em direção à moça resultava em um novo e maior afastamento, como se sobre a imagem dela caíssem véus destinados a ocultá-la, inclusive a fazê-la desaparecer. As ideias de Candito e da doutora Cañizares, somadas às transcrições de seu pensamento feitas por Yovany, reforçaram uma preocupação mais evidente no espírito de antigo policial de Mario Conde. Se a princípio ele pensava que Judy estava se escondendo por vontade própria, disposta a viver num planeta onde encontrara a liberdade pela qual tanto ansiava, agora tal certeza havia sido minada a fundo. A complexidade que existia na mente da garota podia estar, e de fato estava, carregada de componentes explosivos. Teria se suicidado de verdade? O ódio ao pai era apenas uma reação ética? Teria se metido por iniciativa própria na boca de um lobo italiano, como sugeria Yovany? Esperava estar enganado, mas tinha um mau pressentimento para cada uma dessas questões.

Conde achava curioso que a associação das heresias de Judy e de Daniel Kaminsky, potencializada pela insistente presença de cópias de grandes pintores holandeses e incentivada pelo reaparecimento de Elías, houvesse lhe feito lembrar que a irmã desaparecida do judeu polonês tinha o mesmo nome que a jovem emo perdida. A imagem que Elías Kaminsky lhe dera dessa outra Judit, uma visão criada pela mente atribulada de seu pai Daniel e relacionada, por sua vez, com a Judit bíblica, começava a se mover na mente de Conde com os claro-escuros e o dramatismo patenteados por Artemisia Gentileschi: Judit como executora de Holofernes, bem no instante em que cortava o pescoço do general babilônio e garantia a liberdade do reino. Gostava dessa imagem, pensou Conde: mas a fusão da heroína bíblica com a menina polonesa desaparecida no Holocausto, vista através de uma pintura célebre do século XVII, pouco podia ajudá-lo a resolver o mistério de uma Judith perdida em seu presente cubano, tórrido e caótico, porque não imaginava a emo como executora de ninguém, exceto de si mesma. Ou haveria algum outro fio capaz de ligar a menina polonesa e a jovem cubana que compartilhavam o mesmo nome bíblico? Por que pensava isso? Não, não sabia... Mas pressentia que não era à toa.

O problema para o detetive autônomo e, pelo que podia imaginar, para os policiais profissionais que, cada vez menos e com uma previsível falta de dedicação, andavam atrás da garota desaparecida era a falta de uma pista mínima capaz de orientá-los. O caminho sinalizado pelos italianos parecia o mais promissor, mas a ausência desses personagens bloqueara a rota. Por isso lhe parecia ainda mais frustrante a falta de indícios ou a eliminação de certas hipóteses após as conversas com os outros emos e até com a professora amante de Judy.

O que Mario Conde podia dizer que sabia, uma coisa que antes só intuía e agora havia comprovado de forma convincente, era que Judy e seus amigos constituíam a ponta visível e mais chamativa do *iceberg* de uma geração de hereges com causa. Aqueles jovens haviam nascido justamente nos dias mais duros da crise, quando mais se falava da Opção Zero, que no auge do desastre poderia levar os cubanos a viver nos campos e montanhas, como indígenas caçadores-coletores do neolítico insular da era digital e das viagens espaciais. Esses garotos haviam nascido e crescido sem nada num país que começava a se afastar de si mesmo para se transformar em outro, no qual as velhas palavras de ordem soavam cada vez mais ocas e sem sentido, enquanto a vida cotidiana se esvaziava de promessas e se enchia de novas exigências: ter dólares (independentemente da forma de obtenção), ganhar a vida com os próprios meios, não pretender participar da coisa pública, olhar o mundo que estava além das bardas insulares como uma criança observando um saco de balas e aspirar a pular nesse mundo. E pulavam, sem romantismos nem mentiras. Como disse à sua maneira a doutora Cañizares, a falta de fé e de confiança nos projetos coletivos havia gerado a necessidade de criar intenções próprias, e o único caminho vislumbrado por aqueles jovens para atingir essas intenções era a libertação de todos os lastros. Não acreditar em nada a não ser em si mesmos e nas exigências da própria vida, pessoal, única e volátil: afinal, Deus havia morrido – mas não só o deus do céu –, as ideologias não enchem a barriga de ninguém, os compromissos amarram. A profundidade e a extensão daquela filosofia conseguiram mostrar a Conde a urdidura mais dolorosa daquele mundo que, assim intuía, seu olhar mal pudera esquadrinhar. É verdade que Yoyi Pombo tentara lhe mostrar muitas vezes aquela realidade, à base de cinismo pragmático e ausência de fé. E que alguém como a *mother* de Yovany, com a faca nos dentes, chegara ao paraíso do bem viver sem sentir nojo pelo sapo envelhecido que fora necessário engolir. Mas os poucos anos que havia entre a geração de Yoyi e da mãe do emo pálido e a dos jovens como Judy pareciam séculos, talvez até milênios. Os desastres de que esses garotos haviam sido testemunhas e vítimas geraram indivíduos decididos a se afastar de todo e qualquer compromisso e criar suas próprias comunidades, espaços reduzidos onde encontravam a si mesmos, longe, muito longe, das retóricas de triunfos, sacrifícios, recomeços programados (sempre apontando para o triunfo, sempre exigindo sacrifícios), naturalmente sem contar com eles. O mais terrível era que essas trilhas estreitas pareciam beirar precipícios sem fundo, letais em muitos casos. Havia até um componente antinatural iluminando as buscas de alguns desses jovens: a autoagressão pela via das drogas, as marcas corporais, a pretensa depressão e a negação; a ruptura dos tradicionais limites éticos com a prática de um sexo promíscuo, diferente, vazio e perigoso, muitas vezes isento de emoção e sentimentalismo. E até de camisinha, em tempos imunodeprimidos.

Se aquele era o caminho da liberdade, sem dúvida era uma via dolorosa, como muitas das autoestradas que pretenderam levar à redenção, terrestre ou transcendente. Mas, apesar de seus muitos preconceitos e sua moral pré-evolucionista, agora que conhecia um pouco mais daquele afã emancipador, Conde não podia deixar de sentir uma calorosa admiração por jovens que, como Judy, a filósofa e líder, sentiam-se capazes de jogar tudo no fogo – "É melhor se queimar do que se apagar lentamente", Cobain *dixit* –, inclusive o próprio corpo. Porque sua alma já era incombustível, mais ainda, inapreensível. Ao menos por enquanto.

Contrariado com o mundo por ter de chegar a esses conhecimentos tão pouco agradáveis, colocou uma moeda no telefone e digitou o número direto do escritório de Manolo. Ia lhe dizer que passasse aos investigadores especiais (ou seriam espaciais?) a informação sobre o negócio de muitos dólares em que Alcides Torres parecia estar envolvido, mas principalmente que pedisse aos investigadores criminais um esforço extra para encontrar Judy, se ainda era encontrável. Qualquer coisa para achá-la, logo e viva. Porque, a julgar pelas evidências acumuladas e apesar de suas amizades perigosas, Judy podia ser o maior perigo para a própria Judy.

Em vez de uma secretária, como nos velhos tempos, foi uma máquina quem o atendeu com o eterno "Diga!". O major Palacios não estava disponível. Se digitasse 1, podia lhe deixar um recado; 2, falava com a telefonista; 3 para... Quando ia desligar, digitou o 1. Deixe sua mensagem, exigiram.

– Manolo, afinal, você é mesmo vesgo? – Disse, desligou e mandou tudo à merda. Judy, inclusive. Seus próprios problemas já eram suficientes.

8

– O que você quer ouvir?
– Beatles?
– Chicago?
– Fórmula V?
– Los Pasos?
– Creedence?
– A-há, Creedence – foi outra vez o acordo. Fazia mil anos que eles gostavam de ouvir a voz compacta de John Fogerty e as guitarras primitivas do Creedence Clearwater Revival.
– Ainda é a melhor versão de "Proud Mary".
– Isso nem se discute.
– Canta como se fosse um negro, ou não: canta como se fosse Deus, cacete... Por isso nunca se casou.

Conde olhou para Carlos, mas o Magro, como se não houvesse falado nada, concentrou-se no ato de enfiar o CD no lugar preciso, acionar a tecla que o devorava e depois a que o fazia reproduzir a música.

A ideia havia sido de Dulcita: iam comemorar um aniversário clássico, com as melhores retóricas do chamado estilo *"chichí"*, segundo ela muito cultivado em Miami. Exceto as homenageadas e Conde, todos os outros, inclusive a velha Josefina, chegariam juntos, uns a bordo do ônibus que ela havia alugado, outros no Bel Air conversível de Yoyi, tocando as buzinas. Entrariam na casa com balões nas mãos, chapeuzinhos de papel na cabeça, um buquê de flores e o bolo, coroado pelas 52 velas já acesas. E cantando o *"Happy birthday to you"*. O bolo de aniversário fora decorado em duas metades, uma coberta com merengue azul para Tamara e outra com creme roxo para Aymara, e atravessado por uma placa de letras brancas com o infalível "Parabéns", mas dessa vez com um 2 no fim, o número elevando ao quadrado a congratulação.

Candito, Coelho e Yoyi, sob o olhar severo de Josefina – também equipada com o chapeuzinho de papel e um apito pendurado no pescoço –, encarregaram-se de levar o resto das provisões preparadas pela velha: um pernil assado, uma panela de arroz e feijão brilhando com o perfumado azeite de oliva toscano, as depravadas mandiocas, abertas como o desejo, com suas vísceras umedecidas pelo tempero de laranja-azeda, alho e cebola, a florida salada de cores peremptórias. Para o fim, deixaram as garrafas de vinho tinto, as cervejas, o rum e até uma garrafa de refrigerante – só uma, sabor limão, como Josefina gostava –, pois não era dia para essas veadagens geriátricas, como advertira o Magro.

Posta a mesa, Dulcita mandou o Coelho e Luisa servirem os pratos, sem deixar que ninguém provasse nada, pois se impunha fazer um brinde. Tirou da bolsa, então, duas incríveis garrafas de Dom Pérignon e pegou na cristaleira de Tamara, herança familiar, as taças de Baccarat mais apropriadas para o champanhe. Até Candito, já abstêmio absoluto, aceitou a taça transbordante de líquido espumoso, pois sabia que seria testemunha de um grande acontecimento. Quase um milagre.

Quando cada um estava com sua taça na mão, Carlos bateu com o garfo num copo para exigir silêncio, acatado pelos outros. Então, pediu que enchessem mais uma taça e a deixassem sobre a mesa. Só quando viu a taça à sua frente, na cadeira de rodas onde o haviam feito desperdiçar os últimos vinte anos de vida, começou o discurso:

– Em setembro de 1971, seis de nós aqui presentes, mais um ausente cuja taça está servida – e apontou para o fino recipiente colocado na mesa –, começamos a percorrer um caminho imprevisível, cheio de valas e até de precipícios, o mais bonito que os seres humanos podem atravessar: o caminho da amizade e do amor. Trinta e sete anos depois, os despojos físicos, mas a alma indestrutível desses sete magníficos, estamos reunidos para celebrar a perseverança do amor e da amizade. Passamos por muitas coisas nesses anos. Um de nós nos olha e nos escuta a distância, mas nos olha e nos escuta, sei disso. Os outros seis, uns mais fodidos que outros, estamos aqui (mas às vezes andamos por lá), alguns transformados no que sonhavam ser, outros no que a vida e o tempo os obrigou a ser. Como somos sectários, mas de tendência democrata, até aceitamos, a contragosto, mas aceitamos, adesões posteriores que nos enriquecem. Por isso, hoje compartilham conosco essa história, nossas nostalgias e nossas alegrias, amigos como Luisa e Yoyi, já imprescindíveis, embora condenados ao eterno grau de soldados sem chance de promoção... sinto muito. E, como reconhecimento a toda a nossa fome que matou e a todos os nossos caprichos que aguentou, também está aqui minha mãe.

Assobios, aplausos e vivas espontâneos para Josefina. Novo pedido de atenção por parte de Carlos.

— Como estava dizendo: temos a felicidade de poder estar juntos hoje para comemorar, comer, beber e comprovar que não erramos quando nos escolhemos, decidimos nos querer bem e nos submeter às provas da amizade. Mas hoje é um dia especial, e por isso este brinde também é especial, com um Dom Pérignon que até Candito vai beber, que até o ausente Andrés deveria beber... e há de beber, com a alma. Porque hoje, quando festejamos o aniversário das gêmeas, hoje, meu irmão de coração Mario Conde vai dizer as palavras que sonhou dizer 37 anos atrás e que, por felicidade, todos nós vamos ouvir, ainda deste lado de cá.

Nesse instante tocou o telefone, e Carlos pediu ao Coelho que atendesse. O Coelho perguntou quem era e, sorrindo, acionou o viva-voz.

— E que diabo vai dizer o Conde? — A voz telefônica de Andrés fez Tamara chorar. — Pois diga logo, porque ainda não dei parabéns às gêmeas pelo aniversário nem disse nada a Jose sobre uns remédios que estou mandando.

— Conde... — Urgiu Carlos.

Mario Conde olhou para cada um dos membros do auditório, incluindo o telefone. Pôs sua taça na mesa e se aproximou de Tamara. Com as duas mãos pegou uma das mãos da mulher e, da forma menos ridícula que pôde, pronunciou a frase:

— Tamara, você se atreveria a casar comigo?

Tamara olhou-o e ficou em silêncio.

— Ai, minha mãe! — Exclamou Josefina, a mais excitada de todos com aquela cena de feitio telenovelesco.

— O que aconteceu, o que aconteceu? — Clamava a voz telefônica de Andrés.

— Tamara está pensando — gritou o Coelho. — Qualquer pessoa pensaria muito.

A mulher sorriu e afinal se dispôs a falar.

— Mario, na verdade, eu não quero me casar com ninguém... — Essas palavras de Tamara surpreenderam a todos, que ficaram tensos, à espera de alguma explicação ou do desastre completo. — Mas, já que tocou no assunto, acho que se um dia eu voltar a me casar com alguém, será com você.

Algazarra de vivas, hurras, gritos de "Porra, essa Tamara é mesmo fantástica". Enquanto os noivos se beijavam, aliviados por terem se saído bem naquela situação, os outros erguiam as taças e Carlos, antecipando-se ao que podia ou talvez nunca chegasse a ser, jogava punhados de arroz sentado em sua cadeira de rodas.

– Parabéns, Tamara. Parabéns, Aymara – conseguiram ouvir a voz telefônica de Andrés, que acrescentou: – Jose, estou mandando um remédio novo para a circulação que é muito bom. Explico num papelzinho como tomar...

– Obrigada, meu filho – gritou Josefina para o telefone.

– Conde – prosseguia Andrés –, Elías Kaminsky diz que vai telefonar um dia desses.

– Ele já me ligou – gritou Conde. – E algum fofoqueiro lhe falou disto que está acontecendo agora aqui.

– É mesmo? Você não acha que eu... – Riu Andrés. – Afinal de contas, Conde... Bem, agora vou indo, queridooooossssssss – despediu-se o distante e ouviu-se o clique que cortava a ligação e o fluxo de dólares gastos com ela.

Yoyi, então, aproximou-se de Tamara.

– Um noivado assim – e pôs a mão no bolso, de onde extraiu um estojinho – merece um anel assim. Este é meu presente de casamento.

E entregou o anel com a pedra à noiva, que o olhou com todo seu deslumbramento, como se nunca o houvesse visto, e logo o mostrava às outras mulheres, com o mais feminino dos orgulhos pré-matrimoniais. Uma cena típica da mais refinada e clássica estética *chichí*.

– Toda essa merda ridícula e muito louca está mesmo acontecendo comigo? – Perguntou Conde a Candito, ao observar a cena das mulheres com chapéus de papel, as taças de champanhe, o anel, os parabéns.

– É, acho que sim... E sabe o que é pior?

– Ainda pior? Mas Tamara nem disse se vai se casar comigo...

– Disse sim. Do jeito dela. O pior, Condenado, é que a coisa tem cara de ser irreversível. Foi mexer no que estava quieto e agora, meu irmão, não há quem pare...

O despertar foi terrível, como Conde bem merecia: suas têmporas palpitavam, a nuca ardia, o crânio oprimia com perfídia seu mingau encefálico. Não se atreveu a apalpar a região do fígado com medo de descobrir que o órgão havia sumido, cansado de abusos. Quando conseguiu abrir os olhos, desafiando o tormento, viu que tinha dormido com toda a roupa, incluindo um dos sapatos. Tamara, do outro lado da cama, com o anel no dedo, parecia morta. Nem sequer roncava. A mistura explosiva de champanhe, vinho, rum e *irish cream* havia desencadeado uma reação atômica, com seus respectivos sensos do ridículo, e provocado devastadoras combustões internas. Agora os recém-noivos pagavam o preço dos excessos cometidos durante a noite.

Como um ferido a bala num filme ruim de gângsteres, Conde conseguiu chegar ao banheiro apoiando-se nas paredes. Tirou do armário um vidro de aspirina, jogou duas na boca e bebeu água da torneira. A duras penas tirou a roupa e entrou no jato frio do chuveiro, apoiando-se na saboneteira embutida na parede. Durante dez minutos a água tentou limpar seu corpo e as partes laváveis de seu espírito.

Enxugou a cabeça com cuidado e depois foi procurar algo no bolso da calça, de onde tirou um pote de pomada chinesa e passou nas têmporas, na testa, na base do crânio. O calor do bálsamo começou a penetrá-lo, enquanto, com a toalha nos ombros e os colhões ao ar livre, ia para a cozinha preparar o café. Teve de se sentar e esperar até que a infusão coasse, mas sabia que o exército convocado para aliviar sua cefaleia já estava a caminho. Quando tomou o café, a melhora se tornou evidente, mas o cigarro lhe provocou uma tosse cavernosa e, procurando evitar sacudidas encefálicas, optou por apagá-lo. Estou ficando velho, lamentou-se em voz baixa, e como prova disso teve diante de seus olhos seu escroto pendente salpicado de fios brancos.

Só então teve uma noção do desastre doméstico que fora a noite anterior. Dar um jeito naquela cozinha e na sala seria uma tarefa de titãs. Haviam comido e bebido ali nove ou noventa pessoas? Sua primeira e lógica reação foi voltar para o banheiro, vestir-se e fugir o mais cedo possível. Mas uma estranha e inédita sensação de responsabilidade o impediu de fazê-lo. Apesar de seu cérebro em mau estado, conseguiu captar o sentido dessa imprevisível atitude e ficou horrorizado. Era possível que houvesse se transformado numa pessoa diferente de um dia para o outro? Ou será que ainda estava atravessando a pior bebedeira de sua vida? Quem sabe eram os sintomas mais alarmantes de sua entrada na terceira idade? Qualquer resposta lhe pareceu pior do que as outras. Como sempre, Candito tinha razão.

Foi até o quarto e viu que Tamara continuava como morta, mas agora roncava. Com outra xícara de café na mão, tentou provar de novo o cigarro que o corpo lhe pedia. Dessa vez conseguiu fumar sem que a tosse o assediasse e sentiu que voltava a ser uma pessoa. Na verdade, outra pessoa. Porque vestiu o avental de Tamara e, com a bunda de fora, começou a lavar a louça com a mesma fruição com que alguns crentes praticam a penitência: com a consciência de que é para punir-se, manchar-se, destruir-se. Por minha culpa, por minha culpa, por minha maior e única culpa... e continuou lavando a louça.

Duas horas depois, uma Tamara ressurrecta e maravilhada com a atitude de seu pretenso marido deu-lhe um beijo e, depois de lhe provocar um arrepio com uma carícia nas nádegas descobertas, disse que ela se encarregaria de deixar a louça, os cristais e os talheres outra vez reluzentes. Conde, estranhando a si mesmo, foi buscar sua roupa no banheiro, mas antes parou diante do espelho para se observar com o avental e a bunda de fora. Patético e irreversível, foi sua conclusão.

Como se das fontes últimas do seu pateticismo recebesse o impulso de uma necessidade peremptória, foi direto à sala de televisão e colocou no aparelho de DVD a cópia de *Blade Runner* tirada do quarto de Judy alguns dias antes. Em meio a suas próprias atribulações, esquecera por completo a jovem emo desaparecida e sua intenção de ligar para Manolo, mas a inesperada exigência de voltar a encarar aquele filme obscuro e chuvoso lhe revelou que sua preocupação estava apenas submersa e um apelo profundo a estava trazendo à tona. A ideia de que suas ideias haviam se esgotado e a certeza de não saber em que porta bater para saber da moça o espicaçavam com insalubre persistência enquanto avançava na história da caçada de replicantes (muito benfeitos, aliás, pensou, deslumbrado com a beleza de Sean Young e Daryl Hannah) que adquirem a consciência de sua condição de seres vivos e, com ela, o desejo de conservar essa extraordinária qualidade que, no entanto, seu demiurgo lhes havia negado. No fim, quando o último dos replicantes pronuncia suas palavras de despedida do mundo, Conde sentiu que aquela fala do filme de que sua memória se apropriara lhe oferecia naquele instante uma estranha ressonância, capaz de abalá-lo, como uma de suas dolorosas premonições: "Eu vi coisas que vocês homens nunca acreditariam. Naves de guerra em chamas na constelação de Orion. Vi raios-C resplandecentes no escuro perto do Portal de Tannhaüser. Todos esses momentos se perderão no tempo, como lágrimas na chuva. Hora de morrer".

Com a incômoda sensação de que esse lamento era portador de uma ressonância tétrica capaz de chegar até ele, Mario Conde foi para o quintal da casa que provavelmente em breve seria sua casa também e, debaixo do abacateiro carregado de frutos verdes, de pele brilhante, que prometiam a delícia essencial de sua carne, sentou-se para fumar e esperar. Dessa vez não pensou em Lixeira II destruindo tudo em volta. Porque, se sua premonição não o enganava, tinha certeza de que ia acontecer. Por isso, quando Tamara apareceu e gritou que Manolo estava ao telefone, o ex-policial soube que havia chegado a hora. *It's time to die.*

9

Debruçado na janela, acendeu o cigarro e se dedicou a observar o panorama que se mostrava asséptico na perspectiva proporcionada pela distância e pela altura. Viu a manta verde formada pela folhagem do falso loureiro e os pardais que, em grupo ou solitários, entravam e saíam de entre suas folhas. Olhou ao fundo, além das casas e dos edifícios coroados de antenas, pombais e varais com lençóis quase transparentes de tão gastos. Como anos antes, teve uma visão fugaz do mar, com toda certeza reverberante e magnético sob o sol de junho. Embora o quadro que podia contemplar da janela quase não houvesse mudado, Conde sabia que era uma percepção enganosa. Tudo se movia. Às vezes rumo a um despenhadeiro: porque aquilo também se perderia no tempo, como lágrimas na chuva.

Manolo voltou à sua sala com uma pasta na mão e uma sombra de cansaço visceral no rosto.

– Apague essa porra de cigarro, você sabe que não pode fumar aqui.

– Vá à merda, Manolo. Vou continuar fumando – disse Conde. – E, se quiser, mande me prender.

Manolo negou com a cabeça e sentou-se atrás da escrivaninha. Abriu a pasta e tirou uma foto, que deu a Conde.

Ao lado do tronco rugoso de uma árvore, na grama, enrolados de qualquer jeito, estavam a calça e a blusa pretas e, ao lado, o que Conde pensou que deviam ser os tubos de pano listrados que os emos usam como mangas e nos quais era possível distinguir manchas mais escuras. Escarlates?

– Passe as outras – exigiu Conde.

Manolo lhe passou as duas fotografias. Na primeira só se via um capinzal hirsuto cheio de ervas daninhas, que se afundava e escurecia no que identificou como a boca de um poço. Na terceira foto, sobre o mesmo capinzal, depositado em uma manta de náilon, o corpo putrefato, inflamado, carcomido por formigas e outros insetos da pessoa que havia sido Judith Torres. Depois de observar por uns minutos aquela imagem da morte, ainda em silêncio, Conde deixou cair as três fotos na mesa. Sentia-se inútil e frustrado.

– Ela não tinha mesmo ido para lugar nenhum. Ou sim. Puta que o... Conte tudo – exigiu então ao major Palacios.

– Um homem que tem terrenos na região viu urubus rondando durante vários dias. Tentou mais de uma vez descobrir o que era, sem se esforçar muito, pensando que devia ser algum bicho morto, mas não encontrou nada.

– Onde fica isso?

– Na saída do Cotorro, a uns dois quilômetros pela Estrada Central. Quase ninguém mora nessa área...

– Como diabos essa menina chegou lá? Reparou que estava nua, mas com os Converses nos pés?

Manolo assentiu e esticou o braço sobre a mesa para pegar um cigarro de Conde. Olhou-o, não se decidiu a acendê-lo e o devolveu ao maço.

– Ontem à tarde, quando voltou do trabalho, o homem foi procurar outra vez, porque estava intrigado. Disse que então se lembrou de que havia um poço no terreno. Quando chegou perto, sentiu o cheiro de carne podre... e encontrou a roupa. Saiu correndo e chamou a polícia. Foi foda conseguir tirá-la. O poço tem uns dez metros. Parece que foi fechado há muitos anos.

– E a autópsia? Encontraram sinais de droga?

– Ainda estão trabalhando nela, veja como está o corpo – Manolo se decidiu e acendeu o cigarro com o isqueiro escondido numa gaveta da escrivaninha. – Mas já sabem que morreu por perda maciça de sangue.

– Por causa da queda?

– Sim e não. Quando o corpo caiu no poço, a moça ainda estava viva. Mas parece que já havia perdido muito sangue. Estava com duas feridas longitudinais, uma em cada braço. Dessas que fazem os suicidas de verdade. E uma contusão muito forte na nuca, talvez provocada pela queda no poço. Mas poderia ser *pre-mortem*.

– Há quanto tempo está morta?

— De doze a quinze dias. Não vai ser fácil ter mais exatidão. Esses dias tem feito muito calor, choveu várias vezes, a temperatura no fundo do poço sobe e desce mais devagar do que na superfície, o nível de umidade...

— Há uma coisa que não se encaixa – murmurou Conde, lamentando o mau estado físico de seu cérebro. – Ela se cortou e depois se jogou de cabeça nesse poço?

— Pode ser. Mas agora estão analisando tudo que encontraram. Porque há dois tipos de sangue na roupa de Judy.

— Porra, Manolo! – Protestou Conde, ao ouvir a informação capaz de tirar do lugar as peças que fora colocando em sua construção mental.

— Estou contando, velho! Uma coisa de cada vez.

— Um é o sangue dela. E o outro?

— De alguém que talvez estivesse lá com ela, digo eu. Mas só Deus sabe como esse sangre chegou até a roupa. Porque isso ainda continua parecendo mais um suicídio.

— Mas ela estava nua. Por quê? Com que cortou os braços?

— Com um bisturi. Procuraram até no fundo do poço e por fim o acharam perto da roupa. Tem rastros de sangue, mas nenhuma impressão digital. Se teve, a chuva limpou.

O cérebro de Conde rangia tentando encaixar cada evidência em lugares razoáveis.

— O que mais encontraram?

— Este papel.

Manolo abriu a pasta e tirou o envelope transparente onde havia meia página de papel branco, já não tão branco. Passou-o a Conde, que leu: "Em outro tempo a alma olhava o corpo com desprezo: e esse desprezo era então o mais alto. A alma queria o corpo magro, feio, esfomeado. Assim pensava em escapar do corpo e da Terra".

— Assim lhe falou Zaratustra... Mas não sei se é um bilhete de suicídio. Ela escrevia com frequência coisas assim, copiava dos livros.

— Estava num bolso da calça, junto com a carteira de identidade, num envelope plástico. Mas não havia dinheiro nem mais nada.

— Não havia dinheiro?

— Não, com certeza. Como o homem que encontrou a roupa viu que estava manchada de sangue, não tocou em nada.

— Ela havia roubado dinheiro da avó. Uns quinhentos dólares.

— Os investigadores não sabem disso. Ninguém disse nada a eles.

— Pois é uma pista.

— Sim, o dinheiro. — Manolo anotava alguma coisa em sua caderneta desconjuntada.

Conde, por sua vez, tentava assimilar essa informação e casá-la com o que já havia acumulado.

— De quanto tempo o laboratório precisa agora para fazer o teste de DNA?

— Cinco dias.

— Como assim, cinco dias, Manolo?

— Ora, isto aqui não é *CSI*, isto é Cuba e é a realidade. Além do mais, quando você era policial não existia teste de DNA e os casos também se resolviam. Enquanto os resultados não chegam, vão continuar trabalhando. Mas aqui não há bancos de DNA, então o outro sangue não vai servir para muita coisa. A menos que seja comparado com o de algum suspeito e coincida.

Conde assentiu a contragosto.

— Não foi possível encontrar impressões digitais nem pegadas, nem rastros de sangue?

— Já disse, foram muitos dias e as chuvas levaram tudo. Não se pode saber nem há quanto tempo está morta.

Conde pegou o maço de cigarros, acendeu outro e voltou a olhar pela janela.

— Quem dera tivesse embarcado numa balsa... Talvez não estivesse morta. Mas alguma coisa cheira mal nisso tudo.

— Você acha que alguém fez os cortes nos braços, depois a despiu e a jogou no poço? Que esse mesmo alguém pegou o dinheiro, se é que estava com ela nesse dia, mas deixou a roupa manchada, talvez até com seu próprio sangue, e a carteira de identidade de Judy?

— É algo em que estou pensando, sim.

— Mas quem pode montar todo esse quadro e ao mesmo tempo fazer a lambança de não levar a roupa, a identidade, o bisturi?

— Alguém que quase enlouqueceu quando aconteceu o que aconteceu. Alguém que talvez não quisesse matá-la, mas matou. Não sei. Os legistas precisam verificar se Judy era mesmo virgem ou se teve relações sexuais... se teve pouco antes de morrer.

Manolo suspirou. Com força, usando as unhas, coçou a cabeça.

— Conde, não complique as coisas. Os legistas sabem o que têm que fazer.

— Estou pensando no italiano Bocelli. Não imagino uma figura como essa brincando de ser o amiguinho sem segundas intenções de uma garota de dezoito anos.

— Eu também não, mas... — Manolo falava com seu tom de voz mais firme. — Olhe, eu telefonei para lhe dizer que Judith Torres apareceu morta. — Fez uma pausa, olhou para a janela e tomou uma decisão. — Me dá um cigarro.

Conde lhe entregou o maço de cigarros. Manolo acendeu um e exalou a fumaça.

— Telefonei para lhe dizer que estamos investigando todas as evidências... Mas também para lhe avisar uma coisa. Por favor, escute bem — Manolo levou os dois dedos indicadores às orelhas, para enfatizar sua exigência. — A partir de agora você não pode se meter nessa história. Não é mais uma moça desaparecida, escondida ou coisa parecida. Agora é uma pessoa morta e, enquanto não se provar que foi suicídio, há uma investigação criminal em andamento. E qualquer interferência externa pode estragar o caso, você sabe muito bem disso. A amiga dela pediu que você ajudasse a encontrá-la e a família concordou que o fizesse. Pois você fez tudo que podia, e se não fez mais é porque fazia tempo que já estava morta. A partir de agora, fique longe da investigação, pelo bem da própria investigação e da verdade. Agora temos que agir com muita cautela. Você sabe o que estou pedindo e também sabe que não pode fazer mais nada por sua conta.

Conde havia se deslocado até ficar outra vez em frente à janela, de costas para o major Palacios. Pela própria experiência como investigador, sabia que não existiam argumentos para rebater a exigência do outro. Mas isso o incomodava.

— Se aparecer alguma coisa — continuou Manolo —, se nós encontrarmos alguma pista, ou se definirmos pelo assassinato ou pelo suicídio, seja o que for, eu lhe telefono para contar. Além do mais, você sabe: se descobrirem que você se meteu nessa investigação, o primeiro que vai ter que prestar contas sou eu, e depois quem vai levar um pontapé na bunda é você. Está claro? Acabou-se o jogo de detetive particular.

Conde virou-se e olhou para seu antigo subordinado.

— Quem vai avisar os pais?

— O chefe da Central e o capitão que vai dirigir a investigação. Já foram para lá.

Conde pensou em Yadine, Frederic, Yovany, a professora Ana María. Mas, não, ele não ia avisá-los do que acontecera. Nunca, em seus tempos de policial, havia gostado de fazer isso.

— Vão me interrogar?

— Com certeza. O pai, a mãe ou a avó vão falar de você. E o que você já sabe pode ajudar o investigador.

— E Frederic? E Yovany? E a professora? E Yadine? Vão interrogar todos eles?

— Também. Precisam interrogar. E vão apertar os parafusos.

– Que merda tudo isso, não é?

Manolo deu uma tragada no cigarro.

– Uma grande merda – ratificou o policial.

Lixeira II estava bastante aborrecido pelo abandono a que Conde o submetera nos últimos dias. Para aliviar esse sentimento, o homem lhe disse umas rápidas palavras de desculpa e lhe serviu um prato cheio de sobras de luxo da noite anterior. O cão, mais que faminto, deu as costas ao dono e se concentrou no que interessava.

A dor de cabeça havia voltado a atormentar Conde, mas ele sabia que não se devia mais aos efeitos da ressaca. Apesar de ter ultrapassado a hora do almoço, não sentia vontade de comer, mas decidiu jogar outra aspirina no estômago devastado. Esfregou as têmporas e a testa com muita pomada chinesa e, depois de ligar o ventilador, jogou-se na cama, que mais parecia um ninho abandonado. Nem olhou para o soporífero romance asmático que o ajudava a dormir.

Sentia um cansaço profundo nos braços, nos ombros, nas pernas. Também um vazio no peito, uma incapacidade de se mexer e até de pensar. Estava atormentado pelo sentimento de culpa por não ter conseguido encontrar o caminho capaz de levá-lo até Judy, que não se aliviava nem com a certeza de saber que quando Yadine lhe pedira ajuda já não era mais possível auxiliar a jovem. Mas não deixava de ver como um jogo macabro a ideia de que, enquanto ele pensava em livros, dinheiros, anéis, casamentos, aniversários e Rembrandts perdidos, o corpo daquela moça que tanto havia sonhado com todas as liberdades e que as buscara por tantos caminhos estivesse apodrecendo num poço seco, depois de seus olhos terem visto a terra engolir seu sangue e sua vida de dezoito anos. Por vontade própria?

Para Conde sempre havia sido difícil conceber que um jovem tirasse a própria vida, mesmo sabendo que essas atitudes eram muito frequentes. Mas, se Judy se matara, o inconcebível, no caso, atingia proporções trágicas: de tanto pensar na morte, brincar com ela, desprezar a vida e seu único sustentáculo, o corpo, talvez ela houvesse aberto essa trilha absurda. Acreditaria a garota realmente em sua futura reencarnação? Pensaria mesmo que com essa saída se encontravam as soluções? Quem sabe, pensava até que seria livre deixando de ser? Não havia entendido que nem mesmo os replicantes querem morrer depois de passar pelo milagre de estar vivo, pelo efêmero mas enorme privilégio de pensar, odiar, amar? Não. Judy, como Frederic dizia de si mesmo, podia ser emo, mas não era babaca. Ou era? Se ela havia se matado, devia ter algum motivo, e de peso: muito mais peso que uma militância emo em dissolução ou os flertes com uma filosofia autodestrutiva. Mas, se alguém a levara a esse desenlace, nada do que se sabia teria mais importância: só os motivos ocultos do assassino. Mas quem poderia querer Judy morta para se arriscar a cumprir esse desejo? Por que tentar fazer o corpo desaparecer e deixar abandonadas as roupas manchadas de sangue que depois seriam fatalmente encontradas e, mais, que se revelariam incriminadoras ou, ao menos, um caminho aberto para outras buscas? Se o tal Bocelli estava por trás dessa morte, por que disfarçá-la de suicídio? E o dinheiro, estava com Judy naquele dia? Quanto mais pensava com seu pobre e dolorido cérebro, mais Conde ia percebendo que alguma peça continuava sem encaixar no quebra-cabeça que após tanto esforço ele conseguira armar com os diferentes rostos de Judy obtidos em suas investigações. Por vontade própria ou por mão assassina Judy estava morta, e sua saída do mundo devia estar ligada à forma como pretendera viver nele: livre. Essa era a única certeza que Conde tinha. E para Judy talvez fosse a única coisa que importasse. Achar um culpado não a traria de volta à vida, à família, às inquietantes leituras e às militâncias apaixonadas. Nada a devolveria de seu nirvana sonhado. Ao menos até sua reencarnação. Ou, afinal de contas, na verdade agora seria mais livre?

Em algum momento da tarde a fadiga física e mental venceu Conde. Como tantas vezes, sentiu-se escorregar no torpor até encontrar o sonho que lhe devolvia a imagem do seu avô Rufino. Dessa vez o velho se apresentou nítido e convincente, como se estivesse vivo e não fosse um sonho. Porque fora tirá-lo de seu estado de ânimo insalubre com o persistente recurso de lembrar ao neto preferido que o mundo, afinal, sempre havia sido e sempre seria igual a uma briga de galos.

Conforme fosse envelhecendo, com uma inexorabilidade e uma velocidade espantosas, Mario Conde teria inúmeras oportunidades de comprovar, graças a sonhos como o daquela tarde e a outros muitos exemplos extraídos da mais evidente realidade, o fato de que, na verdade, com seu avô ele não aprendera quase nada. E Mario não podia culpar Rufino Conde por esse desperdício pedagógico, pois ele fora pródigo em conselhos, demonstrações práticas e tentativas de ensino às vezes até metafísico, dedicados a exercitar o neto na tão complexa arte de viver a vida. O velho começara esse esmerado treinamento, quase socrático, desde o momento em que o menino tivera uso da razão, e passara a levá-lo consigo aos galinheiros onde criava e treinava seus animais, e às rinhas oficiais, primeiro, e clandestinas, depois da revolucionária e socialista proibição da briga de galo: umas paliçadas circulares, que mais pareciam arremedos de circo romano, nas quais fazia seus ferozes discípulos combaterem até a morte e onde realizava suas apostas.

Vendo e ouvindo o avô, tentando responder a suas constantes perguntas, ele havia tido a invejável oportunidade de apropriar-se de uma afiada filosofia prática que revelava em cada circunstância o já ancião Rufino Conde. O avô adornava suas lições com máximas gloriosas, como "a curiosidade matou o gato" (como acabava de sentir o neto, em carne própria e alheia) ou "só sei que se deve jogar com a certeza de ganhar, senão é melhor não jogar", sentença geralmente esgrimida minutos antes de uma disputa de prognósticos incertos. Quase sempre, enquanto o avô dava esse conselho, depositava, nos lugares mais inconcebíveis de seu corpo ou sua roupa, as gotas de vaselina bem carregada de pimenta-do-reino ou malagueta com as quais, como um prestidigitador dono de habilidades indecifráveis, untaria de maneira indetectável mas suficiente as penas de seu galo pouco antes de começar a peleja, para sufocar o adversário e enfraquecê-lo. Jogar para ganhar.

– Mas essa ajuda extra tem que ser empregada em última instância, viu? – Sentenciava, sentado em seu tamborete reclinado contra uma viga, aquele filho de um fugitivo canarino infiltrado em Cuba quando corriam os remotos e ainda chamados "tempos da Espanha". – O importante é você mesmo trabalhar suas possibilidades, preparar um galo como se deve: desde a escolha dos pais até o treinamento para ser uma máquina perfeita. Isso quer dizer, para não levar ferro do outro galo. Entende, meu filho? Pergunto se você entende porque é importante que aprenda: na vida a gente precisa se ver como se fosse um galo. Sabe por quê? – Insistia a essa altura do discurso, para que seu interlocutor, mesmo que entendesse perfeitamente e soubesse a resposta por já tê-la escutado centenas de vezes antes, levantasse os ombros e negasse com a cabeça, disposto à surpresa e à revelação. – Porque o mundo é uma porra de uma rinha de galo na qual a gente entra para acabar com o outro e só um dos dois sai com todas as penas no lugar: aquele que não levar ferro do outro – concluía Rufino, e arrematava. – O resto é conversa fiada.

Como galo, Mario Conde teria sido um fracasso. Talvez porque, apesar do avô e do bisavô que tivera, estava cheio de genes defeituosos. Para começar, não tinha esporões e era muito mole, como lhe dissera uma mulher, com toda a razão, muitos anos atrás. Depois, não sabia usar seu bico nem suas asas, pois era um sentimental de merda, como ele mesmo costumava dizer, com idêntica razão, a si mesmo. Não era por acaso nem por azar, e sim por sua evidente incapacidade, que tinha a alma marcada com tantas esporadas, bicadas e patadas na bunda recebidas ao longo e ao largo dos anos. Tantas que, se o seu avô Rufino Conde o visse, na certa lhe retiraria o sobrenome e talvez até torceria seu pescoço, como o daqueles frangos que preferia jogar na panela do que na serragem de um cercado de galos, pois só de olhar sabia que eram um caso perdido nas batalhas da vida.

Num país que ia se transformando dia a dia num cercado com tapumes altíssimos, onde se praticava a estranha modalidade de muitos galos lutando entre si, cada um tentando tirar algo do outro e que não tirassem nada dele, Conde se sentia como um fantoche que, a duras penas, se esquivava dos ataques, procurando uma brecha para a sobrevivência. O mais terrível era saber que seus defeitos não tinham conserto: no cercado da vida, seu destino manifesto sempre seria receber até as bicadas que não lhe correspondiam.

Se na realidade de seu dia ou no universo flexível de seu sonho houvesse aprendido a orar, Conde gostaria de rezar pela alma imortal de Judith Torres. Mas, diante de sua incapacidade oratória, teve de se conformar desejando-lhe boa sorte na passagem para sua próxima estação terrena. Talvez pudesse aterrissar num lugar e numa era em que a vida não estivesse confinada aos limites opressivos de um cercado de galos.

10

Havana, julho de 2008

Foi a invencível vocação para a nostalgia que decretou a escolha: quase sem pensar, havia preferido o ponto onde o Paseo del Prado se desfaz, como uma flor murcha, após seu encontro com a sempre agressiva intempérie do Malecón. Vinte anos antes, Mario Conde, ainda tenente investigador, tivera um encontro naquele cruzamento com o homem de teatro Alberto Marqués para fazer um percurso alucinante pela noite homossexual havanesa, uma ronda noturna que o inundaria de revelações sobre as estratégias de sobrevivência e reafirmação daqueles indivíduos preteridos — mais do que isso, marginalizados e por vezes até condenados. Aquele dia deixara em sua memória uma marca indelével que, por geração espontânea, o compelira a marcar ali o novo encontro.

Enquanto esperava a chegada do major Manuel Palacios, Conde determinou que não se entregaria a elucubrações. O fato de, após cinco dias de silêncio, seu ex-colega telefonar propondo tomar umas cervejas podia ter meandros demais para tentar transitá-los antecipadamente. De qualquer maneira, o que ficara bem claro na conversa telefônica que tivera poucas horas antes era que, seis dias depois de terem encontrado o corpo de Judith Torres, os policiais continuavam sem encontrar uma resposta definitiva sobre as circunstâncias em que a moça havia morrido.

Com o passar daqueles mesmos dias, o ânimo de Conde havia conseguido uma relativa recuperação. A ordem policial de ficar à margem do caso de Judith Torres, somada à sua decisão pessoal de tentar esquecer essa história lamentável, combinaram-se com a favorável conjuntura de que, em vez de tirar as férias planejadas (que em seu caso consistiam no mais compacto possível *dolce far niente*), ele havia sido obrigado a trabalhar e concentrar a atenção em assuntos menos dolorosos. Porque o Diplomata, amigo de Yoyi, ao saber que a biblioteca do ex-dirigente ainda continha suculentas maravilhas, havia pedido uma lista de obras que o velho estivesse disposto a vender e os preços estimados. Como era de se esperar, Yoyi o encarregara dessa maçante porém salvadora missão, que lhe exigia manter os cinco sentidos alertas. Além disso, Conde se proibira terminantemente outros gozos doentios que passaram por sua mente, como ir ao enterro de Judy ou ter um último diálogo com a certamente desconsolada Yadine, e por isso decidira até adiar indefinidamente o momento de dar a Ricardo Kaminsky o recado do seu parente Elías sobre o litígio pelo quadro.

Para tentar manter o propósito de não se antecipar ao que de qualquer jeito saberia (ou não) na conversa com Manolo, Conde se dedicara a observar o ambiente tentando estabelecer, naquele retorno, quanto o panorama havia mudado desde aquela longínqua noite da gay ciência. Os restos do velho frontão basco haviam desaparecido e, em seu lugar, não havia sido erguido o hotel que, durante anos, um anúncio publicitário prometera; a pracinha da velha fortaleza de La Punta, debruçada na entrada da baía, havia sido restaurada e agora aparecia ocupada por uma estátua de Francisco Miranda. No térreo do edifício triangular da esquina da Prado com a abominável Calzada de San Lázaro havia nascido um bar no qual Conde, graças aos dólares ganhados no passado recente, pusera os olhos. O resto dos elementos continuava ali, encalhado no tempo, com suas advertências dramáticas: lá estava o mesmo modelo de veadinho predador em busca de presas – que nem olhou para Conde –, sobreviviam os falsos loureiros marcados pelo salitre e pelo vento marinho, os prédios em processo de morte ou já definitivamente defuntos, os restos do velho presídio de Havana e o enigma insolúvel do busto dedicado ao poeta Juan Clemente Zenea, em cujo rosto de bronze seu artífice tentara expressar a tragédia sem saída de um bardo capaz de tornar-se depositário de todos os ódios: acusado de traição tanto pelos independentistas cubanos como pelas autoridades coloniais espanholas, aquele ser etéreo confundira suas possibilidades, atrevendo-se a jogar suas cartas no território da política, para terminar fuzilado nos fossos da Fortaleza de la Cabaña, visível do outro lado da baía.

O sol iniciava sua queda final quando o major Palacios desceu do carro e se aproximou de Conde. Já pensando em beber umas cervejas, Manolo havia se livrado da jaqueta do uniforme e estava com um pulôver sem manga, muito puído, que o fazia parecer o despropósito físico que era.

— O que há de novo, compadre? — Foi sua saudação, com a mão estendida.

— Pobre sujeito — disse o outro, apontando para o busto de Zenea. — Achou que podia pensar com a própria cabeça e que os poetas podiam brincar de política. Pagou bem caro. Falaram horrores dele e depois lhe fizeram um busto. Que país de merda!

— Bem, estou vendo que hoje você está contente e até patriótico.

— Sim, e ainda bem. Quando estou chateado, digo que é um país de merda e meia. Venha, vamos sentar ali em frente.

Foram à mesa mais afastada, na parte do pórtico que dá para a Prado, por onde corria com mais liberdade a fraca brisa do mar. Pediram cerveja e, para beliscar, uns supostos croquetes de frango, que pelo menos eram comestíveis.

— Dá para ver que você está com grana — disse Manolo, enchendo o copo com a cerveja clara.

— Não é muita — disse Conde, que se envergonhava de ter dinheiro quase tanto quanto da situação mais frequente de não ter.

— De qualquer jeito, não me tire de seu testamento.

— Não, isso nunca — Conde sorriu e bebeu um gole de seu copo, para imediatamente cobrar do outro. — Então?

Manolo suspirou.

— O legista descobriu que Judy teve relações sexuais, talvez pouco antes de morrer. Na vagina havia restos do lubrificante de um tipo de camisinha que se vende em Cuba.

— E o que mais?

— Mais nada. Não há sinais de violência, parece ter sido consensual. Enfim, estão na mesma...

— E você me chamou para dizer isso?

Manolo olhou para o busto de Zenea, como se não se decidisse a falar.

— Bem, não exatamente na mesma. Bocelli voltou para Cuba há três dias...

— Como assim? — O assombro de Conde foi maiúsculo e de altos decibéis.

— Tinha ido ao México fechar uns negócios e voltou. Foi detido no aeroporto quando chegou. — Manolo fez uma pausa e bebeu a cerveja até o fim, com mais sede do que desejo de saboreá-la. Com um gesto, pediu outra. — Você pode imaginar a confusão que deu. Embaixador, cônsul italiano e a puta que o pariu na história. Mas o sujeito aceitou fazer o teste de DNA.

— Então estava limpo? — Perguntou Conde, antecipando-se à resposta previsível.

– Chegou agorinha mesmo o resultado do laboratório. O sangue na roupa de Judy não era dele. Parece que o sujeito está limpo.

– Mas isso não quer dizer que não foi ele quem fez sexo com ela – Conde tentou avançar um pouco na escuridão.

– Não temos como provar, não esqueça que usaram camisinha. Então, tivemos que soltá-lo. Amanhã ele vai embora de Cuba... diz que não volta mais.

– Melhor – disse Conde. – Acho que não vamos sentir muita saudade.

Conde olhou para a rua, onde de repente a noite se estabelecera. A eliminação daquela possível pista não deixava a investigação sequer na mesma, deixava mais atrás. Definitivamente, tudo que se relacionava com Judy era complicado.

– Outra coisa... O pessoal do laboratório finalmente estabeleceu que uma substância que Judy tinha no organismo era um alucinógeno.

– Que droga era?

– É esse o problema, não sabem muito bem. É uma substância estranha, não uma droga comum por aqui.

– De que porra você está falando?

– Do que você ouviu: ela tinha consumido uma droga parecida com o *ecstasy*, mas que não é comum entre o pessoal que usa essas coisas aqui em Cuba. É como um *ecstasy* elevado ao quadrado, com mais merda química.

– Isso é foda...

Conde coçou os braços, como se ele próprio estivesse sofrendo uma clássica síndrome de abstinência.

– E a última: ontem prenderam o pai da moça, seu amigo Alcides Torres – soltou Manolo, como se estivesse falando do calor do verão.

– Mas, Manolo, caralho! Por que não diz tudo de uma maldita vez?

– Porque não dá. Só tenho uma boca. E vão mandar costurá-la se souberem que lhe contei tudo isso.

– O que houve com o sujeito?

– Está sendo investigado. Mas na certa está com merda até no cabelo.

Conde não se sentiu mesquinho: ficou real e profundamente contente com aquele ato de justiça histórica. Daquela vez, um filho da puta ia pagar algumas de suas culpas. E tentou imaginar qual seria a reação de Judy se houvesse visto o fim previsível da carreira do pai.

– Judy sabia que Alcides estava metido num negócio que podia lhe render muitos dólares.

— Com o que mandavam da Venezuela, não creio que pudessem ficar milionários – garantiu Manolo, com o cenho franzido e a vesguice em sua expressão máxima. – Mas ficavam com uma boa fatia.

— Então o sujeito estava envolvido em outra coisa, e não nos negócios que vocês imaginam. Em outra coisa que lhe daria muitos dólares.

— Que merda poderia ser? – Manolo havia mordido a isca da intriga. – Quanto é muitos dólares?

— Esse é o problema... Quanto é *muito*? Mais do que eu tenho, com certeza. Conte isso aos seus amigos, quem sabe eles descobrem – disse Conde, satisfeito por botar mais lenha na fogueira onde já estavam assando Alcides Torres. – E o que mais agora?

— Mais nada. Agora acabaram as notícias.

— E a investigação da morte de Judy?

Manolo ergueu os ombros, como se quisesse ver seus galões de major e não os encontrasse.

— Continua aberta, mas...

— Não há mais pistas?

— Não. O DNA diz que o sangue que estava na roupa de Judy é de um homem com menos de cinquenta anos, branco. Com isso não dá para ir a lugar nenhum.

— A menos que saibam por onde ir.

Manolo interrompeu no ar o gesto de jogar um croquete na boca e olhou para Conde. Seus olhos soltaram as amarras outra vez em busca da melhor localização ao lado do tabique nasal.

— Do que está falando, Conde?

— De nada. De procurar.

Manolo engoliu o croquete quase sem mastigar.

— Sabe, o que eu disse outro dia continua valendo. Você não pode se meter nisso. Só decidi vir lhe contar a história de Bocelli e falar sobre a droga e as outras coisas, e até sobre Alcides Torres, porque acho que lhe devia isso. Sabe por quê?

Conde olhou para ele.

— Porque é meu amigo? Porque anos atrás eu fui seu chefe? Porque sou mais inteligente que você?

— Não. Porque você se comportou bem. É como um prêmio à sua conduta.

Conde negou com a cabeça.

— Manolo, o caso de Judy está mais morto que ela. Que merda pode importar a vocês que eu investigue um pouco por minha conta?

Dessa vez foi Manolo quem fez um gesto de negação.

– Com Alcides Torres sendo investigado pela equipe especial, a coisa muda de figura. E muito. Estão olhando essas histórias lá em cima – e apontou para o segundo andar do edifício, mas ambos sabiam que Manolo indicava um ponto muito mais elevado. – Então, é melhor ficar sossegado. E se houver alguma relação entre o pai e a morte da garota?

Dessa vez Conde concordou. Após uma pausa, disparou.

– Outro dia, estava me lembrando do major Rangel – começou, como que distraído. – Acho que só aguentei dez anos como policial porque tivemos um chefe como ele. Com o velho Rangel, com o capitão Jorrín, até com o filho da puta corrupto do Contreras, aprendi algumas coisas. Uma, que ser policial é um ofício de merda. E, embora você seja tão policial, imagino que concorde com isso, não é? Outra, que essa merda é tristemente necessária. Principalmente quando acontecem coisas como a morte de Judy Torres. Porque se eu tenho alguma certeza é de que há algo cheirando mal na história dessa moça. E na certa você também concorda, não é? – Manolo não confirmou nem negou, e Conde continuou. – Um policial como o major Rangel, ou como Jorrín, ou como o Gordo Contreras, nunca teria desprezado seu faro. O que você aprendeu com essa gente, Manolo?

Quando se despediu de Manolo, em vez de rumar a alguma de suas guaridas habituais, Mario Conde se sentiu impulsionado a vagar sem rumo, coisa que, como ele bem sabia, sempre tinha um norte predeterminado. Começou a andar pelo Malecón em direção a El Vedado, enquanto deixava seu cérebro disparar nas elucubrações que antes havia evitado. Sabendo que Bocelli, seu mais tenaz suspeito de alguma relação obscura com Judy, não parecia estar ligado ao destino final da moça, procurou reorganizar as poucas peças sobreviventes em seu xadrez mental, se quisesse, como pretendia outra vez e apesar das repetidas advertências de Manolo, identificar um possível caminho para saber o que acontecera naquele lugar nos arredores da cidade onde encontraram o corpo sexuado, drogado, mutilado e morto de Judy.

O fato agora comprovado de que a jovem havia perdido a virgindade, aparentemente algumas horas antes de morrer, a certeza de que em sua roupa havia sangue de um homem branco e jovem, a evidência de que consumira drogas não habituais na ilha, a macabra evidência de que agonizara no fundo do poço, tudo isso somado à impossibilidade de determinar se a contusão craniana descoberta fora produzida na queda ou antes dela, conformavam uma premonição cada vez mais aguda no peito do ex-policial: alguém havia ajudado Judy a morrer. Tinha certeza. Mas, e aí estava a questão: quem? E por quê?

A distância entre a esquina da Prado com o Malecón e o início da avenida de Los Presidentes sumiu sob seus pés graças a suas reflexões sobre aquelas realidades e possibilidades. Uma coisa lhe parecia cada vez mais inquestionável: Judy havia ido por vontade própria até o distante lugar onde fora achada. A menos que a droga consumida a houvesse deixado sem defesas. Essa última possibilidade implicaria a existência de um carro e, talvez, de duas pessoas para carregá-la da estrada até as cercanias do poço. Mas essa premeditação não se encaixava com a lambança criminal de deixar no lugar roupas com sangue – como era quase lógico deduzir – da pessoa ou de uma das pessoas que a teriam levado até aquela paragem. Ou estaria forçando, por pura teimosia, uma informação que só apontava para um suicídio? Não estava convencido de que Judy tinha todos os atributos mentais capazes de alimentar essa possibilidade? Drogada até as sobrancelhas, não teria se despido, deixado que a penetrassem pela vagina e depois cortado os braços e se jogado no poço? A perda da virgindade teria atuado como catalisador de suas atitudes? A anotação achada em sua roupa não podia ser lida como uma declaração de princípios ou, antes, de finais?

Quando saiu do Malecón e virou na G, Conde começou a encontrar os primeiros exploradores juvenis abrigados naqueles limites escuros, mais propícios para os jogos sexuais a que se entregavam com apetite pantagruélico. Quando atravessou a Línea e entrou nos lugares com maior concentração tribal, perguntou-se o que realmente estava procurando ali. Ou o que pretendia encontrar. E não conseguiu achar a resposta, porque foi surpreendido por outra pergunta ardilosa: por que Manolo, depois de ter proibido e voltado a proibir qualquer intervenção sua, agora lhe jogava aquelas iscas de informação? Era um tanto suspeita aquela mudança de política nunca anunciada como tal.

O calor e a escuridão pareciam ter se combinado naquela noite para trazer à tona e tornar visíveis centenas daqueles jovens que se exibiam como espécimes de catálogo. Conde foi levado a lembrar os carnavais de sua infância, ainda autênticos, nos quais as pessoas escolhiam de forma voluntária e jubilosa fantasias ridículas, compravam máscaras grotescas, maquiavam o rosto com exagero. Mas o que no carnaval terminava com o fim da festa, no baile de máscaras juvenil dos novos tempos implicava uma transfiguração mais profunda, que descia da superfície até as profundezas mentais daqueles garotos obcecados com sua perseguida singularidade. Aquele espetáculo era a realidade. As atitudes desses jovens encarnavam o presente, ou melhor, o futuro glorioso tantas vezes prometido, que acabara se transformando num carnaval sem festa, embora com muitas máscaras. Um futuro triste, como um emo convicto de sua militância.

 Carregando nas costas suas dúvidas e conclusões, continuou a subida por uma das laterais da avenida e, na esquina da rua 15, onde costumava ficar a Emolândia, tentou encontrar algum rosto reconhecível sob os *bistecs* capilares, por trás da roupa preta, oculto por sombras e maquiagens escuras. Não distinguiu Yadine, que na certa continuava de luto pela morte da mulher que a deixava *looouca*; Frederic tampouco se via pelos arredores, talvez estivesse praticando o seu desenfreio sexual em algum lugar menos visível; não encontrou sequer Yovany, o emo branquíssimo, talvez percorrendo outros territórios indígenas em busca de irmãos extraviados. Mas continuavam ali duas, três dúzias de adolescentes, emoataviados até os dentes, curtindo sua pretensa depressão, sonhando com nirvanas musicais e religiosos, exibindo o corpo perfurado sem piedade mas com gosto, sentindo-se parte de algo em que acreditavam e que os fazia sentir-se livres. E não entendeu como era possível que Judy houvesse pensado em desligar-se da militância e muito menos que ele, Mario Conde, houvesse aceitado a exigência de ficar de fora. Judy era um grito que clamava por ele no fundo de um poço seco.

11

Com a mesa entre ambos, haviam tomado o café da manhã. Tamara, um café com leite no qual ia molhando os biscoitos untados com manteiga; Conde, um pedaço de pão torrado, batizado com um azeite de oliva no qual antes havia polvilhado sal e triturado um dente de alho. (O leite era um luxo a que Tamara só podia se permitir graças aos euros que o filho lhe mandava; o azeite de oliva, uma excentricidade impensável na ilha, um privilégio ao qual Conde tinha acesso por intermédio de sua quase cunhada Aymara, residente na Itália.) Depois, para terminar de moldar a sensação de rotina confortável, beberam outro café, feito na hora (café sem mistura – ou com menos mistura – com outros pós ignóbeis, comprado graças às últimas operações mercantis do negociante de livros valiosos). Mas os dois sabiam que rotinas como aquela eram opções inatingíveis para muitos, a maioria dos habitantes da ilha.

– Você está com gosto de vampiro – disse Tamara sentindo o sabor de alho quando lhe deu o beijo de despedida.

– E você cheira a grama recém-cortada.

– Yves Saint Laurent. Presente de um paciente. Ficou com ciúme? Vou embora correndo...

Conde a viu sair e sentiu, de forma inoportuna, o peso da ausência de Tamara. Alguma coisa devia andar muito mal em seu espírito para que um ermitão contumaz como ele sofresse o golpe da solidão por uma coisa tão corriqueira e, ao mesmo tempo, não se assustasse com o fato de estar dando forma a um ritual, muito agradável, mas ritual, enfim, enfeitado até com motivos para ciúmes. O ex-policial não teve de pensar muito para descobrir a causa de sua aflição: o mistério da vida e, especialmente, da morte de Judy Torres.

Meia hora depois, quando já estava saindo para a rua, o toque do telefone o tirou de suas meditações.

– Conde, sou eu, Elías Kaminsky.

Conde o cumprimentou com o afeto que já sentia pelo mastodonte.

– Liguei para sua casa, mas... – Continuou o pintor. – Já está morando na casa de Tamara?

– Não, continuo lá, aqui, nem sei mais, compadre. Bem, o que há de novo?

– Uma coisa interessante. Ou ao menos que me parece interessante. Os advogados descobriram que o quadro não saiu de Los Angeles, e sim de Miami.

– Isso tem mais lógica.

– Mas por que fazer essa jogada para esconder a origem? – Perguntou Elías Kaminsky, e Conde concordou com ele. Por que aquela ocultação?

– E conseguiram descobrir com quem estava? Um parente de Román Mejías?

– Nós não sabemos se é da família desse homem – continuou Elías –, mas é uma moça, cubana, e o estranho é que ela chegou aos Estados Unidos há quatro anos numa balsa. Quem sabe trouxe o quadro consigo, ou seja, ele ficou em Cuba até que...

Uma descarga elétrica percorreu o cérebro de Conde quando ouviu a palavra balsa. Dois fios ativados, que se mantinham distantes até esse momento, roçaram-se ligeiramente, permitindo a passagem da corrente que o atingiu. Mas ele pensou que não, não era possível aquilo que sua mente estava elucubrando.

– Porra, Elías! Porra, porra! – Conde interrompeu a reflexão do outro, mas ficou paralisado, porque seus pensamentos giravam em uma superfície onde não conseguiam encontrar ponto de apoio.

– O que foi? – Elías parecia alarmado.

Conde bateu três, quatro vezes na testa, e levou alguns segundos até recolocar as ideias no lugar e poder falar.

– Você sabe como se chama essa cubana? – E então fechou os olhos, como se não quisesse ver a avalanche que se aproximava para esmagá-lo.

– O sobrenome dela é Rodríguez – disse Elías. – De casada.

Sem levantar as pálpebras, Conde aspirou todo o ar que encontrou ao seu redor e perguntou:

– E se chama María José?

O silêncio que se abriu do outro lado da linha, a três mil quilômetros de distância, mostrou a Conde que seu lançamento acertara o rosto do pintor Elías

Kaminsky. Ele mesmo, com o fone colado no ouvido, sentia nesse instante as mãos suarem e o coração palpitar.

– Como é que você sabe esse nome? – As palavras de Elías afinal chegaram, impregnadas de sua incapacidade de compreender o que estava acontecendo.

– Eu sei porque... – Começou, mas parou. – Primeiro me diga uma coisa. Você me falou que seu pai dizia que, além do Rembrandt, Mejías tinha outras reproduções de pintores holandeses, não é mesmo?

– Sim, outras – Elías devia estar vasculhando a memória para poder responder a uma pergunta que ainda não sabia aonde o levaria. – Uma igreja de De Witte...

– Uma paisagem de Ruysdael e a *Vista de Delft* de Vermeer – interrompeu Conde, e depois continuou: – E que tinha uma irmã que ficara inválida num acidente?

– Mas que merda...

– É que eu conheço o homem que ficou com esse quadro, Elías. É o pai de uma garota que... bem, é o pai de María José, e tenho certeza de que é sobrinho de Román Mejías. Eu estive na casa dele. Agora tenho quase certeza de que o Rembrandt autêntico só saiu de Cuba quando ele conseguiu levá-lo, acho que para a Venezuela, e dali o mandou para que a filha que estava em Miami o vendesse. E esse homem esperava ganhar *muitos* dólares, muitos de verdade. Porra, agora sei quanto é muitos dólares: mais de 1 milhão!

De um e do outro lado da linha fez-se silêncio durante um tempo que pareceu infinito, até que Elías reagiu.

– Mas como é possível que você...

– É possível porque Yadine, a neta de Ricardito, me colocou nesse caminho, sem imaginar onde ia parar. Nem ela nem eu.

Da melhor forma que pôde Conde narrou a história na qual Yadine Kaminsky o introduzira e que, passando pelo desaparecimento de Judy e sua morte, enlaçava num passado remoto e da pior maneira as famílias das duas jovens emos por meio de uma tragédia que chegava até o camarote de um transatlântico ancorado no porto de Havana em 1939.

– Elías, só pode ser uma conjunção cósmica daquelas de que seu pai falava – concluiu Conde, acrescentando: – Viu como é mais fácil acreditar que Deus existe?

– Conde – disse afinal Elías Kaminsky, evidentemente tocado pela história –, há alguma maneira de provar que esse Alcides tirou o quadro de Cuba?

– Acho que só se ele confessar, e não acredito que o faça, porque não devem existir provas de que o tirou. Talvez não existam provas nem de que o teve algum dia. E porque há muito dinheiro em jogo. Se Alcides esperou até sua mãe morrer para tirá-lo e tentar vendê-lo... Não, sem provas, não acredito que confesse nada.

– Não tem importância – aceitou Elías. – De qualquer forma, vou contar aos advogados.

– Certo. – Conde continuava pensando nas possíveis consequências daquela revelação inesperada. – Mas eu não vou dizer a Ricardito. A neta dele está envolvida.

– Está bem. Já falou com ele sobre a demanda legal e o dinheiro? E que as coisas vão levar um bom tempo? Não precisa dizer mais nada.

– Não, desculpe, ainda não falei com ele. Mas hoje mesmo vou vê-lo e contar sobre o processo. E, claro, só isso.

Após outro silêncio, longo e denso, Elías perguntou:

– O que vai fazer?

– Eu não sei... na verdade, não sei.

– Não se preocupe. O meio pelo qual o quadro saiu de Cuba não muda muito as coisas. Mas claro que saber como foi com certeza poderia ajudar.

– Sim, sempre é melhor saber.

– É, saber...

O silêncio voltou a imperar, e Conde se sentiu exausto. Na verdade, decepcionado. Porque até mesmo descobrir a verdade, sem poder prová-la, não era uma garantia de que se faria justiça.

– Certo, Elías, volte a ligar quando quiser. E mande lembranças minhas a Andrés.

– Obrigado, Conde. Não sei como agradecer pelo que me disse.

Conde pensou um pouco antes de dizer:

– Hoje eu preferiria que não tivesse nada que me agradecer. Isso poderia significar que, quem sabe, Judy ainda estivesse viva.

Mais uma vez o silêncio dominou a ligação telefônica. Conde percebeu que havia falado de Judy e que Elías talvez pensasse que se tratava de Judit Kaminsky, a menina que nunca chegara a ser sua tia, desaparecida no Holocausto.

– Tchau – disse Elías, e Conde desligou para terminar logo aquela conversa que potencializava seu mal-estar com o mundo e com alguns de seus habitantes. Mais do que seria saudável.

Voltou para a cozinha e bebeu um resto de café frio. Não se sentia melhor com aquela descoberta dos caminhos que poderia ter seguido a pintura de Rembrandt que o velho Joseph Kaminsky julgara ter destruído e que os herdeiros do infame Román Mejías mantiveram oculta por quase meio século, talvez conhecendo o meio pelo qual Mejías se apropriara dela. Ou não. Mas sonhando com obter *muitos* dólares.

Enquanto se afastava da casa de Tamara, sentindo a colisão de ideias que continuava se produzindo dentro de sua pobre cabeça, Conde avaliou com seriedade se não seria melhor mandar à merda toda aquela história de quadro de Rembrandt e de judeus brancos, negros e mulatos, e encher a cara até perder a consciência.

Foi mais fácil para Mario Conde omitir as revelações mais recentes e explicar a Ricardo Kaminsky só o que precisava lhe dizer sobre a possível mas bastante remota recuperação do quadro de Rembrandt e as futuras intenções de seu primo Elías do que manter o diálogo evitado durante dias com sua neta Yadine.

Exatamente quando seu avô Ricardo voltava a dizer a Conde que não tinha nenhum direito de propriedade sobre o quadro e, portanto, também não se sentia com o direito de aceitar qualquer dinheiro enviado por Elías Kaminsky, a moça chegou ao portão e, depois de cumprimentá-lo com frieza, soltou no ar a mensagem cifrada, no melhor estilo Kaminsky.

– Vovô, vou um instante até o Parque de Reyes.

E saiu para o lugar onde havia encontrado pela última vez o detetive que não era detetive. Conde se reassegurou da dificuldade da conversa quando viu a jovem se afastar, dessa vez desprovida de seus trajes emos e usando um rabo de cavalo que caía sobre a parte posterior de seu pescoço.

– Essa menina nos deixa preocupados – disse Ricardo Kaminsky, quando ela não podia mais ouvi-lo.

– Os jovens de agora... – Comentou Conde, para não se comprometer com nada.

– Há vários dias ela quase não come, nem se veste de emo. Acho que está deprimida de verdade.

– Que pena...

Quando chegou ao parque, Conde a viu sentada no mesmo banco meio desmantelado onde haviam conversado dias antes. Ao natural, Yadine era uma garota de uma beleza cabal, em quem a contribuição dos diversos sangues que corriam por suas veias havia obtido o melhor equilíbrio. Mas a tristeza transbordante murchava aquela formosura palpitante.

– Você não é mais emo? – Foi a saudação de Conde, esperando que se iluminasse o melhor caminho pelo qual se mover.

– Se Judy queria deixar de ser emo, por que eu vou ser?

– Tem certeza de que ela ia deixar?

– Sim. Ela disse pra *todo* mundo...
– E o que seria, então?
– Isso ela não falou *pra ninguém*. Judy às vezes era tremendamente *misteriosa*... Quando queria.

Então Yadine desabou. Começou a chorar, com soluços entrecortados e profundos, enquanto de seus canais lacrimais brotavam dois veios caudalosos.

– Acredito. Misteriosa demais – ainda se atreveu a dizer o ex-policial, capaz de soltar qualquer bobagem quando se sentia desarmado. Judy saberia alguma coisa sobre a fonte da qual jorrariam os muitos dólares que seu pai esperava?, questionou-se outra vez, movido pela intenção de perguntar a Yadine, mas decidiu não fazê-lo. De qualquer maneira, o que Judy soubesse não decidiria nada, e ele não contaria a Yadine os detalhes daquela outra história sórdida. Além do mais, o choro da moça estava o afetando tanto que sentiu a possibilidade de que ele mesmo se juntasse para formarem um estranho coro de carpideiras.

Conde acendeu um cigarro para se acalmar e dar tempo à jovem de se recuperar.

– Você não a procurou direito – acusou ela, ainda aos soluços, limpando o rosto com as mãos.

– Fiz o que pude – defendeu-se Conde, sem esgrimir seu melhor argumento: Judy já estava morta quando ele começou a procurá-la.

– Mas a mataram, cara, mataram...

E voltou a soluçar.

– A polícia não sabe...

– A polícia não sabe de nada. Ela não se suicidou, tenho certeza de que não.

Conde não se decidia entre tentar consolar a moça ou lhe dizer o que ele mesmo pensava, explicando o que sabia e achava sobre a morte da amiga, porque se tinha uma certeza na vida era a de que Yadine devia ser quem mais sentia a morte de Judy no mundo inteiro. Porque não apenas a amava e tivera a oportunidade de manifestar fisicamente esse amor: Yadine idolatrava Judy. E nesse choro, bem sabia Conde, não havia um único resquício de sentimento de culpa. Era pura dor, mais nada.

– Está indo para a escola? – Procurou uma brecha por onde escapar.

A moça estava se recompondo e assentiu.

– É, na semana que vem começam as provas.

– Seu avô disse que você não está comendo quase nada.

Ela deu de ombros e soltou um soluço mudo. O homem sentiu que a garota lhe transferia sua tristeza.

– Lamento, Yadine – disse, jogando longe a guimba do cigarro. – Eu preciso ir, porque...

Yadine olhou para ele com seus olhos avermelhados e ainda mais tristes.

– Todo mundo vai embora... ninguém se importa. Mataram Judy e ninguém se importa – disse, e começou a soluçar outra vez, soltando mais lágrimas, enquanto se levantava e olhava para Conde com uma intenção nitidamente acusadora. – Ninguém se importa – voltou a dizer e começou a correr em direção à sua casa, na rua Zapotes, a mesma casa onde haviam chegado seus bisavós Caridad Sotolongo e Joseph Kaminsky cinquenta anos antes, na companhia do adolescente Ricardito, já proprietário de um sobrenome de judeu polonês.

Enquanto a via se afastar, Conde sentiu falta de ar, um nó que subia até a garganta e lágrimas nublando o olhar. A culpa não era dele, mas sentia seu peso; da parte que também lhe cabia dela, enquanto partícipe do meio ambiente. "Era só o que me faltava", pensou, enquanto começava a sofrer cãibras nas nádegas por causa da falta de apoio provocada pela tábua quebrada do único banco vivo do Parque de Reyes. Então, pensou que o amor de Yadine e Judy havia sido marcado pela tragédia mais clássica e patente: a de serem descendentes de famílias como os Montecchios e os Capuletos.

Definitivamente, Conde conhecia um método melhor do que a reflexão quando precisava desanuviar os pensamentos e se livrar de cargas espirituais pesadas. A fórmula era simples e havia demonstrado sua eficácia muitas vezes: duas garrafas de rum, bocas e ouvidos propícios e muita conversa. Alguns anos antes de morrer, seu velho amigo, o chinês Juan Chión, ensinara-lhe que na sensata filosofia Tao costumava-se chamar aquelas sacudidas espirituais de "limpeza do xīn".

Antes de entregar-se à necessária ablução asiática, Conde decidiu cumprir um último dever: ligou para o major Manuel Palacios e lhe contou o que sabia da possível rota de saída de um quadro de Rembrandt de Cuba, talvez exportado por Alcides Torres. Se os superpoliciais encarregados do caso do ex-dirigente conseguissem arrancar alguma coisa de Alcides, melhor. E, se não conseguissem, que se fodessem. E foi para a rua.

Naturalmente, o saguão da casa do magro Carlos, como quase sempre, revelou-se o melhor lugar para a prevista lavagem do xīn. Mas Conde chegou com certo atraso, porque, de forma imprevista, o Bar dos Desesperados fechara naquela tarde PARA DEDETIZAÇÃO!, segundo o cartaz confeccionado pela arte de Gandinga, sempre amante dos pontos de exclamação. Conde imaginou que, se o produto químico borrifado no local fosse eficaz de verdade, na manhã seguinte seria possível encontrar cadáveres até de espécies consideradas extintas havia muito tempo. Megatérios, por exemplo! Tiranossauros, com certeza! E nos arredores, como efeito colateral, vários dos bebuns do bairro quase desfalecendo de desidratação.

Naquela noite, Carlos e o Coelho pareciam estar com sede, porque pediram a Conde que servisse logo o primeiro litro do rotulado líquido branco envelhecido comprado em pesos conversíveis. Candito aceitou a lata de Tropicola que seu amigo havia levado para ele, em virtude de sua aposentadoria etílica.

Enquanto esquentavam os motores com o combustível propício, falaram sobre o telefonema de Elías Kaminsky, mas Conde preferiu não revelar ainda a extraordinária ligação que havia descoberto. Depois dos primeiros goles, Conde afinal tomou o rumo de seu verdadeiro propósito e contou, com as interrupções provocadas pelas perguntas de Carlos, os últimos detalhes conhecidos sobre o desaparecimento e o fatal reaparecimento de Judy Torres, assunto que mais espicaçava sua consciência.

Como não podia deixar de ser, a notícia de que o pai da moça estava sendo investigado pela polícia roubou boa parte do interesse da audiência, que em conjunto odiava com paixão aquela raça de personagens tenebrosos, representantes de uma resistente e endêmica praga nacional. E sem saberem a melhor parte da história!

Candito Vermelho, mais sensato que os outros, continuava pensando que a garota havia se suicidado; achava isso desde que ouvira falar das confusões mentais das quais ela era explosiva proprietária, e todo o ritual existente em torno de sua morte confirmava a ideia. Carlos, por sua vez, debatia-se entre a saída suicida e a opção criminal, e supunha que o desvirginamento de Judy tivesse muito a ver com qualquer uma das duas soluções. O Coelho, em contrapartida, deu mais apoio à suspeita homicida de Conde e Yadine, mas também pensava que Judy havia ido por conta própria até o lugar remoto onde a haviam encontrado: lá se drogara com seu acompanhante e, voluntária ou involuntariamente (voluntariamente, lembrou Conde), tivera relações sexuais com ele e depois... fizera os cortes nos braços ou alguém a cortara? E por que aparecera outro sangue em sua roupa? E de onde saíra aquela droga estranha? E o famoso dinheiro desaparecido?

Quase à meia-noite Conde voltou para a casa de Tamara. Apesar de ter bebido pouco, sentia-se bêbado e frustrado, porque mais do que certezas capazes de gerar soluções, levava consigo novas dúvidas. A conversa com Manolo e as desse dia com Elías e Yadine haviam feito a abstrusa história da morte de Judy voltar com uma pressão avassaladora, definitivamente insuportável, e Conde teve a convicção de que essa insistência obsessiva só se aplacaria com uma resposta categórica. Mas, cacete, onde e como vou encontrar a porra da resposta, pensou, e, com os sentidos alterados pelo álcool, errou o chute que deu no marco de granito que identificava as ruas e caiu de bunda no chão, de onde descobriu, jubiloso, o enorme tamanho que a lua apresentava.

Entrou como um ladrão na casa da mulher com quem pretendia se casar um dia e, para não acordá-la, decidiu deitar no sofá da sala. Tirou a roupa e, quando pôs o corpo em posição horizontal, um súbito e surpreendente enjoo o fez se levantar. Preocupado com essa reação, tentou pensar: como é possível ficar tão bêbado com tão pouco rum? Estou ficando tão velho? Será que sou mesmo alcoólatra? Não, não... Quando seu cérebro interrompeu a marcha circular, foi ao banheiro, enfiou a cabeça debaixo do chuveiro e, depois, com a toalha transformada em turbante hindu de um aspirante à beatitude do nirvana, foi até a cozinha e pôs a cafeteira no fogo.

Voltou para a sala com um copo de café pela metade na mão. Enquanto bebia o líquido sentiu que o sono havia desaparecido e a bruma de sua mente começava a se dissipar, como o céu depois da chuva. Eu estava de porre e não estou mais? Acendeu um cigarro e, quando foi buscar um cinzeiro, viu-o. Ali, entre outros discos, estava o DVD de *Blade Runner* que pertencera a Judy. Como não tinha nada melhor para fazer, ligou o aparelho e pôs o disco, para depois ligar a televisão.

Sentado em sua poltrona preferida, começou a olhar para o filme sem vê-lo. À medida que a trama avançava e seu cérebro se assentava mais e melhor, voltou a se concentrar no relato. Aquela fábula futurista lhe comunicava algo recôndito; mais do que isso, íntimo. Dessa vez sua simpatia pelos replicantes e por sua exigência desesperada a ter o direito de viver foi mais dramática e visceral, talvez pelos efeitos remanescentes do álcool ou talvez somente porque aquele drama o estava preparando para comunicar-lhe algo ainda impreciso. Quase no fim do filme, quando o caçador de replicantes e o último exemplar dessas criaturas condenadas travavam seu duelo agônico e sangrento, Conde quase caiu em lágrimas. Agora tudo lhe dava vontade de chorar? A figura épica de pele muito branca do monstro humanoide, tão perfeito e potente, transformou-se numa imagem familiar, quase conhecida, enquanto o replicante chegava ao fim da contagem regressiva marcada em seus mecanismos vitais, programados com perfídia por seu criador.

Cinco horas depois, quando mal começava a clarear, Conde abriu os olhos; deitado no sofá onde havia desabado, cravou-os no teto da sala. A força explosiva de uma convicção, nascida em algum recanto em vigília de seu cérebro, tirara-o do sono com um empurrão e vários pontapés. Mario Conde já sabia onde procurar respostas para o mistério da morte de Judith Torres. E sabia, além do mais, que suas premonições haviam mudado intempestivamente o jeito de se expressar: em vez da velha dor no peito bem embaixo do mamilo esquerdo, agora se manifestavam como um enjoo similar ao de um simples porre. Nada muda para melhor, pensou.

Apertou o botão do interfone e voltou-se para observar a expressão de seu ex--colega Manuel Palacios, o qual olhava enlevado para a mansão que alguns milhares de dólares bem gastos haviam devolvido ao que devia ter sido seu esplendor original. De cada poro do policial, em vez do suor provocado pelo calor de julho, manava inveja líquida diante da magnificência e da sensação de paz e bem-estar que a casa exalava, no meio de uma cidade cada vez mais suja e barulhenta.

Para Conde havia sido difícil fazer com que Manolo o ouvisse e, depois, muito fácil conseguir que fosse com ele para lá. Na primeira hora da manhã, quando entrara na Central de Investigações e quisera falar com o major Palacios, Manolo havia dito pelo telefone interno que estava numa reunião e não poderia atendê-lo. Conde, em voz baixa, para excluir do diálogo o sargento que estava na função de recepcionista, respondera que não fosse babaca e descesse dois minutos: se não se interessasse pelo que ia lhe dizer, então ele, Mario Conde, esqueceria tudo e iria embora para sempre. Manolo, após um silêncio, pedira que o esperasse embaixo do loureiro da rua. Em dez minutos desceria.

O policial estava usando seu uniforme com galões e a expressão de esgotamento que nos últimos anos quase sempre o acompanhava.

– Que história é essa? – Atacara Conde. – Não quer que o vejam falando comigo lá dentro?

– Vá à merda, Conde. Não tenho tempo para...

– Pois arranje tempo – interrompera o outro. – Porque tenho certeza mais do que absoluta de quem esteve com Judy no dia em que morreu... ou em que a mataram.

Manolo olhara para o ex-colega com a intensidade e a vesguice habituais. Conhecia Conde o suficiente para saber que não brincava com as coisas que lhe importavam de verdade.

– Do que você está falando? – Manolo começava a amolecer. – Tem a ver com o quadro de Rembrandt de que me falou ontem?

– Não, não acho que uma coisa tenha a ver com a outra. Mas, antes de continuar, quero lhe dizer uma coisa: Manolo, você é um vesgo filho da puta. Você me ligou há dois dias e me contou tudo o que acontecia e que não acontecia no caso de Judy para...

– Para que você entrasse nele sem eu lhe dizer para entrar. E você entrou. Bem, certo, sou um pouco filho da puta. E, já que perguntou outro dia, quero lhe dizer que essa foi uma das coisas que aprendi a fazer com você. Serviu para alguma coisa?

– Acho que sim – admitira o outro, contando sua premonição.

A partir daquele instante começara a parte fácil do processo. E, por isso, uma hora mais tarde um Manuel Palacios todo suado estava ao lado de Conde quando a voz metálica do interfone perguntou pela identidade do visitante. E foi Manolo quem respondeu.

– É a polícia. Abram já.

Essas palavras funcionaram como o ensalmo de um feiticeiro, e o som elétrico da fechadura acionada por controle remoto quase se sobrepôs à exigência final de Manolo. Enquanto isso, no saguão, surgia a figura de *Frau* Bertha ao lado da porta de madeiras sólidas da mansão deslumbrante.

Manolo, decidido a assumir o comando, aproximou-se da mulher e mostrou sua credencial.

– Bom dia. Viemos falar com Yovany González.

O rosto germânico da mulher tinha um tom quase escarlate.

– O que ele fez agora?

– Estamos investigando – limitou-se a dizer Manolo.

– E este senhor é policial ou não? – Perguntou a criada de luxo, apontando para Conde.

– Não, *Frau* Bertha... Fui, já lhe disse – recordou Conde.

– *Frau* Bertha? – A mulher não entendeu nada, mas preferiu nem tentar. – Esse garoto vive metido em confusão. Vou buscá-lo. Sentem-se.

Se a parte externa da casa havia feito o major Palacios suar, o interior, apesar do esforço ciclônico dos ventiladores de teto, esteve quase a ponto de derretê-lo.

– Quanto dinheiro há nessas paredes, Conde? – Perguntou, observando as obras de arte que o cercavam.

– Algumas centenas de milhares, diria eu. Menos que *muito* – acrescentou.

– E você acha mesmo que esse garoto... Morando nesta casa? Do que mais ele precisava?

– Mistérios da alma humana, Manolo. Aliás, me deixe tentar desvendá-los.

Manolo, que adorava interrogar suspeitos, concordou de má vontade, talvez convencido de que não tinha domínio suficiente do território por onde devia conduzir a conversa.

Yovany, com seu *bistec* de cabelo claro caindo sobre o olho direito, observou-os da soleira da sala de jantar. Estava descalço, com um *short* florido e uma camiseta malva. No pescoço, como um artefato de tortura pós-moderno, tinha um fone de ouvido desses macios. A presença de um oficial da polícia uniformizado e graduado contribuiu para acentuar sua palidez, se é que tal degradação cromática era possível. "Parece a porra de um replicante", pensou Conde, e esperou que ele se aproximasse.

– Precisamos falar com você, Yovany; e, se sua mãe não estiver, preferimos que esta senhora fique presente – disse, e apontou uma cadeira para *Frau* Bertha, que os observava a uma respeitosa mas interessada distância.

– O que foi agora? – Perguntou o rapaz.

Conde esperou que a criada, sem dúvida violando as ordens dos patrões, ocupasse um lugar na sala.

– Vamos deixar bem claro que isto é só uma conversa, certo? Bem, há uma coisa que quero lhe perguntar há dias – começou Conde. – Seu pai se chama Abilio González?

Ao ouvir a pergunta, o rosto e as cores de Yovany e da suposta governanta alemã recuperaram o equilíbrio alterado.

– Foi pra isso que veio me ver? O que aconteceu com o coroa? – Perguntou Yovany, já com um leve sorriso nos lábios.

– Você não me respondeu. Ele se chama Abilio González Mastreta?

– Sim, chama. Ele morreu?

– Eu sabia, porra! Não, não morreu coisa nenhuma! – Exclamou Conde, com um júbilo de vitória. Yovany sorriu, relaxado, *Frau* Bertha se ajeitou na poltrona proibida e Manolo olhou para Conde como se olha para um louco ou uma criança, e até entortou os olhos quando o outro se dirigiu a ele, exaltado. – Mas todo dia eu constato, porra: o mundo é pequeno! Yovany é filho de Abilio Corvo! – E dirigindo-se ao rapaz: – Seu pai foi meu colega no primário. Nós o chamávamos de Corvo porque era muito branco e chato. Deixe o Coelho saber, ele não vai acreditar.

Todos sorriram, inclusive o major Palacios, acostumado a ser testemunha dos métodos do homem que tanto o ajudara a entender o que pouco antes qualificara como "mistérios da alma humana".

— Bem, Yovany — Conde retomou a palavra, sem deixar de sorrir —, acabou a parte boa da festa. Agora, vamos catar a merda — seu tom se alterou de forma imperceptível quando perguntou: — Por que não nos conta o que aconteceu naquele lugar do Cotorro na noite em que Judy Torres morreu?

Frau Bertha arqueou as sobrancelhas e Yovany recuperou sua palidez máxima. Quase a branca palidez funerária que Cristina y los Stops cantavam.

Conde, sem pedir licença, pegou um cigarro e o acendeu. Parecia relaxado.

— Muito bem, para ajudá-lo a pensar e a se decidir, já temos o DNA do sangue que estava na roupa de Judy. Fazendo o teste, em quatro horas — olhou para Manolo, que interveio.

— Uma hora — retificou o policial, mentindo com descaramento.

— Em uma hora podemos saber se o sangue é seu. Então, podemos ir adiantando as coisas e você nos conta tudo?

Com um gesto mecânico, Yovany tirou os fones do pescoço e os pôs ao seu lado, no sofá. Suas mãos tremiam quando tentou ajeitar atrás da orelha a cortina de cabelo caída sobre o rosto.

— A mãe de Yovany não tem que estar presente? — Começou a perguntar *Frau* Bertha, e Conde não a deixou terminar.

— Seria bom, mas Yovany fez dezoito anos há dois meses. Já é um homem, responsável perante a justiça. O que nos diz, Yovany?

O rapaz olhou para Conde com uma imprevista atitude de desafio.

— Eu não sei do que está falando.

Conde ouviu aquilo e sentiu uma pontada de medo. Teria se enganado em suas conjecturas? O teste de DNA não seria suficiente? Só havia uma maneira de descobrir. Apertando os parafusos.

— Você sabe muito bem, rapaz. Essa cicatriz no braço esquerdo que você tentou esconder de mim outro dia... Tenho certeza de que foi daí que saiu o sangue que estava na roupa de Judy — disse Conde, e pôde ler na expressão do jovem que havia tocado numa ferida aberta. Decidiu pular no vazio, esperando cair em pé. — E tenho certeza de que foi com o dinheiro que você rouba de sua mãe, e o que seu pai manda de vez em quando, que comprou a droga que Judy e você tomaram naquela noite, a droga que os deixou loucos, que o levou primeiro a violar Judy e depois, quando percebeu o rolo em que tinha se metido, ou ela o fez perceber, a propor que cortassem os braços para selar um pacto de emos ou sei lá o quê, tanto faz, e você se cortou primeiro, mas sabendo bem o que fazia, porque já havia feito outras vezes. E depois a cortou. Mas só que cortou de verdade, abrindo-lhe as veias. E, quando achou que ela estava morrendo, jogou-a no poço que por coincidência estava lá. Ou não por coincidência, como você vai nos dizer quando nos contar a história com as próprias palavras e nos disser por que foram até esse lugar, embora eu já imagine. Foram para lá porque você estava muito, muito puto com Judy, porque Judy, ninguém menos que Judy, a pessoa que fez de você um emo e enfiou em sua cabeça todas essas ideias de nirvanas, de dor, de ódio ao corpo, de liberdade a todo custo, essa mesma Judy... queria deixar de ser emo.

Frau Bertha havia começado a escorregar pela poltrona de couro natural, correndo o risco de, a qualquer momento, cair de bunda no piso de impolutas lajotas de mármore. Yovany, por sua vez, parecia ter se consumido em poucos minutos, depois de ser despido de sua prepotência e autoconfiança. Conde o observava e não pôde evitar sentir-se invadido pelo desgosto habitual que costumava embargá-lo em casos assim. Aquele rapaz, que tivera todas as possibilidades do mundo, que gozara em sua juventude de privilégios e luxos cuja existência a maioria de seus congêneres nem sequer imaginava – e que Conde e seu próprio pai, Abilio Corvo, nem sonhariam em seus tempos de estudantes, condenados a usar um único par de sapatos durante o ano todo –, esse rapaz alistado numa cruzada tribal libertária havia fodido a própria vida. Para sempre. "Os caminhos da redenção e da liberdade costumam ser assim árduos", pensou Conde.

– Eu a joguei no poço, mas ela se cortou sozinha. E não a violei, transamos porque quisemos, porque aconteceu... – Manolo, que já estava na ponta de seu assento, decidiu que era sua vez.

– Mas você lhe deu a droga.

– Também não. Foi o italiano amigo dela, Bocelli, que a vendeu. Foi ideia de Judy ir praquele lugar. Ela já estivera lá uma vez, numa excursão dessas de crianças exploradoras, e encontraram o poço. Ela gostava desse lugar, não sei por que, era um capinzal como outro qualquer. Coisas de Judy... Quando chegamos lá tomamos os comprimidos e... então fodeu tudo. Perdemos o controle, saímos de órbita. Transamos, falamos de nos cortar, de outras vidas e essa merda toda. Então ela me disse que ia se afastar dos emos porque tinha descoberto outra espiritualidade. Tinha descoberto que Deus não estava morto, ou que havia ressuscitado, não sei bem, mas que existia. Que Deus existia! E, como prova, ela me desafiou a cortar o braço. Ela estava com o bisturi, sempre andava com ele. Eu estava tão doido pelos comprimidos que me cortei de qualquer jeito. Mas ela se cortou de verdade, abriu as veias de cima a baixo. Judy estava louca, queria se matar, queria ver Deus. Era essa sua maneira de deixar de ser emo.

– Mas quando você a jogou no poço ela estava viva.

— Eu achei que estava morta, juro. Estava perdendo sangue demais, não se mexia. E o que eu podia fazer? Deixá-la para ser comida pelos cachorros e urubus?

— Para que porra você tem um celular? Podia ter chamado a polícia. Seria bem mais fácil acreditar em você naquele momento do que agora.

— Mas vocês têm que acreditar, caralho! Naquela roça de merda não tem sinal de celular! Judy estava doida, a mil com a droga, ela se cortou sozinha! Não sei se errou na hora H ou se queria mesmo se foder.

Yovany gritava e chorava.

— Eu gostaria de acreditar em você, rapaz, mas não consigo – disse Manolo, em voz baixa, como se estivesse falando de assuntos irrelevantes. – Acho que, além do mais, você roubou os quinhentos dólares de Judy. Não a matou por isso?

— Não, não... Sobraram 340, o resto ela gastou com as drogas. Esse dinheiro está guardado lá em cima, nem toquei nele. Guardei dentro do livro que estava com ela.

Conde lembrou essa informação perdida: Alma lhe dissera que quando se despedira dela, na última vez que a vira, Judy estava com um livro.

— Que livro era? – Quis saber, talvez para fechar o círculo de compreensão de Judy Torres.

— O *Purgatório*, de Dante.

Conde pensou um segundo: nem o tal Cioran pós-evolucionista, nem as lições de Buda e muito menos Nietzsche. Tampouco *Inferno* ou *Paraíso*, mas *Purgatório*, talvez porque aquele era o lugar aonde ela pretendia se dirigir. Não, não era possível fechar o círculo em volta de Judy; ela sempre escapava por alguma brecha. Mas Yovany não escaparia de Manolo.

— Você não estava tão doido se pegou o dinheiro e se usou camisinha para fazer sexo com ela antes de...

— Sempre uso! Sempre! Mesmo que esteja bêbado ou doidão! Vocês têm que acreditar! Lá em cima está todo o dinheiro!

Manolo negava com a cabeça. Conde estava quase acreditando. Mas aquela história, que ele retomara quando parecia se desvanecer, já havia voado de suas mãos. Tanto pensar, buscar, sonhar com a liberdade para terminarem um na cadeia e a outra esvaída em sangue no fundo de um poço, perambulando pelo Purgatório em busca de Deus. Que desastre.

— Yovany – Conde voltou ao diálogo –, Judy falou com você sobre um negócio grande que o pai dela queria fazer?

— Sim, na Venezuela.

— E ela sabia o que ia negociar?

– Televisores, computadores, essas coisas, não é?
– Nunca falou de um quadro muito valioso?
Yovany soluçou, já incapaz de resistir à afluência do choro.
– Não, não, não falou de nenhum quadro, e eu não a cortei, eu não a cortei!
Yovany havia começado a chorar como a criança que na verdade ainda era. As lágrimas e os soluços de um homem afetavam o ex-policial mais do que o choro de uma mulher. Imaginou Yovany numa cadeia. Os porcos iam fazer um banquete com aquela pálida margarida. Então, notou que estava se sentindo mal, com uma vertigem revulsiva, como se a bebedeira de premonição da noite anterior voltasse à sua cabeça e ao seu estômago para lhe cobrar seus infinitos excessos. O vômito de café, álcool e tristeza formou uma estrela escura e irregular sobre o piso de lajotas brilhantes de mármore.

12

Havana, agosto de 2008

O verão cubano, à altura do mês de agosto, pode chegar a ser exasperante. O calor sem trégua, a umidade pegajosa que potencializa a transpiração e os maus cheiros, as chuvas que ao evaporar transformam o oxigênio num gás a ponto de combustão agridem e perturbam tudo: as alergias, as peles, os olhares e, principalmente, os ânimos.

Conde sabia que aquele ambiente meteorológico predador não era o ideal para tomar certas decisões. Mas vinha arrastando aquela exigência por muitos dias e, enquanto percorria o trilhado caminho entre a casa do magro Carlos e a de Tamara, tomou a decisão: ia falar.

Havia passado a primeira parte da noite conversando com Carlos e o Coelho, à sombra de uma garrafa de rum. Acabara sendo um diálogo sem graça, mais carregado de nostalgias do que seria saudável, como se nenhum dos três quisesse sair das agradáveis cavernas das lembranças e aparecer à luz cegante de um presente envelhecido e sem muitas expectativas, ainda por cima dominado por aquele calor infernal. Em algum momento da conversa, com o suor escorrendo para os olhos, Conde sentira, por um impulso de origem imprecisa, que seu espírito não podia continuar carregando aquele fardo. Então, caíra num prolongado mutismo.

Carlos, que o conhecia como ninguém e, além disso, não conseguia controlar sua necessidade de tentar resolver os conflitos pessoais dos amigos, decidira entrar no assunto do modo mais sutil que conhecia.

– Que merda está acontecendo com você, seu animal? Por que ficou tão calado, hein?

Apesar de tomar banho três ou quatro vezes por dia com a água da mangueira do pátio, o Magro exalava um penetrante cheiro ácido provocado pela ignição de suas gorduras corporais. Conde olhara para ele e se sentira devastado. Mas não tinha a menor vontade de abrir as comportas, mesmo sabendo que o outro não se daria por vencido com facilidade. Ou lhe dizia alguma coisa ou o matava. Procurara a solução intermediária, com esperança de escapar.

– Estou mal, deve ser por causa deste calor de merda.

– É, o calor está insuportável este ano – apoiara o Coelho, o mais ébrio dos três. – É a mudança climática, o mundo está se fodendo, se fodendo...

– Mas tem mais coisas acontecendo com você – opinara Carlos, cortando a possibilidade de uma retirada pela saída apocalíptica que o Coelho abrira.

Conde havia tomado um gole de sua bebida. Devia ser mesmo haitiano aquele rum infame.

– A história de me casar com Tamara...

Carlos olhara para o Coelho com cara de "e o que isso tem a ver?".

– Ela disse alguma coisa? – Perguntara.

– Não, não disse nada...

– E então? – Carlos manifestara sua incapacidade de entendimento.

Desde que Conde falara com Tamara sobre o casamento, e aquilo que sempre havia sido um sonho, uma possibilidade, um fim mais ou menos previsível, se transformara num plano rápido graças a esse impulso, uma sensação de asfixia começara a rondá-lo e também, ultimamente, umas cambalhotas no estômago de tirar o fôlego. O maior problema era que nem ele mesmo entendia claramente o porquê dessa reação. É que tampouco sabia com muita certeza por que tivera de bater naquela porta. E, agora, sabia ainda menos se devia entrar ou dar meia-volta. Seu desejo invariável de continuar dividindo a vida com aquela mulher continuava inalterado e decisivo. Também sabia perfeitamente que o casamento seria apenas uma formalidade legal ou social, dava no mesmo, tão fácil de admitir como de dissolver, ao menos em seu lugar e em seu momento. Por que então aquele medo profundo, mesquinho, insidioso? Conde tinha uma única resposta para si mesmo e para o mundo: porque, querendo casar ou não, aceitando mais ou aceitando menos os desafios da convivência, e até confiando que Tamara o aceitasse com todos os seus lastros (incluído o lastro canino, encarnado por Lixeira II), uma vez que a mulher se tornasse sua esposa o relacionamento implicaria a redução de uma das poucas coisas que ainda lhe pertenciam: sua liberdade. A de se embebedar ou não, dividir a cama com um cachorro vira-lata, comprar ou não comprar livros, morrer de fome ou comer, não se decidir a escrever, viver como um pária, ficar melancólico sem precisar dar explicações a ninguém, até investir tempo procurando uma emo que por sua vez estava à procura de um Deus ressuscitado e, aparentemente, tinha esperanças de encontrá-lo. O problema se complicava quando Conde confrontava essas perdas possíveis com as aspirações da mulher de desfrutar de uma vida sossegada, com a qual ela sempre havia sonhado e da qual, ele bem sabia, não gostaria de abrir mão. E o amor? Seria verdade a história de que o amor pode tudo? Pode até superar a rotina? Conde não pensava assim. Por que diabos havia mexido no que era melhor não mexer?

– Pois é, Magro... Eu não quero me casar, mas também não quero perder Tamara. E, se disser a ela que no fundo não quero me casar, que tenho medo de tentar outra vez, quem sabe...

Carlos terminara sua bebida. Olhara para o Coelho e depois para Conde.

– Quer que lhe diga uma coisa?

– Não – soltara imediatamente o outro.

– Pois vou dizer mesmo assim: você se meteu nessa encrenca, então, foda-se. Mas procure não se foder muito, meu irmão. Já estamos fodidos o suficiente pra piorar mais ainda.

Uma hora depois, já em frente à casa de Tamara, enquanto observava as figuras de concreto roubadas da imaginação de Picasso e Lam, capazes de exercer uma atração permanente sobre seu espírito, Conde deu forma à sua estratégia. Quem sabe não se autofodia demais.

Tamara estava no escritório que pertencera ao pai e depois ao primeiro marido, o falecido Rafael Morín. O lugar onde supostamente Conde poderia ter o conforto e a privacidade necessárias para empreender seus sempre adiados projetos literários: escrever histórias esquálidas e comoventes, como aquele sacana do Salinger, que... O ar-condicionado roubava dez graus da temperatura ambiente e melhorava os ânimos.

A mulher estava preenchendo planilhas que no dia seguinte teria de entregar na clínica odontológica.

– Vamos ver se consertam as cadeiras de trabalho, se colocam as luzes de que precisamos, se nos dão sabonete para lavar as mãos e toalhas para secar, se vai ter água, se completam o instrumental, se as luvas chegam...

– E como diabos vocês tiram dentes? Com barbante, como se fossem dentes de leite? – Conde não entendia.

– Quase – admitiu Tamara.

Conde suspirou e pulou de cabeça, sem se permitir mais oportunidades.

– Sabe, eu queria lhe perguntar uma coisa. Dá medo, mas não tenho outro remédio, porque... Tamara, você realmente tem *muita* vontade de se casar?

Conde enfatizou o advérbio de quantidade que ultimamente o perseguia, impiedoso. Quanto é *muita* vontade de se casar? A mulher soltou a caneta e tirou os óculos de leitura para se concentrar melhor. Ele, naturalmente, sentiu um tremor percorrê-lo. De medo.

– Por que está me perguntando isso?

– Não comece, Tamara. Vamos, responda.

Dessa vez foi ela quem suspirou.

– Na verdade, dá no mesmo. Para mim, já estávamos meio casados. Quase, quase... Mas é você quem quer assinar os papéis. E por isso, para não estragar o que temos, eu me caso se você me pedir, se for importante para você...

Uma sensação de alívio correu como sangue novo por todo o corpo de Conde. Ele se sentiu à beira da felicidade.

– Sabe, Tamara, então proponho o seguinte: se estamos bem assim, não é melhor não mexer nas coisas?

– E o anel? – Disparou ela, alarmada.

– É seu. Pode continuar usando.

– E fazer o café de manhã cedo?

– Essa parte continua sendo por minha conta.

Tamara soltou a caneta e sorriu.

– E o resto?

– O resto é todo seu. Mas podemos usar sempre que você quiser.

Tamara se levantou.

– Por que você é tão molenga e complicado, Mario Conde?

– Babaca é o que sou – disse, e a beijou. Foi um beijo longo, molhado, mais excitante pelo alívio mental do que pela convocação hormonal. E, nesse momento, Conde sentiu até *muito* desejo de se casar com aquela mulher que o mais agradável dos planos cósmicos pusera em seu caminho. Mas imediatamente afastou esse desejo com um pontapé e se concentrou nos restantes.

Lá fora o calor queimava a cidade, suas ruas, suas casas. Também queimava sua gente e os poucos sonhos que ainda tivesse.

Com o asfalto interposto, daquela esquina da rua Mayía Rodríguez ele podia contemplar, com um único olhar, a edificação de dois andares na qual, até poucas semanas antes, Judy Torres morava e, mais adiante, o projeto de ruínas em que se transformara a casa onde Daniel Kaminsky passara os anos mais felizes de sua vida e onde, também, recuperara a sensação de medo. Depois de vários anos sem ser obrigado a fuçar na vida de ninguém, duas histórias de morte haviam ido ao seu encontro com poucos meses de diferença, impulsionadas pela mesma mola: a que fora disparada por um judeu polonês que havia deixado de acreditar em Deus, que se impusera ser cubano e que, na encruzilhada mais difícil de sua vida, sentira força suficiente para matar um homem que tivera nas mãos a vida de seus pais e de sua irmã. E essas histórias, aparentemente remotas, tiveram aquela precisa esquina havanesa como um de seus pontos de encontro visível, um espaço físico que agora Conde observava enquanto limpava o rosto molhado com o suor que o impudico calor de agosto extraía de suas entranhas e se perguntava de que maneira se criam, avançam, desviam e até confluem os caminhos da vida de pessoas diferentes e distantes. O mais inquietante, porém, não era a proximidade casual das duas construções nem a conexão que a jovem Yadine havia estabelecido sem querer, nem mesmo a presença recorrente de um quadro pintado por Rembrandt três séculos antes. O que mais o alarmava era a conjunção de motivações reveladas pelo conhecimento que agora tinha da existência e dos desejos de Daniel Kaminsky e Judith Torres, aqueles dois seres empenhados, cada um à sua maneira e com suas possibilidades, em encontrar um território próprio, escolhido com soberania, um refúgio onde se sentirem donos de si mesmos, sem pressões externas. E as consequências às vezes tão dolorosas que essas ânsias de liberdade podiam provocar.

O sentimento de insatisfação consigo mesmo e com o mundo provocado pela descoberta das últimas verdades sobre Judy não o havia deixado em paz durante várias semanas, mas, com o passar dos dias, começara a se esvair, como não podia deixar de acontecer. Para acelerar o processo e terminar de arrancar aquele lastro imundo da alma, Conde havia decidido tomar distância das únicas evidências materiais que o ligavam à garota e devolver a Alma Turró, a avó da moça morta, a caderneta de telefones de Judy e a cópia de *Blade Runner* que, por uma associação quase poética, lhe abrira o caminho para a verdade. Por isso, naquela esquina, ficou olhando as duas casas, com a caderneta e a caixinha plástica do DVD nas mãos, e pensando, sem se atrever a agir.

Se entrasse na casa e falasse com Alma Turró, o que poderia lhe dizer? Que Judy estava morta em parte por vontade própria, em parte pelos fundamentalismos libertários que fora capaz de despertar em outros, mas morta, enterrada; e a avó já conhecia os detalhes do desenlace. E consolo, até onde Conde sabia, nunca havia ressuscitado ninguém. Os moradores da casa, que poderiam ter sido uma família normal e comum, tornaram-se vítimas da dispersão. Uma morta, outra em Miami, outro preso acusado de uma longa lista de delitos de corrupção, Alma e sua filha dilaceradas, certamente deprimidas com causa. Uma vingança celeste por pecados cometidos no passado e continuados no presente? O preço satânico que o engano e a ambição devem ou deveriam pagar? Um castigo divino pela insistência de Judy em acreditar que Deus estava morto e enterrado e finalmente reciclado? O ateu que, apesar de tudo, Conde ainda tinha lá no fundo não estava disposto a admitir organizações olímpicas transcendentais, mas apenas fios de causas e consequências muito mais banais. Não se pode brincar com o que não lhe pertence: nem com o dinheiro e muito menos com as ilusões e a alma dos outros. Quando isso acontece, em algum momento (às vezes muito posterior, é verdade) a flecha do castigo sempre é disparada, concluiu, filosófico.

Então, optou por uma de suas saídas de caçador furtivo. Entrou pelo portão, andou até a porta principal da casa tentando não fazer barulho e deixou a caixinha plástica e a pequena caderneta encostadas na madeira pintada de branco. E fugiu como um desertor. Precisava correr, afastar-se o máximo possível daquela história lamentável.

Acendeu um cigarro e enfrentou em passos duplos a ladeira da Mayía Rodríguez rumo à casa de Tamara, outra vez só sua namorada, sentindo que ia se libertando de seus lastros. Quando chegou, sem ar e molhado de suor, cumprimentou as esculturas de concreto e abriu a porta. Assim que pôs o pé na soleira, teve de reconhecer que, ao menos para ele, aquele pequeno território era o melhor dos mundos possíveis. Do que você se queixa? Da vida: tenho de me queixar de alguma coisa, disse, e fechou a porta atrás de si.

gênesis

Havana, abril de 2009

À beira dos 55 anos, Mario Conde nunca havia estado em Amsterdã (nem em nenhum outro lugar fora das quatro paredes de sua ilha). O mais curioso era que, durante sua já dilatada existência, nem sequer havia cogitado isso alguma vez, de forma mais ou menos séria ou possível. Quando era criança, na verdade, tinha o sonho de viajar para o Alasca. É, para o Alasca, com uma expedição de exploradores de veios de ouro. Já adulto, leitor e aspirante a escritor, havia pensado que algum dia gostaria de visitar Paris e, principalmente, viajar pela Itália, como também sonhara seu falecido amigo Iván. Mas sempre haviam sido simples sonhos, irrealizáveis para suas condições econômicas e de cidadão de um país com as fronteiras praticamente vedadas por muralhas de decretos e proibições, como Judy lhe havia recordado. E, ele sabia, os sonhos, sonhos são. Por isso, como outros viajantes imóveis, dedicara-se a percorrer o mundo por intermédio dos livros e se sentira satisfeito.

Mas a carta que acabava de ler havia lhe devolvido um inesperado desejo de conhecer Amsterdã, uma cidade infestada de mitos do presente e do passado, onde diziam que uma vez se estabelecera uma inusitada atmosfera de liberdade e que ainda se vangloriava de sua gentil tolerância com os vícios e as virtudes, as crenças e as descrenças. A cidade por onde o rebelde Rembrandt passeara com seu orgulho, sua fama, seu caráter irascível e também sua marginalização e sua pobreza derradeira, talvez consciente, porém, de que algum dia retornaria triunfante e em condições até de voltar para a casa de onde seus credores o haviam expulsado. Porque aquela construção de onde ele tivera de sair cabisbaixo e derrotado não podia ser outra coisa senão a casa de Rembrandt. As sacanagens e compensações do destino, sempre chegando atrasadas.

Mario Conde, embora nunca houvesse chegado além de tenente, também era dessas pessoas que não tinham quem lhes escrevesse. Por isso não recebia uma carta *de verdade* havia centenas de anos. Não uma conta de telefone ou uma nota como a enviada por Andrés quase dois anos antes. Não. Uma carta *de verdade*: com envelope, selos e carimbo, endereço e remetente, claro que com folhas escritas dentro do envelope e... entregue por um carteiro.

O remetente do envelope amarelo, de tamanho médio, não era outro senão Elías Kaminsky, sob cujo nome aparecia o endereço do hotel Seven Bridges, em Amsterdã, Reino dos Países Baixos. Sem abrir o pacote que o carteiro deixara em suas mãos agradecidas, Conde foi até a cozinha, preparou a cafeteira e pegou o maço de cigarros. Estava tão intrigado com o assunto da carta que aquele envelope pardo escondia que, com toda a intenção, prolongou a ansiedade de conhecê-lo, para desfrutar melhor de uma sensação tão inusitada. Desde sua partida de Cuba, o pintor havia telefonado várias vezes. Primeiro, para agradecer pela ajuda durante sua permanência em Havana, que o livrara de tantos problemas; depois, para contar que havia dado início a uma ação judicial para recuperar o quadro de Rembrandt; e também para comentar algumas peripécias do litígio, que havia ganhado força com a informação da possível rota pela qual o famoso quadro fizera o percurso de Havana até uma casa britânica de leilões.

Com o café servido, Conde rasgou o envelope com cuidado e tirou de dentro dele um cartão-postal e um maço de folhas de papel, algumas escritas à mão nos dois lados. Passou vários minutos observando o cartão impresso com a foto da casa onde Rembrandt havia morado por mais tempo, na então denominada Rua Larga dos Judeus, já fazia tempo transformada em museu. E sentiu a primeira pontada do apetite que podia lhe provocar o desejo de conhecer mais de perto o santuário onde aquele pintor inquietante havia criado tantas obras, incluindo a cabeça de um jovem judeu muito parecido com a imagem cristã de Jesus, o Nazareno, que, sem que Conde pedisse, havia se introduzido em sua própria cabeça. Seu ânimo, talvez abrandado por aquela sensação de proximidade, fez com que minutos mais tarde, enquanto lia as folhas da carta e quase sem perceber, seu espírito saísse andando atrás das palavras, até sentir que elas o envolviam e arrastavam para mundos remotos que Conde só conhecia de ouvido e de leituras. "Aliás", pensaria um pouco mais tarde, "agora tenho que reler *A cavalaria vermelha*. Isaac Bábel não era judeu também?"

A primavera em Amsterdã se entrega como um presente do Criador. A cidade revive, tirando dos ombros a modorra do gelo e os frios ventos invernais que, durante meses, assolam a vila e oprimem seus habitantes, seus animais, suas flores. Embora as temperaturas ainda sejam grosseiramente baixas, o brilho do sol de abril ocupa muitas horas do dia e a sensação de renascimento se torna patente, estendida. Elías Kaminsky, como já conhecia e já havia desfrutado daquela epifania costumeira da natureza, havia decidido esperar a chegada da primavera para viajar à cidade onde tudo havia começado, antes que o século XVII chegasse à metade e quando Amsterdã forjava os gloriosos momentos da época de ouro da pintura holandesa.

Talvez um desses planos cósmicos que tantas vezes ocorreram ao longo da história judaica e da trama na qual ele mesmo se vira enroscado e até havia envolvido Conde – pensava e escrevia Elías Kaminsky –, tenha organizado sua visita à cidade exatamente quando se revelava um acontecimento insólito: bem ao lado da casa onde Rembrandt havia vivido, no mercado de pulgas de Zwanenburgwal, onde se vendiam velhos jarros de latão, candelabros manetas de um braço, pés de abajures de bronze e jogos de taças e baixelas tão vetustos quanto incompletos, um colecionador de documentos antigos havia comprado, dois ou três meses antes, por uma quantia ridícula, um *tafelet*, ou caderno de rascunhos, de um suposto estudante de pintura do século XVII, a julgar pela qualidade do desenho e o estilo dominante. Na capa de couro do volume, muito maltratado pelo tempo, estavam gravadas as letras E. A.

Aquele *tafelet* continha vários estudos de cabeça de um ancião barbudo, claramente judeu, pois em vários dos desenhos feitos com pena ou a lápis ele aparecia coroado com seu quipá ou iluminado por uma menorá. Por ordem de quantidade, em diversos estados de realização, aparecia uma jovem, de seus vinte anos, retratada em diversos ângulos, mas sempre destacando a harmonia de seus traços, a insistência em perfilar os olhos e o olhar. No caderno também havia várias paisagens ou, antes, esboços de uma campina enlameada, possivelmente próxima a Amsterdã, que lembravam muito o estilo de alguns desenhos e gravuras de Rembrandt sobre o tema. Mas o que provocaria maior interesse no comprador – e depois nos especialistas em pintura clássica holandesa, a quem o antiquário imediatamente entregara o caderno para estudo e análise – eram os nove retratos de um jovem, de traços marcadamente hebreus, que apresentava uma inquietante semelhança facial com o modelo anônimo utilizado por Rembrandt para sua série de *tronies* de Cristo ou retratos de um jovem judeu, como indistintamente haviam sido chamados. Seria possível que se tratasse do mesmo modelo, utilizado por Rembrandt e pelo aprendiz? A dúvida surgira e, imediatamente, crescera num rumo inesperado. E a existência do estranho caderno, portador de outros segredos e mistérios, havia chegado aos ouvidos de Elías Kaminsky quase no instante em que ele entrara na cidade.

Porque, quando o *tafelet* fora desmontado para ser submetido a diversos testes de laboratório pelos especialistas do Rijksmuseum, abrira-se uma porta secreta: sob uma das maltratadas capas de couro foram encontradas várias folhas de papel escritas à mão. Claramente era uma carta, da qual faltava a parte inicial, mas se conservava todo o trecho que ia até o fim. O texto, escrito com uma caligrafia refinada, em holandês do século XVII, era assinado pelo mesmo E. A., a quem, a julgar pela capa, devia ter pertencido o *tafelet*, e narrava um episódio do grande massacre de judeus ocorrido na Polônia entre 1648 e 1653, do qual E. A. havia sido testemunha e que, por alguma razão, pretendia participar ao seu "Mestre", como chamava o destinatário daquela missiva. Elías Kaminsky, antes de revelar suas especulações e conclusões a Conde, transcrevia nesse ponto do relato o fragmento de carta encontrado no *tafelet*, segundo a tradução feita por uma especialista em cultura sefaradi holandesa do XVII – e pedindo desculpas pelo que teria de ler. Mais intrigado ainda por esse pedido de clemência, Conde entrou na leitura do fragmento de carta encontrado, mas sem poder vislumbrar as trevas da condição humana em que se veria obrigado a debruçar-se das primeiras até as últimas linhas do escrito.

> ...não param de chegar aos meus ouvidos os gritos de pânico de homens enlouquecidos pelo medo, empurrados a empreender uma fuga desesperada. Seres horrorizados pela visão das mais atrozes torturas a que um humano pode submeter um semelhante, advertidos de seu destino pelo fedor de carne humana queimada, sangue e carniça que tomou conta deste infortunado país. O senhor logo entenderá as razões pelas quais estão fugindo, mas saiba que meus maiores esforços não serão capazes de exprimir o que esses homens viveram nem de desenhar as imagens que seus relatos me fixaram na alma. Nem o grande Dürer, que tanto nos alarmou com suas visitações infernais, avaliadas por muitos como secreções de uma mente enfermiça, teria a mestria suficiente para retratar o que aconteceu e acontece nestas terras. Nenhuma imaginação conseguiria viajar tão longe no horror como foi aqui a realidade.
>
> Tal como eles, eu também partirei, o quanto antes, mas no rumo oposto, em busca de uma saída improvável que talvez me conduza à

expiação de todos os meus erros e até a presenciar o maior dos milagres. Ou a ser levado pela morte.

Mas, antes, permita-me contar os antecedentes. Graças às conversas que fui tendo durante as primeiras semanas da minha presença neste país, consegui conhecer um pouco dos costumes dos israelitas que em enorme quantidade vivem neste reino. Muito me assombrei quando soube da situação bastante vantajosa que gozaram nestas terras durante anos e anos, motivo pelo qual vieram a assentar-se em suas cidades numerosos asquenazes provenientes dos territórios do Oriente, incluindo a Rússia dos czares, muitos dos quais parecem ter acumulado fortunas notáveis. Entre eles circulava uma curiosa síntese, que, como afirmam, refletia muito bem sua posição: a Polônia, costumavam dizer, era o paraíso dos judeus, o inferno dos camponeses e o purgatório dos plebeus, tudo controlado lá do alto pelos nobres, os chamados príncipes, senhores das terras e das almas. Como pude saber, a crença de que existia esse paraíso judeu se fundou na confirmação de um estatuto político muito mais benévolo do que existia em qualquer outro país da Europa. Neste reino, os filhos de Israel desfrutaram de uma notável liberdade de prática religiosa, dirigida por infinidades de rabinos, homens sábios conhecedores da Torá e comentaristas da cabala, considerados líderes comunitários. Entretanto, ao contrário do que acontece em Amsterdã, aqui existia para esses judeus, tanto por parte dos cristãos bizantinos, os chamados ortodoxos (que costumam ser os poloneses mais pobres), como dos cristãos romanos, uma hostilidade que se originou do fato de que o mais conhecido trabalho desses asquenazes era servir de prestamistas para a casta dos príncipes e, ao mesmo tempo, de cobradores de pagamentos e impostos aos camponeses. O método aplicado é muito simples e mesquinho: os nobres tomam dinheiro dos judeus e depois pagam com as dívidas da gente que trabalha em suas terras, deixando a cobrança a cargo dos hebreus. Como já há de se imaginar, sendo os judeus os cobradores de gabelas onerosas, na mente dos camponeses seus opressores são eles, e não os príncipes, que são poloneses, nobres e acreditam em Cristo, embora paguem seus luxos e excentricidades com dinheiro emprestado pelos filhos de Israel.

A recente morte do monarca do país, o rei Vladislau IV, da casa real dos Vasa, já havia despertado a inquietação desses asquenazes. O rei, que manteve a coroa por mais de cinquenta anos, adotou uma política de tolerância para com os judeus. Ao morrer, era o monarca da chamada comunidade polaco-lituana, figurava como rei da Suécia e em algum momento do passado chegara até a ser czar da Rússia. Dizem os poloneses que sua morte os deixou como um rebanho sem pastor, pois até que se resolvam delicados problemas de sucessão, o país ficou sem cabeça e, de forma interina, quem está com o cetro é o cardeal católico Casimiro, que meus irmãos de fé sempre consideraram um homem sábio e piedoso.

Quando o inverno começou a ceder, empreendi afinal minha extensa viagem para o Sul. Cavalgando ainda sobre neve, tive como guias asquenazes que viajavam para a capital do reino. Depois de alguns dias de descanso na cidade de Varsóvia, voltei às estradas, sempre no rumo que melhor me conduzisse à região da Crimeia, banhada pelo aqui chamado mar Negro, de onde tentaria realizar meu sonho de chegar à Itália.

Levou duas semanas o percurso até a cidade onde hoje me encontro, chamada Zamość, e à qual cheguei na véspera da festa de Purim, cuja celebração estava sendo preparada com grande júbilo pela numerosa comunidade hebraica assentada nesta vila. Mas, logo depois de mim, chegou também uma notícia alarmante: os chamados cossacos do Sul haviam se levantado em armas contra os príncipes poloneses e, com a ajuda das hordas de tártaros da Crimeia, puseram em fuga os destacamentos de fronteira do Exército real. Para mim, nesse momento, foi uma surpresa a enorme inquietação provocada pela notícia, tanto entre os poloneses como entre os hebreus. Hoje, aprendi que, em se tratando desses chamados cossacos, as consequências da revolta podiam ser muito mais complicadas.

Senhor, esses chamados cossacos são como centauros da guerra. Dizem que sua origem como força militar se deve ao rei Simão, que governou a Polônia há uns cem anos. Sabendo que a fronteira com o país dos tártaros sempre fora um problema para o reino, o monarca havia mandado selecionar uns 30 mil servos dessa região e formara um exército: o dos cossacos. Por seus serviços, esses homens receberam os privilégios de não pagar tributos ao rei nem aos príncipes. Mas foi exatamente devido à concessão desses privilégios que em pouco tempo os cossacos começaram a protagonizar revoltas, exigindo os mesmos direitos para outros homens incorporados às suas fileiras.

A atual rebelião começou a ser gestada há alguns anos, com as disputas entre o príncipe Choraczy, general do Exército polonês, e um chefe militar, que os cossacos chamam de atamã, um tal de Bogdan Khmelnitski. Esse homem, também conhecido como Chmiel, comunga, como quase todos os camponeses, com a Igreja de Bizâncio, apesar de ter estudado com os jesuítas e, dizem, expressa-se em polonês, russo, ucraniano e latim. Ele se tornou atamã graças às suas incursões e à sua ferocidade, bem como pela imensidão de suas posses. Sua prosperidade chegou a ser tanta que acabou provocando a inveja do príncipe, que decidiu eliminá-lo. Por isso, Choraczy confiscou metade do gado de Chmiel, e o cossaco não protestou, mas jurou vingança. Contam os judeus de Zamość que a tática do atamã foi ir para o Sul e pôr os tártaros da Crimeia em alerta quanto às intenções secretas do general polonês que pretendia, disse-lhes, atacá-los muito em breve. Postos os tártaros em pé de guerra, Choraczy teve de fugir, pois suas forças eram muito inferiores às dos vizinhos.

Informado sobre a jogada, o príncipe mandou prender Chmiel e ordenou sua decapitação por atos de traição. Mas os cossacos decidiram resgatar seu atamã. Então, Chmiel declarou rebeldia e, com seus cupinchas, organizou um grande bando de camponeses pobres, com mais de 20 mil homens, sob a bandeira da luta contra o despotismo dos príncipes e os abusos de seus aliados judeus, enriquecidos com o trabalho dos camponeses de fé ortodoxa.

Antes de lançar-se ao combate contra as hostes dos príncipes, Chmiel fez uma aliança com o rei dos tártaros – o *khan*, como eles o chamam –, graças à qual reuniram uma legião de 60 mil homens, com a qual começaram sua rebelião atacando o exército convocado por Choraczy e o puseram em disparada. Como era de se esperar, os vencedores, embriagados de sucesso, desataram então sua impiedade contra os oponentes e praticaram uma grande quantidade de decapitações, raptos, estupros e confiscos de bens, tanto de católicos como de judeus. Para interromper aquele massacre, vários príncipes da Pequena Rússia decidiram entrar em acordo com Chmiel e chegaram a jurar fidelidade ao atamã, como antes haviam jurado ao rei.

O senhor pode imaginar, Mestre, a tensão em que estava toda a gente da cidade quando chegaram essas notícias, e ainda mais quando, alguns dias depois do Purim, Chmiel e seus cossacos começaram o que alguns deles chamam de uma guerra santa, que, pelo que anuncia Chmiel, só terminará quando for eliminada a exploração dos príncipes parasitas e seus testas de ferro judeus.

Toda a informação que acumulei a partir de então eu ouvi pessoalmente de alguns judeus que conseguiram escapar das cidades de Nemirov, Tulczyn ou Polanov e encontraram refúgio em Zamość, onde me vi capturado pelos acontecimentos. No começo, quando os escutava, eu me negava a aceitar que as barbáries que contavam fossem a realidade, e não um pesadelo forjado pelas trapalhadas de alguém que confunde as coisas. Porque o horror afinal se desencadeou no dia 20 de Adar último, Shabat, quando cossacos e tártaros, em número superior a 100 mil, aproximaram-se da cidade de Nemirov, onde me disseram que, num clima de prosperidade, habitava (e não uso o verbo no passado por acaso) uma comunidade judaica muito rica e grande, abrilhantada pela presença de importantes sábios e escribas. Quando esses judeus souberam que um exército, numeroso como jamais haviam visto antes, se aproximava da vila, mesmo sem saber se eram hostes polonesas ou hordas de cossacos e tártaros, optaram por refugiar-se com sua família e suas riquezas na cidadela fortificada. Outros hebreus, menos confiantes, preferiram deixar para trás seus lares e muitos de seus bens para esperar de longe o desenrolar dos acontecimentos.

Só quando já não tinham mais salvação é que os judeus de Nemirov souberam que, enquanto eles e os príncipes se trancavam na cidadela, o atamã Chmiel havia enviado um grupo de homens à vila para pedir ajuda aos cidadãos contra os judeus responsáveis por todos os seus infortúnios. Selada essa aliança, os cossacos, erguendo bandeiras polonesas, dirigiram-se às muralhas, mascarando-se como gente do Exército do rei, enquanto os habitantes da cidade anunciavam que quem chegava eram soldados poloneses e abriam as portas da cidadela.

Foi então que, todos juntos, os cossacos, os tártaros e os habitantes de Nemirov, liberaram seu ódio e sua sede de butim e entraram para caçar os judeus com todas as armas possíveis. Imediatamente massacraram grande quantidade de homens hebreus e violentaram as mulheres, sem importar a idade. Dizem que muitas jovens, para evitar a desonra, pularam na cisterna que provê de água a cidadela e lá morreram afogadas. Mas foi quando os atacantes tomaram a praça, mortos já muitos homens e violentadas as mulheres, que começou o verdadeiro horror: o horror frio e perverso do crime sem humanidade. Ébrios de ódio, álcool e desejo de vingança, os cossacos se entregaram, então, a praticar as mais incríveis formas de provocar o sofrimento e a morte. De alguns homens podiam arrancar a pele e jogar a carne para os cães; de outros cortavam as mãos e os pés e os jogavam no caminho da cidadela para que os cavalos os pisoteassem até a morte; outros, ainda, obrigados a cavar fossas, eram atirados vivos nelas e depois espancados até soltarem o último gemido de dor; alguns mais foram esquartejados vivos, ou abertos ao meio como peixes e pendurados ao sol. Mas a escalada de crueldade ainda não estava completa: as mulheres, se estavam grávidas, tinham o ventre cortado e os fetos extirpados; de outras abriram o ventre e colocaram gatos ali dentro, tomando antes a precaução de cortar as mãos delas para que não pudessem tirar os animais que se remexiam em suas vísceras. Algumas crianças foram mortas a pauladas ou atiradas contra as paredes e depois assadas no fogo e levadas às suas mães para que estas fossem obrigadas a comê-las, enquanto seus verdugos anunciavam "é carne *kosher*, é carne *kosher*, nós sangramos primeiro"... Como disse o rabino que trouxe a notícia a Zamość, não há forma de matar que não tenha sido usada contra eles. Mais de 6 mil filhos de Israel foram assassinados em Nemirov durante essa orgia de bestialidade e sadismo praticado em nome de uma fé e uma justiça. O mais terrível é que foram massacrados sem que nenhum deles resistisse, pois consideravam que sua queda em desgraça era uma decisão celestial.

Muitas mulheres foram capturadas pelos tártaros, que as levaram para suas terras como servas ou como esposas e concubinas, anunciando que poderiam ser libertadas se alguém pagasse um resgate. Mas, enquanto alguns cossacos e tártaros se entregavam às execuções ou às violações, outros se ocuparam de confiscar os rolos da Torá, que foram despedaçados, para com eles serem feitas bolsas e meias. Enrolavam os fios dos filactérios nos pés, como troféus. Com os livros sagrados fizeram passarelas nas estradas.

Enquanto ouvíamos o relato de Samuel – esse é o nome do rabino sobrevivente que chegou a Zamość –, o pior era que todos sabíamos que aquele massacre na comunidade santa de Nemirov representava apenas o início de uma chacina sem fim previsível, pois a força de cossacos e tártaros dificilmente poderá ser detida pelas mais inexpugnáveis muralhas e, por longo tempo, pela presença de um Exército polonês cuja chegada a estas terras ainda não se vislumbra. E por isso devo dizer-lhe agora que o destino trágico de Nemirov, como o pressagiávamos, foi o prólogo de uma história de horror que teve seu capítulo seguinte na cidade de Tulczyn.

Enquanto Chmiel, que começaram a chamar de "o Perseguidor", dedicava-se a assolar pequenas comunidades das margens do rio Dniepre, um de seus lugares-tenentes, conhecido como Divonov, rumou para Tulczyn com a missão de tomá-la. Ao saber dos propósitos de Divonov, os 2 mil judeus refugiados em Tulczyn e os príncipes poloneses se aliaram para combatê-lo, depois de jurar que não trairiam uns aos outros. Fortificaram a cidadela e se postaram com suas armas na muralha, ao mesmo tempo que os ortodoxos passavam para as filas dos invasores. Os cossacos, enquanto isso, empunhavam aríetes: dizem que era como um mar de homens, milhares e milhares, que avançava soltando gritos extraordinários, capazes por si só de amedrontar os mais valentes. Mas os homens que defendiam as muralhas de Tulczyn, como lutavam pela vida, conseguiram repeli-los.

Diante dessa inesperada resistência, Divonov decidiu mudar de tática. Os velhacos cossacos propuseram paz aos príncipes, prometendo-lhes não só a vida, mas também que poderiam ficar com o butim dos judeus. Vendo que sua situação não seria sustentável por muito tempo, os príncipes aceitaram esse acordo, com a condição de que a vida dos judeus também fosse administrada por eles. Os judeus, que rapidamente se deram conta da traição de que eram vítimas, decidiram opor-se a ela usando a força, mas o líder da comunidade os reuniu e lhes disse que, se a tomada da cidade era uma decisão do Santíssimo, tinham de aceitá-la com resignação: eles não valiam mais que seus irmãos de Nemirov, mortos no martírio. Assim, exortados pelo rabino a aceitar seu destino, ou esmagados pela evidência de que sua sorte estava decretada por uma possibilidade de fuga quase nula, os judeus entregaram todos os seus bens. Os príncipes, satisfeitos com seus ganhos, finalmente abriram as portas da fortaleza para os cossacos. O duque, que era como um chefe dos nobres, um homem tão gordo que quase não conseguia se mover, disse aos vencedores: aqui têm a cidade; aqui está nosso pagamento. Imediatamente, os príncipes embolsaram sua parte do acerto e puseram os judeus na prisão, dizendo que era para protegê-los melhor.

Três dias, depois os cossacos exigiram que os príncipes entregassem os prisioneiros, e eles, sem pensar muito, aceitaram, pois não queriam conflito com os invasores. Os cossacos levaram os judeus para um jardim amuralhado e lá os deixaram por um tempo. Havia vários mestres eminentes entre os prisioneiros, que exortaram o povo a santificar o nome e não mudar de religião sob nenhuma circunstância, recordando que o fim dos tempos estava próximo e a salvação de sua alma, em suas mãos. Por que não os incitaram a lutar pela vida, com paus, pedras, com as mãos? Por que a resignação, a submissão, e não a insurreição? Os cossacos, cientes dessas prédicas, decidiram testar a força moral dos israelitas e disseram que quem mudasse de religião se salvaria e o resto morreria em um suplício indizível.

Anunciaram isso três vezes, mas nenhum daqueles judeus, que não se rebelaram, aceitou renegar seu Deus. Os cossacos, irritados, entraram no jardim e, sem mais delongas, começaram o massacre dos inermes. Em poucas horas liquidaram umas 1.500 pessoas, massacrando-as das formas mais impensáveis, que prefiro não mencionar porque são conhecidas, e o próprio ato de escrevê-las é muito doloroso. Graças à intervenção dos tártaros, os cossacos deixaram vivos dez rabinos e se retiraram da cidade com as mulheres jovens, os rabinos e uma parte do butim, principalmente o ouro e as pérolas que os israelitas guardavam. Dias depois se soube que aqueles rabinos haviam sido salvos graças a um imenso resgate pago pela rica comunidade de Polanov.

Mas os cossacos estavam insatisfeitos porque, além do sangue que tanto gostam de ver correr, quase não haviam tido benefício algum com a tomada da cidade. Por isso, romperam o pacto com os príncipes, dispostos a recuperar o butim. Para começar suas macabras diversões, atearam fogo na fortaleza, depois tomaram o butim dos judeus monopolizado pelos católicos e deixaram para o fim o suplício dos príncipes. Como tanto gostavam de fazer, Divonov e seus homens se enfureceram particularmente com alguns deles, principalmente com o duque da cidade, o mesmo que havia aberto as portas. Diante do nobre estupraram sua esposa e suas duas filhas, e depois se divertiram ofendendo-o, até que um moleiro de fé ortodoxa tomou-o por sua conta e, depois de lembrar-lhe o estado de escravidão a que submetia os pobres da região, exibiu-o nu pela vila como um porco cevado e, depois de açoitá-lo até cansar e sodomizá-lo com uma bengala, decapitou-o com uma espada no meio da rua.

Depois de recebidas as notícias desse massacre, chegaram a Zamość vários judeus fugidos das incursões dos cossacos do outro lado do rio Dniepre, onde haviam se repetido os acontecimentos de Nemirov e Tulczyn. Segundo aqueles sobreviventes, Chmiel, o Perseguidor, já reunia um exército de 500 mil almas e, de fato, dominava toda a Pequena Rússia; em sua passagem, como a décima praga, não só matava judeus, mas também destruía igrejas e submetia os sacerdotes ao suplício. Essa última notícia soou como gorjeio de pássaros aos ouvidos dos judeus, pois, ao recebê-la, os príncipes decidiram não voltar a acreditar nos pedidos de paz de Chmiel e não repetir o erro de Tulczyn, que os levara a entregar os judeus aos inimigos de ambos.

Depois de ouvir as notícias provenientes do lado polonês, pude entender em toda sua dimensão por que os habitantes do país choraram a morte do rei Vladislau IV e sentiram que o reino havia ficado como um rebanho sem pastor. Talvez tivessem de acontecer as desgraças daquelas semanas para que o cardeal Casimiro decidisse pela intervenção do Exército do reino e desse a ordem de que todos os príncipes alistassem seus homens e se preparassem para a guerra, com ameaça de perda de sua condição e de seus bens para os que se negassem. O destino dos nobres de Nemirov e Tulczyn e o dos padres da Igreja assassinados influiu muito para que se tomassem tais disposições, mas calculo que também pesou uma realidade que, como aconteceu em outros países conhecidos, tanto mal fez aos filhos de Israel: o fato de serem os prestamistas do reino. Pois, se os cossacos e os tártaros levarem o dinheiro dos judeus, este país irá à ruína. É evidente que a morte e a fuga dos hebreus, somadas ao saque dos seus bens, muito afetarão a vida do reino e especialmente a de seus nobres e governantes. Esperemos que hoje o dinheiro seja a fonte de nossa salvação, e não o fundamento da nossa perdição, como nos aconteceu na Espanha.

Há alguns dias, depois de sabermos do destino de Tulczyn e outras cidades da margem oriental do Dniepre, o rabino sobrevivente de Nemirov, que atende pelo nome de Samuel, permitiu-me uma conversa com ele. Sentamo-nos perto de umas atalaias, na parte alta da cidade. A paisagem que se estendia aos nossos pés me pareceu de uma beleza insultante, de tão aprazível que era no meio do panorama de dor que vive este país. O verão chegou com todo o esplendor a esta região da Pequena Rússia, território de imensas planícies e rios caudalosos, onde a riqueza brota da terra com prodigalidade, mas onde a injustiça, a miséria e a fome foram capazes de engendrar o ódio, o fanatismo e os desejos de vingança mais cruéis entre os homens.

Conversei horas com o rabino Samuel. Desde que o escutei falar na sinagoga ele me pareceu um homem piedoso. É um homem que se sente culpado por ter conseguido escapar com vida enquanto sua família era devorada pela fúria que arrasou Nemirov. Por isso, enquanto conversávamos reafirmei a ideia de que ele poderia ser a pessoa apropriada para atender a uma necessidade que estava se tornando premente para mim: confessar a alguém as verdadeiras razões pelas quais vim para estas terras, de onde, sinto cada vez mais, jamais poderei sair. A menos que o Santíssimo determine outra coisa e me permita realizar o que, conhecendo o que conheci, é agora meu propósito único: juntar-me às hostes de Sabbatai Zevi. Mestre, a barbárie e o horror desatados aqui me persuadiram de que, como dizem certos cabalistas, o fim dos tempos pode estar próximo e que Sabbatai bem pode ser o Ungido, chegando à Terra quando esta geme de dor, como uma mãe que vê morrer sua criança. Só assim consigo entender como o Deus de Israel, Todo-Poderoso, permite que seus filhos sejam alvo da mais inconcebível crueldade. Só se o castigo for parte do plano cósmico que leva à redenção. Não é assim, senhor?

Quando expus minha história, o rabino ouviu em silêncio e por fim me disse que lamentava tudo o que havia me acontecido e que eu poderia ter evitado com tanta facilidade – segundo ele –, com a aceitação dos meus erros e um pedido público de perdão por minhas confusas interpretações da Lei. Quando já pensava em rebater, veio à tona a bondade que eu julgara ver nele, pois me disse que, a seu ver, a comentada possibilidade de me juntar aos seguidores de Zevi, na Palestina, parecia-lhe a mais atinada; meus problemas pessoais com Deus poderiam ser superados com essa prova de fé. E, para me deixar sem opção de controvérsia, acrescentou: depois do que se viu em Nemirov, do que ocorreu nas comunidades de Dniepre e em Tulczyn, minhas heresias lhe pareciam um pecado tão menor que ninguém deveria nem sequer reparar nelas, e sim, em contrapartida, meditar mais nas razões pelas quais os humanos estão tão acostumados a se devorar entre si.

Quando o rabino me confidenciou que decidira seguir viagem para o Norte, perguntei-lhe se podia me fazer o favor de tirar de Zamość e entregar a um portador seguro uma carta que queria fazer chegar ao meu Mestre. Então, o rabino me perguntou algo que lhe parecia incongruente: "Por que escreve tudo isso ao seu Mestre e não ao professor Ben Israel ou a algum dos rabinos de sua cidade? Eles entenderiam melhor o que está acontecendo aqui e poderiam transformar isto em ensinamentos para a comunidade". A princípio, pensei que ele tinha razão e até concluí que, na verdade, eu não tinha uma ideia muito clara do motivo pelo qual queria lhe escrever esta carta e por que havia escolhido o senhor e não, por exemplo, meu próprio pai ou minha querida Mariam, para não dizer meu *chacham*. Foi nessa conjuntura que me atrevi a dar mais um passo e tirei dos meus alforjes a arca onde guardo sua pintura, a paisagem que o dinamarquês Keil me deu de presente e alguns dos meus trabalhos que decidi conservar por serem especiais para mim. Mostrando o retrato que o senhor me fez, respondi-lhe: "Porque o Mestre é um homem capaz de pintar algo assim". O rabino pegou a tela e a contemplou. Seu silêncio foi tão prolongado que tive tempo de conceber muitos desvarios, o primeiro dos quais era de que aquele homem me acusaria de idólatra por ter me prestado a servir de modelo para aquela pintura e, principalmente, por preservá-la comigo. Mas a resposta que me deu foi um enigmático alívio: "Entendo", e me devolveu a tela, pedindo-me que mostrasse minhas próprias obras. Muito envergonhado, embora ao mesmo tempo orgulhoso, desdobrei a cartolina onde desenhei meu avô e a tela com o rosto de Mariam, consciente de que me submetia a uma inevitável comparação que eu mesmo nunca ousaria realizar. Com o desenho onde gravei a figura do meu avô nas mãos, o rabino me perguntou dele e lhe contei um pouco de sua vida. Por fim, olhou para o retrato de Mariam Roca e, ao observar meu estado de ânimo, disse-me que já tinha entendido quem era essa jovem e começou a juntar telas e papéis, enquanto me recomendava que não os ficasse exibindo por aí, muito menos naqueles tempos.

Dois dias depois, após as preces matutinas do Shabat, o rabino Samuel me chamou para conversar e fomos até uma pequena praça da cidade em cujo centro há uma grande cruz de pedra. Sentamos nos degraus, e sua primeira frase me provocou uma lógica surpresa: "Posso ver outra vez a pintura de seu Mestre?". Sem imaginar a razão desse pedido, tirei a tela da arca, desenrolei-a e entreguei-a. "Fiquei pensando muito no que me contou sobre seu sonho de ser pintor", disse ele, depois de olhar a tela por um instante. "E o que pensou?", quis saber. "Fiquei pensando em quantas coisas nós, filhos de Israel, temos de mudar para ter uma vida mais feliz em nossa passagem pela Terra. Se meus colegas, os rabinos de Nemirov, me ouvissem falar isto, pensariam que estou louco ou que me tornei um herege. Mas eu pelo menos penso assim: os homens não podem viver condenando uns aos outros só porque uns pensam de um jeito e outros de uma forma diferente. Existem mandamentos invioláveis relacionados ao bem e ao mal, mas também há muito espaço na vida que deveria ser uma questão só do indivíduo. E seria bom que o homem escolhesse com liberdade, ao seu arbítrio, como o que é: uma questão entre ele e Deus", disse, e passou longos minutos contemplando a pintura até que voltou a falar: "Não conheço muito desta arte. Nunca havia ouvido falar de seu Mestre. Pelo que vi, entendo que é um homem famoso, que os reis e os ricos pagam por seu trabalho. E agora também entendo por que pretende que ele seja o depositário de seus pensamentos e experiências destes dias terríveis. Desde que você me mostrou esta pintura, insiste que não é outra coisa senão a imagem de sua cabeça de judeu. Mas quando a olhei de novo descobri que é muito mais do que isso, porque diante dela se têm muitas sensações estranhas. Sim, esta pode ser a imagem que seu Mestre tem em mente daquele que foi para ele o Messias. Eu, como penso diferente dele, vejo outra coisa, e é isso que me atrai na imagem. Há algo íntimo e misterioso, um substrato inquietante que emana deste rosto e deste olhar. Uma combinação de humanidade e transcendência. É evidente, seu Mestre tem um poder. Consegue tanto com tão pouco que sem a menor dúvida a vontade do Criador deve ter estado por trás de sua mão. Não me surpreende que você tenha desejado imitá-lo. Deve ser insuportável a atração que o ser humano sente diante da beleza infinita do sagrado. Porque isto é o sagrado", concluiu o rabino e acariciou a tela.

Querido Mestre: esse homem sábio me confirmou naquele momento a resposta que eu havia procurado durante anos. Para ele, vendo sua obra, uma coisa ficou evidente: a arte é poder. Só isto, ou especialmente isto: poder. Não para dominar países e transformar sociedades, para provocar revoluções ou oprimir os outros. É poder para tocar a alma dos homens e, ainda, deixar nela as sementes de seu aprimoramento e de sua felicidade. Por isso, quando ouvi o rabino Samuel falar de sua obra, convenci-me de que não pode haver no mundo ninguém melhor do que ele para tirar esta carta de Zamość. Pedi-lhe que, com ela, devolva também a pintura que lhe pertence. Com os meus pobres trabalhos, que também lhe entregarei, disse que pode fazer o que melhor lhe parecer, ao que ele respondeu: "Vou guardá-los até que voltemos a nos ver. Neste mundo ou no outro, se é que seremos chamados".

Ontem o rabino Samuel se despediu dos filhos de Israel que ficaram em Zamość com uma prece na sinagoga da cidade alta. Insistiu que todos fujam da cidade, e parece que muitos seguirão seu conselho. Os acontecimentos de que tivemos notícias nos últimos dias advertem com muita clareza que permanecer nestas terras é um ato suicida, porque há poucos dias, como soubemos logo, foi a vez do suplício da comunidade santa de Polanov, onde uns 12 mil judeus, junto com 2 mil homens dos príncipes poloneses, decidiram resistir ao ataque das forças dos cossacos e dos tártaros. Confiaram na fileira dupla de muralhas e nos fossos de água que, diziam, tornavam a cidade inexpugnável. Mas os servos dos príncipes, de religião ortodoxa, facilitaram a entrada dos sitiadores. Fala-se de 10 mil judeus mortos num único dia.

Ao saberem do destino de Polanov e da derrota que o Exército polonês imediatamente sofreu, os judeus residentes na vizinha vila de Zaslaw decidiram fugir. A maioria foi para Ostrog, a praça-forte e metrópole da Pequena Rússia, e outros vieram para Zamość, espalhando essas notícias desalentadoras e uma nova, que reafirma as advertências de messiânicos e apocalípticos: o surgimento de uma epidemia de peste, cevada na carne humana insepulta e agora ávida da carne viva.

Dizem os recém-chegados que os judeus de Zaslaw fugiram em debandada. Os que podiam saíam a cavalo ou em charrete, os mais pobres, a pé, com mulheres e filhos. Como já está acontecendo em Zamość, deixaram na cidade muitos pertences, tudo o que juntaram durante uma vida de trabalho e observância à Lei. E, enquanto fugiam, espalhou-se o pânico mais irracional quando alguém gritou que atrás deles vinham os carrascos. Desesperados para avançar com mais rapidez, jogaram nos campos taças de ouro, enfeites de prata, roupas, sem que nenhum dos judeus que vinham atrás parasse para recolher nada. Mas, por mais que corressem, em determinado momento se sentiram prestes a ser alcançados pelos cossacos e, para se salvar, debandaram pelos bosques, deixando para trás inclusive as mulheres e os filhos, pois só pensavam em não cair nas mãos do Perseguidor. Só que esse hálito fétido da mais horrível das mortes sentido na nuca era apenas parte do que hoje esses judeus consideram um castigo celeste: porque tudo havia sido obra de uma onda de pânico e, na realidade, os tão temidos inimigos não estavam atrás deles. Ainda.

Mestre, assim que terminar este relato, ao qual me dediquei nos últimos dois dias, vou entregá-lo ao rabino Samuel, junto com sua pintura e algumas das outras que trouxe comigo. Fabriquei um estojo de couro para preservá-las melhor. Confio que esse homem santo e sábio vai salvar a própria vida e, com ela, os tesouros que lhe entreguei. Por minha vez, a partir de hoje não sei qual há de ser minha fortuna. Espero que o Santíssimo, bendito seja Ele, me permita atravessar as hostes da barbárie e chegar ao meu destino. Sabendo que minha economia agonizava durante a estada neste país que se estendeu mais do que o previsto, o rabino Samuel me deu uma soma importante de dinheiro para me manter e até comprar uma passagem em algum dos navios que viajam para o país dos turcos otomanos, de onde espero partir para encontrar os seguidores de Sabbatai

Zevi, na Palestina. Queira Deus que eu consiga atravessar o inferno e pôr os pés na terra prometida pelo Criador aos filhos de Israel, para somar-me ali às hostes do Messias e anunciar com ele a renovação do mundo. Nessa aventura sei que me acompanham minha fé, nunca diminuída, e a vontade e a ambição de alcançar os fins que me transmitiu meu inesquecível avô Benjamim, de quem também aprendi que Deus ajuda com mais regozijo o lutador do que o inerte. O que minha lamentável mesquinharia pessoal ainda não me permite é deixar de pensar no que poderia ter sido minha vida, talvez até no que deveria ter sido, se depois de ter a felicidade de ver a luz no que meus irmãos de fé consideram *Makom*, o bom lugar, eu também houvesse encontrado lá meu espaço de liberdade. Se lá pudesse ter dado à minha existência o rumo que exigia o melhor de minha alma. Era tão terrível o que eu pedia? Só espero, nos desvarios a que minha mente se entrega enquanto escuto os lamentos dos que fogem, que meu destino pessoal esteja escrito há muito tempo. E também que o anúncio do advento do fim do mundo que o Ungido provocará sirva ao menos para tornar os homens mais tolerantes para com os desejos dos outros homens e sua liberdade de escolha, desde que não acarrete mal ao próximo, o que deveria ser o primeiro princípio da raça humana. E, se não se cumprirem nenhum desses desejos, ao menos sinto o consolo, enquanto escrevo, de pensar que estas letras talvez cheguem às suas mãos, e que os seres de hoje e os de amanhã possam ter um testemunho vivo do que foi o sofrimento de algumas pessoas e dos extremos a que pôde chegar a crueldade de outras. Se, por algum caminho, for possível transmitir esse conhecimento, eu me sentirei retribuído e saberei que minha vida teve um sentido, muito diferente daquele que pensei que teria quando sonhava com pincéis e óleos. Um sentido necessário e útil, talvez, para a revelação dos fossos da condição humana em que mergulhei.

Mestre, hoje mesmo vou partir para o Sul em busca do Messias. Que o Bendito os acompanhe, ao senhor, ao jovem Titus e à gentil senhorita Hendrickje, que gozem sempre da felicidade e da boa saúde que bem merecem, como tantas vezes pedi em minhas preces, pois vocês são parte das mais íntimas lembranças que guardo de uma vida que foi a minha e da qual sinto, hoje, que me separa não apenas o mar...

Seu eternamente devedor,
E. A.

Com o coração encolhido e uma sensação de desassossego percorrendo o corpo, Conde manteve a vista fixa naquelas duas letras que encerravam a carta: E. A. Iniciais de um nome. Um nome que um dia identificou um homem, pensou. Um homem que havia descido aos infernos e, dali, enviado sua mensagem de alarme.

O ex-policial teve de esperar uns minutos até poder continuar a leitura da carta que incluía aquele relato extraordinário.

Porque Elías Kaminsky começava então suas anunciadas reflexões e conclusões: como se podia ler, escrevia ele, o tal E. A. havia sido um sefaradi que, fugindo de Amsterdã, fora parar no território polonês em 1648, exatamente quando este era assolado por cossacos e tártaros, e, como afirmava, estava decidido a seguir viagem rumo ao Sul para se somar às hordas de seguidores daquele Sabbatai Zevi, que pouco depois revelaria sua impostura de desequilibrado farsante quando, para salvar a pele, acabara se convertendo ao islamismo, depois de pretender derrocar o sultão da Turquia. O sultão, contava a história, após capturá-lo, soubera resolver com a maior facilidade o enigma de se Sabbatai era ou não um messias ao lhe oferecer duas opções, "Muçulmano ou a forca?", às quais Zevi havia respondido imediatamente: "Muçulmano".

Mas as perguntas que aquele caderno havia provocado entre os estudiosos da história e da pintura holandesas da época foram infinitas, como era de se esperar. A primeira de todas se referia à identidade daquele E. A., em quem confluíam as difíceis condições de ser judeu sefaradi e pintor, quando aquela arte era anatematizada para os judeus. A segunda da série, naturalmente, tinha a ver com a origem e o destino posterior daquele *tafelet* convertido em quinquilharia vendida numa feira de antiguidades. Depois, a questão de por que só havia um fragmento da carta, dirigida sem dúvida alguma a Rembrandt, como confirmava a menção ao seu filho Titus e à sua mulher na época, Hendrickje, Hendrickje Stoffels. E, entre outras inúmeras interrogações, palpitava como a mais aguda o grupo de rostos desenhados no caderno, tão parecidos com o rosto do judeu que havia servido de modelo a Rembrandt para seus estudos de cabeças de Cristo. Estudos e peças que, exatamente naqueles dias (coincidência ou plano cósmico?), pela primeira vez na história eram exibidos juntos, graças a uma exposição organizada pelo Louvre... na qual faltava a peça em litígio retida em Londres.

Desde que Conde iniciou a leitura da carta de Elías Kaminsky, e com mais intensidade depois de passar pela de E. A., a sensação de revelação de um arcano começou a dominá-lo, para ir crescendo com a leitura da parte final do texto e instalar-se imediatamente em seu ânimo, de forma inquisitiva, obrigando-o a reler várias vezes as palavras de Elías Kaminsky destinadas a revelar um panorama enigmático do qual, já pressentia, seria impossível estabelecer um mapa definitivo. A imagem que Conde construiu daquele mercado de velharias sem valor, aberto junto a um canal de Amsterdã enquanto a cidade desfrutava do privilégio de sua primavera, desencadeou no homem o imprevisível desejo de conhecer aquele lugar mágico onde se podia topar, assim, no meio da rua, com marcas de mistérios remotos, não importava mais se solúveis ou insolúveis.

Na parte final de sua carta, Elías Kaminsky (talvez dando uns puxões no rabo de cavalo, pensou Conde) se entregava a especulações do conhecido e do possível. O mais impactante, para ele, era a comprovação da existência real do sefaradi holandês E. A., vagando pela Polônia nos tempos do massacre dos judeus e relacionado com a pintura. Quantos sefaradis holandeses amantes da pintura poderiam ter estado na Polônia naqueles tempos? Quase certamente, afirmava Elías, E. A. era, *devia ter sido*, o enigmático personagem que entregara três pinturas e algumas cartas ao rabino contagiado pela peste e morto em Cracóvia, nos braços de seu antepassado Moshé Kaminsky. Se E. A. era esse homem, e seu "Mestre" era Rembrandt, então estava explicado o fato de E. A. possuir a cabeça de Cristo ou o retrato de um jovem judeu (aparentemente o próprio E. A.) pintado e assinado por Rembrandt, um dos óleos que o médico Kaminsky recebera das mãos do rabino moribundo.

Conhecer essa história não provava nada que pudesse ajudar na possível recuperação do quadro, dizia Elías Kaminsky. Mas, ao mesmo tempo, provava tudo, e os advogados nova-iorquinos saberiam fazer bom uso disso. E se afinal não servisse para ajudá-lo a recuperar a pintura de Rembrandt, ao menos dava ao mastodonte de rabo de cavalo a certeza de sua origem e autenticidade, e confirmava a veracidade do relato familiar sobre o modo rocambolesco como aquela pintura havia se tornado uma propriedade dos Kaminskys de Cracóvia, três séculos e meio atrás.

A outra pergunta em aberto era a existência e as tribulações, quase impossíveis de rastrear, do *tafelet* capaz de provocar todas aquelas revelações inesperadas. De onde havia saído, onde estivera aquele caderno que o vendedor do mercado de pulgas adquirira no meio de um lote de objetos velhos liquidados pelos herdeiros de uma anciã sem interesse em conservar trastes empoeirados? Elías Kaminsky tinha uma resposta tentadora: podia ter saído das caixas de objetos de Rembrandt leiloados no final de 1657, quando o artista declarara bancarrota e perdera sua casa e quase todas as suas propriedades materiais. O resto das tantas perguntas possíveis (quem era E. A.?; qual foi sua sorte final?, por que seu caderno de esboços fora parar, como parecia, nos arquivos confiscados de Rembrandt?) talvez nunca tenha resposta.

Não obstante, a algumas dessas interrogações Elías Kaminsky já dera a *sua* resposta: o jovem judeu muito parecido com a imagem do Jesus dos cristãos *tinha de ser* E. A., insistia, e assim seu rosto, sempre sem nome, era aquele que acompanhara por trezentos anos os membros de sua estirpe. Por isso Elías Kaminsky prometia, ou prometia a si mesmo, fazer todos os esforços para recuperar essa imagem, pois era um direito moral e de sangue de sua família. Mas, quando a provável recuperação ocorresse (uma decisão que poderia ser influenciada pela descoberta de Conde em relação à identidade de María José Rodríguez, que pôs o quadro à venda, e sua condição de sobrinha-neta de Román Mejías), Elías entregaria a peça ao museu dedicado ao Holocausto. Simplesmente, dizia, não podia nem queria fazer nenhuma outra coisa: porque se Ricardo Kaminsky não desejava ter relação com o dinheiro que resultaria de uma possível venda, ele também não. Aquele quadro, na verdade, nunca havia servido à sua família para nada e, exatamente quando podia ter tido uma utilidade concreta, transformara--se em causa de uma tragédia que havia marcado a vida de seu tio Joseph e de seu pai, Daniel. "Você acha que sou um babaca por ter tomado essa decisão?", perguntava Elías nas linhas finais de sua carta, para dar uma rápida resposta: "Talvez sim. Mas tenho certeza de que, em meu lugar, você faria o mesmo, Conde. Esse quadro e seu verdadeiro dono, E. A., talvez morto em terras da Polônia por uma das muitas fúrias antissemitas da história, mereciam isso". E se despedia prometendo novas cartas, notícias frescas e, naturalmente, um retorno certo a Havana, num futuro próximo.

Só quando terminou a segunda leitura da carta é que Conde devolveu os papéis ao envelope amarelo. Serviu-se de uma nova xícara de café, acendeu outro cigarro e observou o sonho pacífico de Lixeira II, que havia entrado na casa enquanto ele estava lendo. Quando terminou o cigarro se levantou, foi até a estante da sala e pegou o volume de Rembrandt publicado vários anos antes pelas Edições Nauta. Passou as folhas do livro até chegar à seção das ilustrações e parou na que buscava. Ali estava, com uma camisa vermelha, o cabelo castanho dividido sobre o crânio, a barba cacheada e o olhar concentrado no infinito, um homem real retratado por Rembrandt. Observou por longos minutos a reprodução da obra, parente próxima da que havia visto na foto de Daniel Kaminsky e sua mãe Esther, tirada na casa de Cracóvia antes de começarem as desventuras daquela família exterminada por um ódio mais cruel que o dos cossacos e tártaros. Contemplando o rosto do jovem judeu ao qual agora, pelo menos, já podia identificar com duas iniciais e fiapos de uma história de vida, Conde se sentiu envolvido na grandeza e no influxo invencível de um criador e na atmosfera de uma mística que os homens sempre precisaram para viver. E teve a percepção de que o milagre daquela fascinação capaz de voar pelos séculos estava nos olhos daquele personagem, fixado para a eternidade pelo poder invencível da arte. "Sim, tudo está nos olhos", pensou. Ou talvez no insondável que está por trás dos olhos?

O homem arrastou essa pergunta até o terraço de sua casa. Como toda noite, os tépidos e agressivos ventos de Quaresma que marcam a primavera cubana haviam amainado, como se recuassem, dispostos a recuperar as forças para retomar sua tarefa enervante na chegada do próximo amanhecer. A cidade, mais tétrica do que tentadora, estendia-se até um mar invisível devido à distância e à noite. Por trás dos olhos de Mario Conde, em sua mente, estavam abertos os olhos do jovem judeu E. A., aprendiz de pintor, morto três séculos e meio antes, possivelmente seguindo, como tantos homens em tantos lugares e ao longo dos séculos, a esteira de outro autoproclamado Messias e salvador, capaz de prometer tudo para acabar se revelando um farsante doente com sede de poder, uma avassaladora paixão de dominar outros homens e a mente deles. Conde sentia essa história muito familiar e próxima. E pensou que talvez, em suas buscas libertárias, em algum momento Judy Torres houvesse estado mais próxima do que muita gente de uma verdade desoladora: já não há nada mais em que acreditar nem Messias a seguir. Só vale a pena militar na tribo que cada um mesmo escolheu livremente. Porque, se cabe a possibilidade de que até Deus, se é que existiu, tenha morrido, e a certeza de que tantos messias acabaram se transformando em manipuladores, a única coisa que resta, a única que na verdade nos pertence, é nossa liberdade de escolha. Para vender um quadro ou doá-lo a um museu. Para pertencer ou deixar de pertencer. Para acreditar ou não acreditar. E até para viver ou para morrer.

Mantilla, novembro de 2009-março de 2013

Agradecimentos

Como todos os meus romances, esta é uma obra na qual outros olhos, outras inteligências e muitas outras disposições e ajudas contribuíram decisivamente para sua escrita.

Como nos últimos anos, três leitoras fiéis e sacrificadas participaram comigo da revisão das diferentes versões pelas quais passou o romance. Vivian Lechuga, aqui em Havana, Elena Zayas, em Toulouse, e Lourdes Gómez, em Madri, puseram à minha disposição seu tempo e seu espírito crítico e eu me beneficiei muito disso. Da mesma maneira, meu irmão Alex Fleites teve de engolir muitas páginas do livro.

Nas diversas pesquisas realizadas em campo, e na busca de informação precisa, foi indispensável a colaboração, em Amsterdã, dos amigos Sergio Acosta, Ricardo Cuadros e Heleen Sittig, sem os quais eu não teria entendido essa maravilhosa cidade; em Miami, enquanto isso, o colega Wilfredo Cancio e o velho companheiro de sonhos beisebolísticos Miguel Vassalo foram meus guias por Miami Beach, em busca dos rastros de Daniel Kaminsky, e pelos cemitérios da cidade, para localizar o túmulo de José Manuel Bermúdez.

Recebi contribuições imprescindíveis e inestimáveis para entender os meandros da história e dos costumes judaicos da professora Maritza Corrales, a melhor conhecedora da antiga judiaria cubana; de Marcos Kerbel, judeu cubano residente nos Estados Unidos, que me fez o melhor mapa da Miami Beach judaico-cubana; do colega Frank Sevilla, cuja experiência prática e conhecimento intelectual do judaísmo foram decisivos para mim; de meu querido Joseph Schribman, conhecido como "Pepe", professor universitário em Saint Louis, Missouri, que me evocou muitas vezes suas peripécias infantis e adolescentes na judiaria havanesa; e de meu velho e bom amigo, o romancista Jaime Sarusky, um dos motores que pôs esta maquinaria em movimento. Por sua vez, meu íntimo parceiro Stanilav Vierbov foi o encarregado de colocar em minhas mãos a mais completa e seleta bibliografia que me permitiria entender o que é praticamente inteligível.

Como sempre, as leituras e discussões de trabalho com meus editores espanhóis, Beatriz de Moura e Juan Cerezo, foram salvadoras e providenciais. Assim como seu apoio moral, tão necessário para minhas indecisões. Igualmente, a leitura e as opiniões de madame Anne Marie Métailié foram um estímulo decisivo.

Por fim, e como é habitual, quero agradecer publicamente a Lucía López Coll, minha esposa, por seu espírito crítico e sua capacidade de resistência. Sem suas leituras, opiniões, almoços e jantares, este livro não existiria. E acho que eu também não.

L. P.

LIVROS DE LEONARDO PADURA PUBLICADOS PELA BOITEMPO

O homem que amava os cachorros
Tradução de Helena Pita
Prefácio de Gilberto Maringoni
Orelha de Frei Betto

Em uma praia de Havana, dois cães medeiam o improvável encontro entre um escritor frustrado, um misterioso estrangeiro e a História. Reconstruindo as trajetórias do líder soviético Leon Trótski e de seu assassino, o militante espanhol Ramón Mercader, *O homem que amava os cachorros* conduz o leitor pelos impasses da grande utopia revolucionária do século XX e por seus desdobramentos em nosso tempo. Um romance épico e universal, magistralmente escrito.

Hereges
Tradução de Ari Roitman e Paulina Wacht
(com a colaboração de Bernardo Pericás Neto)
Orelha de Eric Nepomuceno

Um garoto judeu refugia-se em Cuba durante a Segunda Guerra Mundial. No século XVII, um aspirante a pintor rompe com os mandamentos de sua religião ao buscar os ensinamentos de Rembrandt. Nos dias atuais, uma jovem cubana busca afirmar suas paixões. Em seu novo romance, Leonardo Padura narra a história dessas três personagens que nutrem, em comum, um herético amor pela liberdade.

A transparência do tempo
Tradução de Monica Stahel
Orelha de Ricardo Lísias

Às vésperas de completar sessenta anos, cético em relação a seu país, Mario Conde é procurado por um ex-colega de escola e recebe uma proposta de trabalho: recuperar a estátua de uma virgem negra que fora roubada. Ao buscar a imagem da santa pelas ruas de Havana, Conde vaga entre dois polos de um mesmo país: o submundo dos cortiços, do tráfico de drogas e da vida precarizada e o rico ambiente dos colecionadores e galeristas envolvidos em contrabando e venda ilegal de obras de arte.

O romance da minha vida
Tradução de Monica Stahel
Orelha de Juca Kfouri

Após dezoito anos vivendo no exílio, Fernando Terry consegue autorização para voltar a Cuba por um mês, atraído pela possibilidade de encontrar a desaparecida autobiografia de José María Heredia, o poeta a quem dedicou sua tese de doutorado. Aproveitará também para tirar a limpo seu passado e, quem sabe, curar-se do rancor que alimenta há quase duas décadas em razão da expulsão da universidade. Neste envolvente romance histórico, Leonardo Padura revela uma outra história de Cuba, sem heróis nem mártires, mas do poder avassalador e corruptivo do capital.

Água por todos os lados
Tradução de Monica Stahel
Quarta capa de Wagner Moura
Orelha de Carlos Marcelo

Nas páginas dessa obra singular, o escritor nos apresenta um lado pessoal de seu processo de criação, revelando locais e tramas em que os personagens ganham vida, seus instrumentos de trabalho e suas inspirações, como a literatura, o beisebol, a cultura local e sua terra natal. Trata-se, então, de um relato brilhante de como transformar em material narrativo aquilo que no início se mostra apenas uma luz tênue na mente do autor e de como habilmente tecer isso com o vínculo de pertencimento mantido em relação a seu país.

Coleção *Estações Havana*

O dia a dia do policial cubano Mario Conde – que, na verdade, queria mesmo era ser escritor – pelas ruas de Havana durante as quatro estações do emblemático ano de 1989, marcado pela queda do Muro de Berlim.

Passado perfeito
Tradução de Ari Roitman e Paulina Wacht

No primeiro fim de semana de 1989, Mario Conde é encarregado de um caso misterioso e urgente: Rafael Morín, executivo do Ministério da Indústria, está desaparecido desde o dia 1º de janeiro. Quis o destino que Morín fosse um ex-colega de escola e, como se não bastasse, casado com Tamara, a grande paixão do tenente.

Ventos de quaresma
Tradução de Rosa Freire d'Aguiar

Em plena primavera cubana, Mario Conde conhece uma mulher aficionada por jazz e sexo e é encarregado de desvendar o assassinato de uma professora de química. Ao investigar a vida da professora, Conde encontra um mundo em decomposição, onde o arrivismo, o tráfico de influências, o consumo de drogas e a fraude revelam o lado sombrio da cidade.

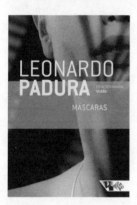

Máscaras
Tradução de Rosa Freire d'Aguiar

O corpo de um jovem travestido é encontrado em meio ao denso Bosque de Havana. A investigação se inicia com a visita de Conde ao impressionante personagem Marqués, homem das letras e do teatro, homossexual desterrado em sua própria terra, espécie de santo e bruxo, culto, astuto e dotado de refinada ironia.

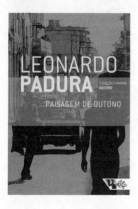

Paisagem de outono
Tradução de Ivone Benedetti

Mario Condé está prestes a completar 36 anos e sente que chegou o momento de mudar sua vida. Mas ainda é preciso desvendar um último caso: o assassinato de um ex-funcionário do governo cubano que havia desertado para Miami. Ao longo da investigação, o autor recria as crônicas de uma geração forçada a se perguntar para onde foram os seus ideais.